中国学术档案大系

主编 陈文新

六朝小说学术档案

宁稼雨 主编

图书在版编目(CIP)数据

六朝小说学术档案/宁稼雨主编.—武汉：武汉大学出版社,2011.11
中国学术档案大系/陈文新主编
　ISBN 978-7-307-09045-3

　Ⅰ.六… Ⅱ.宁… Ⅲ.笔记小说—小说研究—中国—六朝时代
Ⅳ.I207.41

中国版本图书馆CIP数据核字(2011)第153141号

责任编辑：李　琼　许欢欢　　责任校对：刘　欣　　版式设计：马　佳

出版发行：武汉大学出版社　（430072　武昌　珞珈山）
　　　　　（电子邮件：cbs22@whu.edu.cn　网址：www.wdp.com.cn）
印刷：武汉中远印务有限公司
开本：720×1000　1/16　印张：33.5　字数：496千字　插页:2
版次：2011年11月第1版　　2011年11月第1次印刷
ISBN 978-7-307-09045-3/I·438　　定价：68.00元

版权所有，不得翻印；凡购我社的图书，如有质量问题，请与当地图书销售部门联系调换。

目　录

六朝小说研究的回顾、反省与展望
　　——《六朝小说学术档案》前言 …………………………（1）

编纂说明 ……………………………………………………（1）

第一部分　六朝小说重要研究论著评介 ……………………（1）
　　鲁迅《古小说钩沉》 ……………………………………（3）
　　鲁迅《中国小说史略》 …………………………………（8）
　　余嘉锡《殷芸小说辑证》 ………………………………（26）
　　刘叶秋《魏晋南北朝小说》 ……………………………（31）
　　杨勇《世说新语校笺》 …………………………………（39）
　　汪绍楹校注《搜神记》 …………………………………（43）
　　余嘉锡《世说新语笺疏》 ………………………………（46）
　　徐震堮《世说新语校笺》 ………………………………（51）
　　李剑国《唐前志怪小说史》 ……………………………（55）
　　王国良《魏晋南北朝志怪小说研究》 …………………（77）
　　李剑国《唐前志怪小说辑释》 …………………………（91）
　　李丰楙《六朝隋唐仙道类小说研究》 …………………（94）
　　李毓芙《世说新语新注》 ………………………………（116）
　　宁稼雨《中国志人小说史》 ……………………………（119）
　　王能宪《世说新语研究》 ………………………………（142）
　　张永言《世说新语辞典》 ………………………………（164）
　　宁稼雨《魏晋风度——中古文人生活行为的文化意蕴》
　　　………………………………………………………（168）

· 1 ·

张万起《世说新语词典》 ……………………………… (184)
侯忠义《汉魏六朝小说简史》 …………………………… (188)
陈文新《六朝小说》 ………………………………………… (213)
王枝忠《汉魏六朝小说史》 ……………………………… (233)
蒋凡《世说新语研究的读法》 …………………………… (247)
范子烨《〈世说新语〉研究》 ……………………………… (271)
宁稼雨《传神阿堵，游心太玄——六朝小说的文体
与文化研究》 ……………………………………………… (275)
宁稼雨《魏晋士人人格精神：〈世说新语〉的士人
精神史研究》 ……………………………………………… (318)
李剑国《新辑搜神记·新辑搜神后记》 ………………… (357)

第二部分 六朝小说研究论著提要 ……………………… (371)

第三部分 六朝小说研究年表（1919—2009） ………… (409)

第四部分 六朝小说研究论著索引（1919—2009） …… (429)

后 记 ……………………………………………………… (515)

六朝小说研究的回顾、反省与展望
——《六朝小说学术档案》前言

纵观20世纪中国学术史，作为断代文体史，六朝小说的研究状况与其他断代文体史相比差不多是处于垫底的位置。不要说像唐诗、宋词这些热门的断代文体研究，就横向来看，与六朝小说同代的其他文体研究，如六朝诗歌、散文等成就远在小说之上；就纵向而言，在整个小说史的研究中，六朝小说研究与唐传奇、宋元话本、明清长篇小说相比，也远远不能望其项背。

造成这种情况的原因，除了历史上轻视小说的传统观念外，学术史意义上的总结反思不够也是重要的方面。自20世纪末以来，在总结20世纪学术史的潮流中，六朝小说研究状况的总结不能说没有，但总的来说还是相当薄弱和笼统的。因此，全面深入地回顾反思六朝小说的研究历史，展望六朝小说研究的前景，无论是对于小说史研究的深入发展，还是对于21世纪中国学术的长远规划，都是十分必要和迫切的。

一、六朝小说研究的历史回顾

从六朝小说产生起，历代都有零星的有关六朝小说情况的各种材料。尽管不无学术价值，如胡应麟《少室山房笔丛》中的很多材料，但总体上还是不够系统，构不成现代意义上的学术研究。现代意义上的六朝小说研究当起自五四新文化运动前后，受到西方文化和学术范式影响的现代中国学术。

这个时间范围内六朝小说研究大致可以分为三个阶段：

第一阶段是从1919年至1949年。

中国文学史的起步能够明显看出外来文化影响的痕迹。早在1880年，俄国人瓦西里耶夫就出版了《中国文学史纲要》。嗣后，英国、德国和日本学者都早于中国人出过《中国文学史》。国人林传甲有感于此，于20世纪初编写了第一部中国人编写的《中国文学史》，但该书中却没有给小说留下应有的位置。而出版于1918年谢无量的《中国大文学史》则第一次在中国人自己的学术史著作中为六朝小说开列了专章，其书第三编第十四章为《晋之历史家与小说家》，但他只是把当时的小说视为史学的附庸，涉及的小说作品也只有寥寥几部，还远远谈不上对六朝小说的系统梳理。

是鲁迅把这个阶段的六朝小说研究推向高潮，并由此奠定了中国古代小说研究的范式和格局。鲁迅对六朝小说研究的贡献主要表现在两个方面：

一是基础文献材料的钩稽和整理，主要成果是对六朝小说进行系统钩稽爬梳之后整理出来的《古小说钩沉》。由于六朝小说多已散佚，尽管历代不断有人试图整理保存，但总的来说，既不够系统，校勘也不够精致。像《五朝小说》、《古今说海》等丛书中也有专收六朝小说的专辑，不过和六朝小说的实际底数相比，还是相去甚远。尤其是大量散佚并散落在各种类书、史注等各种文献材料中的六朝小说作品，一直处于零散状态。鲁迅以极大的学术勇气和厚实的学术根基，从80余种大型古代文献材料中披沙拣金，钩稽出36种，1400余则六朝小说，编纂成为规模很大的《古小说钩沉》。值得提到的是，鲁迅当时的工作条件和今天完全不能同日而语。他没有任何现代化手段的协助，完全凭人工翻检做卡片的方式完成了这二十多万字的钩稽整理工作。郑振铎曾指出，"乾嘉诸大师用以辑校录先秦古籍的方法，而用来辑校录古代小说的，却以鲁迅先生为开山祖师。而其校辑的周密精详，至今还没有人能追上他"，"不仅前无古人，即后有来作，也难越过他的范围和方法的"。这种扎实的学风和有效的成果，不仅为六朝小说的散佚作品群体地找到归宿，使六朝小说的家族底数渐趋清晰，更重要的是，这项工作所形成的为古代小说构建完整文献资料体系的学术范式，一直为20世纪以来的学界奉为圭臬，沿用不衰。

二是六朝小说文体史的构建。在早期的文学史著作中，很少有人提到小说部分，即便提到，也是如同蜻蜓点水，一带而过（如黄人、林传甲的《中国文学史》和谢无量的《中国大文学史》）。就小说史而言，鲁迅之前，有过张静庐的《中国小说史大纲》，出版于1920年。还有日本著名汉学家盐谷温《支那文学概论讲话》第六章中国古代小说部分的译本，1921年出版。此外，还有稍早于鲁迅，陆续发表于《晨报·文学旬刊》上庐隐的《中国小说史略》等。但这些小说史的共同特点，一是总体规模有限，二是基本上没有涉及六朝小说部分。从学术发展的角度看，他们的工作只能算作小说史的序幕。真正拉开大幕，扮演中国小说史主角的是鲁迅。从20世纪初，鲁迅就在北京大学等高校讲授中国小说史的课程，撰有《小说史大略》和《中国小说史大略》，在此基础上，鲁迅于1923年出版了《中国小说史略》，并在1924年讲学讲稿的基础上又形成了《中国小说的历史的变迁》一书。

这两部书的问世，不仅填补了中国小说史研究的空白，标志着现代意义上的中国小说史学科的正式形成，而且，就六朝小说研究而言，这两部小说史也第一次系统勾画了全部线索轨迹，提供了大部分六朝小说作品的信息情况，分析评价了这些作品的价值地位。《中国小说史略》以三章的篇幅，系统介绍了六朝志怪小说和志人小说的产生土壤、主要作品的内容介绍和艺术评价等。《中国小说的历史的变迁》虽然作为讲演稿，篇幅小于《中国小说史略》，但第二讲仍然专门设有《六朝时期的志怪与志人》一章。可以清楚地看到，后来的六朝小说研究，基本上是在此框架基础上的继续补充和完善。

除了鲁迅的以上贡献外，这个时期还有一些学者的论著为六朝小说研究张其羽翼，扩大战果。文献资料方面有余嘉锡《殷芸小说辑证》、刘盼遂《〈世说新语〉校笺》等。作品研究方面有宗白华《论〈世说新语〉和晋人的美》、任继愈《魏晋人的风度与品格》、王瑶《魏晋小说与方术》等。这些论著连同鲁迅的研究，构成一个比较完整的研究体系，昭示六朝小说研究的格局已经基本形成。

第二阶段是从1949年至1978年。

尽管这个阶段的学术研究很大程度上受到当时社会大环境的影

响，无论是研究的规模还是深度，都是相当有限的。但今天反观起来令人欣慰的是，当时相当一批受过传统治学方法影响和训练，具有深厚学术功底的由民国进入新社会的学者，以其学术的素养和历史的惯性，为后人留下了相当重要的学术成果，其中包括六朝小说的成果。这主要表现在：

首先是大量六朝小说资料文献的整理工作。在鲁迅《古小说钩沉》的引领下，新中国成立之后的六朝小说文献整理工作主要转变为单本作品的标点校注工作，其中汪绍楹在这方面做了大量工作，他校注整理的《太平广记》和《搜神记》在当时的历史条件下把这两部重要文献的历史还原工作大大向前推进了一大步，不仅为当时和后人提供了相对准确和权威的版本依据，而且也为后人的六朝小说文献整理乃至于整个中国当代历史文献典籍的整理校点工作树立了样本。海外部分学者在这方面也有建树，如杨勇《世说新语校笺》、高桥清《世说新语索引》等。同时，部分六朝小说的影音复制和选本也为研究工作奠定了一定基础。像文学古籍刊行社影印出版的宋刻本《世说新语》，商务印书馆编辑出版吴曾祺的《旧小说》和单本《搜神记》，以及徐震堮选编的《汉魏六朝小说选》。老一代学者的学术功力和献身精神为这些文献资料的整理工作提供了坚实的质量保证。

其次是六朝小说的理论研究，其中包括史的撰写和单篇论文。老一代学者在进入新中国之后，受意识形态环境的影响，也力求用新的理论思想和学术理念来研究传统文化与文学，其中也有部分关于六朝小说的研究成果。这个时期有关六朝小说的理论研究规模数量有限，但也出现不少筚路蓝缕的拓荒之作。其中比较突出的是刘叶秋先生的《魏晋南北朝小说》，该书在鲁迅《中国小说史略》的基础上，第一次全面系统地总结梳理了魏晋南北朝小说的产生发展过程，并简要介绍分析了一些主要代表作品。与此同时，一些港台学者关于小说史的著作，也包括一些六朝小说的内容，如孟瑶《中国小说史》等。在单篇论文方面比较有深度的有范宁《论魏晋志怪小说的传播和知识分子思想分化的关系》、陈寅恪《书〈世说新语〉文学类钟会撰四本论始毕条后》、刘叶秋《魏晋南北朝志怪小说简论》等。能够明显地看出，这个时期六朝小说的理论研究，在研究的深度和广度上较之

1949年之前有所扩大和深入，六朝小说研究的格局逐渐趋于定型和成熟。

第三阶段是1979年至2009年。

这是六朝小说研究全面兴盛发达的时期。各个方面的研究都呈现全面开花、蔚为大观的局面。

在文献资料的整理方面，首先进入学界视野的是，一批老一代学者在"文革"前本来为六朝小说的文献资料整理做了很多扎实细致的工作，并且已经大体竣工，但由于"文革"的缘故，成果被打入冷宫。直到"文革"结束之后的20世纪80年代初，这些成果才陆续重见天日，出版问世。这些成果包括：余嘉锡《世说新语笺疏》、徐震堮《世说新语校笺》、范宁《博物志校证》和《搜神后记》校注、周楞伽《殷芸小说》等。中华书局出版的系列丛刊《古小说丛刊》(后扩大为《古体小说丛刊》)，其中六朝小说部分基本上是老一代学者"文革"前学术积累的结晶。正是由于这些老前辈的扎实工作才留给后人丰硕的成果，使得新时期以来的六朝小说研究能够基本上保持严谨朴实的学风，很少受一些过眼烟云的花哨风潮影响。这是老一代学者留给六朝小说学界的重要学术传统。

有老一代学者的熏陶引领，新一代大陆学者由于有了相对宽松的学术环境，加上个人的锲而不舍的努力，很快取得了继往开来的新成果。在六朝小说文献资料整理上主要表现在以下三个方面：

一是单部作品的校注整理。在这个方面，有几个出版社的几套系列丛书为六朝小说单本作品的校注整理提供了一些重要而相对全面的平台。首先应该提到的就是中华书局的《古小说丛刊》。据不完全统计，新时期除几种重要的《世说新语》笺证、笺疏本之外，《古小说丛刊》中收录出版的六朝小说作品至少在8种以上。而文化艺术出版社出版的《历代笔记小说丛刊》中的六朝小说，也在8种以上。其中比较重要的力作是李剑国《新辑搜神记·新辑搜神后记》，该书对现存二书各种版本及其相关的各种材料进行了广泛搜集和认真勘比，纠正了很多前人有关此二书的舛误，为学界提供了一个相对可靠的二书版本，同时也把当代六朝小说乃至整个古籍文献整理的水准提高到一个崭新的层面。其他如范宁《博物志校证》、《异苑》校点，程毅中《燕丹子》点校、程毅中及程有庆《谈薮》辑校、齐治平《拾遗记》校注等，也都功底深厚，有襄学术。与此同时，也出现数量可观的单部作品的节译选译读本，以适应社会普通读者的需求。

二是六朝小说的选本编纂。在20世纪50年代徐震堮先生《汉魏六朝小说选》的基础上，新时期以来又出现了考虑到不同阅读对象和读者层次的六朝小说选本。其中有面向普通读者的译本，如李继芬、韩海明《汉魏六朝小说选译》（上海古籍出版社1988年版），也有兼顾各方面读者的选注本，如刘世德《魏晋南北朝小说选注》（上海古籍出版社1984年版），王根林、黄益元、曹光甫《汉魏六朝笔记小说大观》（上海古籍出版社1999年版），桑林佳《汉魏六朝小说选》（太白文艺出版社2004年版）等。而其中学术价值较高的是李剑国《唐前志怪小说辑释》（上海古籍出版社1986年版）。该书不仅精选和钩稽了唐前重要的志怪小说篇目，对其进行详尽注释，而且还对篇目相关的故事源流进行周密考辨，为专业研究者提供了较为可靠的六朝小说选本，显示了新时期以来学界在六朝小说选本研究方面的学术高度。

三是有关六朝小说语词研究成果。六朝小说均为古体文言，且有相当数量的当时社会特殊用语，给当代读者阅读带来很多障碍。为满足更多读者对于阅读六朝小说的需求，克服阅读障碍，新时期以来出现了为数不少的六朝小说语词研究的论文、专著和工具书。论文方面有方一新、吴金华有关《世说新语》语词研究的系列论文。著作方面有吴金华《世说新语考释》（安徽教育出版社1994年版）、方一新《东汉魏晋南北朝史书词语笺释》（黄山书社1997年版）、周俊勋《魏晋南北朝志怪小说词汇研究》（巴蜀书社2006年版）等。辞书方面有张永言《世说新语辞典》（四川人民出版社1992年版）、张万起《世说新语词典》（商务印书馆1993年版）等。这些有关六朝小说语词的研究在相当程度上为专业研究者和普通读者解决和扫清了若干阅读障碍，为六朝小说研究起到了重要的推动作用。

四是有关六朝小说的工具书成果。新时期有关六朝小说的书目工具书建设也取得了很多重要成果，成为新时期六朝小说乃至整个古代小说研究成就的重要组成部分。先是有袁行霈、侯忠义《中国文言小说书目》(北京大学出版社 1981 年版)中六朝小说内容占有重要比重,程毅中《古小说简目》中的六朝小说内容则占据了半壁江山。嗣后,国家和各地出版社出版了一批词典类的工具书,大多与六朝小说相关,其中比较重要且特色鲜明的有:

侯忠义主编的《中国历代小说辞典》第一卷先秦至唐五代(云南人民出版社 1986 年版)。该书堪称中国第一部古代小说专门辞典。书中收录各个历史时期的主要小说作品,就其书目著录情况、版本存佚,以及作品主要内容和艺术特色等进行全面介绍。该书对后来小说工具书的体例规模与撰写范式等均有影响。

刘世德主编的《中国古代小说百科全书》(中国大百科出版社 1993 年版)。该书集中了全国学界学术力量,分兵合作,规模可观,体例综合。全书包括总论、断代小说作品并部分子目、作家、现当代小说研究学者、小说总集、小说书目、小说史料等方面内容。除断代作品有"上古秦汉魏晋南北朝小说"专部外,其他各个部分也收有与六朝小说相关的内容。该书是六朝小说乃至整个古代小说研究的重要工具书之一。

宁稼雨编撰的《中国文言小说总目提要》(齐鲁书社 1996 年版)。本书系在《古小说简目》和《中国文言小说书目》的基础上对古代文言小说书目进行了进一步探索。作者首先对文言小说的界限和分类提出了自己的主张,即在尊重古人小说观念的前提下,以历代公私书目小说家类著录的作品为基本依据,用今人的小说概念对其进行遴选厘定,将完全不是小说的作品剔除出去,将历代书目小说家中没有著录,然而又确实可与当时小说相同,或能接近今人小说概念的作品选入进来。全书分唐前、唐五代、宋辽金元、明、清五编,每编又分志怪、传记(传奇)、杂俎、志人、谐谑五类。书后附《剔除书目》和《伪讹书目》。共收书名 2648 种,异名 577 种。每个书名词条提要包括:著录和版本简况、作者生平、内容梗概、故事梗概以及在小说史上的地位。对一些学术问题也进行了考订研究,是 20 世纪 90 年代文言小说书目研究的重要成果。

刘叶秋、朱一玄、张守谦、姜东赋主编的《中国古典小说大辞典》(河北人民出版社 1998 年版)。本书分为总论编、文言小说编、话本小说编、章回小说编四编。其中总论编包括小说评论、版本、丛书、期刊、研究著作和其他几项内容，这些内容为迄今大多小说类工具书所无。文言小说编包括"魏晋南北朝"专类。

石昌渝主编的《中国古代小说总目》（山西教育出版社 2004 年版）。本书是在《中国通俗小说总目提要》和《中国文言小说总目提要》的基础上对中国古代小说书目进行的又一次全面深入的挖掘和研究。该书分文言卷、白话卷、索引卷三卷。文言卷收 1912 年以前写、抄、刻、印成的文言小说作品 2904 种，异名 582 种，共 3486 种，按音序排列。白话卷收 1912 年以前写、抄、刻、印成的白话小说作品 1251 种，异名 185 种，共 1435 种。索引卷为"文言卷"、"白话卷"条目和条目释文中的人名、书名、地名书坊号和年号合编索引，按音序和笔画检索。与《中国通俗小说总目提要》及《中国文言小说总目提要》相比，该书的特点和价值主要有三：一是收录范围有所扩大，补充了部分前二书未收的作品；二是比较注重所收各书的版本齐全；三是索引卷将文言、白话两卷合编，以体现二者之间的紧密关联。

朱一玄、宁稼雨、陈桂声编著的《中国古代小说总目提要》（人民文学出版社 2005 年版）。本书希望在《中国通俗小说总目提要》和《中国文言小说总目提要》的基础上对中国古代小说书目作进一步的深入研究。该书分上、下两编，上编为文言，下编为白话。各编均按作品时代顺序排列。上编收正名 2192 种，异名 350 种，共 2542 种。下编收正 1389 种，异名 759 种，共 2148 种。全书共收正名 3581 种，异名 1109 种，共 4690 种。所收书目与石昌渝主编本各有所长。书后有书名、著者音序和笔画索引。

在六朝小说史的撰述方面，这个时期取得了空前的突破和进展。其中学术价值较高的有李剑国《唐前志怪小说史》（南开大学出版社 1984 年版）。该书以四十万言的篇幅，对唐前志怪小说的产生发展和作品源流进行了系统辨析梳理和钩沉辑佚，是对鲁迅以来六朝小说研究的重大突破。六朝小说专史方面还有侯忠义《汉魏六朝小说史》（春风文艺出版社 1989 年版）、王枝忠《汉魏六朝小说史》（浙江古籍出版社 1997 年版）等。同时，部分小说通史和小说专史中也有较多篇幅涉及六朝小说。如吴志达《中国文言小说史》第一编七章中有六章是关于六朝小说的内容，书中有关汉魏六朝杂传体小说的归纳梳理分析和魏晋南北朝志怪小说中关于《列仙传》、《神仙传》的分析，也较他书有独到之处。宁稼雨《中国志人小说史》全书十章中有三章是关于六朝小说的内容，该书是第一部志人小说专门史，其中关于志人小说的界限定位为志人小说的概念提供了新说，同时书中钩沉辑佚若干散佚志人小说，具有拓荒价值。书中关于《世说新语》所含文化内容的分析和"世说体"的分析研究，也具有创新意义。

新时期以来，六朝小说的文化分析和文化解读在鲁迅《魏晋风度及文章与药及酒之关系》一文的基础上获得了巨大发展。从文化角度研究解读六朝小说的学术著作在整个六朝小说研究的著作中占有很大比重。其中较有代表性的是宁稼雨从文化角度以《世说新语》等志人小说为材料，对魏晋名士风度所作的长期研究。在1991年出版的《中国志人小说史》中，宁氏从文化角度解读分析《世说新语》等六朝小说的学术个性已经初见端倪。嗣后，在《魏晋风度》(东方出版社1992年版)、《世说新语与中古文化》(河北教育出版社1994年版)中，作者从魏晋文化的各个侧面出发，均用志人小说的故事来作为解读那个时代文化蕴含的形象材料。进入21世纪，宁氏在原有基础上又将研究引向深入。《六朝小说的文体与文化研究》(百花文艺出版社2002年版)、《魏晋士人人格精神》(南开大学出版社2003年版)二书在对《世说新语》等志人小说文化解读的深度上又有较大拓展。此外，王能宪《世说新语研究》(江苏古籍出版社1991年版)、蒋凡《世说新语英雄谱》(人民大学出版社2008年版)、范子烨《世说新语研究》(黑龙江教育出版社1998年版)、《中古文人生活研究》(山东教育出版社2001年版)等论著也对六朝小说中文人故事的文化精神进行了深入挖掘和分析。其他如王连儒《志怪小说与人文宗教》(山东大学出版社2002年版)、李道和《岁时民俗与古小说研究》(天津古籍出版社2004年版)、王青《西域文化影响下的中古小说》(中国社会科学出版社2006年版)等著作和大量学术论文也均从不同文化侧面探索六朝小说的文化价值。

新时期以来，六朝小说的文体和艺术形式研究也取得了很大突破和进展。石昌渝《中国小说源流论》、董乃斌《中国古典小说的文体独立》、宁宗一主编《中国小说学通论》、宁稼雨《六朝小说的文体与文化研究》诸书均从不同角度涉及中国小说文体演变过程中六朝小说的文体特征和内在规律，有很多新的学术探索。如《中国小说源流论》从叙事学角度对志怪小说的限知视角的分析，《中国小说学通论》对志怪、志人小说的文体类型特征的总结等，均有创意。《六朝小说的文体与文化研究》有关六朝小说文体研究的创意主要表现在两个方面，一是动态角度，从史传、神话传说、诸子、辞赋等的变异走势研究其对六朝小说文体形成的影响，二是从传统审美意识的角度对"世说体"美学和文学特征的总结。另外进入21世纪之后，很多单篇学术论文也在六朝小说的文体和艺术表现方面提出诸多卓有创意的观点。

二、六朝小说研究的反省与展望

纵观近百年的六朝小说研究，尤其进入到新时期以来，可以说是日新月异，突飞猛进，成就的确喜人。但细思之下，感觉六朝小说的研究无论是在规模的广度上，还是在深浅的力度上，都存在相当大的可提升空间。检索这些可提升空间，反省存在的问题，提出新的学术展望，既是六朝小说研究的需要，也是整个学术事业发展的要求。

我个人感觉在六朝小说研究方面目前存在的问题和解决的方法主要在以下几个方面：

第一，挤干学术水分泡沫，提高学术纯度。近些年来尽管六朝小说研究的成果数量剧增，但其中的确不乏缺少学术含量的水分或泡沫。有的属于没有新意的重复性劳动，有的则是为某种应急目的东拼西凑，甚至有极少数剽窃之作。这种情况不仅对学风建设产生非常不良的影响，而且也造成了很大的资源浪费，还给学人们的学术信息掌握带来很多不便，甚至会在学术史上给我们这个时代留下难以抹去的污点。这种不良情况，学界同仁有责任共同警示，尽量避免和杜绝此类情况。

第二，检验已有成果，提高学术质量。学无止境，能够藏之名山，传之后人的学术论著需要一个砥砺打磨的过程。很多已有的学术成果尽管不乏学术价值，在一段时间内为学术发展起到了积极作用，但其本身还未能尽善尽美，还有不同程度的发展潜力和提高空间。拿我个人的几部著作而言，从《魏晋风度》、《世说新语与中古文化》到《六朝小说的文体与文化研究》、《魏晋士人人格精神》的确能看出学术提高和升华的痕迹（当然不是说没有发展提高的余地了），但《中国志人小说史》和《中国文言小说总目提要》则还有较大的修订、提高和打磨的必要。大家如果能把自己的旧作认真地加以打磨、修订，提高学术质量，那么无论是对学者本人的学术生命，还是对六朝小说研究乃至整个学术事业，都是功德无量的大善之举。

第三，规划未来蓝图，创建新的学术项目和领域。和古代文学很多传统学术领域相比，六朝小说研究相对比较年轻和薄弱，因而它可能发展和开辟的新领域也就相对会多一些。未来六朝小说研究的可开发领域大约有如下几个方面：

一是文献资料资源的进一步整合和扩大。六朝小说在文献资料整理方面已经取得了丰硕成果，但总体来说还不够系统和完整，完全可以在现有基础上整合和扩大。具体工作包括：单本作品的整理点校、亡佚作品的进一步钩沉辑佚。在这两项工作取得一定成绩的基础上，可以考虑《全汉魏六朝小说》的整理编纂工作。

二是六朝小说史述的综合完善。目前有关六朝小说史述的工作成果尽管不少，但相对比较零散，处于各自为阵的状态。其中有六朝小说的断代史，也有断代类型史，也有通史中与六朝小说相关的部分，等等。而且各自的角度写法、详略程度等均各有不同。如果能在统一的学术理念下，在对六朝小说已有成果充分吸收的基础上，写出能全面反映六朝小说产生发展的历史轨迹和演进脉络的既新且全的《六朝小说史》，将会是对古代小说研究乃至学界的一大贡献。

三是六朝小说的社会历史文化研究。平心而论，个人以为这个方面需要做的工程还十分巨大。从目前情况来看，以《世说新语》为主体的志人小说与玄学等当时社会历史文化的关系研究已经相对深入。而志怪小说与当时社会历史文化的关系，尤其是与佛教、道教文化的内在关联，还缺乏深层意义和全面意义上的观照和研究。尽管这方面的零散文章有一些，但还缺乏体系意义上的整体驾驭和处理。如果能参照《世说新语》的相关文化研究并借鉴前贤的相关论述，把志怪小说的历史文化研究全面加强和提高，应该能使六朝小说的社会历史文化研究取得很大突破和提高。在此基础上，打通志人小说与志怪小说之间的壁垒，把两个方面的文化解读合成观照，想必又会有很多新的学术创新点萌生激发出来。

四是六朝小说文体和艺术形式的研究。这方面与历史文化研究相类似，尽管成果斐然，但潜力仍然巨大。在《世说新语》和志人小说研究方面，有关"世说体"的研究已经引起人们的关注和研究兴趣，但还显得比较孤立和突兀，还缺乏与之相应的其他方面研究。而志怪小说的文体和艺术研究则还显得泛泛，有待从艺术形式或美学角度的更深层级切入和深入钻研。

五是六朝小说研究与新兴的研究方法的融会结合。尽管以上提到的六朝小说本体研究不乏生机，但从更超前的理念出发，应该考虑到六朝小说研究更长远的规划。而要使六朝小说研究的生命更加长久和具有生长优势，就必须借用生物学领域杂交优势的原理，让新的研究方法帮助六朝小说研究嫁接出新的学术品种。近二十年来，我本人一直致力于把西方民间文学研究领域主题学的方法移植于中国古代叙事文学研究的尝试，其项目名称初步设想为"中国叙事文化学"。具体做法分为两个步骤，一是编制《中国叙事文学故事主题类型索引》，即参考西方《世界民间故事主题类型索引》的方法，根据中国叙事文学的具体情况重新进行分类和类型索引编制。二是对其中重要个案故事类型进行地毯式的材料钩稽和全方位的文化文学解读。目前两部分工作已经取得阶段性成果。《中国叙事文学故事主题类型索引》的先期工作《先唐叙事文学故事主题类型索引》已经竣工，即将出版问世，唐以后的索引编制工作也在筹备中。个案故事的系列研究也取得一定量化成果，已经有近 30 篇博士硕士论文围绕该选题进行，其中与六朝小说相关的内容占了较大比重。希望通过这个尝试来打通小说和其他文体之间的界限，打通六朝与其他各个断代文学之间的界限，打通中国传统学术研究视角与西方学术理念的界限。也希望和欢迎更多的同行各显神通，在开拓六朝小说研究领域，创建新的学术增长点上作出更多更大的成就。

　　六朝小说这块学术园地已经开垦，但还远没有达到深耕细作和精细加工的程度。我们希望通过本书的编辑，为相关学者提供一定的学术信息，为六朝小说研究的进一步深化和升华起到积极的推动作用。

编纂说明

应武汉大学出版社约请，特编纂《六朝小说学术档案》一书。有关体例情况说明如下：

一、关于"六朝小说"的材料范围

1. 时间范围：1919—2009年。
2. 著作范围：全部以"六朝"、"魏晋南北朝"命名的小说史著作，兼及各种小说史中有关六朝小说部分的内容，六朝小说作品标点校注等整理成果。
3. 论文范围：与"六朝"、"魏晋南北朝"小说有关的文体研究、作家作品研究。时间为1978年以前全部，1978年以后人大复印资料转载者，个别情况酌情收录。索引则为全部。

二、体例设置

按照丛书的整体部署，考虑六朝小说的具体情况，本书大致分为四个部分：

第一部分：六朝小说重要研究论著评介

选择部分六朝小说研究经典论著进行评介，具体格式是原文后进行评介（未经授权者存目，只有评介部分）。

第二部分：六朝小说研究论著提要

对现存六朝小说部分研究论著作出提要介绍。

第三部分：六朝小说研究年表

对与六朝小说研究相关事件、学术会议、重要论著出版、重要学者逝世等信息作出编年陈列。

第四部分：六朝小说研究论著索引

对六朝小说全部学术著作、文献整理、论文出版、发表信息等作出综合索引。

第一部分 六朝小说重要研究论著评介

鲁迅《古小说钩沉》

【存目】

【评介】

鲁迅（1881—1936年），男，中国文学家、思想家和革命家。浙江绍兴人，原名周树人，字豫山、豫亭，后改名为豫才。鲁迅出身于没落的士大夫家庭。1898年到南京求学，先入江南水师学堂，次年考入江南陆师学堂附设的矿务铁路学堂，其间接触了西方资产阶级的"科学"与"民主"思想。1902年赴日本留学，入东京弘文学院。1904年到仙台医学专科学校学医，从此弃医习文。1918年，鲁迅先生在《新青年》杂志上发表了他的第一篇白话小说《狂人日记》，这是他第一次用"鲁迅"这个笔名发表文章。他大力翻译外国进步文学作品和介绍国内外著名的绘画、木刻，搜集、研究、整理大量的古典文学，编著《中国小说史略》、《汉文学史纲要》，整理《嵇康集》，辑录《会稽郡故书杂录》、《古小说钩沉》、《唐宋传奇集》、《小说旧闻钞》，等等。1936年10月19日因肺结核病逝于上海，"鲁迅是中国文化革命的主将，他不但是伟大的文学家，而且是伟大的思想家和伟大的革命家……鲁迅的方向，就是中华民族新文化的方向"（《毛泽东选集》第二卷，人民出版社1991年版，第698页），同时他的作品被译成英、日、俄、西、法等五十多种文字。

《古小说钩沉》辑录了从周代至隋代散佚小说共三十六种一千四百余则，引用古书六十余种，用以参校者又有十余种，二十余万字。《古小说钩沉》的资料搜集工作在1898年鲁迅离开绍兴之前便开始了。1909年，鲁迅从日本留学回国，任教于浙江两级师范学堂，便开始系统地从事古小说的校辑工作，在1912年2月，鲁迅已经完成了《古小说钩沉》的辑录工作,并署名"起孟"(周作人)在《越社丛刊》第一集发表《古小说钩沉序》。《古小说钩沉》在鲁迅生前并没有能够正式出版,直到1938年才编入《鲁迅全集》第八卷面世。郑振铎先生曾指出鲁迅采用的"是乾嘉诸大师用以辑校录先秦古籍的方法,而用来辑校录古代小说的,却以鲁迅先生为开山祖师。而其校辑的周密精详,至今还没有人能追上他","不仅前无古人,即后有来作,也难越过他的范围和方法的"。

《古小说钩沉》辑录的小说上起周代,下迄隋代,堪称汉魏六朝小说的大成汇编。该书辑录的三十六种小说中《青史子》著于周代,《异闻记》著于后汉,《旌异记》、《水饰》著于隋朝,另有五种作者不详,两种作者名号及年代不可考,其余二十五种均著于魏晋南北朝时期。由于古小说地位低下,正统文人大多不屑一顾,所以导致了六朝小说绝大部分作品已经散佚。鲁迅对这一时期古小说的辑佚,使很多古小说失而复得,重新展现在读者面前。

首先,鲁迅的辑佚工作具有开创的意义和极高的学术价值。在《古小说钩沉·序》中,鲁迅介绍了他辑校古佚小说的方法:"余少喜披览古说,或见讹夺,则取证类书,偶会逸文,辄亦写出。虽丛残多失次第,而涯略故在。大共琐语支言,史官末学,神鬼精物,数术波流;真人福地,神仙之中驷,幽验冥征,释氏之下乘。人间小书,致远恐泥,而洪笔晚起,此其权舆。"《古小说钩沉》在辑佚时力求竭泽而渔,尽可能穷尽六朝小说的所有资料,所辑佚文无论是数量还是质量都堪称一流。正如林辰所说:"它无论在全书规模、每种内容,以及引用古籍等方面,都远远超过了过去同性质的辑本所收佚文,一般来说,字句完备,文字优长,大多数条文的内容都比较充实。"《古小说钩沉》的取材来源非常广泛,包括:一、见于《汉书·艺文志·小说家》著录者;二、见于《隋书·经籍志·小说家》著录者;三、见于《新唐书·艺文志·小说家》著录者;四、见于上述"三志""小说家"之外著录者;五、不见于史志著录者。在鲁迅辑佚六朝小说的过程中,辑校所参考的书目,也是令人叹为观止的。《古小说钩沉》中除广泛引用类书、史籍、地志、笔记、小说、文集及其注文外,还广泛搜求佛教典籍如《法苑珠林》等,术数类典籍如

《开元占经》等，时令类典籍如《玉烛宝典》等。《古小说钩沉》辑佚的范围是史无前例的。与清人辑本《玉函山房辑佚书》相比较，其中《语林》，多辑出了二十八则；《郭子》，多辑出了十则，《笑林》，多辑出了三则。再如刘义庆的《幽明录》，桃源居士的《五朝小说》本仅辑出十一则，胡珽《琳琅秘室丛书》据钱曾述古堂旧钞本辑得一百六十一则，而鲁迅《古小说钩沉》本则辑得二十六则。单是为了辑录《殷芸小说》，鲁迅所采辑的古籍就多达十二种。近代著名文献学家余嘉锡在《殷芸〈小说〉辑证》一文序言中说："乃闻鲁迅先生所辑《古小说钩沉》已于沪上出书，求之此间书肆及图书馆不得，久之，始展转假得其书，两相比较，此编多得二十余事。然《钩沉》采书十二种，其中《优古堂诗话》、《铁围山丛谈》、《困学纪闻》三种，皆向未检及者。虽其事多据他书辑入，但《纪闻》中一事则失录。即蔡司徒在洛阳见陆机事，既据以补录，谨著其事于此，不敢掠人之美。"余嘉锡先生是著名考据史家，他所辑录的《殷芸〈小说〉辑证》仅仅是《古小说钩沉》中三十六种小说中的一种，与鲁迅辑本相比只多得二十余事。鲁迅当年所采之书，他尚且有三种未检及，于此也可见鲁迅的辑佚功夫之深。

其次，鲁迅先生对六朝小说辑录的内容的处理也非常恰当。如一般的辑佚者，往往采用一种较为省事的方法，将各书所引相同一事的文字，一一收入辑本，而对各种异文不发表自己的看法，以致常常出现文字重复现象。鲁迅则将各书内容拼接在一起，力求简洁精当，力戒引文的重复罗列。如《古小说钩沉》所辑《幽明录》中一则"刘晨、阮肇入天台山"条中即有在正文"阮肇共入天台山取谷皮"下注"三字《御览》引有"；又正文"遥望山上有一桃树，大有子实，而绝岩邃涧"，下注云"五字依《御览》引补"；再如正文"复下山，持杯取水，欲盥漱。见芜菁叶从山腹流出，甚鲜新，复一杯流出，有胡麻饭糁，相谓曰：'此知去人径不远'"下注云"二句依《御览》引补"；正文"亲旧零落，邑屋改异，无复相识。问讯得七世孙，传闻上世入山，迷不得归。至晋太元八年，忽复去，不知何所"下注"《珠林》三十一。《御览》四十一又九百六十七。《类聚》七。《六帖》五。《事类赋注》二十六"。刘晨、阮肇入天台山一事，《艺文类聚》、《太平御览》、《事类赋注》都不完备，鲁迅选取较优的一种为底本，以他本校之，经鲁迅辑录互为补充，故事就比较完整了。再如有同一材料见于不同出处文字而略有差异的，或同一材料见于他书而有不同见解的，鲁迅也在注中逐一写出。对于内容大同小异的引文，鲁迅进行了合并处理，并在小注中一一指出。

再次，《古小说钩沉》所辑佚文鲁迅辑出时多点明出处，这一做法为后来的研究者提供了清晰的文献线索。如《裴子语林》中"何晏以主婿拜驸马都尉"条："何晏，字平叔。以主婿拜驸马都尉。美姿仪，面绝白，魏文帝每疑其着粉，后正夏月，唤来，与热汤饼，既啖，大汗出，随以朱衣自拭之，色转皎洁，帝始信之。这段佚文小字注曰：'《类林杂说》九引作何晏字平叔，貌甚洁白，美姿容，明常见之，谓其着粉。因命宴。赐之汤饼，汗出流面，以巾拭之，转见皎然。帝方信。《初学记》十九又二十六。《书钞》一百二十八又一百三十五。《御览》二十一又三百六十五又三百七十九又三百八十七又八百六十。《事类赋注》四。'"可知这段文字出自《类林杂说》、《初学记》、《北堂书钞》、《太平御览》、《事类赋注》等书，鲁迅交代清楚了这条材料的来龙去脉。

鲁迅对《古小说钩沉》所辑佚文的取舍是极其审慎的。鲁迅从事《古小说钩沉》的目的本来就在于纠正前人妄制篇目改题撰人之类的混乱，所以他极重视去伪存真。例如戴祚《甄异记》，鲁迅辑出十七则，而清人重编本《说郛》仅有五则，其最后一则记查道的事迹，而查道生平见于《宋史》卷二九六，乃赵宋时人，实属误收，这一则即为鲁迅所不取。

许多六朝小说的生命因鲁迅的《古小说钩沉》而得以绝而复续，重新流布人间。鲁迅的《古小说钩沉》把六朝小说散见于各处的材料集中起来，力图恢复原书的面目，为保存和整理魏晋时期的重要文史资料做了大量的工作，不仅弥补了文学研究领域参考资料的不足，也为研究魏晋时期的社会状况、旧闻轶事、宗教信仰、民俗方言提供了丰富的资料。

鲁迅六朝小说研究主要论著：

①《古小说钩沉》，收入 1938 年版《鲁迅全集》第 8 卷。鲁迅全集出版社 1939 年版；人民文学出版社 1951 年版。

②《中国小说史略》，鲁迅全集出版社 1941 年版。

③《中国小说的历史的变迁》，《鲁迅全集》第 9 卷，人民文学出版社 1957 年版。

（夏习英）

鲁迅《中国小说史略》

【引文】

第五篇　六朝之鬼神志怪书（上）

　　中国本信巫，秦汉以来，神仙之说盛行，汉末又大畅巫风，而鬼道愈炽；会小乘佛教亦入中土，渐见流传。凡此，皆张皇鬼神，称道灵异，故自晋讫隋，特多鬼神志怪之书。其书有出于文人者，有出于教徒者。文人之作，虽非如释道二家，意在自神其教，然亦非有意为小说，盖当时以为幽明虽殊途，而人鬼乃皆实有，故其叙述异事，与记载人间常事，自视固无诚妄之别矣。

　　《隋志》有《列异传》三卷，魏文帝撰，今佚。惟古来文籍中颇多引用，故犹得见其遗文，则正如《隋志》所言，"以序鬼物奇怪之事"者也。文中有甘露年间事，在文帝后，或后人有增益，或撰人是假托，皆不可知。两《唐志》皆云张华撰，亦别无佐证，殆后有悟其抵牾者，因改易之。惟宋裴松之《三国志注》，后魏郦道元《水经注》皆已征引，则为魏晋人作无疑也。

　　南阳宗定伯年少时，夜行逢鬼，问曰，"谁？"鬼曰，"鬼也。"鬼曰，"卿复谁？"定伯欺之，言我亦鬼也。鬼问欲至何所，答曰欲至宛市，鬼言我亦欲至宛市。共行数里，鬼言步行大亟，可共迭相担也。定伯曰大善。鬼便先担定伯数里，鬼言卿大重，将非鬼也？定伯言，我新死，故重耳。定伯因复担鬼，鬼略无重。如是再三。定伯复言，我新死，不知鬼悉何所畏忌？鬼曰，唯不喜人唾。……行欲至宛市，定伯便担鬼至头上，急持之。鬼大呼，声咋咋索下。不复听之，径至宛市中，著地化为一羊。便卖之。恐其便化，乃唾之，得钱千五百。（《太平御览》八百八十四，《法苑珠林》六）

神仙麻姑降东阳蔡经家,手爪长四寸。经意曰,"此女子实好佳手,愿得以搔背。"麻姑大怒。忽见经顿地,两目流血。(《太平御览》三百七十)

武昌新县北山上有望夫石,状若人立者。相传云,昔有贞妇,其夫从役,远赴国难,妇携幼子,饯送此山,立望而形化为石。(《太平御览》八百八十八)

晋以后人之造伪书,于记注殊方异物者每云张华,亦如言仙人神境者之好称东方朔。张华字茂先,范阳方城人,魏初举太常博士,入晋官至司空,领著作,封壮武郡公,永康元年四月赵王伦之变,华被害,夷三族,时年六十九(二三二—三〇〇),传在《晋书》。华既通图纬,又多览方伎书,能识灾祥异物,故有博物洽闻之称,然亦遂多附会之说。梁萧绮所录王嘉《拾遗记》(九)言华尝"捃采天下遗逸,自书契之始,考验神怪,及世间同里所说,造《博物志》四百卷,奏于武帝",帝令芟截浮疑,分为十卷。其书今存,乃类记异境奇物及古代琐闻杂事,皆刺取故书,殊乏新异,不能副其名,或由后人缀辑复成,非其原本欤?今所存汉至隋小说,大抵此类。

《周书》曰,"西域献火浣布,昆吾氏献切玉刀,火浣布污则烧之则洁,刀切玉如蜡。"布汉世有献者,刀则未闻。(卷二《异产》)

取鳖锉令如棋子大,捣赤苋汁和合,厚以茅苞,五六月中作,投池中,经旬商商尽成鳖也。(卷四《戏术》)

燕太子丹质于秦……欲归,请于秦王。王不听。谬言曰,"令乌头白,马生角,乃可。"丹仰而叹,乌即头白,俯而嗟,马生角。秦王不得已而遣之,为机发之桥,欲陷丹,丹驱驰过之而桥不发。遁到关,关门不开,丹为鸡鸣,于是众鸡悉鸣,遂归。(卷八《史补》)

老子云,"万民皆付西王母;唯王,圣人,真人,仙人,道人之命,上属九天君耳。"(卷九《杂说》上)

新蔡干宝字令升,晋中兴后置史官,宝始以著作郎领国史,因家贫求补山阴令,迁始安太守,王导请为司徒右长史,迁散骑常侍(四世纪中)。宝著《晋纪》二十卷,时称良史;而性好阴阳术数,尝感于其父婢死而再生,及其兄气绝复苏,自言见天神事,乃撰《搜神记》二十卷。以"发明神道之不诬"(自序中语),见《晋书》

本传。《搜神记》今存者正二十卷,然亦非原书,其书于神祇灵异人物变化之外,颇言神仙五行,又偶有释氏说。

汉下邳周式,尝至东海,道逢一吏,持一卷书,求寄载,行十余里,谓式曰,"吾暂有所过,留书寄君船中,慎勿发之!"去后,式盗发视,书皆诸死人录,下条有式名。须臾吏还,式犹视书。吏怒曰,"故以相告,而忽视之!"式叩头流血,良久,吏曰,"感卿远相载,此书不可除卿名,今日已去,还家三年勿出门,可得度也。勿道见吾书!"式还,不出已二年余,家皆怪之。邻人卒亡,父怒使往吊之,式不得已,适出门,便见此吏。吏曰,"吾令汝三年勿出,而今出门,知复奈何?吾求不见连累为鞭杖,今已见汝,可复奈何?后三日日中,当相取也。"……至三日日中,果见来取,便死。(卷五)

阮瞻字千里,素执无鬼论,物莫能难,每自谓此理足以辨正幽明。忽有客通名诣瞻,寒温毕,聊谈名理,客甚有才辨,瞻与之言良久,及鬼神之事,反复甚苦,客遂屈,乃作色曰,"鬼神古今圣贤所共传,君何得独言无?即仆便是鬼!"于是变为异形,须臾消灭。瞻默然,意色大恶,岁余而卒。(卷十六)

焦湖庙有一玉枕,枕有小坼。时单父县人杨林为贾客,至庙祈求,庙巫谓曰,"君欲好婚否?"林曰,"幸甚。"巫即遣林近枕边,因入坼中,遂见朱楼琼室。有赵太尉在其中,即嫁女与林,生六子,皆为秘书郎。历数十年,并无思归之志,忽如梦觉,犹在枕傍,林怆然久之。(今本无此条,见《太平寰宇记》一百二十六引)

续干宝书者,有《搜神后记》十卷。题陶潜撰。其书今具存,亦记灵异变化之事如前记,陶潜旷达,未必拳拳于鬼神,盖伪托也。

干宝字令升,其先新蔡人。父莹,有嬖妾。母至妒,宝父葬时,因生推婢著藏中,宝兄弟年小,不之审也。经十年而母丧,开墓,见其妾伏棺上,衣服如生,就视犹暖,舆还家,终日而苏,云宝父常致饮食,与之寝接,恩情如生。家中吉凶辄语之,校之悉验,平复数年后方卒。宝兄常病,气绝积日不冷,后遂寤,云见天地间鬼神事,如梦觉,不自知死。(卷四)

晋中兴后,谯郡周子文家在晋陵,少时喜射猎。常入山,忽山岫间有一人长五六丈,手捉弓箭,箭镝头广二尺许,白如霜雪,忽出声

唤曰,"阿鼠!"(原注,子文小字)子文不觉应曰"诺"。此人便牵弓满镝向子文,子文便失魂厌伏。(卷七)

晋时,又有荀氏作《灵鬼志》,陆氏作《异林》,西戎主簿戴祚作《甄异传》,祖冲之作《述异记》,祖台之作《志怪》,此外作志怪者尚多,有孔氏殖氏曹毗等,今俱佚,间存遗文。至于现行之《述异记》二卷,称梁任昉撰者,则唐宋间人伪作,而袭祖冲之之书名者也,故唐人书中皆未尝引。

刘敬叔字敬叔,彭城人,少颖敏有异才,晋末拜南平国郎中令,入宋为给事黄门郎,数年,以病免,泰始中卒于家(约三九〇—四七〇),所著有《异苑》十余卷,行世。(详见明胡震亨所作小传,在汲古阁本《异苑》卷首)《异苑》今存者十卷,然亦非原书。

魏时,殿前大钟无故大鸣,人皆异之,以问张华,华曰,"此蜀郡铜山崩,故钟鸣应之耳。"寻蜀郡上其事,果如华言。(卷二)

义熙中,东海徐氏婢兰忽患羸黄,而拂拭异常,共伺察之,见扫帚从壁角来趋婢床,乃取而焚之,婢即平复。(卷八)

晋太元十九年,鄱阳桓阐杀犬祭乡里绥山,煮肉不熟。神怒,即下教于巫曰,"桓阐以肉生贻我,当谪令自食也。"其年忽变作虎,作虎之始,见人以斑皮衣之,即能跳跃噬逐。(卷八)

东莞刘邕性嗜食疮痂,以为味似鳆鱼。尝诣孟灵休,灵休先患灸疮,痂落在床,邕取食之,灵休大惊,痂未落者悉褫取饴邕。南康国吏二百许人,不问有罪无罪,递与鞭,疮痂落,常以给膳。(卷十)

临川王刘义庆(四〇三—四四四)为性简素,爱好文义,撰述甚多(详见《宋书·宗室传》),有《幽明录》三十卷,见《隋志》史部杂传类,《新唐志》入小说。其书今虽不存,而他书征引甚多,大抵如《搜神》《列异》之类;然似皆集录前人撰作,非自造也。唐时尝盛行,刘知幾(《史通》)云《晋书》多取之。

宋散骑侍郎东阳无疑有《齐谐记》七卷,亦见《隋志》,今佚。梁吴均作《续齐谐记》一卷,今尚存,然亦非原本。

吴均字叔庠,吴兴故鄣人,天监初为吴兴主簿,旋兼建安王伟记室,终除奉朝请,以撰《齐春秋》不实免职,已而复召,使撰通史,未就,普通元年卒,年五十二(四六九—五二〇),事详《梁书·文学传》。均夙有诗名,文体清拔,好事者或模拟之,称"吴均体",故其为小说,亦卓然可观,唐宋文人多引为典据,阳羡鹅笼之记,尤其奇诡者也。

阳羡许彦于绥安山行,遇一书生,年十七八,卧路侧,云脚痛,求寄鹅笼中。彦以为戏言,书生便入笼,笼亦不更广,书生亦不更小,宛然与双鹅并坐,鹅亦不惊。彦负笼而去,都不觉重。前行息树下,书生乃出笼谓彦曰,"欲为君薄设。"彦曰,"善。"乃口中吐出一铜奁子,奁子中具诸肴馔。……酒数行,谓彦曰,"向将一妇人自随。今欲暂邀之。"彦曰,"善。"又于口中吐一女子,年可十五六,衣服绮丽,容貌殊绝,共坐宴。俄而书生醉卧,此女谓彦曰,"虽与书生结妻,而实怀怨,向亦窃得一男子同行,书生既眠,暂唤之,君幸勿言。"彦曰,"善。"女子于口中吐出一男子,年可二十三四,亦颖悟可爱,乃与彦叙寒温。书生卧欲觉,女子口吐一锦行障遮书生,书生乃留女子共卧。男子谓彦曰,"此女虽有情,心亦不尽,向复窃得一女人同行,今欲暂见之,愿君勿泄。"彦曰,"善。"男子又于口中吐一妇人,年可二十许,共酌,戏谈甚久,闻书生动声,男子曰,"二人眠已觉。"因取所吐女人,还纳口中。须臾,书生处女乃出谓彦曰,"书生欲起。"乃吞向男子,独对彦坐。然后书生起谓彦曰,"暂眠遂久,君独坐,当悒悒耶?日又晚,当与君别。"遂吞其女子,诸器皿悉纳口中,留大铜盘可二尺广,与彦别曰,"无以藉君,与君相忆也。"彦大元中为兰台令史,以盘饷侍中张散;散看其铭题,云是永平三年作。

然此类思想,盖非中国所故有,段成式已谓出于天竺,《酉阳杂俎》(《续集·贬误篇》)云,"释氏《譬喻经》云,昔梵志作术,吐出一壶,中有女子与屏,处作家室。梵志少息,女复作术,吐出一壶,中有男子,复与共卧。梵志觉,次第互吞之,柱杖而去。余以吴均尝览此事,讶其说以为至怪也。"所云释氏经者,即《旧杂譬喻经》,吴时康僧会译,今尚存;而此一事,则复有他经为本,如《观佛三昧海经》(卷一)说观佛苦行时白毫毛相云,"天见毛内有百亿光,其光微妙,不可具宣。于其光中,现化菩萨,皆修苦行,如此不异。菩萨不小,毛亦不大。"当又为梵志吐壶相之渊源矣。魏晋以来，渐译释典，天竺故事亦流传世间，文人喜其颖异，于有意或无意中用之，遂蜕化为国有，如晋人荀氏作《灵鬼志》，亦记道人入笼子中事，尚云来自外国，至吴均记，乃为中国之书生。

太元十二年，有道人外国来，能吞刀吐火，吐珠玉金银，自说其所受师，即白衣，非沙门也。尝行，见一人担担，上有小笼子，可受升余，语担人云，"吾步行疲极，欲寄君担。"担人甚怪之，虑是狂人，便语之云，"自可耳。"……即入笼中，笼不更大，其人亦不更小，担之亦不觉重于先。既行数十里，树下住食，担人呼共食，云"我自有食"，不肯出。……食未半，语担人"我欲与妇共食"，即复口吐出女子，年二十许，衣裳容貌甚美，二人便共食。食欲竟，其夫便卧；妇语担人，"我有外夫，欲来共食，夫觉，君勿道之。"妇便口中出一年少丈夫，共食。笼中便有三人，宽急之事，亦复不异。有顷，其夫动，如欲觉，妇便以外夫内口中。夫起，语担人曰，"可去！"即以妇内口中，次及食器物……（《法苑珠林》六十一，《太平御览》三百五十九）

第六篇　六朝之鬼神志怪书（下）

释氏辅教之书，《隋志》著录九家，在子部及史部，今惟颜之推《冤魂志》存，引经史以证报应，已开混合儒释之端矣，而余则俱佚。遗文之可考见者，有宋刘义庆《宣验记》，齐王琰《冥祥记》，隋颜之推《集灵记》，侯白《旌异记》四种，大抵记经像之显效，明应验之实有，以震耸世俗，使生敬信之心，顾后世则或视为小说。王琰者，太原人，幼在交址，受五戒，于宋大明及建元（五世纪中）年，两感金像之异，因作记，撰集像事，继以经塔，凡十卷，谓之《冥祥》，自序其事甚悉（见《法苑珠林》卷十七）。《冥祥记》在《珠林》及《太平广记》中所存最多，其叙述亦最委曲详尽，今略引三事，以概其余。

汉明帝梦见神人，形垂二丈，身黄金色，项佩日光。以问群臣，或对曰，"西方有神，其号曰佛，形如陛下所梦，得无是乎？"于是发使天竺，写致经像。表之中夏，自天子王侯，咸敬事之，闻人死精神不灭，莫不惧然自失。初，使者蔡愔将西域沙门迦叶摩腾等赍优填王画释迦佛像，帝重之，如梦所见也，乃遣画工图之数本，于南宫清凉台及高阳门显节寿陵上供养。又于白马寺壁画千乘万骑绕塔三匝之像，如诸传备载。（《珠林》十三）

晋谢敷字庆绪，会稽山阴人也……少有高操，隐于东山，笃信大法，精勤不倦，手写《首楞严经》，当在都白马寺中，寺为灾火所延，什物余经，并成煨尽，而此经止烧纸头界外而已，文字悉存，无所毁失。敷死时，友人疑其得道，及闻此经，弥复惊异。……（《珠林》十八）

晋赵泰字文和，清河贝丘人也……年三十五时，尝卒心痛，须臾而死。下尸于地，心暖不已，屈伸随人。留尸十日，平旦，喉中有声如雨，俄而苏活。说初死之时，梦有一人来近心下，复有二人乘黄马，从者二人，扶泰腋径将东行，不知可几里，至一大城，崔巍高峻，城色青黑。将泰向城门入，经两重门，有瓦屋可数千间，男女大小亦数千人，行列而立。吏著皂衣，有五六人，条疏姓字，云"当以科呈府君"。泰名在三十，须臾，将泰与数千人男女一时俱进。府君西向坐，简视名簿讫，复遣泰南入黑门。有人著绛衣坐大屋下，以次呼名，问"生时所事？作何孽罪？行何福善？谛汝等辞，以实言也！此恒遣六部使者常在人间，疏记善恶，具有条状，不可得虚。"泰答"父兄仕宦，皆二千石。我少在家，修学而已，无所事也，亦不犯恶。"乃遣泰为水官将作。……后转泰水官都督知诸狱事，给泰兵马，令案行地狱。所至诸狱，楚毒各殊：或针贯其舌，流血竟体；或被头露发，裸形徒跣，相牵而行，有持大杖，从后催促，铁床铜柱，烧之洞然，驱迫此人，抱卧其上，赴即焦烂，寻复还生……或剑树高广，不知限量，根茎枝叶，皆剑为之，人众相晋，自登自攀，若有欣竞，而身首割截，尺寸离断。泰见祖父母及二弟在此狱中，相见涕泣。泰出狱门，见有二人赍文书，来语狱吏，言有三人，其家为其于塔寺中悬幡烧香，救解其罪，可出福舍。俄见三人自狱而出，已有自然衣服，完整在身，南诣一门，云名开光大舍。……泰案行毕，还水官处。……主者曰，"卿无罪过，故相使为水官都督，不尔，与地狱中人无以异也。"泰问主者曰，"人有何行，死得乐报？"主者唯言"奉法弟子精进持戒，得乐报，无有谪罚也。"泰复问曰，"人未事法时所行罪过，事法之后，得以除不？"答曰，"皆除也。"语毕，主者开縢箧检泰年纪，尚有余算三十年在，乃遣泰还。……时晋太始五年七月十三日也。……(《珠林》七，《广记》三百七十七)

佛教既渐流播，经论日多，杂说亦日出，闻者虽或悟无常而归依，然亦或怖无常而却走。此之反动，则有方士亦自造伪经，多作异记，以长生久视之道，网罗天下之逃苦空者，今所存汉小说，除一二文人著述外，其余盖皆是矣。方士撰书，大抵托名古人，故称晋宋人作者不多有，惟类书间有引《神异记》者，则为道士王浮作。浮，晋人；有浅妄之称，即惠帝时（三世纪末至四世纪初）与帛远抗论屡屈，遂改换《西域传》造老子《明威化胡经》者也（见唐释法琳《辩正论》六）。其记似亦言神仙鬼神，如《洞冥》《列异》之类。

陈敏，孙皓之世为江夏太守，自建业赴职，闻宫亭庙验（原注云言灵验），过乞在任安稳，当上银杖一枚。年限既满，作杖拟以还庙，捶铁以为干，以银涂之。寻征为散骑常侍，往宫亭，送杖于庙中讫，即进路。日晚，降神巫宣教曰，"陈敏许我银杖，今以涂杖见与，便投水中，当以还之。欺蔑之罪，不可容也！"于是取银杖看之，剖视中见铁干，乃置之湖中。杖浮在水上，其疾如飞，遥到敏舫前，敏舟遂覆也。(《太平御览》七百十)

丹丘生大茗，服之生羽翼。(《事类赋》注十六)

《拾遗记》十卷，题晋陇西王嘉撰，梁萧绮录。《晋书·艺术列传》中有王嘉，略云，嘉字子年，陇西安阳人，初隐于东阳谷，后入长安，苻坚累征不起，能言未然之事，辞如谶记，当时鲜能晓之。姚苌入长安，逼嘉自随；后以答问失苌意，为苌所杀（约三九〇）。嘉尝造《牵三歌谶》，又著《拾遗录》十卷，其事多诡怪，今行于世。传所云《拾遗录》者，盖即今记，前有萧绮序，言书本十九卷，二百二十篇，当苻秦之季，典章散灭，此书亦多有亡，绮更删繁存实，合为一部，凡十卷。今书前九卷起庖牺迄东晋，末一卷则记昆仑等九仙山，与序所谓"事讫西晋之末"者稍不同。其文笔颇靡丽，而事皆诞谩无实，萧绮之录亦附会，胡应麟（《笔丛》三十二）以为"盖即绮撰而托之王嘉"者也。

少昊以金德王，母曰皇娥，处璇宫而夜织，或乘桴木而昼游，经历穷桑沧茫之浦。时有神童，容貌绝俗，称为白帝之子，即太白之精，降乎水际，与皇娥宴戏，奏便娟之乐，游漾忘归。穷桑者，西海之滨，有孤桑之树，直上千寻，叶红椹紫，万岁一实，食之后天而老。……帝子与皇娥并坐，抚桐峰梓瑟，皇娥倚瑟而清歌曰，"天清地旷浩茫茫，万象回薄化无方，浛天荡荡望沧沧，乘桴轻漾著日傍，当其何所至穷桑，心知和乐悦未央。"俗谓游乐之处为桑中也，《诗·卫风》云"期我乎桑中"，盖类此也。……及皇娥生少昊，号曰穷桑氏，亦曰桑丘氏。至六国时，桑丘子著阴阳书，即其余裔也。……（卷一）

刘向于成帝之末，校书天禄阁，专精覃思。夜，有老人著黄衣，植青藜杖，登阁而进，见向暗中独坐诵书，老父乃吹杖端，烟燃，因以见向，说开辟已前。向因受五行洪范之文，恐辞说繁广忘之，乃裂帛及绅，以记其言，至曙而去。向请问姓名，云"我是太一之精，天帝闻卯金之子有博学者，下而观焉"。乃出怀中竹牒，有天文地图之书，"余略授子焉"。至向子歆，从向授其术。向亦不悟此人焉。（卷六）

洞庭山浮于水上，其下有金堂数百间，玉女居之，四时闻金石丝竹之声，彻于山顶。楚怀王之时，举群才赋诗于水湄。……后怀王好进奸雄，群贤逃越。屈原以忠见斥，隐于沅湘，披蓁茹草，混同禽兽，不交世务，采柏实以和桂膏，用养心神，被王逼逐，乃赴清泠之水，楚人思慕，谓之水仙。其神游于天河，精灵时降湘浦，楚人为之立祠，汉末犹在。（卷十）

第七篇　《世说新语》与其前后

汉末士流，已重品目，声名成毁，决于片言，魏晋以来，乃弥以标格语言相尚，惟吐属则流于玄虚，举止则故为疏放，与汉之惟俊伟坚卓为重者，甚不侔矣。盖其时释教广被，颇扬脱俗之风，而老庄之说亦大盛，其因佛而崇老为反动，而厌离于世间则一致，相拒而实相扇，终乃汗漫而为清谈。渡江以后，此风弥甚，有违言者，惟一二枭雄而已。世之所尚，因有撰集，或者掇拾旧闻，或者记述近事，虽不过丛残小语，而俱为人间言动，遂脱志怪之牢笼也。

第一部分　六朝小说重要研究论著评介

记人间事者已甚古，列御寇韩非皆有录载，惟其所以录载者，列在用以喻道，韩在储以论政。若为赏心而作，则实萌芽于魏而盛大于晋，虽不免追随俗尚，或供揣摩，然要为远实用而近娱乐矣。晋隆和（三六二）中，有处士河东裴启，撰汉魏以来迄于同时言语应对之可称者，谓之《语林》，时颇盛行，以记谢安语不实，为安所诋，书遂废（详见《世说新语》《轻诋篇》）。后仍时有，凡十卷，至隋而亡，然群书中亦常见其遗文也。

娄护字君卿，历游五侯之门，每旦，五侯家各遣饷之，君卿口厌滋味，乃试合五侯所饷之鲭而食，甚美。世所谓"五侯鲭"，君卿所致。（《太平广记》二百三十四）

魏武云，"我眠中不可妄近，近辄斫人不觉。左右宜慎之！"后乃阳冻眠，所幸小儿窃以被覆之，因便斫杀，自尔莫敢近。（《太平御览》七百七）

钟士季尝向人道，"吾年少时一纸书，人云是阮步兵书，皆字字生义，既知是吾，不复道也。"（《续谈助》四）

祖士言与钟雅语相调，钟语祖曰，"我汝颍之士利如锥，卿燕代之士钝如槌。"祖曰，"以我钝槌，打尔利锥。"钟曰，"自有神锥，不可得打。"祖曰，"既有神锥，必有神槌。"钟遂屈。（《御览》四百六十六）

王子猷尝暂寄人空宅住，使令种竹。或问暂住何烦尔？啸咏良久，直指竹曰，"何可一日无此君。"（《御览》三百八十九）

《隋志》又有《郭子》三卷，东晋中郎郭澄之撰，《唐志》云，"贾泉注"，今亡。审其遗文，亦与《语林》相类。

宋临川王刘义庆有《世说》八卷，梁刘孝标注之为十卷，见《隋志》。今存者三卷曰《世说新语》，为宋人晏殊所删并，于注亦小有剪裁，然不知何人又加新语二字，唐时则曰新书，殆以《汉志》儒家类录刘向所序六十七篇中，已有《世说》，因增字以别之也。《世说新语》今本凡三十八篇，自《德行》至《仇隙》，以类相从，事起后汉，止于东晋，记言则玄远冷俊，记行则高简瑰奇，下至缪惑，亦资一笑。孝标作注，又征引浩博。或驳或申，映带本文，增其隽永，所用书四百余种，今又多不存，故世人尤珍重之。然《世说》

文字,间或与裴郭二家书所记相同,殆亦犹《幽明录》《宣验记》然,乃纂缉旧文,非由自造:《宋书》言义庆才词不多,而招聚文学之士,远近必至,则诸书或成于众手,未可知也。

阮光禄在剡,曾有好车,借者无不皆给。有人葬母,意欲借而不敢言。阮后闻之,叹曰,"吾有车而使人不敢借,何以车为?"遂焚之。(卷上《德行篇》)

阮宣子有令闻,太尉王夷甫见而问曰,"老庄与圣教同异?"对曰,"将无同。"太尉善其言,辟之为掾,世谓"三语掾"。(卷上《文学篇》)

祖士少好财,阮遥集好屐,并恒自经营,同是一累,而未判其得失。人有诣祖,见料视财物,客至,屏当未尽,余两小簏,著背后倾身障之,意未能平。或有诣阮,见自吹火蜡屐,因叹曰,"未知一生当著几量屐?"神色闲畅。于是胜负始分。(卷中《雅量篇》)

世目李元礼"谡谡如劲松下风"。(卷中《赏誉篇》)

公孙度目邴原:"所谓云中白鹤,非燕雀之网所能罗也。"(同上)

刘伶恒纵酒放达,或脱衣裸形在屋中。人见讥之。伶曰,"我以天地为栋宇,屋室为㡓衣,诸君何为入我㡓中?"(卷下《任诞篇》)

石崇每要客燕集,常令美人行酒,客饮酒不尽者,使黄门交斩美人。王丞相与大将军尝共诣崇,丞相素不能饮,辄自勉强,至于沉醉。每至大将军,固不饮以观其变,已斩三人,颜色如故,尚不肯饮,丞相让之,大将军曰,"自杀伊家人,何预卿事?"(卷下《汰侈篇》)

梁沈约(四四一—五一三,《梁书》有传)作《俗说》三卷,亦此类,今亡。梁武帝尝敕安右长史殷芸(四七一—五二九,《梁书》有传)撰《小说》三十卷,至隋仅存十卷,明初尚存,今乃止见于《续谈助》及原本《说郛》中,亦采集群书而成,以时代为次第,而特置帝王之事于卷首,继以周汉,终于南齐。

晋咸康中,有士人周谓者,死而复生,言天帝召见,引升殿,仰视帝,面方一尺。问左右曰,"是古张天帝耶?"答云,"上古天帝,久已圣去,此近曹明帝也。"(《绀珠集》二)

孝武未尝见驴,谢太傅问曰,"陛下想其形当何所似?"孝武掩口笑云,"正当似猪。"(《续谈助》四。原注云,出《世说》。案今本无之。)

孔子尝游于山,使子路取水。逢虎于水所,与共战,揽尾得之,内怀中;取水还。问孔子曰,"上士杀虎如之何?"子曰,"上士杀虎持虎头。"又问曰,"中士杀虎如之何?"子曰,"中士杀虎持虎耳。"又问,"下士杀虎如之何?"子曰,"下士杀虎捉虎尾。"子路出尾弃之,因忿孔子曰,"夫子知水所有虎,使我取水,是欲死我。"乃怀石盘欲中孔子,又问"上士杀人如之何?"子曰,"上士杀人使笔端。"又问曰,"中士杀人如之何?"子曰,"中士杀人用舌端。"又问"下士杀人如之何?"子曰,"下士杀人怀石盘。"子路出而弃之,于是心服。(原本《说郛》二十五。原注云,出《冲波传》。)

鬼谷先生与苏秦张仪书云,"二君足下,功名赫赫,但春华到秋,不得久茂。日数将冬,时讵将老。子独不见河边之树乎?仆御折其枝,波浪激其根;此木非与天下人有仇怨,盖所居者然。子见嵩岱之松柏,华霍之树檀?上叶干青云,下根通三泉,上有猿狄,下有赤豹麒麟,千秋万岁,不逢斧斤之伐:此木非与天下之人有骨肉,亦所居者然。今二子好朝露之荣,忽长久之功,轻乔松之求延,贵一旦之浮爵,夫'女爱不极席,男欢不毕轮',痛夫痛夫,二君二君!"(《续谈助》四。原注云,出《鬼谷先生书》。)

《隋志》又有《笑林》三卷,后汉给事中邯郸淳撰。淳一名竺,字子礼,颍川人,弱冠有异才,元嘉元年(一五一),上虞长度尚为曹娥立碑,淳者尚之弟子,于席间作碑文,操笔而成,无所点定,遂知名,黄初初(约二二一),为魏博士给事中,见《后汉书·曹娥传》及《三国·魏志·王粲传》等注。《笑林》今佚,遗文存二十余事,举非违,显纰缪,实《世说》之一体,亦后来诽谐文字之权舆也。

鲁有执长竿入城门者,初,竖执之不可入,横执之亦不可入,计无所出。俄有老父至曰,"吾非圣人,但见事多矣,何不以锯中截而入!"遂依而截之。(《太平广记》二百六十二)

平原陶丘氏,取渤海墨台氏女,女色甚美,才甚令,复相敬,已生一男而归。母丁氏,年老,进见女婿。女婿既归而遣妇。妇临去请

罪，夫曰，"囊见夫人年德已衰，非昔日比，亦恐新妇老后，必复如此，是以遣，实无他故。"（《太平御览》四百九十九）

甲父母在，出学三年而归。舅氏问其学何所得，并序别父久。乃答曰，"渭阳之思，过于秦康。"既而父数之，"尔学奚益。"答曰，"少失过庭之训，故学无益。"（《广记》二百六十二）

甲与乙争斗，甲啮下乙鼻，官吏欲断之，甲称乙自啮落。吏曰，"夫人鼻高而口低，岂能就啮之乎？"甲曰，"他踏床子就啮之。"（同上）

《笑林》之后，不乏继作，《隋志》有《解颐》二卷。杨松玢撰，今一字不存，而群书常引《谈薮》，则《世说》之流也。《唐志》有《启颜录》十卷，侯白撰。白字君素，魏郡人，好学有捷才，滑稽善辩，举秀才为儒林郎，好为诽谐杂说，人多爱狎之，所在之处，观者如市。隋高祖闻其名，召令于秘书修国史，后给五品食，月余而死（约六世纪后叶）。见《隋书·陆爽传》。《启颜录》今亦佚，然《太平广记》引用甚多，盖上取子史之旧文，近记一己之言行，事多浮浅，又好以鄙言调谑人，诽谐太过，时复流于轻薄矣。其有唐世事者，后人所加也；古书中往往有之，在小说尤甚。

开皇中，有人姓出名六斤，欲参（杨）素，贵名纸至省门，遇白，请为题其姓，乃书曰"六斤半"。名既入，素召其人，问曰，"卿姓六斤半？"答曰，"是出六斤。"曰，"何为六斤半？"曰，"向请侯秀才题之，当是错矣。"即召白至，谓曰，"卿何为错题人姓名？"对云，"不错。"素曰，"若不错，何因姓出名六斤，请卿题之，乃言六斤半？"对曰，"白在省门，会卒无处觅称，既闻道是出六斤，斟酌只应是六斤半。"素大笑之。（《广记》二百四十八）

山东人娶蒲州女，多患瘿，其妻母项瘿甚大。成婚数月，妇家疑婿不慧，妇翁置酒盛会亲戚，欲以试之。问曰，"某郎在山东读书，应识道理。鸿鹤能鸣，何意？"曰，"天使其然。"又曰，"松柏冬青，何意？"曰，"天使其然。"又曰，"道边树有骨髅，何意？"曰，"天使其然。"妇翁曰，"某郎全不识道理，何因浪住山东？"因以戏之曰，"鸿鹤能鸣者颈项长，松柏冬青者心中强，道边树有骨髅者车拔伤：岂是天使其然？"婿曰，"虾蟆能鸣，岂是颈项长？竹亦冬青，

岂是心中强？夫人项下瘿如许大，岂是车拨伤？"妇翁羞愧，无以对之。(同上)

其后则唐有何自然《笑林》，今亦佚，宋有吕居仁《轩渠录》，沈征《谐史》，周文玘《开颜集》，天和子《善谑集》，元明又十余种；大抵或取子史旧文，或拾同时琐事，殊不见有新意。惟托名东坡之《艾子杂说》稍卓特，顾往往嘲讽世情，讥刺时病，又异于《笑林》之无所为而作矣。

至于《世说》一流，仿者尤众，刘孝标有《续世说》十卷，见《唐志》，然据《隋志》，则殆即所注临川书。唐有王方庆《续世说新书》(见《新唐志》杂家，今佚)，宋有王谠《唐语林》，孔平仲《续世说》，明有何良俊《何氏语林》，李绍文《明世说新语》，焦竑《类林》及《玉堂丛话》，张墉《廿一史识余》，郑仲夔《清言》等；然纂旧闻则别无颖异，述时事则伤于矫揉，而世人犹复为之不已，至于清，又有梁维枢作《玉剑尊闻》，吴肃公作《明语林》，章抚功作《汉世说》，李清作《女世说》，颜从乔作《僧世说》，王晫作《今世说》，汪琬作《说铃》而惠栋为之补注，今亦尚有易宗夔作《新世说》也。

【评介】

1920年，为了配合北京大学中国小说史课程的开设，鲁迅编写了《中国小说史大略》的课程讲义。这份讲义共17篇，题作《小说史大略》，油印发给学生。油印本讲义《小说史大略》用了一两年，鲁迅一边授课，一边不断地进行补充修改，很快由17篇扩大到26篇，题作《中国小说史大略》，在1923年陆续排印，仍作讲义。在《中国小说史大略》的基础上鲁迅又进一步加以补充修改，写出定稿，分上下两卷共28篇，由北京新潮社正式出版，题作《中国小说史略》。此书曾再版多次，鲁迅生前也曾多次予以修改。《中国小说的历史的变迁》是鲁迅先生在西北大学的演讲记录稿，修订后收入1925年3月西北大学出版部印行的《国立西北大学、陕西教育厅合办暑期学校讲演集》(二)中。《中国小说的历史的变迁》的主要内容是从《中国小说史略》中提取出来的。

《中国小说史略》第一次详细总结介绍了自神话传说时代至清末各个时期的小说作品及其艺术成就，阐述了历代小说兴衰变化的社会历史背景与思想文化方面的原因，勾勒了中国小说产生和发展的过程。《中国小说史略》这部具有开拓意义的小说史专著之所以能够问世，要归功于鲁迅先生在写作《中国小说史略》之前做了大量扎实的准备工作。早在1910年，鲁迅就开始着手辑录古小说的有关资料。鲁迅先生正本清源，辨伪去讹，对大量史料进行了详细的考证，先后辑校完成《古小说钩沉》、《古小说旧闻钞》、《唐宋传奇集》等书。郑振铎在《鲁迅的辑佚工作》一文中取《古小说钩沉》所辑《青史子》、《笑林》、《郭子》三种，与清代马国翰《玉函山房辑佚书》所辑加以比对，认为鲁迅"较精细，较谨慎，故便抓搜得更多"。这些工作为《中国小说史略》的写作打下了坚实的基础。

　　鲁迅先生的《中国小说史略》不但打破了中国小说自来无史的局面，而且构建了全新的中国古代小说研究理论体系，开创了中国小说史研究的新格局。《中国小说史略》在写作体例上构建了以朝代更替为经、以小说的流派为纬、以代表作品来衔接的理论框架，确立了中国古代小说史的研究范围及其研究范式。全书共28篇，从古代的神话和传说开始，中经汉魏六朝的志怪与志人，唐宋的传奇和宋人的话本，元明以后的讲史，明代的神魔小说、人情小说、拟话本，再到清代的讽刺小说、人情小说、狭邪小说、公案小说、谴责小说。《中国小说史略》清晰地勾勒出了数千年中国小说的生成、发展、流变脉络，准确地揭示了小说发展的内在规律。在《中国小说史略》之后，学术界普遍借鉴这一撰写小说史的模式，虽稍有变更，但始终不曾超出鲁迅先生《中国小说史略》开创的这一模式。

　　鲁迅对六朝小说的研究集中在《中国小说史略》中的第五篇《六朝之鬼神志怪书》（上）、第六篇《六朝之鬼神志怪书》（下）、第七篇《世说新语与其前后》以及《中国小说的历史的变迁》中的第二讲《六朝时之志怪与志人》。以四章的篇幅专门论述魏晋南北朝小说，从文献辑佚、创作心理、兴起原因等出发对这一时期的小说进行审视。对魏晋南北朝小说的研究中，鲁迅是第一个使用"志怪小说"和"志人小说"概念对此时期的小说加以分类的学者。

鲁迅研究古代小说，注重"辨章学术，考镜源流"，对于作为研究对象的小说文本，均详加校勘，然后才定为《中国小说史略》的引文。仅就篇幅来看，《中国小说史略》注释的字数几乎与正文相当。正文中，叙述文本、引用文本的分量又约占了总量的3/4。篇目、索引也较多见于文中。经过认真考证然后才下结论，这样的例子在《中国小说史略》中举不胜举。如六朝志怪书中的《列异传》，载于《隋书·经籍志》，裴松之的《三国志注》、郦道元的《水经注》中都征引其中的文字，所以是否曹丕所著，不能肯定，但"为魏晋人作无疑也"。再如《述异记》，旧说是梁任昉撰，但是唐人书中从来没有引用过，所以是"唐宋间人伪作"。这是他的创见。至于《搜神后记》，称陶潜著，可是"陶潜旷达，未必拳拳于鬼神"，所以鲁迅断言，"盖伪托也"，这说法就很有见地。在撰写小说史时旁征博引、广泛搜集、校注精严，是鲁迅研究六朝小说的一个重要的研究方法。

此外，鲁迅研究六朝小说时既能"用清儒家法"而"不为清儒所囿"，又吸取了西方的小说观念。这种中西互补的治学方法成为了鲁迅学术研究的最大亮点。鲁迅研究六朝小说时既重视小说的文本分析和审美评价，又注意从政治、社会风气、文化、宗教等方面探求小说发展的动因。讲到《世说新语》一类的记述人们言行的小说兴盛的原因时，鲁迅指出是出于当日盛行的清谈之风。"汉末士流，已重品目，声名成毁，决于片言，魏晋以来，乃弥以标格语言相尚，惟吐属则流于玄虚，举止则故为疏放，与汉之惟俊伟坚卓为重者，甚不侔矣。"鲁迅先生提出志人小说的出现既与当时政治形势有关，也有关于当时佛老思想的流传。"盖其时释教广被，颇扬脱俗之风，而老庄之说亦大盛"，虽然"其因佛而崇老为反动，而厌离于世间则一致，相拒而实相扇，终乃汗漫而为清谈"，"世之所尚，因有撰集，或者掇拾遗闻，或者记述近事，虽不过丛残小语，而俱为人间言动，遂脱志怪之牢笼也"。由是可知，政治形势，思想倾向，互相结合，互相影响，形成一种广泛的社会风气，这就直接影响到了当时的小说创作。这些论述将六朝志人小说的发展与当时的社会风气、政治因素联系起来，也就是把作家作品放到具体的社会背景中进行详细的分析。

"以我们现在的眼光看去,阮光禄之烧车,刘伶之放达,是觉得有些奇怪的,但在晋人却并不觉得奇怪,因为那时所贵的是奇特的举动和玄妙的清谈。……若不能玄谈的,好似不够名士底资格;而《世说》这部书,差不多可以看做一部名士底教科书。"不能谈玄的人是没有资格做名士的,谈得不好也会被人耻笑。这些作品一方面是为了给人们提供学习清谈的样本,以推动社会的谈玄风气;另一方面也展示了著作人的文学才华,帮他们延揽社会声誉。

此外,在论及六朝记叙鬼神怪异的书籍时,《中国小说史略》从外部因素探讨了六朝志怪小说得以产生的原因。"中国本信巫,秦汉以来,神仙之说盛行,汉末又大畅巫风,而鬼道愈炽;会小乘佛教亦入中土,渐见流传。凡此,皆张皇鬼神,称道灵异,故自晋讫隋,特多鬼神志怪之书。"(第六篇《六朝鬼神志怪书》)魏晋南北朝志怪小说的兴盛,是古代宗教、道教、佛教三种宗教信仰合力的结果。鲁迅先生研究小说史总是"究明文艺与社会之关系"(《集外集拾遗补编·〈文艺研究〉例言》)。他不仅通过对作品的分析探讨小说这一文体自身发展演变的内因,还从社会政治背景、思想文化潮流、社会风俗习惯等外部因素分析,来探讨历代小说产生和兴衰的外部环境。

《中国小说史略》还大量运用比较的方法。在影响研究方面鲁迅不仅关注到中国小说如何受外来文化的影响,也注意到中国小说对域外文学创作产生的影响。例如《中国小说史略》第五篇《六朝之鬼神志怪书》(上)辟专节讨论志怪小说接受印度文化影响的问题,他举《续齐谐记》中"阳羡鹅笼"故事为例,就层次分明地勾画出了一个印度文化影响中国小说的典型。鲁迅指出,凡是要讲影响,就必须提出确切的材料、分明的线索,否则不能贸然地下结论。

在论述小说变迁的历史时,鲁迅还十分注意其传承关系。在论及《世说新语》等"记人间事"的小说,鲁迅指出其来源很早,古已有之,"列御寇韩非皆有录载"。其后,这一体式影响很大,如今已亡佚或散见于他书的《俗说》、《小说》、《笑林》以及《启颜录》和或存的宋吕居仁《轩渠录》,沈征《谐史》,又元明十余种,"大抵或取子史旧文,或拾同时讲事"。这些是与《世说新语》同类的后世著述。至于直接仿效《世说新语》的,还有唐王方庆的《续世说新书》、宋王谠的《唐语林》、王晫的《今世说》、近人易宗夔的《新世说》等。由此可见，叙述某种体式的作品，鲁迅注重梳理清它的源流，使读者清楚地了解一类、一种作品的脉络线索。

鲁迅先生因其卓越的文学洞察力和鉴赏力而著称，他不仅熟悉传统的考证方法，而且是一位伟大的小说创作家。因为鲁迅先生既有文学史写作的亲身实践经验，又具备较系统的文学史理论知识，这种得天独厚的条件，使《中国小说史略》"无论是阐述小说的发展变迁，或是评析各类作家作品，往往是要言不烦，短短一段文字，甚或只是三言两语，既包含了很丰富的内容，而又显得扼要准确、切实有力"（郭豫适：《中国小说史略》导读）。例如鲁迅评价《世说新语》的语言简练含蓄这一特点时，仅用"记言则玄远冷俊，记行则高简瑰奇，下至缪惑，亦资一笑"。三言两语，却能一语中的。对《世说新语》虽着墨不多，却善于抓住人物言行、性格、神貌最突出的一面，对人物形神兼备的高超艺术技巧作出独到、精当、深邃的评价。

在《鲁迅的中国小说史略》一文中，萧相恺这样评价鲁迅的学术地位："但就我看来，迄于今，还没有一部真正从整体上全面超过《中国小说史略》的著作出现。今日的治古小说的学者也许可以不读后来所出的某些小说史著作，但却没有一个会不读鲁迅先生的《中国小说史略》。"无论是从小说史的整体框架，还是从小说类型划分、作家作品评价、历史资料考证等来说，《中国小说史略》无疑是一部划时代的小说史著作。

（夏习英）

余嘉锡《殷芸小说辑证》

【引文】

序　言

　　隋书经籍志云："小说十卷,梁武帝敕安右长史殷芸撰。"案:殷芸字灌蔬,陈郡长平人。梁书、南史并有传,南史附殷钧传后。但皆不载其著述。史通杂说篇云:"刘敬叔异苑称:晋武库失火,汉高祖斩蛇,剑穿屋而飞,其言不经,梁武帝令殷芸编为小说。"姚振宗曰:"案此殆是梁武作通史时凡不经之说为通史所不取者,皆令殷芸别集为小说,是小说因通史而作,犹通史之外乘。"见附书经籍志考证卷三十二。其说是矣。北户录注卷三。引介子推事,题为"梁武小说",正因其为奉敕所撰,犹之唐修晋书,号称太宗御撰云尔。其书自隋志以下,两唐志、宋志、崇文总目、尤晁陈三家书目皆著于录,至陶宗仪撰说郛,引用尚夥,观其次第,实自原书录出,知元末犹存。明文渊阁储藏至富,而目中竟无此书,疑其亡于明初也。

　　考芸所纂集,皆取之故书雅记,每条必注书名,续谈助及说郛所引尚存其原式,他书则径删去。体例谨严,与六朝人他书随手抄撮不著出处者不同。援据之博,不在刘孝标世说注以下,实六朝人所著小说中之较繁富者。然唐宋人著述不甚引用,书钞、类聚、初学记、六帖等竟不登一字。文选注、太平御览号为典籍渊薮,亦仅引一二条而已。选注一条,御览二条。固由当时古书尚存,无须藉手于此,亦正因其条举书名,后人得从之贩稗,不必更著所出故也。幸太平广记、凡引三十四条。续谈助、引七十三条。绀珠集、引二十二条。类说、引四十四条。说郛引二十三条。等书各引数十条,尚可辑录成书。长女淑宜专攻文学,因命其以此五书为本,辑为一编。并遍搜群籍,补其阙遗。所采书凡二十六种，共得百五十四事。除附录三事不数。余复略加考证，并依原书次第定著为十卷。书成，可缮写矣，乃闻鲁迅先生所辑古小说钩沉已于沪上出书，求之此间书肆及图书馆不得，久之，始展转假得其书，两相比较，此编多得二十余事。然钩沉采书十二种，其中优古堂诗话、铁围山丛谈、困学纪闻三种皆向未检及者。虽其事多据他书辑入，但纪闻中一事则失录。即蔡司徒在洛阳见陆机事。既据以补录，谨著其事于此，不敢掠人之美。至于考论辨证，则愚父子尝尽心焉，后之览者或亦有取乎此也。一九四二年序于北京。

【评介】

余嘉锡（1884—1956年），男，字季豫，后号狷庵，或称狷翁。祖籍湖南常德，生于商丘，我国现代著名的目录学家、文献学家、历史学家。其父为光绪二年丙子（1876年）进士，深通经史，故幼承庭训，有志于学。余嘉锡光绪二十七年（1901年）中举，任吏部文选司主事。辛亥革命后曾受聘于常德师范学堂。1927年后在北京大学及中国大学、民国大学、北京女子师范大学等大学任教，主讲目录学，享有"目录学专家"称号，目录学亦由此成为大学国文系的一门课程。1931年至1949年任私立辅仁大学教授兼国文系主任，1942年冬兼任辅仁大学文学院院长。1947年因《四库提要辨证》一书当选为中央研究院院士。1949年10月，被聘为中国科学院语言研究所专门委员。1952年秋撰《元和姓纂提要辨证》稿时因患脑溢血而瘫痪。1956年逝世，时年72岁。余嘉锡毕生博览群书，学贯古今，成果丰硕，文笔灵活。他研究领域广泛，著述宏富，其中，关于文献目录学、版本和校勘、辨伪和辑佚、注解和考证的成就显著。有《四库提要辨证》、《余嘉锡论学杂著》、《目录学发微》、《世说新语笺疏》、《古书通例》等专书传世，此外，《汉书艺文志索隐》及《元和姓纂校补》八卷手稿本未曾刊行，存否至今不明。

南朝梁殷芸编著的《殷芸小说》作为现存我国文学史上第一部正式以"小说"直接命名的小说集，在史学、文学等方面都取得了突出的成就，在中国小说史上无疑具有极为重要的地位。据《隋书·经籍志》、刘知幾《史通·杂说》及刘敬叔《异苑》等书，殷芸系受梁武帝敕命而撰此书。姚振宗《隋书·经籍志考证》谓："此殆梁武作通史时，凡不经之说为通史所不取者，皆令殷芸别集为小说，是小说因通史而作，犹通史之外乘。"由此可见，殷芸受梁武帝之命编辑小说，而编入《殷芸小说》中的内容，是那些所谓"不经之说"，这正是符合小说特点和要求的"街谈巷语"或"道听途说"，全是小说家之言，而非历史。其书名为首次以"小说"命名者。书中所记琐事遗闻上起周秦，下迄宋齐，分秦汉魏晋宋诸帝、周六国前汉人、后汉人（分两卷）、魏世人、吴蜀人、晋江左人（分三卷）、宋齐人共十卷，堪称亘贯千古之野史杂记式小说。余嘉锡在其辑本序中称本书"援据之博，盖不在刘孝标《世说》注以下，实六朝人所著小说中之较繁富者"。

　　作者将难于入正史的一些佚闻杂事、街谈巷语汇编成书，上起周秦，下至南齐，使许多重要的历史文献资料得以保存。但后来原书逸失，仅散见于一些类书中。《殷芸小说》一书最早见著于《隋书·经籍志》小说类："《小说》十卷，梁武帝敕安右长史殷芸撰；梁目，三十卷。"《唐书·经籍志》、《新唐书·艺文志》、《崇文总目》、《通志·艺文略》、《郡斋读书志》、《直斋书录解题》、《遂初堂书目》、《宋史·艺文志》小说类均著录《殷芸小说》十卷。其中《唐书·经籍志》、《新唐书·艺文志》、《崇文总目》、《宋史·艺文志》等，著录书名、卷帙、作者均同。《郡斋读书志》、《直斋书录解题》小说类书名均作《殷芸小说》。钱谦益《绛云楼书目》小说类著同。明代文渊阁储藏至富，而目中竟无此书，故原书明后已佚。佚文散见于宋后类书中。宋代《续谈助》收录七十四条，《绀珠集》节录二十二条，《类说》节录四十四条，涵芬楼本《说郛》收录二十五条。

　　作为现存我国古代第一部以"小说"命名的作品集，《殷芸小说》在中国小说史上至关重要。早在20世纪伊始，鲁迅先生就对此书的佚文进行过搜集和整理工作，从十二种古籍中对该书原文进行网罗遗佚，得佚文一百三十五条，收入《古小说钩沉》。

　　余嘉锡先生于1942年继起辑录《殷芸小说》，余先生治学甚勤，他遍搜群籍，拾遗补阙，博采二十六种古籍，较鲁迅先生所采多十四种，辑佚条目为一百五十四事，并且"考其时代，分别编次"，分为十卷，题为《殷芸小说辑证》。更为可贵的是，每条故事后都详加案语，精心校勘，几乎把鲁迅先生所辑书中的错字缺字都改正补足了。所以，从内容质量而言，余先生所辑的《殷芸小说》，实际上比鲁迅所辑更为完善，还在书后加有附录三条存有疑义的佚文，体现了他严谨审慎的治学态度。其中两条经周楞伽先生严加考证，实属《殷芸小说》，被采入自己辑注的《殷芸小说》。周本《殷芸小说》，就是在鲁迅和余嘉锡两位先生辑本的基础上完善而成的。余嘉锡学问渊博，功底深厚，作《殷芸小说辑证》之时，十分谨慎认真，丝毫不敢疏忽。他的辑佚特点主要体现为体例完善，校勘考证严谨，对所辑佚文详加校勘、考辨；辑佚的材料来源范围广博，广涉经史传注；辑佚文各条之末，皆注明出处；辑出多条佚文时，在各条佚文下，常用"又"字；常常在篇末加按语，以考证或补充一些有关本文的问题。《殷芸小说辑证》对全文做的精心校勘和考释，体现了作者严谨、谦虚的治学态度。余嘉锡的辑佚实践和研究工作推进了辑佚学的发展，并为保存利用古籍、传承传统文化作出了重要贡献。《殷芸小说辑证》，载《余嘉锡论学杂著》。《余嘉锡论学杂著》一书的版本主要有，中华书局1963年版，岳麓书社1997年版。

之后，唐兰据《续谈助》、《说郛》和《古小说钩沉》定著佚文一百五十一条，依原书次第编为十卷，题为《辑殷芸小说并跋》，收在《周叔弢先生六十生日纪念文集》，周珏良等编辑，香港龙门书店1950年7月版。

20世纪80年代初，今人周楞伽在以余本为底本并结合鲁本的基础上又进行了更为详尽的考订和增补，增补至一百六十三条，题为《殷芸小说》，将周辑本与余辑本比较，发现：周本第三十九条、四十二条、四十五条、四十六条、四十七条、一百三十二条为余本所无，余本卷一"简文在殿上行"一条被分为第二十五条、二十六条两条，卷三"李元礼谡谡如劲松下风"一条被分为第七十条、七十一条，而余本附录中的第二、三条周本未采。（余本未将条目编次，周本则统一编次为一百六十三条）此外，两本还在一些条目的编次和字句上略有不同。由此可知，周本和余本的差别其实很小。周楞伽自谓其书"甚至可说是在他（余嘉锡）的基础上完成的"，正是学者诚恳的表现。该书于 1984 年由上海古籍出版社出版,为目前方便完备之本。

余嘉锡六朝小说研究主要论著:

①《世说新语笺疏》,中华书局 1983 年版。

②《古代小说辑证》(收录作者《小说家处于稗官说》、《殷芸小说辑证》、《杨家将故事考信录》、《宋江三十六人考实》著作四部),国家图书馆出版社 2010 年版。

(任正君)

刘叶秋《魏晋南北朝小说》

【引文】

一、内容与类型

神仙、鬼怪的故事和人物的言行片段

魏晋南北朝小说写的是哪些内容呢？这里举出几个故事来说明一下：春秋战国时代，楚国有一个铸剑的名工，叫干将莫邪。他费了三年的工夫为楚王铸成一对锋利的雌雄宝剑。在将要去给楚王送剑时，他对怀孕的妻子："我为王铸剑，用了整整三年时间，王恨我怠慢，在我去见他时，一定会杀掉我。你要是生了男孩，等长大了请告诉他到门外的南山边去，那里有一棵松树长在石头上，我把雄剑藏在树的背后，叫他取出这剑，替我报仇吧！"说完，他就把雄剑埋好，只带着雌剑去见楚王。楚王本来正想找碴儿杀他，见他只送了一把雌剑来，更加生气，马上把他杀了。

后来干将莫邪的妻子真的生了个男孩，取名叫赤。赤长大之后，问起父亲的去向，他母亲就把父亲被杀的事和临走时留下的话，都告诉了他。他听了立刻跑出去找剑，可是门外的南边，并没有山。这聪明的孩子想到父亲的话，可能是隐语，他看着他们堂屋门口的松木柱子和下面的柱础石，揣测他父亲所说"松生石上"是指的这个，就用斧子将柱子劈开，里面果然藏着那把雄剑。于是，他取出雄剑，决心要找楚王报仇。

不久，楚王梦见一个两眉中间有一尺多宽的小孩，口口声声说要报仇。因此楚王下令悬赏千金缉拿这个宽额头的小孩。赤知道要抓的就是他，赶紧从家里逃出，跑到山里，一边走路，一边哭着唱着。有一个过路的侠客碰见他，就问："你还很年轻，为什么哭得这样伤悲呢?"赤就把父亲被楚王杀害,自己想要报仇而不能的事告诉了他。侠客听了,义愤填膺地说:"听说楚王出千金的赏格要你的头,你把你的头和宝剑都交给我,我替你报仇吧!""那好极了!"赤高兴地回答,接着就拔剑自刎,两手捧着头和宝剑递给这位侠客,尸首直立不倒。侠客知道他的心意,遂表示道:"我决不辜负你的希望。"这样,赤的尸首才倒在地上。

随后,这位侠客就出现在楚王的深宫里,把赤的头献上;楚王非常高兴。侠客骗楚王说:"这是一颗勇士的头,您应该把它放在汤锅里煮烂,否则对您是不利的。"楚王就按照侠客的话去做,可是连续煮了三天三夜,头也不烂,还从沸腾的汤里跳出来,向楚王愤怒地瞪着眼睛。这时,侠客进一步诱骗楚王:"这个人头不烂不要紧,请您亲自到锅前看一下,它就烂了。"楚王听了,就到锅前低头观看,侠客乘机用剑照准楚王的脖子一砍,他的头就落在锅里,跟着侠客亦挥剑自刎,头也掉入锅内。不久,三个人头一齐煮烂了,再也认不出哪个是楚王的头。于是楚王的手下只好把锅中的骨肉分成三份埋葬了。

此外,《螺姑娘》的传说,你大概也听人说过吧。东晋安帝(司马德宗)的时候,侯官(今福州地区)有一个朴实、善良的年青人谢端,从小就丧了父母,由邻人抚养成人。到了十七八岁,他自立门户生活,还没有娶妻。街坊们都对他很关心,筹划着给他作媒,谢端却并不把这事放在心上,每天只是起早睡晚地辛勤耕作。有一天,他在地里捡到一个大螺,觉得是很少见的,就带回家养在小水缸里。从此,他每天劳动回来,屋里总是已经有人替他生了火,做好了饭。起初,他认为是邻居们给他帮忙,去向人家道谢;但是人家说并没有这回事。后来家里老是有热菜热饭,他忍不住又去问邻居,邻居笑着说:"你自己娶了媳妇,秘密地藏在屋里,怎么倒说是我们为你做饭呢?"谢端听了这话,更加怀疑。一天清晨,鸡刚报晓,他就由家中走出,可是不久就悄悄地转回家来,在篱笆外面窥视屋里,看见一个年青的姑娘从缸内出来到灶前生火;他立刻跑进屋,向缸内一看,大螺已经不见了;原来这个姑娘就是大螺变的。于是他就问姑娘从哪里来,为什么给他做饭。姑娘回答说:"我是天宫中的白水素女,上帝怜悯你从小孤苦,人又很好,所以叫我来暂时替你看屋子做饭,让你在十年内富裕起来，娶上妻子，然后我再回天宫。可是现在由于你无故偷看，发现了我的形迹，我就不能再呆下去了。你只要肯努力劳动，生活总会一天比一天好；留下我的螺壳，给你装米，你可以不缺粮食了。"谢端明白了原委，舍不得叫这个仙女离去，一再挽留，仙女不肯，趁着一阵风雨就上了天。以后谢端按照仙女的嘱咐勤勉耕作，果然渐渐富裕起来，本地又有人把女儿嫁他为妻，日子过得很好；据说，谢端后来还作了县令呢！

倘若你不喜欢这类鬼怪的故事，那就再看看古代的现实生活，了解一下晋朝的刘伶、周处的言行吧。刘伶是一个放荡的文人，特别喜欢喝酒，经常喝得醺醺大醉，有时还脱了衣服在屋内裸体坐着。别人看见这种情形就讥笑他。他回答说："我把天地当房屋，拿房屋当衣裤，你们为什么要钻到我裤裆里来呢？"有一天刘伶的妻子看他喝得太凶了，就泼了他的酒，砸碎了盛酒的器物，哭着劝告他说："您喝酒过多，对身体不利，一定要忌酒。"可是刘伶不但不想忌酒，还要借这机会骗点酒喝，于是就回答妻子说："你说得很对，但我自己忌不了，只有向鬼神发一回誓才能忌断，你给我准备祭神的酒肉吧！"他的妻子信以为真，就为他备好了上供的酒肉，请他发誓。刘伶跪在地下祝告说："天生我刘伶，就靠喝酒出名，一喝就是一斛，五斗也能解酒病。女人的话呀，怎么也不能听！"祝告完，就起来喝酒吃肉，一会儿便又醉倒了。

周处是晋朝吴郡义兴（今江苏宜兴）人，年轻的时候态度粗暴，行为恶劣，本地人就把他和义兴水里的长蛟，山上的白额虎放在一起，算作三大害，可是周处起初并不了解这种情况。由于他平日勇敢而好胜，就有人劝告他去杀虎斩蛟。那条蛟很厉害，在水里时沉时没，出没无常。周处追着蛟，连续斗了三天三夜，不分胜负。大家看见周处下水以后一直没有上岸，认为他已经死了，就互相庆贺。后来周处斩了蛟上岸，听说人们在庆贺，才知道自己也是被人认为祸害的，觉得又惭愧又悔恨；就从义兴到吴县（今江苏苏州）去向当时的名士陆机、陆云兄弟请教。陆机不在家，陆云接待了他。他把自己的情况告诉陆云，并表示有意改过，只怕年岁大了，将会一事无成。陆云鼓励他说："早上懂得了做人的道理，即使晚上死了也没有什么可遗恨的了,何况你还很有希望呢!只要能下决心,就不愁得不到好名誉。"周处感到这话很有道理,于是立志重新做人,终于有了成就。

除了这类写历史人物言行片断的内容外,魏晋南北朝小说中,还有一些幽默的小故事。这里再举一例:汉朝有一个没有儿女的老人,家境富足,但却非常吝啬。每天都起早睡晚地经营产业,积聚钱财,可是总舍不得用,自己吃的穿的都很坏。有一天,一个穷人向他请求帮助,他不得已进去拿了十个钱,准备给那个人。当他从屋里向外走的时候,走两步就减去一个钱,等到了门口,已经减得只剩五个钱了。钱这么少,他还是感到心疼,就闭着眼递给那个人;呆了一会,又嘱咐人家说:"我倾家荡产来帮助你,你可千万不要告诉旁人,以免旁人也跟你一样来找我。"事后不久,这个老人就死了,他的土地、房子和财物,结果都充了公。

你看,这不是对剥削阶级的尖锐讽刺么?

故事就说到这里为止。现在交代一下他们的出处:《干将莫邪》一节,出于晋干宝的《搜神记》;《白水素女》一节(即《螺姑娘》),出于旧题为晋陶潜撰的《搜神后记》;《刘伶》、《周处》两节,都出于南朝宋刘义庆的《世说新语》;《吝啬老》一节,出于魏邯郸淳的《笑林》。大致说来,魏晋南北朝小说所写的就是这些内容。至于我们对这些故事应该怎样认识,什么是魏晋南北朝小说的精华与糟粕等等,则留在后文中论述。

志怪小说与轶事小说

我们所说的魏晋南北朝小说,是指从东汉末年魏、蜀、吴三国分立,经西晋、东晋到南北朝对峙局面的结束,这一历史阶段(公元220—589年)内产生的小说作品。虽然我们谈到这一阶段的小说,总是并称"魏晋南北朝小说",但实际可考的魏时著作寥寥无几,主要的还是晋代和南北朝人的作品。至于现存的汉人小说,只有《燕丹子》一部,比较可靠;其他如题为东方朔撰的《神异经》、《十洲记》,题为班固撰的《汉武故事》、《汉武帝内传》,题为伶玄撰的《飞燕外传》等;也都出于魏晋南北朝人的依托。因此,除去先秦著述中所保存的古代神话传说之外,中国的古代小说,得算魏晋人作品是最早的了。

  "小说"这一名称的概念，古今是有很大差异的，这里也要简单地交代一下。今天我们所谓的小说，是专指常与散文、诗歌、戏剧并举的一种以人物、故事为中心的文学形式。古人对小说的解释，就不这样单纯。"小说"两个字，最早见于先秦哲学家庄周的《庄子·外物篇》："饰小说以干县令，其于大达亦远矣。"而第一个把小说当作一种著作并列在书目录中的是东汉的史学家班固。他在《汉书艺文志诸子略》内，列有小说十五家。庄周把"小说"和"大达"并举，是指他认为远离大道的浅薄言论，与后来的小说毫不相干。班固所谓的"小说"，也并非指具有特点的文学形式，仅仅为列入九流十家之末的一家，是被他当作"街谈巷语，道听途说者之所造"的价值不高的一类作品。他所列的十五种小说，有象子书的，象史书的，讲礼制的以及一些巫医、术数的著述，内容相当杂乱。后来的封建文人，大都承袭班固对小说的看法，把琐闻、杂说、考订等零星琐碎和无类可归的笔记，一律称为小说。直到宋朝，小说才有了较清楚的范围，不再把那种一点故事性没有的杂著包含在内。由于古代小说内容和形式的复杂，后人就有了把他们分类的种种尝试。明朝胡应麟在他所著的《少室山房笔丛》内，把小说分为"志怪"、"传奇"、"杂录"、"丛谈"、"辩订"、"箴规"六种，是较为简要的分法。但其中的"传奇"，产生于唐朝，后三种又和我们今天所说的小说无关。只有"志怪"、"杂录"两体，可以作为魏晋南北朝小说的类别的概括。象前面所提到的记载《干将莫邪》、《白水素女》故事的《搜神记》和《搜神后记》二书，就是"志怪"小说一类的作品；记载《刘伶》、《周处》故事的《世说新语》，是由史传、杂录演变而成的一体，我们管它叫作"轶事"小说（或"清言"小说）；记载《咨耆老》故事的《笑林》，则属于"轶事"小说的支流"笑话"一类的作品。

  本书论述的即魏晋南北朝小说的"志怪"、"轶事"两种作品，"笑话"也要附带谈到。

【评介】

  刘叶秋（1917—1988年），男，原名桐良，字叶秋，号峄莘，因文章均署名"刘叶秋",故以字行。1917年生于北京。毕业于北京中国大学文学系,后在天津《民国日报》任副刊主编,并在天津工商学院女子文学院兼课。新中国成立后在天津津沽大学、北京政法学院等校任教。1958年被调到商务印书馆参加《辞源》的修订工作,对于《辞源》的编撰作出了突出的贡献。1980年被聘为南开大学中文系兼职教授。1988年6月在北京病逝。刘先生是国内外学术界少数几位较早从事文言笔记小说系统专门研究的学者之一。"文革"以前,他就先后出版过《魏晋南北朝小说》、《古典小说论丛》等专门关于文言笔记小说研究的专著。新时期,他又出版了《历代笔记概述》、《古典小说笔记论丛》等著作。这些著作在当时具有开拓性的意义。所撰的《中国的字典》、《中国古代的字典》和《常用字书十讲》,是我国最早的字典学专著。其他著作,有《魏晋南北朝小说》、《类书简说》、《孔尚任诗与〈桃花扇〉》及《编辑的语文修养》等多部。

《魏晋南北朝小说》是中华书局1961年出版的《古典文学基本知识丛书》中的一本,《古典文学基本知识丛书》是一套知识性的通俗读物。丛书的内容大致包括下列五个方面:一、介绍我国文学史上最重要的作家和作品。二、介绍各种重要的古典文学体裁及其发展的简史。三、介绍我国历史上各个时期重要的文学运动或文学流派。四、介绍各体韵文的基础知识。五、介绍有关古典文学的一般理论知识。让读者更加立体地了解魏晋南北朝小说的发展演变过程。《古典文学基本知识丛书》出版目的在于向具有中学文化水平的工农干部和一般青年,介绍一些祖国文学遗产的基本知识,引起他们阅读古典文学作品的兴趣,并帮助他们吸取有益的营养。鉴于这样一个原因,为了符合读者对象的需要,《魏晋南北朝小说》文字力求浅显通俗。

《魏晋南北朝小说》共六章内容如下:一、内容与类型:神仙、鬼怪的故事和人物的言行片断,志怪小说与轶事小说。二、生长的土壤:社会面貌—政治和经济—思想潮流—宗教与清谈。三、来龙去脉:神话、传说、寓言的继承和演变,史传的支流。四、作者都是哪些人?五、吸取精华:志怪小说的代表作《搜神记》及其他;轶事小说的代表作《世说新语》及其他。六、影响与作用:给唐传奇的产生准备了条件，开了笔记小说的先河，为后代的文学作品提供了题材，创造了优美的文学语言，具有多方面的参考价值。

《魏晋南北朝小说》系统地介绍了魏晋南北朝时期小说内容与类型、生长的土壤，论述了这一时期的小说对后世文学的影响，清晰地梳理了魏晋南北朝小说的来龙去脉，并重点分析了在魏晋南北朝小说史上具有典范意义的作品。对志怪小说的代表作《搜神记》、轶事小说的代表作《世说新语》重点加以详细介绍，包括作者、内容、影响，必要时还引述一两段原文，给读者增加一些感性知识。

刘叶秋先生的《魏晋南北朝小说》虽然是为具有中学文化水平的工农干部和一般青年写的通俗普及读物，但是作为研究古代小说的专家，刘叶秋先生力求写出当代科研的新水平，反映他们研究的新资料、新观点和新成就。就六朝小说形成的文体渊源而言，刘叶秋先生从神话、传说、寓言、史传文学等文章样式上寻根溯源。在论及魏晋南北朝小说对神话传说与寓言的继承方面，刘叶秋先生总结了以下四点：一、继先秦古籍之后，收集了一些神话传说。二、承袭神话传说的创作精神，在现实的土壤中驰骋想象，创造故事或润色民间传说。三、模仿古代神话书的体例，或利用旧题材演化新故事。四、排除寓言中的哲理成分，而继承其讽刺的精神和夸张的手法，用来嘲笑人物，衍化出《笑林》之类的笑话集一体。刘叶秋先生有关小说文体生成的真知灼见，的确是难能可贵的。

虽然《魏晋南北朝小说》一书限于篇幅有限，未能作更深入的探讨，但是就中国20世纪50年代到20世纪70年代这一非常时期而言，由于历史等原因，这个时期小说史的编撰与研究几乎到了断层的地步。自20世纪50年代至20世纪70年代末，除北京大学、南开大学三本小说史之外，几乎没有专门的小说史专著。魏晋南北朝小说、历代笔记一直没有专著论述，而《魏晋南北朝小说》一书简明扼要、条理清晰地介绍了魏晋南北朝时期小说，是较早对魏晋南北朝小说进行较为系统的全面研究的专著，为魏晋南北朝时期的小说研究奠定了基础，填补了魏晋南北朝小说研究方面的空白，推动了魏晋南北朝小说研究的发展。

刘叶秋六朝小说研究主要论著：

①《魏晋南北朝小说》，中华书局 1961 年版。

②《历代笔记概述》，中华书局 1980 年版。

③《古典小说笔记论丛》，南开大学出版社 1985 年版。

④主编《中国古典小说大辞典》，河北人民出版社 1998 年版。

（夏习英）

杨勇《世说新语校笺》

【存目】

【评介】

杨勇（1929—2008年），男，字东波，浙江永嘉人。祖辈出过三代秀才，至其父以耕读为业，家境贫困。7岁随祖父读过私塾，小学毕业，初中仅读半年就辍学，回乡任小学教师，亦曾在永嘉警察局当过文员。后考入江西瑞金陆军军官学校，毕业后在国民党军队任营长。解放战争时期，随国民党军队在东北战场作战，天津战役时被俘虏，后释放回永嘉。在老家，因口出狂言被人诬告入狱，出狱后于1951年3月去香港。流浪数年后，1955年入香港私立新亚书院中文系就读，1959年毕业留校。1968年获硕士学位。历任香港中文大学新亚书院中文系助教、副讲师、讲师、高级讲师、教授及台湾高雄师范大学研究所教授等职。2008年7月8日因病逝世，享年80岁。

杨勇到香港后就读的新亚书院，创办于1949年10月，后成为香港中文大学的一部分。当时的新亚书院，在院长钱穆的主持下，汇聚了不少学者，教师阵容相当强大。在那里，杨勇先后师从钱穆、伍叔傥、饶宗颐诸位大师，在诸师影响下，他对六朝文史的研究和教学产生了浓厚兴趣，穷毕生之力精研六朝典籍，成果显著，有《世说新语校笺》、《陶渊明集校笺》、《洛阳伽蓝记校笺》、《杨勇学术论文集》等问世，尤以《世说新语》研究深受学界肯定。

杨勇的《世说新语校笺》早于余嘉锡和徐震堮二位的同类著作，是近现代全面校笺《世说新语》的第一本书。该书1969年9月由香港大众书局出版，钱穆先生为之题字并手书一封，饶宗颐和柳存仁各作序文一篇。该书一面世即很快为台北正文书局和明伦书局等出版社所翻印，销售量之大，令人惊喜。2000年5月由台北正文书局修订出版。2006年6月北京中华书局引进版权在大陆发行该书，首印4000册未及一年售罄，2007年5月再次重印，由此亦见杨氏校笺本的巨大影响力。

作为近现代最早全面校勘《世说新语》的著作，杨勇的《世说新语校笺》有不少首创之功。

首先，该书取材宏富，堪称目前《世说新语》诸版本中收录资料最翔实的集大成版本，在这一方面的筚路蓝缕之功不可忽视。该书自初版以来，不断修订，日臻完善。初稿杨先生自1961年动笔，1968年作结，以日本前田氏藏宋本《世说新语》及唐写本《世说新语》残卷为底本，费8年之功搜集了240余种有关《世说新语》数据，一一总结前人的笺证札记，对《世说新语》做了系统的整理，校笺2800多处，约25万字。1990年9月自香港中文大学退休后，杨勇先生又不断访求当世有关《世说新语》新著100余种，穷8年之力进行修订，补正旧作900余处，新增3万余字，又于原书后附以汪藻《世说新语人名谱校笺》、《世说新语人名异称表》、《世说新语人名索引》等方便读者使用。大陆再版时，暮年的杨勇先生又精益求精地改正增益80余处，分成四册，上三册本文，下一册附录。可见，这本著作一直是由作者本人亲自完成，思想前后之连贯、校勘标准之统一皆非余嘉锡、徐震堮二著可比。

其次，该书解决了近人争论不休的问题，开辟了研究《世说新语》的新途径——即清谈。在此之前，包括清代大学者顾炎武在内的不少学者，都认为清谈出于清议，认为清谈即是谈老庄。这是因为他们在《世说新语》研究上采取的是立足于时代关怀来知人论世的做法，所以对清谈的研究不能跳出传统道德的价值诉求。杨先生对此极不赞成，批评这种议论魏晋时事与人物的做法是以唐宋人之见识论魏晋，未能看到魏晋时代的新精神风貌。他在该书《序》中专门对清谈问题做了论述："本序之意有三：阐明清谈之起源与性质，一也；否定清谈出于清议，而清议适出于清谈，二也；言'才学'之出现，终成为六朝社会之动力，文化之核心，而造成'天人合一'之说，'将无同'之局者，皆由清谈使之然也。"指出清谈之学到唐中叶已断层,魏晋时清谈或曰"滑稽"、"能言",为士族才情所寄,无所不谈,谈学术、谈日常、谈人物等,类似一种娱乐。余英时教授颇佩服杨勇先生,将他的《世说新语校笺》誉为"体大思精里程碑之作"。

再次,该书在体例上也有不少开创,方便读者阅读,为后来的《世说新语版本》所效仿。如以阿拉伯数字标目,将原来通用的"书《世说新语》某某类……始毕条后",直接按其在各类中的排序写成"某某几条"。又如,首次将《世说新语》正文与刘孝标注分开排版,刘孝标注用小字,使读者不必因注文而打断对正文的阅读。再如,对刘孝标注涉及人物传记资料,除直接注明外使用的"别见"、"已见"、"已别见"、"已见上"等说法,直接注明"别见"、"已见"某篇第几条注。这样一来,一目了然,给读者和研究者带来很大便利。

杨勇的《世说新语校笺》是20世纪六七十年代大陆学术处于低谷、《世说新语》研究中心移至港台的产物。出版之后,更是带动了港台地区的相关研究。从全书的情况来看,校多而注少,汇集了历代学者在《世说新语》词语考释方面的大量成果,成为后学进行《世说新语》专书语词研究常用的底本。

当然,作为一部成于一人之手的大部头学术专著,固然保证了比对、疏通的一致性,但也难免流于武断之病,优缺点相倚而生。唐翼明在《〈世说新语〉近代校笺注疏择要评议》中择取数例就指出了杨著擅改、擅删、擅增的缺点。如《言语》31条,宋本中为:周侯中坐而叹曰:"风景不殊,正自有山河之异!"杨著根据《艺文类聚》、《太平御览》、《景定建康志》二二引《晋书·王导传》、《敦煌本残类书》新亭条等资料将此句径改为:"周侯中坐而叹曰:'风景不殊,举目有山河之异!'"事实上,宋本的"正自有山河之异"一点都不比"举目有山河之异"差,甚至味道更为悠长,杨勇的擅改不如两说并存。故而,唐翼明不无遗憾地论道:"此书参照诸书,勤于比对,对疏通理解原文(包括《世说》正文与孝标注文)诚有莫大帮助,但作者常常太果于判别,以己意断之,对原文径加增改,这站在校勘学的角度来看,不能不说是一个巨大的风险。"

笔者以为,杨勇先生的《世说新语校笺》几易其稿,时间跨度几近半个世纪，材实之翔实远非他本可比，集大成的性质是十分明显的，是研究晋宋语词的极好的必读书目。但也正如吴金华、唐翼明等学人所指出的那样，杨勇先生在校笺中的一些做法弄乱了《世说新语》的本来面目。对于研究者来说，在以杨本为底本时应谨慎使用，参照他本，不为杨本所囿，如此方能确保研究的全面性和准确性。

杨勇六朝小说研究主要论著：
① 《世说新语校笺》，香港大众书局1969年版。

（梁晓萍）

汪绍楹校注《搜神记》

【存目】

【评介】

汪绍楹,男,字孟涵。出身于中医世家,民国时北京四大名医之一汪逢春的独生子。早年因家庭生活十分优裕,一直未曾就业,后来家道中落,就专门从事古籍整理。汪绍楹一生没有正式工作,但他对传统文化的研究极其深入,对古籍版本有非常精深的学术素养,长于目录之学,精于校勘,曾为中华书局校点《二十四史·隋书》(与阴法鲁合作)及《搜神记》、《搜神后记》、《太平广记》、《艺文类聚》等书,为古籍整理作出了很多贡献。汪绍楹在为中华书局点校《艺文类聚》时,写过一篇《校艺文类聚序》,通过逐字逐句的校勘,判定底本已有缺失、窜乱和妄改,这些来自校勘实践的真知灼见,充分体现了点校者的功力和水平,足见汪绍楹是一位博识多闻的版本学家。因此,胡道静在《中国古代的类书》中曾一再引用汪绍楹所写的《校艺文类聚序》,以代说明。

兴盛于魏晋南北朝的志怪小说上承神话,下启唐传奇,《搜神记》是魏晋志怪小说的集大成者。《晋书》卷八十二《干宝传》最早著录该书,谓"(干宝)撰集古今神祇灵异人物变化,名为《搜神记》,凡三十卷"。对此,《隋书·经籍志》、《旧唐书·经籍志》及《新唐书·艺文志》皆有著录。唯《宋史·艺文志》载为十卷,且云"不知作者",可见该书在宋代已经散佚。今本《搜神记》二十卷,为明人胡应麟据《法苑珠林》、《太平御览》、《艺文类聚》、《初学记》及《北堂书抄》诸书所辑,被胡震亨刻入《秘册汇函》,毛晋收入《津逮秘书》。《四库提要》作者疑此书"即诸书所引,缀合残文,傅以他说"而成。鲁迅在《中国小说的历史的变迁》中则称它是"一部半真半假的书籍"。

今本二十卷《搜神记》在流传过程中,版本较多,讹误亦颇多。现在较好的标点本与校注本有四:一为中华书局1979年出版的汪绍楹校注本,"以张海鹏的《学津讨原》本为底本"(见该书《出版说明》),做了大量的考源钩沉工作,又补辑了三十四条,是最为通行的读本,各种《搜神记》选译本、小说注译本多以该书为据。二为岳麓书社1989年7月出版的钱振民校点本,"以明末《津逮秘书》本为底本,以毛晋的《学津讨原》本参校,亦酌取汪绍楹先生校注本之长"(见该书《前言·附记》),并编主题索引以代目录,正文之后附"人(神)名索引"、"图籍索引"、"重言索引"等,也不失为一种便利的读本。三为贵州人民出版社于1991年1月推出黄涤明注译的《搜神记全译》,该书亦以《津逮秘书》本为底本,校以《学津讨原》本,并参考了汪绍楹的校注。四为2007年李剑国又在搜集、辨析大量文献资料的基础上出版《新辑搜神记》。以上基本反映了新中国成立以来对《搜神记》整理的成果。

汪绍楹《搜神记》对二十卷本《搜神记》中的四百六十四条材料一一核实,从各种典籍中找出这些材料的来源,又搜索出被胡震亨遗漏了的三十四条佚文[除去误辑者(包括应出《搜神后记》者)和应补入有关条目者,佚文实际是二十五条],同时还对这些材料进行了真伪鉴别、时代划分,为研究《搜神记》奠定了坚实的基础。汪绍楹所校注的《搜神记》是对《搜神记》的第一次全面清理,其校注本以精审著称,为学界所公认的较完善的版本,成为后出各本的底本、参校本。

汪绍楹做了大量的考证工作,包括资料来源的稽考、注释、校勘、辨伪、辑佚等,但体例承袭旧本,校勘、辑佚、辨伪亦未能尽善。总体而言,大概有以下几点还有待进一步完善:第一,汪注对于底本文字上的脱误,只作了必要的校正。汪氏的本意是尽量维持原书的面貌,但是并不利于一般读者使用,更不利于研究者的深入研究。第二,汪注的重点在于考源钩沉,以图对《搜神记》的真伪作进一步的考证。但是,书中材料仍有两方面的问题,一是没有能够充分地揭示出所用材料的来源,二是材料来源存在错误判断。第三,汪注对《搜神记》中材料真伪的辨别贡献相当大,但在具体材料的辨别判定上存在许多失误。对于汪注中存在的这些问题,目前后学者已作了很多勘误拾遗的工作。

汪绍楹校注的《搜神记》尽管校勘不严,存在问题较多,但它是对《搜神记》的第一次全面清理,为后来《搜神记》的研究工作奠定了基础。筚路蓝缕,初始难为,汪校《搜神记》对于古籍的保存和利用功不可没。

汪绍楹六朝小说研究主要论著:
①校注《搜神记》,中华书局1979年版。
②校注《搜神后记》,中华书局1981年版。

(任正君)

余嘉锡《世说新语笺疏》

【存目】

【评介】

　　余嘉锡先生平生博闻强记，勤读不辍，自号书斋为"读已见书斋"，自认为"无用世材，惟以著书、教学为事"，因学识渊博，蓄积深厚，其著作皆有极高的学术价值，泽被后人非止一代。

　　1937年北平沦陷之际，余嘉锡先生开始撰写《世说新语笺疏》一书，同时在大学开设了世说新语研究课程。在此之前，《世说新语》一书虽因本身内容之驳杂、刘孝标注之宏富珍贵而深受辑佚学家重视，但是尚未有一个完整的点校和注释本。余嘉锡先生以所见各本对校，在收集李慈铭的批校、程炎震的笺证、李详（审言）的笺释以及近人有关世说的解释之外，还泛览子史杂著等书，随文疏解，详加考校，历时16年，直至1953年才最终完成《世说新语笺疏》，故余嘉锡先生曾自评道："一生所著甚多，于此最为劳瘁。"可惜的是，由于作者晚年右臂麻痹，书稿直到1980年底才由婿周祖谟及女余淑宜整理誊录一清，1983年8月由中华书局正式出版。该书一经付梓，即名誉士林，1993年12月上海古籍出版社出版了该书的修订版，1996年重印。2007年，余嘉锡先生的外孙周士琦对《世说新语笺疏》进行了再次整理，由中华书局分成上、中、下三册出版。

　　《世说新语笺疏》版本精良，可以说汇集了各种本子的长处。古人读书治学重视书籍版本由来已久，而余嘉锡对版本的重视又有着不同于其他学人的背景，与他的目录之学有着密切的关系。"目录学"一词的出现和成为独立学科只是近代之事，从宋到清乾隆时期，目录学都是处于有实无名的状态下，比如章学诚就否认目录学，想用校勘学包举它。余嘉锡先生认为目录学是独立之学，治学自目录始，17岁即开始研读《四库全书总目提要》，浸淫其中50余年，在这方面"博览群籍，为文则取精用宏，非清代目录家之专治版本、校勘者所能及"（陈垣《〈余嘉锡文史论集〉序一》）。目录学本就是研究文献的入门学问，余嘉锡先生在这方面的建树，使得他的《世说新语笺疏》一开始就站在了比较高的起点之上，他所选取的底本、参照本都是迄今所存的善本和精校本，例如唐宋类书本、唐写本、日本影印宋本及明清刻本等。因此尽管时间已经走过了半个多世纪，余嘉锡先生的《世说新语笺疏》仍然是阅读和研究《世说新语》的重要版本，甚至可以说是必备的本子。

除版本精良之外，《世说新语笺疏》还反映出了余嘉锡先生在校勘学方面的深厚功底，对原文与刘孝标注文的语言文字疑难、文物制度的难以明白之处都作了必要的诠释，为阅读提供了很多方便。余嘉锡曾著文对校勘学进行过理论探讨，认为校勘可分为读书者之校雠与藏书者之校雠两种不同类型，相对于后者而言，余先生赞赏为读书而校勘，即在校勘中不仅要用不同版本和有关资料的原文相互比勘文字，涂改讹字，而且要阐明学术源流，以考订文字、史事为其旨要，补正错误脱漏，对歧异之处决定取舍，力求恢复古书本来面貌，以利于阅读和研究。这种校勘之法，要求作者有渊博的学识，将校雠、辨伪、辑佚、注释融为一体，涉及历史、文学、哲学、语言文字等各个方面。比如《世说新语》中所记魏晋人口头语言，由于时代久远，有许多已不可解，《世说新语笺疏》旁征博引，且结合当代方言对许多语词作了精当的诠释，如《德行》"吴道助、附子兄弟"条中的"料理"二字，《政事》"王丞相拜转扬州"条中的"兰"字，《文学》"殷中军见佛经云"条中的"阿堵"二字，《雅量》中的"伧"字，《贤媛》中的"方幅"二字，《黜免》中的"椅"字等结论都令人信服，而且又纠正了前人一些误解。这对于古汉语及文字学研究也有很突出的贡献。此外，余嘉锡还从文字、训诂、年代等方面考订"石经古文"不是嵇康所写，为经学史的研究提供了资料。又如对原书及刘孝标注中认为华歆与邴原、管宁三人当时游学相善，时号三人为一龙，华歆为龙头，官宁为龙腹，邴原为龙尾的说法表示怀疑。他根据《魏志·华歆传》及洪亮吉的《四史发伏》等有关材料,指出此华、邴、管三人相善为实,但齐名不分前后,只是以年龄排序,并非有龙头、龙腹、龙尾之称。凡此种种,都可见余嘉锡先生对史籍的广泛涉猎、读书之细以及《世说新语笺疏》校勘之严。

《世说新语笺疏》集校、笺、疏于一体,最难能可贵之处在于余嘉锡先生往往从版本知识、校勘文字异同和内容真伪入手,对史料、史事进行认真而细致的考据、笺证与疏解,其详征博引、正误补遗、论史评事之处,与裴松之注《三国志》非常相似。《世说新语》原文与注文涉及了大量史实和众多人物的社会、学术、文化活动,其中不少出自私家杂记,史实正误、史地律令沿革、文物制度和变迁都有待考证。周祖谟在该书的《前言》中说:"笺疏内容极为广泛,但重点不在训解文字,而主要注重考案史实。对世说原作和刘孝标注所说的人物事迹,一一寻检史籍,考核异同;对原书不备的,略为增补,以广异闻;对事乖情理的,则有所评论,以明是非。"这种重视史证、史评的笺校、疏证,正表现出余先生的史家本色,表现出了他的渊博学识以及高深的考据功夫,有许多重要的发现与收获。其寻检史籍、考核异同之处,如古籍多不记载人物的生卒年月,生卒问题后人多援引清代学者钱大昕的《疑年录》,余嘉锡在笺疏过程中发现其中有不少错误,逐条进行了考据,对钱氏之说进行稽核订误。如有关葛洪的生卒,钱氏认为卒于晋咸和年间,余先生引用《抱朴子》之《外篇·吴失》篇、《自叙》篇、《御览》、《晋书·惠帝纪》等书,认为葛洪应卒于晋哀帝兴宁五年。其略为增补,以广异闻之处,如寒食散是魏晋时期士大夫热衷服用的药物名称,对了解魏晋士人风尚至关重要,但史籍记载却少而简略。余嘉锡先生遍搜典籍,从校引文资料之异同到考据寒食散的原因、药方、服用等具体情况,都做了详尽阐释。其有所评论,以明是非之处,如"华歆、王朗俱乘船避难"一条中,针对魏晋士大夫的矫饰求名之风,余嘉锡评论道:"自后汉之末,以至六朝,士人往往饰容止、盛言谈,小廉曲谨,以邀声誉。逮至闻望既高,四方宗仰,虽卖国求荣,犹翕然以名德推之。华歆、王朗、陈群之徒,其作俑者也。"又如山涛劝嵇绍出仕,陷人于不义之境,为邪说之魁首,余嘉锡也引顾炎武《日知录》进行斥责:"顾氏之言,可谓痛切。使在今日有风教之责者,得其说而讲明之,犹救时之良药也。"余嘉锡先生还对魏晋士大夫佯狂避世、崇尚老庄、清谈终日的矛盾心理状态均作了深刻的剖析。凡此种种,皆不仅仅是单纯地考辨史实与论史,而是有着"砥砺士节,明辨是非"的寄寓,乃是余嘉锡置身于国家危难之际,感时忧国之心在学术上的投射。因之,《世说新语笺疏》是一部学术性、资料性、考证性、思想性四者兼备的研究著作,与为余先生获得巨大声誉的《四库提要辨证》可并称为他的代表作。

《世说新语笺疏》还体现出了余嘉锡先生的学术创新思想,即以史治小说。余氏治学,以实事求是为宗旨,虽熟谙历史、以目录学名家,但不以前人之是非为是非,不盲从古人而自有创见。以史治小说,史学界素来不为,而以小说证史、以史补小说,在余氏之前也为数不多。如清人钱大昕就认为"小说专导人以恶",应该"焚而弃之,勿使流播",而余嘉锡小说"所描写之人物,皆各其性情,各有面目,胥能与世情契合",如不"亟于从事整理,逮天年祀绵邈。文献无微,证佐尽亡,虽欲从事,无所措手……迟之又久,有化为云烟,荡为灰烬而已矣"(《余嘉锡文史论集》,岳麓书社1997年版,第546页)。正是出于以上认识,余嘉锡先生除了对《世说新语》进行笺疏之外,另外还有两篇以史治小说的论文——《宋江三十六人考实》和《杨家将故事考信录》。

《世说新语笺疏》对《世说新语》中的艺术特点,也有所论述。如《言语》篇中卫玠渡江,形容惨悴,对左右说的"见此芒芒"等语,余氏先引《太平御览》卷四八九《晋中兴书》卫玠与兄长分别事,然后从卫玠的处境和心理出发论道:"叔宝南行,纯出于不得已。明知此后转徙流亡,未必有生还之日。观其与兄临诀之语,无异生人作死别矣。当将欲渡江之时,以北人初履南土,家国之忧,身世之感,千头万绪,纷至沓来,故曰不觉百端交集,非复寻常逝水之叹而已。"颇为深刻。其他诸如《贤媛》篇所记载的济尼品评谢道韫与张玄妹的优劣,余氏先引《赏誉》篇及嵇康诗等材料对"林下风气"和"闺房之秀"做出解释,然后说:"不言其优劣,而高下自见,此晋人措词妙处。"这种评语言简意赅,不但很好地解读了文本,而且道出了一代文风的特色。

　　要之,《世说新语笺疏》不仅就《世说新语》一书的语言、文字、历史事实进行考核,还参稽群书的各个方面,引证书籍达数百种之多,其中有些杂书、笔记极易被人忽略,采择精详,持论允当,常有创见,成为后学津梁,对于《世说新语》和魏晋时期文化学术的研治皆有极大价值。遗憾的是,该书撰录止于1953年,且偏重证史,于刘孝标注之涉及玄言者,笺疏从略,故近年来也有一些学者做了一些补遗的工作。

（梁晓萍）

徐震堮《世说新语校笺》

【存目】

【评介】

徐震堮（1901—1986 年），男，字声越，浙江嘉善魏塘镇人。当代著名语言文学家、诗人和翻译家。幼年读书于家塾，偶阅唐人诗集，自此酷爱文学。14 岁入中学，受业于章太炎门人和谭献弟子，学习文字、音韵、训诂、考证和词章。入东南大学（原南京高等师范学堂）文史部后，又习得诗、词、曲之学，深受著名学者柳诒徵赞赏，柳氏所编《历代诗选》，于现代仅取徐震堮一人。20 岁后，好读外文，遂通英、法、德、意、俄、西班牙六国文字。30 岁后，又学世界语，并用以翻译、写作，向国外介绍我国的古典名著和新文学作品，所作的世界语诗歌，入选世界语诗人喀洛卡伊编的《九诗人集》和苏格兰诗人奥尔德编的《世界语诗选》。1923 年大学毕业后，曾为中学教师十余年。1939 年入浙江大学执教。新中国成立后院系调整，转入华东师范大学中文系任教授。历任上海市政协委员、华东师范大学古籍研究所所长及名誉所长、博士研究生导师、国务院古籍整理小组成员、《辞海》编委、《汉语大词典》学术顾问等职。1983 年后，徐震堮身体渐衰，但犹工作不辍，不幸终因用眼过度，双目失明，继而瘫痪，卧床不起。1986 年 10 月 11 日，因患肠癌与世长辞，享年 85 岁。

徐震堮先生一生致力于文化教育事业，为国家培养了大批人才。在浙江大学和华东师范大学长期担任古典文学讲席，于唐宋诗词研究尤深。所作诗词数百首，从不轻易发表。此外，在古籍整理和研究方面用力甚勤。一生著述宏富，主要著作有《唐诗宋词选》、《汉魏六朝小说选注》、《三家注李长吉歌诗》、《敦煌变文集校记补正》及《敦煌变文集校记再补》、《世说新语校笺》、《徐震堮诗文选》等。其中,《世说新语校笺》一书,是作者二十多年前的读书札记,经友人力劝方由杨积庆标点,张家璈、刘永翔、严佐之、吴格等人校勘缮录及斟酌取舍,1984年由中华书局分为上、中、下三册出版。

《世说新语校笺》是一部具有特色的校笺著作,它与一般的校笺书不同,偏重释词,特别是对魏晋南北朝时期的特殊用语及一些词语的特殊意义进行说明。作者把书中所用晋宋常语与习见义有出入的以及名物之难晓者,辑为《世说新语诗词语浅释》附于书后,极利于初学者阅读。并且,徐氏校勘时以涵芬楼影印明袁氏嘉趣堂本作为底本,校以影印唐人写本、影印金泽文库所藏宋本(简称影宋本)、沈宝砚据传是楼藏宋椠本所作校语(简称沈校本)、明凌瀛初刻批点本(简称凌刻本)以及近代王先谦思贤讲舍刻本(简称王刻本),各本皆是至今可见的善本和精校本,版本精良。除了注释简明、别具特色和校勘精审之外,据周祖谟先生《〈世说新语笺疏〉前言》所说,余嘉锡先生的《世说新语笺疏》在付印之前曾请徐震堮检读过,故徐著有可能有意不与余著重复,二书可以互补进行阅读。因此,徐震堮《世说新语校笺》一问世即成为《世说新语》的重要版本,受到读者的广泛欢迎。1987年中华书局香港分局、1989年台湾文史哲出版社都分别再版徐氏校笺本,2001年中华书局将其收入《中国古典文学基本丛书》重刊,此举更在很大程度上普及了该书,使该书仅三年后就再次重印。

《世说新语校笺》在学术界亦有较大的影响,是研究《世说新语》的重要著作之一,成为研究中古汉语的必读典籍。《世说新语》渊综广博,辗转刊刻所造成的差异错漏不少,而且徐震堮致力于《世说新语》研究时,中古汉语尚未引起学界的普遍重视,可参考的论著比较有限。徐著博究群籍,广征众典,于原书及刘孝标注之文字词语,考异辨讹,审阅推敲,对义理的疏通和文字的训解都有较高的认识价值。比如对《品藻》篇第六十二条的理解向来众说纷纭,不同之处主要在于"右军诣嘉宾"语意含混,难得确解。徐震堮先生根据刘注解道:"又曰右军诣嘉宾——此文颇费解。'又曰'者,盖记事者另发一端，言时人又有此论，不与上文相承。'诣'下'嘉宾'，二字疑衍。"这一说法得到了后来学者的支持，为理解此条提供了十分重要的线索。又如书后附录的《世说新语词语简释》，就被认为"对《世说新语》中许多'字面普通而义别'的词语作了解释，这是二十世纪七十年代末在中古汉语词汇领域一篇有影响的论文"。（王云路《中古汉语词汇研究综述》，《古汉语研究》2003年第2期）。徐著之后，关于《世说新语》词语考释的著作大量涌现，张永言主编的《世说新语辞典》和张万起主编的《世说新语词典》也先后问世，诸家受益于徐著良多，《世说新语校笺》在晋宋语言研究方面的成就可见一斑。

　　徐震堮先生治学，一主踏实，二主博鉴。受此影响，徐震堮先生的《世说新语校笺》与余嘉锡先生的《世说新说笺疏》相比，不以史实考证为主，而更重视《世说新语》本身表现出来的魏晋不同社会阶层人物的个性、士人风度和学术风气。徐著对原文及刘孝标注的校勘，主要是针对一些难解的词语、历史文化背景作精要、简明的注释，对与校释紧密联系的史实做出考订，以便读者对当时的社会风貌与精神气质有更准确的了解和把握。如在《忿狷》第六条"王令诣谢公"中"矜咳"一词，徐震堮先生先依沈校本疑"咳"作"硋"，然后训解道："矜，矜持；硋，拘执。晋人讲门地，士庶不同坐，书中屡见。谢安见献之不肯与习同榻，故以拘于习俗讥之。"类似的校笺在书中尚有一些，反映出作者笃实谨严的作风。再如一般人认为晋人矫情、不拘礼法，但作者在《前言》结合《言语》篇、《任诞》篇中的事例向读者强调"这（矫情）是当时士大夫的普遍倾向。在他们的言行中间，往往含有造作和虚伪的成分，可是真面目难免会被人发现……就以蔑弃礼法、遗落世事而论，也都是表面的现象，其实晋人最计较那些礼文上的细节，又最讲究家讳，桓玄听人说'温酒来'，就流涕呜咽。与当时放诞不羁的风尚截然相反。这都表明士族阶层思想和生活上的极端空虚和矛盾"。从这层意义上来说，徐氏的《世说新语校笺》还有较高的认知价值。

　　总之，徐震堮先生的《世说新语校笺》以简洁、明畅、易读、严谨为特色，解决了不少疑难，推动了《世说新语》研究的发展，是一部有很高学术水平的专著。但由于当时资料、学术现状等客观条件制约，其间尚有阙如乃至不尽如人意的地方。近年来，方一新、蒋宗许等后学对《世说新语校笺》在标点、句读以及训解方面做了一些补正拾遗的工作，可供参考。

徐震堮六朝小说研究主要论著：
① 《汉魏六朝小说选》，上海古典文学出版社1955年版。
② 《世说新语校笺》，中华书局1984年版。

（梁晓萍）

李剑国《唐前志怪小说史》

【引文】

志怪叙略

我国唐以前的小说,通常称为古小说,以区别于唐宋传奇小说、宋元话本小说和明清章回小说。古小说是小说的原始形态。

"小说"一词最早见于《庄子·外物篇》:

饰小说以干县令,其于大达亦远矣。

唐人成玄英疏云:"干,求也;县,高也。夫修饰小行、矜持言说,以求高名令问者,必不能大通于至道。字作'县'字,古'悬'字多不著'心'。"①"小说"指的是与高言宏论相反的,没有什么理论价值的琐屑之谈,也就是荀子说的"小家珍说"②,并不具有文体意义。

首次在文体意义上使用"小说"一词的,当推东汉初年的桓谭。《桓子新论》云:

小说家合丛残小语,近取譬论,以作短书,治身理家,有可观之辞。③

稍后班固《汉书·艺文志》复云:

小说家者流,盖出于稗官,街谈巷语、道听途说者之所造也。孔子曰:"虽小道,必有可观者焉。致远恐泥,是以君子弗为也。"然

---

① 见郭庆藩:《庄子集释》。
② 《荀子·正名》:"故知者论道而已矣,小家珍说之所愿皆衰矣。"
③ 《新论》已佚,此节文字见《文选》卷三一江文通(淹)《拟李都尉从军诗》李善注引。

亦弗灭也。闾里小知者之所及，亦使缀而不忘，如或一言可采，此亦刍荛狂夫之议也。①

他在《诸子略》中列十家，以小说家置于末位，且称"可观者九家而已"，小说家显然在"可观者"之外。东汉荀悦《汉纪》卷二五重复了《汉书·艺文志》意见，列诸子九家，小说家仅捎带语及，称"又有小说家者流，盖出于街谈巷议所造"。

他们说的"小说"，是"短书"的同义语，特征是形式短小，所谓"丛残小语"，内容是琐碎的"街谈巷语、道听涂说"。显然，这种小说概念仍是《庄子·外物篇》的发挥。

《汉书·艺文志》著录十五家小说，从残存的《青史子》三条遗文和班固自注来看，当时的小说确实是包括了许多杂七杂八的东西的，诚如鲁迅云，"诸书大抵或托古人，或记古事，托人者似子而浅薄，记事者近史而悠缪者也"②。大凡不是很庄重的经史子书，内容蹖驳，以"短书"面貌出现者，汉人统统目为小说。

当然不能以今人之小说观念作为衡量古代小说的尺度，因为小说自身亦同其它文学样式一样，表现为一个由低级到高级、由幼稚到成熟、由不完善到完善的历史过程。但即使在胚胎和雏形阶段，它也必须要包含着小说的基本因素，这就是具有一定的故事性（哪怕是最简单的人物情节），具有一定程度的形象性，要表现出故事的相对完整性和一定的虚构性。这样，小说才能和史书及议论性的文体划开界限。如果这个认识成立的话，我们就不难发现，汉人心目中的小说，其实仅是一个一般的文体概念，并不是文学概念，十五家小说大都不含小说性质。章太炎有云："周秦西汉之小说，似与近世不同，如《周考》七十六篇，《青史子》五十七篇……与近世杂史相类。"③ 不仅和清世完全成熟的小说不同，即连幼年小说的资格亦难以具备。

但这个观念是如此根深蒂固，以致历来史志书录都把小说范围弄得特宽，小说界域不清。《隋书·经籍志》云："小说者，街谈巷语之说

---

① "虽小道"云云，乃子夏语，非孔子，见《论语·子张篇》。
② 《中国小说史略》第一篇《史家对于小说之著录及论述》。
③ 《诸子学略说》，《国粹学报》1906年第21期。

也。"《旧唐书·经籍志》云:"九曰小说家,以纪刍辞舆诵。"都是因袭《汉志》之说。《隋志》著录小说二十五部,《旧唐志》著录十三部,其中真正的古小说虽不乏其有,但象《古今艺术》、《座右方》、《酒孝经》等,仅从其名称即一望而可知与小说大相径庭。直到清世,正统文人对小说的认识,基本上都沿袭着这种"街谈巷语"的说法。

古人把性质不同的各种杂记琐言一齐萃于小说门下,着眼点是这类作品具有形式上的一致性,即一短二杂,而"小说"一词从语义上看恰也包含这两方面的涵义。确实,古小说的特征之一正是形式之短小和内容之琐杂。所以桓谭才称其为"短书",后来王充又称为"短书小传"、"短书俗说"①,刘知幾则又有"小说卮言"、"短部小书"、"短才小说"等称②。但着眼点不能仅限于此。以具备不具备小说的文学因素为标准,我们则只能把其中那些记载历史遗闻、人物逸事、神怪传说的作品视为小说。因而我们所使用的小说概念,与传统的小说概念既有联系又有区别。

古小说种类较多,可分为志人小说③、志怪小说和历史小说。古人早就作过小说的划分。唐代刘知幾《史通·杂述篇》别史氏为十流,其中有逸事、琐言、杂记三类。按小说历来被视作"史之余",因而史氏十流的划分,实际包含着对小说的分类,所谓逸事、琐言、杂记也者,大体上正是古小说的三种类别。《杂述篇》云:

国史之任,记事记言,视听不该,必有遗逸。于是好奇之士,补其所亡,若和峤《汲冢纪年》、葛洪《西京杂记》、顾协《琐语》、谢绰《拾遗》,此之谓逸事者也。街谈巷议,时有可观,小说卮言,犹贤于己。故好事君子,无所弃诸,若刘义庆《世说》、孔思尚《语录》、阳玠松《谈薮》,此之谓琐言者也……阴阳为炭,造化为工,流形赋象,于何不育。求其怪物,有广异闻,若祖台《志怪》、干宝《搜神》、刘义庆《幽明》、刘敬叔《异苑》,此之谓杂记者也。

---

① 《论衡》卷三《骨相篇》、卷四《书虚篇》、卷六《龙虚篇》。
② 《史通》卷一〇《杂述篇》、卷一六《杂说上》、卷一八《杂说下》。
③ 志人小说的名称为鲁迅所定,盖与志怪相对,又有称为人物逸事小说、逸事小说、清言小说者。

又云：

> 逸事者，皆前史所遗，后人所记，求诸异说，为益实多。及妄者为之，则苟载传闻，而无铨择，由是真伪不别，是非相乱。如郭子横之《洞冥》、王子年之《拾遗》，全构虚辞，用惊愚俗。……琐言者，多载当时辨对，流俗嘲谑，俾夫枢机者藉为舌端，谈话者将为口实。……杂记者，若论神仙之道，则服食炼气，可以益寿延年；语魑魅之途，则福善祸淫，可以惩恶劝善，斯则可矣。及谬者为之，则苟谈怪异，务述妖邪，求诸弘益，其义无取。

刘知幾是以史学家眼光看问题的，把小说与历史混为一谈，故而不能把这看作是对小说的明确分类。但这里"苟载传闻"的逸事类，包括了《西京杂记》一流历史小说在内；多载辨对嘲谑的琐言类，即是《世说》一流的志人小说；"苟谈怪异，务述妖邪"的杂记类，也正是《搜神记》一流志怪小说。

第一个对古小说进行比较科学的分类的是明人胡应麟。胡氏《少室山房笔丛》丙部《九流绪论下》有云：

> 小说家一类，又自分数种：一曰志怪，《搜神》、《述异》、《宣室》、《酉阳》之类是也；一曰传奇，《飞燕》、《太真》、《崔莺》、《霍玉》之类是也；一曰杂录，《世说》、《语林》、《琐言》、《因话》之类是也；一曰丛谈，《容斋》、《梦溪》、《东谷》、《道山》之类是也；一曰辨订，《鼠璞》、《鸡肋》、《资暇》、《辨疑》之类是也；一曰箴规，《家训》、《世范》、《劝善》、《省心》之类是也。谈丛、杂录二类最易相紊，又往往兼有四家，而四家类多独行，不可搀入二类者。至于志怪、传奇，尤易出入。或一书之中二事并载，一事之内两端俱存，姑举其重而已。

但胡氏所举六种，囊括一切，范围太大。丛谈、辨订、箴规三种，基本不具小说性质，属笔记；唯前三类才是文学意义上的小说。其中传奇始出于唐，胡氏所举《太真》等三种皆为唐人作品，不在我们说的古小说范围。但《飞燕外传》旧题西汉末年人伶玄作，胡应麟以之为"传奇之首"①，故列入传奇类，《飞燕外传》记历史人

---

① 《少室山房笔丛·九流绪论下》。

物逸事，属历史小说，因而胡氏说的传奇类实际包括了唐前的历史小说。至于志怪和杂录，于唐前正是志怪和志人。

在胡氏前后，一些说部丛书也对小说分过类。陆楫《古今说海》分为小录（《北征录》等）、偏记（《平夏录》等）、别传（《灵应传》等）、杂记（《默记》等）、逸事（《汉武故事》等）、散录（《江行杂录》等）、杂纂（《乐府新录》等）七家。阙名《五朝小说》对魏晋小说则分为十家：传奇（《穆天子传》等）、志怪（《齐谐记》等）、偏录（《西京杂记》等）、杂传（《列仙传》等）、外乘（《海内十洲记》等）、杂志（《神异经》等）、训诫（《颜氏家训》等）、品藻（《诗品》等）、艺术（《禽经》等）、纪载（《竹谱》等）。都琐碎而混乱，远不及胡元瑞所分比较合理。

清初王应昌作《重校说郛序》①，分小说为见闻、议论、考核、箴规四类，此外还包括诗话文编、书评绘事、艺兰品菊、酒经壶格等"饾饤小品"。从其分类的名目及举例看，分明是参照了胡应麟说法，变志怪为见闻，并杂录、丛谈为议论，改辨订为考核，箴规仍其旧，传奇则删除。

《四库全书总目》划定小说范围比较谨敕，除所谓"笔记小说"外，其余无小说性质的杂著都列入谱录、艺术、杂家、诗文评等类。小说被分为三类：

迹其流别，凡有三派：其一叙述杂事，其一记录异闻，其一缀辑琐语也。

杂事之属者如《西京杂记》、《燕丹子》、《飞燕外传》等，大致相当于胡氏的杂录；异闻之属者如《山海经》、《汉武故事》、《搜神记》、《还冤志》等，相当胡氏的志怪；琐语之属者如《博物志》、《述异记》、《酉阳杂俎》等，是杂事、异闻之外的、大抵小说性质不很鲜明的寓言谐语、博物杂说。此后的古小说分类，大都依《总目》之例。②

《四库总目》对古小说的品类划分和命名虽不精确，但大体轮廓倒也划了出来。所谓杂事，在唐前即为历史小说和志人小说，还包括

---

① 见陶珽重编：《陶氏说郛》。
② 《四库全书总目》卷一四〇子部小说家类序。

唐以来笔记小说在内；所谓异闻，就是志怪小说；所谓琐语，其实一部分也还是志怪，不过过于琐杂而已。

  唐前古小说这三种类别，都有着内容上的明确规定性。志怪小说记载神鬼怪异故事，志人小说记载人物琐闻逸事，历史小说则记载传闻性的历史人物事件。不过三者之间并不是泾渭分明、互不相干的，特别是涉及到某些具体作品，界限并不十分清楚。有些历史小说也有怪异成分，如《燕丹子》、《西京杂记》；有的志人小说也兼而语怪，如殷芸《小说》；而志怪小说往往取材历史，所以常被看作杂史杂传，《史通》把《洞冥记》、《拾遗记》等志怪归入逸事类而不入杂记类，就是因为它们多取历史遗闻。这种情况就是胡应麟说的"一书之中二事并载，一事之内两端俱存"，解决办法只能是看主要倾向，亦即胡氏所云"举其重"。《燕丹子》主要是历史遗闻，故以历史小说视之，《小说》主要记人物逸事，故以志人小说视之；而"全构虚辞"的《洞冥》、《拾遗》则宜归入志怪。历史小说和志人小说也有共同处，志人小说也都是记历史人物的，不过后者只限于人物逸事，内容琐碎，笔调轻松，而前者或记一事之始末（如《燕丹子》），或记一人之事迹（如《飞燕外传》），或记一朝之典故（如《西京杂记》），二者还是有区别的。

  在小说发展史上，三类小说的地位和作用大不相同。历史小说其实是一种稗官野史，历史成分很大，很难在历史小说和野史之间划出一条明确界限，象《越绝书》、《吴越春秋》就是半小说半野史的东西。它对唐宋传奇及通俗小说中的讲史、演义自然发生过影响，但其自身演进轨迹却比较模糊，倘若要写一部《历史小说发展史》，那将是很伤脑筋的事情。志人小说从唐以下演出笔记一系，姑且不论"笔记"一词已成为包罗万象的杂著的统称，即以故事性较强的所谓"笔记小说"而论，其实在传奇、话本、章回小说发达起来后，它已丧失了小说性质，所以鲁迅《中国小说史略》于唐代还提一提杂俎，宋以下就置而不论了①。志人

---

  ① 一般说法，笔记小说也包括志怪小说在内。刘叶秋先生《历代笔记概述》分笔记为小说故事类、历史琐闻类、考据辨证类，第一类即为笔记小说，其中包括志怪笔记和轶事笔记。我们这里说的笔记小说是除开了志怪的。

第一部分 六朝小说重要研究论著评介

小说中的《笑林》、《启颜录》等，又变出笑话一脉，也脱出小说轨道。

从艺术价值和小说发展的角度看，最值得重视的乃是志怪。它虽一般也是"丛残小语"，作为小说尚在雏形阶段，但它比志人有更多的小说因素，最突出的是它有丰富的想象和幻想，比较鲜明的形象和比较完整的情节。这些因素在各种条件作用下不断增长、扩大、完善，就使它发展为更高级的小说形态。唐前小说，在数量上志怪首屈一指，魏晋南北朝成为志怪的黄金时代。至唐，志怪小说又接受史传文学哺育，演变出相当成熟的文言短篇小说——传奇。唐传奇在小说史上颇负盛名，其后虽呈衰落之势，但继踵者甚多。传奇或单篇，或专集，大部分都有怪异内容，因而它在许多情况下其实是放大了的志怪小说。本来，"传奇"者亦即志怪述异之意，裴铏《传奇》基本都是怪异故事，只是因为有一些无怪异内容，"奇"字递用为广义，不只是神奇、奇异、奇怪之奇，扩大到了一切奇人奇事之奇。志怪虽进化为传奇，但自身并未消逝，唐以降不绝如缕。胡应麟曾云，怪力乱神，俗流喜道，玄虚广漠，好事偏攻，因而好者弥多，传者日众，作者日繁①。据粗略统计，由唐至清，志怪小说集多达一百五六十种，尚不包括大量散佚者在内。不唯数量庞大，更有的卷帙浩瀚，南宋洪迈《夷坚志》长达四百二十卷（今存二百零六卷），几与《太平广记》相敌，堪称志怪大观。从质量和数量的统一上看，登峰造极者则推蒲松龄《聊斋志异》，近五百篇的《志异》，一部分是简短的志怪体，一部分是"用传奇法，而以志怪"②的传奇体，标志着志怪小说创造性的新发展，成为志怪小说永恒的骄傲。

志怪值得重视的原因不止于此。考察白话小说，神怪题材占极大比重。宋话本有灵怪、烟粉、神仙、妖术诸类③，明清章回复有神魔小说一门，即便以历史、公案、侠义、世情为题材的小说，大都也含

---

① 见《少室山房笔丛》丙部《九流绪论下》。
② 《中国小说史略》第二十二篇《清之拟晋唐小说及其支流》。
③ 宋罗烨《醉翁谈录》甲集卷一《舌耕叙引·小说开辟》分小说为灵怪、烟粉、传奇、公案、朴刀、捍棒、妖术、神仙八类。

有程度不等的神怪成分。说话人的参考书中多有志怪书,《醉翁谈录·小说开辟》云小说家"幼习《太平广记》","《夷坚志》无有不览"。有了这些作为根基,他们在"说话"中才得以"辨论妖怪精灵话,分别神仙达士机"。如一百零七种小说名目中,有《崔智韬》、《人虎传》、《无鬼论》、《黄粱梦》、《西山聂隐娘》、《骊山老母》、《红线盗印》等,都是取材于六朝志怪和唐人传奇。后世小说不唯从志怪中汲取题材和素材,也在艺术想象和表现方法上接受志怪的启示和影响。此外,志怪也为戏曲提供创作素材和题材。元明杂剧十二科中有神仙道化、神头鬼面①,都是以神佛妖异为内容的。许多戏曲也都取材于志怪传奇,这是人所共知的。

"志怪"一词亦出于《庄子》。《逍遥游》曰:

齐谐者,志怪者也。谐之言曰:鹏之徙于南冥也,水击三千里,抟扶摇而上者九万里,去以六月息者也。

成玄英疏云:"姓齐名谐,人名也;亦言书名也,齐国有此俳谐之书也。志,记也……齐谐所著之书多记怪异之事。"陆德明《释文》云:"齐谐……司马及崔并云人姓名,简文云书。"俞樾曰:"按下文'谐之言曰',则当作人名为允,若是书名,不得但称'谐'。"《释文》又曰:"志怪:志,记也;怪,异也。"据成玄英、司马彪、崔谍、俞樾等人说法,齐谐是人名。"齐谐者,志怪者也",是说齐谐是专门记载怪异故事的人。

这里首次出现了"志怪"一词,但不指一种文体,更不是小说概念,不过后世把记异语怪的小说书称为志怪,却正由此而来。

六朝志怪书大行于世,颇多以"志怪"名书者,孔约、祖台之、曹毗、许氏、于氏、殖氏等人都有《志怪》,梁元帝《金楼子》亦有《志怪篇》。这样,"志怪"便由《庄子》中的一个动词性词组,变成书名的专称。这是"志怪"一词的第一次变化。再发展下去,由书名又变成志怪书的通称,是为第二次变化。唐初所修《晋书》卷七五称祖台之"撰志怪书行于世","志怪书"三字似是泛称,不象是指祖台之《志怪》一书的书名。第三变是成为小说一个品种的名

---

① 见明朱权:《太和正音谱》。

称,这就是"志怪小说"概念的出现。首用此语的是晚唐人段成式。《酉阳杂俎·诺皋记引》尚还称志怪为"怪书",这是志怪书之省称;《酉阳杂俎序》则明确地说成"志怪小说之书","志怪"与"小说"相合,揭示出志怪书的小说性质,这是一个十分明晰准确的概念。唐后,或称"志怪"、"志怪之书","志怪小说",或又称"语怪之书"、"语怪小说"、"神怪小说",虽尚多歧称,但志怪的名称大抵在许多人那里已定了下来。特别是胡应麟,分小说为六种而志怪居其首,并继段成式之后明确使用"志怪小说"一语①,进一步赋予"志怪"以小说分类学上的确切含义。

但在历代史志书目中,却不见以"志怪"名类者。南朝梁代阮孝绪《七录》立鬼神部,《旧唐志》于杂传类分鬼神、仙灵二目,南宋郑樵《通志·艺文略》、明代焦竑《国史经籍志》于传记类列冥异目,《四库总目》虽也曾用过"志怪之书"的词语,但小说分类却以"异闻"名之。可见"志怪"的名称尚未得到普遍承认。直到鲁迅著《中国小说史略》,志怪名称才最终得以确定。

比起各式各样的名称来,"志怪"一词最能准确反映这类作品的内容。"怪"字作广义解,指一切奇奇怪怪之事。清人杜浚《书影序》云:"志怪者为存人耳目之所未经。""异"是"怪"的同义词,故蒲松龄有《聊斋志异》。高珩《聊斋志异序》云:"志而曰异,明其不同于常也。"非人之耳目所经见的非常之人、非常之物、非常之事,都是志怪反映的对象。具体说,乃神、仙、鬼、怪、妖、异之类是也。

《说文》一上示部释"神"字曰:"神,天神,引出万物者也。"这是"神"的狭义,从广义上说,一切天神地祇,世界的全部或某一部分的主宰者都是神。禀天地之气而生者是神,人死之后亦可为神,动植物也能成神。神是神话和宗教迷信的主人公。仙不同于神,是长生得道之人。《说文》八上人部:"僊(按:即'仙'字),人

---

① 《少室山房笔丛》卷三六《二酉缀遗中》云:"古今志怪小说,率以祖夷坚、齐谐。"又云:"余读诸志怪小说所载……"《少室山房类稿》卷八三《增校酉阳杂俎序》云:"其视诸志怪小说,允谓奇之又奇者也。"

在山上貌，从人山。"又写作"僊"："僊，长生僊去，从人䙴。"段玉裁注云："僊去，疑当为䙴去"。"䙴，升高也。"刘熙《释名·释长幼》云："老而不死曰仙。仙，迁也，迁入山也。故其制字，人旁作山也。"仙的概念出现远较神为晚，后来往往合称神仙，神和仙不大区分了。仙本是神仙家和道教的术语，佛教在中国传开后，仙也进入了佛门。神仙及其传说，始终是志怪小说的重要内容，志怪小说的书名多含"神"、"仙"二字，如《列仙传》、《神仙传》、《晋仙传》、《搜神记》、《稽神异苑》等等。

鬼是人死之后的魂灵。《尸子》云："鬼者，归也。故古者谓死人为归人。"① 王充《论衡·论死篇》云："世谓死人有鬼，有知能害人。"《说文》九上鬼部亦称："人所归为鬼，从儿，白象鬼头，从厶，鬼阴气贼害，故从厶。"鬼是阴气所聚，对生人有害，所以故事中多有阴鬼害人、惑人之事。不过鬼并非全是坏东西，也有善鬼，特别是那些美丽的女鬼。有时鬼也指精怪，《论衡·订鬼篇》云："鬼者，老物精也。夫物之老者，其精为人，亦有未老，性能变化，象人之形。"所谓"鬼物"、"鬼魅"者即此。志怪小说中鬼事极多。《灵鬼志》、《神鬼传》等书名均含"鬼"字。

怪，《说文》十下心部释为"异也"；唐释玄应《一切经音义》卷六云："凡奇异非常皆曰怪。"怪本是指自然界和社会出现的反常现象。妖的初义和怪相仿，所以常合称为"妖怪"。《说文》十三上虫部䘃（按：即"孽"字）字注："衣服歌谣草木之怪谓之祺（按：又作'衹'，即'妖'字），禽兽虫蝗之怪谓之䘃。"又一上示部释"祺"字云："地反物为祺也。"说本《左传》宣公十五年："天反时为灾，地反物为妖。"杜预注"地反物"为"群物失性"。古人常说"天灾地妖"，地震星陨等"天反时"的现象谓之灾；雀生大鸟、兔舞子市、六鹢退飞、桑谷生朝等"群物失性"的怪事，以及预示吉凶的歌谣、服饰、梦境等，这些不吉祥的征兆，都是妖。战国小说《汲冢琐语》是所谓"卜梦妖怪相书"，记的多是此等事情。秦汉以后妖、怪的含义发生了变化，指的是动植物或无生命者的精灵，也就

---

① 战国书，已佚，引文见汪继培：《尸子》辑本卷下，载《二十二子》。

是怪物，如狐妖、狗怪等，或合称为妖怪。《抱朴子·登涉篇》："万物之老者，其精悉能假托人形，以眩惑人目，而常试人。"此之谓也。不过方术之士还喜欢在本来意义上使用这两个字，《搜神记》原有《妖怪篇》，所记皆为"天反时"、"地反物"的异事，并无狐妖狗怪。与妖、怪相近的名称还有精，五行书《白泽图》记载精的名目极多。精训为精灵、精气，人以外的事物获得灵魂、神力而能兴妖作怪，故而称作精。精也常与妖、怪合称为精怪、妖精。精怪又称为物，《史记·留侯世家》太史公云："学者多言无鬼神，然言有物。"故有妖物、怪物、物怪之称。在先秦，怪物有时也叫怪（但不叫妖），《国语·鲁语下》云："木石之怪曰夔蝄蜽，水之怪曰龙罔象，土之怪曰羵羊。"但一般说怪时主要还是指天灾地妖之类，孔子"不语怪力乱神"，其中"怪"字即为此义。那时怪物常又称作魅。《左传》文公十八年云："投诸四裔，以御螭魅。"注："山林异气所生，为人害者。"又宣公三年"螭魅罔两"注云："螭，山神，兽形；魅，怪物。"魅又作鬽，《说文》九上鬼部："鬽，老物精也。从鬼多，多，鬼毛。"后世沿袭了魅的称呼，往往又兼指鬼，连称为鬼魅。妖怪是六朝志怪反映最多的东西，故而以"怪"名书者亦极多，除诸家《志怪》外，尚有《神怪录》、《穷怪录》等。

异，常常和妖、灾相连，叫做灾异、妖异。"异者，异于常也。"① 也是作为吉凶征兆出现的天地间反常现象。后来用为奇怪之义，范围大得多了，所以历代志怪书名含"异"字特多，如《异林》、《异苑》、《异说》、《列异传》、《古异传》、《甄异传》、《录异传》、《异闻记》、《述异记》、《神异经》、《辞掌异记》、《旌异记》等等。一个"异"字把神仙鬼怪诸般奇奇怪怪之事都包括在内了。说起志怪小说的书名，还常有"灵"、"冥"、"幽"等字，大抵都是鬼神精灵之义。

志怪以神灵鬼怪为基本内容，这就使得它必然要常常带上迷信色彩，因为宗教迷信的核心就是万物有灵的鬼神观念。这是志怪在思想内容上的一个突出特征。而且不少志怪书本来就是佛道的辅助读物。

---

① 刘熙：《释名·释天》。

但切莫以为志怪都是消极的，都是糟粕。在古代，鬼神观念乃是人们的普遍认识，在进步人士和被压迫阶级中，人们或是在关于鬼神的幻想中注进自己的美好愿望，或是利用现成的关于鬼神的幻想方式和材料，来构筑自己的理想大厦。这样的神话、传说、故事，都包含着积极的东西，是不能一概视为迷信的。

鬼神灵怪等等是一种幻想。幻想早在人类幼年，就已成为人类的一种特性，它是人类认识世界的一种特殊形式。既然是一种认识，当然它就有幼稚和深刻、愚昧和聪颖、错误和正确、消极和积极的区别。但从艺术创造上看，幻想从一开始就是人类天才的表现，人类通过幻想给自己创造了一个自由的艺术世界，在这一艺术世界中，人类的精神创造力得到发挥，审美要求得到满足，人类的天性得到自我表现。因而，从宗教的荒谬性上说，鬼神的创造也是荒谬的；但从艺术的创造性上看，鬼神的创造则是天才的。不论是在某种宗教观念支配下进行不自觉的艺术创造，抑或自觉按照审美原则进行有意识的自由的艺术创造，幻想给予人们的常常是或惊奇、或壮伟、或优美、或诙谐幽默的审美感受。而志怪小说的基础正是幻想，没有幻想就没有志怪。于是我们可以解释，何以这些简陋窘促的琐语卮言，竟能俘虏一代又一代的人们。

历代不少人嗜好志怪，上自皇帝，下至平民。有文化的人写志怪，传志怪，志怪书多了就汇集起来。老百姓虽然不写书，但要讲故事，讲的结果是给文人提供了丰富材料。好的志怪小说如《搜神记》等，都广泛吸收民间传说，因而民间创作是志怪的丰富源泉。文人的功劳是搜集、整理、加工。从他们的生花妙笔下诞生出来的志怪小说，虽不免失去一些好东西，带上一些坏东西，但由口头文学变为书面文学，才算有了小说，见出了文学描写手段，形成了语言艺术。

前代文人有的不喜欢志怪小说，斥为荒唐而视为小道。不过许多人还是喜欢的，如段成式云："固役而不耻者，抑志怪小说之书也。"[1] 胡应麟亦自称"遇志怪之书辄好之"[2]。古人喜欢志怪，有的

---

[1] 《酉阳杂俎序》。
[2] 《少室山房类稿》卷一〇四《读夷坚志》。

从实用观点出发，有的从欣赏观点出发。段成式说志臣有如"炙鸹羞鳖"，虽非折俎太羹却自有其味。宋人曾慥说它"可以资治体，助名教，供谈笑，广见闻，如嗜常珍，不废异馔，下箸之处，水陆具陈矣"①。明人施显卿说它"遇变而考稽，则可以为征验之蓍龟，无事而玩阅，则可以为闲谈之鼓吹"②。清人梁章钜说它"足资考据，备劝惩，砭俗情，助谈剧，故虽历千百年而莫之或废也"③。他们看中志怪小说（还包括非志怪的其它笔记）可以资治体、助名教，当然不免有迂腐之处；以之考稽祥征休咎更其荒唐；以为闲谈之鼓吹，博物之渊薮，也还失之识短。不过他们都感到志怪等小说确乎是种食之而有味的"异馔"，算是接触到了一点艺术实质。诗讲究韵味，志怪小说也有韵味。味在何处？即在于波谲云诡的丰富幻想和短小精悍的艺术描写。丰富奇丽之幻想足使人置身玄虚之境而睹莫测之奥，优美雅洁的文笔亦令人含英咀华而口吻生香。

自然志怪的审美特性不止此，不仅以奇幻惊人，文笔迷人，也常以情致动人。归纳这些意思，也正是鲁迅在《古小说钩沉序》中说的：

录自里巷，为国人所白心，出于造作，则思士之结想。心行曼衍，自生此品，其在文林，有如舜华，足以丽尔文明，点缀幽独，盖不第为广视听之具而止。

章学诚曾云："后世之文，其体皆备于战国。"小说亦形成于战国。以历史小说而论，《穆天子传》已肇其端，胡应麟称"颇为小说滥觞"；以志人小说而论，虽尚未形成，但先秦诸子有大量寓言、故事，亦已开其先河。鲁迅云："记人间事者已甚古，列御寇韩非皆有录载，惟其所以录载者，列在用以喻道，韩在储以论政。"志怪小说此时业已形成，标志就是《汲冢琐语》和《山海经》的出现。

《琐语》以记载"卜梦妖怪"的宗教迷信故事为主，而这些故事又皆取材于历史，虽说"怪"味尚不浓，但确实是记异，而不是记

---

① 《类说序》。
② 《嫩古今奇闻类纪序》，见《纪录汇编》卷二一二。
③ 《归田琐记》卷一。

实。它大约出现在战国初期至中期，比《山海经》成书早一些，是志怪小说正式形成的标志。这部书久已失传，极少为人所知。《山海经》今存，记录了许多奇异事物和神话片断，荒诞幻诞，"怪"味十足。但它过于简碎，缺乏故事性，真正性质是地理博物书和巫书的混合，只能说是准志怪小说，不是充分意义上的志怪小说。不过昔人早已以小说视之，它确实又有丰富的幻想资料，对后世志怪影响至为深广，远远超过《琐语》，特别是开创了地理博物体志怪一系，所以无疑应看作志怪小说的发端之一。

说志怪小说发端于《琐语》和《山海经》，还没有回答志怪小说的起源问题。所谓起源，指的是志怪小说正式形成前的存在形态。在独立的志怪小说出现以前，已有大量的神话、传说、故事在口头流传，许多并被记入史书中①。我们把这些怪异故事称为志怪故事，它正是志怪小说的源头。

研究志怪故事的性质，可以发现大致有三方面：一是在各民族的原始阶段就已产生，后来又不断流传，并不断增加新内容的神话和传说，二是关于鬼神、灾异、卜筮、占梦、阴阳五行的宗教迷信传说，三是荒诞不经的地理博物传说。三者的区分不是绝对的，相互之间常有渗透。神话传说在流传中往往加入迷信成分，迷信故事也常常利用神话材料，形成伪神话，而在某些迷信材料基础上又常常演出并无宗教意味的新的神话传说，地理博物传说更是同神话传说相混杂，并又经常带上迷信色彩。不过从总的方面看，志怪故事确实呈现出这三种状态。这三类志怪故事不仅汇聚成早期的志怪小说，而且在以后还不断哺育着志怪小说的生长。因而可以说，神话传说、迷信故事、地理博物传说，乃是志怪小说的三大源头。

一般小说史研究者都以为志怪发源于上古神话。这是片面的。诚然，上古神话是出现相当早的艺术形式，几乎可以成为一切文学艺术的渊薮。但是上古神话流传到后世的并不多，许多晚出的神话传说（仿神话）也并不产生在传说中的尧舜禹时期，要晚得多，而且由于

---

① 这里说的史书是广义的，包括经、史、子在内，经书实际也是史书，子书乃史书之分化，详后。

各民族社会发展不平衡,有些民族的原始神话产生时代虽属原始社会,其时却已至西周春秋甚至战国秦汉,而在此期间,宗教迷信和地理博物传说都在广泛流传着,一齐酝酿着志怪小说,所以志怪小说的起源绝非上古神话一途。

关于小说起源,人们还注意到寓言。《诗经》中已有寓言诗如《鸱鸮》,战国诸子散文和历史散文中更有许多寓言。寓言有四个特点,一是有故事性,二是有虚构性,三是形式短小,四是有哲理性,十分类似小说,说它包含着小说的萌芽完全正确。不过在考察它和志怪的关系时,我们注意的是那些以幻想形式出现的寓言,而这类寓言往往利用了神话和各种传说的素材和表现方式,例如《庄子》中的鲲鹏、藐姑射山神人、倏忽、海若、河伯、黄帝,《列子》中的愚公移山,《吕氏春秋》中的荀巨伯遇鬼等都是如此。既然三类志怪故事中已能够包括了这些寓言故事,就没必要再把它当成一个源头了。

对于志怪小说的起源和发端,前人也作过许多探索。不过他们常常把志怪者和志臣书,志怪小说的发端(也就是最早的志怪小说)和志怪小说的源头或萌芽搅在一起,对资料的挖掘和鉴别又不够,甚至把传闻当作史实,把寓言当作实事,因而大都不能得出科学结论。

有人把小说起点追溯到黄帝那里。晚清天僇生(王无生)云:"自黄帝藏书小酉之山,是为小说之起点。"① 按刘宋盛弘之《荆州记》载沅陵小西山上石穴中有书千卷,秦人读学于此②,宋初《图经》又谓穆天子藏异书于大酉山、小酉山③,并无黄帝藏书之说,疑天僇生误记。然不论是穆王藏书或黄帝藏书,都系不根之言,以之为据,岂不可笑?再说即使真有书藏二酉,何以肯定就是小说?人们还常提到夷坚,据《列子·汤问篇》载,大禹、伯益治水时,碰到奇怪事物,则"夷坚闻而志之"。张湛称夷坚是"古博物者也"④,其实此人是个寓言人物,纯系子虚乌有。和夷坚相仿,《庄子》中的

---

① 《中国历代小说史论》,见阿英编:《晚清文学丛抄·小说戏曲研究卷》。
② 见《太平御览》卷四九引。
③ 见《唐诗鼓吹》卷三陆龟蒙诗《寄淮南郑宾书记》郝天挺注引。
④ 《列子·汤问》张湛注。

"志怪者"齐谐也是庄生寓言,《玉烛宝典》卷一以为他是"黄帝时史"也不啻痴人说梦。庄子时代可能有这种喜欢语怪的人物,孟子也提到过"齐东野人",但未必有齐谐其人其书。因而象谢肇淛《五杂俎》卷一三所说的"夷坚、齐谐,小说之祖也",难免有捕风捉影之嫌。

  这是早的。时代在后者则有小说始于虞初《周说》和司马迁之说。清人周克达云:"《周说》九百四十三篇,此小说家所由起也。"①晚清瓶庵云:"虞初著目,始垂小说之名。"② 邱炜菱则谓"小说始于史迁",以为司马迁其性好奇,《史记》一书多点缀神异,"此实为后世小说滥觞"③。按《汉书·艺文志》十五家小说有虞初《周说》九百四十三篇,张衡《西京赋》亦称:"小说九百,本自虞初。"虞初是武帝时方士,为侍郎。其书久佚不传,就虞初的方士身份和《西京赋》薛综注"小说,医巫厌祝之术"的话来推测,《周说》可能有志怪小说的因素。但其时已至西汉,远在《琐语》、《山海经》之后,所以以为《周说》是小说家所由起者,并不妥。至于以《史记》为始,尤谬,因为《史记》乃史书,不能同小说混为一谈。

  许多人注意到了《庄子》、《列子》、《楚辞》等书。《庄子》充满"谬悠之说,荒唐之言,无端崖之辞"④,多含神话、寓言,《列子》也是⑤,屈原、宋玉的作品神话材料亦甚多。于是就引来胡应麟这样的看法:"故夫《庄》、《列》者,诡诞之宗,而屈、宋者,玄虚之首。"⑥所谓宗者首者,倘若是小说之开端,那是错的,因为把哲学著作和骚赋作品当作小说,与"小说始于史迁"的认识一样的混

---

 ① 《唐人说荟序》。
 ② 《中华小说界发刊词》,见《晚清文学丛抄·小说戏曲研究卷》。
 ③ 《客云庐小说话》,同上。
 ④ 《庄子·天下篇》。
 ⑤ 《列子》,研究者认定系晋人张湛伪造,但其中有些篇章当系原有,并非完全凿空虚造,张湛前《博物志》已引《列子》而见于今本,此可为证。
 ⑥ 《少室山房笔丛》丙部《九流绪论下》。又上篇云:"出鬼入神者(庄)。"中篇云:"庄周、列御、邹衍、刘安之属,捏怪兴妖,不可胜纪。"

乱。但如果说的是其中的神话、传说包含着小说萌芽，则甚为有理。我以为胡氏的意思似乎指后者，因为他在《少室山房笔丛·二酉缀遗中》有云："古今志怪小说率以祖夷坚、齐谐，然齐谐即《庄》，夷坚即《列》耳。二书固极诙诡，第寓言为近，纪事为远。"意思是二书是托诙诡之语而言理的理论书，并非是纪诙诡之事的志怪书。后来若绿天馆主人所云"韩非、列御寇诸人，小说之祖也"①，大抵说的是胡元瑞那样的意思。

对于志怪的起源和开端，胡元瑞是发表过一些很有参考价值的意见的，他不仅看出《庄》、《列》、屈、宋和志怪小说的关系，而且还明确指出了志怪小说之祖是《汲冢琐语》和《山海经》。《少室山房笔丛》的《九流绪论下》和《四部正讹下》有云：《汲冢琐语》"盖古今纪异之祖"，"《山海经》，古今语怪之祖"。"祖"的说法虽和"宗"、"首"一样比较含混，但从他对于此二书的其它许多论述来看，胡氏把它们都看作是小说，因而所谓祖者指的是置于小说起点的，已经获得小说身份的最早作品。胡氏关于志怪二祖的认识是符合实际的。

研究志怪的起源和产生，不难发现它同宗教的密切关系。上古神话是原始宗教的产物，先秦宗教迷信说是巫教和阴阳五行学的产物。无论《琐语》还是《山海经》，都带有浓厚的宗教和半宗教色彩。因而宗教是志怪小说发育生长的土壤。两汉以后，神仙方术、谶纬迷信、佛道二教，仍制约和影响着志怪的发展。

同时也不难发现，志怪小说是从史书中分化出来的。志怪小说由口耳相传的志怪故事到被零星分散地载入史书，再到取得独立地位，成为一种书面文学样式，这是它形成的一般过程。这一过程在春秋战国时期志怪小说初步形成时出现过，在两汉志怪进一步成熟发展时也出现过，都表明了志怪小说是史传之支流。由于志怪同史书有血缘关系，所以它自身在内容和形式上有着明显的历史特征，周秦汉的早期志怪尤为突出。它们多取史实，并常常采用故事（又称旧事）、传记、本纪之类的史体，记事方法亦得济于史家，一些志怪作者本来即

---

① 《古今小说叙》。

是史官。因而，历来视小说为"史之余"，"史官之末事"；志怪亦长期隶于史部，直到《新唐书·艺文志》才退为子部小说家类。由于它同历史丝丝相连，当时信鬼信神的史官们常常不辨真假而采入史书，以致刘知幾大兴喟叹①。

在整部志怪史中，唐前志怪是它的第一阶段。而唐前志怪的发展，自身又可分为三个时期：先秦、两汉、魏晋南北朝（含隋）。志怪的发展主要表现为形式越来越成熟，内容越来越丰富，题材越来越广泛，艺术表现力越来越提高，数量越来越增多，作者队伍越来越扩大。

先秦是志怪的酝酿和初步形成时期。大量志怪故事流行，早期志怪开始出现于战国，还有些是准志怪小说，表现为史书、地理博物书、卜筮书的形式，尚属幼稚阶段。

两汉是趋于成熟的发展时期。志怪数量开始增多，记事或简或繁，大都语言流丽，显示着艺术上的进步。但多数仍带有杂史、杂传和地理博物的体式特征，题材也不很广泛，多是神仙家言。象后世《列异传》、《搜神记》那样的杂记各种怪异故事的典型志怪形态，刚刚显露出一些苗头。

魏晋南北朝是志怪的完全成熟和鼎盛时期，又可分为魏晋和南北朝两段。此时志怪纷出，现存和可考者达八九十种，呈"千岩竞秀，万壑争流"之势。作者队伍庞大，成员复杂，上自皇帝郡王，下至僧道士众，无所不有。此中不乏知名之士。皇帝如魏文帝曹丕、梁元帝萧绎，郡王如宋临川王刘义庆、齐竟陵王萧子良，文学家如张华、陶渊明、吴均、任昉、颜之推，科学家如祖冲之，大道徒如葛洪、王嘉、陶弘景，都是著名人物。此时文学、历史、哲学著述发达，而志怪小说自成一家，处于显著地位而争芳斗妍。虽大抵仍是"短书"，但篇幅有变长的趋势，描写手段赶大提高，有些大有唐传奇的风姿。

---

① 《史通·采撰篇》云："晋世杂书，谅非一族，若《语林》、《世说》、《幽明录》、《搜神记》之徒，其所载或诙谐小辩，或神鬼怪物。其事非圣，扬雄所不观；其言乱神，宣尼所不语。皇朝新撰《晋史》，多采以为书。……虽取悦于小人，终见嗤于君子。"此类言论在其它篇章亦时有见之，不备举。

题材极为广泛,应有尽有,后代许多传说都可从这里找到雏形,各种幻想形式,此时大都奠定,丰富优美的幻想联翩而出,美不胜收。从思想内容上看,一定程度上反映了时代的政治、思想文化状况,具有一定的现实感。魏晋志怪和南北朝志怪表现出明显的差别,从内容上说,"魏晋好长生,故多灵变之说;齐梁弘释教,故多因果之谈"①。在艺术上后者比前者也有较大的进步,南北朝志怪为唐人传奇奠定了深厚的基础。

唐前志怪小说,虽作意好奇者亦有之,但多数属于自觉或半自觉的宗教迷信宣传,再加上作者们一般都是把怪异之事当作真事,按史家"实录"原则如实记录下来,因而志怪创作一般还不是有意识的文学创作。尽管极少数故事有传奇笔意,艺术上比较成熟,但总的看是多叙事而少描写,很不注意人物形象描写,更不用说刻划性格了;只满足于讲故事,以情节离奇取胜,但情节又往往简单。这些都表明,志怪作为小说尚在幼年。

【评介】

李剑国,男,山西灵丘人。1943年1月生。1967年毕业于南开大学中文系汉语言文学专业,1979年考入南开大学中文系,师从朱一玄、宁宗一先生攻读中国古代文学专业中国小说史方向研究生,1982年毕业,获文学硕士学位,留校任教。1991年李剑国被国务院学位办和国家教委评为"作出突出贡献的中国硕士生",事迹收入国务院学位办编的《华夏沃土育英才》一书(1991)。现为南开大学中文系教授、博士生导师。李剑国长期从事中国古代文学的研究和教学工作,以研究文言小说和古代文化为主。讲授过《中国文学史》、《中国小说史》、《唐代小说研究》、《道教与文学》、《文献学》、《校勘学》等硕士博士生课程,指导和培养国内外硕士生、博士生、高级进修生、访问学者20多人。他在国内外出版著作多种,发表论文50余篇,主要论著获国家教委、天津市及南开大学13项奖。

唐前志怪小说作为我国古代小说发展史的一个重要方面,得到了

---

① 胡应麟:《少室山房笔丛·九流绪论下》。

研究者的普遍关注。20世纪初，鲁迅《中国小说史略》作为我国古代小说研究的开山之作，首先对六朝志怪小说的审美特性进行了具有现代眼光的科学剖析。新时期以来，六朝志怪小说研究又取得了许多可喜的成果。1984年5月，南开大学出版社出版了李剑国的《唐前志怪小说史》。李剑国的《唐前志怪小说史》作为第一部系统研究唐前志怪小说的专著，材料丰富翔实，考释细密周到，梳理了唐前志怪小说的流变和发展情况，是唐前志怪小说研究的重要论著，也是当时作为"作出突出贡献的中国硕士生"之一的李剑国奠定其学术地位的重要之作；对于学术界而言，这是中国文言小说研究获得突破性进展的一个标志。多年来，这部作品备受海内外学界关注，广为征引。20年之后，中国文言小说的研究已取得了很大进展，而作者在文言小说研究中也有不少新的发现和成果，2004年，他对旧著进行全面修订，于2005年1月在天津教育出版社出版。《唐前志怪小说史》修订版集结了李剑国二十多年研究的成果，材料丰富、分析细致缜密，持论精深，全面系统地整理论述了中国唐代以前志怪小说的发展演变过程，是中国小说史研究的一部扛鼎之作。

《唐前志怪小说史》（修订本）对于志怪小说的叙述，分三个时期，又概括为三个类型。三个时期是：一、先秦：为志怪的酝酿和初步形成时期，有些"准志怪"小说，表现为史书、地理博物书、卜筮书的形式，尚属幼稚阶段。二、两汉：为志怪趋于成熟的发展时期，多数作品仍带有杂史、杂传和地理博物的体式特征，题材多为神仙家言。三、魏晋南北朝：为志怪的完全成熟和鼎盛时期，分魏晋与南北朝两段，此时志怪纷出，作者甚众，题材广泛，无所不包，且有由短幅演为长篇的趋势。三个类型是：其一，地理博物体志怪小说：由汉人的《括地图》、《神异经》等到晋张华的《博物志》等，属于这一类。其二，杂史杂传体志怪小说：由汉人的《汉武故事》、《列仙传》到晋葛洪的《神仙传》、苻秦王嘉的《拾遗记》等，属于这一类。其三，杂记体志怪小说：由汉人的《异闻记》到晋干宝的《搜神记》、陶潜的《搜神后记》等，属于这一类。作为史著，本书不仅总体上把唐前志怪小说发展的历史轨迹做了清晰的勾画，在具体的分析论证中也常常站在中国小说史的角度展示作品的历史地位。

李剑国在文献搜集和使用方面具有广博的特征,文中辑校佚文、辨析真伪、考镜源流,对于历代典籍、今人著述,都能旁征博引、延展有度。这本身就是竭泽而渔,是其治学的一贯路数和特色。文中还对作者、作品、体制、时代风格做了比较,对一些故事母题源流、类型演变做了梳理。如讨论《搜神记》东海孝妇事,联系《淮南子》、《说苑》、《汉书》、《后汉书》、《晋书》、王韶之《孝子传》、《窦娥冤》等,通过母题分析对历史上几个同一类型的孝妇故事的演化进行梳理,分析其个中内涵。又如根据白水素女(螺女)故事本出《搜神记》而误作《搜神后记》,以及吴猛、赵固、吴望子、卢充事在二书中的详略情形,进而推断二书旧辑者可能都是明人胡应麟。文中侧重于对作者、作品年代、存佚版本、原书原貌及伪书伪作有关问题进行研究,吸收了近年的研究成果,对《搜神记》、《搜神后记》、《异苑》等作品进行考据论证;以充分的论据和缜密的考证修正了一些既有观点,对学界未曾予以充分注意的一些作品做了深度发掘和探究;对一些作品的产生情况作了重新认定;李氏还纳入了近些年的研究成果,甚至是考古方面的一些新进展,比如1986年甘肃天水放马滩1号秦墓出土竹简之"志怪故事"是现今所知最早的复生母题故事,也被李氏纳入自己的研究范围;确定是伪书的删掉,新发现的作品及资料补上;从原书到修订本,作者尽量吸收既有的研究成果,又补充修改注释、核对引文、补充了参考引用书目。这些修订情况,也反映着这门学科的发展。

总之,李剑国的这部小说史通览唐前志怪小说的发展历程,从文献学入手,做广泛的资料搜集和认真的文献清理,勾勒出小说史的发展脉络,注重小说发展的流变,准确地把握了唐前志怪小说发展的内在规律。

李剑国六朝小说研究主要论著:

① 《唐前志怪小说史》,南开大学出版社1984年版。
② 《唐前志怪小说辑释》,上海古籍出版社1986年版。
③ 《唐前志怪小说史》(修订本),天津教育出版社2005年版。

④《新辑搜神记　新辑搜神后记》,中华书局2007年版。

⑤李剑国,陈洪主编:《中国小说通史》(四卷),高等教育出版社2007年版。

(任正君)

王国良《魏晋南北朝志怪小说研究》

【引文】

自　序

　　魏、晋、南北朝志怪小说，上承先秦神话、传说之余波，下启唐人传奇之端绪，在中国小说开展史上，实居于发轫之地位。其记事新奇可观，甚具原创性；其所费笔墨不多，而颇饶趣味。宜乎海内外探究译述者日多，已蔚为风气矣。

　　"志怪"一词，庄周用以指记录怪异之事；晋人祖台之、孔氏等，取之以名其书；迨乎明代，胡应麟始标举为神灵怪异小说之通称。民国以来，学者大抵采用胡氏之说法，进而划定笔记式志怪小说为一特殊文类，从事整理研讨之工作。

　　志怪小说，内容本极庞杂繁复，魏、晋、南北朝时代，复长达四百年左右。欲扼要叙述本期志怪作品发展之轨迹，实非易事。今但就题材之转变、形式之演进两项，略为申论一二。

　　就题材而言，魏、晋多记阴阳五行、巫觋术数、服食求仙、灵怪变异之事，内容稍嫌芜杂，《列异传》、《博物志》、《神异记》、《搜神记》、《神异经》等书，可为代表。降及南北朝，规过劝善、礼神消灾、天堂地域、因果报应之谈大盛，内容比较单纯，《观世音应验记》、《宣验记》、《冥祥记》、《冤魂志》、《旌异记》等书，可为代表。胡应麟尝谓："魏、晋好长生，故多灵变之说；齐、梁弘释典，故多因果之谈。"（《少室山房笔丛》）所论大抵不差。

　　就形式而言，搜奇异者多叙述掌故琐事，三言两语，略陈梗概，乃属残丛小语之范围，《博物志》、《神异经》、《玄中记》、《十洲记》、《洞冥记》等，为此中代表之作。志神怪者好记录异闻传说，篇幅稍长，描摹细致，故事性增强，部分近似唐人传奇，《甄异传》、《灵鬼志》、《汉武帝内传》、《续齐谐记》、《冤魂志》等，为此中代表之作。至若王子年《拾遗记》，混合奇异性与神怪性于一炉而陶冶之，文辞缛丽艳发，可谓别具特色。

　　本论文共分上、中、下三篇，上篇为概论，通观诸种外围问题而剖析之。凡举古小说之定义，志怪小说之范围，志怪小说之形成背景、资料来源与流传、形势与技巧、价值及影响，均详加探讨。期能原委本末，面面俱到，增进吾人全盘之了解。

　　中篇为内容分析。将志怪小说之资料，分类排比，归纳其重要主题，再专章论述。其细目如后：一曰神话与传说，二曰五行与术数，三曰民间信仰，四曰鬼神世界，五曰变化现象，六曰殊方异物，七曰服食修炼及仙境说，八曰宗教灵异与佛道相争。经由此种举要式探索，魏、晋、南北朝志怪实际内涵，庶几得之矣。

　　下篇为群书叙录。计收志怪小说专集五十五部，依其流传状况，区分现存、辑存、亡佚三大类。各书之排列，大致按其时代先后为序。叙录之体制，首列书名及卷数；其次考订作者生平与著述；再次详列历代史志及私家书目著录此书卷数之异同，并比较版本之优劣；最后则概述全书大要或主旨所在，若内容有真伪杂糅者，亦详加考辨，盖欲与前两篇互为表里，获得相辅相成之效也。

　　兹编属稿期间，承蒙台师静农提示纲领，指陈缺失，并予悉心校阅，恩深义重，诚感激不尽。定稿之后，复蒙王师梦鸥、潘师重规、王师静芝、叶师庆炳、刘师兆佑、林师炯阳，提供修订意见，隆情高谊，亦谨志不忘。文史哲出版社彭正雄先生，概允斥资印行，本书始能公开问世，以就正于当代之博雅君子，尤当铭佩。

　　　　　　　　民国七十三年季夏王国良敬识于中和寓所

上篇　概　论

第一章　绪　言

　　吾国"小说"一词之意义，非但古今不同，亦且人人言殊。满清末季，西洋文学思潮输入中土，旧词新用（注一），愈增纷扰。本文所论,以魏、晋、南北朝志怪作品为范围;所急欲探究者,小说之古义,与乎志怪之渊源耳。至若唐、宋以下各代观念之演变,以及欧、美诸家之说法,则无暇论述矣。

第一节 古小说之定义

小说之名,首见于《庄子》。《外物篇》云:

……夫揭竿累,守鲵鲋,其于得大鱼难矣。饰小说以干县令,其于大达亦远矣。(注二)"小说"与"大达"对文。小说者,无关乎治道之琐细言论也。《荀子·正名篇》亦云:

道者,进则近尽,退则节求,天下莫之若也。凡人莫不从其所可,而去其所不可。知道之莫之若也,而不从道者,无之有也。……故知者,论道而已矣,小家珍说之所愿皆衰矣。(注三)

《荀子》所谓小家珍说者,实指墨翟、宋妍之徒所持奇异而不合中道之辞说。(注四)然则"小说"与"小家珍说",实皆指不经之谈,原无明确之范围,盖先秦时期犹非一固定名词也。

迨乎汉成帝、哀帝之世,刘向、刘歆父子奉昭校理皇家图书,遂集群籍以编成《七略》。班固复据之以为《汉书·艺文志》,小说一家列入《诸子略》,"小说"既成为固定之词语,其义乃稍显著矣。《艺文志》云:

小说家者流,盖出于稗官,街谈巷语道听途说之所造也。孔子曰:"虽小道,必有可观者焉,致远恐泥,是以君子弗为也。"然亦弗灭也。闾里小知者之所及,亦使缀而不忘,如或一言可采,此亦刍荛狂夫之议也。(注五)

魏如淳注云:"《九章》:'细米为稗';街谈巷说,其细碎之言也。王者欲知闾巷风俗,故立稗官使称说之。"(注六)然则小说者,盖由稗官搜集街谈巷语编缀而成也。唯据原书所著录作品以观之,实有不尽然者。《艺文志》云:

伊尹说二十七篇。原注:"其语浅薄,似依托也。"(注七)

鬻子说十九篇。原注:"后世所加。"

周考七十六篇。原注:"考周事也。"

青史子五十七篇。原注:"古史官记事也。"

师旷六篇。原注:"见《春秋》,其言浅薄,本与此同,似因托之。"

务成子十一篇。原注:"称尧问,非古语。"

宋子十八篇。原注:"孙卿道宋子,其言黄、老意。"

《天乙》三篇。原注:"天乙,谓汤;其言非殷时,皆依托也。"

黄帝说四十篇。原注:"迂诞依托。"

封禅方说四十篇。原注:"武帝时。"

待诏臣饶《心术》二十五篇。原注:"武帝时。"(颜)师古曰:"刘向《别录》云:'饶,齐人也,不知其姓。武帝时待诏作书,名曰《心术》'。"

待诏臣安成《未央术》一篇。应劭曰:"道家也,好养生事,为未央之术。"

臣寿《周纪》七篇。原注:"项国人;宣帝时。"

虞初《周说》九百四十三篇。原注:"河南人,武帝时以方士侍郎,号黄车使者。"

百家百三十九卷。

以上十五家。伊尹说、鬻子说、师旷、务成子、天乙、黄帝说等,皆依托古人;周考、青史子,记周代故事;宋子,言黄老之意。凡此九种盖先秦旧籍,是否为稗官所记之街谈巷说,已不无可疑(注八)。

封禅方说以下六种,俱为汉代小说。《心术》、《周纪》,内容不详;《百家》乃刘向杂取周、秦及汉初诸子传记所编。至如《封禅方说》,殆为武帝时方士所奏封禅之事;《未央术》言道家养生之法;《周说》则多记医巫厌祝之术(注九)。后三种皆与方士有密切之关系,今人王瑶遂据以推论,认为汉人所谓小说家者,实指方士之言(注一〇)。其观点虽不免有以偏概全之蔽,然亦有可取者。

东汉桓谭《新论》云:

小说家合丛残小语,近取譬论,以作短书;治身理家,有可观之辞。(注一一)

按:丛残小语,即《汉书·艺文志》所谓之"街谈巷语";近取譬论者,以譬喻为表达之方式;书者,形式短小之篇章(注一二);治身理家者,小道理耳。小说之内容、形式、公用,与乎表达之方法，俱已涵盖其中矣。

刘歆、桓谭、班固等人，率由政治性、实用性以评论小说，娱乐性之存在与否，则无关宏旨。迄乎汉季，观念始稍稍改变。魏鱼豢《魏略》云：

（邯郸）淳，一名竺，字子叔。博学有才章，又善苍、雅、虫、篆、许氏字指。初平时，从三辅客荆州。荆州内附，太祖素闻其名，召与相见，甚敬异之。……大祖遣淳诣植，植初得淳甚喜，延入座，不先与谈，时天暑热，植因呼常从取水自澡讫，傅粉。遂科头拍袒，胡舞五椎锻，跳丸击剑，诵俳优小说数千言讫，谓淳曰："邯郸生何如邪？"于是乃更着衣帻，整仪容，与淳评说混元造化之端，品物区别之意，然后论羲皇以来贤圣名臣烈士优劣之差，次颂古今文章赋诔及当官政事宜所先后，又论用武行兵倚伏之势。（注一三）

按：曹植所诵"俳优小说"，大抵为该谐文字与嘲弄言语之类（注一四），与胡舞、跳丸、击剑，并为杂技艺，其所注重者是娱乐趣味性质也。此后，小说乃实用性与娱乐性兼具矣。

第二节 志怪小说之范围

《庄子·逍遥游》云："《齐谐》者，志怪者也。"（注一五）志怪，意指记录怪异之事，固非一特定名词。其为"志怪"为书名，当始于晋朝。祖台之、孔氏，并撰《志怪》；唐初纂修《隋书·经籍志》，两者并列入史部杂传类。其他性质相近之著作，若：《列异传》、《感应传》、《搜神记》、《搜神后记》、《甄异传》、《异苑》、《幽明录》、《宣验记》、《应验记》、《冥祥记》等二十余种，亦并载于杂传类。盖两晋、南北朝时期，史家传记勃兴，流风所及，志怪书率以史传形式出之，故目录学家依其体裁所近，归入史部，遂与耆旧、高隐、孝子、良吏、仙佛等传同列也。（注一六）

唐、五代之际，观念无甚变异。《旧唐书经籍志》所著录者，自《列异传》以下二十余部书，俱属于史部杂传类（注一七）。洎乎北宋，王尧臣奉诏编次《崇文总目》，见存之南北朝志怪书：梁吴均《续齐谐记》、北齐颜之推《还冤记》两种，始拦入小说类。欧阳修据唐《开元四部书目》等资料，编成《新唐书·艺文志》（注一八），元列于杂传类之志怪书，若《列异传》、《甄异传》、《搜神记》、《志怪》、《灵鬼志》等，举而改隶子部小说类，盖与宋太宗太平兴国年间纂修《太平广记》一书不无关系也（注一九）。元脱脱等根据宋《国史艺文志》、《中兴馆阁书目》等，修成《宋史艺文志》，其小说类大抵因袭欧阳修之观点，唯内容更形芜杂耳。

明胡应麟慨叹小说之繁伙，派别之滋多，于是综其大凡而析分之，以为六种。《少室山房笔丛》云：

小说家一类，又自分数种。一曰志怪，《搜神》、《述异》、《宣室》、《酉阳》之类是也。一曰传奇，《飞燕》、《太真》、《崔莺》、《霍玉》之类是也。一曰杂录，《世说》、《语林》、《琐言》、《因话》之类是也。一曰丛谈，《容斋》、《世范》、《劝善》、《省心》之类是也。（注二〇）

胡氏既因《新唐书·艺文志》小说类内容而整齐之，且首次标举"志怪"一目，用以包含《搜神记》、《述异记》等书。后世每以志怪作为魏、晋、南北朝神怪灵异小说之通称，殆由胡氏始创之。

清乾隆中，敕撰《四库全书总目》，命纪昀总其事。纪氏将小说列为三派。《四库全书总目》子部小说家类叙云：

……迹其流别，凡有三派。其一叙述杂事，其一记录异闻，其一缀辑琐语也。唐、宋而后，作者弥繁。中间诬谩失真，妖妄荧听者，固为不少，然寓劝诫，广见闻，资考证者，亦错出其中。

……今甄录其近雅驯者，以广见闻，惟猥鄙荒诞，徒乱耳目者，则黜不载焉。（注二一）

今按《四库全书》所著录，杂事之属，有《西京杂记》、《世说新语》、《因话录》、《北梦琐言》等书；异闻之属，有《山海经》、《穆天子传》、《神异经》、《海内十洲记》、《汉武故事》、《汉武帝内传》、《汉武洞冥记》、《拾遗记》、《搜神记》、《搜神后记》、《异苑》、《续齐谐记》、《还冤记》等书；琐语之属，有《博物志》、《述异记》、《酉阳杂俎》等书（注二二）。校以《胡应麟》所分，前一种即杂录，后二种则为志怪也。四库馆臣，原是依据各书内容重加分类，最为精确可信，较诸旧志之仅按书名钞撮派分者，实不可同日而语。无怪乎后世辑魏、晋、南北朝志怪小说书目，每以《四库全书总目》为蓝本斟酌损益之也（注二三）。本论文所收录者，除参考前人著述外，复钩稽原始资料，重行排比，庶几编成一完整之目录。（注二四）。

第三节 神话、传说与志怪小说

论者每谓古代之神话与传说乃魏、晋、南北朝志怪小说之根源（注二五）。盖三者出于民间，所述皆以超自然现象为主，且志怪小说乃继承神话与传说之遗绪而略加演变，其痕迹灼然可见也。

神话与传说之界线，颇难厘清。周氏《中国小说史略》云：

昔者初民，见天地万物，变易不常，又出于人力所能以上，则自造众说以解释之。凡所解释，今谓之神话。神话大抵以一"神格"为中枢，又推演为叙说，而于所叙说之神、之事，又从而信仰敬畏之。……迨神话演进，则为中枢者渐近于人性。凡所叙述，今谓之传说。传说之所道，或为神性之人，或为古英雄，其奇才异能神勇为凡人所不及。……（注二六）

然则神话与传说，虽有演进先后之不同，其划分至标准乃在乎所占神性、人性比例之多寡耳。

吾国之神话与传说，多散见于《山海经》、《穆天子传》、《屈原赋》（注二七）、《淮南子》、《列子》等书，目前尚无集录成专册者。其中，《山海经》、《穆天子传》两种，所载内容最丰富，对于魏、晋、南北朝志怪书之影响尤其重大。

《山海经》旧题为伯益所作（注二八），宋代以后，致疑者渐多（注二九）；近代考证方法之细密度越前人，研究《山海经》之专家大抵主张原书非一人一时所撰（注三〇）。《五藏山经》五卷，记中国山川、神祇、异物，提示趋吉避凶之道，祠神之物，多用玉、糈及雄鸡，与巫术合，盖古巫师祈禳书之遗，约完成于东周时代。《海外四经》、《海内四经》、《大荒经》及《海内经》十三卷，所记则为诸种神怪变异之象，远国异人之状貌风俗，殆作于春秋之际，甚或西汉初年也（注三一）。魏、晋、南北朝志怪小说中，以叙述地理，夸示博物为主，如《博物志》、《神异经》、《汉武洞冥记》、《海内十洲记》等，即由《山海经》一书发展演变而成。

晋武帝太康元年（西元二八〇年），河南汲县民不准盗发魏襄王冢（注三二），得《竹书纪年》、《琐语》、《穆天子传》、周穆王美人盛姬死事等七十五篇。今传《穆天子传》凡六卷。前五卷记周穆王驾八骏巡行天下，北绝流沙，西登昆仑会见西王母之事；后一卷记穆王妃子盛姬卒于途次，以至返葬。盖因两者并与周穆王有关，故并为一书也。《穆王传》颇多附会夸张，内容描述可谓极尽离奇神怪之能事。两晋、南北朝志怪小说，以记录神鬼灵怪为主，若《搜神记》、《搜神后记》、《异苑》、《幽明录》等，大都曾受到《穆天子传》之启示。至若《汉武帝内传》一书，载西王母降临事，其由《穆天子传》演化之痕迹尤其显著也。

神话与传说本难划分，《山海经》与《穆天子传》对志怪小说之影响，亦当作如是观。盖不论题材或写作方式，二书与志怪间之关系均甚密切，无从轩轾。上文所述，但取其大略耳。

注一：西洋所谓小说（Novel），必须具备：情节、角色、故事体之方式与观点、广度与深度、虚构象征而意味深长等要素。说见一九七四年出版《大英百科全书》第十三册，页二七六至二八〇"小说"条。

注二：《庄子集释》卷九上。

注三：《荀子集解》卷十六。

注四：荀子杨倞注云："知治乱者，论合道与不合道而已矣，不在于有欲、无欲也。能知此者，则宋、墨之家，自珍贵其说，愿人之去欲寡欲者，皆衰矣。"

注五：《汉书》卷三十。

注六：见《汉书》卷三十《艺文志》颜师古注引。

注七：《汉书艺文志》中，有班固删节刘歆《七略》语以为注者，今称"原注"，以别于颜师古注也。

注八：如《青史子》一书，班固自注谓为古史官所记，史官非稗官，明矣。宋子者，战国宋钘之说也。宋子之学，刻苦救世，内则情欲寡浅，外则禁攻寝兵，在战国诸子间，皎然出类，必非街谈巷语之比也。说详《余嘉锡论学杂著》，《小说家出于稗官说》一文。

注九：说详余氏所撰《小说家出于稗官说》。

注一〇：见王氏《魏晋小说与方士》一文，原载于民国卅七年出版之《学原》二卷三期,其后收入《中古文学史论》,改题《小说与方术》。

注一一:本条见《文选》卷卅一江淹杂体诗《李都尉陵从军》李善注引,清孙冯翼辑《新论》、严可均辑《全后汉文》,均失收。

注一二:短书者,汉人习语也。《太平御览》卷六〇二引桓谭《新论》云:"庄周寓言,乃云尧问孔子。《淮南子》云:'共工争帝,地维绝'。亦皆为妄作。故世人多云短书不可用。"王充《论衡》卷三《骨相篇》云:"若夫短书俗记,竹帛胤文,非儒者所见,众多非一。"又卷十二《谢短篇》:"二尺四寸,圣人文语,朝夕讲习,义类所及,故可务知。汉事未载于经,明为尺籍短书,比于小道,其能知,非儒者之贵也。"

注一三:见《三国志》卷廿一《王卫二刘傅传》裴松之注引。

注一四:按:王瑶《魏晋小说与方士》一文,以为曹植所诵殆是《洛神赋》、《七启》之类,不确。吴宏一撰《六朝鬼神怪异小说与时代背景的关系》,谓当解为诙谐文字,其说通达可取。吴文原载《现代文学》四四期,其后辑入巨流图书公司印行之《中国古典文学研究丛刊》:小说之部(一)。

注一五:俞樾《俞楼杂纂》卷廿九《庄子人名考》云:"……按下文谐之言曰,则当作人名为允。若是书名,不得但称谐。"今从其说。

注一六:参见逯耀东《魏晋志异小说与史学的关系》一文,民国七十一年,《食货月刊》新十二卷四五期。

注一七:《旧唐书经籍志》是根据唐开元中毋煚所撰《古今书录》删削而成,分类一依毋氏书,丝毫未改。故《旧唐书经籍志》所反映者,实为唐开元时代之小说观念也。

注一八:宋仁宗招儒臣重加刊修《唐书》,宋祁撰列传,欧阳修撰纪、志、表等,前后历时约二十余载。《艺文志》四卷,后世率题欧阳修撰。

注一九:宋太宗太平兴国二年(西元九七七年)三月,诏李昉等人取历代野史稗官杂说,辑为《太平广记》五百卷,三年八月书成。全书分九十二大类,类或更细分子目。所收古籍约有三百五十种。《新唐书艺文志》小说家所录《列异传》、《博物志》、《甄异传》、《述异记》、《搜神记》、《志怪》、《灵鬼志》、《幽明录》、《齐谐记》、《续齐谐记》、《冥祥记》、《冤魂志》、《旌异记》等十三种，并见于《太平广记》。

注二〇：见《少室山房笔丛》卷廿九，《九流绪论》下。

注二一：《四库全书总目》卷一百四十。

注二二：见《四库全书总目》卷一百四十至一百四十二。

注二三：近代所编魏、晋、南北朝志怪书目，有：严懋垣《魏晋南北朝志怪小说书录》附考证，民国廿九年，《文学年报》第六期；傅惜华《六朝志怪小说之存佚》，民国卅三年，《汉学》第一辑；周次吉《六朝志怪小说研究》，民国六十年，作者自印本。严氏收三十五种，傅氏收三十二种，周氏收五十二种。盖因标准不一，功力有高下之故也。

注二四：全目见本论文下篇：《群书叙录》。

注二五：民国十二年，周豫才氏撰《中国小说史略》，谓吾国小说渊源于神话与传说，特设专篇讨论之。此后，编撰《中国小说史》之学者，如谭正璧、胡怀琛、郭箴一、葛贤宁、孟瑶等人俱主此说。民国五十年，刘叶秋著《魏晋南北朝小说》，亦以为志怪小说乃继承神话传说之传统，演变而成。

注二六：《中国小说史略》第二篇：《神话与传说》。

注二七：屈原赋之《离骚》、《九歌》、《天问》等编，神话资料较富。

注二八：按：刘秀（即刘歆）所上校《山海经叙录》云："《山海经》者，出于唐、虞之际。……禹别九州，任土作贡；而益等类物善恶，著《山海经》。"王充《论衡》卷十三《别通篇》云："禹、益并治洪水。禹主治水，益主记异物。海外山表，无远不至。以所闻见，作《山海经》。"赵晔《吴越春秋》卷六云："（禹）巡行四渎，与益、夔共谋。行至名山大泽，召其神而问之山川脉理、金玉所有、鸟兽昆虫之类，及八方之民俗、殊国异域、土地里数。使益疏而记之。故名之曰《山海经》。"是后汉学者皆主伯益作。

注二九：宋尤袤《山海经跋》、晁公武《郡斋读书后志》卷一及陈振孙《直斋书录解题》卷八"山海经"一条，王应麟《山海经考证》，皆不信此书为伯益所作，盖以掺入秦、汉郡县名故也。明胡应麟《四部正讹》、清姚际恒《古今伪书考》、纪昀《四库全书总目》，辨之尤急，并推定为秦、汉间人所作。

注三○：陆侃如《山海经考证》，民国十八年，《中国文学季刊》一卷一期；何观洲《山海经在科学上之批判及作者之时代考》，民国十九年，《燕京学报》七期；万汝明《山海经之渊源》，民国二十年，暨南大学《文学院集刊》二期；郑德坤《山海经及其神话》，民国廿一年，《史学年报》一卷四期；卫聚贤《山海经的研究》，民国廿三年，《古史研究》第二集；程憬《山海经考》，民国三十二年，《图书季刊》新四卷三四期；史景成《山海经新证》，民国五十七年，《书目季刊》三卷一、二期；傅锡壬《山海经研究》，民国六十五年，《淡江学报》（文学部）十四期。以上诸家论文，对于《山海经》之作者及时代，意见不一，然谓其非一人一时所撰，则无不同。

注三一：此处乃参考陆侃如《山海经考证》、玄珠《中国神话研究》、郑德坤《山海经及其神话》、傅锡壬《山海经研究》之说法而推定。

注三二：汲冢书得年，有晋武帝咸宁五年（西元二七九年）、太康元年（二八○年）、太康二年等三种说法。雷学淇《竹书纪年考证》云："竹书发于咸宁五年十月，明年三月吴平，遂上之。帝纪之说，录其实也。余就官收以后上于帝京时言，故曰太康元年。《束晳传》云二年，或命官校理之岁也。"其说是也。又"魏襄王"，王隐《晋书束晳传》作"魏安釐王"，唐修《晋书束晳传》则两存其说。按：有关汲冢书之问题，详朱希祖汲冢书考，今收入朱希祖先生文集第三册，民国六十八年。台北九思出版公司印行。

【评介】

王国良，男，台北大学古典文献学研究所教授。王国良教授曾任台湾东吴大学（前身为苏州大学）中文系主任，现任台北大学人文学院院长，主要研究领域为：中国文献学、目录学、民间文学、中国古典小说、敦煌学等。王国良师承王梦鸥，成绩卓著，在海内外学界有相当的知名度。从20世纪80年代开始发表系列文言小说研究专著，其中有很多属于魏晋南北朝时期的作品，如《魏晋南北朝志怪小说研究》、《颜之推冤魂志研究》、《续齐谐记研究》、《六朝志怪小说考论》、《汉武洞冥记研究》、《海内十洲记研究》、《唐五代的仙境传说》等，这些论著以考据和史传类批评见长，对六朝隋唐道教小说及道教与小说关系等问题，多有涉及，富有启发。近年，王国良研究唐代小说文本的一系列论文在深度和广度上又有了进一步的开拓。

中国志怪类小说脱胎于古代神话，到魏晋南北朝，志怪小说的创作真正成为一种社会风尚，发展成为一种独立的小说类型，大多记述神仙方术、鬼魅妖怪、殊方异物、佛法灵异。魏晋时期的《列异传》、《搜神记》、《博物志》及南朝宋初的《幽明录》，宣告了志怪小说的创作达到巅峰。近百年来，学术界对于魏晋南北朝志怪小说的研究，大多是考察作品的存佚问题，探究作品的源流状况；或者是对于作品的内容进行考察，评论作品在题材选择和艺术表达上的得失；或者是校勘字句，注释词语，鉴定版本。而《魏晋南北朝志怪小说研究》是一部系统、完整地研究魏晋南北朝志怪小说与魏晋南北朝文化的专著，既有理论思辨又有细致深入的基础研究，既有个案分析又有整体关照。

本书分上、中、下三篇。上篇为概论，从宏观的角度，从历史、时代与文化的脉络中对志怪小说的各种外围问题进行剖析，对带有普遍性的问题进行总括性的说明。包括古小说的定义、志怪小说的范围、志怪小说的形成背景、资料来源与流传、形式与技巧、价值及影响等，都进行了详细的探讨，力图能原委本末，面面俱到。

中篇为内容分析。将魏晋南北朝志怪小说的资料，进行分类排比，归纳其重要主题，从主题研究的角度对有代表性的作品进行专章论述。内容如下：第一章为神话与传说，第二章为五行与数术，第三章为民间信仰，第四章为鬼神世界，第五章为变化现象，第六章为疏方异物，第七章为服食修炼及仙境说，第八章为宗教灵异与佛道相争。通过这种举要式的探索方式，将魏晋南北朝志怪小说的实际内涵，作了深入细致的阐释。

下篇为群书叙录，总共收录志怪小说专集五十五部。按照其流传状况,区分成现存、辑存、亡佚三大类。各书以时代先后为序。叙录的体制,首先是列出书名及卷数;其次是考订作者的生平与著述;再次是详列历代史志及私家书目著录此书卷数之异同,并比较版本的优劣;最后则概述全书的大要及主旨所在,若内容有真伪杂糅者,也对其进行详细的考辨。从而下篇与前两篇互为表里,相辅相成。

  本书是一部系统、完整地研究魏晋南北朝志怪小说与魏晋南北朝文化的专著。这本书侧重于对小说的文化阐释,作者通览魏晋南北朝志怪小说的发展历程,运用文化学的方法对其进行全方位的研究,故对于魏晋南北朝时期的社会意识、宗教体貌等深刻的社会文化原因都进行了深入的探讨和研究。从文化层面来看,魏晋南北朝志怪小说的勃兴与志怪叙事的确立与这一时期特定的社会文化环境相关。魏晋南北朝时期社会长期动荡,士人逃避现实,本土固有的鬼神崇拜、巫术思想、道教与外邦传来的佛教等宗教思想一时间充塞着社会的各个角落。对神仙的向往,对鬼神的笃信,成了这一时期显著的文化现象,也折射到各种体式的文学作品中,最显著的便是大批以神仙鬼怪为表现对象的志怪小说,它是六朝特定时代特定文化心态之下出现的特定文体形式。强调古代小说与古代社会文化之间的互动关系,进而从文化的宏观视角探寻小说发展的内在规律,这是《魏晋南北朝志怪小说研究》一书极富创意之处,也是全书的内在精髓所在。

  本书还运用了"主题学"的研究方法。志怪小说与宗教文化、民俗文化有着密切的关系,同时又反映着广泛的社会生活。作者对小说的产生背景、发展过程、思想表现、题材内容都作了归纳统合、故事类型分析,探讨了不少在佛典、志怪、物语都有的同一主题,更进一步研究和论述中国古代小说发展中的特定阶段的社会因素、创作心态、创作原则。

  文中既有理论研究又有基础研究。群书叙录借鉴始自汉代的"叙录"体例,广而大之,增强了资料的丰富性和考证的严谨详赡。该书并不仅仅是简单地罗列丰富的资料,而是对大量的原始资料进行严谨的考证,对魏晋南北朝志怪小说的作者、著录、版本、流传、影响等问题进行全面系统的研究,对内容真伪杂糅则做了悉心考证,达到了正本清源,去伪存真的目的,具有重要的学术价值。

综观此书，研究资料丰富，用功甚勤，在作者、版本、故事源流及演变三方面，叙述、考证，全面而精微。全书既有宏观把握，又有微观剖析。以这样宏阔的视域对魏晋南北朝志怪小说与文化进行全面研究，确为少见。能运用主题学的研究方法分析小说中所展现的主题，为古代小说的研究提供了不可多得的参考。

王国良六朝小说研究主要论著：

① 《搜神后记研究》，文史哲出版社1979年版。
② 《魏晋南北朝志怪小说研究》，文史哲出版社1984年版。
③ 《神异经研究》，文史哲出版社1985年版。
④ 《续齐谐记研究》，文史哲出版社1987年版。
⑤ 《六朝志怪小说考论》，文史哲出版社1988年版。
⑥ 《汉武洞冥记研究》，文史哲出版社1989年版。
⑦ 《海内十洲记研究》，文史哲出版社1993年版。
⑧ 《颜之推冤魂志研究》，文史哲出版社1995年版。
⑨ 《冥祥记研究》，文史哲出版社1999年版。

（任正君）

李剑国《唐前志怪小说辑释》

【存目】

【评介】

　　唐前志怪小说是中国小说发展史上的重要一环，但是，古代小说地位低下，正统文人大多不屑一顾，导致在流传过程中大量散佚，特别是唐前志怪小说集，很少有完整保存者。对这一时期古小说的辑佚，最早可追溯到宋代，如《类说》。从元明以来，对古小说的辑佚逐渐增加，如陶宗仪编《说郛》、陶珽重编《说郛》、《虞初志》对不少古小说佚文进行了辑录，胡应麟对《搜神记》、《搜神后记》也有搜集整理。清代的整理具有代表性者，如洪颐煊《经典集林》对《汉武故事》、《蜀王本纪》、《汲冢琐语》等的辑录，马国翰《玉函山房辑佚书》对《博物记》、《伏侯古今注》、《俗说》、《青史子》等作品的整理。辑佚之学到清代趋于鼎盛，但小说辑佚书其实所占比例很小。徐德明据《中国丛书综录》统计，辑佚之作在传世古籍中已达五千种之多(《辑佚学应成为一门独立的学科》，《古籍整理研究学刊》1986年第2期)，但在当时，经史辑佚才是正宗学问，小说与集部乃至子部其他部类相较，属于不急之学，再加上古小说散佚的文献范围非常广泛，子、史、集部都有，有小部分还在经部典籍中，而且古人获得文献资料的渠道和手段，较今天远不方便。因此，这一时期的小说辑佚为后人留下的空间很大。近代以来，小说地位飞速提升，对古小说的辑佚也受到重视。对六朝及唐五代时期小说佚文的搜集，首推鲁迅《古小说钩沉》，这是迄今为止唯一的专门对古小说进行全面辑佚的著作，搜集自周迄隋的散佚小说36种20余万字，引用及参考古书约80种。此外，有吴曾祺《旧小说》对《八朝穷怪录》、《纪闻》、《神仙感遇传》以及余嘉锡对《殷芸小说》等佚文的搜集。1949 年以来，辑佚工作进一步发展。台湾学者王梦鸥、王国良、周次吉等在对《本事诗》、《冥祥记》、《续齐谐记》、《冤魂志》、《列异传》、《搜神后记》、《洞冥记》、《神异经》等书的研究中进行了广泛的佚文搜集。大陆学者首推李剑国对志怪小说、传奇小说和宁稼雨对志人小说佚文的整理。古小说辑佚工作的价值很大，通过辑佚钩沉，很多古小说失而复得，重新展现原貌，特别是六朝小说，绝大部分作品已经散佚，研究者根本无法看到。如果没有这些成果，六朝小说也不会取得当前如此众多的研究成果。

《唐前志怪小说辑释》（上海古籍出版社 1986 年版）一书是李剑国关于唐前志怪小说的汇辑、校注和研究的著作，辑唐前志怪小说 44 篇。本书中，李剑国将唐前志怪小说按其发展分为三期：先秦为起源与形成期；两汉为承上启下之发展期；魏晋南北朝为鼎盛期，又分魏晋与南北朝（含隋）两段。全书也分三编：先秦、两汉合为第一编，魏晋为第二编，南北朝为第三编。按照时代发展编排，以显示小说发展的内在规律。目前所见唐前志怪小说多达百余种，本书所辑录的都是有代表性的篇章，所采录的每本书都资料丰富，考证严谨，概述该书的时代、作者、著录、版本、性质、特色等问题。凡是底本有误的篇章，参考其他版本以及诸书所引进行校正。文中注释侧重名物制度、史实遗闻以及生僻词语，多采纳原始资料，并且对资料出处均加以注明。注释之后并加附录、引录有关资料以备参考。所采取的材料以唐前资料为主，部分涉及唐宋，少数更涉及明清。对于通俗小说、戏曲资料也有所采纳，反映了志怪小说对于后世文学的影响。

《唐前志怪小说辑释》是李剑国在撰述《唐前志怪小说史》的过程中，搜集了唐以前的志怪小说，仿照鲁迅《古小说钩沉》而作。鲁迅的《古小说钩沉》广泛收录了各种文体的小说，李剑国则专注于志怪一类。此书虽然是辑佚汇编，但是就全面系统地呈现这类小说的全貌而言，可以说是一项创举。文中考释诸书的时代、撰人、前人著录、版本沿革、故事性质，充分运用训诂手段，逐字逐句笺释原文，并广为征引历代典籍，作为疏证。在选材时态度认真严谨，眼光犀利独到。而考释诸书的时代、撰人、前人著录、版本沿革、故事性质，均言之有据，而且引录相关资料，梳理其渊源演化；并与别说异文互相参校，资料翔实准确、观点中肯、体系严密，可以将其看做一部以文本为根据的志怪小说史长编，是学术界探讨唐前志怪小说不可或缺的资料。通读此书可以发现作者治学的一贯路数，就是言必有据和据事论断，参稽众说然后断以己意。李剑国著作的显著特点表现在博览勤收，他从史料的比勘工夫着手进行，凭借深厚的文献学功底，多采众家，从浩如烟海的资料中辑出佚文，对所叙录书篇的史料、考辨、影响等相关资料，尽可能做到详尽周到的把握，体现了专注而谨严的治学态度。

李剑国的治学方法远承刘向、郑樵"辨章学术、考镜源流"的学术传统，近秉章学诚文史校雠的实践精神，在追求学术功力之上又借鉴新的理论和研究方法，这种治学的精神与方法，确可以做今人学习的典范。

（任正君）

李丰懋《六朝隋唐仙道类小说研究》

【引文】

序

在国学的研究领域中，选择道教与中国文学之关系作为研究课题，已十年有余。民国六十三年进入政大中文研究所修读博士学位，本想继续硕士论文的研究方向，以中国文学批评史为研究范围。当时王师梦鸥以为可转换另一研究方向，指示以道教对中国文学的影响为题，先从魏晋南北朝入手，奠定基础；以后循流而下，就可以继续唐及其后的道教文学的研究。后来，王先生一度出国，就由所长罗师宗涛担任领导，完成博士学位论文《魏晋南北朝文士与道教之关系》。十年来，在研究过程中备尝艰辛，但也一再受到师长的鼓励，持续这一研究方向。

魏晋南北朝为道教形成的关键时期，道教的体系大体在此期间奠定其规模，因而国外道教学界也多集中心力，探求道教成立期的诸种理念。当初决定以这一范围，了解道教与文士的关系，也有感于仙道文学多源于此，因而学位论文完成基础研究之后，深觉有继续深入与扩展的必要。此后数年来陆陆续续在这一专题下写作论文，这次选择其中性质相近的五篇加以增补，《仙道类小说》正是贯串其中的主线，而时代范围则已由魏晋南北朝扩展到隋唐。仙道小说的研究，由于本身兼括道教与文学的两大特质，因而在研究方法上也不限于文学的技巧问题，而尝试从道教史，从社会文化史的立场，辨明其所以形成的外在、内在因素，借以深入了解其特殊的内涵。这是十年的摸索中，所尝试的研究态度与方法。

十年来的研究生涯，自觉需要有机缘凑合，始能从事这专门也是冷门的研究。道教文献中常常强调学道求仙的要件,就是法、侣、财。其实,从事道教学的研究何尝不是需要这三大要素:明师的指点、道侣的切磋,乃至有足够的财力实际从事功法的修练,始能九转金丹,一旦功成,而有升转成仙之日。多年来,感谢王先生、罗先生的指导,国外学界诸前辈的提携,以及道教同好的切磋,因而坚定从事这一在国内较为冷门的研究范围。

对于道教及其相关问题的研究(包括思想、仪式及修练等),道藏及其它文献自能提供相当程度的基本材料。基于宝经的观念,魏晋南北朝以下的古道经,能在历经灾厄的情况下,保存其中的一部分。由于这些珍贵的文献,在千百年后才能深刻体验,道教对于中国社会具有深远的影响力。但从清朝,至于五四时期,道教所遭过的冷默与摧毁,使这一别具特色的道教文化深受打击,这是不公平的事。近年来不断从事田野调查的参与活动,有幸得访现存且仍生机蓬勃的道教团体,发现其中仍保存着珍贵的宗教仪式。他们热心地提供宝贵的经验,有些往往是文献资料上所难以体会的,希鉴以后能继续深入学习,将其整理出来。

学术研究的本身,是一种案牍劳形式的艰苦作业。但十余年来一直能维持充沛的体力与脑力,这要感谢道教文化中对于"身体文化"(Physical Culture)的一大贡献。这些养生修练的方法,毫无疑问的,是中华文化的瑰宝。在农业社会有其健身健心的功效,对于现代的工业社会更有实际的效益。将近二十年,先后随师大体育系教授郭秉道、邓时海先生学习太极拳,体验拳法与气的运用。近年来从事调查研究期间,又有幸得周明师指点有关气的理论与修练,像王师父(来静)、熊师父(卫)都以深厚的道功、道学,指示宝贵的修道经验。这些实际的修练对于这一研究中的上清经法(尤其是啸法),有极为亲切的证验。这是纯从文献的考证、分析所难以体会的,希望将来能从事宋、元以下内丹派的研究,将文献与实践作一结合。深信在诸师的指导下,证验亲切,这是由衷感谢的道门恩德。

这次以仙道小说为题,只是道教与文学研究的一部分结集。在漫长的学术生涯中,这只是一小步而已,深愿这一小成果,能奉献于浩瀚如海的学界中。由于道教研究的业绩,在国内外学界的共同努力下也只完成第一阶段,因而这一研究自觉尚多遗漏不足之处,希望学界前辈与同好能多赐教。最后要感谢研究撰述期间,双亲的长期支持、家人的多方协助,以及诸好友的鼓励。这些关注犹如炼丹中的炉火,有助于金丹早日结成。

民国七十五年三月二十一日

第一章 绪 论

一、仙道小说的特性及其范围

六朝至隋唐的仙道文学,主要的就是仙道类小说,及与道教有关的诗歌等,为中古时期道教艺术的大宗。其中所谓的仙道类小说,包括两类:一为纪录、传述有关仙真传说的笔记小说;另一则指道教思想影响下所形成的作品。前者如《汉武内传》、《十洲记》及《洞仙传》等,《汉武内传》叙述王母降见汉武,传经授道之事,属于杂史杂传体志怪小说;《洞仙传》则近于仙真类传,这两部均列于《隋书·经籍志》杂传类中。《十洲记》近于山海经系,为地理博物体志怪小说,杂厕于《隋志》史部地理类中。以上三部形成于六朝,而衍变于唐。至于六朝的仙道思想,不管是法术神通说或图谶预言说等,长期流传之后,至唐人之手逐渐笔录成篇,成为集大成的仙道小说,《孙广啸旨》较近于笔记杂录,而《虬髯客传》、《神告录》等创业神话,则已俨然唐人小说的规模。这就是此一研究课题下的五种仙道类小说。

"仙道类小说"的说法,虽然是今人研究中国小说史的后设观念,但并非只是一种现代观点的运用,而是这些作品的本质,既已兼具宗教与文学的特质。从隋唐以下目录学的分类观念的演进,就可发现其中的事实:这些被列于《隋志》史部杂传、地理类的作品,《旧唐志》多仍其旧;而《新唐书·艺文志》就改列于子部道家(《汉武内传》、《十洲记》)、神仙家(《洞仙传》)。传统史官对于图书的分类,除了依据儒家本位的观点外,势必因应时代的学术潮流,而有所转变。将原本杂厕于杂传、地理类中的道教作品,改列在道家、神仙家项目之下。缘于史官在四部分类中特辟新类,扩大其子部之说,以便收录日益增多的道书,因而《汉武内传》等始得以复归至仙道一类中。

其实"道家"一词,在史志中是模糊的观念,承续九流十家的道家传统而来,将其膨胀、扩大语义,其义兼括"哲学的道家"(Philosophical Taoism)与"宗教的道教"(Relegious Taoism),成为广义的用法,笼统而不明确。所以道家、神仙家项目中的道书,并非是严谨的合乎事实的分类,只是传统目录学家削足适履的权宜分法而已。从现在严格的学术分类的标准区分,道家类中的道书多可改列于神仙家,或者将其完整地置于"道教"一项之下,借以彰显其宗教的本质。①

《汉武内传》、《十洲记》俱为同一动机之下造构的作品,《洞仙传》的形成也表现六朝末的仙道思想,所以这三部均可同归于"仙道"一观念中。另外孙广《啸旨》、及有关唐人所作的创业小说,更是仙道思想的产物,自可列为仙道类小说。类此作品由于兼涵有宗教与文学的特质,虽然让传统目录学有难以归类的难题;但也因为如此,更表明要深入考察仙道类小说的形成与衍变,就需要特别注意其中的两大决定性的因素:一是道教史的发展问题,一是小说史的流变中,这些作品所具有的特殊地位。只有分别从两方面加以观察,始能正确把握其宗教文学的本质,了解其特殊的造构动机与目的。

近代研究中国小说史的学者,大多能确认这类小说的文学特质,因此将其容纳于小说史的范围内。②又由于其宗教特质,而特别被概括于"道教思想产物"的项目下,③这种认识大体是切合实际,且不致于将其排斥于文学的行列外。其实,从仙道类小说的艺术风格言,无论是语言文字的运用,或是文体的构造,均与六朝志怪小说的发展具有一致性。因而将其归类于杂史杂传体、地理博物体志怪小说中,确是完全符合小说史的史观,发现其所以形成,并非是孤立于文学历史之外,而是深受文学潮流的影响。④这是因为造构仙道小说的作者,不管是道教中人或奉道文士,都深受传统的艺文训练,而且能敏锐地因应当时的文风,采取最为当行本色的文体,达到宣扬教义的传教效果。

汉晋之际为道教的萌芽时期,神仙说为其核心思想之一,所以流传较广的仙传就是托名刘向的《列仙传》。这部保存两汉时期较为素朴的神仙传说的传记类集,对于葛洪等人颇具启发作用,在其《抱朴子》内篇中,多次征引其说作为神仙理论的依据;更是激发其续编神仙传的本源。⑤类似的神仙传记集,都会以口语传播的方式,长期流传于民间社会,再经能文之士笔录下来,以不同的"版本"继续传播于世。两汉的学术,乃至社会习俗,热衷于神仙方术,因而一些真实人物,由于与求仙、术数之学有密切的关联,逐渐被传说化、仙道化,成为新的神仙传说。汉晋之际即是道教的形成期,神仙传说势必大量流传,因而又累积到结集的阶级。

东晋时期句容地区为一道教气氛浓厚的所在:二葛的金丹道法,鲍靓的三皇经法以及杨许集团所开展的上清经法,均在此一时期此一地域登场。因此东晋前后的仙道类小说也都与这些道派有密切关系,其中可分为三大类:一为仙真类传,如葛洪所编撰的《神仙传》;二为仙真专传,大多与上清经系有关,如紫阳员人《周君内传》、《茅三君传》、《苏君传》、清灵真人《裴君传》、清虚《王君传》、《南真传》等,俱属上清诸真的传记;三为因应神仙事迹的流传、道法传授的科律,因此竞相造构,产生综合多种数据以结构成篇的传记,如《汉武内传》之类。类此性质相近,又各有不同编撰动机的神仙传记,都是东晋道教勃兴时期的产物。

葛洪编撰《神仙传》的意义,最主要的是基于金丹道的立场,搜集整理仙真的传记;同时又能反映当时流行的地仙与隐逸思想结合的新仙说。葛洪其人,机缘特佳:一方面承续左慈所传的金丹道法,将葛玄、郑思远的金丹传统发扬光大,为炼丹的作业奠定理论基础。另一方面又与传授三皇经的鲍靓有姻盟,也与同一里第的许氏有姻亲关系。《神仙传》之成书,是经历十余年,流连道路,多方搜集,始得以衰集成书。《抱朴子》内篇为当时道法的集大成之作,《神仙传》则为神仙传说的一大结集,而两书之间存在相辅相成的关系:一是结构神仙理论,常以仙真传说为例证,借以增强其说服力;另一则叙述仙真事迹,是基于自成体系的仙说,并非只是零散的仙真传闻的汇集而已。

茅山的杨许集团,承续魏华存从江北带来的道法,逐渐开展上清经系的道术特质,就是体系化、精致化的冥思法,主要的流传于士族阶层中。一杨（羲）、二许（谧、翙）对于上清经的整备：一方面多方搜罗道书，另一方面则逐渐建立独具风格的道法。因此上清经系的仙真传记中，均能反映这种创立道派的过程：杨、许等人以降笔方式纪录的仙真诰语，经刘宋时顾欢、梁陶弘景等相继编撰，而有《真诰》一书传世，其中就有明晰的仙真洞府说，并保存众多的仙真传记资料，成为六朝末见素子编撰《洞仙传》的基本理念与素材。换言之，杨、许等人总结前此的仙说，提出洞天福地说，赋予道教仙说的形上基础，形成深具道教色彩的宇宙论，为仙真传记的理论依据，这是神仙史的一大突破。

上清经系中人的编撰仙真传记，固然常与经典的传授一样，依托于神秘的仙真传授说，特称之为"出世"。其中实包括多种资料的来源，有些固属于道派中常见的降笔手法，但更多的是搜罗分散于各地的道书，将其访求经过以神秘的方式叙述；或将道书中的神秘说法加以转述。综合多种不同的素材，再置于一固定的叙述模式中，就成为诸真传记。上清经系的道士或奉道者熟知魏晋的史学著述方式，不管是别传、或是其他杂传体，都能基于个性的觉醒，广泛传述各类人物的事迹。类此史学家撰述的新精神的潮流所趋，⑥神仙人物自也可列于杂传之列，因而紫阳真人《周君内传》，《茅三君传》等纷纷"出世"。其造构的动机固然也在神化、夸说仙真的奇能异术，但主要的仍在辅助说明有关道经的传授科律。

诸真传记的特色，就是将原本素朴的仙说——不管是口承的民间传闻，抑是书承的仙真传记，都被道教化，而且道派化。以三茅君传说为例，当是句容一带早有父老相传的茅君传说，早期以祠庙信仰为主，为庶民生活中常见的祠祭对象，《列仙传》中就保留较多的祠庙信仰的遗迹；⑦而《神仙传》所述的茅君事迹，也仍多简朴的民间传闻。但上清经系诸子开始在茅山立洞室清修，自需增饰茅君传说，因而属于上清经的道法就附丽其上，《茅三君传》就成为具有经派色彩的仙传，茅三君逐渐被增益洞府说的仙真名目，所传授的经诀也是冥思性质的上清古经。所以茅山志的诸真传说为茅山道派的仙说，也影响到庶民信仰中茅三君的形象。

东晋道教教理史的关键时期，厥为孝武帝太元末到安帝隆安年间,这是不同经系大量造构道经的阶级,自然会深刻影响到仙传类小说的产生。句容二葛的道法,至于葛巢甫之时,造构灵宝,风教大行,其造构除了宗教的动机外,最重要的是东晋社会所面临的天灾人祸,促使乱世人心企求宗教,借以满足其心理的需要;而道教的神秘——解说灾祸的预言性、消除灾厄的法术性等,均具有满足社会需要的功能。灵宝经的风行,激起奉行上清经者也大量造构,陶弘景在多年后搜集、辨认道经时,所撰的《真诰叙录》,就明确指出当时王灵期等一类人曾有计划的造构道经。⑧

　　造构者基于复杂的动机,运用其文艺才华,模仿或袭用所拥有的道经,可以制造出大量道经,其精巧者甚至达于真伪混淆,不易甄别的情况。所以现在所存的有关上清大洞真经目,以及相关的传授事迹,也存在有伪造的成分;但其中大体仍可说明古上清经的传世情形。王灵期一类人所造构的道经,当时人既已不易甄别,自需分别从其构成时期的道经性格等细加考察。《汉武内传》及《十洲记》等就是在这一情形下出现,其中的资料多各有来源,而非全属于向壁虚造。《汉武内传》的杂史杂传体,巧妙地以当时杂史中常见的汉武传说,又融合杂传体的方式,将多种道经资料分别按照情节,列置于王母降见汉武的框架中。《十洲记》的地理博物体,更是直接取材于纬书河图类的地理说,掺合方术图籍的博物知识,作为基本素材。将其安置于真形图说中,形成道教地理书,为神秘性的宗教舆图说。

　　这两部仙道类小说之被列于志怪小说之列,而紫阳真人《周君内传》、《茅三君传》则仅被附及,或根本不提。实在缘于其取材、构想,确与志怪小说中有密切的关系,不仅是表现手法近于杂传、博物体,就是其文字风格也有高度的艺术成就,因而能跻身于小说史中,且是早期志怪小说中,篇幅最长的一篇。编成之后,道书的引述、道教类书的着录有不同的情况,一是将西王母传经汉武,纳入传授道经的谱系中;一是完全不加引述,漠视其存在,而直接引述性质相近的《茅君内传》或《消魔经》等道书。但由于其本身所具有的文学的艺术性、趣味性,早从南北朝开始,已为文艺之士所传习,《汉武内传》对于文学的影响,是道教艺术的典型。至于《十洲记》所结构的洲岛传说,则在道教内部形成不同系统的十洲三岛说,为仙境说的重要项目之一。

东晋社会与道教的关系,其密切的情形可从文士"奉道"的普遍与深入获得明证。⑨奉道文士在其宗教生活中有体验道教的机缘,如传授符箓、上章首过,及学习养生之法等。文士既然常往返道治,又与道士往来,因此对于养生成仙的理论与方法,表现高度的兴趣,其中最具代表性的行为就是啸法。啸原为巫术、方术之一,至道教成立之后,被精致化为一种练气养生、啸禁作法的道法。故史传、笔记中所见的善啸者,非隐士者流,即道教中人,可证啸在歌的意义外,具有法术修行的宗教意义。奉道文士因而得以娴习其技,啸咏自乐,由于魏晋士风的崇尚隐逸与放诞,因此啸在奉道的士族行为中,常被突显其所具的傲态、逸态,蔚为文人雅事之一。有关啸的传说,常见诸道书中,为仙真的法术行为;更是道教书乐的仙界景象,常伴随仙真人物一并出现。唐孙广《啸旨》就是有关啸的理论与方法的集大成,为了解道教啸法的最重要笔记。

东晋社会与道教的关系,另一影响深远的就是图谶思想,充分表现其兼具宗教、政治的性格。李弘真君信仰即为此类以宗教预言方式,表达其政治愿望的典型,对于庶民社会,尤其民众的政治反叛活动,具有深远的影响力。从东晋开始出现借用李弘的名号起事,直到南北朝止,有关李弘反乱的事件,多次见于史传中,近年已有专论讨论其特殊的意义。李弘图谶传说,为汉代图纬的道教化,融合老君转生说与佛教的弥勒下生说,成为道教的李弘下生说。类此的救世主式的革命信仰,及其希望实现的太平世界的愿望,可谓中国式的千年王国思想(Millenarianism)。在六朝时期作为反乱的口号,至于隋唐之际,一变而为诸李革命的政治号召,李渊就是利用图箓之说,而成为创业帝王的著例。由于道教图谶传说的神秘性,民间传述其事,历久不衰,因而激发唐人借用其说,作意好奇,借抒怀抱,《神告录》、《虬髯客传》之作即为图谶传说中有关李密、李渊争霸的小说。了解道教背景,大有助于解开此类创业小说中的谜团。

从汉晋之际道教初兴,到李唐一统天下,道教已成为与佛教并立的宗教。其间具有文学价值的仙道类小说,数量亦多,此一研究仅选择其中部分作为专题,主要的重心约有两类:一为与上清经系有关的杂传、笔记:《汉武内传》、《十洲记》为东晋末的作品;《洞仙传》则为六朝末的仙传。此三种乃以作品本身为主,考察其著成背景、内容,及其后的衍变情形。另一类则为道教思想影响下的笔记、小说,至于唐人撰述成篇,孙广《啸旨》以及《神告录》、《虬髯客传》等即是。有关仙道类小说,近代学界已多有专论,迭有创获之处;此处考察所及,大抵遵循宗教、文学兼顾的立场,分别从道教史、小说史尝试考察其形成背景及意义,借以了解其特殊的地位。

二、仙道小说的问题及其研究法

仙道类小说的研究,因为具有宗教文学的特质,需要考察所以形成的宗教动机与目的,同时也要确定其文学地位与价值。因此这项研究将集中于四大问题点:首先是造构者的动机与目的,大多围绕着道教中的道派、思想特质等问题加以讨论。其次是研究其所以形成的时代情境,从社会文化史的立场,说明教理的发展与衍变,及其对于奉道者的直接或间接关系。最主要的则在于分析其内容,透过小说所用以表达的特殊手法,了解其中的主题,这是最为错综复杂的部分。由于其本身的宗教背景,所要探索的题旨常与一般的志怪小说或唐人传奇有异趣之处。最后要说明的问题,就是这类道教色彩浓厚的小说,常以极具生命力的潜力继续流传,分别在道教内部及文学传统中,具有变化多端的衍变;姿形各异,诧为奇观。解决了四大问题,自可进一步肯定其文学特质及所占的地位。

基于仙道文学的形成及其内容,确有异于一般作品之处,因而采取的研究方法,自有异同。在基础的文献考证方面有同于唐及其前的志怪小说者:诸如版本、辑佚等;但也有相异之处,就是道教基于宝经之故,收录于《道藏》的问题。大体而言,采取较为精密的考证方法,大多可以解决其难题。其次就是为了解说这些作品较为特殊的造构动机,势必多采取道教史的立场,说明其形成的时代环境与作者意图,这是属于历史的研究法。从道教仙传的发展过程中,可知有些仙真个传仅录于道派中的山志(如《茅山志》)、或道教类书中(如《云笈七签》),属于道教内部的仙真传记,只能归为宗教性的圣传。但此一研究所及的《汉武内传》等,则在本质上,不为宗教圣传所囿,而为奉道之士,或庶民大众所流传。诸如有关李唐的创业小说,以不同的方式表达其英雄崇拜的情绪,类似的口承或书承传播方式,显示其创作与时代情境有密切的关系,为集体意识的反映。因此需要从社会文化史的立场,广泛采求其思想依据,深入分析其讽喻旨趣。

不管仙道小说所具有的道教本质,既然它采用小说的文学形式,就与一般叙事文学一样,会以不同的"版本"在民间流传,除非其神话意境已失去生机,始被归于道教类书中的典故,不再流传;否则必以活泼的生命力继续衍变、生存,接受不同时代的新因素,被赋予新意义。此一研究将以主题学的方法,试图了解同一主题,在不同时代、不同作家(包括不详撰者的无名氏)的手中,用以表达不同道派的特殊道法、抒发不同时代的集体愿望。因此尝试说明作者的意图(intention)、讽念之所在,借以阐述其衍变的新意,就是每一研究专题的另一重心。

以下略就这些研究方法加以说明,借以表明其研究态度与立场,详细的分析则分别见于各章节中:

(一) 文献资料的辨证与运用

六朝隋唐的小说研究,俱有文献学的考证问题。尤其仙道类小说所需运用的道藏资料,更是一尚待集体研究的道教大丛书。因而如何辨证地运用这些材料,以免为其依托的道教说法所误导,为一先决的条件。其实正史的经籍志、艺文志中,也有因其方便而遽加题名、著录的情形,同样会产生错误的引导,因此也需要详细辨明这些基础数据。

首先要辨明的是版本问题,依据《隋书·经籍志》,以及新旧《唐志》的著录,了解其卷数分合的问题。并据现存的版本相互比对,借以推知其原本的型态。六朝志怪都同具版本佚失、辑存的问题,而道教则因宝经观念,虽经焚板,仍能保存下来。因此正统道藏所收的《汉武内传》、《十洲记》,无疑的是一极具参考价值的版本。所以钱熙祚守山阁丛书校本,就是依据道藏本,保存得较为完备。另一广汉魏丛书本,显然是据《太平广记》卷三所辑录,刚好把道教内部最注重的道书内容删节,而只保留其较有趣的故事情节部分,这自是买椟还珠的节录法。《洞仙传》就无此幸运,《隋志》所录的十卷、《玉海》卷五八引中兴馆阁书目所说的二百九十二人,现在收录在《云笈七笺》卷一一〇、一一一的，则只剩七十七人，而且其文字简略，只是削本。以这样的节略残本，自然无法完全了解其原有构想。只能据相关的数据作推测，借以臆度其原始型态。

道教中人撰游仙真传记，常有一共通的情形：就是选用多种材料，却多不注明其来源，因此探索任何一种杂传体传记，首先要辨证数据间的袭用关系。以《汉武内传》为例，其中的构成因素，可分作诸天妓乐、服食要方，真形图与十二事的传授等。这些材料经比对道藏，就可发现与《茅君内传》、《治魔智慧经》、五岳真形图以及多种道经，常有文字累同之处。然则在这种情形下，究是何者在先，何者在后，其袭用问题就需要详加辨证。道藏的研究者都明白，目前的研究成果要肯定地指明道藏中的资料，仍是一大难题。也就是说道藏中的道经，其中保存原本的可能性，至今仍是聚讼纷纭之处。但如果只就其中部分羼入之迹，而将其成立的下限尽往后订定，也有失事实的真相，因而使用这批数据需要怀疑但又不能全盘否定，因此辨证地使用道经，为当前研究道教文献的一大课题。

对于《汉武内传》、《十洲记》与其他道书，或道书以外的数据，其中袭用之处。首需精密地比对两种资料，就可发现《汉武内传》常有整齐化、省略化的倾向：字句的整齐乃是为了与全篇的风格一致，因而在字句间美化。至于简略化，则因为其袭用只能部分，而不能完全照顾得周到。像服食要方，突兀地表明"三一"，却与上下文无所连属；在《消魔智慧经》中就有专论三一的篇卷，所以当是《汉武内传》袭用治魔经的可能性较大。

这种相互袭用之迹，如与一般的志怪小说比较，又有另一种作者题名的问题。在汉武传说的系列中，西王母为重要角色；西王母的神仙化自是两汉社会既已流传，但是被道教化为道教女仙，则非道教形成之后，不能出现此类女仙的形象。汉武故事的成书，有人从使用"今上"字样，推断其成于成帝。⑩纵使此条资料确是汉成帝时人所记，却非必全书，尤其是今本真成于成帝时，即以其中所游的一段汉武会王母故事为例：其中的王母服饰，及所告的太上之药，大体与《汉武内传》同一意匠。如果根据前述的假设，因而断定内传抄袭汉武故事，就大有商榷之处。因为太上之药的药方不易出现在汉成帝时，这是孤例，无其他的服食方与神仙说辅证。尤其有治魔经的服食药品为证，如要解决《汉武内传》与汉武故事的问题，先要证明治魔经的服食说，否则即难以成立。

由此可知论证文字的袭用问题，从文章风格证、从字句详简证，都仍有争论之处，因为其中常非全引，而是节引的残句，这时就牵涉道教史的问题。虽然道教史的研究仍只是起步，但其道派的分合、教理的特色，都已粗具规模。《十洲记》的撰成，确是地理博物体的系统，从其中引述河图数据，可以证明在纬书中已有方术性质的纬书地理说，从其叙述方式的一致性，甚至颇疑原先已有按照方位安排的十洲传说。惟至《十洲记》成书，其中结合两种笔调的手法，就已表明非早期素朴的原本型态；最重要的是与王母、汉武结合，并有真形图的观念。这一情形只有一种解释：就是编撰者是在真形图思想盛行的时代，因而加入这一构想。从道教教理史考察，这是研究道教文学首需考虑的：所以《洞仙传》的洞府仙真说，纵使无明显的字句抄袭之迹，仍可确定必产生于华阳洞天说形成之后，始能提出洞府仙真的观念，专论其中的大部分仙真，再涵盖少部分未列于《真诰》等书的仙真。类此教理史立场的解说，可以解决文字运用上相互抄袭的论辩。

（二）道教教理的发展与衍变

作为道教史料的杂传体小说，《汉武内传》与《洞仙传》不仅叙述仙真的事迹，而且也反映相关道派所造构的"历史"。其实仙传中的传主，不管是真实人物或虚构人物，都因道派的兴起，被赋予新的解释，成为虚构性的角色。因此由这些人物所构成的历史，自是只有道教内部的意义。研究仙道小说，其最主要的目的不在于辨明真实或原先流传的人物形象被改造成如何，而在了解造构者因为何种原因而改造，这就是造构者的动机与目的。

从道教教理史的观点书：《汉武内传》、《十洲记》的形成，不应当被任意安置于汉人名下，纵使其组成的素材中，确有出于汉人之手的，也只能证明其中一部分取自早期的传闻记载而已；至于其整体的构成仍需从教理史的立场加以解说。东晋孝武帝太元末至安帝隆安初为道教史的关键期，灵宝经系的道经，经葛巢甫的造构风行，激起王灵期等一类人造构上清经。在这种造经风气下考察《汉武内传》、《十洲记》的"出世",始能解说其文笔的不统一,材料的再组合,以及道教类书不加采录等现象。如从真形图的强调、与十二事的配合,更可印证当时的上清经系的道法特色。这些道教内部的珍贵史料断非一般文士所能灵活运用,因而排除单从文章风格论其作者为魏晋间人的说法,而将其造构者的可能范围,逐渐缩小至王灵期等一类能文的道士。从直接的史料无法证明就是王灵期一人,但是可证明是这一类的造经者,则虽不中亦不远矣。

上清经系乃以茅山为中心,至梁陶弘景一出,而结构完成一具有体系的华阳洞天说。天地洞府说原属一抽象的宇宙构成论,结合纬书地理说,经道教中人落实为宗教性舆图说。在这种基础上,《十洲记》的仙岛说始能完成;也才能进一步结合外来佛教的宇宙构想,而发展为另一系统的《上清外国放品青童内文》。类似的洲岛观念一至于唐代道士被简化为"十洲三岛"说,这都需要从道教(上清经系)教理的发展加以解说,始能说明其灵活的演变。陶弘景的洞天福地说,结构为真灵位业图,更是洞仙传的理论根据,由此解说洞仙传的洞中仙员传说,就可发现华阳洞天说已被扩大,成为道教共通的说法,因而至唐朝,司马承祯等人乃有完整的洞天思想。

从道教的思想观念分析创业小说,也是教理史运用的实例。对于《虬髯客传》等,大多围绕在"风尘三侠"的特定形象上,自然三位有功于李唐王室的侠义男女,有吸引读者的无限魅力。但在作者的意图中,三侠只是作为烘托李世民之用,因为"真命天子"才是用意所在。对于唐朝天命说之运用于政治的,并非只是中唐文士的一场哲学趣味的讨论,而是中国政治思想的传统,图谶思想正是其表征。道教所造出的真君、真主说,在思想的创发性,并非有特高的成就,但却因挟其宗教的势力,而成为具有深远影响力的意识形态。在道教图谶经典的传扬下,可隐约地意识到具有中国式、道教式的,千年王国说(Millenarianism),兼具有咒术信仰、安信立命型信仰等理念型。⑪因此从道教的宗教、政治性格,分析其救世主式的真君信仰、太平之世的共同体的现世特性,确是了解中国早期有关千年王国论式的救世说的珍贵史料。从方法论的立场言,道教的图谶传说对于研究比较宗教学者，是值得注意的史实。

将仙道小说所整理、增饰的传说资料，当作某一造构者的用意所在，或是某一时代的意识形态的反映，都是道教史的真实事件。人物及附丽其上的传说，固然具有虚构的成分；但虚构的人物、事件，却真切地反映出当时的时代意义。不管是上清经系的仙道思想、或是流传普遍的神咒经说，都是道教教理的一大进展。它在素朴的传统说法中赋予新意，借以构成道教自身的系统，仙道小说正是这些现象最形象化的反映。

(三) 仙道小说在社会文化史的意义

基于仙道小说所具的道教特质，在这一专题研究中势必不能只限于一般小说理论的解释。毫无疑问的，这些小说自具有其艺术价值：《汉武内传》以杂传体写作，为六朝笔记中早期篇幅最长的一篇，也是从神话传说逐渐转变为小说过程中的代表作，具有里程碑的作用。《十洲记》也是从《山海经》、《神异》经过渡到道教仙境小说的博物地理系小说，因而保存纬书所存的汉人地理传说，及初期上清经系宗教舆图说，在中国小说史上自有其不可磨灭的价值。至于唐人创业小说，塑造人物，形象鲜活；而推进情节，转换自然，均有其成功之处。作为文学作品，近人已多试加解析，但其真相及所以具有艺术功能者，仍需从社会文化史的立场作进一步的解说。

神仙道教的核心思想厥为不死成仙，因而采求不死的方法，为神仙家、道士所热衷。汉晋之际经整理发扬的养生说，在道教内部成为秘传的道法，基于秘传的原则，形成各种传授的科禁。而急于突破科禁，求取养生之方的，则帝王贵族有所企求，文士奉道也颇多以此为信教目的。因此在魏晋清谈的论题中，养生论成为名理之一，正反两方热烈争辩，嵇康之论养生，葛洪之论神仙，都是其中的重要文献。道教中人对于成仙的实践，就是将前此流传的养生术精致化、体系化，东晋葛洪所撰的《抱朴子》内篇、《神仙传》等，可说是前道教、初期道教的集大成之作。⑫而上清经派在同一时期及稍后，更发展出周备的道法，无论是金丹、仙药，或守一、存思均大有建树。

《汉武内传》、《洞仙传》就是在这种仙道思想的风尚中形成，为不死成仙说的产物。《内传》运用历史上的帝王汉武帝，乃有取于其求仙活动,并大量吸收由汉至晋的神仙化的汉武传说,构造出求仙者汉武帝的形象。但造构者却巧妙地透过西王母、上元夫人之口,严厉责备汉武违反科律的贪欲之病,然后再传授治魔经要等。这是影射手法的运用,对于东晋王室,如孝武帝之流的求道心态,加以无情的讽刺。就是晚年的孝武帝及其王族,在贵族生活中极奢靡之能事,深陷于淫、奢、杀等恶劣本性中,却又冀望长生。东晋道流对于世家大族的奢求无厌,在当时必有深刻的感触,因而丑化汉武,以刺今王,这是传统的讽喻手法,也是当时常用的以古刺今的笔法。从东晋史解说《汉武内传》的撰成,始能明白六朝笔记中的汉武传说,会形成这种迥异于杂史的汉武形象。

有关服食的试炼,是道教仙传中最动人的情节之一。《内传》的科禁,《洞仙传》的传授传说都是试炼说的同一构想。经由"四极明科经"式的传授科律说,增强道法的珍异性,也在学道求仙者的心理上,造成服食不死方的神秘性格:《汉武内传》、《十洲记》中所述的服食方,兼有早期素朴的服食说,也有道教化的消魔说;但最有意义的则是上清经系的冥思性质。经由黄庭守一的存思法,上清经系的修炼者,主要的是江南地区的中下层官吏与知识阶层。其世族的身分具有足够的经济条件从事清修,而且杨、许等南方贵族,面临晋室南迁的北方士族的政治势力,也易于在政治上采取隐退的方式。基本上,南士都是政治上的自我放逐者,东晋葛洪、萧梁陶弘景均在宦途的挫折感中,转而寻求仙道的解脱。

寻找桃花源式的仙境,为奉道文士的共同愿望。乐园意境的安乐和谐,是与不死成仙的永寿延年同时存在,俱为隐藏于人类心灵深处的隐微的理想与愿望,尤其生逢名士少有全者的乱世,更有将其心愿寄托于乌托邦的政治思想。从社会文化史立场考察《十洲记》,原本纬书中的海内洲岛,已是东晋以来避地江东的士人的理想仙境,当时的志怪小说中流传着仙境小说,为典型的避秦心理,别有天地洞府,以寓此扰攘世局的不满情绪。⑬所以十洲记之撰成于东晋末叶,实与政治情势的不安有关。

奉道文士的想望桃花源式的洞中天地,只是文学式的想象,虚幻而不切实际;与之对照的,庶民阶层对于理想国的追寻,则为现世的转变成太平之世。在这种动机之下,结合老君转生说,弥勒下生说的真君李弘将来的传说,就借用图纬的预言,开始在民间的底层流传。对于东晋以来就一再兴起的李弘反乱事件,有关 Norman Chon 所论的关于千年王国运动中救世观的定义,⑭虽不完全符合中国政治、宗教的特质,但作为方法论而言,却可以具有启发性。由此发现真君李弘作为救世主出现,具有现世救济的性格,再结合中土本有的太平之世与弥勒下生所带来的阎浮堤世界,就成为一般民众所热望的乌托邦社会。南北朝前后,南朝的刘宋王朝与北朝的北魏帝王分别利用《洞渊神咒经》、《老君音诵诫经》,以篡夺庶民热望中的真君、太平真君,彼等借用上天授箓的咒术性信仰,自以救济世人的太平真君的年号,希望为生民立命,实现现世的太平盛世。类此空想并未实现,直至李渊出现,重又改造图谶,成为应箓当王者。《虬髯客传》就是唐代士子利用流传于庶民间的真君说,借以神化李唐之王天下,表达晚唐诸藩武力环伺下的唐朝子民的愿望。

从社会文化史立场考察仙道小说,可以发现在其仙境、太平世的象征符号下,实则隐藏着离乱之世的热切愿望。从神话象征及千年王国论式的方法试加分析,道教自有其独特的宗教、政治性格。

(四)仙道主题的衍变

将仙道小说的形成与衍变,置于文学的范畴中,可以发现它正是主题学(thematics orthematology)的良好例证。类此有关神仙故事的演变,无论是西王母传说的演变,或是仙境、洞府的形成,都是民间社会长期流传,最后由文士(含奉道文士)据以撰述成篇,其中常在不自觉中呈现时代的特征、作家的意图。⑮从"主题研究"(thematic studies)的方法考察仙道小说,可以较清晰地解说其中环绕的复杂问题,发现其长时期内的演化,变化多端;又在不同道派之中,被分别使用不同的形式处理。这是研究仙道小说的方法上的要点。

《汉武内传》中,西王母降见汉武帝,以及构成此一传说的人物;诸如上元夫人、诸天妓乐等,都是极为动人的情境。《内传》的造构者既已结合诸般主题于传中,借以表达其讽喻时君的意图,其后分别流传于道教内部以及文学历史中,前者成为道经传授史的一个环节,最后成为明代道教类书的典故之一。后者则分别出现于不同的文体中，诗歌、小说等均重新处理，借以表达不同时代、不同作家的讽喻旨趣。但最值得注意的是一些重要人物的神化，如西王母成为金母、王母娘娘等，为民间崇奉的神祇之一。从传达天帝的使命者，又增益为墉城的掌领者，其后在民间社会成为法相庄严的娘娘。有关王母的信仰，确是道教学、民俗学的好题材，值得对其长时期的演化加以解说，借以解决其复杂的意义。⑯

以主题学观点分析十洲传说的形成与衍变，更深具意义。从素朴的纬书地理，可以发现汉人的博物地理说，混合了神话、宗教与拟科学的趣味。一旦一被道教化，成为神仙之境，就逐渐寄托着奉道者的虚幻理想。其后的发展与衍变，形形色色，不一而足，有内丹派的人体宇宙说，有仪式化的往生洲岛仙境的新构想，均由于不同时期的道派，借用十洲三岛的原始构想，加以缘饰、附会，造成不同用途的洲岛说。从道教史的发展，也可循线发现其形成、发展，最后渐趋于僵化，适与道教的勃兴、鼎盛，及趋向固定化，大体一致。由此可证有关仙道的诸多主题，其发生远在道教成立之前，但道教开始成形之后，这些神仙主题被吸收运用，几与道教史相终始。从这些主题的发生至僵化，印证道教的逐渐固定化，以至渐失其创教时的活力，也可发现宗教本身也是一具有生命的实体。

此一研究中遵循主题学的方法，因应各不同的专题，分别论述其错综复杂的衍变过程，并尝试说明每一演化所代表的意义。这些资料固然有见于文学史料中的，但更多的是收录于道藏，或民间传说中。以当前所能解决的道藏相关问题，及一部更为详尽的道教史，都只是起步的阶段。至于俗文学资料中所能掌握的方志记载，以及田野调查所搜集的口语材料，都尚付之阙如。因而在解说诸主题的演化时，仍多未逮之处。无论如何，这是相当值得去研究的课题，研究方法自仍需求其周备；但是研究素材的有待继续开拓，更是今后研究道教文学的一大目标，书此以为自我鞭策。

附 注

①有关道书在目录学上的著录问题，详参彼得教授精彩的大作。Piet Van der Loori. Taoism Books in The Libraries of The Sung Period,

London. 1984.

②鲁迅的《中国小说史略》,可为此类观念的嚆矢。其后如孟瑶,《中国小说史》等皆有此类说法。

③严懋垣的《魏晋南北朝志怪小说书录附考证》,就是特列此项,以与《佛教思想产物》、《阴阳五行思想产物》并列,其分类标准妥当与否,姑且不论;但却作此一尝试。这份资料多年前蒙叶庆炳先生赐阅,特此致谢。严文刊于《文学年报》第六期(一九四〇)。

④李剑国的《唐前志怪小说史》(南开大学,一九八四),此一说法蒙王秋桂先生告示,特此致谢。

⑤参拙撰:《不死的探求》(台北,时报文化,民国七十四年)页一二一—二一八。

⑥逯耀东:《魏晋别传的时代性格》,刊于《国际汉学会议论文集》(历史考古组)("中研院",民国七十二年)。

⑦《列仙传》的研究,有康德谟(Max Kaltemmark)《〈列仙传〉与列仙》,刊于《中国学志》五(日本,一九六九),福井康顺《列仙传考》刊于《早大大学院文学部纪要》(一九五九)。

⑧陈国符:《道藏源流考》(台北,古亭书屋,民国六十五年)页七—十三。

⑨拙撰,《魏晋南北朝文士与道教之关系》(台北,政大,中文所博士论文)页二四三—三三四。

⑩李剑国前引书,页一七三。

⑪此一说法曾与白井丘氏讨论,《中国民众宗教运动中所见的千年王国的要素》一报告中,提及铃木中正氏具有此类分析,特此注明。

⑫注⑤拙撰。

⑬参拙撰,《六朝仙境传说与道教之关系》,刊于《中外文学》八卷八期(民国六十九年一月)

⑭白井丘引述 Norman Chon. The Persuit of Millennium, revised and expanded edition, Oxford V. P. 1970.

⑮此部分承陈鹏翔、古添洪教授借阅有关主题学的观念与资料,特此致谢。参陈鹏翔编《主题学研究论文集》(台北,东大,民国七

十二年),古添洪《集异记考证与母题分析》,刊于《教学与研究》第六期(台北,师大文学院,民国七十三年六月)。

⑯笔者已另篇撰写《道教传说中的西王母》,将另行发表。

【评介】

六朝隋唐是道教酝酿发展的重要时期,六朝至隋唐的仙道文学,主要就是仙道类小说以及与道教有关的诗歌等作品。仙道类小说是道教文学里的重要门类,至今仍然留存着大量文献,对这些资料进行发掘、梳理和考辨,具有很重要的学术价值。从20世纪80年代,大陆开始有学者关注道教小说,至今已取得了较为丰硕的研究成果。但是,在这之前,港台学者及其他海外汉学界对道教小说早有研究。

台湾"道教文学"或"道教与文学"研究起步比较早。王梦鸥等老一辈学人,在20世纪60年代就发表了一系列与道教有关的唐人小说考论,其中《枕中记及其作者》(《幼狮学志》,1966年)、《续玄怪录及其作者考》(《幼狮学志》,1966年)等着重探讨了小说中的道家思想、作者的涉道背景及道教传说对其故事的影响。1971年至1978年,王氏又出版了《唐人小说论集》(1~4集),其第一集对《传奇》的内容、作者履历作了精彩的分析,指出神仙传记中也有大量史实。王氏自60年代开始致力于唐人小说研究,培养了一批出色的后继者,其中的佼佼者有王国良、李丰楙两位。

李丰楙师承王梦鸥,1978年,在其博士论文《魏晋南北朝文士与道教关系》中提出了"道教文学"这一概念,80年代开始发表这方面论文,如《六朝仙境传说与道教之关系》等,后来部分论文辑入《误入与谪降:六朝隋唐道教文学论集》(学生书局1996年版)、《六朝隋唐仙道类小说研究》(学生书局1986年版)等。在道教与道教文学研究领域,李丰楙可算是当前最优秀、成果最丰硕的学者之一。他的研究,不仅在于对道教信仰事项的澄清,更能将信仰与思想、文学等融会贯通,而且视野广博,理论精深,文献考证相当扎实,解决了相当多道教史、文学史上的重要问题。在《误入与谪降:六朝隋唐道教文学论集》中,《六朝道教洞天说与游历仙境小说》、《魏晋女神传说与道教神女降真传说》、《西王母五女传说的形成及其演变》、《道教谪仙传说与唐人小说》等文,都是非常精彩的典型的道教小说论文。《六朝隋唐仙道类小说研究》是一部目前学界研究道教小说比较系统的专著,内中对《汉武内传》、《十洲记》、《洞仙传》及啸、唐人创业小说等作了深入探讨。

《六朝隋唐仙道类小说研究》分七章,第一章为绪论,首先论述了仙道小说的特性及其范围,确立了仙道类小说的两种类型,即记录、传述有关仙道传说的笔记小说和道教思想影响下形成的作品。其次论述了仙道小说研究的问题和研究方法。著者特别强调以"主题研究"为研究仙道类小说的要点,其四大要点是:造构者的动机与目的、形成的时代情境、小说内容本身、小说在道教内部及文学传统中衍变。接下来在方法论上,强调仙道文学之作为一种相对独立的宗教文学的特质,提出了特殊的研究方法:文献资料的辩证与运用、道教教理的发展与衍变、仙道小说在社会文化史的意义、仙道主题的衍变。

对于第一种类型的作品,第二、三、四章从文献学、道教思想史以及主题学的视角,对《汉武内传》、《十洲记》、《洞仙传》三部作品的著成及衍变以及其中蕴含的仙道思想做了阐释。

对于第二种类型的仙道类小说,在第五章,以孙广"啸旨"为中心,对于汉晋以下流传的啸法,作了综合性的考察,并阐述了啸的传说对文学的影响;在第六章,以《神告录》、《虬髯客传》为中心探讨道教图谶传说与唐人创业小说的关系。

第七章是结语。文中提出,作为中国小说史的一部分,六朝隋唐仙道类小说有其宗教文学的特殊地位。一方面,小说及相关的诗歌可以容纳道教的宗教特质,借以解说中国文学中所具有的仙道色彩;另一方面,作为文学史料,小说有助于道教史的理解:从社会文化史解说道教的发展,从主题学的比较方法,可以印证道教史的成长、成熟与固定。作为道教与文学之间相互激荡的产物,仙道小说是值得重加评估的道教艺术。

本书中,著者特别强调以"主题研究"为研究仙道类小说的要点,在方法论上,强调仙道文学之作为一种相对独立的宗教文学的特质,提出了特殊的研究方法,这种提法对于道教文学的细致研究具有启发意义。

在当前对于仙道文学的研究中，大部分是单篇论文，少有全面、系统、深入的专门著作。其原因在于目前学术界对于道教文学思想作系统研究面临着两个方面的困难：一是研究者要对道教典籍和思想有较全面的了解和准确的把握，对于道教文学的研究而言，传统的文献研究和历史研究同样不可或缺，可现存《道藏》里的很多文献资料尚未整理，许多研究者难以读懂，更难梳理出头绪。在目前的仙道文学研究中，多数论说在文学研究方面具有相当功力，然而对于道教典籍却并未达到熟谙的程度，这种基础性研究的不足必然将限制整个研究的广度和深度。由此，《六朝隋唐仙道类小说》这种奠基于道教文献的研究和清理的坚实基础之上的研究就格外难得，值得借鉴。

二是要从以反映道教活动为题材来阐述其教义、宣传神仙出世思想的仙道文学中，概括提炼出原生态的道教文学观念，与其文论进行印证，需要较强的文学知识和较高的理论素养。在学界的论述中，道教思想往往只是作为一种文学研究的背景出现，即便是关于仙道文学中"思想内容"的探讨，亦多因循道教思想研究的旧说，而对于道教思想的阐发缺乏创造力。而李丰楙的《六朝隋唐仙道类小说》无疑为这一研究中具有相当学术分量的成果。论者以其对于道教各类经典的熟谙引证以及一贯主张的"主题研究"方法的娴熟运用，对于仙道文学中的各个重要主题在道教思想史和文学史的共同层面上进行了详尽的论述，从道教的历史发展梳理小说流变的纵深研究，从道教影响社会生活的广度探讨小说中道教内涵的横向研究，从根本上解释了道教作为一种文化系统对文学的意义和仙道文学的宗教特质。这种论说视角对于仙道文学的细致研究颇具启发意义。

李丰楙六朝小说研究主要论著：

①《六朝仙境传说与道教之关系》，《中外文学》1980年第8卷第8期。

②《六朝隋唐仙道类小说研究》，学生书局1986年版。

③《误入与谪降：六朝隋唐道教文学论集》，学生书局 1986 年版。

(任正君)

李毓芙《世说新语新注》

【存目】

【评介】

　　李毓芙,男,1919年2月生,山东淄博人。笔名李超岚。1945年毕业于中央大学中文系。1948年毕业于中央大学研究院,并获得文学硕士学位。1952年任山东师范大学中文系教授,兼任全国中华诗词学会理事、山东省诗词学会常务理事、山东省古典文学研究会理事。1955年前讲授中国现代文学,其后主要从事中国古代文学的教学与科研工作。著有《成语典故文选注》、《花叶集》、《王渔洋诗文选注》并《渔洋年表》、《清初诗人王渔洋》、《王士禛评传》、《世说新语新注》等。曾获山东省社会科学联合会等单位优秀科研成果奖。

　　李毓芙的专著《世说新语新注》一书,1989年由山东教育出版社出版。之所以名其为"新注",据作者在《凡例》中所言,是为了与梁刘孝标注本相区别,为了"供大、中学校语文教学参考,以及一般文艺爱好者阅读"。因为刘孝标注只引证史传典籍,不注文字,而《世说新语》全书当中名物众多,并且杂有方言词语,对普通读者来说难以明晓。从整部书的情况来看,作者的这一撰写目的显然是达到了。《世说新语新注》注释浅显流畅,每章每条之后皆有一两句内容、主旨的概括或评论,正文之后附有作者增补过的释名表,标注书中所见人物原名及异名,以笔画为序便于检索。总的来说,李毓芙《世说新语新注》是一本偏于普及性的《世说新语》本子,使用起来极其便利。

　　与方便教学和爱好者阅读之撰写目的相联系,《世说新语新注》正文之前有一长达26页的《前言》,对《世说新语》的作者、书名、体制、内容、社会习尚（魏晋士族制度、门阀观念、人物品藻等）、士人风气（纵酒放达、玄学、清谈、隐逸等）、文学特色以及学术价值，引经据典，深入浅出，都做了详细解说，其中对社会习尚、士人风气、文学特色的说明都结合《世说新语》的具体条目举例进行，读来如蔼然长者，循循善诱，趣味横生而不枯燥，是一篇绝好的导读文字。文中亦不乏作者的独到之处，如对清谈的分析，李毓芙认为："《世说新语》记载了魏晋玄风和清谈盛况。当时儒学衰微，道家之说倡行。……此时佛学也倡兴，玄学与佛理相并，遂成为魏晋学术主流。玄学是清谈的主要内容，所以'清谈'也称'玄谈'，或称'清言'。魏晋玄学风行和清谈盛况，主要从《文学》篇记载表现出来。"再如，对文学特色的鉴赏，"《世说新语》自有文学特色，其体制是片断记人、记事、记言。一般三言五语，或十言八语；几则长文，也不过四五十句。文字都隽永，耐人寻味。有的自然成篇，情景俱茂"，"有小品散文性、故事性。其突出的艺术表现手法，是善于写人。往往三言五语，描画出人物的神情和心理状态"。这些论述言简意赅，有理有据，恰到好处，表现出了作者深厚的学养。

虽志在普及，但作者治学严谨，校注功夫极深。全书文字主要依照清光绪年间思贤讲舍刻本，并明袁氏嘉趣堂刻本、清周氏纷欣阁刻本、影印宋绍兴董刻本、唐写本以及现代新印本，互相参证，通常标出宋刻本异文。注释除参考梁刘孝标注外，还一并参考了明清刻本中所载宋刘辰翁、刘应登和明王世懋、凌濛初、王思任、李贽等人批注，本书各种序、跋以及近人札记、笺疏等。与他书不同的是，李毓芙先生在注释时还参考了《世说笺本》。注释中所引史料，主要参照《晋书》、《后汉书》、《三国志》及《资治通鉴·晋纪》等。作者年轻时即注意收集有关《世说新语》的材料，注释亦花了数年之功，既有词语笺释，也有句意串解，还包括史实注明。例如《德行》一条的注释，作者为"陈仲举言为士则，行为世范"注道：

> 陈仲举二句，调陈仲举品德高尚，言论可做士人的榜样，行事可做当世的模范。陈蕃，字仲举，东汉汝南平舆（今河南省平舆县）人，少有大志，庭舍芜秽不治，自称"大丈夫当为国

家扫除天下"。灵帝时,官至太傅,谋诛宦官未成,遇害。《后汉书》有传。士,古为四民之一。《汉书·食货志上》:"士、农、工、商,四民有业,学以居位曰士。"则,榜样。

对紧随其后的"登车揽辔"则做如下处理:

> 登车揽辔(pèi):谓赴官任。按汉时朝廷征召士人授官以公车传送。揽,执。辔,御马缰绳。

不仅注了词义、字义,而且还对非常见字标注拼音,介绍了当时的社会习俗。当然,李毓芙的注本也有不足,比如说对上引条目接下来的"澄清天下之志"就未加注。但与此前及此后的其他注译本相比,《世说新语新注》注释还是十分详尽精当的,1996年上海古籍出版社出版的张㧑之《世说新语译注》就有多处采自该书。

李毓芙先生的《世说新语新注》,是迄今为止较好的《世说新语》普及版本,对《世说新语》的流布和研究的繁荣,不乏促进之功。

李毓芙六朝小说研究主要论著:
①《世说新语新注》,山东教育出版社1989年版。

(梁晓萍)

宁稼雨《中国志人小说史》

【引文】

第一章 绪 论

第一节 中国小说的两大系统

中国古代小说，大体经过魏晋六朝的志怪和志人小说、唐宋传奇、宋元话本和明清长篇章回小说几个阶段。如果从语言上来区分它们的话，传奇以前是用文言，话本以后是用白话。文言和白话小说，形成了中国小说发展这一总系统中的两大子系统。

包括许多学者在内，人们对于中国小说这两大系统的认识并不十分清晰。其实，除了语言的区别外，文言和白话小说在起源、作者队伍、体制、审美意识诸方面都存在一定的差异。

目前大多数文学史、小说史和一些研究论文谈到的中国小说起源实际上是文言小说的起源。这些论著多从神话、史传和诸子散文谈起，认为这是中国小说产生的源头。如果就文言小说而言，这个说法大致不差。而就白话小说来说，这个说法就难以成立了。因为白话小说实际上是从唐代寺院的俗讲和宋元说话艺术的基础上发展而来的。而对白话小说起源谈得比较确切、深入的，应为胡士莹先生的《话本小说概论》。

白话小说的作者最初是一些科场失意的书会才人，他们把说书艺人的故事梗概记录下书形成最早的白话小说——话本。这种小说为取悦听众，增加赢利，带有一定的商品性质。而文言小说的作者则完全没有这种功利目的，他们写小说，主要不是给人看，而是为了自娱和消遣。纪晓岚云："景薄桑愉，精神日减，无复著书之志，惟时作杂记，聊以消闲。"① 在体制上，二者亦有区别。文言小说多为作者随闻随写，随想随写，篇幅短小，积多成册，故又称笔记小说。这种小说体制散漫，小大多少由之，而白话小说则一般结构比较严谨，整体与部分是有机的联系，牵一发而动全身。即使是白话短篇小说集，也要尽量把全书的篇目凑成整数。

二者最重要的区别，还是在于审美意识的差异。白话小说主要是在市民的立场上，表现市民阶层的利益、愿望和审美要求，而文言小说则基本上以描写封建士大夫的生活经历和反映士大夫审美需求为目标。这一点虽然无形，但却是二者区别的本质所在。

当然，强调它们二者的区别，并不意味着否认它们之间的相互渗透和影响。实际上由于它们二者为一个大系统中的两个子系统，所以必然发生种种联系，其中最明显的就是故事内容的相互承袭。

文言笔记小说也分为两类。以《搜神记》为代表的志怪小说和以《世说新语》为代表的志人小说。本书拟对《世说新语》一类志人小说的产生、发展和演变过程作类型的归纳和研究。

第二节　志人小说界说

在研究志人小说之前，应先搞清楚研究对象，即什么是志人小说。这个问题不仅古人没有定论，今人也没有完全一致的意见。这里只能根据笔者的见闻和臆想，略陈见解。

由于《汉书·艺文志》著录的小说至今多已不存，所以在现存小说中，最早在人们观念中取得小说资格的，便是志人小说。从《隋书·经籍志》始，《世说新语》一类就始终牢固地占领了历代书目小说家栏目，而《搜神记》一类的志怪小说一直到宋人撰修的《新唐书·艺文志》中，才从杂传类转入小说类。但是从中国小说的实际情况来看，小说性质最差的恰恰又是志人小说。这个事实说明中国小说本身是在发展的，同时也可以看到历代人们小说观念的嬗变。出于对这个事实的承认和尊重，我们探讨志人小说的产生与发展，既要根据实际情况对古人一直承认的志人小说的发展，作出客观的描

---

① 纪昀：《阅微草堂笔记·滦阳续录序》。

述，又要以今人的目光对其中的非小说成分加以甄别，以期进行准确与科学的规律认识。

毫无疑问，志人小说也有广义、狭义之分。从广义上说，凡写人的小说都可称志人小说。这不仅包括除志怪和部分传奇以外的全部文言小说，连写普通凡人的所有白话小说似亦包括在内。这样的划分显然意义不大；从狭义上说，问题就比较麻烦。因为不仅志人小说与它以外著作的界限不易区分，它自身的构成也难以确定。从外延上看，小说（主要指文言笔记小说）在古籍的分类中一直是个棘手的问题。宋代郑樵说："古今编书所不能分者五：一曰传记，二曰杂家，三曰小说，四曰杂史，五曰故事。凡此五类之书足相紊乱。"① 何以作难？明代胡应麟说："小说，子书流也。然谈说道理，或近于经，又有类注疏者，纪述事实，或通于史，又有类志传者，他如孟棨《本事》、卢瑰《抒情》，例以诗话文评，附见集类，究其体制，实小说流也。至于子类杂家，尤相出入。郑氏谓古今书家所不能分有九，而不知最易混淆者小说也。"② 这就是说，小说中所隐含的道理容易与子书相混，它所记叙的历史事件又易与史传相淆，还有些记载文人作诗撰文故事的小说，又与诗话极近。

尽管不易，可没有一个大致的类别轮廓，对于习惯于按目索书、顺类寻迹的中国人来说，又的确很不方便。人们看到分类不易，这本身就是分类的开始。到了清代，人们的努力收到一定成效。四库馆臣对于小说和杂史界限的区分，意见就很可取："然既系史名，事殊小说，著书有体，焉可无分。今仍用旧文，立此一类。凡所著录，则务示别裁，大抵取其事系庙堂，语关军国，或但具一事之始末，非一代之全编，或但述一时之见闻，只一家之私记。要期遗文旧事，足以存掌故，资考证，备读史者之参稽云尔。若夫语神怪，供诙啁、里巷琐言，稗官所述，则别有杂家小说家存焉。"③ 从而大致上为小说和杂

---

① 郑樵：《通志·校雠略·编次之讹论》。
② 胡应麟：《少室山房笔丛·九流绪论》下。按据《通志》郑樵语，文中"九"应作"五"。
③ 《四库全书总目·史·杂史》序。

史划清了界限。又云:"按记录杂事之书,小说与杂史最易相淆,诸家著录,亦往往牵混。今以述朝政军国者入杂史,其参以里巷闲谈、词章细故者则均隶此门。《世说新语》古俱著录于小说,其明例矣。"① 这就是说,有关国家军政大事者归杂史,凡属民间里巷传闻者归小说。有了这个标准,人们在杂史和志人小说之间就不至无所适从了②。但志人小说与杂家的关系,纪昀与部属的认识却不如此清晰,在四库书中此二类仍有相混者。我们认为,志人小说与杂家有两点相似,一是阐发道理的成分,二是程度不同的故事性。区别二者在于以何为主。杂家著作以阐发道理为主,需要时以讲故事为辅,志人小说则相反。因此,志人小说与杂家著作相比,多具故事性,与杂史相比,多具传说性,而与志怪传奇相比,又多具真实、平实性。这几条应作为判定志人小说的标准。

从内涵来看,志人小说这个名称的使用自鲁迅始。他在《中国小说的历史的变迁》一文中有"六朝时之志怪与志人"一讲。今天我们使用这个概念,既要尊重鲁迅使用这个术语时所包括的内涵,又要考虑到历代目录学中小说分类沿革的事实。历史上最早对小说进行分类的,是唐代史学大师刘知幾,他说:"爰及近古,斯道渐烦,史氏流别,殊途并骛,权而为论,其流有十焉,一曰偏记,二曰小录,三曰逸事,四曰琐语,五曰郡书,六曰家史,七曰别传,八曰杂记,九曰地理书,十曰都邑簿。"③ 这10类中今人认为小说的,只有"逸事"、"琐言"、"杂记" 3类。其中"杂记"一类实际是今人所说的志怪小说④。关于"逸事"和"琐言",刘氏释云:"国史之任,记事记言,视听不该,必有遗逸。于是好奇之士,补其所亡,若和峤

---

① 《四库提要·子·小说家》杂事类跋。
② 按这里的小说主要应指志人。因志怪故事多属子虚,不必担心与史事相混。虽然唐代也有人把志怪故事写进《晋书》,但此法早已为史家不取。宋代以后便少有此误了。倒是志人书中均记真人掌故,极易与杂史相混淆。
③ 刘知幾:《史通·杂述》。
④ 志怪小说在唐代还被看成是杂传,到宋代才被认为是小说。参见《隋书·经籍志》、《旧唐书·经籍志》、《新唐书·艺文志》及程毅中《古小说简目》前言,中华书局1981年版。

《汲冢纪年》、葛洪《西京杂记》、顾协《璅语》、谢绰《拾遗》，此之谓逸事者也。街谈巷议，时有可观，小说厄言，犹贤于己，故好事君子，无所弃诸，若刘义庆《世说》、裴荣期《语林》、孔思尚《语录》、阳玠松《谈薮》，此之谓琐言者也。"① 可见刘氏所说的逸事小说，即指《西京杂记》一类偏于记录野史故事的小说，而他所说的琐言，则指《世说新语》一类以片言只语或简略勾勒来刻画人物为主的小说。《四库全书总目》小说家类则将此2类合在一起，称"杂事"类小说，而小说家中另2类"异闻"和"琐言"则多指志怪与传奇。这种分法的意义，在于第一次把志怪传奇以外的文言小说单独划在一个圈子里。不足的是它又混淆了刘知幾已经为记人事的文言小说划定的两个部分。鲁迅所言的志人小说，实际是指刘知幾所说的琐言一类小说，即《世说新语》前后与之体例和写作风格相类的文言小说。笔者以为，一个概念或术语的发明和使用，应使之具备区别于前者的新内涵。如果内涵不变，其名称不变亦可。如果仍按鲁迅的划分来理解志人小说的内涵，则不如像刘知幾那样直呼其为"琐言"。鲁迅这个术语的使用对于划清与志怪的界限是有益的，但无形中又给逸事和琐言小说之间制造了新的隔阂，一大批逸事小说等于被拒之小说门外。

鉴于这种情况，笔者认为志人小说这个名称应当包括逸事和琐言这两部分文言笔记小说。也就是用志人小说之名，含《四库》所收杂事小说之实。这样一方面可以划清虚构性小说与纪实性小说间的界限，另一方面，又保留了逸事小说中的小说成分，让它们跻身小说的行列。当然，在志人小说内部，还有必要把逸事和琐言二者区分开来。因为从整体上看，逸事小说中的非小说成分要多于琐言小说。所以我们所谈的志人小说，是以琐言小说为主，同时也兼及逸事小说中的小说成分。

琐言小说多摹仿《世说新语》以类相从的体例，以记载文人事迹为主，是《世说新语》的附庸和余波；逸事小说在形式上则追随《西京杂记》，不分门类，只分卷次。内容庞杂，只收录闾巷传闻，

---

① 刘知幾：《史通·杂述》。

野史故事为主。为方便起见,笔者将此2类小说分别称为"世说体"和"杂记体"。

第三节 志人小说的渊源

志人小说的产生,既体现了小说产生的一般规律,又表现了自身的独特之处。

关于小说产生的一般性,人们通常用《汉志·艺文志》关于小说家的评述来理解。其云:"小说家者流,盖出于稗官。"注引如淳语曰:"《九章》'细米为稗'。街谈巷说,其细碎之言也。王者欲知闾巷风俗,故立稗官使称说之。"今人余嘉锡认为稗官为天子之士①。有人不同意这个观点,因为士的职责在于传庶人之谤言,以谏帝王之过,而《汉志》小说家中无一士传谤言者②。而能够收集街谈巷语的人应为熟悉平民百姓的乡里负责人。所以近人顾实认为稗官为闾胥里师③,浦江清则干脆认为稗官是乡长里长之类④。而稗官不是直接将所收集的街谈巷语送给天子,而是通过道人上奏⑤。鲁迅曾将中国小说的起源勾画为由神话至传说、逸史、至小说这样几个过程。志人小说的产生,就是其中的一些具体环节。如口头传说是保存小说内容的重要途径。《汉志》15家小说中,多以记人事为主,虽有个别方术之言,也属人物行为的记录。记录的方法则是用史官记事之法。如《青史子》,《汉志》著录为57篇,班固注云:"右史官记事也。"刘勰说其内容是:"《青史》曲缀以街谈。"⑥ 说明志人小说以史笔来记录街谈巷语的过程。

前代史传文学和诸子散文对志人小说的手法具体表现在:选择与概括事件的能力,如《左传》僖公二十三、四年所记晋公子重耳之亡,《战国策·齐策》记载冯谖客孟尝君事等;寓褒贬于人物言行之

---

① 余嘉锡:《小说家出于稗官说》,载《余嘉锡论学杂著》。
② 见袁行霈:《〈汉书艺文志〉小说家考辨》,载《文史》第七辑。
③ 顾实:《汉书艺文志讲疏》。
④ 浦江清:《论小说》,载《文学遗产》增刊六辑。
⑤ 见袁行霈:《〈汉书艺文志〉小说家考辨》。
⑥ 《文心雕龙·诸子》。

中的手法，如《左传》僖公三十年记烛之武退秦师的言行见其爱国和智谋，《史记·廉颇蔺相如列传》所记二人行为所现的好恶等；以及很多史传文学所表现的驾驭语言的能力等。诸子散文凝练、含蓄的语言、个性分明的人物和一些辛辣明快的讽刺手法等，都对志人小说的产生有直接的影响。

　　这里特别要提到刘向的《说苑》和《新序》。这两部书所收，均为先秦时期人物遗闻，后面又加上编者的议论。这议论部分虽非小说因素，但其故事遗闻之集中，已说明刘向的小说观念已趋向成熟。而这两部书所采用的按内容分类的办法，更是为《世说新语》一类的世说体小说所本。可见史传和诸子散文已经具备了很多小说成分，它们为志人小说的出现作了表现方法上的准备。但它们各有自己的侧重点，所以还不是小说。鲁迅说："记人间事者已甚古，列御寇韩非皆有录载，惟其所以录载者，列在用以喻道，韩在储以论政。若为赏心而作，则实萌芽于魏晋而盛大于晋，虽不免追随俗尚，或供揣摩，然要为远实用而近娱乐矣。"①

第三章　《世说新语》

第三节　表现形式及其影响

　　《世说新语》饮誉古今，为人称道，其表现形式所起作用极大。但人们对这部作品表现形式的赞誉，多集中在语言方面，而对其体例及由此产生的形象表现方法，则几乎没有开始认识。作为笔记体，它与其他笔记相同。所不同的是，它不像一般笔记那样采用分卷的体例，而是以类相从。这种分类与其他采用分类体例的著作也不同，它的以类相从是以人为中心，为写人服务。而且这种体例本身也是受民族文化观念影响的结果，在一定程度上表现了民族的审美意识。所以深入了解这部作品的艺术特点，就要从重新认真认识其表现形式开始。

---

①　鲁迅：《中国小说史略·世说新语与其前后》。

一、体例方面

在今天通行的诸本中,书中故事按内容分为36篇,每篇中又由不同人物相同性质的故事组成。这种体例把全书形成一种网状的结构,它有以下一些特点:

第一,"点"的处理。点就是各个网眼,各个要点,在《世说新语》一类笔记小说中就是各个小故事。它是作者在观察生活和反映生活时,截取生活流程的一个视点、一个横断面。它相当于书法中的一个字,绘画中的一个独立的局部,戏曲中一个独立的场面,园林中一个独立的景致。在结构意义上,它是形成整个网状结构的基础。在志人小说中,它以记录人的言行为主,是一种以人为主的对生活有节奏的回忆。这种回忆是符合人的认识和记忆规律,尤其是符合中国人的认识和记忆规律的。它舍弃了那些不重要的东西,从而使表现的这一要点对象更鲜明,更突出。如:

> 王夷甫雅尚玄远,常嫉其妇贪浊,口未尝言"钱"字。妇欲试之,令婢以钱绕床,不得行。夷甫晨起,见钱阂行,呼婢曰:"举却阿堵物!"(《世说新语·规箴》)

这个故事作者要集中表现的,只是围绕一个"钱"字,郭氏竭力想使丈夫说出这个字来,而王衍却偏偏躲开这个字。至于郭氏如何贪浊,王衍说完这句话以后事件的发展,作者没有交待。如果有必要交待,那就是别的故事的任务,否则也就到此为止了。这正是这种要点认识的表现。

第二,"网"的形成。网是点的集合体,是众多视点和横断面综合在一起的效果。在《世说新语》中就是对小说结构的整体安排。笔记小说的结构与中国白话通俗小说和西方小说不同,它们在作品中大多有完整的情节来贯穿始终。《世说新语》的结构方法是传统的民族宇宙观和文化观影响的结果。"在这种宇宙观的影响下,中国传统小说的作者很少选择一个人物或者一桩事件当做小说里统一的因素。通常的作法是在一本书里,一会儿以这个人物为主,一会儿又以另一个人物为主,或者一会儿以这桩事件为主,一会儿又以另一桩事件为主。传统的中国小说很少集中描写一个人物的发展，或者集中叙述一个社会现象的过程，而是交待广大凡人之间的复杂的相互关系。这与其说是固定中心，不如说是可移动的中心"①。林氏这段话，对中国白话通俗小说的大部分不见得合适，因为它不大符合实际情况。《红楼梦》就是比较集中地描写了宝黛的爱情悲剧和四大家族的兴衰。《儒林外史》在中国长篇白话小说中，是极特殊的结构方法，它与《世说新语》一类笔记小说受到同一审美意识的影响，没有固定的中心，是一种网状的结构。鲁迅云其"虽云长篇，颇同短制"②，所以它不是白话通俗小说的普遍现象。《世说新语》中的各个点，也就是各个小故事，看起来相互没有什么联系，其实不然。如果我们把握住上面提到的中国传统审美意识，再运用联想和想象的方法，就会发现其中的规律。作者是按照两种走向对单个故事进行结构处理的，一种是横的走向，它以人为线索，将一个人的不同故事，安排在不同的门类中，因它与刻画人物有关，下面还要详细叙述。这是人的走向。另一种是纵的走向，它以事为线索，将不同人的内容相近的故事，安排在同一门类中。这是事的走向。人们知道，《世说新语》反映的是魏晋士大夫的言行。然而，作品中的故事却并非完全对生活杂乱的实录，而是经过了一番选择和安排。它按内容分类的方法，反映了作者对生活的认识和评价。各个门类的名称，也都具有褒贬的性质，有肯定和赞美，如《德行》、《雅量》、《捷悟》、《豪爽》、《贤媛》等；有遗憾和惋惜，如《伤逝》、《尤悔》、《纰漏》、《规箴》等；也有批评和谴责，如《任诞》、《汰侈》、《谗险》、《假谲》等。每个门类内单个故事之间，门类与门类之间，都是互相映衬、互相补充的。人们看了其中某一单个故事对这一内容印象如还不大深刻，那么看完这一门类时，印象就会比较深刻，如果人们看了一个门类，只了解到魏晋生活的一个侧面的话，而当看完全书时，就会得到对魏晋生活多方面的了解。就如同看到"江山如此多娇"这幅国画那样，从画面上我们可以看到各个部分的局部，可以看到黄河、长江、长城、黄山之松、

---

① 林顺夫：《〈儒林外史〉的礼及其叙事体结构》。
② 鲁迅：《中国小说史略》。

东海之滨、喜马拉雅山，把这些局部综合在一起，就会得到中国河山的印象。这是一种多声部反复合唱、重唱的合声、合弦效果。这种"事的走向"与"人的走向"交叉进行，互为经纬，每个小故事既是经线的一点，又是纬线的一端。所谓"网状结构"就是这样产生的。

第三，"空白"的作用。这里的空白，是指《世说新语》一类笔记小说中段与段之间，门类之间的空隙。它相当于绘画中的空白和书法中的飞白，它代替了长篇小说中节奏之间的过渡部分。表面上看，这些空白似乎不存在什么实际意义，实际上，它有着自己的独特意义。我们知道，《世说新语》反映的内容很广泛，从时间上，它记载了从汉末到东晋二百多年封建官僚士大夫的事迹，在内容上，它牵涉政治、军事、哲学、文学、艺术，以至婚姻、家庭等社会生活的各个方面，对此要想事无巨细，全部反映，不仅不可能，也没必要。必须根据民族的审美意识，进行选择和安排。这样就会留下空白，这种空白不等于数字上绝对的"0"。空白对任何艺术实体都是需要的，没有空白，书法中字与字之间韵律的节奏就无法展示，绘画中无垠的神境也无法表现。因此，空白是任何艺术实体显示的条件。在中国文学艺术中，它本身还有一种独特的美学意义——神韵。它除了具有衬托实体的作用外，还有一种令人对作品遐想万端的独特功能。在《世说新语》中，它与作品中的故事相间，时有时无，时隐时现，飘忽异常，使人感到在这空白之处，似乎还蕴藏着作品中没有表现，或无法表现的无数条生活的潜流。通过它，我们可以体味到生活节奏的空隙，感觉到作品中的一种神秘感——在这些空白处中，似乎还蕴藏了更多美妙的故事。清人笪重光说："空本难图，实景清而空景现。神无可绘，真境遇而神境生。位置相戾，有画处多属赘扰。虚实相生，无画处皆成妙境。"① 把所有的东西都搬上，就会"多属赘扰"，而经过选择后疏密有致安排的结构，却成了"无画处皆成妙境"，这里的空白也属于这种妙境吧。

这种体例一经产生，便使"世说体"小说在体例上定于一尊，其摹仿者代不乏人，直至民国初年，是志人小说在体例上的两大派别之一。

---

① 笪重光：《画筌》。

二、形象方面

《世说新语》虽属丛残小语，故事简单，但已经开始注意形象的刻画。概括起来，《世说新语》大约有以下几种刻画人物的方法。

第一，合成的方法。这种方法是就全书而言的，是一种宏观的方法。它与"网状结构"是相通的。《世说新语》将若干小故事按内容分为三十六门类，一个人的若干故事，由于这种分类排列的需要，而被分散到各个门类中去，这样，一个人在一个门类中的故事，只反映他性格的一个侧面。如果把一个人在不同门类中的各个形象侧面综合起来，就会得出这个人比较完整的形象来。试以王敦为例：

  王大将军年少时，旧有田舍名，语音亦楚。武帝唤时贤共言伎艺事，人皆多有所知，唯王都无所关，意色殊恶。自言知打鼓吹，帝令取鼓与之。于坐振袖而起，扬槌奋击，音节谐捷，神气豪上，傍若无人，举坐叹其雄爽。

（《世说新语·豪爽》）

  王敦初尚主，如厕，见漆箱盛干枣，本以塞鼻，王谓厕上亦下果，食遂至尽。既还，婢擎金澡盘盛水，琉璃碗盛澡豆，因倒著水中而饮之，谓是干饭。群婢莫不掩口而笑之。

（《世说新语·纰漏》）

  石崇厕常有十余婢侍列，皆丽服藻饰，置甲煎粉、沈、香汁之属，无不毕备。又与新衣著令出。客多羞不能如厕。王大将军往，脱故衣，著新衣，神色傲然。群婢相谓曰："此客必能作贼！"

（《世说新语·汰侈》）

  王敦既下，住船石头，欲有废明帝意。宾客盈坐，敦知帝聪明，欲以不孝废之。每言帝不孝之状，而皆云："温太真所说。温尝为东宫率，后为吾司马，甚悉之。"须臾，温来，敦便奋其威容，问温曰："皇太子作人何似？"温曰："小人无以测君子。"敦声色并厉，欲以威力使从己，乃重问温，"太子何以称佳？"温曰："钩深致远，盖非浅识所测。然以礼侍亲，可称为孝。"

（《世说新语·方正》）

从前三个故事中，我们可以看到一个乡巴佬刚进入上流社会时，由于对这种生活环境的生疏，而暴露出来的窘态，而这种窘态的表现形式，却充分说明了王敦欲在人之上的野心家性格。表现了他在上流社会中不肯屈居人下的想法，他以后成为一个政治野心家，在这里已经萌发了最初的欲念，所以婢女们说他"此客必能作贼"。这种欲念在得到权势之后，就会无限膨胀起来。在后两则故事中，我们又看到一个得势以后的政治军人的残忍和暴酷，这正是初时欲念发展的结果。

《世说新语》这种合成形象的方法与中国古代白话小说和西方古典小说有相同之处，也有不同之处。相同之处表现在，它们都要根据人物在各个时间里不同的表现，或者反复强调其某一方面的性格，或者反映其性格的不同侧面，最后综合为一个完整的形象。不同之处表现在，通俗白话小说和西方小说中的人物形象，都有一个贯穿始终的线索来连结人物性格的各种表现，而《世说新语》则没有这种线索。它们的相同之处说明了文学作品反映生活、塑造人物的共性，而不同之处则反映不同文学形式的特殊性。

第二，对比的方法。对比是叙事性文学常用的表现方法，这种方法多用于人物的对比。经过对比后的形象，其性格特征就会更加强烈，这是一种手段经济而效果显著的方法。《世说新语》中的各个故事篇幅短小，虽然它们属于某一形象总体的一部分，但它们又是各自独立的。在这种独立的丛残小语的故事中，运用对比的方法来刻画人物形象，无疑是一种有效的方法。在用对比方法来刻画人物时，《世说新语》采用了三种方法。

一种是善与善的对比。如：

> 华歆、王朗俱乘船避难，有一人欲依附，歆辄难之。朗曰："幸尚宽，何为不可？"后贼追至，王欲舍所携人。歆曰："本所以疑，正为此耳。既已纳其自托，宁可以急相弃邪？"遂携拯如初。世以此定华、王之优劣。
>
> （《世说新语·德行》）

华、王二人都想救人,但他俩的善良却有高下,王朗先愿救人,后来情况紧急,就想扔下人不管,但这不能以恶来论之,只要不危害自己,王朗还是愿意帮助别人的。而华歆则有较高的责任感,他开始对救人提出非难,不是不想救人,而是考虑到一旦情况紧急,大家都很危险。而当王朗救人上船,华歆预料的事终于发生后,他又坚决提出行善不能半途而废,表现了他救人到底的彻底精神。这也是高于王朗的地方,二人的优劣,正是在对同一件事不同态度的对比中展示出来的。又如:

管宁、华歆共园中锄菜,见地有片金,管挥锄与瓦石不异,华捉而掷去之。又尝同席读书,有乘轩冕过门者,宁读如故,歆废书出看。宁割席分坐,曰:"子非吾友也!"

(《世说新语·德行》)

如果没有管宁的行为,华歆掷金的行为可称高尚了,因为他能不为金钱所动。而管宁的行为比他又高出了一等,华歆掷金,说明他心中还有金钱的存在,而管宁"挥锄与瓦石不异",则说明他心目中根本无视金钱的存在,在他看来,金块与瓦石是一样的东西。华歆的行为中则表示出瓦石与金块还是有异的。这种对比的方法,细微地表现出二人的潜在意识,是极见工力的绝笔。

另一种是善与恶的对比。如石崇宴王导、王敦时以杀美人劝酒。王导的慈善与王敦的残酷无情,在这里形成了鲜明的对照。王导本来酒量不佳,为免伤人命,强饮至醉。面对王敦的无情,王导又加以谴责,而王敦本能喝酒,为了满足自己的好奇心,坚决不饮。这种好奇心的代价,竟是三条人命。在对比中,二人的性格倾向,更加强烈,突出。又如:

郗公大聚敛,有钱数千万,嘉宾意甚不同。常朝旦向讯,郗家法,子弟不坐,因倚语移时,遂及财货事。郗公曰:"汝正当欲得吾钱耳!"乃开库一日,令任意用。郗公始正谓损数百万许,嘉宾遂一日乞与亲友,周旋略尽。郗公闻之。惊怪不能已已。

(《世说新语·俭啬》)

郗公是郗鉴,嘉宾是郗超,也就是郗鉴的孙子。郗鉴大肆聚敛财富,贪得无厌。孙子提钱,他下了很大的决心,觉得数百万总可以了,没想到郗超竟将他的财富分付众人殆尽。爷爷的贪心为己和孙子的无私助人形成了鲜明的对比。

还有一种是恶与恶的对比。如:

> 王君夫以饴糒澳釜,石季伦用蜡烛作炊。君夫作紫丝布步障碧绫里四十里,石崇作锦步障五十里以敌之。石以椒为泥,王以赤石脂泥壁。

(《世说新语·汰侈》)

如前所述,王恺、石崇争强斗富,挥霍无度。他们斗富的基础是挥霍人民的血汗,所以这种斗富的程度越深,越能加深人们对其腐朽本质的认识。又如:

> 王右军素轻蓝田。蓝田晚节论誉转重,右军尤不平。蓝田于会稽丁艰,停山阴治丧。右军代为郡,屡言出吊,连日不果。后诣门自通,主人既哭,不前而去,以凌辱之。于是彼此嫌隙大构。后蓝田临扬州,右军尚在郡。初得消息,遣一参军诣朝廷,求分会稽为越州。使人受意失旨,大为时贤所笑。蓝田密令从事数其郡诸不法,以先有隙,令自为其宜。右军遂称疾去郡,以愤慨致终。

(《世说新语·仇隙》)

《世说新语》写人,不是把人的好坏、善恶绝对化。它的人物,既有好的一面,也有不善的一面。故事中王羲之和王蓝田虽然书中多有褒场,但对他们的缺点也不放过。他们各自认为自己应胜过对方,于是不惜任何手段,使对方难堪。他们性格中这种恶的因素的对抗,酿成了他们人生道路上的悲剧。

在这几种对比中，善与善的对比能使善的行为层次分明，善与恶的对比能使善的更善，恶的更恶，恶与恶的对比则能使恶的行为更加丑恶。这种对比的方法在刻画人物时收效是明显的。

第三种是以静写动的方法。这主要是指对人的心理行为的刻画。刻画人的心理，有几种方法，一种是以各种人称，直接将人的心理活动描述出来，使人直接感受到这个人在想些什么。还有一种则不是这样，而是将正在进行思维活动者的外在表现刻划出来，读者通过对这种外在表现的分析和体会，来感受人的心理活动。中国通俗白话小说和西方古典小说，大多属于前一种，《世说新语》则属于后一种。不过《世说新语》在这方面主要是以外表一些静止的行为，来表现人物内心的思想活动和矛盾冲突。如：

豫章太守顾劭，是雍之子。劭在郡卒。雍盛集僚属自围棋，外启信至，而无儿书，虽神气不变，而心了其故，以爪掐掌，血流沾褥。宾客既散，方叹曰："已无延陵之高，岂可有丧明之责！"

(《世说新语·雅量》)

丧子是人生中最大的悲哀之一，顾雍之所以神气不变，并不是无动于衷，而是处在一种深刻的矛盾之中，是理智战胜情感的结果。魏晋时士大夫讲求临急不乱，态度自若。谁如果遇事慌里慌张，就会被人瞧不起，所以这也是品评人物的内容之一。顾雍为了保住自己的面子，所以竭力保持镇静。可是儿子是他的血肉，这种悲痛在与理智冲突时受到了抑止，而抑止感情又是痛苦加痛苦。他没有让感情迸发出来，只是用手指掐掌来克制自己，让痛苦的感情融入鲜红的血液中。作者没有直接写顾雍这种思想矛盾，而只是从外表的神气不变和掐掌流血的行为中，让人们自己去体会、去感受。又如同篇内写谢安与人下棋时，接到谢玄在淝水告捷的消息，他为了保持镇定，继续下棋，直到终局别人问他，他才慢吞吞地说："小儿辈大破贼。"其实他心里的喜悦，是无法形容的，因为一方面指挥这次战役的谢玄，是他亲自推荐的，另一方面，这次战役以八千人消灭符坚八十万人。奠定了保卫东晋战争胜利的基础，也奠定了谢姓在江左的地位。这些不能不使他喜出望外，而为了保住名士风度，他又不能喜形于色。又如：

> 庾太尉与苏峻战，败，率左右十余人乘小船西奔，乱兵相剥掠，射，误中舵工，应弦而倒。举船上咸失色分散。亮不动容，徐曰："此手那可使著贼！"众乃安。
>
> （《世说新语·雅量》）

在这种危急时刻，舵工的死去，对全船人都是一个威胁，所以大家乱作一团。庾亮也并非一点也不着急，他心里想的是自己如果一慌，大家就会更慌，那我们非全完了不可，应该用风趣的话稳住大家。魏晋人崇尚的，就是那种词不尽意、言约旨达的风采，用这种以静写动，或曰以外写内的手法，正好反映了这种风采。它的传神之处也正在此。胡应麟云："读其语言，晋人面目气韵，恍然生动，而简约玄淡，真致不穷，古今绝唱也。"① 这是《世说新语》在刻画人物方面的成功之处。

三、语言方面

《世说新语》不论是人物语言，还是叙述语言，都是以当时的北方官话为主，辅以流行方言。从东汉到西晋，社会政治文化中心都是在北方的洛阳。永嘉乱后此中心虽东移建康，但社会上层多为北方移入者，所以在建康上流社会仍以北方话为主。《颜氏家训》中说："易服而与之谈，南方士庶，数言可辨，隔垣而听其语，北方朝野，终日难分。"② 可见直到南北朝时，南方士族与庶民的语言差异仍很大。士族仍说北方话，老百姓却说吴语。所以在当时南方，只须数语，便可辨其身份。而北方官民均用北语，所以"终日难分"。如果在上流社会说吴语，便会遭到耻笑。《世说新语·豪爽》篇言王敦年少时"旧有田舍名，语音亦楚"，《轻诋》篇言支道林入东，见王子

---

① 胡应麟：《少室山房笔丛·九流绪论》下。
② 《颜氏家训·音辞》。

獣兄弟还,人问:"见诸王何如?"答曰。"见一群白项乌,但闻唤哑哑声。"就连吴人为了步入上层社会,也要换乡音而讲北语。受此风气影响,有时甚至会产生误会,如:

> 刘真长始见王丞相,时盛暑之月,丞相以腹熨弹棋局,曰:"何乃渹?"刘既出,人问:"见王公云何?"刘曰:"未见他异,唯闻作吴语耳?"
>
> (《世说新语·排调》)

故事写王导因说了句吴语而受到刘惔嘲笑。其实二人均为北人,刘惔并不了解王导讲吴语的用心。其时为东晋之初,基业未固,王导复国心切,其作吴语,乃为笼络江东人心,亦其开济政策之一端。书中《政事》篇载:"王丞相拜扬州,宾客数百人,并加霑接,人人有说色。因过胡人前弹指曰:'兰闇!兰闇!'群胡同笑。"① 又可见王导对胡人亦操其语,他很懂得语言对政治斗争的作用。而众士夫尚北语、鄙南音,亦可见其怀念故土之情,"中原士夫相牵过江,虽久居吴土,举目有山河之异,而举止风流,犹有承平故态。谈玄便思正始名士,咏诗必学洛下书生。虽曰乐操上风,亦所以自表其为故家旧族也。"② 《世说新语》的语言基调,正决定于这种时代氛围。

清人刘熙载说:"文章蹊径好尚,自《庄》、《列》出而一变,佛书入中国又一变,《世说新语》成书又一变。"③ 变在何处,刘氏没有明说。人们知道,文学语言的最大功能在于准确地表辞达意。魏晋众名士手执拂尘、口吐玄言,扪虱而谈,辩才无碍。这种特定的对象既不能像诸子散文那样洋洋洒洒、雄辩四出,也不能像历史散文那样体情状物、直书无隐,而需要用凝练而有韵味的语言,或诗一般的语言,才能贴近地表达。《世说新语》有幸做到了这一点,故鲁迅说它

---

① 《世说新语·政事》。
② 有关六朝语言风尚,参见陈寅恪《东晋南朝之吴语》一文,载"中央研究院"《历史语言研究所集刊》第七本第一分册,余嘉锡《世说新语笺疏》。
③ 刘熙载:《艺概·文概》。

"记言则玄远冷俊,记行则高简瑰奇"①,前者指人物语言,后者指叙述语言。"玄远冷俊",是说人物语言幽深而含蓄,严肃而雅致,"高简瑰奇"是说叙述语言高雅而简练,绚烂而奇妙。归结起来,它有二层意思,一是简洁、凝练,二是含蓄、玄妙。而这二者又是融为一体的,前面所引"雪夜访戴","支公好鹤"诸条,已可见其端倪,又如:

> 桓公北征经金城,见前为琅邪时种柳,皆已十围,慨然曰:"木犹如此,人何以堪!"攀枝执条,泫然流泪。
> (《世说新语·言语》)

全文三十余字,经主人公"木犹如此,人何以堪"八字点破,更觉用笔之经济。然读者不仅可见桓温对生命之热恋,更能自觉日月如梭,时光无常,倍感到自然规律之永恒、无情。书中故事,多能如此简洁而有韵味,给人以联想的余地,这也正是作品审美效果所在。李贽称其"有味有情,咽之愈多,嚼之不见"②,胡应麟也说:"读其语言,晋人面目气韵,恍忽生动,而简约玄澹,真致不穷,古今绝唱也。"③ 并非溢美之辞。

简约而玄澹,就要对生活现象和语言本身进行一定的抽象,因而会对人们具有普遍性的启示,甚至富有某种哲理。也正因如此,《世说新语》书中很多故事被后代作为成语沿用不衰,如"难兄难弟"、"林下风致"、"盲人瞎马"、"一往情深"、"拾人牙慧"、"咄咄怪事"、"标新立异"、"别无长物"、"不舞之鹤"、"登峰造极"、"咄咄逼人"、"拂袖而去"、"高自标置"等。也有很多故事作为典故,为后人广泛采用。辛弃疾《水龙吟》一词中有两处用到《世说新语》典故。一为"休说鲈鱼堪脍",用张翰思吴中菰菜羹、鲈鱼脍而退隐之典,事出《世说·识鉴》篇;二为"树犹如此",即《言语》篇

---

① 鲁迅:《中国小说史略》。
② 李贽:《批点世说新语补旧序》。
③ 胡应麟:《少室山房笔丛·九流绪论下》。

桓温北征见昔种柳感叹事。另外关汉卿《玉镜台》杂剧，即以《世说·假谲》篇"温公丧妇"条为故事蓝本；京剧《除三害》，则出《世说·自新》篇周处自新事等。

【评介】

宁稼雨，男，1954年生于辽宁省大连市。1982年毕业于辽宁师范大学中文系，获文学学士学位。此后，就读于南开大学中文系，师从刘叶秋、宁宗一两位先生，1985年获文学硕士学位并留校任教。1995年被聘为韩国高丽大学中文系外籍教授。2000年师从孙昌武先生，后获博士学位。现为南开大学文学院教授、博士生导师。主要从事古代文言小说和文学史与文化史的关系研究，在《文学遗产》、《中华文史论丛》、《中国典籍与文化论丛》、《文献》、《国学研究》等刊物发表论文80余篇，著有《中国文言小说总目提要》、《中国志人小说史》、《魏晋风度——中古文人生活行为的文化意蕴》、《世说新语与中古文化》、《传神阿堵，游心太玄——六朝小说的文体与文化研究》、《魏晋士人人格精神：〈世说新语〉的士人精神史研究》、《刘义庆与世说新语》、《漫话水浒传》、《阮籍》、《水浒别裁》、《魏晋名士风流》、《水浒闲谭》等，主编过《名著漫话丛书》、《大学生文化素质教育世纪文库》、《华夏文化大观》、《名著闲谭丛书》等。论著多次荣获国家及省市级奖励。

从先秦两汉到魏晋六朝，无论志怪小说或轶事小说，都在不断成熟和进步。总结其经验，了解其过程，对认识我国小说的发展是极其必要的，对认识魏晋南北朝小说与通俗小说、古代戏曲等的关系和影响也是极其必要的。历年来有关小说史的研究大多以对通俗小说的研究为主，而对文言小说的研究却极为薄弱。中国的学术界受古代正史忽视"小说"之影响，历来是不大注重文言小说研究的，所谓的文言小说研究大多限于少数的资料整理和非主流的零星论述。宁稼雨教授应该是较早对古代文言小说进行研究的小说史家之一。宁稼雨先生的《中国志人小说史》对比较分散的志人小说进行了梳理，第一次对中国志人小说的产生和发展历程，以及一些相关的理论问题，进行了系统而又深入的研讨，理清了志人小说发展的脉络，填补了学术空白,是一部具有拓荒性质的学术专著。该书开题材流派史之先河,在学术界曾引起较大的反响。

一、这部书表现了作者思想上的敏锐性和理论上的创新性

既然要写《中国志人小说史》,首先就必须解决什么是志人小说这一问题。对志人小说的界定,前人尽管使用了"志人小说"这个概念,但模糊且不深入,并没有形成客观公允的观点。作者参考了唐代刘知幾、清代纪昀等四库馆臣和鲁迅先生等前人的见解,在大量接触作品的基础上,提出自己对志人小说界限的看法,自成一家之言,认为志人小说"应当包括逸事和琐言这两部分文言笔记小说。也就是用志人小说之名,含《四库》所收杂事小说之实"。"琐言小说多摹仿《世说新语》以类相从的体例,以记载文人事迹为主,是《世说新语》的附庸和余波;逸事小说在形式上则追随《西京杂记》,不分门类,只分卷次",明确提出:"《世说新语》是志人小说观念成熟的标志",并具体地给出了判定志人小说的标准:"志人小说与杂家著作相比,多具故事性;与杂史相比,多具传说性;而与志怪、传奇相比,则多具真实、平实性。""《世说新语》中以单篇丛残小语的故事为基础,按内容分类的体例,就是志人小说观念外在形态的集中表现。它不仅是志人小说观念的重要组成部分,也是以记录知识分子事迹为主的志人小说区别于其他文学形式的显著标志。"按照这一原则取舍爬梳,著者便为读者勾勒了从魏晋至晚清志人小说发展的轨迹。

二、作者善于从文化史的高度治小说史,挖掘小说文化蕴涵

无论何种题材的小说,都是文化的受孕者和体现者,更何况志人小说以人的生活行为和言谈举止为主要描写对象,与文化的关系就更为紧密。宁先生将古代小说视做一种蕴含丰富文化信息的文学载体,把古代小说置于更为宽广深厚的历史文化语境中来研究中国古代小说的发展轨迹,对历代志人小说与文化思潮、社会心理的关系,对志人小说的文化蕴含等,进行了有益的探讨,对小说史研究模式具有创新和开拓的意义。作者已由单纯的古代小说研究,走向了小说与文化之关系的研究,由小说内在因素的研究,走向了小说外在环境的研究。这种研究较之先前的社会历史学研究有着明显的不同,它更加贴近古代小说发展演进的实际,展示了古代小说与社会文化各要素间关系的多元性与复杂性,使研究涉及了对小说发展演进过程中与社会文化各要素互动关系的探讨、对作品物质及精神文化内涵的挖掘等方面。具体而言:

一方面,宁先生把历代社会思潮、文化心理作为理解历代志人小说内容的依据和钥匙。如用魏晋玄学和人物品藻来诠释魏晋南北朝志人小说的思想倾向,用理学思想来理解宋代志人小说的故事内容,从启蒙主义思潮来观照明代中后期志人小说中所反映的尊重个性的新的价值取向等,从而把这些头绪纷乱、内容庞杂的众多故事,置于一定的社会背景下来认识,简洁明了,切中肯綮。

另一方面,宁先生还努力探索志人小说的形式中所蕴含的民族审美意识。在《世说新语》一章中,著者专门探讨了"世说体"的网状结构这一志人小说的特殊体例所表现的中国人的空灵意识,发前人之所未发,令人耳目一新。

三、钩沉辑佚、辨伪求真的文献考证

《中国志人小说史》注重材料的搜集、辨析、分类、整理,力图使系统的研究有一个扎实牢固的基础。著者在材料的整理上用力甚深,做了不少钩沉辑佚的工作。如《魏晋世语》一书,至宋代已经亡佚。著者从《世说新语》刘孝标注、《水经注》、《初学记》、《北堂书钞》、《文选注》、《艺文类聚》、《太平御览》、《太平广记》、《三国志》裴松之注等典籍中辑出了数十条,由此论述了该书的两点重要价值:"第一,《魏晋世语》是第一次直接记录作者所生活的时代生活的志人小说","第二,按内容分类的体例方法,为《世说新语》的出现做了准备"。这样的结论令人信服。

我国历代典籍浩如烟海,其中真伪并存、瑕瑜互见的情况比比皆是。宁稼雨先生本着实事求是的严谨态度,不厌其烦地求证每一条材料的可靠性。如关于《西京杂记》的作者问题,新旧唐书、陈振孙《直斋书录解题》均题葛洪撰,后来又有人提出了刘歆说与吴均说。著者没有盲从前人,更没有含糊其辞或避而不谈,著者经过认真的对比查证,认为"最早与此书有关的是刘歆,书中有关汉代掌故,多是刘歆原作。但对此书贡献最大的是葛洪,他从刘歆杂乱的记载中,选择、排列,又加进了自己所闻的一些故事,编成了两卷本的《西

京杂记》，但他的两卷本《西京杂记》流行不广……本书第三个参与者，也就是现在流传六卷本《西京杂记》的作者，是齐代萧贲"，由于作者几经更迭，每人好恶不同，"书中的倾向，就比较纷杂了"。解开了作者之谜，就掌握了解读该书的门径。

宁先生娴熟地运用了目录学、版本学、校勘学、考证学等旧学功夫在浩如烟海的古代典籍中勾稽爬梳，辨伪存真，不仅为许多沉睡多年的孤本、善本和亡佚笔记找到了其在志人小说史中的位置，而且不囿于前人之说，以扎实的考证，推翻前人的谬误，澄清了不少学术疑点。如李垕《南北史续世说》，旧题唐宗室，但相当权威的《四库提要》认为它系明代俞安期的伪作。作者根据王应麟《困学纪闻》提过此书，断定此书必出现在南宋以前，又在《南宋馆阁录》和若干方志中找到李垕的事迹，肯定李垕为南宋人，从而纠正了《四库提要》之谬，彻底解决了本书的年代问题。又如清人钱熙祚将陶珽重编《说郛》所收王说《唐语林》文字误为陶宗仪原本《说郛》，今人周勋初先生《唐语林校正》又误将钱熙祚的话作为《唐语林》在宋代以后传本不多的根据。作者从事实出发，校对了原本《说郛》，指出钱、周二人的失误。再如，明代郎瑛《七修类稿》认为《辍耕录》一书多抄旧书，并将《广客谈》一书通本录为己作，而《四库提要》却将"通本录"三字理解为书名，并以找不到《通本录》一书为由，否定郎瑛之说。更有甚者，《中国大百科全书·中国文学卷》也照搬《四库提要》的说法。这个延续了一两百年的谬误终于在宁先生的著作中得到了纠正。

总之，欲治志人小说者，不可不读宁先生的《中国志人小说史》。

宁稼雨六朝小说研究主要论著：
① 《中国志人小说史》，辽宁人民出版社1991年版。
② 《魏晋风度——中古文人生活行为的文化意蕴》，东方出版社1992年版。
③ 《世说新语与中古文化》，河北教育出版社1995年版。
④ 《中国文言小说总目提要》，齐鲁书社1996年版。

⑤《刘义庆与世说新语》,春风文艺出版社1999年版。

⑥《传神阿堵,游心太玄——六朝小说的文体与文化研究》,百花文艺出版社2002年版。

⑦《魏晋士人人格精神:〈世说新语〉的士人精神史研究》,南开大学出版社2003年版。

⑧《中国古代小说总目提要》(合著),人民文学出版社2005年版。

⑨《魏晋名士风流》,中华书局2007年版。

(夏习英)

王能宪《世说新语研究》

【引文】

第一章 《世说新语》成书考辨

第一节 编撰者考辨

《世说新语》自其问世,流传至今已有一千五百余年。此书编撰的情形,由于年代久远,文献不足,许多问题异说纷呈,迄无定论。关于其编撰者,自《隋书·经籍志》至《四库全书总目》,历代著录均为南朝宋临川王刘义庆。兹将历代著录此书的情况表列于次:

《世说新语》历代著录情况简表

著录著作	分类	著录内容
隋书经籍志	子部小说家	世说八卷　宋临川王刘义庆撰 世说十卷　刘孝标注
旧唐书经籍志	子录小说家	世说八卷　刘义庆撰 续世说十卷　刘孝标撰
新唐书艺文志	子录小说家	刘义庆世说八卷　刘孝标续世说十卷
崇文总目	小说类	世说十卷　宋临川王义庆撰
通志	诸子类 小说家	世说八卷　宋临川王义庆撰 世说抄一卷　续世说十卷　刘孝标撰
郡斋读书志	小说类	世说新语十卷　重编世说十卷 宋刘义庆撰　梁刘孝标注

续表

著录著作	分类	著录内容
直斋书录解题	小说家类	世说新语三卷　宋临川王刘义庆撰　梁刘孝标注
宋史艺文志	子类小说家	刘义庆世说新语三卷
文献通考	子部小说家	世说新语十卷　重编世说十卷　宋刘义庆撰　梁刘孝标注
百川书志	子志小说家	世说新语八卷　宋临川王刘义庆撰　梁刘孝标注　须溪刘辰翁批点
孙氏祠堂书目	史学传记类	世说新语六卷　宋刘义庆撰　梁刘孝标注
四库全书总目提要	子部小说家类	世说新语三卷　宋临川王刘义庆撰　梁刘孝标注

以上是唐以来历代史志目录及主要官、私目录著录《世说新语》一书的情况，暂且撇开其他的内容不谈，单就此书的编撰者而言，除了新、旧《唐志》及郑樵《通志》另著录有刘孝标撰《续世说》十卷外，其余皆著录为刘义庆撰。而所谓刘孝标《续世说》，一般认为即是刘孝标所注刘义庆《世说》，并非其另外还撰有续书。这就是说，根据历代目录著作的著录，《世说新语》的编撰者为刘义庆，这是没有任何疑问的。

然而，鲁迅《中国小说史略》却对此提出了异议：

　　《世说》文字，间或与裴、郭二家书所记相同，殆亦犹《幽明录》、《宣验记》然，乃纂缉旧文，非由自造。《宋书》言义庆才词不多，而招聚文学之士，远近必至，则诸书或成于众手，未可知也。

这段话有两层意思：一是说，《世说》如同《幽明录》、《宣验记》乃"纂缉旧文，非由自造"之作，关于这一点，将在本章第三节详细讨论；另一层意思，就是对《世说》的编撰提出了"成于众手"的推测。鲁迅对《世说》编撰者提出异议，其理由便是《宋书·刘义庆传》称其"才词不多"而"招聚文学之士"，此外并没有申述其他理由。这也许是因为《史略》是一部纲要性质的书，且由讲稿缩成文言，所以语焉不详①。

另外，鲁迅在《集外集·选本》一文中也曾说到，《世说新语》"是一部抄撮故书之作"，"好象刘义庆或他的门客所搜集"。

其实，在鲁迅之前就已有人提出疑问。明陆师道序何良俊《何氏语林》有云：

> 义庆宗王牧将，幕府多贤，当时如袁淑、陆展、鲍照、何长瑜之徒，皆一世名彦，为之佐吏，虽曰笔削自己，而检寻赞润，夫岂无人？

清毛际可序王晫《今世说》亦云：

> 予谓临川宗藩贵重，赞润之功，或有藉于幕下袁、鲍诸贤。

陆、毛二氏虽旨在强调何、王之作的独造之功，却都认为临川幕府诸贤有赞润之助。不过，除此之外，明、清以来各种《世说》刊本的序跋及有关评点、评论，均未就编撰者问题提出异议，故陆、毛二氏之论影响甚微。可是，自鲁迅《史略》提出疑问以来，"成于众手"之说几被普遍接受，认且《世说》是刘义庆及其招聚文士共同编撰而成。

然而，鲁迅的推断是否合于实际，是否堪为定论，也许还有必要考察有关史籍，作一番深入的探讨。

一、对刘义庆的考察

史籍中有关刘义庆生平事迹的资料，主要是《宋书》和《南史》

---

① 《中国小说史略·序言》云："此稿虽专史，亦粗略也。然而有作者，三年前偶当讲述此史，自虑不善言谈，听者或多不懌，则疏其大要，写印以赋同人；而又虑钞者之劳也，乃复缩为文言，省其举例以成要略。"

中的本传以及其他刘宋皇室的本纪、传记。刘义庆的文集八卷已佚①，严可均《全上古三代秦汉三国六朝文》及《全宋文》辑录其遗文，仅有从《艺文类聚》中辑出的三篇赋的片段(《筌蓰赋》、《鹤赋》、《山鸡赋》)和两篇从《宋书》本传中辑出的议、者(《荐庾实等表》、《黄初妻赵罪议》)。尽管文献不足，资料缺乏，但还是可以从中寻索出一些蛛丝马迹来。

《宋书·刘义庆传》叙述了其生平仕宦经历及著述等，最后一段文字言及其禀性和招聚文字之士，曰：

> 为性简素，寡嗜欲，爱好文义，才词虽不多，然足为宗室之表。受任历藩，无浮淫之过，唯晚节奉养沙门，颇致费损。少善骑乘，及长以世路艰难，不复跨马。招聚文学之士，近远必至。太尉袁淑，文冠当时，义庆在江州，请为卫军咨议参军；其余吴郡陆展、东海何长瑜、鲍照等，并为辞章之美，引为佐史国臣。

《南史·刘义庆传》几乎全抄《宋书》，仅略加压缩而已，但却提到了著《世说》一事，云：

> 所著《世说》十卷，撰《集林》二百卷，并行于世。

《宋书》本传只提到他在荆州时撰《徐州先贤传》十卷，又拟班固《典引》为《典叙》，以述皇代之美；并没有提到《世说》。《宋书》为齐梁间人沈约所撰，纪传成于齐永明六年(488)，距刘义庆去世(宋元嘉二十一年、公元444年)还不到半个世纪。《南史》乃唐初人李延寿续其父李大师旧稿而成，与著录有《世说》的《隋书》大体同时成书，时在唐高宗显庆四年(659)，与刘义庆卒年已相去二百余年。两者相比较，毫无疑问，沈约《宋书》更为可信。但是，我们不能仅仅根据时间的早晚作出判断。《宋书》里没有提到《世说》，并不能说明刘义庆就没有编撰《世说》这部书。因为史家修史

---

① 新旧唐志均有著录，此后目录未见著录。

立传，且是要有所取舍。沈约历仕宋、齐、梁三朝，官至国子祭酒、尚书左仆射，并被梁武帝封为建昌侯。他不仅位高望重，又博通文史，精于音律，堪为封建时代的正统史家。其所修史书，除《宋书》之外，还有《晋史》、《齐纪》、《梁高祖纪》等(《宋书》以外均佚)。也许在这位正统的史家看来，刘义庆的著作中只有《徐州先贤传》和《典叙》可以载入史册，其余如《世说》、《集林》乃至《隋书·经籍志》中著录为刘义庆的作品《幽明录》和《宣验记》等，便一概略而不录。这或许不是不可能的。

虽然与刘义庆相去未远的沈约在《宋书》中未曾提及《世说》，但是与沈约大致同时的刘孝标为《世说》作注，却明白提到了刘义庆的谥号"康王"。《假谲篇》第十则"诸葛令女"条，末有一注指出刘义庆的疏失，云：

> 葛令之清英，江君之茂识，必不背圣人之正典，习蛮夷之秽行。康王之言，所轻多矣。

当然，仅凭这一条注解，也不足以证明康王就是《世说》的编撰者。因为，即使刘孝标确知《世说》是康王与其招聚文士共同编成，亦可以"康王"统称之，更何况这条注解还有后人附益的可能性①。

总之，单凭史籍对《世说新语》的著录或未著录，并不能完全肯定刘义庆是否著有《世说》。因此，还必须作进一步探索，寻找其他的旁证。

根据《宋书》和《南史》的本传与《隋书·经籍志》和两《唐志》的记载，兹将刘义庆的全部著述胪列如次：

1. 《徐州先贤传》十卷　　（已佚）
2. 《典叙》　　（已佚）
3. 《世说》十卷　　（《隋志》作八卷，刘孝标注者十卷）
4. 《集林》二百卷　　（《隋志》作一百八十一卷，已佚）

---

① 《世说新语》刘孝标注中仅此一处言及作者刘义庆，其他各纠正《世说》谬误，皆云"《世说》所言谬矣"，"《世说》此言妄矣"，等等。

5.《宣验记》十三卷　　（已佚，鲁迅《古小说钩沉》辑有三十五条）

6.《幽明录》二十卷　　（已佚，鲁迅《古小说钩沉》辑有二百六十五条）

7.《江右名士录》一卷　　（《隋志》著录，已佚）

8.《刘义庆集》八卷　　（两《唐志》著录，已佚）

以上八种，除《典叙》不知卷数不计，凡二百六十二卷。这个数目当然不小，因此有人认为既然刘义庆"才词不多"，加之他年寿不永（只活了四十二岁），生平历任多种文武要职，调动频繁，很少有安定的时间著书，要独立完成这些著作似乎不大可能①。实际上这是一种颇为主观的推断。因为上述八种，《世说》、《宣验记》、《幽明录》三种是据旧籍和传说纂集而成。《集林》，《隋志》列入总集类，则较之《世说》等三种，仅费编辑之工，尤为易事。剩下的四种，《典叙》乃仿班固《典引》而作，查《隋书·经籍志》卷四，有云："班固《典引》一卷，蔡邕注，亡。"班氏之作仅为一卷，义庆仿作亦不至太多，且《隋志》将班氏《典引》归入总集类，可见亦带编纂性质，非为创作。算得上创作的只有《徐州先贤传》十卷，《江右名士录》一卷，以及别集八卷，总共不到二十卷。这么说来，刘义庆真正属于他自己的创作并不多。《宋书》本传说他"才词不多"，正是就这类创作性的著作而言的；而"爱好文义"则是指他博览群籍，搜集整理了《集林》、《世说》之类编纂性的著作。由此看来，认为刘义庆既然"才词不多"，就不可能有几百卷宏富著作的说法也就不攻自破了。

《宋书·刘义庆传》在称其"爱好文义，才词虽不多"之后还有一句："然足为宗室之表。"何谓"表"？表者，特出之谓也。《楚辞·山鬼》："表独立兮山之上。"刘义庆自幼为高祖（即宋武帝刘裕）所知，常曰："此我家丰城也。"所谓"丰城"，即是以产于丰城的干将、莫邪宝剑来比喻义庆，表示对他的爱赏，可见义庆在刘宋宗

---

① 参见刘兆云：《〈世说〉探源》，载《新疆大学学报》1979年第1、2期合刊。

室中的特立和出众。

　　说到刘宋宗室，在一般人看来，只不过是一群戎武出身的军阀，文化素养不高。以剿灭桓玄起家进而自立称帝的刘裕，《宋书·武帝本纪》上就说他"奋臂草莱之中，倡大义以复皇祚"。刘裕有两个弟弟。少弟道规（即刘义庆继父，封临川烈武王）也曾参与谋诛桓玄，屡任军职，四处征伐，与刘裕共创基业。中弟道怜（义庆生父，封长沙景王）为国子学生，曾为谢琰的"从事史"，算是有一些翰墨生涯。刘裕的子侄一辈，也都自幼跟随军中，并挂职征伐，例如：刘裕的长子义符十一岁就随父北伐为中军将军；第三子义隆九岁就受命为冠军将车，留守彭城；刘义庆十四岁从伐长安归来，拜辅国将军、北青州刺史等等，不胜枚举。这些给人的印象是，刘宋宗室只不过是一个军人世家，总体上文化素质不高。

　　其实并不尽然。首先，据《宋书·武帝本纪》，刘氏乃汉高帝弟楚元王之后①，其先祖不乏博士、太守、相国之类显贵之人，刘裕的曾祖刘混，官至武原令，祖父刘靖为在东安太守，父亲刘翘为郡功曹。也许到他父亲这一辈就衰落下去了，所以本纪上说他"家贫有大志"。这就是说，刘氏虽出身贫苦，但非一般贫民，而是衰落的贵族。其次，刘裕虽为军人，但当他一旦成为最高统治者之后，就必然会"文功武治"同时加意，以便巩固统治。《宋书》卷六十四云："高祖少事戎旅，不涉经学，及为宰相，颇慕风流。"《宋书·文帝本纪》也称文帝刘义隆自幼"博涉经史，善隶书"。刘勰《文心雕龙·时序》亦称："自宋武爱文，文帝彬雅，秉文之德。孝武多才，英采云构。"此外，根据聂崇岐《补宋书·艺文志》②，刘裕三兄弟均有文集：《武帝集》二十卷，另《兵法》一卷；《道怜集》十卷；《道规集》四卷。刘裕的子侄一辈有文集的也不少：《文帝集》十卷，《义欣集》十卷，《义庆集》八卷；《义宗集》十二卷，另《赋集》二十卷；《义恭集》十五卷，另《要记》五卷；《义季集》十卷等。根据上述三方面的情况，可知刘氏宗室并非都是一介武夫，而是具有

---

①　《魏书·夷岛传》已否定此说，详《魏书》卷九十七。
②　中华书局《二十五史补编》收录。

相当的文化修养和成就的。而作为"宗重之表"的刘义庆,就更不是平庸之辈了。他所招聚的文学之士,袁淑、陆展、何长瑜、鲍照等,都是当时文坛的名流领袖,这些人能归附于他,也可以表明刘义庆在当时文人中的影响和威望①。

根据以上考察,可以证明刘义庆在文学天才方面是具备了编撰《世说》这部文学名著的能力的,这是内在条件;然而他是否还具有编撰此书的时间、精力等外部条件呢?这就必须进而考察刘义庆的身世和生平经历。

刘义庆是长沙景王刘道怜次子,因临川烈武王刘道规无子,遂过继为嗣。而且,武帝刘裕的第三子,即后来继位的文帝义隆,少时亦曾为道规所养,刘裕曾命之为继,"以礼无二继,太祖(即文帝义隆)还本,而定义庆为后"(《宋书·刘道规传》)。文帝即位以后,对刘道规感慕不已,曾作《追崇临川王道规诏》有云:"朕幼蒙殊爱,德荫特隆,丰恩慈训,义深情戚,永惟仁范,感慕缠怀。"(严可均辑《全宋文》卷二)而道规本为刘宋功臣,为奠定刘宋基业立下了殊勋伟绩。刘义庆由于有这样的家庭背景,加之他自己又有爱好文义的令望,遂决定了他在刘宋宗室中的特殊地位。

刘义庆十三岁袭封南郡公,除给事,不拜。十四岁从伐长安,归来后拜辅国将军、北青州刺史,亦未之任。他的政治生涯是从他十五岁,任豫州刺史开始的,到他四十二岁在京邑病逝,大约经历了三个阶段,即京尹时期、荆州时期、江(州)南(兖)时期。兹略叙如次。

第一阶段:京尹时期(义熙十三年—元嘉九年,15~30岁)

这一时期是刘义庆在朝廷和京畿任职的时期。最初任豫州刺史,都督豫州、淮北诸军事,有过两三年的外镇。但其时年尚幼,未必理

---

① 刘宋宗室中爱好文义而招聚文士的似乎只有义庆、文帝义隆和文帝的二哥义真三人,因为不是单凭权势就能笼络文士的。据《南史·刘义康传》所说,袁淑拜见"素无学术"的彭城王义康就曾使之难堪,是为一反证:"袁淑尝诣义康,义康问其年,答曰:'邓仲华拜衮之岁。'义康曰:'身不识也。'淑又曰:'陆机入洛之年。'义康曰:'身不读书,君无为作才语见向。'其浅陋若此。"

政。刘裕称帝后,永初元年,袭封临川王,征为侍中,刘义庆便到了京城建康(今南京市),担任皇帝的近侍。三年之后,文帝义隆即位,元嘉元年,转散骑常侍、秘书监、徙度支尚书,迁丹阳尹。丹阳是首都建康的所在地,担任京畿地方长官,实际上仍为庙堂之臣。其间最可注意者是担任秘书监一职。秘书监是秘书省的长官,掌管国家的图书著作等。虽不可确考其任职时间长短,但其为朝臣长达十余年之久,加之其"爱好文义",担任这一职务的时间,想必为期不短。在任秘书监期间,有机会接触并博览大量皇家所藏典籍,这对于其编撰《世说》等书,已奠定了良好的基础。元嘉六年,又升任尚书左仆射,这是相当于副宰相职位的高官。这时刘义庆二十七岁,正是年轻得志,大展宏图之时;然而不到两年,刘义庆却异乎常情地以"太白星犯右执法"为由"乞求外镇",不过没有得到文帝的批准。但因其固求,才解去他仆射一职。直到元嘉九年,方得以持节出镇荆州。

第二阶段:荆州时期(元嘉九年—十六年,30~37岁)

《南史·刘义宣传》云:"初,武帝以荆州上流形胜,地广兵强,遗诏诸子次第居之。谢晦平后,以授彭城王义康。义康入相,次江夏王义恭。又以临川王义庆宗室令望,且临川烈武王有大功于社稷,义庆又居之。"荆州为建康上游重镇,资实甲兵居朝廷之半,故武帝遗诏命诸子次第居之。先后镇守荆州的义康、义恭以及接替义庆的义季,都是刘裕之子,而义庆为刘裕之侄却膺此重任,除了他自己有"宗室令望"外,主要是由于他父亲的庇荫,以及文帝与他父亲那层关系。刘义庆在荆州八年,相对于卷在政治漩涡中心的朝命大臣来说,这是一段生活较为安定的时期。《宋书》本传把《徐州先贤传》和《典叙》系于此时。或许,早在任秘书监时制订的编撰《世说》等写作计划,此时也都开始付诸实施。刘义庆招聚文学之士亦在此时。至少这时何长瑜和陆展已在其幕下供职,协助处理军政事务,因为《宋书·谢灵运传》所附《何长瑜传》已提到他在江陵任义庆记室参军,以韵语讽刺州府僚佐陆展一事。

第三阶段:江(州)南(兖)时期(元嘉十六年—二十一年,37~42岁)

元嘉十六年，刘义庆从荆州刺史调任江州刺史，第二年又调任南兖州刺史，任南兖州刺史四年，直至在京邑病逝。江州府治在浔阳，即今九江市（或谓其时府治在豫章，即今南昌市）；南兖州府治在广陵，即今扬州市。在江州时期，"文冠当时"的袁淑，被刘义庆请为卫军谘议参军。鲍照入义庆幕府不知始于何时，据钱仲联《鲍照年表》①，鲍照为义庆所知，并擢为国侍郎，是在江州时期。后随义庆赴广陵，直至义庆去世，鲍照上书义庆世子自解侍郎。根据《宋书》附其传于义庆名下，似乎可以推知，鲍照可能是义庆所招聚文学之士中最为赏识，周旋时间最长的一位。鲍照在江州时写有不少诗赋，其中有《登庐山》、《登庐山望石门》、《从登香炉峰》等三首，钱振伦注云："皆从临川王江州所作。"庐山是当时的佛教胜地，义庆信佛，或始于其时。鲍照著有《佛影颂》一篇，钱仲联认为是"为临川王作也"。在广陵期间，临川王与僧人的交往更为频繁密切。据慧皎《高僧传》，临川王曾先后同天竺僧人伽达多，淮南僧人昙冏、道冏及释道儒等交往。有的僧人还是临川王从别处请来广陵结居的，必定也由他奉养。所以《宋书》本传称他"晚年奉佛，颇致费损"。这期间，也许在奉佛之余，编撰了与佛教、神怪有关的《宣验记》和《幽明录》，另外，《世说》和《集林》等或许也最后杀青完稿。

综观《宋书·刘义庆传》，临川王虽然历任要职，却没有多少关于他的政治才能和政绩的描述，仅仅略为提到他的清廉和体抚下属②。他除了"为性简素，寡嗜欲，爱好文义"之外，似乎还有谦虚、谨慎、俭约等品性，并且富于同情心。他在任丹阳尹期间，一民妇杀死儿媳，遇赦应徙送海外以避孙仇，他却"求之法外，裁以人情"，既不违反礼制，又免却荒耄之母外徙之苦。由此看来，刘义庆基本上是一个文人政治家，他和同一时代的职业政治家彭城王义康相

---

① 钱仲联《鲍参军集注》所附，上海古籍出版社1980年版。
② 《宋书》本传称其镇荆州时，"始至及云镇，迎送物并不受"。又云："义庆留心抚物，州统内官长亲老不随在官舍者，年听遣五吏饷家。"

比，绝然不同①。

刘义庆并不热衷政治，除了因为自己的禀性，主要还因为当时皇室内部权力之争十分复杂。刘裕死后，为了争夺帝位，皇子互相残杀，第三子义隆借助徐羡之和傅亮二人之力先后废了他的两个兄长。可是登位以后不久，却又以谋反的罪名杀了徐、傅二人。随后，又诛杀了荆州刺史谢晦，兖州刺史竺灵秀、江州刺史檀道济等一大批顾命大臣。就在刘义庆加尚书左仆射的同一年，文帝的弟弟义康从荆州调任京城辅佐朝政，"自是内外众务，一断之于义康"。义康权势日隆，甚至要架空文帝，觊觎帝位，于是形成帝党与相党的派系斗争。义庆为了避免卷进其间，乃乞求外镇。周一良先生抓住《宋书》本传中"世路艰难"四个字，认为这是修史人的"隐晦之词"，指的是"统治阶级内部的种种矛盾"，而《南史》的作者"大概不明白它的含义，所以略去了这几个颇为关键的字"。他进而认为，通过这几个字可以窥见刘义庆在当时的政治社会背景下编撰《世说》这部书的一点消息：刘义庆处在王室争斗之中，"为了全身远祸，于是招聚文学之士，寄情文史，编辑了《世说新语》这样一部清谈之书"②。

通过以上考察，可以看出，刘义庆无论是才情能力，还是时间精力，乃至品性兴趣以及他的身世和政治背景等，都有可能亲自编撰《世说新语》。但是，他所招聚的文学之士，是否也参与其事，即所谓"成于众手"呢？下面将继续探讨这一问题。

二、对招聚文士的考察

在我国历史上，确实有人依仗自己的权势、地位和金钱，招延卿客文士，著书立说，贪天功以为己功。最有代表性的恐怕要算西汉时的淮南王刘安。刘安为汉高祖刘邦之孙，袭封淮南王，"招致宾客方术之士数千人"（《汉书》本传），集体编撰《淮南鸿烈》，俗称《淮

---

① 刘义康堪称典型的政治家，《宋书》本传称其"少而聪察，及居方任，职事修理"，"性好吏职，锐意文案，纠剔是非，莫不精尽"，"与王弘共辅朝政，弘既多疾，且每事推谦，自是内外政务一断之义康"，"既专朝政，事决自己……朝野辐凑，势倾天下。义康亦自强不息，无有懈怠"。

② 参见周一良：《〈世说新语〉和作者刘义庆身世的考察》，载《中国哲学史研究》1981年第1期。

南子》,即以自己的封号题称这部著作的书名。不过,到了东汉时期,高诱为此书作注,便已揭明此书是刘安与其门客苏飞、李尚、左吴、田由、雷被、毛被、伍被、晋昌等八人及诸儒大山、小山之徒共同讲论编撰而成①。

临川王刘义庆虽然亦为王室贵族,亦曾招聚文学之士,但情形已与淮南王刘安有所不同。其一,临川王没有"三千食客",没有那么庞大的写作班子。当然,《汉书》所谓"招致宾客方术之士数千人"或为夸张之词,而《宋书》所举袁、陆、何、鲍等或仅列其著者而已,但二者规模毕竟不可相比。其二,更为主要的是,临川王招聚的文士,虽以文学著称,但都担任了一定的实职,即所谓"佐史国臣",不象淮南王所养是纯粹的卿客。四人当中,袁淑请为谘议参军,何长瑜为国侍郎至平西记室参军,鲍照亦为国侍郎,后文帝以为中书舍人;只有陆展不详,仅于《宋书·何长瑜传》知其为临川王镇荆州时"州府僚佐"。也许,临川王因为爱好文义,招聚这些文学之士,一方面是声气相求;另一方面则是需要依仗他们谋划军政大略,处理文书公务。其三,上述四人在临川王幕府的时间都不长,而且,又没有同时相聚在一起,与淮南王的宾客长期供养,日夕讲论的情形大不相同。何长瑜、陆展是荆州时期的僚佐,在幕府的时间虽不可确考,但估计不会太长;袁淑仅在江州呆了一年多;与临川王相处时间最长的或许是鲍照,从江州跟随至广陵,也不过三五年时间。因此,他们对临川王的文学事业不可能有太多直接的帮助。

由此看来,对政治不感兴趣,同时缺乏政治才干的临川王,招聚文学之士的目的,也许主要是协理政务的需要。当然,招贤纳士,也是古今中外一切政治家必须重视也乐于所为的事情。刘义庆能够招来这些当时文坛的名流,时常与他们切磋文义,当是一大乐事。临川王编撰《世说新语》等书,也肯定会与他们切磋商讨,倾听他们的意见,甚至他们也可能会向临川王提供有关资料和素材。但这些都是文人之间的正常交往,只要不是直接参与其事(譬如受托捉刀或分工

---

① 参见《淮南子》高诱《叙目》,上海古籍出版社《二十二子》本,第1204页。

任事），就不能算是集体创作，不能看做是"成于众手"。

袁、陆、何、鲍四人，除了陆展，其余三人《宋书》和《南史》均有传，袁、鲍二人还有文集传世，不过这些都没有提及他们与《世说》有任何关系。这里仅根据《宋书》等，逐一考察分析他们的经历、才情和风格等等，看着他们与《世说》究竟有无直接的联系。

1. 袁淑 《宋书》四人中仅其单立一传，何、鲍二人皆附于他人传下。这大约是他的官位较高而又忠烈可炳的缘故。本传上称他"不为章句之学，而博涉多通，好属文，辞采遒艳，纵横有才辩"。年少时本州长官任命他为主簿、著作佐郎、太子舍人，辞而不就。后刘湛欲其附己，他亦"不以为章"。衡阳王义季迁其为太子洗马，却"以脚疾不拜"。彭城王义康命为司徒祭酒，因其"不好文学"，"虽外相礼接，意好甚疏"（均见《宋书》本传）。可见袁淑恃才傲物，眼界甚高。然而与"雅好文章"的临川王刘义庆却颇为相得，在江州时被"请为谘议参军"，可惜时间不长。本传上说："顷之，迁司徒左西属。"司徒左西属是朝官，大约因为袁淑不仅有文学天才，也具政治才干，在临川王江州幕府不久就升迁了。但是，"顷之"到底是多长时间呢？难以确考。临川王在江州历时一年零七个月，估计袁淑在临川幕府的时间不会超过此数。因此，即使他参与了编撰《世说新语》，也不可能胜任太多的工作。不过，他不专儒学，博涉多通，辞采遒艳，而又纵横有才辩的个性，与《世说》的风格倒是颇有相遇之处，这说明袁淑可能对临川王编撰此书有相当的影响和贡献。

2. 何长瑜 《宋书·何长瑜传》附于《谢灵运传》下，因为何长瑜与谢灵运的侄儿谢惠连以及荀雍、羊璿之等为文章四友，又是谢惠连的家庭教师，谢灵运对他极为知赏，称他是"当今仲宣"（王粲）。传中关于他在临川王幕府有如下一段文字：

> 临川王义庆招聚文士，长瑜由国侍郎至平西记室参军。尝于江陵寄书于宗人何勖，以韵语序义庆州府僚佐云："陆展染鬓发，欲以媚侧室。青青不解久，星星行复出。"如此者五六句，而轻薄少年遂演而广之。凡厥人士，并为题目，皆加剧言苦句，其文进行。义庆大怒，白太祖除为广州所统曾城令。及义庆薨，

朝士诣第叙哀，何勖谓袁淑曰："长瑜便可还也。"淑曰："国新丧宗英，未宜便以流人为念。"庐陵王绍镇浔阳，以长瑜为南中郎行参军，掌书记之任。行至板桥，遇暴风溺死。

日本学者川胜义雄根据上述材料，认为何长瑜可能是《世说新语》的主要编撰者。其理由有二：其一，何长瑜所撰讥讽陆展的韵语与《世说·排调》第六十一则的韵语十分相似，都有"剧言苦语"和滑稽的性质。《世说》原文如下：

桓南郡与殷荆州语次，因共作了语。顾恺之曰："火烧平原无遗燎。"桓曰："白布缠棺竖旒旐。"殷曰："投鱼深渊放飞鸟。"次复作危语。桓曰："矛头淅米剑头炊。"殷曰："百岁老翁攀枯枝。"顾曰："井上辘轳卧婴儿。"殷有一参军在坐，云："盲人骑瞎马，夜半临深池。"殷曰："咄咄逼人！"仲堪眇目故也。

其二，《世说》中所记人物入宋者极少①，而被刘宋朝廷以谋反罪处死的谢灵运却为其中之一，这表明了编撰者对谢灵运的同情，从而推断《世说》出自与刘义庆持相反立场的幕下文人之手，这位幕下文人很有可能就是谢灵运的好友何长瑜②。

川胜先生的见解恐怕是难以成立的。第一条理由仅仅以《世说》中的一则文字相比较，不可能有充足的说服力，因为《世说》共有一千一百三十余则。第二条理由认为把谢灵运写进《世说》就是对他的同情，甚至就是对刘宋的反叛，这幸免有点简单化。因为谢灵运是刘宋时代最杰出的文学家，宋文帝十分爱慕他的才华，当他为会稽太守孟𫖮和彭城王义康所谓"有异志"时，文帝一再袒护他，不得

---

① 据其文中统计，《世说》中人宋人物凡五人：谢灵运、傅亮、羊欣、王惠、刘裕。

② 参见川胜义雄：《〈世说新语〉の編纂をめとつて—元嘉の治の一面》，京都大学人文科学研究所《东方学报》第四十一册。

已才将他流放广州,最终由于他自己的狂傲和不检点而招致杀身之祸①。既然如此,《世说》收入一则他的佚事②,未必有那么深刻的用意。

然而,何长瑜究竟有没有参加编撰《世说》呢?根据临川王对他作韵语讽刺陆展这事件的处理态度,可以断定他们的关系并不很深,何长瑜未必直接参与《世说》的编撰。因为,假如何长瑜真是《世说》的主编者,刘义庆断不会因为这么一件小事而中断《世说》的编撰工作把他流放到广州去。

3. 鲍照 前面已经讲过,《宋书·鲍照传》附于刘义庆传下,传称:

> 鲍照字明远,文辞赡逸,尝为古乐府,文甚遒丽……世祖以照为中书舍人。上好文章,自谓物莫能及,照悟其旨,为文多鄙言累句,当时咸谓才尽,实不然也。临海王子顼为荆州,照为前军参军,掌书记之任,子顼败,为乱兵所杀。

鲍照以乐府著称,对后来的诗歌产生了深远的影响。他出身寒门,怀有奇才和抱负。《南史》有关他与临川王的交往,较《宋书》多出一段文字,生动地描写了他的自负与临川王的爱才:

> 照始尝谒主庆,未见知,欲贡诗言志,人止之曰:"卿位尚卑,不可轻忤大王。"照勃然曰:"千载上有英才异士沉没而不闻者,安可数哉。大丈夫岂可遂蕴智能,使兰艾不辨,终日碌碌与燕雀相随乎。"于是奏诗,义庆奇之。赐帛二十四,寻擢为国侍郎,甚见知赏。

尽管史传对鲍照与临川王的关系记载最详,他们相处的时间也最长,但没有只字言及他与《世说》的关系,而且检读《鲍参军集》,也找

---

① 详《宋书·谢灵运传》。
② 《世说新语·言语》第一百零八则。

不到一点线索。同时，鲍照的诗文风格，应时一类的赋、颂显得典丽，乐府则以抒情言志为主，慷慨俊逸，这些与《世说》的风格绝不相类，因此难以证明他参与了编撰《世说》。

4. 陆展　陆展《宋书》无传，但言及的地方凡四处，除了前面已引《刘义庆传》和《何长瑜传》两处，另两处是其兄《陆徽传》和《何尚之传》。这两处只说他为江州刺史臧质长史，因臧质与南郡王义宣谋反失败而从诛，并没有涉及临川王和《世说》。据《何长瑜传》，可知陆展是与何长瑜同时在荆州为临川王幕僚，但时间的终始短长不得而知。后来做了臧质的长史，从诛事在孝建元年（454），距临川王逝世已整整十年。关于他的才情，也仅于临川王传中知其与章、何、鲍等统称"并为辞章之美"，因此更加难于找到他与《世说》有什么直接的关系。

四人之外，还有一人值得一提的是临川王的女婿王僧达。王僧达是晋朝名相王导五世孙，刘宋重臣王弘之子。僧达自幼聪敏，好学善属文，颇为文帝知赏，乃以临川王义庆女妻之。僧达出身名门，又"自负才地"，每曰"亡父亡祖，司徒司空"。在《世说》中，僧达的先祖王导、祖父王珣都是非常重要的人物，尤其王导是《世说》最为标榜的正面形象。这与作为临川王东床的王僧达或许不无关系。不过，这位王僧达虽有文才，但性情放诞，不拘形迹。他做宣城太守，因山郡无事，肆意驰骋，"或三五日不归，受辞讼多在猎所，民或相逢不识，问府君所在，僧达曰：'近在后'"。就是这样一位颇具魏晋遗风的东床，倘若使他与岳翁临川王一道披阅典籍，编撰《世说》，似乎不大可能①。

以上对刘义庆传中提到的四位文学之士以及他的东床王僧达逐一进行了考察，可以说明他们并没有参与编撰《世说》。以下将继续考察《世说》本身是否留有"成于众手"的痕迹。

三、对《世说》本身的考察

假定《世说新语》是一部"成于众手"的书，并从中找出一些诸如前后重复、相互矛盾、称谓不一、归类不符等问题来，似乎并不

---

① 参见《宋书》卷七十五，《南史》卷二十一。

困难。例如：

> 孔文举有二子，大者六岁，小者五岁。昼日父眠，小者床头盗酒饮之，大儿谓曰："何以不拜？"答曰："偷，哪得行礼！"（《言语》4）
>
> 钟毓兄弟小时，值父昼寝，因共偷服药酒。其父时觉，且托寐以观之。毓拜而后饮，会饮而不拜。既而问毓何以拜，毓曰："酒以成礼，不敢不拜。"又问会何以不拜，会曰："偷本非礼，所以不拜。"（《言语》12）

类似这样前后内容重复而记叙略异之处，余嘉锡先生《世说新语笺疏》（以下简称《笺疏》）都加按语，认为是"传闻异词"所致。

还有，《世说》中人物称谓十分复杂，许多人名的异称繁多，据余嘉锡《笺疏》所附《世说新语人名异称表》，同一人名有五六种异称的现象十分普遍。例如，谢安有"太傅"、"谢太傅"、"谢相"、"谢家安"、"仆射"、"谢公"、"文靖"等七个异称；桓温竟有"桓宣城"、"桓宣武"、"宣武"、"宣武侯"、"宣武公"、"桓荆州"、"桓大司马"、"大将军"、"桓公"等九个异称。《世说·赏誉》第一百零一则首句云："谢太傅为桓公马。"而接下来第一百零二则首句完全是相同的人物，相同的句式，却使用不同的称谓："谢公为宣武司马。"

另外，《世说新语》三十六篇，各篇多寡不一，最多的《赏誉篇》达一百五十六则，最少的《自新篇》仅有二则。有的甚至内容与门类不符。余嘉锡《笺疏》中间有"某条当入某某门"的按语。有时还指出归类的疏误，如《方正篇》第十三则"杜预拜镇西将军"条，有按语认为："此为挟贵而骄，不当列于《方正》之篇。"程炎震亦有类似纠谬，如《容止篇》第三十则"时人目王右军'飘如游云，矫若惊龙'"条，有批语云："论者称其笔势是也，今乃列于《容止篇》。"（余氏《笺疏》所引）

以上几种情况，是否皆可视为"成于众手"之迹呢？杨勇先生曾指出："《世说》编次颇多重复，称号又不一律，鲁迅所谓成于众手，其言可信。"(《〈世说新语〉书名、卷帙、版本考》，台湾《东方文化》第八卷第二期，1970年）在我看来，尚需研究。因为我们不应当忽略一个十分重要的前提，即《世说》一书是根据各种旧籍辑录而成，并不是刘义庆的独立创作（尽管可能有相当程度的加工和部分自创），因此书中出现上述现象是十分自然的事。譬如内容重复的问题，倘若真是多人分工编撰所造成的，但一旦统稿时，主编人定要去其重复。因此，这非但不能证明成于众手，反过来恰恰证明是独力所编。而独力编撰时，遇到同一件事而有不同记载，往往难于取舍，便一并采录。余嘉锡《笺疏》在《文学篇》第七、第十两则关于"何晏注《老子》"的不同记载之下，有按语云："盖本出两书，临川不能定其是非，故并存之也。"至于称号不一的问题，这大概是我国古籍的通病，既然临川所据之书甚众，原文称谓不一，辑录出来的《世说》自然就名称繁多，因此，这也很难说就是众手所成的痕迹。还有分类的问题，《世说》的分门别类自有其体系，多寡不一乃是为内容所决定的，且有后人删并。而内容与类别不符，《世说》凡三十六门一千余则，即便临川苦心孤诣，也难免有个别疏失，更不用说后人的意见还有见仁见智的成分了。总之，在《世说》书中也难以找到什么有力的内证，来证明此书是众手所编而成的。因为《世说》尽管是一部辑录旧文的著作，但它有大体一致的语言风格，必定是一位文章高手精心编撰而成。这正如吉川幸次郎先生所言：这部书是从当时的史籍中辑录一些有趣的故事而成的，不是刘义庆个人的创作。但是，《世说》是一个大体统一的整体，所有文章具有共同的特色①。

关于《世说新语》的编撰者，通过以上考辨，试作以下结论：刘义庆虽为刘宋宗室，历任要职，但他对政治并不热衷，招聚文士，授以职权，正是为了协助处理政务，当然同时也是为了切磋文学。他生性简素，清心寡欲，谦虚谨慎，爱好文义，才学为宗主之表，平生著述颇富，然以编纂之作居多，自创甚少，故《宋书》有"才词不

---

① 参见吉川幸次郎：《世说新语文章》，昭和十四年（1939）七月，东方文化研究所《东方学报》第十册。

多"之谓。《世说新语》历来著录为临川王义庆所撰,我们应当尊重历史的记载。鲁迅提出疑问,其态度是审慎的,他认为《世说》同《宣验记》、《幽明录》诸书"或成于众手,未可知也",这只不过是一种把握不定的推测,并没有充分的理由,而现在的研究者多奉为定论,此亦恐非鲁迅始料所及。

【评介】

　　王能宪,1954年生,江西瑞昌人。1991年获得北京大学文学博士学位,师从袁行霈先生。曾长期在大学从事中国古典文学的教学与研究,后到文化部机关工作,历任文化部政策法规司研究处负责人、办公厅政策研究室主任、政策法规司助理巡视员、中央文化管理干部学院副院长等职。2006年3月调至中国艺术研究院。现任中国艺术研究院副院长,研究员,主要从事文化政策与文化理论研究。兼任中国楹联学会会员、中国政策科学研究会理事、中国人生科学学会副会长等职。曾主持起草全国文化事业发展"九五"、"十五"规划等重要文件,担任中宣部"文化体制改革总体方案"专家组成员。主要著述包括《世说新语研究》、《含咀编——中国古典诗文名篇赏析》、《文化建设论——王能宪演讲集》,校点古籍《魏叔子文集》,主持文化部理论建设重点工程《有中国特色社会主义文化理论建设丛书》,主编《中国文化如何应对WTO》等。

　　《世说新语研究》是王能宪的博士学位论文,1992年由江苏古籍出版社出版,列入《中国古文献研究丛书》。《世说新语》一书自梁代起就有刘孝标为之作注,向为考据家所重。及至近代以来,不少学者(如余嘉锡、徐震堮、李毓芙等)为之注、笺、疏,整理出了比较好的《世说新语》本子,为后来的研究者提供了极为翔实的材料。新中国成立以后,由于政治原因,对《世说新语》的研究在中国大陆备受冷落,20世纪80年代之后方几成"显学",而大量研究专著的问世则集中在90年代。王能宪的《世说新语研究》就是其中的一种,该书和萧艾的《〈世说〉探幽》同年出版,可并称为90年代《世说新语》研究的开山之作。该书参考了明清以来的《世说新语》诸本五十余种,汲取了古今(包括日本和中国台湾、香港地区)前贤的研究成果,从文献和文学两方面对《世说新语》进行了较为系统的宏观研究,涉及了《世说新语》的编撰者、书名、卷帙、门类、版本、笺注、批点、魏晋风流、文学特征等方面,提出了自己的一些新观点、新见解。

诸如《世说新语》的编撰者,向来都认为是南朝宋刘义庆,但在20世纪却成为争论的焦点。鲁迅《中国小说史略》首创成于众手说,引起大多学者的认同,并考证出袁淑、陆展、何长瑜、鲍照等四人姓名,几成定论。然而王能宪却力排众议,在专著中从三个层面力驳了《世说新语》乃集体编撰的说法:通过"对刘义庆的考察",证明刘义庆"才词虽不多,然足为宗室之表","无论是才情能力,还是时间精力,乃至品性兴趣以及他的身世和政治背景等,都有可能亲自编撰《世说新语》";通过"对招聚文士的考察",以确凿事实逐一排除上述四人参与编撰《世说新语》的可能性;又通过"对《世说》本身的考察",指出《世说新语》"有大体一致的语言风格","难以找到什么有力的内证,来证明此书是众手所编而成的";最后得出"《世说新语》历来著录为临川王义庆所撰,我们应当尊重历史的记载"之结论。王能宪对《世说新语》编撰者的考辨层层深入,由外证而内证,言之有据,让人信服。

又如关于《世说新语》、《世说新书》、《世说语书》三种书名的先后问题,历来众说纷纭、莫衷一是。大致有两种意见,一种以《四库全书总目》为代表,认为刘义庆所集本名《世说新书》,后不知何人改为《世说新语》,累世相沿;另一种以清代沈涛为代表,认为此书本名《世说》,《新书》、《世说新语》皆后起之名。《四库全书总目》影响较大,20世纪以来学者多赞同《世说》书名"肇于刘向",但在究竟先为二字还是四字上,依旧各执己见。王能宪在本书中对《世说》书名异称考辨颇详,计有十种之多,先考异称,次叙含义,最后根据顾野王《玉篇》等著认为,"《世说新书》一名齐梁时已有之"。

再如关于《世说新语》的版本,向来未引起足够重视,学界公认今传各种刊本均从宋代晏殊删削的《世说新语》本。而王能宪在本书第二章第一节,按照时代顺序,分唐前、宋元、明、清、现代五部分，几乎将大陆和海外目前所知《世说新语》版本搜罗殆尽，条分缕析，考镜源流，梳理了各版本之间的关系，提供了一些重要信息，明确了若干此前处于"混沌"状态的问题。如元刊刘辰翁批点、本国内不存，今人所见均为明凌瀛初、凌濛初兄弟刊本，王能宪却为研究者提供了日本尚有元刊残本的重要信息，并且在该书《附录》中记载了《世说新语》在日本的各种传本、译本和解读本等。这些信息，不仅对《世说新语》的版本研究，而且对《世说新语》在域外的传播和接受研究，都很有价值。

关于《世说新语》的材料来源，王能宪也在该书中列了专节探讨，认为《世说新语》的材料来源主要有三："第一类是与《世说》同一类型的记载人物言行的轶事小说，如西晋郭颁《魏晋世语》，东晋裴启《语林》，郭澄之《郭子》等。第二类是当时的史书……第三类是当时的杂史"，并通过《世说新语》中二十四则故事的比对，印证了鲁迅在《古小说钩沉》中提出的刘义庆采录《语林》和《郭子》的看法，归纳出刘义庆纂辑编撰《世说新语》三法：简化、增添、个别字词的润饰。

关于《世说新语》的评点情况，王能宪在其专著中亦专有一节进行论述，从明末凌濛初改订并刊行《世说新语》三卷、《世说补》四卷的《凡例》入手，"据卷首所列'鼓吹诸家姓氏'……包括凌氏自己，共有十二家。不过，其中大多数人仅采录寥寥数语，或一二考证等，谈不上所谓批点。真正批点过《世说》的，只有宋人刘应登、刘辰翁和明人王世懋。另外，还有凌氏本中不曾涉及的李卓吾（即李贽）"。对刘应登、刘辰翁、王世懋、李贽四家评点的特色进行了比较细致的分析和总结，认为"《世说新语》是我国最早的一部批点小说，尽管它还不是十分完善和纯粹，却开创了这一独特的批评形式……对其后金圣叹、毛宗岗、张竹坡等的小说评点，提供了一个可供参照的范本"，这一见解是相当恰当的，可惜的是，作者对凌濛初评点字里行间流露出轻视的态度，分析不够，未知何因，让人抱憾。

从全书的总体情况来看，王能宪的《世说新语研究》在文献考据方面用力最多，分析也最为深入细致，多有发明，最为学界称道。虽然也有专章对《世说新语》的体制、人物塑造、语言艺术进行了分析，表现出对鲁迅"记言则玄远冷俊，记行则高简瑰奇"《世说新语》文学研究的继承，显示出了现代学人的学术追求，但由于王著时间较早，无论是社会大环境还是学界的研究实力，都还有很大的提升空间。在此背景下，王著可以说是那个历史阶段学术研究状况的一面镜子。故而其师袁行霈先生在为该书作序时，殷切期望作者日后能"广之以学，于历史、哲学、宗教多所涉猎"，在《世说新语》研究方面做出一番新成绩。不过，袁先生的这个期待未能完全实现。王能宪由于工作原因，后来从事文化管理工作，为国家文化发展事业作出了新的贡献，而以《世说新语》研究为中心的学术研究仅成为他从事文化管理工作的重要根基。

王能宪六朝小说研究主要论著：
① 《世说新语研究》，江苏古籍出版社 1992 年版。

（梁晓萍）

张永言《世说新语辞典》

【存目】

【评介】

张永言,男,1927年12月4日生于四川成都。我国当代著名的语言学家。1947年就读于四川大学师范学院教育学系。1951年任华西大学中国文化研究所助理员。1953年以后在四川大学执教,任四川大学中文系教授、汉语史学科博士生导师、汉语史学科第一学术带头人和国务院学位委员会第三届学科评议组成员,并享受国务院特殊津贴。1998年被评为四川省学术和技术带头人、四川省语言学会会长、四川大学汉语言研究所名誉所长。1990年获"五一"劳动奖章,并当选为第七、八届全国人大代表。在科研上,张永言教授史论结合,中外融合,古今贯通,开拓了汉语史研究的新领域,指引了新方向,学术成果自辟蹊径,独具特色,居于本门学科最前沿,为国内外同行专家所瞩目,其主要著作有《词汇学简论》、《训诂学简论》、《简明古汉语字典》、《语文学论集》、《世说新语辞典》。发表学术论文数十篇,荣获全国高校第二届人文社科优秀成果二等奖,先后三次获四川省社科优秀科研成果一等奖,并荣获国家"中青年有突出贡献专家"称号,国家教委优秀教学成果一等奖。在教学方面,张永言教授具有超常敏锐的学术眼光和广博的学术视野,他能使用多种语言文字,对国内外的学术动态有全面的最新了解。

魏晋时期是古代汉语的转折时期,语言的聚合、重组、孳生在这一时期极其活跃频繁,最突出的表现就是复音词的大量出现。语言学家王力说:"魏晋的文章也和口语距离不远。自从南北朝骈文盛行以后,书面语和口语才分了家。在这时期中,只有《世说新语》、《颜氏家训》等少数散文作品是接近口语的。"以口语入书的《世说新语》是中古语言学研究的"宝库"。《世说新语》继承了《论语》、《孟子》、《史记》、《汉书》等不朽经典的优良传统,即采用当时的"活的语言"(晋宋口语方言)入书。当今的中古语言学研究,基本上是以《世说新语》为中心而展开的。《世说新语》真可谓是那一个时代的"留声机",虽历经千年而清音独远。但是,时过境迁,当时的口语在今天的一般读者眼里,却变得非常难懂了。《世说新语》的语言文字费解的问题,可以说早在梁代便从刘孝标开始了。随着语言的不断变化、发展,《世说新语》文字难题越来越多,其语言研究也就越来越丰富、深入,至今已蔚为大观。

四川人民出版社1992年7月出版的张永言先生主编的《世说新语辞典》,是较早出版的关于《世说新语》的一部专书语言词典,填补了《世说新语》的研究空白。《世说新语辞典》不仅收录并释证了《世说新语》原文中所有的字、词等,还收释了成语、熟语和凝固结构。它既为全面深入地研究《世说新语》这部书扫清了语言词汇方面的障碍,给读者提供了极大的方便,也为六朝的语言词汇研究提供了翔实有据的资料。

释义是词典编纂的最核心的工作。在释义方面,《世说新语辞典》有自己的研究心得,在训释词义方面,多有新的发现。此外,《世说新语辞典》充分吸收了近年学术界关于《世说新语》、中古语言研究的新成果及其有关方面的研究成果。例如,吸收江西、福建等地的考古新发现和研究成果对魏晋六朝及隋唐时期流行于南方的一种成套食器"五碗盘"做出注释。在解释什么是胡床时,参考了《冯汉骥考古学论文集·驾头考》、1989年《文史知识》刊登的朱大渭的《胡床、小床和椅子》、藤田丰八关于胡床方面的研究等。对部分疑难词语或考索作释,或择善而从。正如张永言先生在后记中所写:"因此《世说新语辞典》的编纂,就不能仅仅作为一部通常的单纯的专书语言辞典来处理,而应该对原书中反映当时特定的物质、精神生活内容的词语予以相当的注意,以期使辞典除有助于语言史的研究外,也能为有兴趣研究或了解六朝时期各专门文化史的读者提供一些资料或线索。"《世说新语辞典》作为专书词典,不仅重视解释语词的概念，而且十分重视解释语词的语用义和它们的文化内涵，运用现代词汇学动态的、社会的词义分析方法来为词语作注。《世说新语》所反映的社会生活及其文化史现象，往往蕴含在语词中，不了解这些语词的文化内涵，就无法深入理解故事的意蕴。《世说新语辞典》就特别注重《世说新语》一书中涉及的种种文化现象，收释了胡床、琉璃、麈尾、珊瑚、兰阇等和当时文化密切相关的词汇。《世说新语辞典》释义注重征文考献，有些条目下可见考证的文字，说明词义来源、推阐得义由来、介绍研究情况等，有较高的参考价值。如，在注释"心无义"时，提供资料来源、线索，"参汤用彤《汉魏两晋南北朝佛教史·释道安时代之般若学》(1988)、吕澂《中国佛学源流略论·般若理论的研究》(1979)、陈寅恪《金明馆业稿初编·支愍度学说考》(1980)、郭朋《汉魏两晋南北朝佛教晋代〈般若〉学与六家七宗》(1986)"，无形中扩大了辞典的容量，丰富了全书的内涵，为从不同角度研究《世说新语》提供了方便。

例证方面，《世说新语辞典》以《世说新语》为主，同时也旁征同时期的各类典籍来解释词语。书证一般引一至二例，例句选择较具有典型性的，每个意义和用法都有相贴切的例证，并兼及词义的溯源、语法上的不同用法和版本上的差异等情况。魏晋六朝时期，新词大量出现，复音词剧增，原有词汇的词义发展变化也很大。这些词有的沿用至今，有的却只存活于中古的那一段时间，很快就消亡了。这些词义在《世说新语》中出现频率非常低，如果没有旁证，常常会使人难以信服。《世说新语辞典》解释《世说新语》中具有魏晋六朝语言特点的意义、用法，如原书中为孤例，征引同时期文献为例以作旁证。如"停"有"正当、正要"义，引了《陶渊明集》卷四"拟古九首"之六"装束既有日，已与家人辞。行行停出门，还坐更自思"、《三国志·蜀书·董允传》"见允停出，逡巡求去"两个例子。征引同时代语言的例证，内外印证而使释义显得更加确凿可信，使一些今天看来很怪僻的语词与当时语言联系起来，从而再现了它们的历史活力。对一些出现频率较低的词往往引用《尔雅》、《晋书》、《全晋文》、《搜神记》等作品中的用例作为旁证。

辞典某些条目还以"按"的形式，对立说根据（包括字句更动、注音、释义）或词语语源、词义演变、用法特点等予以必要的说明。或以"参"的形式，交代有关参考文献。例如，解释珊瑚树，"按，古代名贵的红珊瑚树乃由地中海地区输入，'珊瑚'一词即古波斯语 sanga 的音译。参 Janusz Chmielewski. *Two early loan-words in Chinese.* Rocznik Orientalistyczny. 1960，24：2；Edward H. schafer. *The Gold-en Peaches of Samarkand*，1985：245-247；R. B. Mather. Shih-shuo Hsin-yü. *A New Account of Tales of the Word*，1976：649"，而且正文前面有"笔画检字表"收录原书所有单字，以供检索。后面附有《世说新语》原文、《〈世说新语〉关系年表》、《三国晋宋世系》及该辞典主要参考书目。注音使用的是《广韵》反切，并注明中古音的声韵调。

字频、词频、义频的统计是专书词典与其他词典相区别的一个非常重要的特征。《世说新语辞典》在各个字词诸义项后，都有详尽的统计数字注明该义在原书中出现的次数，以反映原书中语言运用的情况。字频、词频、义频的统计不仅仅是一般资料的汇集，其统计数据对字词常用性的判定、词义的首见例和始见书的确定、词的更替演变过程、词汇系统的研究等都具有非常重要的学术意义，通过比较这些数据，可以清晰地勾勒出每个词乃至每个义项演变的过程，从而为断代语言词汇的研究提供具有充分依据的材料。

张永言六朝小说研究主要论著：
① 《世说新语辞典》，四川人民出版社 1992 年版。

（夏习英）

宁稼雨《魏晋风度——中古文人生活行为的文化意蕴》

【引文】

八、从士人言行看审美人生态度

魏晋文人的审美目光不仅表现在对自然美、人物美及艺术美的发现，扩而大之，也表现在对整个人生和宇宙的审美性把握。反过来说，对人生和宇宙的审美把握，又促进了他们对自然美、人物美和艺术美的深入认识。二者互为因果，使魏晋文人能在恶劣的社会环境中，表现出超脱和潇洒的风采。

（一）中外贤哲对人生审美问题的认识

朱光潜先生说过，人生好比是一出戏剧，"世间人有生来是演戏的，也有生来是看戏的。这演与看的分别主要地在如何安顿自我上面见出。演戏要置身局中，时时把'我'抬出来，使我成为推动机器的枢纽，在这世界中产生变化，就在这产生变化上实现自我；看戏要置身局外，时时把'我'搁在旁边，始终维持一个观照者的地位，吸纳这世界中的一切变化，使它们在眼中成为可欣赏的图画，就在这变化图画的欣赏上实现自我。因为有这个区别，演戏要热要动，看戏要冷要静①"。所谓演戏，就是以入世的态度紧贴生活，把实践和改变生活看成是人生的最高理想；看戏则是以出世的态度与生活保持一定的距离，以对生活的审美、玩味为人生真谛。中国古代儒家虽然也能看戏，如："子在川上曰，逝者如斯夫，不舍昼夜！""闻韶乐而不知肉味"，但他们还是以演戏为主的，其人生理想是"修身齐家治国

---

① 《朱光潜美学文集》第二卷，上海文艺出版社1982年版。

平天下"。在儒家的知行观当中,知是手段,行才是目的。道家则十分蔑视演戏,他们主张远离生活而静观之,观玩于众妙之门,逍遥于万物之上,以达到至人无待的境界。

古代西方哲学家以主张看戏者为多,从柏拉图到亚里士多德,尽管其学说角度不同,但结论是一致的,人只有在美的观照中才能获得生命,人生的最高目标在看而不在演。到了近代德国,看与演的人生观的对比则比较强烈。歌德《浮士德》着意刻画了一位在书斋的静观冥想中振奋起来,投身于人生实践和不懈追求的演戏者形象。从康德、席勒到叔本华、尼采,或者把人生看成是一种游戏,或者远离生活,以审美的态度来审视人生。康德把审美经验称为"超功利的观照",他说:"一个审美判断,只要是掺杂了丝毫的利害计较,就会是很偏私的,而不是单纯的审美判断。人们必须对于对象的存在持冷淡的态度,才能在审美趣味中做裁判人。"① 席勒和斯宾塞则以"过剩精力"的"游戏冲动"来解释审美和人生②。叔本华认为人生的悲剧根源于人的行为及其动力的意志,而意志来源于人的需求和缺乏。人的需求永远不会满足,人生的悲剧也永不终止。如果能把意志和需求变成艺术创造和艺术欣赏的对象,那么人就可以由受苦的状态进入审美的境界,艺术家或欣赏者可能沉浸"自失"在观审之中,而摆脱意志(欲念)的桎梏,这时,那"永远寻求而又永远不可得的安宁就会在转眼之间自动的光临,而我们也就得到十足的怡悦"③,这时,"或是从狱室,或是从王宫中观看日落,就没有什么区别了"④。也就是说,人生的烦恼来源于演戏,人生的解脱则在于看戏。而尼采的看戏距离感最为明确,他说:"只有作为一种审美现象,人生和世界才显得是有充足理由的。"⑤ 在此基础上,他提出了著名的

---

① 转引自朱光潜:《西方美学史》下卷,人民文学出版社1979年版。
② 参见席勒:《审美教育书简》,斯宾塞:《伦理学》。
③ 叔本华:《作为意志和表象的世界》,商务印书馆1982年版,第274页。
④ 叔本华:《作为意志和表象的世界》,第275页。当然,叔本华认为艺术观审只是人生的暂时解脱,而人生的永久解脱在于走禁欲之路。
⑤ 尼采:《悲剧的诞生》,三联书店1986年版。

日神精神和酒神精神。前者是对人生的凝视静观，后者则是在静观基础上把生活艺术化的实践①。

早在叔本华和尼采二千多年前，中国的老庄就已经提出了相通的观点。他们都在对人生的否定中与之拉开了距离，在对人生的审美观照中实现对人生烦恼的解脱。庄子认为，人在生活中如果处处为利害得失斤斤计较，那么他的生活必然在痛苦中永无穷尽。相反，人如果能超出于利害得失之上，不因它的萦绕而痛苦，那末人就能保持自己人格的自由，不为外物所支配（为物所役），而获得一种精神上的愉悦。这种愉悦，就是一种超功利的审美愉悦。庄子说："死生存亡，穷达贫富，贤与不肖毁誉，饥渴寒暑，是事之变，命之行也。日夜相代乎前，而知不能规乎其始者也。故不足以滑和，不可入于灵府。使之和豫，通而不失于兑（悦）；使日夜无郤，而与物为春，是接而生时于心者也。"② 这就是说，自己内心应保持虚静安宁，应将"死生存亡，穷达贫富"等实用因素置之度外，把这些东西看作是人力不能左右的"事之变，命之行"的必然命运，这样就能"通而不失于兑（悦）"，"与物为春"，使心中舒畅愉悦，而外物也充满了欢快的春意。这种人生态度把受制于外物的功利的满足视如草芥，而把超出功利的精神愉快看得至高无上。在这种态度看来，物不是作为满足功利欲望和需要去加以占有的对象，而是观照、欣赏的对象。即作为审美主体的人"与之为悦"③，"乘物以游心"④，从人世的利害得失中解脱出来，得到一种精神的安慰和愉快。

魏晋文人多数是主张并实践看戏的。汉末以来，由于统治阶级内部矛盾的激化，少数民族的不断进攻，加上连年不断的自然灾害和农民起义，社会急剧动荡，人们的政治生活、精神生活和物质生活都受到严重威胁。这不仅是对传统的儒家思想的讽刺，也给他们的心灵造成极大的创伤，迫使他们重新思考人生，思考自我与环境的关系，在

---

① 参见尼采：《悲剧的诞生》。
② 《庄子·德充符》。
③ 《庄子·则阳》。
④ 《庄子·人间世》。

哲学思想上人们由对世界宇宙论的认识，转入对构成世界的本体论的探讨。既然人是世界的本体，那末任何束缚、钳制人的因素都应排除，人的异化就应消除，达到人的个体的自由和无限。因此，魏晋人不愿意继续在异化中生存，不愿意再忍受现实苦难的煎熬，他们发现，如果还像儒家鼓吹的那样，以积极入世的态度去扮演人生的角色，只能是愈演愈苦。而象老庄那样清静无为，以超然出世的态度对生活进行有距离的观照，则不仅可以使烦恼得到解脱，而且还能获得美的享受，这就是魏晋审美的人生态度。

（二）魏晋人审美人生态度的思想渊源与精神实质

本世纪初英国美学家爱德华·布洛是审美心理距离说的倡导者，他主张在任何审美对象和审美主体之间，都要保持一定的心理距离。这种距离"介于我们自身与我们的感受之间"①，实现它的前提是排除功利的实用目的。布洛说："是距离使得审美对象成为'自身目的'。是距离把艺术提高超出个人利害的狭隘范围之外，而且授予艺术以'基准'的性质……尤其是距离提供了审美价值的一个特殊标准，以区别于实用的（功利的），科学的，或社会的（伦理的）价值。""它的目的则在于实现审美价值，美，最广义的审美价值，没有距离的间隔就不可能成立。"② 对艺术现象是如此，对人生也是如此。布洛曾以雾海行船的例子来解释他的"心理距离"概念：人在雾海行船时，往往因为环境可能对自己产生的危险而为命运担忧，也就是置身于角色之中的烦恼。但是，如果人们"忘掉那危险与实际的忧闷，把注意力转向'客观地'形成周围黑色的种种风物"，"把宁静与恐怖离奇地揉合在一起，人们可以从中尝到一种浓烈的痛楚与欢快混同起来的滋味③"。这两种不同的看法，根源就在于是否对外界保持了心理距离。无独有偶，晋人也有一个极为类似的故事，据《世

---

① 布洛：《作为艺术因素与审美原则的"审美距离说"》，载《美学译文》第二辑，中国社会科学出版社1982年版。

② 布洛：《心理距离》，缪灵珠译稿，转引自《西方美学家论美和美感》，商务印书馆1982年版。

③ 布洛：《作为艺术因素与审美原则的"审美距离说"》。

说新语·雅量》,谢安在东山隐居时,经常与孙绰等人在海上游船为戏。一天,他又和孙绰、王羲之等人在海上兜风。不一会儿,只见风起浪涌,孙、王二人十分害怕,就提出赶快返回。可谢安却为风浪的壮观景色所吸引,神彩飞扬,引亢吟啸,唯不言返回之事。大家见他如此兴致,虽想赶回,也不好意思。又过一会儿,风浪更加汹涌,船也上下颠波,诸人皆坐立不安,躁动不止。见到这种慌乱之相,谢安只好无可奈何地说:"既然如此,那么就回去吧。"话音刚落,众人立刻手忙脚乱地驾船驶回。通过这件事情,大家都佩服谢安心胸宽广,"足以镇安朝野"。谢安与众人的区别,正在于是否对环境保持审美距离。孙绰和王羲之虽然是大诗人和大艺术家,有相当的审美鉴赏能力,但他们当时的注意点,在于担心自己有被狂风巨浪吞没的危险,陷入和贴近实际的忧闷,故而惊慌失措,返归心切。谢安则忘掉了这些危险,把自己宁静的目光,投向大自然那壮观的气势,从中得到一种强烈的审美快感,所以他能在危险的环境中镇定自若,神彩飞扬,沉浸于审美的愉悦之中。故事本身说明了它与布洛所举的例子并非偶然的巧合,而是人们对生活保持审美距离后的必然结果。可见一些魏晋文人已经把生活当作审美的对象加以审视、玩味,进而获得人生的乐趣。

然而,在中国这个礼教严酷的国度中,这种审美的人生态度必须以排除功利目的和个人需要为前提,它首先意味着对伦理和实用(功利)的人生态度的否定。因为这两种人生态度把个人与人生贴得过于紧密,而拉不开距离,就不可能实现对人生的审美。尼采说:"在道德(尤其是基督教道德即绝对道德)面前,生命必不可免地永远是无权的,因为生命本质上是非道德的东西——最后,在蔑视和永久否定的重压之下,生命必定被感觉为不值得渴望的东西,为本身无价值的东西……我的本能,作为生命的一种防卫本能,起来反对道德,为自己创造了生命的一种根本相反的学说和根本相反的评价,一种纯粹审美的、反基督教的学说和评价①。"魏晋文人也敏锐地发现了这一点,他们意识到传统的礼法是自己审美人生态度的最大障碍。

---

① 尼采:《自我批判的尝试》,载《悲剧的诞生》,三联书店1986年版。

阮籍公开表示："礼岂为我辈设也？"① 嵇康也主张"越名教而任自然"。有了这种对传统礼法道德的彻底背离与摈弃，才有可能站到人生审美的席位上。

既然已经与传统礼法彻底决裂，那么随之而来的便是价值观念的根本对立。传统礼法认为至高无上的东西，有用的东西，在信奉老庄思想的魏晋文人眼里却一钱不值。反之亦然。如果以实用为价值取向，那末就需以美的牺牲为代价；如果以美为价值取向，那末就要抛弃实用目的。庄子曾描绘出一株巨大的"栎社树"的美，认为它之所以能够"如此其美"，恰好因为它是不能用来作任何东西的"散木"，因而没有遭到砍伐，并长得美妙、高大②。庄子还说惠施有一棵大树，"人谓之樗，其大本拥肿而不中绳墨，其小枝卷曲而不中规矩，立之涂，匠者不顾"，完全没有用处。而庄子却认为这大树的用处在于它能给人以自由的比拟和美的享受，使人逍遥无为，得到精神的愉快，而大树也正因其无用，而可自由生长，不遭砍伐。他说："今子有大树，患其无用，何不树之于无何有之乡，广莫之野，彷徨无为乎其侧，逍遥乎寝卧其下。不夭斤斧，物无害者，无所可用，安所困苦哉③！"如果超越了实用功利目的，那末无用也就可以有用，而且有"大用"④。这个"大用"就在于它能够使人摆脱有限的功利目的的束缚，获得精神的自由和愉快，有利于人的生命的发展，使人能够遨游于无限广大的宇宙，不受任何事物的羁缚，无比的自由和愉悦。相反，那些为利害得失斤斤计较的人，却只能"与物相刃相缩，其行尽如驰，而莫之能止，不亦悲乎"⑤。人，应该以超功利的、审美的人生态度把自己从外物的束缚中解放出来，达到能够支配宇宙的绝对自由的状态。

魏晋人也正是这样一种人生态度和价值观念。孙绰在《遂初赋

---

① 《世说新语·任诞》。
② 《庄子·人间世》。
③ 《庄子·逍遥游》。
④ 《庄子·人间世》。
⑤ 《庄子·齐物论》。

叙》中说:"余少慕老庄之道,仰其风流久矣。却感于陵贤妻之言,怅然悟之。乃经始东山,建五亩之宅,带长阜,倚茂林,孰与坐华幕击钟鼓者同年而语其乐哉!"① 他在自己的斋前种了一株松树,经常亲自浇水管理。邻居高柔见了后就对他说:"松树子非不楚楚可怜,但永无栋梁之用耳!"孙绰的祖父名叫孙楚,高柔是用孙绰祖父名字来开玩笑,并暗指孙绰和松树一样,只求美观,而并无实用。孙绰回答说:"枫柳虽合抱,亦何所施?"② 高柔祖父的名字无考,但孙绰的话里肯定含有他的名字。不过孙绰话的意思更是要表现出他与高柔价值观念的不同,他所追求的是松树的美好姿态,并从中寄托自己的人生审美的理想,而松树是否可以成为栋梁之材,是否有用,对他来说却无关紧要。这正是魏晋文人摈弃礼法后,价值观念改变的准确体现。

(三) 审美人生态度的表现

在此基础上,魏晋人对人生进入审美的状态又有两种形式,一是静观和体味人生,二是把生活艺术化、审美化的实践。

所谓静观和体味人生,就是把生活作为审美对象进行艺术观照,从中体味和探索人生的内在意蕴。这与尼采所说的日神精神相似,"在他身上,对于这一原理的坚定信心,藏身其中者的平静安坐精神,得到了最庄严的表达,而日神本身理应被看作个体化原理的壮丽的神圣形象,他的表情和目光向我们表明了'外观'的全部喜悦、智慧及其美丽"③,并把这种境界作为人生的最高目的,"——对于时代的、合时宜的一切,全然保持疏远、冷淡、清醒;作为最高的愿望,有一双查拉图斯特拉的眼睛,从遥远的地方俯视人类万象——并看透自己……为这样一种目的——何种牺牲、何种'自我克服'、何种'自我否定'会不值得④?"这精彩的议论向人们展示了人生的另一境界。嵇康诗:"息徒兰圃,秣马华山。流磻平皋,垂纶长川。目

---

① 《世说新语·言语》刘孝标注引。
② 《世说新语·言语》。
③ 尼采:《悲剧的诞生》第一节。
④ 尼采:《瓦格纳事件》,载《悲剧的诞生》。

送归鸿,手挥五弦。俯仰自得,游心太玄。嘉彼钓叟,得鱼忘筌。郢人逝矣,谁与尽言!"① 说的就是这种境界。魏晋文人也正以此境界为鹄的。王子猷雪夜访戴的故事,正是对这种境界的追求。放弃了人生的实用功利观念后,这些人都成了情感细腻,艺术细胞丰富的看戏者。他们善于在平凡而短暂的生活中发现和品味永恒的人生价值,用"一双查拉图斯特拉的眼睛,从遥远的地方俯视人类万象——并看透自己"。在王徽之看来,人生的意义在于兴之所致的过程本身。所以,是否保持睡眠、是否见到戴逯这些实际问题都无关紧要。要紧的是保持住自己在美好的雪夜中的最佳审美状态。陶渊明云:"此中有真意,欲辨已忘言。"② 此之谓也。这种人生态度反映了魏晋人在主体意识的作用下,对生活的强烈的审美感受能力。他们能自觉地与生活保持一定的距离,以审美为生活目的。马克思说:"对于不辨音律的耳朵说来,最美的音乐也毫无意义。音乐对它说来不是对象……因为对我说来任何一个对象的意义(它只是对那个与它相适应的感受说来才有意义)都以我的感觉所能感知的程度为限。"③ 人生的真话蕴含于世间万物之中,发现它对任何人都是机会均等的,但很多人却对它失之交臂,无动于衷。这是因为碌碌世事分散了人们的注意力,实用的观点遮住了人们审美的目光。在这个意义上说,美是属于发现它们的人。魏晋人便善于发现人生蕴含之美,"他们用自己的眼睛去看别人见过的东西,在别人司空见惯的东西上能够发现出美来"④。晋简文帝入华林园,顾谓左右曰:"会心处不必在远,翳然林水,便自有濠、濮间想也,觉鸟兽禽鱼自来亲人。"⑤ 王右军与谢太傅共登冶城。谢悠然远想,有高世之志⑥。支道林常养马数匹,或言道人畜马不韵,支曰:"贫道重其神骏。"⑦ 又如:

---

① 嵇康:《四言十八首赠兄秀才入军》第十四首,载《嵇康集》。
② 陶渊明:《饮酒诗》。
③ 马克思:《1844年哲学经济学手稿》,人民出版社1979年版。
④ 尼采:《悲剧的诞生》。
⑤ 《世说新语·言语》。
⑥ 《世说新语·言语》。
⑦ 《世说新语·言语》。

支公好鹤，住剡东岇山。有人遗其双鹤，少时翅长欲飞。支意惜之，乃铩其翮。鹤轩翥不复能飞，乃反顾翅垂头，视之如有懊丧意。支曰："既有凌霄之姿，何肯为人作耳目近玩？"养令翮成，置使飞去。①

习武者总想找个对手试试武艺，善弈者见到棋枰也不免手痒三分。长于观照人生的魏晋人，则善于从审美的高度上把握生活。华林园的风景对一般人来说也许看过就忘，印象不深。可司马昱却自比庄子居于其中，以艺术家的眼光品玩这鸟语花香。支遁畜马养鹤，也并非为了驾驭或坐骑，而是从马的"神骏"，鹤的"凌霄之姿"上，体味出人生自由的意义。

　　随着人们观照和体味层次的不断加深，他们不仅注意对客观外界事物的观照和体味，而且把视点移向生活和人的行为本身。如王戎、和峤同时遭大丧，都以孝名著称。和峤哭得很伤心，丧礼也面面俱到，王戎却既不哭泣，也不备礼。晋武帝对刘毅说："你去看过这两位孝子么？我听说和峤哀苦过礼，令人担心。"刘毅说："和峤虽然备礼，却神气未损；王戎虽然不备礼，而哀毁骨立。臣下以为和峤生孝，王戎死孝。所以陛下不应为和峤担忧，而应为王戎担忧。"② 二人虽俱以孝称，可和峤的哭泣备礼，显然是做样子给人看的；而王戎虽不备礼，却能伤痛见骨。生孝、死孝之别，正是形式与实质，即魏晋人所关心的名与实这一玄学问题的区别，从而从哲学的高度上肯定了刘毅在审视人生蕴含时的敏锐和深刻之处。我们不能仅从故事中人物追求孝道而简单地以维持礼教的角度去理解它，事实上作者的笔锋也并不在此。又如桓冲不好穿新衣，一次浴后，其妇故意使人送给他新衣，桓冲怒令人持去。其妇持衣

---

① 《世说新语·言语》。
② 《世说新语·德行》。

还云:"衣不经新,何由而故?"于是"桓公大笑着之"①。一位普通的贵族妇女,在穿衣这一极为平凡的生活琐事上,却生发出那么一番充满哲理的议论,反映出他们对生活不以实用的功利为目的,而以审美为宗的高度自觉性。而最为明显而深刻的是郝隆对谢安入仕的看法:

> 谢公始有东山之志,后严命屡臻,势不获已,始就桓公司马。于时人有饷桓公药草,中有"远志"。公取以问谢曰:"此药又名'小草',何一物而有二称?"(刘注:《本草》曰:"远志一名棘菀,其叶名小草。")谢未即答。时郝隆在坐,应声答曰:"此甚易解:处则为远志,出则为小草。"谢甚有愧色。桓公目谢而笑曰:"郝参军此过乃不恶,亦极有会。"②

据《尔雅》、《广雅》,远志的根部称"远志",其出地上的叶子称"小草"③。余嘉锡先生认为:"据此,则远志之与小草,虽一物而有根叶之不同。叶名小草,根不可名小草也。郝隆之答,谓出与处异名,亦是分根与叶言之。根埋土中为处,叶生地上为出。既协物情,又因以讥谢公,语意双关,故为妙对也。"④ 郝隆的话,实际上是讥讽谢安隐居未出(即处时)可称"远志",而终于没能经得住利禄的诱惑,出仕为官,便变成了随风摇摆的"小草"。不仅语言犀利,比喻极为形象恰当,也说明他对"仕"与"隐"的明确态度和深刻认识,并体现了整个魏晋时期以隐居作为放弃生活功利目的,追求人生审美境界的共同潮流。谢安虽是惮于桓温淫威被迫出仕,但他还是早

---

① 《世说新语·贤媛》。当然,桓冲不穿新衣,还与其服药有关,参见《风俗》一章服药一节。
② 《世说新语·排调》。
③ 《尔雅·释草》:"葽绕、棘菀。"注曰:"今远志也,似麻黄赤华,叶锐而黄,其上谓之小草。"《广雅》云:"《大双本草》六引《神农本经》曰:'远志……叶名小草。'注引《陶隐居》曰:'小草状似麻,黄而青。'又引苏颂《图经》:'远志……苗名小草。'"
④ 余嘉锡:《世说新语笺疏》。

有思想准备。《世说新语·排调》:"初,谢安在东山居,布衣,时兄弟已有富贵者,翕集家门,倾动人物。刘夫人戏谓安曰:'大丈夫不当如此乎?'谢乃捉鼻曰:'但恐不免耳!'"他的出仕,意味着对自己二十年隐居生活的否定,也宣告了一个远离尘世的审美人生者形象的倒塌,因而他的出仕,显得十分尴尬。在众朝士欢送他上任的宴会上,高灵乘着醉意,取笑他说:"卿屡违朝旨,高卧东山,诸人每相与言:'安石不肯出,将如苍生何?'今亦苍生将如卿何?"听了这样的调侃,谢安只能"笑而不答"①。个中甘苦,局外人恐难以想见。这也十分有力地说明,人要彻底地远离尘世,审视人生和社会,是何等的艰难,何等的不易!谢安这样一位出色的人生审美高手尚且如此,他人亦可想而知②。

  静观和体味人生就是观看人生的戏剧,而把生活艺术化、审美化的实践则是在参透人生妙谛之后的一种演戏。世上表演也有体系的不同,斯坦尼斯拉夫斯基要求演员完全进入角色,与角色融为一体,忘记自己是演戏,观众是"第四堵墙"。布莱希特则追求演员与角色、观众与角色的"间离效果"。中国戏曲表演的程式化,使演员和观众都意识到这是在演戏,因而就有更强的距离感。儒家入世精神的人生表演,很象是斯坦尼斯拉夫斯基的演剧精神;具有老庄思想特征的魏晋人的狂放表演,则与布莱希特和中国戏曲的表演不谋而合。它比较接近于尼采所说的酒神精神。因为他们清醒地认识到自己是在以游戏的态度,来扮演人生的角色。他们没有投入进去,与角色融为一体。说到底,他们在演戏的同时,又能在舞台上抽暇观看别人的表演,并时刻意识到自己的演员身份。阮籍自荐为步兵校尉,并不是为了"治国平天下",落得个封妻荫子的正果,而是因为步兵校尉"厨中有贮酒数百斛"③。毕茂世云:"一手持蟹螯,一手持酒杯,拍浮酒池中,便足了此一生。"④活脱脱一幅写意人物画像(并非写实)。

---

① 《世说新语·排调》。
② 当然,倘能身入仕而心仍隐,则又另当别论。
③ 《世说新语·任诞》。
④ 《世说新语·任诞》。

刘伶以天地为房屋，屋室为裈衣的表演幅度更大。明明知道天地不是房屋，房屋不是衣裤，却偏偏那么对人讲，这就等于告诉人们，我是在跟生活开玩笑。对此意思，熟悉那个社会环境的人是不会误解的。汉末以来的社会现实，使魏晋人深深感到儒家宣扬的"修身齐家治国平天下"的论调，是一种麻醉剂，是把人的个性引向毁灭的骗术。在人生这个短暂的舞台上，人们要被迫扮演一些自己不愿扮演的角色。好比导演硬逼一位花脸去演花旦，花脸不仅望着自己的一身花旦行头发笑，也暗笑导演的颠顶专横。可是如果不演，就要砸了饭碗，而认真去演又有损于自己的人格。在这不得已的情况下，他们便把演戏——人生，当成了玩笑，唱起了"关公战秦琼"这样的段子。阮籍的为酒而求步兵校尉，嵇康的"性复疏懒，筋驽肉缓，头面常一月十五日不洗；不大闷痒，不能沐也。每常小便而忍不起，令胞中略转乃起耳"①，以及刘伶对天地房屋把握的错位，都是这种玩笑的段子。这既是对导演——统治者的应付差事，又包含着对导演的嘲弄与揶揄，同时又是绝妙的自我解脱，自我解嘲。但这一机关又不能让人，尤其不能让导演看破，所以他们又拼命饮酒，以醉态掩盖其玩笑人生的真实内涵。庄子云："不当时命而大穷乎天下，则深根宁极而待，此存身之道也②。"

当然，光有这种玩笑的人生态度还不足以从生活中得到审美的快感，魏晋人饮酒狂放还有其内在的深刻含义，这就是在超越现实的基础上对自我的实现。这个自我实现的本身，也就是他们把自我的表演当作艺术品所进行的自我鉴赏。庄子认为人生在超功利的前提下，应追求"身与物化"、"万物与我为一"的境界。达到这种状态，就可以"不知所以生，不知所以死，不知就先，不知就后，若化为物"③。著名的庄周梦为蝴蝶的故事，形象地说明了这种"若化为物"的审美人生观。魏晋人崇尚老庄，他们放浪形骸、饮酒狂欢，正是实现这样一种身与物化、物我两冥的自然境界。审美距离使他们

---

① 嵇康：《与山巨源绝交书》。
② 《庄子·缮性》。
③ 《庄子·大宗师》。

抛弃了人生的功利目的,并不断把自己的生活行为推向艺术化、审美化。王忱叹言:"三日不饮酒,觉形神不复相亲。"王荟云:"酒正自引人箸胜地①。"说明酒是他们进入物我两冥境界的最佳媒介。又如刘伶诳妻戒酒的故事足见他于酒的钟情。刘伶的妻子从实用的养生之道出发,对刘伶嗜酒如命深感忧虑。刘伶则抛开了这些,与生活拉开了距离,他把自己的行为作为艺术品塑造并加以欣赏。如果把握了他们这种人生态度,就不难理解他们这酒中的激情便是对物我两冥境界的追求,"随着这激情的高涨,主观逐渐化入浑然忘我之境"。② 他们不仅以醉态作为人生的满足和快乐,而且还扩而大之,以种种怪诞的行为,作为他们审美的人生戏剧的补充和伴奏。或者学驴鸣,或者引亢长啸,或者以青白眼对人③,如此等等。这些行为的背后隐含着这些人生艺术家们的内心独白:我的人生乐趣,就是来源于欣赏这些我自己创作的艺术品。你们不理解吗?那好,连同这些不理解,统统成为我审美的对象吧!这里,魏晋人以狂放的举止来扮演具有审美意义的人生戏剧,以身躯为彩笔,来描绘人生的苦乐图画,"人不再是艺术家,而成了艺术品;整个大自然的艺术能力,以太一的极乐满足为鹄的,在这里透过醉的颤栗显示出来了。人,这最贵重的粘土,最珍贵的大理石,在这里被捏制和雕琢,而应和着酒神的宇宙艺术家的斧凿声,响起厄琉息斯(Eleusis)秘仪的呼喊:'苍生啊,你们颓然倒下了吗?宇宙啊,你预感到那创造者了吗?'"④

然而,在这太一的极乐满足境界中,他们并没有忘记是在人生舞台上表演。魏晋人本不愿意扮演这种角色,他们被迫上台后,为了摆脱这种强人所难的痛苦,才把这甜苦的表演作为审美对象加以欣赏,并从中获得快感。可有些人并不理解,还以为那是幸福的极至,欲行效法。《世说新语·任诞》篇记阮籍的儿子阮浑长成,"风气韵度似父,亦欲作达。步兵曰:'仲容已预之,卿不得复尔'"。刘孝标注引

---

① 《世说新语·任诞》。
② 尼采:《悲剧的诞生》第一节。
③ 《世说新语·任诞》。
④ 尼采:《悲剧的诞生》第一节。

《竹林七贤论》："籍之抑浑，益以浑未识己之所以为达也。"嵇康也在家诫中不许后代饮酒过量。因为他们深知扮演这种角色的难言之甘苦。王忱云："阮籍胸中垒块，故须酒浇之。"① 所以他不愿再让儿子重蹈自己的覆辙，在情感的煎熬中获得审美快感。说明他们不仅意识到自己与角色的距离，而且也希望别人与角色也保持距离。这一点，不光他们，别人也意识到了。阮籍的母亲死后举丧，裴楷前往吊唁。只见阮籍醉成一团，披头散发地叉开两腿，坐在床上，也不哭泣。裴楷进来后，下席于地，大哭起来，吊唁完毕便离去。别人问他："凡是吊唁，应该是主人哭后，客人才作吊礼。阮籍没有哭，您为什么要哭呢？"裴楷答曰："阮方外之人，故不崇礼制；我辈俗中人，故以仪轨自居。"时人叹为两得其中②。这方内、方外之别，就是进入角色和距离于角色两种人生态度的区别，故谓"两得其中"。

【评介】

　　《世说新语》在中国古籍史上是一部相当特殊的著作，在文学史、美学史、思想史、文化史上均具有重要的地位和影响，堪称"中古文化的百科全书"。它保留了大量的史料，具有"史余"的性质，同时其叙事记人之法又极有可观之处，自鲁迅先生《中国小说史略》将其定性为"记言则玄远冷俊，记行则高简瑰奇"的志人小说之后，关于《世说新语》的小说研究时俊辈出，宁稼雨先生就是其中成就颇高的一位。

　　自《中国志人小说史》出版之后，1992年宁氏的《魏晋风度——中古文人生活行为的文化意蕴》一书由东方出版社出版，1996年重印。该部专著仍然贯彻了作者"《世说新语》是志人小说观念成熟的标志"的一贯观点，同时受宗白华先生《论〈世说新语〉和晋人的美》一文的启发，从单纯的小说史研究转向了小说与文化之关系的探求，显示出了20世纪80年代以来《世说新语》研究界乃至整个中国古代文学研究界的学术发展新方向。尤为难得的是，著

---

① 《世说新语·言语》。
② 《世说新语·任诞》。

者在步入小说与文化之关系研究这一领域时,并未像历来的研究者那样仅立足于通过小说来管窥某一时期的文化风貌这一角度,而是敏锐地抓住了《世说新语》的志人特质——以魏晋时期名士的生活行为和言谈举止为主要描写对象,把小说故事作为文化研究的素材,将小说文本研究与外在环境研究有机结合,或由内向外,或由外向内,对《世说新语》与魏晋门第观、南北文化异同、人物品藻、玄学、佛学、文学艺术、社会风俗等方面都进行了深入浅出的探讨,正如著者在《引言》中所述的那样,描述出了"一幅活的魏晋文化风貌图"。

在这部专著中,著者还赋予了"魏晋文人的生活言行以主角的地位,让这些丰富多彩、妙趣横生的音容笑貌成为研究的对象和主体。让那些往日的主角——各种理论框架成为配角,成为各种魏晋士人言行的注解和设释"(《引言》)。也许粗略来看,这种研究思路可能还不太引人注目,但事实上如果联系《世说新语》"人鲜不读,读鲜不嗜,往往与之俱化"(刘熙载)的事实,联系《世说新语》"名士教科书"的提法,笔者认为这种研究思路恰恰切合了《世说新语》的特质,可以将个体的言谈举止有效地链接起来,从而进行中古文化精神——魏晋风度的考察。不少人可能有过这样的体会,阅读《世说新语》令人怡悦、触目皆有所感,可是一旦进入学理的探索,就变得"流转如弹丸",难以把握。因此,如何把"魏晋风度"这一抽象的理念具象化就成为衡量该研究思路是否正确、该部专著学术价值高低的一种标准。从专著第四部分《士人言行与魏晋玄学》来看,宁氏的研究无疑是相当成功的。众所周知,研究《世说新语》不可能回避"玄学"、"清谈"问题,这些方面虽言之者众,但能将此讲得饶有情致者甚少。宁稼雨先生在这部专著中根据《世说新语》各类目所记载的士人言行,并结合从《晋书》、《日知录》中所爬梳出来的资料,将玄学的发展分为正始之音、永嘉玄谈和东晋清谈三个阶段,简练地阐明了三个阶段"谈"的不同要旨,认为"正始之音"是"谈中之理"、"永嘉玄谈"是"理中之谈"、"东晋清谈"是"谈中之谈",指出"玄学自社会变革起,进而探讨宇宙间人格乃为本体,终于流为无聊嘲戏,说明玄学所空幻的人格本体终于解体了"。此外,作者还对玄学的"才性"、"有无"、"言意"、"有情"、"一多"等显得更加玄奥的命题从士人言行切入进行了分析，使玄学对读者而言变得生动可感、历历在目。从这一点上来看，该专著不仅可供专业研究者参考，同时对普通的《世说新语》爱好者来说也不失为一部可读性极强的作品。

  该专著有不少成功之处，但对笔者来说，这部专著的重要价值在于显示出了一位学者独特的研究个性。作为一位对《世说新语》研究颇有创见的学人，宁稼雨先生在研究中一贯追求"和而不同"，素来有自己的独特思考，因此笔者向读者慎重推荐的是该专著的第八部分《从士人言行看审美人生态度》。在这一部分的论述中，宁氏显示出了自己学贯中西的学养，从中西方美学相通的角度，引用中西先哲（如庄子、叔本华、尼采、布洛等）的学说，揭示了魏晋士人言行实乃人生审美的真意，并对魏晋人对人生进入审美状态的两种形式——"静观和体味人生"以及"把生活艺术化、审美化的实践"进行了描述，指出"静观和体味人生就是观看人生的戏剧，而把生活艺术化、审美化的实践则是在参透人生妙谛之后的一种演戏"。虽然这一部分的论述相比于该专著的其他部分来讲，分量略为单薄，但却鞭辟入里，有颇多独到之处，而且预示出了其后数年宁氏从士人精神和心灵入手进行《世说新语》文人精神史研究的学术方向。正是在这部专著谈论士人言行和人生审美的基础上，宁稼雨先生循此路径，浸淫于《世说新语》的研究，进一步思索和深入开掘，鲜明地提出了进行士人精神史研究的构想，于 2003 年出版了专著《魏晋士人人格精神：〈世说新语〉的士人精神史研究》。

（梁晓萍）

张万起《世说新语词典》

【存目】

【评介】

魏晋南北朝时期是汉语发展史的转型时期,这一时期的语言带有明显的承上启下的特点,其中不仅有上古汉语现象的遗留,又有后世新兴的语言现象的出现,这个时期汉语的语法、词汇与先秦两汉时期有着显著的变化。《世说新语》中的语言比较接近于当时的口语,所以是汉语史研究的重要资料。周祖谟曾说过:"一直为研究汉末魏晋间的历史、语言和文学的人所重视。"《世说新语》一直备受中国古汉语研究者的青睐。王云路《中古汉语词汇研究综述》对《世说新语》研究状况有个大致总结:"六十年代末,香港学者杨勇先生出版了《世说新语校笺》。近二十年来,以《世说新语》为代表的专书语词研究取得了令人瞩目的成绩。除八十年代由中华书局出版的余嘉锡《世说新语笺疏》、徐震堮《世说新语校笺》等早期的研究整理著作之外,进入九十年代以来,就有如下多种成果:词典编纂类如张永言等《世说新语辞典》(四川人民出版社 1992 年版)、张万起《世说新语词典》(商务印书馆 1993 年版);词语考释类如吴金华《世说新语考释》(安徽教育出版社 1995 年版);整理译注类如许劭早、王万庄《世说新语译注》(吉林文史出版社 1996 年版)、张㧑之《世说新语译注》(上海古籍出版社 1996 年版)、张万起、刘尚慈《世说新语译注》(中华书局 1998 年版),其他《世说新语》译注类著作无虑一二十种。"此外,笺疏类中著名的研究著作还有刘盼遂《世说新语校笺》、程炎震《世说新语笺证》等;亦有大批词汇专论的文章,如张万起《〈世说新语〉复音词研究》、胡玉华《〈世说新语〉助动词研究》(陕西师范大学硕士学位论文)、张明《〈世说新语〉副词研究》(东北师范大学硕士学位论文)等。此后,关于《世说新语》词语考释的著作大量涌现,真可谓不计其数,如方一新博士论文《世说新语词汇研究》、吴金华《世说新语词语考释》(《南京大学学报》1990年第2期)、方一新《世说新语解诂》(《古籍整理研究学刊》1991年第5期)、郭在贻《世说新语词语考释》(收入《郭在贻语言文学论稿》)、沈光海《〈世说新语〉三词考补》(《湖州师范学院学报》2000年第4期)等。

正如《世说新语词典·前言》中所说:"《世说新语》……这部书口语性较强,能够反映魏晋南北朝时期的语言面貌,因此也为语言学家们所重视,成为研究中古汉语的重要文献。对于这样一部古代典籍,如能对它使用的全部词汇作一项基本的调查研究,对汉语词汇学、词典编纂以及古汉语的教学工作,都将起到有益的作用,对专书的词汇、语法进行穷尽的研究,编写专书词典,也正是1983年全国语言科学规划会议所提倡和鼓励的。"《世说新语词典》注重吸收当代学术研究成果,对《世说新语》的词汇,作了穷尽式研究,收词范围扩大到刘孝标《世说新语注》,为广大读者提供了许多方便。

《世说新语词典》的体例是正文分为正编、副编两部分。正编收录了《世说新语》中出现的全部字、词、固定词组多达六千一百余条,人名、地名、官名、书名等多达一千九百多条,语词和百科分开编写。此外将《世说新语》三十六篇题解,也收入在了百科编中。副编收录了刘孝标注文中的部分词语。因为历来说及《世说新语》几乎绕不开刘孝标的注;刘孝标的注不仅大大丰富了原书,而且已经成为原书不可分割的有机组成部分。刘孝标注以审慎谨严、精赅简要而享有很高的声誉。《四库全书总目提要》论及刘注时曾说:"孝标所注,特为典赡。""其纠正义庆之纰谬,尤为精核;所引诸书,今已佚其十之九,唯赖是书以传,故与裴松之《三国志》注、郦道元《水经》注、李善《文选》注,同为考证家所引据也。"对刘孝标注给予了高度的肯定。叶德辉就曾专门统计出刘注仅引用书目就达四百余种,而这些书唐初时已经散佚十之八九,刘孝标注中保存下来的这些文字,成为研究魏晋南北朝史非常难得的资料。《世说新语》作为中古语料的价值早已得到很多人的认可，却一直以来对刘注关注不足。张万起先生将刘孝标注文中部分词语作为副编收入词典是很有见地的。副编还收录了源于《世说新语》而语言形式和引申意义后代才形成和固定下来的成语、典故词语等。《世说新语》中有不少故事和名言，生动表现人物性格特征，再现当时社会风貌和士族风貌，在流传过程中凝结成为形象简练的典故。这些成语、典故对后世文学创作起了深远影响，在副编中做一集中整理也很有价值。

书证是编写词典时不可缺少的一部分，书证是辞典用具体的、鲜活的语言材料阐明词的意义的必要手段。概括的词义解释只能给词目含义提供一个抽象的概念，恰当的例证才能使孤立的词语重新回复到它赖以生存的语言土壤中去，重新变得鲜活起来。正如胡明扬说例证的作用有："证明词义或义项；证明源流和年代；说明词义和用法。词典的例证绝大多数是书证，也就是书面文献的例证。"在释证词义中，该词典在某些词条后有"附论"、"备考"两项。

"附论"是针对《世说新语》中出现的某些语言现象作出理论说明，阐明自己的观点。如"家"字"附论"："或谓'家'为代词词尾。《世说》中固有'我家''汝家'用例，但也有'卿家'、'君家'用例，可知并不限于代词，故不采此说。"有时，"附论"是把学术界对该词的不同观点列出供读者参考。如"恶"字"附论"："文学26：'恶卿不欲作将善云梯仰攻。'方正58。'恶见文度已复痴。'二例中'恶'注家有三种解释：第一，何，怎么。第二，憎恶，不喜欢。第三，作叹词讲，表示惊讶或感叹。本书则一律归入义项⑥中。"（⑥即"憎恶，不喜欢"。）有时"附论"是对魏晋时期某些词语的特定内涵做交代。这些词汇对研究中古语言很有意义。

"备考"则是附列一些佐证和参考资料。"备考"的内容丰富多彩。如"飘"字条"备考"："刘盼遂《世说新语校笺》：'按《晋书·王羲之传》"尤善隶书，为古今所无，时人论其书势飘若游云，矫若惊龙"考羲之生平谨数敕敕，受礼人也。其容端凝，不飘不矫，断然可知。《世说》采当时熟语，未加甄辨，误入容止类矣。宜从《晋书》之说，改入巧艺类。'"纠正了《世说新语》把王羲之"时人目王羲之'飘若游云，矫若惊龙'"错收在了容止类，而应该遵从晋书的观点归入巧艺一类。"弹棋"一词的"备考"提供三条论据《文选魏文帝与吴质书》:"弹棋间设,终以六博。"李善注引《艺经》:"棋正弹法二人对局,白黑棋各六枚,先列棋相当,更先空三弹,不得,各去一空,先补角。"杨勇《世说新语校笺》:"弹棋局用玉石制之,中隆起,平滑。""备考"中还兼顾校勘文字,如:"其"字"备考":"《纰漏》8:'而夜开阁唤纲纪','而'影宋本作'其'。"全书所设"备考"大约有上百条之多。另外,在单字义项注释后还附列不是以本单字打头而含本字的派生词,这些词收录在本词典相应字头之下,为读者检索语词提供了方便。

张万起六朝小说研究主要论著:
① 《世说新语词典》,商务印书馆1993年版。
② 《世说新语译注》,中华书局1998年版。
③ 《大中华文库——〈世说新语〉》,中华书局2008年版。

(夏习英)

侯忠义《汉魏六朝小说简史》

【引文】

第二编　魏晋志怪小说

魏晋二百年间（公元220—420），是一个政治黑暗、军阀混战、社会动荡的时代，是统治阶级极端虚伪、贪婪、荒淫、阴险、暴虐的时代，是广大劳动人民生活贫困、灾难深重的时代。分裂和对峙，虽然影响了生产的发展和经济的繁荣，却促进了思想的活跃和文艺的兴盛。儒、释、道三教流行，有神论和无神论自由辩论，各种各样的人生观和社会理想蜂拥而出，异彩纷呈；诗歌、辞赋、小说等众花繁茂，都取得了突出的成就，特别是小说创作，产生了不少杰出的作家，如邯郸淳、张华、葛洪、干宝、陶潜、王嘉等人。

一、魏晋志怪小说的兴盛原因

汉代小说，正式著录的不过十五种。魏晋时期，志怪小说兴盛，据不完全统计，已近三十种，超过汉代一倍。从这个时期志怪小说的内容来看，有如下原因决定了志怪小说的发展：

（一）巫风、方术的兴盛和传播。也就是说，是由当时的社会基础、社会思潮决定的。鬼神迷信、神仙方术，在不同的社会阶层中有广泛的群众基础，从而成为志怪小说的主要题材。其中既有进步性的精华，也有封建性的糟粕。特别是人民群众通过志怪的形式，浪漫的手法，表现了对暴政的反抗、贪官的抨击、爱情的追求、幸福的向往等，有一定的积极意义。

（二）佛教的传播、佛经的翻译，也为志怪小说带来新的内容和影响。东汉明帝时传入中国的小乘佛教，信奉《阿含经》，宣传人死精神不死（比方士宣扬"长生不老"高明），强调因果报应、轮回转世；主张人人布施，广积功德，重在自我解脱。在魏晋小说中，已出现宣扬佛教的内容，甚至出现了佛教徒"自神其教"的《冥祥记》等专门宣扬佛法的小说。

（三）孕育在各阶层中间的改良污浊社会、批判黑暗政治、追求自由爱情和幸福生活的进步思想，是促进志怪小说创作和取得成就的主要原因。它赋予了志怪小说以进步内容和批判现实的精神。也可以说现实主义精神推动了魏晋志怪小说的繁荣。

（四）哲学思想上的唯物主义与唯心主义斗争，也影响和决定了志怪小说的部分题材和内容。如《搜神记·阮瞻》中的阮瞻就是个无神论者，与鬼辩论而取胜，就是这种思想斗争的反映。

（五）这个时期志怪小说的作家，主要是文人和方士。他们大都是官吏，极少数人没能做官，也是他们不肯做官，而不是不能做官。文人对志怪小说的写作，固然有"人鬼乃皆实有"的观念，把"叙述异事"与"记载人间常事"看作一回事，一样认真地对待，但也未尝没有观赏和娱乐的性质。搜奇猎异，是文人作家追求的一个目标，也是志怪小说娱人色彩的表现。

魏晋志怪小说中的鬼神形象，在艺术上亦有特点。志怪小说中的鬼神与神话中的神怪已大相异趣。神话中的鬼神均有形，不能变化，如《羿射九日》中的害人精怪就是如此。而志怪小说中的鬼怪却常常没有一定的形状，善变化，人鬼相杂，鬼神难辨；鬼既害人，又可爱人，既可偷吃东西，与人吵架，又可互相聊天，甚至谈情说爱。所以志怪小说中的鬼神有浓厚的人情味，和浓烈的现实精神，与后代所谓害人之鬼不同。

二、魏晋志怪小说的内容种类

魏晋志怪小说的内容，继承了神话传说的传统，在汉代人小说的基础上，由于巫风、方术、佛教的影响，演变出写神仙鬼物的志怪故事。按其题材来说，又可分为三类：一类是记鬼怪灵异之事的"记怪类"，如《列异传》、《搜神记》、《搜神后记》等；一类是记山川地理、远方异物的"博物"，如《博物志》、《玄中记》等。一类是记求仙得道仙人、异人故事的"神仙类"，如《神异记》、《神仙传》等。

(一) 记怪类

在这一类小说中,我们重点介绍三部作品,即:《列异传》、《搜神记》,《搜神后记》。

1. 列异传

《列异传》是我国第一部较为丰富、完整的优秀志怪小说集。题魏文帝曹丕撰。一作晋张华撰,一卷。

《列异传》的内容,是"序鬼物奇怪之事"(《隋书·经籍志》)包括如树木为怪,鼠、鱼、虫、蛇成妖,人死后有灵,鬼魂托梦,甚至能死而复生,以及赞扬方术、尊重神仙,能预卜吉凶、自神其术等。书中杂有神仙故事,除了赞扬费长房能呼风唤雨、缩地脉、除妖魅外,还收有一条不能亵渎神仙的故事,生动有趣:

  神仙麻姑降东阳蔡经家,手爪长四寸。经意曰:"此女子实好佳手,愿得以搔背。"麻姑大怒,忽见经顿地,两目流血。

在魏晋人的心目中,对神仙是极为尊重的,既不能有邪念,也不能开玩笑。蔡经不过认为麻姑的手爪很长,搔背很方便,结果就得到了严惩。有些来自民间的传说故事,又体现了人民群众的反抗性和斗争性。这些作品,有巨大的认识价值。可分为如下内容:

(1) 反抗暴政的题材。这类故事大致都来自民间,实际上的作者应是人民群众,是思想性最强的部分。如《望夫石》:

  武昌新县北山上有望夫石,状若人立者。传曰:"昔有贞妇,其夫从役,远赴国难;妇携幼子饯送此山,立望而为石。"

人化为石,古代神话传说中已有先例。如《汉书·武帝本纪》颜师古注引《淮南子》禹妻化为石的传说,就是一例。一个幸福、安定的家庭,因战乱而遭到破坏。这是一出现实性很强的社会悲剧。也是东汉末年以来,社会状况的真实反映。化石是从神话中借鉴而来,是为表现人物服务的。禹妻涂山氏化石,是表明对禹的事业的不理解;而贞妇化石,是对战乱生活的抗议。《干将莫邪》、《韩凭妻》亦属思想性和现实性强烈的题材。《干将莫邪》表现了反抗暴君的不屈不挠的斗争精神和见义勇为的自我牺牲精神;《韩凭妻》则揭露了宋康王的荒淫暴虐，歌颂了韩凭夫妇生死不渝的爱情。因这三篇故事都被东晋干宝《搜神记》所采录，影响更为巨大，所以后两篇我们在《搜神记》中再作介绍。

（2）不怕鬼魅、妖邪的题材。书中虽然大量地描写了鬼魅的存在、妖邪的害人，但更为可贵的是，却赞扬了敢于与鬼怪作斗争的精神。如《宗定伯》就比较出名：

　　南阳宗定伯，年少时。夜行逢鬼。问曰："谁？"鬼曰："鬼也。"鬼曰："卿复谁？"定伯欺之，言："我亦鬼也。"鬼问："欲至何所？"答曰："欲至宛市。"鬼曰："我亦欲至宛市。"共行数里。鬼言："步行大亟，可共迭相担也。"宗伯曰："大善。"鬼便先担定伯数里。鬼言："卿太重！将非鬼也？"定伯言："我新死，故重耳。"定伯因复担鬼，鬼略无重。如其再三。定伯复曰："我新死，不知鬼悉何所畏忌？"鬼曰："唯不喜人唾。"是共道遇水，定伯因命鬼先渡，听之了无声。定伯自渡，漕漼作声。鬼复言："何以作声？"定伯曰："新死不习渡水耳。勿怪！"行欲至宛市，定伯便担鬼至头上，急持之，鬼大呼，声咋咋，索下，不复听之。径至宛市中，着地化为一羊，便卖之，恐其便化，乃唾之，得钱千五百，乃去。于时言："定伯卖鬼，得钱千五百。"

这则著名的不怕鬼的故事，清新朴实，保留了民间故事的特色。它篇幅虽短，但情节完整，作者通过宗定伯逢鬼、识鬼、捉鬼的经过，刻画了宗定伯的勇敢、机智、可爱的形象。

如写宗定伯夜行逢鬼，毫无惧意，当鬼问："卿复谁？"时，他竟对鬼宣称"我亦鬼也"，稳住鬼心，以便从容计较。当宗定伯与鬼同行中互相背负、一起涉水时，也是通过机智、巧妙的盘问和对答，识破了鬼的伎俩，从而为最后捉鬼做了准备。宗定伯凭着新死鬼的身份，终于探知鬼所畏忌之事，掌握了降鬼的方法，显出定伯极富心计。他是一个智勇双全的捉鬼英雄。

《宗定伯》在艺术上以对话贯穿全篇，简洁而传神，避免了平铺直叙，使小说显得活泼有致。而在对话之中，人的形象和鬼的特点亦充分展现出来：宗定伯的机智、幽默，与鬼的愚蠢、愚钝，形成鲜明的对照。小说最后写"鬼大呼，声咋咋，索下，不复听之"，情态宛然，生动逼真，在志怪小说中堪称佳作。

（3）暴露黑暗政治的题材。《蒋济亡儿》就是其中著名的一篇作品，具有现实意义和认识价值。魏时领军将军蒋济之妻，梦中两次梦见其亡儿给她托梦，说他死后在阴间泰山令下作伍伯差役，"憔悴困辱"，苦不堪言，求父母向即将死去在阴间新上任的泰山令讴士孙阿求情，希望孙能给他一个美差。蒋济厚赏孙阿，孙死后果然将其儿由伍伯转为"录军"。作者公然鼓吹人死后有阴间，鬼魂能托梦，生死有定数，人鬼能相通等迷信说教，但是我们通过这个故事，却可以体会到官场的弊端。蒋济凭借他的地位和权势，托人情，馈金银，就可以使儿子在阴间更换个好职务，继续享乐，这个阴间不就是人间的影子吗？他儿子就公开说"生时为卿相子孙"可以享福，死后也得靠老子为儿子求情；生前享乐，死后也不能受苦。在封建社会中凭权势和金钱谋取私利的行为是很典型的，这种老子为儿子私求职务的现象，也是普遍的。其他如《苏娥》记苏娥婢女致富被亭长所杀，又取其财物，后经交趾刺史周敞发觉，这场图财害命案才得以昭雪的故事，似一篇公案小说。《蔡支》说蔡支替泰山神送一封书信给天帝，天帝就让他死去三年的妻子复活；《胡母班》中的胡母班为泰山神送书给河伯，得到了一双精巧的"青丝履"等，都属这类题材，对认识权势、金钱、裙带关系对封建吏治产生的影响和作用，同样具有认识价值。

（4）人鬼恋爱的题材。它体现了反对传统和世俗的旧观念，表达了新的婚姻理想。如《谈生》篇就非常典型。书生谈生，年四十尚无力娶妻，每天读《诗经》。突然，一天夜里，有一个十四五岁的年轻女子，"姿颜服饰，天下无双"，主动来与他成就夫妻，后来生有一儿。婚前曾约："我与人不同，勿以火照我也。三年之后，方可照耳。"但谈生终于忍耐不住，在两岁后盗火视之，唯见腰上已生肉，腰下尚为枯骨，于是酿成悲剧，女子离谈生而去。小说本有宣扬人死后有灵、死后能复生的荒诞之理。但作者就是通过这种形式，表现生前不能自由选择爱情和婚姻的青年男女,赖死后加以实现。谈生的幸福是短暂的,但是美满的。在以后的志怪小说中,就有"团圆"的结局了。而且在这个故事中,其女为睢阳王女,亦有破除门第观念的意义。

艺术上,《列异传》一般篇幅较长,结构较完整,情节也较曲折,不仅有叙述,间或也有描写,而且注意到人物形象的刻画。如上面所分析的《宗定伯》、《谈生》、《蒋济亡儿》等,都可以说明它在艺术上所取得的成就。它奠定了魏晋志怪小说进一步发展的基础。

2. 搜神记

东晋初年干宝所撰的《搜神记》,是魏晋志怪小说的代表作。

作者干宝,生卒年不详,字令升,新蔡(今河南蔡县)人。少年时即勤学博闻,晋元帝时以著作郎身份兼领国史。曾著《晋纪》二十卷,时称"良史"。关于搜神记的创作,干宝大约从晋元帝建武元年(317)开始搜集资料,晋成帝咸康五年(339)前后成书,历时二十余载。由此可见,《搜神记》非一时之作。

关于干宝编撰《搜神记》的具体动机,《晋书·干宝传》说他有感于其父亲死后十余年能起而复生,和宝兄死时"经日不冷,后遂悟,云见天地间鬼神事"二事,"遂撰集古今神祇灵异人物变化,名为《搜神记》"。这当然只是一种传闻,而并非实事。干宝编书的真正原因,还是因为他对志怪故事的喜爱和当时世风的影响。干宝自称,《搜神记》的内容不外是"古今怪异非常之事"(《进搜神记表》),声明《搜神记》可"足以发明神道之不诬也"。以为"幽明虽殊途,而人鬼乃皆实有",但同时,又可"游心寓目",具有娱乐作用。《搜神记》从其材料来源看,来自三个方面:一、"承于前载"。《搜神记》约有二百余条,见于干宝以前的志怪书和其他书籍,有的并进行了加工和再创作;二、"广收遗逸",即广泛搜集流传于民间尚未形成文字记载的传说故事;三、"采访近世之事",即以魏晋之世为重点,包括自编和自撰两种。对他创作上的成功与特点,同代人刘惔评论说:"卿(按:指干宝)可谓鬼之董狐。"说明了《搜神记》的志怪性质,并肯定了干宝书题材上的广泛性与表达上的生动性,同时也指出了它的娱乐性。这句话的本身说干宝是记鬼的史官,那是颇有玩笑性质的。关于这一点,干宝也承认,自己所述志怪故事并非全是事实,虚构自不可免。他在自序中说正史尚不排斥传闻,何况他的《搜神记》呢!这样做,"所失者小,所存者大",为此他"愿与前贤分其讥谤"。故具有较高的文学性。

具体地说,《搜神记》的内容一是赞扬神仙、方士的幻术和异术。如画符念咒、隐身变形、驱鬼逐妖、呼风唤雨等。卷一记三国左慈在曹公座上,因宴会无鱼,左求铜盘储水,钓松江鲈鱼为脍;一尾不足又钓之。又无生姜,欲购蜀中生姜,左须臾而还。就是一例。二是记载神灵感应和怪物变化之事。如人鬼相通、人神相合以及灵物、物怪种种形性变化。如马生角、狗生角、人生角;猪生人、马生人、狗能言,马能言;女变男,男变女;马化狐,狐化人等变化之事。三是精怪、妖魅故事。卷十八《狸婢》记村民黄审耕田,每天见一妇人从田塍上过,从东边下去,一会儿又重复一次。审因问曰:"从何来也?"女笑而不言,便去,审疑之,用镰刀砍其婢,结果是一条狐狸尾巴变的,女子化狐而去。四是神话传说、历史故事。描写的对象包括从上至帝王下到普通农民;从神仙、异人到鬼魅精怪;从草木虫鱼到牛马猪羊,范围异常广泛。总之,《搜神记》肯定"鬼神皆实有",鼓吹寿天祸福皆由天定,宣扬善恶有报,称颂愚孝等思想,具有浓厚的封建迷信和宗教色彩,大量的是封建糟粕。但书中还采录了不少的古代神话、民间传说和历史轶事,这类内容有些已非鬼神怪异,具有强烈的现实色彩和进步思想,是《搜神记》民主性的精华,富有积极的意义。同时,这些优秀作品大都叙事简洁,语言朴素,风格清峻,虽仍不脱"残丛小语"格局,但艺术性却大大提高了。这类作品,可分为以下几类:

第一类,反抗强暴和迫害的故事。代表作有《干将莫邪》、《韩凭妻》、《东海孝妇》、《丁姑祠》等。《干将莫邪》又称三王墓,见《搜神记》卷十一。这是一个人民群众反抗暴政的悲壮故事。楚王杀死了铸剑误期的干将,又进而欲杀其子赤,斩草除根。赤逃走后,立志复仇,在侠客的帮助下,他们牺牲了自己,终于报了仇,雪了恨,正义取得了胜利。这个故事在长期流传的过程中,经过众人的加工润色,故事越来越缜密、完整,情节越来越丰富、合理,小说的特点也更加突出了。

　　小说通过生动的对话和细节描写，突出地反映了干将莫邪之子赤的反抗精神和坚强毅力，性格是极其鲜明的。小说中的五段对话对刻画人物、完善情节，起着重要作用。第一段干将与莫邪的对话，交待了是因"为王作剑，三年乃成"，故必遭杀害。说明干将的被杀，完全是无辜的，也衬托出楚王的暴虐。第二段干将见楚王后的一段对话，进一步补充了干将被杀的原因：是因铸有两剑，"雌来，雄不来"，同时也伏下了复仇的种子。第三段莫邪与其子赤的对话。遗腹子赤未见过自己的父亲，故问其母曰："吾父何在？"其母之答说明了父死之因，嘱其报仇。第四段赤与侠客的对话。赤为避楚王追捕，逃至深山，巧遇侠客，侠客问赤的遭遇，曰："子年少，何哭之甚悲耶？"赤陈述悲苦之由，激起侠客相助之义气。第五段侠客与楚王的对话，目的是寻机复仇，以刺楚王。侠客挟赤首与雄剑往见楚王，言其"此乃勇士头也，当于汤镬煮之"，这乃是一种计谋，引诱楚王"自往临视之"，以便寻机杀楚王，侠客杀了楚王后亦自刎，三个头在汤镬中俱烂，不可辨识，只好一起埋葬，故曰"三王墓"。

　　细节描写亦很突出，有力地刻画了人物形象。如当侠客对赤提出要用他的头与雄剑为复仇的条件时，"儿曰：'幸甚！'即自刎，两手捧头及剑奉之，尸体却僵立不倒，客曰：'不负子也。'于是尸乃仆。"一定让侠客信誓旦旦，重申其托，赤才瞑目倒下，可见其复仇情切。

　　第二个细节更为典型：

　　　　煮头三日三夕，不烂。头踔出汤中，瞋目大怒。客曰："此儿头不烂，愿王自往临视之，是必烂也。"

赤的头竟然三日三夜没有煮烂，反而从开水锅中跳了出来，瞪着两眼，怒气冲天，仇恨之深，不共戴天；异常细腻、具体地描绘出赤的反抗之激烈，形象地刻画了赤的反抗性格，是非常典型的。

　　《三王墓》所记，似是一件异事，并无鬼怪内容。由于这个传闻故事，寄托了人们的理想和希望，深受民间喜爱。在流传过程中，艺术上也逐渐成熟起来。人们以极大的热情讴歌了小说中的劳动人民反抗黑暗政治及其残暴统治者的斗争精神，闪耀着现实主义光芒。

《韩凭妻》见《搜神记》卷十一。又题作《韩朋》。是来自民间的一则反抗强暴、讴歌爱情的动人故事。这个故事只有二百八十余字，却写得曲折生动、感人至深。作者通过战国宋康王夺其门客韩凭之妻何氏，结果双双殉情，造成爱情悲剧的故事，真实地反映了封建社会的阶级矛盾，揭露了统治者的荒淫无耻、凶狠残暴的本质，歌颂了被压迫者的反抗斗争，从而概括了封建时代的基本现实。

小说对宋康王与何氏这两个主要人物的刻画相当成功。康王是个昏庸、残暴的统治者。只因韩凭妻何氏美，就强夺宫中，囚禁韩凭，罚他修城；当何氏在衣带留书，投台而死，求与韩凭合葬时，"王怒，弗听"。凶狠、残忍之态，跃然纸上。何氏的形象，最为突出。她不仅容貌美丽，笃于爱情，而且不慕富贵，不畏权势，柔中有刚，富于心计，她忠于爱情，进宫后写信给韩凭，倾诉了对丈夫的深情和思念，准备以死殉情。她公开向康王宣称："王利其生，妾利其死。"她把死当成反抗的一种手段，而且也是唯一的手段，因此她的死是非常从容的。如果说"遗书"表现了她的决心和计谋，而"阴腐其衣"，投台自尽，则表现了她的勇敢和机智。小说通过"缪其辞"、"阴腐其衣"、"遂自投台"等细节，刻画了何氏的高大形象。正如相传为何氏所作的《乌鹊歌》所言："乌鹊双飞，不乐凤凰；妾是庶人，不乐康王。"体现了劳动人民的高贵品质。

总之，作者通过康王夺妻、韩凭被囚、何氏遗书、韩凭自杀、何氏投台、康王设誓等情节，环环相扣，娓娓道来，组成一个情节曲折、结构完整的故事。其中康王大臣苏贺解释缪辞遗书的一段对话，非常成功，它既表现了苏贺的智慧，又推动了情节的进一步发展，自然而然地引出韩凭夫妇双双自杀，以及康王设誓的后果。而这段设誓，又为小说的浪漫主义结尾，作了铺垫。

小说的结尾用想象、浪漫的手法，实现了韩凭夫妇"生时相离，死后相聚"的理想。当何氏死后，康王不许他们夫妇合葬，仅使之坟墓路隔时，他们的墓上一夜之间就各自长出了梓树，十天之后已有"盈抱"之粗，"屈体相就，根交于下，枝错于上。又有鸳鸯，雌雄各一,晨夕不去,音声感人"。这幅充满绚丽、浪漫色彩的爱情画面,感人肺腑,催人泪下。"相思树"、"鸳鸯鸟",既是他们爱情的象征,又是对统治者的抗争。这个结尾,也寄托了人民群众的理想和愿望。

韩凭夫妇的故事,无疑与乐府诗《孔雀东南飞》有某些相似之处,大约也受到了民歌的影响,特别表现在主人公的悲剧结局和浪漫主义结尾上。

卷十一《东海孝妇》写孝妇周青冤狱的故事,重点不是写孝,而是诉冤。正面述孝妇之孝,仅"养姑甚谨"四字。婆婆谓自己"已老",惜妇"年少",为免其"勤劳",故而自缢,说明婆媳相依为命,非常之好,由此反衬其妇之孝。主要情节是婆婆死后,因其女告官,诬妇为凶手,备受昏官之"拷掠",遂成"冤案"。小说写了狱吏于公仗义直言,据理力争,最后只有"抱其狱词哭于府而去";同时写了后任太守,"身祭孝妇冢",为其申冤昭雪。这实际上是早期的一个公案故事。比《列异传》里的《苏娥》更典型。小说最动人之处是它的浪漫主义结尾。它以"青若枉死,血当逆流"的事实,控诉了官府的暴虐和昏愦;以"郡中枯旱,三年不雨"的报应,来表示她对人世间不平的惩罚和反抗,真是感天动地,正气长存。孝妇周青的斗争性格是十分突出的。这个情节,后来被元杂剧作家关汉卿吸取发展,创造了杂剧《窦娥冤》,成为不朽名著。

卷五《丁姑祠》,则是作者采写的"近世之事"。淮南全椒县的丁新妇——即丁氏女,年十六为妇,不堪公婆虐待,九月七日自缢死。死后,托言于巫祝:"念人家妇女,作息不倦,使避九月七日,勿用作事。"当地妇女咸以此日为"息日",即妇女的节日,歇息一天。丁姑以自己的生命反抗了封建家长制,并通过死后的灵异,为自己的阶级姊妹争取了休息的权利。故事通过丁姑显灵人间,赐福于善人的情节,表现了劳动人民的是非观念,使故事本身丰富充实,曲折有致。

第二类,向往美好生活的故事。如《董永》、《阳伯雍》、《园客》等。董永、阳伯雍、园客都是劳动者,但生活都贫困异常。董永卖身葬父,阳伯雍隐居无终山,他们在仙人的赐予下才摆脱了贫因，园客也在神女的帮助下成仙而去。故事歌颂了勤劳、至孝的品质，宣扬了好人应得好报，好人会感动上天的思想。但主人公都是被动、消极的等待上帝的"赐予"，而不是积极主动去争取，思想价值稍差。

现看《董永》原文：

> 汉董永，千乘人。少偏孤，与父居。肆力田亩，鹿车载（父）自随。父亡，无以葬，乃自卖为奴，以供丧事。主人知其贤，与钱一万，遣之。永行三年丧毕。欲还主人，供其奴职。道逢一妇人曰："愿为子妻。"遂与之俱。主人谓永曰："以钱与君矣。"永曰："蒙君之惠，父丧收藏。永虽小人，必欲服勤致力，以报厚德。"主曰："妇人何能？"永曰："能织。"主曰："必尔者，但令妇为我织缣百匹。"于是永妻为主人家织，十日而毕。女出门，谓永曰："我，天之织女也。缘君至孝，天帝令我助君偿债耳。"语毕，凌空而去，不知所在。

《董永》的故事见刘向《孝子传》，与《搜神记》所收基本一致，主题都是强调董永至孝，因其卖身葬父，从而感动了天帝，于是让织女帮助他还债。

董永是个勤劳的农民，幼丧母，对父至孝，他虽"肆力田亩，鹿车载父自随"，但却非常贫困，生活无望。于是在父亲死后，他只好自卖为奴；小说以卖身葬父与为奴还债两个情节，表现了董永高洁的人品和生活对他的不公正。"为奴"已足表明孝心，"自卖"则更感人肺腑。

织女相助还债一节，使平板的故事突然变得曲折有致，增加了"传奇性"。织女奉天帝之命来到人间，以董永妻子的身份助董偿债。因她是上天仙女，故"织缣百匹"、"十日而毕"，使董永尽早尽快地解除了厄运和逆境。作者主观意图似乎在赞美至孝的美德，但也表明了好人应该有好报，应该过幸福生活的观念。这种思想和观念是属于劳动者的。

第三类，争取婚姻自由的故事，突出的有《紫玉》、《王道平》、

《河间郡男女》等篇。

《紫玉》又题作《吴王小女》、《吴女紫玉》、《韩重》,见《搜神记》卷十六。

这是一个民间传说。吴王夫差反对其女紫玉与童子韩重相爱,紫玉气结而死,造成爱情悲剧。作者运用虚幻、浪漫的手法,让紫玉的鬼魂与韩重结合,尽三日"夫妻之礼",实现了他们生前的愿望。表达了对封建门阀婚姻制度的强烈不满。

用志怪题材深刻地反映了一个现实主题,是这篇小说的特点之一。紫玉与韩重是自由恋爱,他们互相爱悦,一片深情;特别是紫玉,"私交信问,许为之妻"。这说明,这是一对合谐、美满的婚姻。但是,由于吴王的反对,才使紫玉"气结而死"。吴王"不许"的原因,主要是门第的悬殊。吴王是杀人的刽子手,紫玉是封建门阀制度的牺牲品。韩重求学归来,得知紫玉死讯,"哭泣哀恸,具牲币往吊于墓前",悲惋凄凉,令人同情。作者让紫玉"魂从墓出",二人相逢泣涕,紫玉情动而歌,在墓中成婚,相聚了三日。为了支持追求自由婚姻的精神,反对封建专制制度的迫害,像其他同类题材的小说一样,作者采用了志怪的形式,即用死人复生或鬼魂现形(本篇属后者),来实现青年男女的美好理想,批判丑恶的现实,歌颂美好的事物,因此这种形式就被赋予了积极的思想意义。

特点之二,小说在艺术上采用了韵散相间的形式。即在散文的叙述中,插入了诗歌,作为抒情的一个重要手段。本篇四言二十句韵文歌辞最长、最精彩。紫玉的歌辞表达了对婚姻不自由的愤慨不平,和忠于爱情的决心。

《王道平》、《河间郡男女》情节相类,男主人公均被差远出,女主人公迫于父母之命而嫁,婚后皆死,男方归来后,尽哀于墓,精诚所至,女子都死而复生,得到了结合。这类故事都写出了由于父母的干涉(包括门第观念等),生前不能实现自己爱情的理想,而只能通过死后的鬼魂现形或复生来实现生前的愿望。小说既揭露了造成爱情悲剧的现实原因,又控诉了现实恶势力的强大和凶恶。通过幻想浪漫的手法,志怪的形式,来达到追求自由婚姻的目的,这既是对丑恶现实的抗议和抨击,又是对理想的追求和颂扬。

第四类，反对迷信鬼怪的故事。如《李寄》、《张助砍树》等。

《李寄》见《搜神记》卷十九。记述了一个智斩蛇妖、为民除害的少年女英雄的故事，热情地歌颂了她的聪明，智慧、勇敢和善良的品质，令人难以忘怀。

小说由四个部分，即：蛇妖为害、李寄应祭、穴口除蛇、李寄为后，组成了一个完整、曲折、有头有尾的情节。"蛇妖为害"交待了李寄除蛇的背景和意义。李寄家乡"东越闽中……有大蛇，长七八丈，大十余围"，经常伤人，"多有死者"，"祭以牛羊"不可，每年八月要祭一个十二三岁的少女，已经祭了第九个了。百姓的灾难，暴露了官吏的昏庸无能，但也更激起了人们对蛇妖之愤和爱女之情。

紧接着叙述了李寄的主动"应祭"。当人们对蛇妖毫无办法，准备用第十个少女的生命祭祀蛇妖的时候，李寄勇敢地站出来，"应募欲行"，表现了大无畏的献身精神。她不听父母劝阻，"寄自潜行，不可禁止"。小说中李寄自述应募的动机，如生女不如男，"寄卖自身，可得少钱，以供父母"的孝道，带有封建说教意味，当属文人的加工，而非一个十二三岁少女的言辞。从下面的情节看来，李寄的行动，乃是有目的、有准备的侠义行为。李寄的"应祭"，引起了人们对她的悬念。

"穴口除蛇"，则充分反映了李寄的计谋和勇敢，不由得对李寄产生了由衷的赞叹和钦佩之情。寄应募后，"请好剑及咋蛇犬"，以"数石米糍，用蜜麦䴷灌之"，放置洞口以其香气引蛇头出洞，放狗咬，用剑砍，出其不意，攻其不备，使蛇窜出洞外，被剑剖腹而死，寄准备之缜密、周到，斩蛇时的沉着、勇敢，显示出何等非凡的英雄气概！

小说的结尾，言李寄被越王聘为后，其父升官，母与姊皆得赏赐，虽为交代李寄的结局，以示对李寄的关怀，但这却是一个虚假的结尾，具有浓厚的封建正统色彩和阶级局限性。

小说写李寄的形象十分成功。除了情节的完整外，还突出地使用了对比手法和细节描写。最为精彩的例子，当为"穴口斩蛇"部分。当蛇首引出洞外食糍时，写它"头大如囷、目如二尺镜"，令人感到蛇的凶猛、可怖，与斗蛇的弱小少女李寄，形成鲜明的对照，产生了强烈的艺术感染力。然而靠勇敢和机智,弱战胜了强,正义战胜了邪恶。而当李寄自穴而出,"缓步而归"时,表现了她除妖之后又是何等的从容和气魄!这些细节描写都丰富了人物的形象。

《张助砍树》(见《搜神记》卷五)是个非常典型的破除迷信的民间故事:只因张助在田里桑树间,随意种了棵李核,后长成树,人以为怪。恰有患眼疾的人,在树下休息,祈求"李君"为其治目,言明病愈后酬谢一只猪。眼疾本可自愈,但远近之人都传闻李树之神灵可使盲者重见光明,故来其下求医者"车骑数千百,酒肉滂沱"。小说极力夸张渲染求医者的虔诚与众多,令其十分荒唐可笑,故最后的结尾"张助远出来归,见之惊云:'此有何神?乃我所种耳!'因就斫之"就顺理成章,而且十分有力。作者指出了"妖由人兴,神由人崇",都是人为的产物这个事实,具有强烈的反迷信意义。

总之,这些内容和特点正显示了《搜神记》在志怪小说中的成熟和进步。

3. 搜神后记

《搜神后记》又作《续搜神记》、《搜神续记》,可看作是《搜神记》的续书。旧题东晋陶潜撰。一般人认为,作者是伪托。但南朝梁慧皎《高僧传·序》已称"陶渊明《搜神录》"。由此可见,此书题名陶潜所著,远在隋代之前。书约成于南朝刘宋之时,内记有宋永初、元嘉间事。宋、梁相隔,不过八九余年,说陶潜作,亦有可能。

《搜神后记》同《搜神记》一样,也是一部"侈谈鬼神"的志怪小说,但它的特点是:在内容上,相对的说略于妖异变怪之谈,而侈言神仙;在艺术上,芜杂琐碎的记叙减少,成片断的故事增多,文字清隽,有一种散文化的趋向。

在记录晋宋时期的奇闻异事故事中,不少篇章具有较高的认识价值。

一类是神仙洞窟的故事。如《桃花源》、《穴中人世》、《韶舞》、《袁相根硕》等,数量之多,十分引人注目。这些作品,不以宣扬服食导养、修道求仙为主要目的,也没有奇树异草、幽山僻谷的仙境,而是充满了批判和追求的精神,有较强的现实性。《桃花源》是其中的代表作。它写了东晋太元年间,武陵渔民偶入桃花源的故事,歌颂了"春蚕收长丝，秋收靡王税"的理想生活。《搜神后记》中的神仙洞窟故事，大多写桃花源式的情节，主题也相同。如《韶舞》、《穴中人世》等，都是主人公进入洞天福地后，并不是去享受"饮则玉醴金浆，食则翠芝朱英"的神仙生活，而是积极垦作，"永为世业"。故事把仙境与现实结合起来，不劳而获的神仙生活被辛勤垦作的劳动生活所代替，因此这些故事的神仙不是别人，正是劳动者自己。劳动是这类故事的主旋律，奏出的是他们心灵的歌。《桃花源》，真实地反映了晋宋时期人民群众渴望避免战乱，摆脱封建剥削，追求世外乐土的愿望。

《袁相根硕》又名《剡县赤城》，见《搜神后记》卷一。这是一篇内容上属于洞窟神仙一类故事，题材却是写人与神仙的相爱，实则反应了人民群众追求和向往美好生活的愿望。

洞窟神仙故事在《搜神后记》中的大量出现，就其社会原因来说，是人们厌恶东晋以来的战乱、残杀、饥饿的黑暗现实、追求安定、幸福生活的反映。从艺术上来说，是此类故事现实化的新发展。其中的仙女不是如董永妻、天水素女等从天宫福地飞降下来的，而是确确实实生活在人间的可亲可爱的少女。故事摆脱了劳动者的幸福靠天帝赐予的传统观念，发展到要依靠自己的努力去争得幸福的新思想。这就改变了以往可望而不可及的内容，增强了生活的现实感，这是志怪小说的一个很大的进步。

小说写会稽剡县猎民袁相、根硕，是两个普通的劳动者，他们为了追逐六七只山羊而步入了仙境，而这个仙境亦同于人间，不过"内甚平敞，草木皆香"，"有一小屋"而已。他们虽与仙女结合，过着美满生活，却"仍然思归"，"潜去归路"，这是现实生活在他们身上的投影，难以摆脱。

二仙女久居仙洞，除能"曳履于绝岩上行，琅琅然"外，其它与普通人无异。如"年皆十五六，容色甚美，著青衣"，一改写仙女必是"霓裳冰颜，艳质与人殊别"的富贵气，而极富人情味。她们初见袁相、根硕二人至，高兴地说："早望汝来！"热诚友好，"遂为家室"。描写二人性格爽直，情态宛然。袁、根二人归故里时，以"腕囊"相赠，使之灵魂永脱苦海，走上自由的新天地。二女所居住的"洞天福地",既无神山奇水,又无珍禽异兽,而是以普通的人世间的模式来塑造的。这正是桃花源式的理想社会的反映。

一类是山川风物、世态人情的故事。《贞女峡》和《舒姑泉》就是有关当地风土的民间传说。《贞女峡》中的贞女和《舒姑泉》的舒女,一个入水采螺,一个上山析薪,她们都是劳动妇女,和男子一样担负着繁重的体力劳动。贞女在"风雨昼昏"中丧身化石,长存世间,注视着自己劳动的地方;而舒女砍柴于泉水旁,化为鲤鱼,一听到亲人作歌,便欢跃而出,给人们带来短暂的欢乐和痛苦的回忆。这两个传说,表现了劳动妇女的悲惨生活,也倾注了劳动人民真挚而热烈的感情。人们要把她们的美好品质留在人间,设想了这样一个结局,并把它和自然风物联系起来,是非常自然的。正因为赋予了这些山川风物丰富的人情美,所以它们才显得分外动人。作品笔调明快、清新,写"泉涌洄流,有米鲤一双"极富抒情浪漫色彩,在思想和艺术上均不亚于为人称道的《望夫石》。

一类是人神、人鬼的爱情故事。较著名的有《白水素女》、《李仲文女》、《徐玄方女》等。在这类题材的小说中,青年男女发出了婚姻自由的呼声,与《搜神记》同类故事相比,增强了反封建的色彩。

卷五《白水素女》是田螺姑娘型民间故事,也是一个优美的民间故事。在长期流传过程中,经众人的加工而成。年轻的农民谢端,他"夜卧早起,躬耕力作,不舍昼夜",却生活贫困,娶不上妻子,在邑下得一大螺,内藏仙女,每日为他"守舍炊烹"。当他窥破了这个秘密时,天河仙女也就离他而去,留下了大壳,常贮米谷,过上了小康生活,也娶了妻子。通过虚构的故事,支持了劳动者改变命运的合理要求,反映了他们企望过上幸福生活的愿望。

白水素女的形象非常动人。如藏身螺中,从天上来到人间,可谓委曲求全、平易近人了。她不像"天台二女"那样华贵超凡,也不像"天上玉女"那样侍婢成群,她与董永妻一样,是一个极普通的劳动妇女的形象,她为谢端看屋做饭,勤劳质朴,心地善良。当她回答谢端自己是什么人时,说:"我天汉中白水素女也。天帝哀卿少孤,恭慎自守,故使我权为守舍炊烹。"表示了对弱者的深切同情。

作者是完全按照劳动人民的审美观点来描绘这个形象的。

　　故事本身有很大的奇异性。田螺其大如"三升壶",就已经神奇无比,竟能藏住少女,更是奇特的幻想,富有浓郁的浪漫主义。而她离去时,"天忽风雨,翕然而去"。扑朔迷离,令人遐想。

　　《李仲文女》、《徐玄方女》这类人鬼相恋的故事,意在说明青年男女生前相恋,总受到封建家庭的干涉;而死后相爱,才能做到自由结合。徐玄方女是喜剧结局,而李仲文女却在冥冥之中,愿望也没能实现,仍然受到家长的粗暴干涉,造成了悲剧。为争得爱情与婚姻的自由,他们付出了宝贵的生命。

　　一类是不怕鬼的故事。这类内容,《搜神后记》比其他志怪小说有所增强。其中《白布绔鬼》、《鬼设网》、《腹中鬼》、《斫雷公》等,都是精彩的篇章。这些作品,虽然承为鬼神皆实有,但主要思想却是赞扬人们的机智勇敢、宣扬不怕鬼的斗争精神。这类故事的主人公大都是劳动者,他们与鬼怪的斗争,实际上反映了劳动人民与邪恶势力的斗争,是富有积极意义的。如《鬼设网》里的放牛娃,非常机智,他看到鬼在草中张网捕人,他就以其人之道还治其人之身,在鬼的身后设网捉鬼,为民除了害。《白布绔鬼》中恶鬼形象非常鲜明。他穿着白布绔,好吃懒做,到处偷鸡摸狗,白吃白喝,驱他不散,赶他不走,是一个十足的地痞无赖。写得深刻而又富有色彩的,还有《斫雷公》。章苟耕田,所带饭食,每每被蛇所食。章苟怒砍蛇妖。蛇妖诉之雷公,雷公欲以霹雳杀章。章苟乃跳梁大骂曰:"天公!我贫穷,展力耕垦。蛇来偷食,罪当在蛇,反更霹雳我耶?乃无知雷公也!雷公若来,吾当以锻斫汝腹。"章苟对蛇妖、雷公的态度,都非常坚决。他义正辞严,理直气壮,是非分明。作品同情劳动者,批判了黑白颠倒的人间不平之事,伸张了正义,体现了人民群众的寄托和希望。

　　《搜神后记》其他内容,如《熊穴》写熊的友爱,《鼠市》写巧匠区纯的机巧,《杨生狗》写义犬救主人等,都是较有意义的作品。

　　总之,《搜神后记》虽不乏佛道、神仙、方士的内容,显示了志怪小说的特点;但其中优秀的民间故事,体现了民主性的精华。艺术上虽不脱"粗陈梗概"的窠臼,但故事完整,描写细腻,文笔清丽,实为唐传奇的先河。

(二) 博物

博物类志怪小说,与《列异传》、《搜神记》、《搜神后记》等不同,它不是单纯的"记怪",而是兼有"博物"(即对事物的博识多知)的特点,这种体例,在志怪小说中,独树一帜,自成流派,后继者不乏其书,构成志怪书的一种固定的类型。因其内容上又多有山川地理等神怪故事,明显受《山海经》的影响,故这类作品又称山川地理博物类。晋张华《博物志》在其先,梁任昉《述异记》、宋代李石《续博物志》、明代游潜《博物志补》等继其后,都是《博物志》的续书,可见其影响之大。

博物志

《博物志》的作者张华(232—300)。是魏晋之际著名的文学家,政治家。字茂先,范阳方城(今河北固安南)人。《晋书》本传说他幼年为人牧羊,但"学业优博","图纬方伎之书,莫不详览"。就是说,山川地理、草木虫鱼、古今中外、现在将来,无所不知,无所不晓。这与他后来编写《博物志》大有关系。

《博物志》十卷,通行本分三十八类。此书显然受了《山海经》的影响,如说"余视《山海经》及《禹贡》、《尔雅》、《说文》、地志,虽曰悉备,各有所不载者,作略说"(《博物志》卷一),但又有自己的特点。《博物志》内容记有山川地理、飞禽走兽、草木虫鱼、人物传说以及方士神仙故事,其中就包括神话、古史、博物、杂说等内容,显示它"博物"的特点。特别是全无故事性的杂考、杂物,说明了它的芜杂;而故事性较强的传说,又增加了它的小说色彩。

属《博物志》独有的故事,有以下三则较有特色和价值。卷十《杂说·浮槎》就是一个奇妙的神话传说。它写了一个住在海边的人,带着干粮,乘着飞槎,经过十余日飞行,到达银河,见到了牛郎、织女。反映了古代人类征服宇宙的大胆幻想。张华把浮槎传说与七月七日牛郎织女天河相会的神话联系起来,增加了这个传说的艺术魅力。其中展现了天上的星宫景象,虚写织女,实写牛郎,使牛郎、织女形象化。这条记载有助于我们探索牛郎、织女神话故事的演化及其源流。

同卷《千日酒》的故事,是魏晋世风的产物,是名士风流的一种表现。它固然说明魏晋时已能制作一种叫"千日酒"的名酒,但真正的含义,应当是它的社会内容。

昔刘玄石于中山酒家酤酒。酒家与千日酒,忘语其节度。归至家当醉。家人不知,以为死也,权葬之。酒家计千日满,乃忆玄石前来酤酒,醉向醒耳。往视之,去玄石亡来三年,已葬。于是开棺,醉始醒,俗云:"玄石饮酒,一醉千日。"

宋代诗人王中借用"玄石饮酒,一醉千日"的典故作诗说:"安得中山千日酒,酩然直到太平时。"赋予了这个故事不满现实、逃避现实的一面。

《博物志》卷三"异兽"有《猴玃》一则,记蜀南高山猕猴盗妇人的故事,写得颇为完整、生动和有趣:

蜀山南高山上,有物如猕猴。长七尺,能人行,健走,名曰猴玃,一名马化,或曰猳玃。伺行道妇女有好者,辄盗之以去,人不得知。行者或每遇其旁,皆以长绳相引,然故不免。此得男子气,自死,故取女不取男也。取去为室家,其年少者终身不得还。十年之后,形皆类之,意亦迷惑,不复思归。若有子者辄俱送还其家,产子皆如人。有不食养者,其母辄死;故无敢不养。及长与人无异。皆以杨为姓。故今蜀中西界多谓杨,率皆是"猳玃""马化"之子孙也。时时相有玃爪也。

这个志怪故事刻画猕猴形象颇为突出,它盗"妇女有好者"为妻,有选择标准;盗法是"皆以长绳相引",亦为灵巧。但它并不害人,产子还送还其母家食养,颇通人性;这是从西汉以来,有关猿猴传说的发展,而又成为后世小说袭用的情节。如唐传奇《补江总白猿传》、话本《陈巡检梅岭失浑家》、《剪灯新话》中的《申阳洞记》等,都与此题材有关。

《博物志》所记山川地理、神话故事,如女娲补天、精卫填海、夸父追日以及羽民国、骥兜国等,明显是采录《山海经》等书的材料,但有的记载颇有历史价值,如云五岳为:"华、岱、恒、衡、嵩",就反映了魏晋时人对五岳的认识,与今相同。

《博物志》虽然价值不大,但仍然不失为志怪小说中独具特点的一种体裁，对后世也很有影响，形成文言小说的一个流派；就《博物志》本身来说，它是《搜神记》的取材来源之一。书中的《猴玃》、《千日酒》都被干宝所采取，且有所加工和发展……

(三) 神仙

记仙人、异人故事的神仙类小说，是志怪小说中较为特殊的题材。它们专记仙境、仙品和仙人。就小说的作者来说，他们都是方士，精通方术，迷恋仙道，作品就是他们"自神其术"的反映。代表作有葛洪《神仙传》、王嘉《拾遗记》……

三、魏晋志怪小说思想艺术特点及对后世的影响

魏晋志怪小说，从思想上已经奠定了我国小说的现实主义传统。魏晋志怪小说的内容，当然主要是"张皇鬼神，称道灵异"，其中包括鬼怪、仙佛、变异等，显示了志怪小说与阴阳五行、巫术、方士（即神仙家）以及佛教与道教的多方面的联系和影响。但是，这并非志怪小说的精华与主流。能够体现时代发展和现实主义精神的，是那些来自民间的传说和故事。这些传说故事极富思想性和斗争性，具有批判现实和追求理想的强烈色彩。这部分来自民间的传说故事与文人编纂创作或来自"旧籍"的有关内容一起，汇合成志怪小说的主流，代表了志怪小说的进步方向。

魏晋志怪小说批判现实、追求理想的现实主义精神，表现在：1. 反对政治上的封建专制和残酷迫害，赞扬反抗斗争精神。代表作《干将莫邪》、《韩凭妻》、《丁姑祠》等。2. 揭露官场腐败，抨击贪官污吏。作者以"人鬼殊途同理"的创作原则，用鬼怪世界来影射人世，用鬼吏影射官僚，揭露他们用裙带、金钱、酒肉等手段，"亏法济私"、贪污纳贿的事实，触目惊心，令人发指。如《李除》(《搜神后记》)、《章沈》、《张阆》(《甄异传》)、《丘友》(《录异传》) 等。3. 不满现状，向往幸福生活，曲折地反映了阶级剥削的现实。如《园客传》(《列仙传》)、《董永》(《搜神记》)、《谢端》(《搜神后记·白水素女》)、《袁相根硕》(《搜神后记》) 等。4. 追求爱情和婚姻的自由，反对门阀等级观念和封建家长的干涉。如《韩凭妻》、《紫玉》、《王道平》、《河间郡男女》等。

总之，志怪小说的现实主义内容，以及所描写的对象、所反映的

问题，都是广泛而且深刻的。

志怪小说所反映的现实主义内容，在表现形式和艺术手法上，是以记怪为特点，往往通过浪漫主义手法来加以反映的。如《丁姑祠》是通过死后显灵，《李除》、《章沈》是通过天曹、地府，《董永》、《园客传》是通过神女相助，《桃花源》、《袁相根硕》是通过浪漫幻想等来构成完整的故事情节的。特别是在爱情题材的故事中，情节与结构上的特色，尤为丰富多彩。如其中就有《韩凭妻》式，即通过浪漫主义的象征比喻的手法，实现夫妻死后的相聚；《紫玉》式，即死后显灵，实现了生前相恋的夙愿，尽管它是短暂的；《王道平》式，即死而复生的方式，使青年男女赢得幸福的爱情生活；《天上玉女》式，即仙女下凡相助，实现美好的结合。从结构上可以归纳为如下格式：现实（理想、愿望遭恶势力的破坏）——悲剧——斗争（包括人的力量、神的力量）——胜利（大都是采取幻想的形式）。体现了这些优秀作品的积极内容和思想。其中悲剧的现实，则完全是现实主义的；而胜利（或称完满的结局），则是人民群众理想和愿望的体现，是浪漫主义的。它说明人民并未在苦难中沉沦，而是在斗争，这正是志怪小说的最可宝贵的地方。

韵散相间的形式，是魏晋志怪小说特别是爱情故事的又一个艺术特点。如《韩凭妻》、《紫玉》等，都采取了这种叙事与诗歌相结合的形式。这种形式是魏晋小说所开创，它的产生也可能受到当时佛经文化的影响，但它并非讲唱文学，而是保持了小说以叙事为主的特点。这个形式特点，既被后代的文言小说（甚至白话小说）所继承，形成我国文言小说的一个民族特点。

魏晋志怪小说中的故事，对后世的唐宋传奇、明清文言小说、唐代变文、宋元话本以及戏曲等产生了广泛的影响，也成为各种文艺形式创作题材的来源之一。《韩凭妻》、《董永》就是有唐变文《韩朋赋》、《董永》；《猴玃》就是传奇小说《白猿传》、《剪灯新话·申阳洞记》、话本《陈巡检梅岭失浑家》的本事；《搜神记》中的《杨林》就演变成唐传奇《枕中记》、《聊斋志异·续黄粱》等。《东海孝妇》的故事，构成了元杂剧《窦娥冤》的重要情节。可以说，无论从题材、情节、人物、结构等方面，魏晋志怪小说对后世文学都产

第一部分 六朝小说重要研究论著评介

生了巨大影响。

【评介】

侯忠义,男,出生于1936年,辽宁省大连人。1959年毕业于吉林大学中文系,同年到北京大学中文系任教,主要从事古籍文献的整理和教学工作,曾授《中国文学史》、《目录学概论》、《中国目录学史》等课程。1975年以后,主攻中国古典小说研究,1987年赴泰国朱拉隆功大学讲学,后任北京大学图书馆古籍整理研究室主任。曾兼任江苏省社会科学院文学所特约研究员、大连明清小说中心顾问、福建师范大学小说研究所顾问等。主要著作有《岑参集校注》、《金瓶梅资料汇编》、《中国文言小说书目》、《中国文言小说参考资料》、《中国文言小说史稿》、《汉魏六朝小说史》、《隋唐五代小说史》、《唐人传奇》、《侯忠义稗论》等,曾主编《古代小说评介丛书》、《明代小说辑刊》、《中国小说史丛书》、《中国古代稀见本小说丛书》、《中国历代小说辞典》,点校《绿野仙踪》、《荡寇志》等。发表的论文有《略论近代小说的历史分期及其特点》、《燕丹子辨析》、《搜神记简论》、《世说新语思想艺术论》、《文言短篇小说民族形式的几种特点》、《论抄书绿野仙踪及其作者》、《二刻醒世恒言初探》、《平话小说燕子笺之我见》。其中1981年与袁行霈先生合作出版的《中国文言小说书目》堪称小说学的奠基性著作。

《汉魏六朝小说简史》是侯忠义教授在北京大学中文系讲授《文言小说研究》讲稿的一部分。根据讲稿的内容与性质,题作《汉魏六朝小说简史》,公开发行。该书是较早对文言小说展开研究的小说史之一。《汉魏六朝小说简史》以史为经,以作家作品为纬,分为汉代小说、魏晋志怪小说、魏晋轶事小说、南北朝志怪小说、南北朝轶事小说五编。每部分主要从小说观念、该时期小说兴盛的原因、该时期小说的内容思想,艺术特点及对后世的影响来展开论述。该书对一些学术史上有争议的问题,也有涉及。另外,在论述品评作家作品时,时有新见,对读者加深对魏晋南北朝小说的认识甚有帮助。

改革开放以后,我国小说史的编撰与研究也取得了长足的进步。在20世纪70年代中期以后,中国小说史的编撰与研究也很快走向了正规化的道路，并且其编撰与研究的队伍也越来越庞大，学者编撰小说史的新的方式、方法、理论也层出不穷。这些也使得小说史学有了自己的独立品格，小说史的编撰与研究也越来越丰富多元。从1980年到1990年，仅仅十年的时间里，就出版了二十几部的小说史，其质量也比早期的小说史的编撰有大幅度的提高，并且此期的小说史不再是单一的通史，而是开始出现小说分类史、体裁史、题材史、断代史等样式的小说史。侯忠义的《汉魏六朝小说简史》是在这一时期取得成就最高的小说史之一。

关于小说的界定，向来有歧义。《汉魏六朝小说简史》根据古今结合的原则，从文学的角度，综合汉代人的小说理论，确定了小说这一文学样式的六大特点："一、小说的内容主要来自民间传说，'街谈巷语，道听途说'，是不符合大道、不见于经典的杂说和琐闻轶事。既有志怪，也有轶事题材。二、小说的形式是'丛残小语、尺寸短书'，即都是短篇。三、小说的性质，具有观赏性、传统性、知识性和说教性；对生活有指导作用。四、艺术上富有比喻、夸张、虚构等特点，具有生动和形象的色彩。五、作者（小说家）是能够合'丛残小语'、'近取譬论'的知识分子或小官吏，其中不少与方士有关。六、语言是书面文字，即文言文。"侯忠义先生认为，在汉代就已经"确定了我国文言小说的概念，它所包括的特点和内涵，成为一个规范，得到整个封建时代直至清末文言小说作家和学者的遵守和承认"。这是侯先生从整体上考察中国文言小说发展史之后得出的一个结论，是对多年来中国文言小说概念上的广义与狭义、古代与现代之争的一次廓清。在侯先生看来，我国文言小说的概念是统一的，从古至今如此，都包含在汉代人的小说理论（即六大特点）里。

《汉魏六朝小说简史》的特点是以史为经，以作家作品为纬，准确勾勒了汉魏六朝时期小说的创作轨迹，合理划分了小说发展的历史阶段，完整反映了六朝小说的概况，揭示了六朝小说的演进规律，构建了文言小说分类体系。《汉魏六朝小说简史》根据小说作品的内容和体裁把汉魏六朝小说分为志怪、轶事两类。按题材把志怪小说细分为三类：一类是记鬼怪灵异之事的"记怪类"，一类是记山川地理、遐方异物的"博物类"，一类是记求仙得道仙人、异人故事的"神仙类"。把轶事小说细分为三种类型：笑话类、琐言类、轶事类。侯忠义先生认为轶事小说中笑话、轶事内容大多来自民间，传说色彩比较浓厚；琐言则记统治阶级中的各种人物，纪实性较强。侯忠义先生的《汉魏六朝小说简史》以介绍和评价作品为主，把汉魏六朝小说分为志怪、轶事两种体裁分别加以论述，突出了文言小说的类型化特征，在鲁迅《中国小说史略》的基础上更进了一步。

侯忠义先生认为研究小说史，必须综括众因。该书详细阐述了社会政治、经济、文化、宗教对小说的影响，例如论及魏晋志怪小说兴盛的原因时，侯先生总结了以下几个方面的原因：一、巫风、方术的兴盛和传播。二、佛教的传播、佛经的翻译。三、孕育在各阶层中间的改良污浊社会、批判黑暗政治、追求自由爱情和幸福生活的进步思想。四、哲学思想上的唯物主义与唯心主义斗争。五、这个时期志怪小说的作家，主要是文人和方士。侯忠义先生认为志怪小说实为神话传说及寓言的继承和演变、史传的支流，又始终与宗教迷信有着密切的关系。所以研究志怪史，必须作全面的探讨，才能把六朝志怪小说的源流说清楚。

《汉魏六朝小说简史》注重考评作品的真伪、故事的来龙去脉、书籍的版本异同。例如对《燕丹子》成书年代的研究。《燕丹子》是古今争议较大的一部作品，历史上有不少人对此书做过考证，得其结论不一，侯忠义先生认为《燕丹子》叙述的重点和写法与《史记·荆轲列传》不同。一、《史记·荆轲列传》是写人物传记，以荆轲为主，记他的生平、经历。《燕丹子》以燕太子丹为中心线索，传记侧重于记述人物，小说则注意叙述故事。二、《燕丹子》情节丰富曲折，富有传奇色彩。《燕丹子》有四个情节是《史记·荆轲列传》中所没有的。如燕丹逃归经过、燕丹款待荆轲、荆轲阳翟买肉、荆轲秦宫行刺。三、《燕丹子》重细节描写。细节描写是小说区别于史传的重要标志之一，也是《燕丹子》与《史记·荆轲列传》的又一个不同点，《燕丹子》有精彩的细节描写如黄金投蛙、杀马进肝、玉盘盛手。四、《燕丹子》使用了比喻、夸张、反衬的手法。《汉魏六朝小说简史》从史料记载、材料来源、成书的时代氛围以及语言风格的角度考察了《燕丹子》，关于《燕丹子》的成书时代和文体问题，

《汉魏六朝小说简史》认为合理的推测是,《燕丹子》经过了一个较长时期的酝酿、创作过程,大约至东汉末年成书定稿,成为今天这个样子。作者也是本着"作品主体性"来介绍文言小说的,因而其书对资料的拥有与分析考证功夫是极深的,作品评析部分,以有影响的作家与作品为主,兼顾门类,重在评介,旁及源流;力图从文学的、历史文化的角度,多层次地评介中国古代小说,以开阔读者的视野。

此外,书中关于"魏晋志怪小说中的鬼神形象"的论述也非常精彩,"志怪小说中的鬼神与神话中的神怪已大异其趣。神话中的鬼神均有形,不能变化……而志怪小说中的鬼怪却常常没有一定的形状,善变化,人鬼相杂,鬼神难辨;鬼既害人,又可爱人,既可偷吃东西,与人吵架,又可互相聊天,甚至谈情说爱。所以志怪小说中的鬼神有浓厚的人情味,和浓烈的现实精神,与后代所谓害人之鬼不同"。

侯忠义教授的《汉魏六朝小说简史》详细介绍了汉代小说理论对中国小说史的影响,以及魏晋小说对中国古代小说的哺育作用,构建了文言小说的分类体系,对各流派做了精当的评析,在探讨六朝小说自身发展规律的同时,注意到宗教、社会经济文化对小说创作的影响。此书资料丰富、分析考证功夫极深,在文言小说史上算得上是功底极厚的小说史之一了。

侯忠义六朝小说研究主要论著:

①《中国文言小说书目》,北京大学出版社1981年版。

②《中国文言小说参考资料》,北京大学出版社1985年版。

③《中国历代小说辞典》(第一卷、先秦至唐、五代),云南人民出版社1986年版。

④《汉魏六朝小说简史》,辽宁教育出版社1992年版。

(夏习英)

陈文新《六朝小说》

【引文】

前　言

　　魏、晋、南北朝是中国笔记小说的黄金时代。无论是志怪小说，还是轶事小说，都取得了前无古人的辉煌成就。

　　"文各有体，得体为佳。"各种文体，其职能是并不一样的。不但与传奇小说相比，笔记小说有其独特的文体规范，而且，在笔记小说的领域之内，志怪与轶事的审美追求也是泾渭分明的；更进一步地说，志怪中的"博物"体、"拾遗"体、"搜神"体，轶事中的"琐言"体、"排调"体、"逸事"体，也各有不同的旨趣。为了帮助读者领略和把握六朝笔记小说的审美特性及其演变线索，《前言》将分别对志怪小说和轶事小说的文体职能加以探讨、说明。

志怪三体

　　从汉至唐，志怪长期隶于史部，直到宋欧阳修等纂《新唐书·艺文志》，才将其归属于子部小说家类。从渊源上看，志怪小说的确是从史书中分化出来的。刘知幾《史通·书志》云："古之国史，闻异则书。"《史通·书事》又云："三曰进怪异……幽明感应祸福萌兆则书之……若吞燕卵而商生，启龙漦而周灭，厉坏门以祸晋，鬼谋社而亡曹，江使返璧于秦皇，圯桥授书于汉相，此则事关军国，理涉兴亡，有而书之，以彰灵验，可也。"清冯镇峦《读聊斋杂说》："千古文字之妙，无过《左传》，最喜叙怪异事，予尝以之作小说看。"近代陆绍明《月月小说发刊词》："《周易》、《春秋》，好言灾异，则《周易》、《春秋》亦有小说野史之旨。"史书中含有志怪的成分，看来没有疑问。

不过,《周易》、《春秋》、《左传》、《史记》等毕竟不是"小说",因为:一、作者记叙怪异的目的不是为了愉悦读者,而是"事关军国"、"理涉兴亡",是为了预示或验证重大的历史事变。二、其体例以人事为经纬,怪异只是人事的附属成分。因此,志怪故事从史乘中分离出来成为志怪小说,必须在创作目的和体例两方面均具备独立的品格。以这个标准来衡量,战国时代的《汲冢琐语》、《山海经》等,标志着志怪小说的初步阶段,可视为准志怪小说;两汉的《括地图》、《神异经》、《洞冥记》、《十洲记》等属于基本成熟的志怪小说;魏晋南北朝是志怪小说的黄金时代,诞生了《博物志》、《搜神记》、《拾遗记》等彪炳史册的名著。它们是三个不同类型志怪的代表作。对这三大类型,我们即分别名之为"搜神"体、"博物"体、"拾遗"体。

1. "搜神"体

"搜神"体是志怪小说的主要形式。干宝的《搜神记》、署名陶潜的《搜神后记》、刘义庆的《幽明录》、刘敬叔的《异苑》等是这一类型的代表作。

"搜神"体发轫于汉末陈实的《异闻记》,经过魏文帝曹丕《列异传》的发展,至东晋初干宝《搜神记》问世,"搜神"体在志怪小说中确立了其主导地位。

"搜神"体在写法上与正史的区别至为明显。北宋以前,正史的体裁主要分为三种:一为编年体,如《左传》;一为纪传体,如《史记》;一为国别体,如《国语》。其中,司马迁所开创的人物传记体尤为学者文人所青睐,两汉时即已蔚为壮观。明焦竑《国史经籍志》卷三传记类序云:

传记,列传之属也,纪一人之事。

流风遗迹,故老所传,史不及书,则传记兴焉。如先贤、耆旧、孝子、高士、列女,代有其书;即高僧、列仙、鬼神、怪妄之说,往往不废也。

诸如刘向的《列女传》、《列士传》、《孝子传》,嵇康的《高士传》,均为广泛流传之作。它们的行文格局是,在记叙一人之事迹时,务求详备,首尾贯通。因此,尽管这类著述多因"虚不可信"而被后人视为"小说",但其写法却严格遵循史家套路。"搜神"体则不事完整和长度,一个片断,一幅素描,就足够了。这是标准的笔记小说的写法,所以它们多以"记"为名。《列异传》虽以"传"名书,却并不谨守"传"的规范,如《望夫石》:

　　武昌阳新县北山上有望夫石,状若人立者。传云昔有贞妇,其夫从役,远赴国难,妇携弱子,饯送此山,立望而形化为石。

　　摆脱了系统化的叙事,其笔致便分外轻盈。

　　"搜神"体为古代叙事模式的开拓所作的一个贡献是:它大量采用了第三人称限制叙事。一个故事必须有一个讲述人。现代西方的小说批评家认为这一要素的地位甚至超过了人物、情节与主题。中国的正史中,叙事者扮演了无所不在的第三人称目击者的角色,历史人物的一切言行(除了心中所想与"密语")他都了如指掌。但"搜神"体作家放弃了这一特权。他们记述的是奇闻怪事,为了使读者相信,有必要提供一个见证人。于是,第三人称限制叙事应运而生。我们来看一个实例,《搜神记》卷十九《张福》:

　　鄱阳人张福船行,还野水边。夜有一女子,容色甚美,自乘小船来投福,云:"日暮畏虎,不敢夜行。"福曰:"汝何姓?作此轻行,无笠雨驶,可入船就避雨。"因共相调,遂入就福船寝。以所乘小舟,来福船边。三更许,雨晴月照,福视妇人,乃是一大鼍,枕臂而卧。福惊起,欲执之,遽走入水。向小舟,是一枯槎段,长丈余。

　　所谓第三人称限制叙事,意味着作者只能从"这个人物"那里得到信息,作者不能告诉读者"这个人物"所不知道的东西。在上例中,"这个人物"是张福。我们随着他来到野水边,我们通过他的眼睛见到鼍怪的前后表演;作者仍然是叙事者,但不再能对事件进行"全知"的描述——张福以为鼍怪是一"容色甚美"的"女子",于是作者也只能照他的看法叙述;他最终明白了"女子"是鼍怪,作者也跟着他恍然大悟。作者没有告诉读者任何一点张福所不清楚的情况。《搜神后记》卷一《桃花源》、卷六《张姑子》、《异苑·大客》等,均遵循这一规范。作家有意限制自己的叙事权力,这就增强了可信性。

"搜神"体所向往的风格是"简淡"、雅饬。回顾一下《四库全书总目提要》对其中几部代表作的评价是必要的:

(《搜神记》)叙事多古雅。

(《搜神后记》)文辞古雅。

(《异范》)词旨简澹,无小说家猥琐之习。

古雅简澹,跟正史的凝重厚实便迥然不同。钱钟书《中国诗与中国画》中曾经指出:"据中国文艺批评史看来,用杜甫的诗风来作画,只能达到品位低于王维的吴道子,而用吴道子的画风来作诗,就能达到品位高于王维的杜甫。中国旧诗和旧画有标准上的分歧。"何以"神韵派"在画中被视为第一流,而在诗中却只能被视为第二流呢?这根植于诗、画的不同审美指向。"诗言志",以入世精神为骨,因而格外推崇杜甫的诗风;画则是为了安顿观赏者的心灵,以超尘脱俗为上,因而格外推崇王维的画风。诗、画的这种差异也可延伸到正史与"小说"的对比中来:正史"资治","小说""消闲",故正史讲求凝重,而"小说"则务必淡雅。"搜神"体臻于这一境界,因而成为志怪小说的正宗。从选材看,"搜神"体广泛采集"古今神祇灵异人物变化"。以《搜神记》为例,仙人法术、神灵感应、妖祥卜梦、物怪变化、鬼的生活、神话传说等等,无不涉及,其中又以仙、鬼、怪形象为核心。这与"拾遗"体、"博物"体颇有区别。

2. "博物"体

"博物"体源于先秦的地理学和博物学。夏禹治水,"定高山大川",这是古代中国人在生产生活中运用地理博物知识的较早尝试,因而一向被视为地理博物学的起点。《论衡·别通》:"禹、益并治洪水,禹主治水,益主记异物,海外山表,无远不至。"《列子·汤问》:"大禹行而见之,伯益知而名之,夷坚闻而志之。"至周代,还专门设立了与山川道里、土地物产、外邦异域有关的机构,如天官冢宰、地官司徒、春官宗伯、夏官司马、秋官司寇、冬官司空。根据这些机构所收集的资料,后人编写成《禹贡》、《周礼·职方氏》及《周书·职方解》等地理博物著作。

战国时代《山海经》的问世,标志着准"博物"体志怪的产生。其特征是:外表还是记地理、物产,但"好怪而妄言",充满了荒诞的内容。正如《四库全书总目》史部地理类序所云:"古之地志,载方域、山川、风俗、物产而已。其书今不可见,然《禹贡》、《周礼·职方氏》其大较矣……若夫《山海经》、《十洲记》之属,体杂小说。"

汉代的《神异经》、《十洲记》已是成熟的"博物"体志怪。魏晋南北朝的《博物志》、《玄中记》、《述异记》则是"博物"体志怪高峰期的作品,而以《博物志》成就较高。其作者张华(232—300),在当时以"博物洽闻"著称。从创作目的看,"博物"体小说旨在满足读者对无垠的空间世界的神往之情。古罗马的柏拉图派哲学家和修辞学家郎吉努斯认为,文学形式的力量不是来自技术规则和分析,而是来自更为深刻的东西——激情,来自作者对超越现实世界之外的事物的神往,对无垠世界、大洋、星星和埃特纳火山所喷射火焰的神往。真正的东西一定是精神性的,它使听者心醉神迷,使其变得像马一样,奔腾跳跃,甚至使其幻想自己是所听到之物的创造者。的确,对美的热爱是超感觉的思念故园。一本正经的面容不会像表情丰富的面容那样使我们陶醉。"博物"体作家在静默中观照幻象,也热爱幻想,并依靠其内在的、能看到幻象的官能去创造幻象。人类的视野和认识本来被禁锢在狭小的令人窒息的空间中,一旦窗户敞开,使之得以眺望远方异域,怎么不令读者兴奋和沉醉呢?"博物"体志怪的魅力首先即在于此。其中的那些最著名的故事,也最充分地满足了读者自由地不受限制地驰骋于空间中的需要,如《博物志》卷八《八月槎》:

旧说云天河与海通。近世有人居海渚者,年年八月有浮槎去来,不失期。人有奇志,立飞阁于查(通"槎")上,多赍粮,乘槎而去。十余日犹观星月日辰,自后茫茫忽忽亦不觉昼夜。去十余日,奄至一处,有城郭状,屋舍甚严。遥望宫中多织妇,见一丈夫牵牛渚次饮之。牵牛人乃惊问曰:"何由至此?"此人具说来意,并问此是何处,答曰:"君还至蜀郡访严君平则知之。"竟不上岸,因还如期。后至蜀,问君平,曰:"某年月日有客星犯牵牛宿。"计年月,正是此人到天河时也。

读者借助作品的描述进入银河系,那是多么令人振奋的人生情态。

　　与创作目的相联系,在题材上,"博物"体志怪以"异物"即远方珍异为主。《山海经》记叙了形形色色的山川道里物产及远国异民;《神异经》"略于山川道里而详于异物"①;《十洲记》热衷于向读者介绍道家的大丘灵阜、真仙神宫、仙草灵药、甘液玉英、奇禽异兽;《博物志》以"物"名书,堪称画龙点睛。"博物"体所展开的"异物"世界是不乏奇妙之处的,如《神异经》:

　　南方大荒有树焉,名曰如何。三百岁作花,九百岁作实。花色朱,其实正黄。高五十丈,敷张如盖。叶长一丈,广二尺余,似管苎,色青,厚五分,可以絮,如厚朴材。理如支,九子,味如饴,实有核,形如棘子。长五尺,围如长。金刀剖之,则酸,芦刀剖之,则辛。食之者地仙:不畏水火,不畏白刃。

　　其设想,其风韵,颇有异国情调。

　　从体例看,"博物"体以方位的移换为依托。不妨浏览一下《山海经》的总目,共十八卷:

　　南山经第一

　　西山经第二

　　北山经第三

　　东北经第四

　　中山经第五

　　海外南经第六

　　海外西经第七

　　海外北经第八

　　海外东经第九

　　海内南经第十

　　海内西经第十一

　　海内北经第十二

　　海内东经第十三

　　大荒东经第十四

---

① 鲁迅:《中国小说史略》第四篇。

大荒南经第十五
大荒西经第十六
大荒北经第十七
海内经第十八

《隋史》、《唐书》诸志，皆以《山海经》为地理书之冠，并非毫无理由——至少其体例与地理著作非常一致。《神异经》、《十洲记》亦多次被收入地理类。《神异经》共九篇，依次分述东、东南、南、西南、西、西北、北、东北等八荒及中荒的山川道里、神灵异人、草木飞走。《十洲记》历述祖洲、瀛洲、玄洲、炎洲、长洲、元洲、流洲、生洲、凤麟洲、聚窟洲、沧海岛、方丈洲、扶桑、蓬丘、昆仑的奇珍异宝。《博物志》的体例复杂一些，但正如崔世节《博物志·跋》所说："天地之高厚，日月之晦明，四方人物之不同，昆虫草木之淑妙者，无不备载。"方位的移换仍是其体系所本。

从写法看，"博物"体是从地理书发展来的，重在说明远方珍异的形状、性质、特征、成因、关系、功用等，意在使读者清楚明白地把握对象，所以，生动的描写较之曲折的叙事是更重要的。与此相关，"博物"体可以利用图画来加强直观性，如《山海经》，王应麟《王会补注》引朱熹语云："《山海经》记诸异物飞走之类，多云东向，或云东首，疑依图画而述之。"明胡应麟《少室山房笔丛·四部正讹（下）》亦云："经载叔均方耕，欢兜方捕鱼，长臂人两手各操一鱼，竖亥右手把算，羿执弓矢，凿齿执盾，此类皆与经事之词大异。近世坊间，戏取《山海经》怪物为图，意古先有斯图，撰者因而纪之，故其文义应尔。"晋陶渊明《读山海经》诗所谓"流观《山海》图"，不是随便写的。

《神异经》是否配有图画不得而知。但其中"状似虎"、"状如人身"、"其状如鸡"一类的陈述方式，突出的仍是对象能够画出的特征。《十洲记》中，"有鸟如乌状"、"形似偃盆"的句型以及对色彩、距离的强调，用意亦同。莱辛《拉奥孔》在谈到绘画或造型艺术与诗歌或文字艺术在功能上的区别时指出，绘画宜于表现物体或形态，而诗歌宜于表现动作和情事。这一对比似也适用于"博物"体与"搜神"体："博物"体注重表达空间里的景象平列，"搜神"体注重展示时间上的情节延续。所以，就故事性而言，"博物"体是不能与"搜神"体一较长短的。唐琳《博物志·序》称《博物志》"虽多奇闻逸事，而简略不成大观"，如果这是批评《博物志》的故事性不强，那是不太合适的。因为"博物"体本不以叙事见长，它的优势在于刻画事物。

"博物"体偏于刻画空间中的"异物"，这限制了它在题材上向"搜神"体的延伸（"八月槎"已是"搜神"体的写法，但其题材特征依旧是"博物"体的）；同时，地理书的说明力求简洁，这一传统延续下来，遏制了"博物"体在描写方面过于繁缛的辞赋化倾向（《十洲记》已热衷于穷妍极态、镂金错彩，再发展一步即成为"拾遗"体了）。因此，"博物"体在题材选择及表现手法方面受到较大制约，其发展潜力较"搜神"体为小。后世的"博物"体名作，仅唐段成式《酉阳杂俎》一部；北宋初陶毅《清异录》、宋李石《续博物志》、明游潜《博物志补》，只是强弩之末，聊备一格而已。

3. "拾遗"体

"拾遗"体以晋王嘉《拾遗记》为代表，它是杂传、"博物"体、"搜神"体三者在辞赋的藻饰之风濡染下结合而成的。

藻饰之风对"博物"体志怪的侵袭在东汉初郭宪的《洞冥记》中便已非常明显。《洞冥记》，又称《汉武洞冥记》、《汉武帝别国洞冥记》、《别国洞冥记》、《汉武帝列国洞冥记》。其主体内容是"绝域遐方"的"珍奇异物及道术之人"。郭宪辞藻丰缛，迥异于《山海经》、《神异经》的简古朴质，如卷四《丽娟》：

> 帝所幸宫人名丽娟，年十四，玉肤柔软，吹气胜兰。身轻弱，不欲衣缨拂之，恐体痕也。每歌，李延年和之，于芝生殿唱《回风》之曲，庭中花皆翻落。置丽娟于明离之帐，恐尘垢污其体也。帝常以衣带系丽娟之袄，闭于重幕之中，恐随风而去也。丽娟以琥珀为佩，置衣裙里，不使人知，乃言骨节自鸣，相与为神怪也。

《洞冥记》在受到藻饰之风濡染的同时，还显示出"博物"体与杂传融合的迹象：书名《汉武洞冥记》，其体例亦以汉武求仙为线索，将种种"异物"加以集中、排比，故《中兴书目》概述此书为"载武帝神怪事"①。

著述年代不详的《汉武故事》（有班固或王俭作等说法）也是将杂传、"博物"体、"搜神"体融合的产物。该书又名《汉武帝故事》。杂记汉武帝一生的遗闻轶事，尤以求仙事迹为多。其中穿插了不少描写"异物"的片断，如：

> 王母遣谓帝曰："七月七日，我当暂来。"帝至日，扫宫内，然九华灯。七月七日，上于承华段斋。日正中，忽见有青鸟从西方来，集殿前。上问东方朔，朔对曰："西王母暮必降尊像，上宜洒扫以待之。"上乃施帷帐，烧兜末香——香，兜渠国所献也。香如大豆，涂宫门，闻数百里，关中尝大疫，死者相系，烧此香，死者止。《汉武帝内传》与《汉武故事》的形态相近。

王嘉的《拾遗记》将杂传、"博物"体、"搜神"体、藻饰等因素更为成熟地融汇为一，"拾遗"体遂与"搜神"体、"博物"体鼎立而三。《拾遗记》的外在框架是杂史和传记型的，前九卷以历史年代为经，卷一记庖栖、神农、黄帝、少昊、高阳、高辛、尧、舜八代事；卷二至卷四记夏至秦事；卷五、卷六记汉事；卷七、卷八记三国事；卷九记晋及石赵事。最后一卷即第十卷则采用"博物"体的著述方式，依次记叙昆仑、蓬莱、方丈、瀛洲、员峤、岱舆、昆吾、洞庭八座名山的奇异景物。

王嘉擅长将"搜神"体的叙事与"博物"体的描写结合，并运之以丰富多彩的辞藻，绚烂夺目。如卷六《后汉》记佘光祠：

> 灵帝初平三年，游于西园，起裸游馆千间，采绿苔而被阶，引渠水以绕砌，周流澄澈，乘船以游漾。使宫人乘之，选玉色轻体者，以执篙楫，摇漾于渠中。其水清澄，以盛暑之时，使舟覆

---

① 《玉海》卷五八引。

没,视官人玉色,又奏《招商之歌》,以来凉气也。歌曰:"凉风起兮日照渠,青荷昼掩叶夜舒,惟日不足乐有余,清丝流管歌玉凫,千岁万岁喜难逾。"渠中植莲,大如盖,长一丈,南国所献,其叶夜舒昼卷,一茎有四莲丛生,名曰"夜舒荷"。亦云月出则舒也,故曰"望舒荷"。

叙事、描写的技巧,已相当高。胡应麟《少室山房笔丛·四部正讹(下)》云:"《拾遗记》……中所记无一事实者。皇娥等歌,浮艳浅薄,然词人往往用之,以境界相近故。"《拾遗记》的情调确与古典诗(即胡应麟所谓"词")相通,优美、精致,并不乏神秘、感伤气氛。通过运用各种奇异的幻想,并通过他那种生动的笔墨,以引起读者的快感,充实我们的心灵,王嘉做得是出色的。

在志怪小说中,"拾遗"体算不得正宗。它其实更近于后来的唐人传奇。但这并不影响它在小说史上的地位。因为,文学的发展动力往往来自于那些非正宗的东西。志怪小说不是一个彻底封闭的系统,志怪的各种体式以及志怪与杂传、辞赋,也不是互不相干的绝缘体。从辨体的角度看,必要的文体规范是作品存在的基本条件,文体规范的限制对任何作家、在任何时代都是不可避免的,不然,各种文体的区别就无从谈起;但同时,文体特征的稳定性和规范性又并非固定的框架,文体之间的区别只是相对而言,它们之间的互相吸取补充,正是促进各种体裁文学发展的途径之一。"拾遗"体借鉴杂传、"博物"体、"搜神"体以及辞赋的手法,摹景状物,细腻丰满,渲染气氛,情味浓郁,对唐人传奇的产生无疑有直接影响。程毅中《唐代小说史话》第二章认为:"唐代传奇,从题材上说源出于志怪,而从体裁上说则源出于传记","而最早的作品,当追溯到魏晋南北朝","如《赵飞燕外传》、《神女传》、《杜兰香别传》等,就可以看作传奇文的早期作品,与六朝志怪已经有所不同。"而从整体上看,"拾遗"体为唐人传奇"导夫先路"之功也许更突出些;由此追溯传奇小说的形成轨迹,线索可能会更清晰些。

>>> 第一部分　六朝小说重要研究论著评介 <<<

轶事小说之"轶"

1. 轻实用而重情趣的总体原则

古代的轶事小说,萌芽于先秦,发展于两汉,而成熟于魏晋南北朝。作为其成熟标志的,便是赫赫有名的《世说新语》。关于《世说新语》的创作宗旨,从古至今,人们已经说了很多,还是胡应麟《少室山房笔丛·九流绪论(下)》的一句话最得其神髓:《世说》以玄韵为宗,非纪事比。这就明确地把《世说新语》与"纪事"的历史著作区别开来了。

那么,什么是玄韵?

《世说新语》一再提到"玄韵",如"风韵"、"高韵"、"风气韵度"、"大韵"等,所有这些都与人伦鉴识有关,"指的是一个人的情调、个性,有清远、通达、放旷之美";① 魏晋时的人伦鉴识,又以玄学为其基石。因此,"玄韵"的含义其实就是:玄学的生活情调。

刘义庆以展示玄学的生活情调为中心,这种创作观是对中国史学传统的超越,即超越了实用的目的而旨在陶情。所以,正如鲁迅《中国小说史略》第七篇《〈世说新语〉与其前后》所指出:"记人间事者已甚古,列御寇韩非皆有录载,唯其所以录载者,列在用以喻道,韩在储以论政。若为赏心而作,则实萌芽于魏而盛大于晋,虽不免追随俗尚,或供揣摩,然要为远实用而近娱乐矣。"

由《世说新语》所确立的"远实用而近娱乐"的轶事小说的原则,一向为后世作者所奉行。宋代是轶事小说取得辉煌成就的时期,其作者曾以不同的措词谈到他们的写作目的乃是为了"消闲",比如王辟之《渑水燕谈录·序》:"今且老矣……间接贤士大夫谈议,有可取者,辄记之,久而得三百六十余事,私编之为十卷,蓄之中橐,以为南亩北窗、倚仗鼓腹之资,且用消阻志、遗余年耳。"欧阳修《归田录·自序》:"《归田录》者,朝廷之遗事,史官之所不记,与夫士大大笑谈之余而可录者,录之以备闲居之览也。"周辉《清波杂志·自序》:"辉早侍先生长者,与聆前言往行,有可传者……暇日

---

①　徐复观:《中国艺术精神》,春风文艺出版社1987年版,第152页。

因笔之,非曰著述,长夏无所用心,贤于博弈云。"所谓"消闲",并非无聊,并非内心空虚,而是轻实用,重情趣。对于轶事小说作家来说,作品是写给自己看的,是写给亲朋好友看的,茶后酒边聊资谈助"因此只是随笔写去,如'秀才撰写家书'不太注意技巧。笔下清新活泼,自饶风致,不缺乏幽默感,也有说得很俏皮的话,则是作者性情的自然流露,不是做出来的"①。简洁地说,轶事小说以悠然为创作的最高境界。不必板着面孔代圣贤论道,也不必煞有介事地言志,态度比较洒脱,用笔比较随意。它首先是重情趣的艺术。这不是勉力为之,然而却又是集人生精华之大成。一段笑话,一件趣事,一句名言,都不妨舒展成篇。

到此为止,我们已经能够发现,轶事小说的情趣主要是通过"资谈助"的方式为读者感受到的。《四库全书总目提要》在评定《世说新语》的价值时,就是从这个角度来加以把握的:"皆轶事琐语,足为谈助。"出于"资谈助"的内在需要,轶事小说通常不对生活提出批评,尤其不能让党派偏见渗入其中。《世说新语》曾经设有"俭啬"、"忿狷"、"谗险"、"尤悔"、"纰漏"、"惑溺"、"仇隙"等门类,含有批评生活的意味,但清初王晫的《今世说》,就果断地将这些门类删去了;宋代的轶事小说作家更明确地提出了不介入士大夫毁誉的方针,如欧阳修《归田录》自序称其写作宗旨依仿唐李肇《国史补》,"而小异于肇者,不书人之过恶。"沈括《梦溪笔谈·自序》也说:"圣谟国政,及事近宫省,皆不敢私记。至于系当日士大夫毁誉者,虽善亦不欲书,非止不言人恶而已。所录唯山间木荫,率意谈噱,不系人之利害者。"文学史上确曾出现过几种含有党派色彩的轶事小说,象宋代叶梦得的《避暑录话》、蔡絛的《铁围山丛谈》,但也正因此而招致了批评;至于因科举不得志而诋诃时人以泄愤的魏泰的《东轩笔录》,更被后世引以为戒。轶事小说对情趣的重视及其"资谈助"的传播方式要求它的内涵既轻松又纯净。

2. 轶事小说的特殊情趣

中国古代的文言小说,就其共性而言,都属于重情趣的艺术。

---

① 汪曾祺:《读一本新笔记体小说》,光明日报 1990 年 2 月 13 日。

"小说"之"小",正意味着在旧时代的意识形态的殿堂里,它是"无关宏旨"的著述,是怡情悦性的读物。

然而,文言小说各个支类所追求的情趣却是大不一样的,它们不能互相取代,只能互相补充。那么,轶事小说与志怪小说、传奇小说有什么不同呢?

a. "异闻"与"轶事"

志怪小说的美感魅力来源于它的"异闻",或者说,"广异闻"是志怪小说的主要使命。对神秘事物的热爱是超感觉的思念故园。一本正经的面容不会象表情丰富的面容那样使我们陶醉,同理,习以为常的事物不会象超越日常现实的事物那样使读者心醉神迷。一些志怪作家如干宝等对此充满自信,毫不犹豫贯彻了自己的艺术原则。干宝将《搜神记》的选材范围拟定为"撰记古今怪异非常之事"①,而宣称其艺术目标是使"好事之士"有以"游心寓目"②;唐代段成式在《酉阳杂俎·自序》中提出"志怪小说"的创作是将"怪"与"戏"融为一体,亦即凭借颖异的故事给读者带来快乐。

轶事小说的美感魅力则来源于它的"轶事",或者说,"记轶事"是轶事小说的主要使命。回忆常常能够带给我们一种令人陶然的温馨:那些已经消逝的时间和空间中的人物、风俗、社会生活的一鳞半爪,提起来如旧梦一般的轻盈飘渺,而先辈风流经过岁月流逝的苍凉感的润色,也更令人思慕与怅惘。这正是轶事小说受到欢迎的根本原因。明胡应麟《少室山房笔丛·九流绪论(下)》是这样谈论阅读《世说新语》的感受的:"刘义庆《世说》十卷,读其语言,晋人面目气韵,恍惚生动;而简约玄澹,真致不穷,古今绝唱也……怅望江左风流,令人扼腕云。"明人所编《五朝小说》的序言,在谈到宋代轶事小说时也说:"唯宋则出士大夫手,非公余纂录,即林下闲谭。所述皆生平父兄师友相与谈说,或履历见闻、疑误考证,故一语一笑,想见先辈风流。"

轶事小说的对先辈风流的思慕与志怪小说的对神秘事物的兴趣,

---

① 干宝:《进搜神记表》。
② 干宝:《搜神记序》。

这是两种不同的境界，如同古体诗的浑厚与绝句的轻倩是两种不同的境界一样，任何将二者混淆在一起的做法都是不恰当的。所以，轶事小说作家李肇在《国史补·序》中强调："言报应，叙鬼神，征梦卜，近帷箔，悉去之；纪事实，探物理，辨疑惑，示劝戒，采风俗，助谈笑，则书之"。清周中孚《郑堂读书记》认为李肇的小说体例严格，推崇它"在唐人小说中，最为近正"。而若干违反这一原则的轶事小说如唐李德裕《次柳氏旧闻》则受到《四库全书总目提要》和《郑堂读书记》的一致批评。

b."风流"与"儒雅"

朱自清《文学的标准与尺度》曾将中国传统文学的美感特征概括为"儒雅风流"："载道或言志的文学以'儒雅'为标准，缘情与隐逸的文学以'风流'为标准。有的人'达则兼济天下，穷则独善其身'，表现这种情志的是载道或言志。这个得有'正其谊不谋其利，明其道不计其功'的报负，得存'怨而不怒'、'温柔敦厚'的涵养，得用'熔经铸史'、'含英咀华'的语言。这就是'儒雅'的标准。有的人纵情于醇酒妇人，或寄情于田园山水，表现这种情志的是缘情或隐逸之风。这个得有'妙赏'、'深情'和'玄心'，也得用'含英咀华'的语言，这就是'风流'的标准。"这一概括稍加变通也适用于文言小说：轶事小说偏重于"儒雅"，传奇小说偏重于"风流"。

传奇小说的"风流"，大体呈现为三个侧面：热衷于描写才子佳人的遇合，一种浪漫的超凡脱俗的爱情；迷恋豪侠的粗犷奔放的人格；推崇隐士的高风逸调。这只要浏览一下唐人传奇的名篇像《柳氏传》、《莺莺传》、《霍小玉传》、《李娃传》、《柳毅传》、《冯燕传》、《谢小娥》、《昆仑奴》、《红线》、《枕中记》、《南柯太守传》等，就能获得基本完整的印象。

在轶事小说中，唐人传奇所集中展现的三个侧面，被安置在什么样的位置上呢？

应该说，大部分轶事小说作家对爱情的见解都绝不迂腐，绝无道学气。东晋葛洪《西京杂记》叙及卓文君与司马相如的越礼放诞之事；《世说新语》中的"韩寿偷香"，后世传为佳话；宋代轶事小说亦记载了生活中的若干爱情片断,如范公偁《过庭录·刘贡父》、周密《齐东野语》卷二十《台妓严蕊》;这都说明了作者的通达。

但轶事小说作家对爱情的处理毕竟大不同于传奇体作家。首先,轶事小说作家只把爱情视为整个人生的一个局部,它不能覆盖或取代人生的其它内涵更为丰富的侧面。象欧阳修、沈括、周密等,大都具有稳重的现实感,注重情感的平衡、健全。他们既不将男女之大欲视为洪水猛兽,也不赞成将爱情摆在高于一切的位置。面对唐人传奇中联篇累牍的"佳话",他们也许感到腻味,感到轻重失当,感到气力花得不是地方。所以,"佳话"在轶事小说中分量是不重的,而唐代裴铏的《传奇》,三十一篇中就有十来篇以爱情为主或涉及男女爱情。轶事小说作家更关心百姓日用、民俗淳浇、风土人情,关心原始儒家如孔子等曾关心的人格的修养,志趣的涵茹,言谈的幽默,一句话,那些有助于使我们的日常生活更完善的智慧,他们一概纳入心中眼底。王辟之《渑水燕谈录》,分十七类:帝德、说论、名臣、知人、奇节、忠孝、才识、高逸、官制、贡举、文儒、先兆、歌咏、书画、事志、杂录、谈谑等,由此可发现轶事小说中人生层面的广泛。

其二,轶事小说作家一般只把爱情视为心理生理健全的人正当而平凡的欲求,爱情并不神秘。既然它只是"寻常境",也就不必过分渲染,致使离生活的朴素面貌太远。纵观轶事小说,我们注意到若干现象,比如,它们写妓女与士人的交往,不只选择那些缠绵悱恻的片断,也注意揭露妓院中污秽、肮脏的一面;一些集中写妓女生活的专题性笔记,如孙棨《北里志》、梅鼎祚《青泥莲花记》、余怀《板桥杂记》等,主旨在于记录民情风俗,并不以香艳的爱情为核心。

传奇小说的迷恋隐士的高风逸调,迷恋豪侠的粗犷奔放,在很多情况下可视为对生命力的肯定。尽管侠偏于"狂",隐偏于"狷",但无论"狂"还是"狷",都蕴蓄着不同寻常的力度。所以,在传奇体小说中,我们不难看到一些如夏木荫荫般不可摧折、如非洲舞蹈般不可节制的性格。

轶事小说对于生命力的自然舒展也是极为欣赏的,比如《世说新语》就在《德行》、《言语》等门中激赏文人名士的疏放豁达的风度及隐逸情调,李肇《国史补》肯定张建封对"狂率"的容忍和

"刘颇偿瓮值"的侠义举动。但由于轶事小说作家偏重涵养,因此,在对待生命力的问题上,轶事小说与传奇小说的总体区别是显然的。

其一,轶事小说突出了智慧的重要性。

历史、社会、人生不是由生命力这唯一因素所决定的,"因为人不徒然是一有生命物而已,他还有较重要的思想,还有更重要的心灵","诚然,倘没有生命力便不会有任何成就。然生命力过于奔放,在人生必然造出许多过失,于己于人之损伤在所不免"。① 与生命力一样,智慧、伦理也是不可缺少的。我们感到,如果说传奇小说更热衷于生命力的弘扬,轶事小说则较多关心智慧与伦理的健全。

魏、晋、南北朝是一个重视内在智慧的时代,风度、言行作为内在智慧的外现才成为众所欣赏的对象。绘画艺术中的"以形写神",语言艺术中的"言不尽意",都强调"神"、"意"即思辨智慧的主导地位。魏晋风度的具体形态如药、酒、姿、容等,概由带玄学色彩的人格生发出来。所以,这时期的轶事小说以《世说新语》为代表,"乐旷多奇情","类以标格相高",富于"静"的哲学气质。甚至其中的笑话类作品如《笑林》也以"举非违,显纰缪",从反面启迪智慧为主。

宋以后的轶事小说也以表达人生智慧为核心。但已不是魏晋那种基于名理思辨的智慧,而是走向日常生活的掌故意味浓郁的智慧。或为"史官之所不记"的朝廷遗事,如欧阳修《归田录》;或多载"嘉言韵事",如王谠《唐语林》;或详于各地风俗及民间杂事,如庄季裕《鸡肋编》、周去非《岭外代答》,或记岁时娱乐、市井琐细,如周密《武林旧事》……其归趋是陶冶读者的情趣,使之臻于儒雅。

其二,轶事小说写生命力的弘扬,力戒浮躁骄矜,虚张声势。

传奇小说中的豪侠多是"狂生"型的:自负不浅,风度翩翩,一眼看去就让人感到非等闲之辈。这表明了作者对于气势的偏爱。而轶事小说家通常是在中年以后开始写"小说"的,在他们身上,生命力已由"狂"转化为"逸"。因此,其作品中的情绪,以闲适优雅、清静澹泊为主,回归常识,崇尚平淡;年轻人的热烈的青春气息

---

① 徐梵澄:《异学杂著》。

较少。

3. 艺术表达的明快、简约

轶事小说之"轶",呈现在艺术表达上,特征是追求明快、简约的风度。明快是相对"纪事"的历史著作而言的。中国古代的正史,肩负着沉重的政教责任,在严峻的道德、政治的背景之前,正史中的历史人物并不具有纯粹的个人身分,而是从属于家国或社会的一分子;对于他们的记载,不完全取决于其实际行为,而要视他在家、国中的责任、关系而定。比如《左传》宣公二年载,本来是赵穿杀了灵公。晋的史官董狐却写道:"赵盾弑其君。"赵盾不认账。董狐义正辞严地反驳他:"你是正卿,逃亡却不走出国境(如果走出国境,就算解除了与灵公的君臣关系),回朝以后又不讨伐赵穿(正卿理应讨伐逆臣,不讨伐,就意味着你是幕后操纵者),不是你弑君,那是谁?"孔子就此事评价说:"董狐,古之良史也,书法不隐;赵宣子(盾),古之良大夫也,为法受恶。惜也,越竟(境)乃免。"董狐的作法即所谓"微言大义"如此严峻、生硬,使读者隐隐感受到道德、政治的肃杀与肃穆。秦汉以后的历史学家,似未追随这一套路,但历史人物既然成为"明史"的工具,其自身的独立性及特殊性就必然受到限制。清赵翼《廿二史札记》卷七论令狐德棻等修的《晋书》,有云:"《郭璞传》不载《江赋》、《南郊赋》,而独载刑狱一书,见当时刑罚之滥也。""《张华传》载《鹪鹩赋》,殊觉无谓,华有相业,不必以此见长也"。确实,历史家注意的,是和历史有关的大局、大事、人物大节,在处理上,要有不同一般的剪裁和取舍。

轶事小说不然。既然意在"消闲",也就不必装腔作势,不必对接触到的事件、人物反复打量,左右权衡,看是否关乎大局。悠然、洒脱地切入生活,以展现生活的情趣为目标,所以轶事小说比正史来得明快、清新,以至于"昔人谓读《晋书》如拙工绘图,涂饰体貌,而殷、刘、王、谢之风韵情致,皆于《世说》中呼之欲出,盖笔墨灵隽,得其神似,所谓颊上三毛者也。"[1] 清代王晫在其《今世说·例言》中也旗帜鲜明地表示他与历史家的写法不同:"是集所列条

---

[1] 毛际可:《今世说·序》。

目,祗据刻本,就事论事,如此事可入德行,则入德行,可入文学则入文学,余皆仿此。乃有拘儒,欲指一事,概以生平,至罪予论不当者,请勿读是书。""拘儒"采取的是历史家的态度,轶事小说家则不必那么拘谨。

简约主要是相对唐人传奇而言的。志怪小说中的《搜神记》一类作品也以简约为其风格特征之一,但《拾遗记》等则铺陈缛艳;唐人传奇将缛艳的风格发展到了新的程度。在某种意义上,可以说,传奇旨在表达作者对色彩斑斓的想象的渴望。是的,梦想也许比智慧具有更多的美感与魅力。宇宙是一个有生命的实体,人则是一个小宇宙。世界,这个神圣不朽的存在,时时刻刻在赋予人类以生气。一颗卓越而如痴如醉的心灵,一旦进入活跃状态,便会产生充满诗意的幻想。传奇作家充分体会到审美活动的乐趣,因而爱以浓烈的色彩渲染激情,以无穷的不满足追求技巧。幻想、激情与有意识的技巧的结合,这便是缛艳。

轶事小说家却更自觉地向读者提供理性的快乐。他们所热爱的不是想象,而是智慧,智慧的形式化呈现即对称、秩序和明确性。高尚的娱乐与意义表述的清晰,二者的指向正是简约。所以,我们看到,从《世说新语》,经由《国史补》、《归田录》,直至清代的《今世说》,其作者无不悬简约为艺术的鹄的。它们与传奇体小说叙事风度的差异亦由此造成:传奇体繁,轶事体简;传奇热烈,轶事小说恬逸;传奇重才气,轶事小说重书卷气。

【评介】

陈文新,男,生于1957年8月,湖北公安人。1977年考入武汉大学,获得文学学士、文学硕士、哲学博士学位。1991年破格晋升为副教授,1995年破格晋升为教授,现为武汉大学教授、文学院博士生导师、武汉大学中国传统文化研究中心(教育部人文社会科学重点研究基地)副主任、武汉大学明清文学研究所所长,兼任《历代科举文献整理与研究丛刊》主编、《中国学术档案大系》主编、教育部哲学社会科学重大课题攻关项目《中国古代文学史》首席专家之一、《湖北省志》总纂委员会副总纂、中国俗文学学会副会长、中国明代文学学会理事、中国三国演义学会常务理事、中国水浒学会常务理事、中国西游记文化研究会理事、中国红学会理事等。主要研究方向为中国小说史和明清文学。主要著作有：《中国文学流派意识的发生和发展》、《明代诗学》、《中国文言小说流派研究》、《文言小说审美发展史》、《传统小说与小说传统》、《中国笔记小说史》、《中国传奇小说史话》。主编国家重点图书十八卷本《中国文学编年史》、《中华大典·文学典·明清文学分典·明文学部二》和大型图书《中国古代文学流派研究》等。公开发表学术论文近两百篇，其中数十篇为中国人民大学复印资料等刊物所转载。曾获首届中国出版政府奖、湖北省人文社会科学优秀成果奖等。多次赴海外讲学或出席学术会议，在海内外颇有影响。

《六朝小说》共收六朝小说三十七部。全书不分章节，而以作品为单元。每部作品包括两个组成部分：第一部分是对所选作者的生平事迹、作品主要内容、版本流传情况作一综合性题解，题解简明扼要、准确、全面，使读者在最短的时间内轻松地对六朝小说作家、作品有一个通盘的认识和总体把握。第二部分是每篇选文前先附题解，后附选文。每篇选文的题解对选文的评论是言之成理的，其中还不乏新颖的见解。

六朝小说研究始于20世纪初，鲁迅等老一辈学者对其作出了突出贡献。但是，在以后长达半个多世纪里，六朝小说研究发展十分缓慢。直到20世纪80年代以后，这种情况才有了很大改观，涌现出大量优秀的论文、专著。不过，对六朝小说的研究多集中在思想内容、艺术特点、小说理论、小说发展概况等方面，纯文献的收集、整理、研究十分薄弱，而文献收集整理是小说研究的一个极其重要的方面，是小说研究进一步深入的基石。陈文新教授以一人之力，孤军奋战，竟能编纂出《六朝小说》的巨帙小说集来，其魄力和毅力令人惊叹。《六朝小说》可谓是目前最大最全的六朝小说集之一。该书的编撰可说是一个非同寻常的文化基础工程。它为研究六朝的文学、语言和历史文化提供了一个理想的文本。

中国古代文言小说具有极其特殊和复杂的特性，但陈文新先生认为繁杂的文言小说其实"文各有体"，不同类型呈现出不同的审美取向和审美特质。以"辨体"为研究路径，陈文新先生不仅提出了文言小说的分类构想，还以此为基础揭示了不同类型文言小说的不同审美特征，而且沿波讨源，勾勒了各种不同类型的文言小说的发展流变。注重从辨体的角度考察问题，是《六朝小说》一书的主要研究方法之一，也是作者最重要的学术信念之一。为了帮助读者领略和把握六朝笔记小说的审美特性及其演变线索，《六朝小说》前言部分分别对志怪小说和轶事小说的文体职能加以探讨、说明。陈文新先生认为"文各有体，得体为佳"。各种文体，其职能是并不一样的。与传奇小说相比，笔记小说有其独特的文体规范，而且即使是在笔记小说的领域之内，志怪与轶事的审美追求也是截然不同的；更进一步地说，志怪中的"博物"体、"拾遗"体、"搜神"体，轶事中的"琐言"体、"排调"体、"轶事"体，也各有其不同的旨趣。陈文新先生身体力行，对文言小说进行的辨体研究已经取得了令人瞩目的丰硕成果，在这一领域具有典范的意义。

陈文新六朝小说研究主要论著：

① 《六朝小说》，文化艺术出版社1997年版。

② 《文言小说审美发展史》，武汉大学出版社2002年版。

③ 《中国文学流派意识的发生和发展》，武汉大学出版社2003年版。

④ 《中国文学编年史》，湖南人民出版社2006年版。

⑤ 《传统小说与小说传统》，武汉大学出版社2007年版。

（夏习英）

王枝忠《汉魏六朝小说史》

【引文】

绪 论

（一）"小说"一词的出现及最初的涵义

今天，小说已经成为一种最重要的文学体裁。按照通常的理解，它应该是指一种有人物、有情节的叙事文学形式。例如，1979年版的《辞海》对小说是这样下定义的："文学的一大类别，叙事性的文学体裁之一。以人物形象的塑造为中心，通过完整的故事情节和具体环境的描写，广泛地多方面地反映生活。但小说不同于其他叙事性作品，它可以运用各种描写、叙述方式和各种表现手法（如叙述事件的前因后果，描绘自然景物、社会环境、生活场景以及人物外貌、心理、言谈、举动和各种纠葛、关系等等），来生动地表现以人物活动为中心的社会生活各个方面。"可是，这种小说概念，并不是自古以来就有的，也不是一成不变的，而是长期发展演变的结果。实际上，在我国，最初的"小说"二字，其内涵和上述的定义相去甚远，甚至风马牛不相及。

从现有的资料记载来看，"小说"二字最早出现于战国时期的《庄子》一书中。此书《外物》篇里有这样一段话："任公子为大钩巨缁，五十犗以为饵，蹲乎会稽，投竿东海，旦旦而钓，期年不得鱼。已而大鱼食之，牵巨钩馅，没而下骛，扬而奋鬐，白若波山，海水震荡，声侔鬼神，惮赫千里。任公子得若鱼，离而腊之。自制河以东，苍梧以北，莫不厌若鱼者。已而后世轻才讽说之徒，皆惊而相告也。夫揭竿累，趣灌渎，守鲵鲋，其于得大鱼难矣；饰小说以干县令，其于大达亦远矣。"庄子是讲寓言、设比喻的行家里手，《庄子》

一书中充满了这一类的故事，上引的这段文字是其中最著名的一个例子。它的本意是要说明，如想通达大道，就要有相应的途径和手段。犹如钓鱼，要想获得大鱼，就应该像任公子那样，既有足够长大的钓具和饵料，又要到大海深处垂钓，还要十分耐心地守候、才能达到目的。那些手持小钓竿，守着小沟渎，以钓得小鱼为满足的人，是难于钓到大鱼的。于是，他得出结论说，那些想靠"小说"而得到"县令"的"轻才讽说之徒"，同样不可能实现"大达"的目的。很显然，这里的"小说"二字，庄子是在鄙之无甚高论的意义上使用的，也就是人们通常所说的琐屑的言论、浅薄的道理这个意思。可见，它与我们今天作为一种文学体裁形式的小说根本不是一回事。

值得注意的是，在先秦时期，尽管还有一些跟《庄子》里的"小说"二字意思相近的词语，如《论语·子张》中的"小道"、《荀子·正名》中的"小家珍说"之类，同样意在鄙薄某种学说卑微不足道，但是，却没有任何人像庄子一样使用"小说"二字。它表明，在那个时代，它们还没有组成为固定的语汇，《庄子》里的"小说"二字，纯属偶然的连用。同样的意思，不同的人是用不同的字眼来表达的。换言之，先秦时期还没有关于"小说"一词的固定含义，当然也就不可能有作为文体意义的小说概念，更没有把什么著作具体指为小说。

那么，如何解释某些被认为是产生于先秦时期的小说著作呢？这里要明确这样两点：

其一，现在那些被归入小说类的所谓先秦著作，其实绝大多数都并非出自先秦人之手，而是如许多论者反复证明了的那样，它们乃是纯由后人辑录而成，或者根本就是后人的伪托。例如，班固在《汉书·艺文志·诸子略》中于"小说家"类下列举了十五家一千三百八十（实为一千三百九十）篇，原文如下：

《伊尹说》二十七篇。（其语浅薄，似依托也。）
《鬻子说》十九篇。（后世所加。）
《周考》七十六篇。（考周事也。）
《青史子》五十七篇。（古史官记事也。）

>>> 第一部分　六朝小说重要研究论著评介 <<<

《师旷》六篇。（见《春秋》，其言浅薄，本与此同，似因托之。）

《务成子》十一篇。（称尧问，非古语。）

《宋子》十八篇。（孙卿道宋子，其言黄老意。）

《天乙》三篇。（天乙谓汤，其言非殷时，皆依托也。）

《黄帝说》四十篇。（迂诞依托。）

《封禅方说》十八篇。（武帝时。）

《待诏臣饶心术》二十五篇。（武帝时。）

《待诏臣安成未央术》一篇。

《臣寿周纪》七篇。（项国圉人，宣帝时。）

《虞初周说》九百四十三篇。（河南人，武帝时以方士侍郎，号黄车使者。）

《百家》百三十九卷。

这里除去明言"武帝时"、"宣帝时"，及按排列顺序来看，明显是汉代人所作者六种外，其余九种中就有六种连班固本人也不认为是出自先秦人之手，而指出乃系"后世所加"、"似依托也"、"似因托之"、"非古语"、"皆依托也"、"迂诞依托"。这样，在班固看来，真正称得上出自先秦的著作就只剩下《周考》《青史子》和《宋子》三种。实际上这三种也并没有什么坚实有力的证据表明确是作于先秦时期。退一步说，至少它们被视为小说，也是始自班固《汉书·艺文志》产生的那个时代，在这之前从来就没有什么人把它们归在小说的名下。而且，它们之确非小说，也是一目了然，勿庸置疑的。

其二，的确也有某些著作，例如《琐语》《穆天子传》和《山海经》，在后世被称作小说，它们出自先秦人之手也没有疑义。因为，《琐语》和《穆天子传》迟至晋代才出土于战国魏王墓中，《琐语》之名还是原有的；这两部书和《竹书纪年》等一起出土的著作都是用了"古文"① 或者"科斗（蝌蚪）文字"② 写成的，断为秦汉以

---

① 荀勖：《穆天子传序》。
② 杜预：《春秋左氏经传集解后序》。

前人所作向无争议。至于《山海经》一书,也是汉初即已正式载于史册,如《史记·大宛列传》:"至《禹本纪》《山海经》所有怪物,余不敢言之也。"至少可以肯定,在司马迁的时代便已有此书了。而据历代学者多方考证,大致可以确定它当成书于战国时期,只是经过了秦汉人的增益和窜改,所以有许多秦汉时才有的地名,如长沙、零陵、桂林、桂阳等,居然也在此书中出现了。

以上三种成书于秦汉以前的著作,明代以迄近世,确实也都被认为是最早的小说作品。不过,在先秦乃至秦汉以后相当长的一段时间里,它们也并没有被当成小说。《山海经》虽然从《汉书·艺文志》起就被著录,但并不在小说类,而被列于"刑法六家"之首,《隋书·经籍志》将它改入地理类,直到清初的《四库全书总目》才将其改录子部小说家名下。《穆天子传》在晋代被发现以后,也长期未归入小说类,《隋书·经籍志》将它列在"起居注"内,《旧唐书》和《新唐书》及其后各家著录都大同小异,也是到了清代,纪昀才首次将其放在小说类中。其实,这是一部历史典籍。至于《琐语》,《隋书·经籍志》著录在史部杂史类里,《旧唐书》和《新唐书》沿《隋书》例,随后各书目或将其列为逸书,或者干脆不予著录,至早是从元、明起,才在一些人的笔下称为"小说"。明代胡应麟在《少室山房笔丛》中认为,此书"盖古今纪异之祖"(《九流绪论下》)、"盖古今小说之祖"(《二酉缀遗》)。然而,当它从汲冢重见天日之时起,人们对它的性质已有明确的认识。《晋书·束皙传》指出:"《琐语》十一篇,诸国卜梦妖怪相书也。"鲁迅重申此说,近年出版的程毅中《古小说简目》以及袁行霈、侯忠义《中国文言小说书目》中也都不收此书。总之,这三部书在其产生的先秦时代和以后很长的一个时期里,都不被视为小说。因此,我们今天尽可以把它们当小说来看待,但却不能用以证明先秦时期就已经有了小说创作。当然,任何事物都是在长期的历史过程中逐渐孕育、演化的,而且总是先有某一事物产生,然后才有人们对它的认识。总的说来,先秦时期尚未产生小说,更没有关于小说的概念,却并不排除其时已有某些著作中蕴含着小说的成分或因素,有的甚至可以视为类似于始祖鸟那样的准小说。但它毕竟还没有达到由量变到质变的程度,还没有跨进小说的领域,还不能以小说称之。

(二)对小说产生过影响的几种文体和著作

以上我们从不同角度论证了先秦时期尚无具体的小说作品,也没有关于小说的概念。但是,这并不等于说,当时就没有对小说的产生和成长发生过影响、提供过营养的文体和著作。其实,神话传说、寓言故事以及载有这些内容的先秦诸子和史传,都对后世小说的形成和发展产生了极为广泛、极为深远的影响。

今人说到小说的起源,都要提到神话传说,这的确有一定的道理。因为,虽然不能说小说起源于神话传说,但神话传说确实给小说提供过丰富的营养,促成了它的健康成长。

马克思在《〈政治经济学批判〉导言》中指出,神话是"通过人民的幻想用一种不自觉的艺术方式加工过的自然和社会形式本身"。初民由于生产力水平极其低下,对自然、社会和人类自身的认识极其有限,十分肤浅,无法解释发生在身边的种种现象,便设想冥冥中有神在主宰着自然和人类,从而产生了许多神话故事。通过它们,人类寄托了渴望认识世界、征服自然、掌握自己命运的美好理想和愿望。这也就是马克思在同一书中所说的:"任何神话都是用想象和借助想象以征服自然力,支配自然力,把自然力加以形象化。"①

中国古代神话的内容,从保存下来的一些片断来看,主要包括两个方面:

一是关于天地和人类起源的认识,如:

天地混沌如鸡子,盘古生其中。万八千岁,天地开辟,阳清为天,阴浊为地。盘古在其中,一日九变,神于天,圣于地。天日高一丈,地日厚一丈,盘古日长一丈:如此万八千岁,天数极高,地数极深,盘古极长。后乃有三皇。(徐整《三五历纪》)

传说天地初开辟,未有人民,女娲抟黄土为人;剧务力不暇给,乃引绳絚泥中,举以为人。故富贵贤知者,黄土人也;贫贱

---

① 马克思:《〈政治经济学批判〉导言》,见《马克思恩格斯选集》第二卷。

凡庸者，引纼人也。（应劭《风俗通义》）

二是对于自然现象的解释，如：

　　天地，亦物也。物有不足，昔者女娲氏炼五色石以补其阙，断鳌之足以立四极。其后共工氏与颛顼争为帝，怒而触不周之山，折天柱，绝地维。故天倾西北，日月星辰就焉；地不满东南，故百川水潦归焉。（《列子·汤问》）

后来人类逐渐积累了一些和自然作斗争的经验，并且把它们集中到某些英雄人物的身上，于是便产生了半人半神的英雄传说。在这方面最著名的莫过于后羿射日、大禹治水等故事了：

　　逮至尧之时，十日并出。焦禾稼，杀草木，而民无所食。猰貐、凿齿、九婴、大风、封豨、修蛇皆为民害。尧乃使羿诛凿齿于畴华之野，杀九婴于凶水之上，缴大风于青丘之泽，上射十日，而下杀猰貐，断修蛇于洞庭，擒封豨于桑林。万民皆喜，置尧为天子。于是天下广狭险易远近始有道理。（《淮南子〈本经训〉》）
　　洪水滔天，鲧窃帝之息壤以湮洪水，不待帝命；帝令祝融杀鲧于羽郊。鲧复生禹，帝乃命禹卒布土以定九州。（《山海经·海内经》）

这些神话和传说不仅以其积极向上的精神激励着后人，而且以其瑰丽奇特而丰富的想象力，给后世包括小说在内的文学创作以巨大的启迪。同时，神话传说不论叙事还是写人，都对后世小说的情节铺叙和形象刻画提供了有益的借鉴，积累了一定的艺术经验。最后，神话传说中的一些题材、故事和人物，常为后世小说家所汲取、移植。这在《西游记》、《封神演义》等神魔小说乃至如《聊斋志异》等文言短篇小说的某些神鬼狐妖形象塑造、故事描写方面，都可以清楚地看到其受神话传说的影响及两者之间的血缘关系。

第一部分 六朝小说重要研究论著评介

除了神话传说以外,先秦著作中的寓言故事对小说形式的促进作用也不可忽视。先秦寓言十分丰富,这是因为春秋战国时期已经打破了"学在官府"的垄断局面,私家著述之风日渐盛行起来。为了阐述本学派的学说,说服对方,驳倒他人,就要十分讲究论辩技巧,当时甚至还出现了诸如韩非所著的《说难》这样集中讲述论辩技巧的著作。加强论辩说服力的手段很多,其中一种便是运用形象生动的寓言故事来说理。所以,先秦诸子等书中保留了大量的寓言故事。这里摘录几则以窥全貌:

> 宋人有闵其苗之不长而揠之者,芒芒然归,谓其子曰:"今日病矣!予助苗长矣!"其子趋而往视之,苗则槁矣。(《孟子·公孙丑上》)
>
> 西施病心而颦其里,其里之丑人见而美之,归亦捧心而颦其里。其里之富人见之,坚闭门而不出;贫人见之,挈妻子而去之走。彼知颦美而不知颦所以美。(《庄子·外篇·天运》)
>
> 昔齐人有欲金者,清旦,衣冠而之市,适鬻金者之所,因攫其金而去。吏捕得之,问曰:"人皆在焉,子攫人之金何?"对曰:"取金之时,不见人,徒见金。"(《列子·说符》)
>
> 楚人有卖其珠于郑者,为木兰之柜,熏以桂椒,缀以珠玉,饰以玫瑰,缉以翡翠。郑人买其椟而还其珠。此可谓善卖椟矣,未可谓善鬻珠也。(《韩非子·外储说左上》)

所有这些寓言故事,都是为了说明某一个道理而被运用的,但就其本身来说,能用简洁的语言来叙述一个相对完整的故事,还要准确、形象、生动,的确不容易。它们也为后世的小说创作积累了艺术表现经验;同时,它们和后来的笑话类小说创作还有着直接的亲缘关系。

前面说过,先秦诸子对后世小说的产生和成长起过作用,其中《论语》对后世小说中某些类别的形成所产生的影响,是有目共睹的。

《论语》是孔门后人所辑"孔子应答弟子、时人,及弟子相与言而接闻于夫子之语"① 的一部先秦诸子书。其形式是语录体散文，在先秦诸子中别具一格。它主要记录孔子应答的话语及与他人的简短对话。语言精炼，富有表现力，是其最大的特色。例如：

子曰："知之者不如好之者，好之者不如乐之者。"
子曰："岁寒，然后知松柏之后凋也。"
子在川上曰："逝者如斯夫！不舍昼夜。"

这些文字都十分简约，大多只有三言两语，突兀而起，戛然而止，但是，包含了丰富深刻的思想内涵。

另有少数较长的段落，不但记述了某种场景，而且对在场人物的神态、语气及其性格等都有所刻画。请看下面两段：

子路、曾晳、冉有、公西华侍坐。子曰："以吾一日长乎尔，毋吾以也。居则曰：'不吾知也！'如或知尔，则何以哉？"子路率而对曰："千乘之国，摄乎大国之间，加之以师旅，因之以饥馑"；"由也为之，比及三年，可使有勇，且知方也。"夫子哂之。"求，尔何如？"对曰："方六七十，如五六十，求也为之，比及三年，可使足民。如其礼乐，以俟君子。""赤，尔何如？"对曰："非曰能之，愿学焉。宗庙之事，如会同，端章甫，愿为小相焉。""点，尔何如？"鼓瑟希，铿尔，舍瑟而作，对曰："异乎三子者之撰。"子曰："何伤乎，亦各言其志也！"曰："莫春者，春服既成，冠者五六人，童子六七人，浴乎沂，风乎舞雩，咏而归。"夫子喟然叹曰："吾与点也。"三子者出，曾晳后。曾晳曰："夫三子者之言何如？"子曰："亦各言其志也已矣。"曰："夫子何哂由也？"曰："为国以礼，其言不让，是故哂之。""唯求则非邦也与？安见方六七十、如五六十而非邦也者？唯赤则非邦也与？""宗庙会同，非诸侯而何？赤也为之小，孰能为之大？"

---

① 班固：《汉书·艺文志》。

长沮、桀溺耦而耕，孔子过之，使子路问津焉。长沮曰："夫执舆为谁？"子路曰："为孔丘。"曰："是鲁孔丘与？"曰："是也。"曰："是知津矣。"问于桀溺。桀溺曰："子为谁？"曰："为仲由。"曰："是鲁孔丘之徒与？"对曰："然。"曰："滔滔者天下皆是也，而谁以易之？且而与其从辟人之士也，岂若从辟世之士哉？"耰而不辍。子路行以告。夫子怃然曰："鸟兽不可与同群，吾非斯人之徒与而谁与？天下有道，丘不与易也。"

前一段不但很好地表现了孔门几位高足的不同抱负，而且，犹如速写一样，用了极俭省的笔墨，把各人说话时的神态、动作乃至语气，都作了传神的描绘，从而把各人的性格展现在读者面前，如闻其声，如见其人。后一段既反映了孔子的积极入世态度与那些避世者截然不同，让我们看到一位执著于自己的学说和信仰的孔夫子形象，而且也把长沮、桀溺这两位避世者对孔子及其门人的态度以及他们说话时的神态都表现了出来。同时还通过两人对子路问津时的答语和动作，把两人之间的细微差异也加以区别开来：长沮是冷冷地答复子路，桀溺则干脆把孔丘师徒奚落一番。这些描写虽然说都只是点到为止，不过，确实使人物形象跃然于纸上。

读着《论语》中的这些文字，我们都会油然联想起魏晋南北朝时期曾经风靡一时的裴启《语林》、刘义庆《世说新语》等笔记小说来。这些小说作品的产生，固然有其自身的时代、社会背景，但究其体裁形式渊源，却无疑与《论语》有着十分密切的亲缘关系，只不过描写语言大大增多，更为讲究形象生动性而已。应该指出，诸如《语林》《世说新语》这一类记述人物琐闻轶事的小说，不独魏晋南北朝为多，而且从那以后直到清代，始终盛行不衰。因此，在这个意义上可以说，《论语》对我国古代小说的影响泽被千百年，其功不可没。

不过，对于古代小说影响最大最直接的，还是要数先秦以来的史学著述，尤其是其中的史传体式。

我国是个史学传统渊源极为深远的国度，至少从西周起，整个中原文化便是一种史官文化。史学几乎垄断了整个文化,史学著作几乎成了这个时期唯一的著作,甚至犹如章学诚所指出的那样:"六经皆史也。"① 这种影响对于后世包括小说在内的文学创作来说确是极为深远的。以小说而言,主要有以下四点:

第一,史著强调"实事实录"的精神,长期以来滋养了、但也束缚了小说的发展。汉魏六朝时期的小说,不论是"记人间言动"还是志怪记异,在作者的心目中其实都是当作曾经发生过的真事,"未必尽幻设语"②。所以,在那个时代人的心目中,小说记事真实与否,就几乎成了评价其成败优劣的唯一标准。像裴启《语林》一书,起先"时人多好其事,文遂流行";后因其中记时彦名公谢安二事为谢安矢口否认,于是"众咸鄙其事矣",书竟不传③。即使如刘向的《列仙传》和干宝的《搜神记》,作者在当时也"是当作真实事情做的"。④ 干宝本人在该书序文中就明言其中所记都真实不诬,若有某些出入,则并非事由虚构,实因传闻异辞罢了。就是到了唐代,文人"作意好奇"⑤ 而写作传奇小说,其中也还是多据事实敷演成篇;甚至明明白白是作者在做白日梦,所写之事纯出杜撰,也还是要在文中煞有介事地向人们保证所写的是真有其人,实有其事,《南柯太守传》、《枕中记》等小说所用的"假实证幻"法便是受史著实录精神影响的具体表现。这种情况直到宋元以后的白话小说中仍然如此,其所取材不但多为历史事件和生活中真实发生过的故事,而且作者也总是要在行文中对其来源作出明确交待(哪怕实际上是出自虚构)。这样做虽然有助于在我们这样务实精神浓厚、史学渊源远古的文明国度里为小说争得一席之地,吸引更多的读者,但也无可讳言,其对小说的消极影响同样是巨大的,它束缚了小说体裁艺术想象的充分发展,使之长期以来不能摆脱史学的实录影响而茁壮成长。

---

① 章学诚:《文史通义·内篇一·易教上》。
② 章学诚:《文史通义·内篇一·易教上》。
③ 《世说新语·轻诋》篇第二十四条刘孝标注引《续晋阳秋》。
④ 鲁迅:《中国小说的历史变迁·从神话到神仙传》。
⑤ 胡应麟:《少室山房笔丛·二酉缀遗》中。

第二，史学对小说的影响还表现在小说作者的构成方面，尤其是从汉魏以后到唐代时期更为明显，这就是相当数量的小说作品是由各时代历史学家或史学根底深厚的人所创作的。如干宝在当时是有名的史官，撰有《晋纪》二十卷，时称良史。写作唐传奇的作者中，也有好几位是史学家。这样，不论他们是否意识到，实际上当他们写作小说时，必然会把小说当作史著来对待，而使前者自然受到后者的影响。而且，这种影响是沦肌浃髓的，所以其程度和范围来得特别深广。

第三，先秦以来的历史著述都以人物为中心，特别是司马迁的《史记》首创纪传体，以人系事，直接开创了后代小说创作的体制特色。无论是唐代的传奇，还是后世的白话小说，实际上都是汲取了纪传体的这个特点，在写人的同时叙事，通过叙事来写人。短篇小说往往是围绕着一个人物来展开故事，而且大多数都在篇名中缀有"传"、"记"的字眼，或者竟以人物姓名为篇题。即便是长篇之作，如《三国演义》《水浒传》乃至《儒林外史》等，也往往是集中几回、十几回笔墨写一个人，然后再如法炮制写另一个人，以至于人们可以把诸如《水浒传》中的连续几回合称"武（松）十回"、"林（冲）五回"等等。至于那些曾经风行一时，直至民国以后仍然流行不衰的讲史演义小说，更是直承历史著作而来。凡此种种，都可看出史学著述尤其是其中的史传体，对中国小说发展的巨大影响。

第四，先秦以来的史书作者，均为当时的饱学之士，他们的文字表达能力普遍较强，特别是司马迁和班固，更是文章圣手。而其所作史著跟魏晋以降的小说都属于叙事文体范畴。史书叙事、写人、记言不但简约精炼，而且形象逼真，还讲究有头有尾，按事件发生的时间顺序有条不紊地一一写来。实际上，从《左传》到《史记》《汉书》等史学名著的许多文字，特别是叙事写人的纪传部分，富有文采，常被后人当做小说看待①。这些描写技巧和艺术经验，对小说创作的借

---

① 如冯镇峦在《读聊斋杂说》中认为："千古文字之妙，无过《左传》……予尝以之作小说看。"而早在明代，李开先的《词谑》中也有这样的记载："崔后渠、熊南沙、唐荆川、王遵岩、陈后冈谓：《水浒传》委曲详尽，血脉贯通，《史记》而下，便是此书。"都可作为佐证。

鉴作用是不可忽视的。所以，许多小说批评家在谈及小说时往往都要扯上史传作品，要拿两者作比较；甚至在评议小说创作的成败得失时也是以史传（主要为《左传》《战国策》《史记》《汉书》这几部史学名著）来作为标杆准绳。

【评介】

　　王枝忠，男，生于1944年，福建省长乐市人。1970年毕业于北京大学中文系。曾任教师、文教干事。1978年考取宁夏大学古代文学研究生，毕业后在大学任教两年，调入宁夏社会科学院，先后任《宁夏社会科学》编辑部副主任、哲学所副所长，1993年调入福州大学任教至今。1987年晋升副研究员，现为福州大学中文系教授、系主任，并被日本冈山大学文学部聘为外籍教授，赴日讲学两年。历任中国作协会员，三国演义学会理事，福建省第八届政协委员、经济科学委员会委员，福建省文史馆馆员、省古典文学学会理事，《福州大学学报》（哲社版）编委。至今已出版论著五部：《聊斋志异选析》、《蒲松龄论集》、《古典小说考论》、《汉魏六朝小说史》、《搜神记·搜神后记》。主编（合作）论著三部：《宁夏作家创作论》、《宁夏文学十年》和《国际聊斋论文集》。独立主编教材两部：《大学写作》（经济管理类适用）、《中国古代诗词导读》。发表译著四部：《蒲松龄传》、《中国人和日本人》、《张学良与中国》（合作）、《回回》（合作）。1981年以来发表学术论文百余篇、译文数十篇。此外还参加十多部辞书的编撰与主编工作。1985年以前专研蒲松龄及其《聊斋志异》，多篇论文被中国人民大学复印资料全文转载，在国内外学术界产生较大反响。后在研究蒲学的同时，涉足古代小说领域，有些新观点，得到学术界同仁首肯。此外，还多次参加国际学术研讨会、海峡两岸学术交流会和全国学术会议，提交论文并发言，科研成果多次获奖。

　　大半个世纪以来，中国小说史的研究取得了很大的成绩，鲁迅、郑振铎、孙楷第、赵景深、胡士莹、谭正璧等前辈学者对其作出了突出的贡献，20世纪五六十年代不少研究者有继续开拓之劳，改革开放以来，中国小说史的研究呈现出空前活跃的局面。王枝忠的《汉魏六朝小说史》是"中国小说史丛书"中的一部断代小说史。该书

>>> 第一部分 六朝小说重要研究论著评介 <<<

以史为经,以作品为纬,经纬结合,力求概括出六朝小说史的全貌;该书详细介绍了六朝小说作品的作者或作品来源、小说产生的年代与背景、主要内容与卷数等;摘、选有代表性的篇、章(节),剖析其思想、艺术特色;简明扼要地梳理了自汉代至魏晋、自魏晋至六朝各个时期的小说特点,指出其承前启后的关系,及其在整个小说史上的作用与地位。一书在手,使读者对六朝小说一目了然。

该书不但在广度上超越他书,而且在深度上亦有所突破。资料丰富、内容充实是这部小说史专著的最大的亮点。以往的中国文学史以及小说史在介绍魏晋南北朝小说时,除了论述《汉书·艺文志》中著录的十五种小说外,至多会再介绍《燕丹子》、《搜神记》、《世说新语》等十余种,一般不会超过三四十种,而《汉魏六朝小说史》却旁搜博采,论述魏晋南北朝小说达七十余种,极大地开拓了读者视野。六朝小说作品散佚现象非常严重,诸如汉代散佚的《蜀王本纪》、《徐偃王志》、《异闻记》、《神仙传》等小说在其他一些小说史著作中,往往是寥寥数语一提而过,大多不会进行详细的分析介绍。该书对包括《妒记》、《俗说》、《小说》、《宋拾遗》、《宋齐语录》、《类林》以及近期国内首次出版的"释氏辅教之书"《光(观)世音应验记》等在内的七十多种小说都作了非常详细的介绍。该书极大地丰富了小说史的资料,给读者提供了极大的方便。

《汉魏六朝小说史》观点鲜明、论述缜密。诸如究竟何时才有中国小说这样的问题,该书明确提出,"先秦时期无小说。汉代之前其含义与作为一种文学体裁形式的小说根本不是一回事","先秦时期尚未产生小说,更没有关于小说的观念"。此外,该书详细分析了《汉武故事》、《汉武内传》、《飞燕外传》、《列仙传》等一系列汉代作品,认为它们的主要特点已与文体学意义上的小说"基本相副"。该书给出了如下结论:"汉代是我国古代小说观念正式形成时期,也是第一批小说呱呱坠地的时代。""史书叙事、写人、记言的艺术描写技巧和艺术经验,对小说创作的借鉴作用是不可忽视的。史著强调'实事实录'的精神,长期以来滋养了,但也束缚了小说的发展。""对小说的消极影响同样是巨大的,它束缚了小说体裁艺术想象的充分发展,使之长期以来不能摆脱史学的实录影响而茁壮成长。"如此论述，自成一家之言。

《汉魏六朝小说史》条理清晰、梳理得当。该书每章每节都是条理井然，看上去非常清楚。诸如关于小说的观念、小说的作者以及题材、体裁等方面是如何演进的都进行了条分缕析，在本书的最后列专章进行简明扼要的归纳。关于小说作者，通过对作者的身份、修养、学识等在不同时期有诸多差异的分析，描画出小说作者队伍的变化轨迹。该书指出，汉代小说的作者大多是"方士"或"方士味极浓"的文人，几乎没有名望较高的文学家。到魏晋时期小说作者队伍发生了明显的变化，在现存二十三种小说可考的二十一位作者中，道士只有王嘉、王浮和葛洪三位，道士思想浓重的也只有张华、郭璞两位，而以文学家身份写小说的则占了大多数，至于曹丕、陶潜、陆云等更是文学家中之佼佼者。同时，小说作者队伍也出现了"多样化的趋势"，如《搜神记》作者干宝是史学家，《语林》作者裴启是布衣文学家，另有《灵鬼志》作者荀氏和《甄异传》作者戴祚，则是带有佛教思想的作家。到了南北朝时期，小说作者队伍的变化更为明显，在小说作家中，"在这个时期的最初阶段，道家思想浓重者和道教徒占有绝对的优势，后来便逐渐让位于佛门弟子，到了齐梁两朝，怪异小说作者中向佛者已经是绝对的多数了"。这一时期还有大量的著名文人，如沈约、萧绎、颜之推、刘义庆、吴均、祖冲之等都加入到了小说的创作中。而且，许多人对小说创作非常执著，小说创作者甚至还呈现出了家族化的特点：有一人创作两部（颜之推）以至三部小说（刘义庆）者，还有父子（颜协与颜之推）、祖孙（祖台之与祖冲之）、外祖孙（张演与陆杲）等具有家学渊源的小说作家。

王枝忠六朝小说研究主要论著：
　　①《古典小说考论》，宁夏人民出版社1992年版。
　　②《汉魏六朝小说史》，浙江古籍出版社1997年版。
　　③《插图本中国文学小丛书——〈搜神记〉〈搜神后记〉》，春风文艺出版社1999年版。

（夏习英）

蒋凡《世说新语的读法》

【引文】

第四章　谢家才女胜须眉——谢道韫与琅邪王氏兄弟

《世说·贤媛》门记载了魏晋时代有关妇女生活的许多故事。其中第二六则所叙，趣味盎然，启人深思。

    王凝之谢夫人既往王氏，大薄凝之。既还谢家，意大不说（悦）。大傅慰释之曰："王郎，逸少之子，人身（一作'人材'）亦不恶，汝何以恨乃，尔？"答曰："一门叔父，则有阿大、中郎；群从兄弟，则有封、胡、遏、末。不意天壤之中，乃有王郎！"

这则故事，把一个年青的贵族少妇埋怨自己丈夫的情况，描绘得栩栩如生。主角谢夫人，名道韫，是我国古代伟大书法家王羲之（字逸少）第二个儿子凝之的妻子。太傅指谢安。阿大、中郎，指道韫的叔伯父辈的谢尚、谢据；封、胡、遏、末则分别是其兄弟辈中的谢韶、谢朗、谢玄、谢渊（一说谢琰）的小名。谢道韫回娘家后，大发牢骚，抒泄感情，一直埋怨丈夫，她认为与谢家的叔伯辈和兄弟们相比较，没想到天地之间，竟然会生下这么一个王郎！让人爱无法爱，留下的只有一腔怨与恨。大概谢道韫是在王家受足了气，又不能说，所以一回娘家，就再三再四地埋怨这门亲事，因而她的叔父谢安不得不出来"慰释"一通。谢安到底是个影响很大的著名人物，在谢氏家族中具有极高的威望。因此，由他出面劝慰解释，一方面是对侄女表示关心，另一方面也在力图维护王、谢家族的共同利益，不愿因小儿女的口角之类，影响到两家名门望族的关系。因此，他一方面为王凝之辩护，一方面又批评了侄女："汝何以恨乃尔？"谢道韫对丈夫的怨恨，和谢安为王凝之的回护辩解，构成了这则故事的一对矛盾冲突。谁是谁非，值得推敲。在以男性为中心的封建社会中，矛盾对立的双方，一方是一代名流，一个世人仰慕的大男人；另一方是年青女流，后生晚辈。辩论的双方，真理究竟在谁手里？在历史上，因为谢安是东晋的一代名相，因此，几乎不见有人就此事对他有所非议或批评。只要肯定谢安，当然言外之意，就认为他对谢道韫的批评是言之有理了。不过也有例外，宋末的刘辰翁在其《世说新语评》中，曾力排传统旧说，大胆地肯定谢道韫这个年青女人的埋怨是有道理的。但这一意见犹如凤毛麟角，极其罕见。有关刘辰翁的著作，因未曾随身东渡日本，所以不能具体称引，只能道其印象。我认为，刘辰翁读《世说》很仔细，发现了隐藏在语言文字之外的言外旨趣。可惜其言极为简约，点到为止，未曾展开具体论述。现在就我个人心得，根据事实加以辨正。

从谢安的角度看问题，王、谢家族是东晋在江南建立司马王朝的两大支柱。王、谢二家都是当朝最著名的士族门阀，二家联婚，门当户对。在当时的封建门阀社会中，家族门第的高贵是极其重要的，几乎可以说影响，甚至决定了贵族士人的一生前途。因此，谢安认为其侄女能够成为王羲之的儿媳妇，是很幸运的。他本人和王羲之的关系也很好，不希望因小儿女之间的些微芥蒂嫌怨而影响王、谢两家的关系。王羲之是王导的从子，而王导是渡江创立司马朝廷的著名丞相，即使在其经历了从兄王敦叛乱后，琅邪王氏家族的地位和势力仍然是很大的。谢安本人曾一度与王家保持某种距离，甚至是通过儿女婚姻纠纷来加以表示。比如王导的孙子王珣和王珉，和凝之、献之是同辈，他们也是当时的名士，《世说·伤逝》第十五则刘注引《中兴书》云："珣兄弟皆婿谢氏，以猜嫌离婚。太傅既与珣绝婚，又离（珉）妻，由是二族遂成仇衅。"① 但王、谢二族构仇，对于东晋政

---

① 此事又见《晋书》卷五六《王导传》附孙《王珣传》，而文学稍异，当是《晋书》据《世说》刘注改官吏而成。

权的稳定不利。作为当时政界要人的谢安,当然明白这一道理。他并不想把王、谢家族的矛盾推向极端,而是想寻找适当的机会加以弥缝修补。所以对于同出于琅邪王氏的王羲之及其子弟,则更多地表示了亲近和友好的态度。他尽力化解并调和王凝之夫妻之间的矛盾,以避免出现婚姻破裂。谢安是从家族门阀政治出发来思考儿女婚姻的。在魏晋时,以政治婚姻而牺牲儿女的爱情幸福的事实很多。如《世说·德行》第三九则记载:

> 王子敬(献之)病笃,道家上章,应首过,问子敬:"由来有何异同得失?"子敬云:"不觉有余事,唯忆与郗家离婚。"

原来,王献之娶的妻子是郗昙之女道茂。高平郗家虽然也属名门望族,但其政治势力,怎能和皇家相比呢?这时,皇帝也看上了献之这个王家贵少,诏尚公主,据刘注引《献之别传》云:"咸宁中,诏尚余姚公主,迁中书令。"但据《晋书·安僖王皇后传》所载,当是尚简文帝女新安公主。献之和郗道茂感情虽好,但却被迫离婚。王家牺牲了献之和道茂的感情幸福,王羲之为儿子娶了他所不爱的高贵公主。

我们这样说是有根据的。刘宋时代紧接东晋,宋文帝时诏江斅尚临汝公主,但江斅上表让婚,表中言及"子敬炙足以违诏"事。做皇帝的驸马爷,何等光彩荣耀,为什么王献之却宁愿以炙烧其脚的自残方式来逃婚呢?这是有原因的。一是献之已婚,夫妻感情甚笃;二是皇家门第,凌压士人,公主一般骄横,岂多真情?如江斅表中所称:

> 自晋氏以来,配尚王姬者,虽累经美胄,亟有名才……而势屈于崇贵,事隔于闻览,吞悲茹气,无所逃诉。制勒甚于仆隶,防闲过于婢妾。往来出入,人理之常,当宾待客,朋从之义。而令扫辙息驾,无窥门之期;废筵抽席,绝接对之理,非唯交友离开,乃亦兄弟疏阔。①

---

① 《宋书》卷四一《后妃列传》。

可见诏尚公主，政治上虽可飞黄腾达，但在感情生活方面，却是自找罪受。王献之重玄理之自然，岂是甘心受人羁囚之辈？但迫于压力，却也难以回避。可见再婚公主并非出其自愿，所以献之临终前，萌生悔意。谢安和王羲之一样，对儿女婚姻首先从门阀政治的大处着眼，其老谋深算，非常人所及，在谢道韫的身上，其政治婚姻目的是达到了。道韫父谢奕早故，叔父谢安疼爱侄女如己出①。因此，谢安于道韫如父，其意见对道韫的影响力可想而知。在封建社会中，父辈的意见决定了儿女的命运，而不管其态度、感情和意见如何。据《晋书·王羲之传》附子《王凝之传》，直至凝之晚年被农民起义军孙恩所杀时，谢道韫一直随侍凝之生活，尽其服侍丈夫、抚养儿女的责任，并没有按照自己的感情要求离开王家。其实，王氏家族也同样认为，与谢家联婚，保持王、谢家族的高贵血统的自然纽带，有利于保持二族的紧密联系和共同利益，促进东晋士族门阀统治的巩固。《世说·贤媛》第二十五则云：

  王右军郗夫人谓二弟司空（郗愔）、中郎（郗昙）曰："王家见二谢（刘注谓指安、万），倾筐倒庋；见汝辈来，平平尔。汝可无烦复往。"

当时的郗氏家族，也是高官满门的门阀士族；但与王、谢二家相比，则地位、影响略逊一等。同样是士族联婚，其间仍有亲疏贵贱的差异。王羲之家之所以待谢安等特别热情，不仅因为个人情谊关系，还因为谢家门第高贵，所以努力联络以进一步发展王、谢二家的密切

---

① 谢道韫之生卒年月，史不见载，但据其行事考之，生年大约小于王凝之，而大于王献之和谢玄。玄是其弟。玄生于晋康帝建元元年（公元343年），其姊道韫则当生于晋成帝末年，约公元340年前后。道韫父奕，据史载卒于晋穆帝升平二年（公元358年），见《晋书》卷八《孝宗穆帝纪》。以此推之，奕卒时道韫年十八左右。谢奕卒于安西将军、豫州刺史任上，谢安西行运回棺木。则其女道韫结婚时，他可能已死，即使是还活着，也不在家乡。故道韫与王凝之婚事，极有可能是当时一直隐居在家的谢安一手操持。故奕卒后，安待道韫及玄如己出，也是自然之事。

关系。总之，由于王、谢二家族的共同努力，王凝之和谢道韫，虽然夫妇之间的感情早已出现了颇深的裂痕，但并没有离婚。所以谢安对道韫说："王郎，逸少之子。"从门第之高贵方面来肯定王凝之，在今天看来实在荒谬；但在魏晋人看来，却符合潮流和形势，维护了门阀士族统治的政治经济利益。谢道韫虽是一代才女，识见过人，但在无形而强大的社会压力下，却不得不默默地牺牲了自己的感情和幸福。这是时代造成的人生悲剧，聪明能干如谢道韫，一样无计相回避。

当然，上述情况并不说明谢安不爱自己的侄女，更不是故意以儿女的婚姻作交易。不必说道韫是已故长兄之女，应特加垂怜爱护，就是谢家的其他子弟，他也同样关心他们的成长和前途。谢安常在公务之暇，与诸谢子弟饮宴欢聚，谈诗论文，其中包括道韫，《世说》及诸史多有记载，文多不录。他曾在与诸子侄欢聚时问："子弟亦何预人事，而正欲使其佳？"诸人莫有言者，车骑①答曰："譬如芝兰玉树，欲使其生于阶庭耳。"② 谢家子弟，不问男女，谢安确实真正关心而"欲使其佳"。因此，对谢道韫的婚姻，他也是真心希望小夫妻生活和美幸福，并非故意把她推入火坑而不援手救助。因为就魏晋士人的认识而言，夫婿出身名门，家族高贵，在当时的门阀社会中，就意味着享有政治、经济诸多特权，将来必然官运亨通，前途似锦。所以谢安对道韫说，凝之是"逸少之子"，就是名正言顺的重大理由。夫婿因其高门望族而飞黄腾达或享有盛誉，不正是给做妻子的带来无尽的财富和骄傲吗？

还有，谢安对于王凝之的认识，态度与对待王珣、王珉兄弟有别。他的确真正认为凝之的人才，远胜于珣、珉二位堂兄弟，所以他劝慰道韫说："王郎……人身亦不恶。"在侄女对丈夫有气的时候，他说话婉转一些，只称"不恶"，说是还不错，差点没说出人才难得的称美之辞。"人身"，即人才，不仅指其外貌的风姿潇洒，而且更指其内在的才能品德。据《世说·言语》第七十一则刘注引《王氏

---

① 指死赠官车骑将军的谢玄。
② 《世说·言语》第九十二则。

谱》云:"凝之字叔平,右(军)将军羲之第二子也。历江州刺史、左将军、会稽内史。"其官职地位与乃父相似,王羲之最后也是官会稽内史。另外,凝之还是个书法家,史称其"亦工草隶"①,虽然成就远不如羲之,但史家称美,可见其书法艺术不俗,可能颇有乃父之风。再加以他后来作为地方大员,备受朝廷重视,该是"人才"了吧?但是恰恰在这一点上,谢安的判断也明显失误,后面谈谢道韫的认识时再进一步讨论。

而从谢道韫的立场看,其认识与叔父谢安大相径庭。不过作为一名一千六百多年前的年青女子,她不能不极力压抑自己的精神痛苦,屈服于家族和社会的传统压力,闭口不提离婚之事,勉强跟随自己所不爱的男人生活一辈子。但是,她的内在感情洪流,却常冲决理智堤防,时常倾泻而出,大发其牢骚,以表示自己的愤怒。尽管这种抗争是软弱的,但时而宣泄一下自己那久被压抑的感情痛苦,也可求得暂时的内心平衡。实际上,在对待自己婚姻问题的认识方面,谢道韫远胜于谢安。

很明显,作为一个女人,对自己丈夫的观察了解和感情体验更为细密。在这方面,作为父辈的谢安很难体会。

当时的贵族男子,在外衣冠楚楚,风流潇洒,如玉树芝兰,惹人爱怜,但实际上是男盗女娼,衣冠禽兽。在上流社会的贵族沙龙中,有许多人巧于伪装,惯以虚伪矫饰来哗众取宠。比如王导的从兄王敦,因为"荒恣于色,体为之弊",纵欲过度而淘虚了身子,经家人左右相劝,装出豪爽慷慨的样子,一下子打开家门,"驱诸婢妾数十人出路,任其所之。时人叹焉"②。实际上,这并不说明王敦真正幡然悔悟,放弃其荒淫好色的本性。他把婢妾数十人一下子扫地出门,而根本不问她们将来如何生活,这不是真正的关心和释放奴婢,而是置人于生死场中而沽名钓誉,企图以此说明自己并非好色。其实,这全是装出来的。对于琅邪王氏家族的首脑人物来说,区区数十名婢妾,何足道哉!年青的女人对他来说,只是泄欲的工具,招之即来,

---

① 见《晋书》卷八〇《王羲之传》附子《王凝之传》。
② 《世说·豪爽》第二则。

挥之即去。他在石崇家燕集，石崇令美人行酒，客饮不尽，即斩美人。王敦却"固不饮以观其变，已斩三人，颜色如故，尚不肯饮"①。美人的生命他都视为儿戏，更何况是"驱诸婢妾数十人出路"以收美誉！实际上，后来王敦当了大将军，不照样倚红偎翠，妻妾成群，其宠妾宋祎，"有色，善吹笛"，就是石崇妾绿珠的弟子。②王敦何时不荒淫好色！当时贵族多善矫饰以收令名，如王敦辈比比皆是。所以王孝伯（恭）嘲讽说："名士不须奇才，但使常得无事，痛饮酒，熟读《离骚》，便可称名士。"③

因此，谢安在冠冕堂皇的官场中来观察王凝之，只能见其表面，而不察其内心世界，所以他才会从风度翩翩的王家公子的表象，得出"王郎……人身亦不恶"的结论。而谢道韫则不同，夫妻生活，长年累月，耳鬓厮磨，什么心思不了解？一般见识的妻子尚瞒不了，更何况谢道韫是个思想敏锐、见识卓越并且感情丰富细腻的女才子！王凝之这个花簇锦团的王家子弟，内里是什么货色，她当然一清二楚。在这方面，她最有发言权。一定是丈夫在日常的生活中，表现出许多卑劣的行为，并且不自觉地流露出种种庸俗不堪的心理，彻头彻尾地自我表演了一番，令人无法原谅，于是才招致了妻子那"不意天壤之中，乃有王郎"的怨毒讥评。在封建社会中，女人即使再有才华，也必须依随丈夫生活。夫荣妻贵，哪一个妻子不希望自己的丈夫有出息有前途，而要在名动朝野的叔父面前故意贬损丈夫呢？道韫如此聪明，怎会不明白这一普通道理呢？可见，她对丈夫的埋怨嘲讽，是实在难以忍受以后的感情爆发，表现了她真实的思想认识。对于王凝之这个王家子弟，谢安只见其表；而谢道韫则在长期的感情生活体验中，看到了他内在的丑恶灵魂。

因此，二谢的品评，是非应不难分辨。大男人、大名流的话也不一定是正确的；在这一问题上，真理却在作为后生晚辈的一个弱女子手中。

---

① 《世说·汰侈》第一则。
② 《世说·品藻》第二十一则及余注。
③ 《世说·任诞》第五十三则。

有关王凝之的材料，史存不多。今《晋书》卷七五《范甯传》载：王凝之任江州刺史时，范甯任豫章太守，范在郡"大设庠序"，兴建学校，"并取郡四姓子弟，皆充学生，课读'五经'，又起学台，功用弥广"。作为上司，凝之上章朝廷按劾之，谓甯"肆其奢浊，所为狼藉"①。但皇帝以为"甯所务惟学"，所以"事久不判"，不了了之。范甯兴儒学，可能与凝之的旨趣不合，但思想学术，百家争鸣，有何不可？以行政手段来强行压制儒学，在玄家中绝无仅有，自己不学，又反对别人学习，凝之之蠢可见一斑。他的主要史料，见存于《晋书》卷八〇《王羲之传》附子《王凝之传》，但所载不足百字，云：

> （羲之）有七子，知名者五人（玄之、凝之、徽之、操之、献之）②。玄之早卒。次凝之，亦工草隶。仕历江州刺史、左将军、会稽内史。王氏世事张氏五斗米道，凝之弥笃。孙恩之攻会稽，僚佐请为之备。凝之不从，方入靖（静）室请祷，出语诸将佐曰："吾已请大道，许鬼兵相助，贼自破矣。"既不设备，遂为孙恩所害。

其余材料则零星见诸《世说》等笔记小说中。《世说·言语》第七十一则"谢太傅寒雪日内集，与儿女讲论文义"，主要展现了谢道韫的文学才华。而刘注则引证《王氏谱》和《晋安帝纪》所载凝之事迹，内容与《晋书》本传相似，应是《晋书》直接沿用上述诸书史料。《世说》正文所述是才华横溢的谢家才女，而刘注则从反面描绘了一

---

① 表载《范甯传》，文长不录。
② 据《世说·排调》第五十七则记载，王咨议大好事，向苻朗再三再四地询问有关中原风土人物诸事，令人生厌而致讥于苻。刘注引《王氏谱》云："（王咨议）肃，字幼恭，右将军羲之第四子。历中书郎、骠骑咨议。"则老二凝之、老五徽之之间，尚有老四肃之，七子中不知名者，只有老三为未知数。但据丁福保编《全晋诗》卷五录有王涣之《兰亭》诗，于名下注云："羲之第三子。"但未言其字号仕履，又未说明出处。据此，则羲之七子，依次是玄之、凝之、涣之、肃之、徽之、操之、献之。

个迷信到痴狂程度的王家贵族,妻子与丈夫的形象,形成了鲜明的对照:女聪明隽秀,男愚蠢狂妄,彼此太不相称。一代才女饱含辛酸和委屈,跟这样一个无知狂徒生活了一辈子,当然是一出实实在在的人生悲剧了。孙恩是农民起义领袖,王凝之守会稽,战争性质姑且勿论。但作为一个身系全城安危的长官统帅,"僚佐请为之备",不是没有提醒他,他却满脑子鬼兵神将,什么人也不相信。当时他家在会稽,谢道韫也随侍身边。相信这种攸关全城安危的大事,以道韫之聪明识见,如果凝之进内室征求她的意见,她一定会力劝丈夫放弃其迷信无知的做法,因为这不仅是拿自己的生命来赌博,也是把自己的全家和全城的生命财产当儿戏。但从事件的结果来分析,凝之要么根本没把事情真相告诉妻子,要么就是根本无视妻子的意见。总之,王凝之是我行我素,即使在生命攸关的问题上,也从没有尊重过妻子的意见。据《晋书》卷九六《列女·王凝之妻谢氏传》云:

及遭孙恩之难,(道韫)举厝自若,既闻夫及诸子已为贼所害,方命婢肩舆抽刃出门,乱兵稍至,手杀数人,乃被虏。其外孙刘涛时年数岁,贼又欲害之,道韫曰:"事在王门,何关他族!必其如此,宁先见杀。"恩虽毒虐,为之改容,乃不害涛。①

史书所载道韫"手杀数人",真实性值得怀疑。作为地主统治阶级中人,道韫虽是女流,却也不会同情农民起义。但请注意这样一个

---

① 王羲之七子,凝之老二,献之最小。余嘉锡《世说新语笺疏》第一三二页注②云:"《伤逝篇注》曰:'献之以泰元十二年卒,年四十五。'凝之之年,当较献之十年以长。其死难时,献之卒已十二年,则凝之寿六十有余,且七十矣。道韫之年,盖与相若,故《晋书·列女传》言其为献之解围时,施青绫步障自蔽。及嫠居会稽,见太守刘柳,乃簪髻素褥坐于帐中,柳束修整带造于别榻。则因年事已老,无嫌于后生也。"孙恩攻会稽而杀凝之,是晋安帝隆安三年(公元399年)。如果当时凝之年"且七十",则道韫至少六十余岁。据此而推其生年,则当在晋成帝末年,即公元340年左右。小于凝之五六年,而早献之三四年。在其夫、子死后,道韫以泪洗面,史称"六年不开帷幕",则至少也活到七十余岁,于此可略推其卒年。

事实,当时道韫已是一位年过花甲的老年贵妇,她有能力接二连三地"手杀"武装的强壮士兵吗?可见古人所云"尽信书不如无书",有一定道理,对事实应加分析。有关孙恩攻破会稽杀凝之,史有明载。诸子被杀,妻子被虏,王凝之害人害己,自食其果还不算,而且不可避免地连累了妻子儿女。按唐释法琳《辩正论》,唐陈子良注引《晋录》云:

> 琅邪王凝之夫人,陈郡谢氏,名韬元(此名他书不载,疑为道韫小名),奕女也。清心玄旨,姿才秀远。丧二男,痛甚,六年不开帷幕。①

而《异苑》卷六也有相似的记载,云:"琅邪王凝之字叔平,妻左将军夫人谢氏,奕之女也。尝频亡二男,悼惜甚过,哭泣累年。"王凝之狂妄无知,迷信鬼神,他给一代才女带来了丧夫失子、孤寂嫠居、以泪洗面的悲痛生活,连累了众多无辜。制造这种人生惨剧的罪魁祸首,当然是其丈夫王凝之;但是,如果深入一步,追其根源,还在于王、谢两家的门阀婚姻意识。如谢安、王羲之等长辈,也难辞其咎。

王家子弟所迷信的五斗米道,几经发展变化,从民间的符水道教,转化为炼金丹、修神仙的贵族道教,性质早已转化,愈增其迷信神仙以求超脱和长生不老的意识。"王氏世事张氏五斗米道",在当时是出名的。《晋书·王羲之传》云:"羲之既去官……与道士许迈共修服食,采药石不远千里。"如果说王羲之的相信道教,更多是从服食养生的角度着眼,那么,他的儿子,则大大增其迷信鬼神的程度。如王凝之,实际已走火入魔,如中邪一般,几乎丧失了理智。面对强大的数以万计的武装敌人,却概不设防,如果不是真正迷信鬼神,是不会把生命攸关之事当儿戏的。迷信道教鬼神,妄托虚幻,是王家子弟之所以愚蠢无知的一大原因。但是,相比之下,其士族门阀意识的根深蒂固,更是祸根。王家子弟以其高贵的门第而骄傲狂妄,以自我为中心,目空一切,俯视世人。如王献之称其兄徽之云:"兄

---

① 据余嘉锡《世说新语笺疏·言语》第七十一则注②称引。

伯萧索寡会，遇酒则酣畅忘反。"① 由于目中无人，谁也瞧不起，当然会落落寡合，借酒浇愁了。徽之是凝之弟，他不仅鄙视一般人，就是其顶头上司，如果其门第出身不及王家，他同样装出一副名士派头，常以答非所问来加以蔑视。如《世说·简傲》第十一则、十三则云：

> 王子猷（徽之字）作桓车骑骑兵参军，桓问曰："卿何署？"答曰："不知何署，时见牵马来，似是马曹。"桓又问："官有几马？"答曰："不问马，何由知其数。"又问："马比死多少？"答曰："未知生，焉知死？"

> 王子猷作桓车骑参军。桓谓王曰："卿在府久，比当相料理。"初不答，直高视，以手版拄颊云："西山朝来，致有爽气。"

作为桓冲手下的官吏，什么事也不干，以不务世事为高。桓冲有问，又鄙视不正面作答。这不是对桓冲的蔑视又是什么？其实，当时桓冲在朝廷中与谢安并重，国家倚为栋梁台柱。但王徽之却因为桓氏出身微贱，并非高门士族而瞧不起他，故意答非所问，不予理睬。他在桓冲手下担任什么官职，怎么可能不知道呢？如果不知，他就不可能走马上任。徽之内心可能认为，桓氏家族虽是高官显宦，有什么了不起？他家当兵的，行伍出身，低人一等②，现在能请到像我这样的门

---

① 《世说·赏誉》第一五一则。
② 桓冲是桓温之弟，桓彝之子。"彝少孤贫。"（《晋书·桓彝传》），彝亡后，"冲兄弟并少，家贫，母患，须羊以解，无由得之，温乃以冲为质"，事载《晋书·桓冲传》。桓家出身微贱，故为门阀士族所轻。《世说·方正》第五十八则载："王文度为桓公长史时，桓为儿求王女，王许咨蓝田……蓝田（王述）大怒……曰：'恶见文度已复痴，畏桓温面？兵，那可嫁女与之！'"与两汉士兵具有较高的身份自由不同，魏晋时的兵户、营户是世袭的，地位极为卑贱，士卒地位与奴仆相差无几。以此，太原王述鄙视桓氏兵家出身，是门阀意识所致。王文度虽为桓温下属，但王家门第高贵，同样鄙视出身微贱的顶头上司桓温。可见这也是当时门阀社会的士人观念所致。

第高贵的王家子弟做幕僚,应该感到光荣而礼遇有加,怎么还真要我去做事呢?这批高门望族的贵要子弟,希望高官厚禄的享受,却又不肯做实事,这样"不婴世务",不对国家和民族负责,东晋怎能不亡国呢?

再以时人公认的王家兄弟中最杰出的人物王献之为例①。因受家风及时势熏染,献之自小就具有了浓厚的士族门阀意识,如《世说·方正》第五十九则云:

> 王子敬(献之字)数岁时,尝看诸门生樗蒲②,见有胜负,因曰:"南风不竞。"门生辈轻其小儿,乃曰:"此郎亦管中窥豹,时见一斑。"子敬瞋目曰:"远惭荀奉倩,近愧刘真长!"遂拂衣而去。

门生,据顾炎武《日知录》卷二四《门生》条云:"《南史》所称门生,今之门下人也……其人所执者,奔走仆隶之役。"其实门生戏言,并无恶意。但在出身高贵的小主人看来,却感到门生不尊敬自己,因此瞋目怒斥,拂袖而去。所称荀粲(奉倩)、刘惔(真长)二人,一贯严于择友,不与小人往来。于此可见王家小孩鄙视门生仆隶的门第观念。人们或许会说,献之尚小,这是儿戏,何必当真?但是,士族门阀的傲慢与偏见,早已构成遗传因子,代代相传,不知不觉地影响了几岁大的孩子。这更说明了门阀观念的严重性,想要克服

---

① 据《世说·伤逝》第十六则刘注引《幽明录》,言王献之病笃,其兄徽之对道士称愿减己寿以延献之之年,云:"吾才不如弟,位亦通塞,请以余年代弟。"此故事一来说明王家子弟之迷信神仙道教,二来也说明了徽之推崇献之才能杰出,实为兄弟之英。又《世说·品藻》第七十四则云:"王黄门(王徽之)兄弟三人俱诣谢公,子猷(徽之)、子重(操之,羲之第六子,历秘书监、侍中、尚书、豫章太守)多说俗事,子敬(献之)寒温而已。既出,坐客问谢公:'向三贤孰愈?'谢公曰:'小者最胜。'客曰:'何以知之?'谢公曰:'吉人之辞寡,躁人之辞多,推此知之。'"可见如谢安等社会名流,也以王献之为王家兄弟中最优秀的人才。

② 一种赌博之类的游戏。

都很困难。现在再让我们来看一下早已长大成人并已仕宦通达的王献之,如《世说·忿狷》第六则云:

> 王令(献之曾官中书令)诣谢公,值习凿齿已在坐,当与并榻。王徙倚不坐,公引之与对榻。去后,语胡儿曰:"子敬实自清立,但人为尔多矜咳,殊足损其自然。"(刘注引刘谦之《晋纪》曰:"王献之性甚整峻,不交非类。")

献之只问门第高低,而违背了一般的礼仪,不懂得尊重别人,不肯与习凿齿并排坐在一起议事,是因为习氏出身于乡间豪强,属于地位卑下的庶族地主之列。魏晋时士、庶之分已严,献之为保持其高门士族的门面,而不管这样对一般的知识分子的心灵伤害有多深。其实,习凿齿也非等闲之辈,除了书法艺术不如献之外,诸多才能及贡献均在献之之上,是当时的一代才人。《世说·言语》第七十二则刘注引《中兴书》云:"习凿齿,字彦威,襄阳人。少以文称,善尺牍。桓温在荆州,辟为从事。历治中、别驾,迁荥阳太守。"在荆州桓温幕,习氏以其实际才能为桓温所赏拔,一年三迁其职。后至京师,晋简文帝亦雅重焉,史有明载。又《世说·文学》第八十则载:

> 习凿齿史才不常,宣武(桓温)甚器之,未三十,便用为荆州治中(时与谢安同事)……后至都见简文,返命,宣武问:"见相王何如?"答云:"一生不曾见此人!"从此忤旨,出为衡阳郡。性理遂错。于病中犹作《汉晋春秋》,品评卓逸。

按宋本《世说》及《晋书·习凿齿传》,"衡阳"作"荥阳",误。他不仅是当时著名的文士,而且是杰出的史家,确是一代英才。但仅仅因为他是庶族地主,出身卑微,所以被献之所侮。献之如此严于士庶之辨,连谢安也不以为然而加以批评。"人为尔多矜咳,殊足损其自然",过多的人为矫饰,装腔作势,很能损害一个人的天然本性,形象自然不佳。要治理国家,力图恢复,怎能不团结广大的知识分子呢?献之如此浓厚的门阀观念,且从小如此,当与父兄家风的熏陶有关。在大哥玄之早逝之后,兄弟中以老二凝之为大。古人称长兄如父,凝之作为王家的嗣传支柱,对献之的影响当然很大。《世说·简傲》第十五则、十七则载:

> 王子敬兄弟见郗公(愔),蹑履问讯,甚修外生礼。及嘉宾(愔子超)死,皆箸高屐,仪容轻慢。命坐,皆云:"有事,不暇坐。"既去,郗公慨然曰:"使嘉宾不死,鼠辈敢尔!"
> 王子敬自会稽经吴,闻顾辟疆有名园。先不识主人,径往其家,值顾方集宾友酣燕。而王游历既毕,指麾好恶,傍若无人。顾勃然不堪曰:"傲主人,非礼也;以贵骄人,非道也。失此二者,不足齿之伧耳!"便驱其左右出门。王独在舆上,回转顾望,左右移时不至,然后令送箸门外,怡然不屑。

王家子弟以其高贵门第而傲人,入顾氏园,不请自至,旁若无人,瞎发议论,对主人及其宾友又不屑一顾,大大地刺伤了别人的感情,主人勃然变色,下逐客令,结果是随侍的左右被赶出门,自己还死要面子,坐在肩舆之上不肯下轿走路,羞人反被人羞。主人顾辟疆的愤怒抨击,是及时而在理的。但是献之却不觉悟,仍然拿腔拿调,"怡然不屑",悲哉!至于对其舅父郗愔一家的态度,更揭示了高门士族的势利及其内心灵魂。其母郗夫人(羲之妻)是郗鉴之女,愔之姐,故郗愔于王家兄弟为母舅。郗夫人活了九十岁左右,见《世说·贤媛》第三十一则刘注引《妇人集》。则王家兄弟轻慢母舅之时,郗夫人仍健在。王家自以为门第比郗家高贵,所以自其表兄弟郗超(嘉宾)去世,郗家失去了操纵政权的实力人物后,于是王家兄弟对待娘舅的态度陡变:同是一双脚,一"蹑履",毕恭毕敬;一"箸高屐",昂视阔步,前恭后倨,傲慢无礼。这是何等绝情之事,为了王家高贵的门面,连伤害了母亲的感情都不顾。可说是六亲不认,一时失却了人性,所以被娘舅骂为"鼠辈"。如果不是太过分、太不堪,亲娘舅会这样骂外甥吗?此中"王子敬兄弟",可能就包括了凝之,兄弟以他为大,他是王家兄弟傲慢无礼的带头人。后来,清桐城派领袖姚鼐曾为王家兄弟开脱"平反",其《惜抱轩笔记》卷五云:"《晋书·郗超传》言王献之兄弟于超死后简敬于郗愔,此本《世说》。吾谓其诬也。子敬佳士,岂慢舅若此?"其实,姚鼐的辩解苍白无力,错误明显。"子敬佳士"岂成理由?门第之见、士庶之别,后人不以为是,但魏晋之士视为当然。"佳士"的标准大不相同。另外,前引《世说·贤媛》第二十五则故事,郗夫人曾亲口对其二弟愔、昙说明,王家瞧不起郗家,从此少来王家走动,以免受辱。事实凿凿,何必为古人讳呢?高贵的门阀观念犹如毒瘤,在王家子弟头脑中,根深蒂固,所以凝之、徽之、献之兄弟,目空一切,傲视世人,甚至可能包括自己的妻子在内。因此,王凝之和谢道韫虽是夫妇,但各存贵族门第之见,缺少真挚的感情交流,夫妻生活自然不会是琴瑟和谐。当然,其主要责任在男方,王家子弟那顽固的门第观念,明显就是祸源。

不过比较而言,在魏晋的世家贵族中,王羲之诸子虽然大多缺乏治国安邦的政治才能,但总算还出了个杰出的书法艺术家王献之,几乎可踵武乃父而雄视千古。并且除凝之外,其他兄弟未见史载有重大劣迹或罪恶,这与其从伯祖父王敦相比,可说本质有别。然论其浓厚的士族门阀观念,则兄弟一脉相承,并因此而作出了种种不太完美的人生表演,以至凝之净干蠢事而害人不浅,最后连自己的生命都葬送了。羲之七子,知名者五,老大玄之早故,余次是凝之、徽之、操之、献之。傲慢世人的高贵门第观念,兄弟如出一辙,但其表现又同中有异:凝之愚蠢,徽之疏狂,操之偏俗,献之高傲。兄弟当中,谢道韫对献之颇为关心爱护。《晋书·列女·王凝之妻谢氏传》云:

  凝之弟献之尝与宾客谈议,词理将屈,道韫遣婢白献之曰:"欲为小郎解围。"乃施青绫步障自蔽,申献之前议,客不能屈。

在当时的清谈论辩中,王献之可能是理论修养根基不深,因此"词理将屈";但是同一命题,在嫂嫂谢道韫那儿却舒卷自如,辞美理畅而"客不能屈",从而转败为胜,为自命不凡的小叔子挽回了一点面子。其实,谢道韫也不过大献之四五岁,但其学识显然比献之成熟得多,故能在贵族沙龙的学术论辩中一展风采。以献之之高傲,如果不是非常熟悉嫂夫人的学问和才智,并且早已对她相当敬重,是不可能同意其出场代为答辩的。事实说明,琅邪王家兄弟中的佼佼者,也不得不钦佩谢家女郎的才学。

据《世说》刘注引《妇人集》云:"谢夫人名道韫,有文才,所著诗、赋、诔、颂传于世。"在封建社会中,女人,虽然人数占一半,但却不可能参与仕途、治国安邦,对于经济民生,她们没有任何发言权。因此,纵使谢道韫是个天才,没有锻炼及实践的机会,也必然被扼杀。能在史书上称其文才,有集传世,已是凤毛麟角,极为稀罕了。其才华首先在文学上展露。《世说·言语》第七十一则载:

> 谢大傅寒雪日内集,与儿女讲论文义。俄而雪骤,公欣然曰:"白雪纷纷何所似?"兄子胡儿(朗)曰:"撒盐空中差可拟。"兄女曰:"未若柳絮因风起。"公大笑乐。即公大兄无奕女,左将军王凝之妻也。

古人曾比较谢朗和道韫二句之优劣,以为"二句当各有谓,固未可优劣论也"①。其实,文学家运用的是形象思维,如果一定要像博物家那样,先将天上之雪分门别类,如什么"米盐雪"、"鹅毛雪"之类,再来写诗,就会因为太落实而转为呆滞。所以,从文学创作和欣赏角度看问题,"撒盐"之喻因其过实而致俗气,很难引起美妙的联想。而"柳絮"之譬,则轻灵飘忽,变幻万千。如论文学意象和神趣风调,自当以谢才女之句为佳。不过,文学是可以多层次、多视角来考察的,道韫很聪明,很能了解人们内在的精神需求。如《晋书·列女·王凝之妻谢氏传》载:

> 叔父安尝问:"《毛诗》何句最佳?"道韫称:"吉甫作颂,穆如清风。仲山甫永怀,以慰其心。"安谓有雅人深致。

谢安所问,本来很难回答,不同的人有不同的心理需求,可从不

---

① 陈善《扪虱新语》卷三。

同的角度来欣赏和判断，可谓见仁见智。所以《世说·文学》第五十二则记载，谢安的同一问题，道韫弟玄称《诗·小雅·采薇》中"昔我往矣，杨柳依依；今我来思，雨雪霏霏"最佳。而道韫则引《诗·大雅·生民》之句以对。谢玄从艺术角度着眼，而道韫则心思"狡狯"，进一步揣摩了提问者的身份及其用心之所在。因为叔父谢安是政治家，朝野所望，所以她就从经邦纬政的贤人政治、太平盛世方面来选择名篇佳句，暗中比拟谢安的宽阔胸怀和宰相风度。这一下果然见效，引起了谢安的共鸣，并充分肯定了侄女的才华，以为道韫具有了《诗经》中风雅诗人那样的高尚意趣。在谢家子弟中，谢朗、谢玄是其英杰。道韫就明确断言，这些兄弟的智慧才干远胜于自己的丈夫王凝之。而从《世说·贤媛》第三十则"谢遏（谢玄）绝重其姐"，及第二十八则云："王江州夫人（谢道韫）语谢遏曰：'汝何以都不复进？为是尘务经心，天分有限？'"从道韫对弟玄的批评，说他读书明理不认真，文才学植没进步，这明显是居高临下的教诫口气。可见其聪明才智又远出其兄弟之上。可惜道韫终是女流，纵然学富五车，满腹经纶，也无法踏入仕途为国效力。但是，谢玄在其叔父安、姐道韫的关心督促下，终于迅速成长，成为一代风流儒将，在淝水之战中，不负众望，以少击多，战胜强敌，为国分忧而名垂青史。王凝之才能智慧远不及谢玄等，而谢家兄弟又不及道韫的才华，两两连环相比，凝之才智与妻子道韫相差不可以道里计。论文学才华，道韫的确不让须眉。如《艺文类聚》卷八八收录谢道韫《拟嵇中散诗》云：

遥望山上松，隆冬不能雕。愿想游下憩，瞻彼万仞条。腾跃未能升，顿足俟王乔。时哉不我与，大运所飘飖。

"时哉不我与"，正是一代才女内心悲哀的写照，封建时代岂容女人一展身手？封建士人所要求的是"养在深闺人未识"的宠物。这岂是道韫的心愿？但她面对现实又无可奈何。不过才女终非一般，能够自我排遣，其诗居然有飘飘欲化的林泉风致。虽然也谈仙人王子乔，但其诗风已开始从当代盛行的玄言游仙诗风中脱出，更多描绘自

然景色及诗人的体验与感慨。逯钦立《先秦汉魏晋南北朝诗》收录谢道韫《登山诗》(一作《泰山吟》)云:

> 峨峨东岳山,秀极冲青天。岩中间虚宇,寂寞幽以玄。非工复非匠,云构发自然。气(一作器)象尔何物?遂令我屡迁。逝将宅斯宇,可以尽天年。

此诗更进一步从平淡寡昧的玄言诗风转向了气象万千的山水自然。当然,这首诗并非上乘佳作,但在晋代的山水诗中,其词旨之清要洗炼,也颇可赏味。谈中国的山水诗,谁都会想到杰出的诗人谢灵运。谢灵运是谢玄之孙,道韫的亲侄孙。刘宋之初,"(谢)混风格高峻,少所交纳。惟与族子灵运、瞻、曜、弘微,并以文义赏会。尝共宴处,居在乌衣巷,故谓之乌衣之游"①。混、瞻及灵运诸谢,都是道韫的至亲晚辈。其诗酒酬唱,当与谢氏家族的文学传统有关。如前引《世说·言语》第七十一则,谢安常"与儿女讲论文义",诗酒取乐。安爱好诗文而唱于上,子孙继承发展而风行于下,如灵运辈,更是一展身手,后来居上而大有成就。而在其间的才女谢道韫就是一个承上启下的诗人,其诗已隐约透露了从玄言游仙诗向山水诗风过渡转化的点滴信息。谢灵运等一定会从这位聪明睿智的姑祖母(道韫)的诗作中,受到有益的启迪。在中国文学史上,人们常说谢混诸人开创了从玄言诗向山水诗的转化,这一说法有点重男轻女。不提谢道韫,这不太公平,功劳可有大小,但忽视其存在总是不对的。现在,应该把一代才女谢道韫从被遗忘的角落里找回来,置于山水诗的前驱之列。

文学创作重视感性的形象思维而轻理性思考。但是,一代才女谢道韫,作为超越王谢家族子弟的诗人,在理性思维的"清心玄旨"方面,也同样睿智博识,辩言无碍,赢得了如谢玄和王献之等王谢子弟精英的钦佩。《世说·排调》第二十六则刘注引《妇人集》载:

> 桓玄问王凝之妻谢氏曰:"太傅东山二十余年,遂复不终,

---

① 《宋书》卷五八《谢弘微传》。

其理云何?"谢答曰:"亡叔太傅先正,以无用为心,显隐为优劣,始末正当动静之异耳。"

又《晋书·列女·王凝之妻谢氏传》载道韫晚年孀居会稽之事:

> 太守刘柳闻其名,请与谈议。道韫素知柳名,亦不自阻,乃簪髾素褥坐于帐中,柳束修整带造于别榻。道韫风韵高迈,叙致清雅,先及家事,慷慨流涟,徐酬问旨,词理无滞。柳退而叹曰:"实顷所未见,瞻察言气,使人心形俱服。"道韫亦云:"亲从凋亡,始遇此士,听其所问,殊开人胸府。"

刘柳之问当在凝之被杀之后,新太守上任而请益。同样是会稽一郡之长,王凝之是家有贤妻,智赛诸葛,却不屑一问,以致败亡之祸,其愚且蠢被人耻笑;而新太守刘柳则不然,他是早闻道韫令名,知道一代才女智慧卓识,超迈时流,因此敬礼请益,传为美谈。又如桓玄之问。玄为温子,一代枭雄,曾厘革朝政,打击了门阀豪族及地方分裂势力,"黜凡佞,擢俊贤,君子之道粗备,京师欣然",取得了一起的成绩。但是曾几何时,又野心勃发,篡夺帝位,"骄奢荒侈,游猎无度,以夜继昼"①,迅速丧失了士意民心,因此很快被统率北府兵的刘裕击灭。他在篡位前后,对王谢家族是虎视眈眈的。谢安和王献之虽早已谢世,但他还是因其作为王谢家族的"徽标"而视为放矢之的。如《世说·品藻》第八十七、八十六则云:

> 桓玄问刘太常曰:"我何如谢太傅?"刘答曰:"公高,太傅深。"又曰:"何如贤舅子敬?"答曰:"楂、梨、橘、柚,各有其美。"

> 桓玄为太傅,大会,朝臣毕集。坐裁竟,问王桢之曰:"我何如卿第七叔(王献之)?"于时宾客为之咽气。王徐徐答曰:"亡叔是一时之标,公是千载之英。"一坐欢然。

---

① 《晋书》卷九九《桓玄传》。

事情发生在晋安帝元兴元年（公元202年）①。刘太常指刘瑾，是王羲之的外孙，献之是其娘舅。王桢之则是徽之子。桓玄是一朝权在握，便把令来行，故其所问之言，不怀好意而暗藏杀机，只要对答不合其心思，就可能有丢官被杀的危险。刘瑾和王桢之，虽然以其机智言辞逃过了一场劫难，但就其所言分析，对桓玄这一野心家未免阿媚之讥，喻玄为"千载之英"，当然盖过了王家的"一时之标"。同样是对桓玄问，谢道韫虽为女流，却不卑不亢，其答辞不仅不自损叔父谢安的英名，而且玄旨深邃，颇富哲理，令人咀嚼回味，按之弥深。虽然当时不许女人从事政治，但道韫之言，不是仍有一点政治家外交辞令的味道吗？与刘、王相比，同样对权奸之问，女流之智义正辞严而理旨畅达，不更胜于朝廷之上的堂堂须眉吗？但是，可惜一代才女生不逢时，未处于男女平等的时代，而只能敛尽才华光芒，睁眼看男人的愚言蠢行，终无可奈何，默默地在时光流逝中消失。女人不幸，莫过于此，悲乎哀哉！

【评介】

蒋凡，1939年生，福建泉州人。1962年复旦大学中文系本科毕业，1965年复旦大学研究生毕业。曾于北京中国对外文化联络委员会及亚非作家常设局任职。1973年从河南干校调回复旦大学任教。曾任复旦大学中文系教授、中国古典文学与古代文论专业博士生导师。兼任中国古代文论学会理事兼副秘书长、中国《文心雕龙》研究学会常务理事，韩愈、柳宗元、李商隐诸研究学会理事，上海作家协会委员，《中国古代文学理论研究丛刊》和《文心雕龙研究学刊》编委。20世纪90年代后，曾先后赴日本、新加坡、奥地利等国家的大学讲学或访问，又曾赴港台地区各大学访问交流。2004年退休。

蒋凡师承朱东润和郭绍虞先生，学风严谨而活泼，不仅要求以乾嘉实证功夫建立广博深厚的国学基础，而且强调广泛汲取国内外各种新思潮的一切有益成分，不断开阔视野，活跃理论思维，积极进行新

---

① 见余嘉锡《世说新语笺疏·品藻》第八十六则注引程炎震说。

的学术探索。蒋凡的研究主要集中在古代文论方面，曾因合著《中国历代文论选》获1989年的国家教委文科教材优秀一等奖；合著《中国文学批评通史》获1997年国家国书奖及国家教委社科著作优秀一等奖、上海市社科著作特等奖；"中国文学批评史教材系列建设与教学内容的更新"，获1997年国家教委颁发的国家级教学成果一等奖，获1998年上海市教委颁发的上海市教学成果一等奖。除发表论文约两百篇外，主要学术著作有《叶燮和原诗》、《唐宋文精华》、《三管诗话校注》、《周易演说》、《世说新语研究》、《世说新语的读法》、《世说新语英雄谱》；合著有《先秦两汉文学批评史》、《宋金元文学批评史》、《周易要义》、《唐宋诗文精华》；主编有《十大名相》、《古代散文十大流派》、《中国古代文论教程》（与郁沅合作）；选注有《韩愈散文精选》、《唐宋八大家书系·王安石卷》；整理有《玉谿生诗集笺注》、《全评新注世说新语》等。

《世说新语的读法》与《世说新语英雄谱》，2008年由中国人民大学出版社同时出版。其中，《世说新语的读法》是据1998年学林出版社出版的旧著《世说新语研究》修订而成的。书前有《1995年自序》与《2008年新序》两篇，从中可知该书最早是蒋先生在日本讲学时"独立苍茫"、"琴书相伴"、"发愤著述"而作，有一定的排遣性质。《世说新语》本非蒋凡先生的研究专长，书中内容主要是作者平生读书所得的"冥搜潜忆"和追记。因此，该书从整体风貌而言，明显不同于20世纪90年代出版的另外两本专著（王能宪和范子烨的《世说新语研究》），不以文献学的研究见长，而是凭借自身深厚的学养和通达识见，着重于内容分析及对精神实质的思辨；形式上亦非一般学术著作的刻板滞重，而是极其生动活泼。2008年该书修订时，增加了1/3以上的篇幅，改名为《世说新语的读法》以适应市场。

可见，从出版源流来看，《世说新语的读法》一书是蒋凡先生多年的读书心得撷英，仅从各章节标题来看，如《谢家才女胜须眉》、《蔑视礼法育情种》、《言传身教任自然》、《未若柳絮因风起》等，就让人感受到作者内在充沛的激情，以及择取奇趣悦目的场景再现历史往昔的叙述方式。全书意趣盎然，引人入胜，可读性极强。

蒋凡先生的《世说新语的读法》共分十一章，修订时增加了《倡"孝"弃"忠"失天下》、《淝水决胜非侥幸》、《皇帝女儿也愁嫁》三章。绪论《读解〈世说〉有四难》开宗明义地声明了作者的研究方法和目的。蒋先生认为研究《世说新语》有四大难点：版本校勘、语言文字、文化背景、精神实质，而自己是要"力求在实证方法的基础上"，"对于隐藏在语言文字背后的精神实质做深入的探索，以便作深入的现代思考"。其余七章将一个个看似寻常的小故事，结合经史子集等材料，置之于广阔的历史背景上，对魏晋时代精神以及在其影响下的、作为文化主要载体的士人进行了多角度、多层面的审视和观照。作者笔触涉及了妇女生活、士族制度、南北对立、清谈风气、哲学思潮、婚恋状况、教育情况以及文学嬗变等，几乎包括了魏晋社会文化生活的各个方面，并都能有独特的阐发。如《谢家才女胜须眉》论谢道韫与王氏兄弟，从《贤媛》26条的故事入手，为一代才女立传，既从门阀制度的角度分析了王、谢的政治婚姻实质，又肯定了谢道韫在文学、政治等方面的才情超过王谢家族子弟精英，是玄言诗向山水诗转向的前驱，颇擅外交辞令，但"可惜一代才女生不逢时，未处于男女平等的时代，而只能敛尽才华光芒，睁眼看男人的愚言蠢行，终无可奈何，默默地在时光流逝中消失。女人不幸，莫过于此，悲乎哀哉"，对谢道韫悲剧性的一生寄予深刻的同情。无论是对谢道韫历史命运的还原，还是从性别与时代的高度对她加以审视，无一不表现出作者清醒的历史理性精神和热切关注现实的现代意识。《蔑视礼法育情种》论魏晋士人的男女关系及其婚姻家庭，一方面承认男尊女卑的普遍社会现实，另一方面则以近似近代女权主义的观念来关注、阐释魏晋士人仕女的情爱和婚姻，认为"与魏晋玄学思潮的新兴同步，魏晋士人中的某些开明之士，在男女关系问题上，敢于采取老庄顺随自然的态度，较少横加干涉，因而相对于传统礼教禁锢来说，具有一定程度的开放性和自由度"，因此，魏晋士人仕女"其于男女感情生活，也是舍弃繁文缛节而重两情相通"，他们当中的某些人更敢于大胆行动，冲破藩篱。此外，作者还通过谢安夫人刘夫人诸事的分析，得出"在正常的士人家庭生活中，夫妻两性关系，女方不应麻木被动，而该有一种积极主动的感情表现"，

"(刘夫人)敢于再三再四地批评被国人视为圣贤的丈夫,正可见其在家庭生活中争取平等而维护女人尊严的新趋势"这样发人深省的结论。《言传身教任自然》针对《晋书·儒林传序》关于魏晋教育几乎一无可取的看法,根据《世说新语》及《晋书》的有关材料,认为魏晋时期的教育不仅没有倒退,反而无论是官学、私学还是家学都较前代出现了进步。全书别具慧眼,自出机杼,发掘出了魏晋时代精神的闪光点,很好地保持了1998年版旧著"阐幽发微、曲尽其妙"之特性(刘强《评蒋凡〈世说新语研究〉》)。

当然,作为一部学术性著作,蒋凡先生《世说新语的读法》向我们展示的不仅仅是作者对《世说新语》文本的独特阅读体悟与思考,还在崇实黜虚、尊重历史真实的基础上,以诗性笔触廓清了《世说新语》研究领域长久以来含糊不清的一些问题。如《士族门派分南北》论陆机兄弟则观照到了当时整个士族社会,由陆机兄弟与中原士族的矛盾与对立出发,结合众所周知的士、庶之别,旁征博引,进而探究了南北士族对抗之根源及对政治之影响,揭示了中古时期文化精英们的心灵世界。如《清谈未必定误国》对历来争议不休的魏晋清谈,不单从哲学及思想史的高度去认识,而以更具现代性的眼光指出了玄理清谈的五大贡献:"突破传统儒家经学的藩篱,批判其礼法名教","可说是先秦诸子百家争鸣的继续和发展,本身就是一次因时适势的思想交锋和学术争鸣","是一种形式随意而思理精微的发言与讨论,促进了各家各派畅所欲言,彼此求证,相互交流,从而推动了不同学术流派取长补短,相互融会","推动了名理逻辑的研究和理论思辨的开拓,促进了传统思维方式和研究方法的改变","促进了思想观念的更新和严密逻辑体系的建立"。全书对历史真实的还原常常采用这样由点及面、由平面而立体、由静态而动态的方式进行,一环扣一环,逐步深入,再现了魏晋时期动态的、丰富多彩的、宽广的社会生活。

可以说,蒋凡先生《世说新语的读法》是一部具有睿智和动人魅力的学术专著。蒋凡先生从微观入手,熔铸现代思考,对《世说新语》进行了较为全面的透视考察,自成体系,进行了较为成功的发散式研究。蒋凡先生的新著《世说新语英雄谱》延续这一研究路数,采取文史传记相结合的方式,生动形象且通俗易懂地对魏晋名士的精神风貌进行了品读,并将其概括为摆脱君权名教束缚的"英雄"人格,对今人了解那个特殊时代的英雄行迹很有助益。

综观蒋凡先生的学术生涯,特别是他的《世说新语》研究,给人印象最深的是他在撰述中所流露出的对研究对象的满腔热忱、求新求变的研究思路、以古鉴今的理性精神,甚至其具有别样魅力的言说方式,这些对青年学者和当下的学术研究具有启迪和示范作用。因此,多年之前刘强先生在《评蒋凡〈世说新语研究〉》一文中的如下话语仍十分精当,特引于后为全文作结——"能以富有时空穿透力的诗性笔触,入乎其中,出乎其外,对《世说》予以全方位透视,力求生动、形象地还原历史的,蒋凡先生堪为首发其端者。"

蒋凡六朝小说研究主要论著:

①《世说新语研究》,学林出版社1998年版。

②《世说新语的读法》,中国人民大学出版社2008年版。

③《世说新语英雄谱》,中国人民大学出版社2008年版。

④蒋凡,李笑野,白振奎评注:《全评新注世说新语》,人民文学出版社2009年版。

(梁晓萍)

范子烨《〈世说新语〉研究》

【存目】

【评介】

范子烨，1964年生，黑龙江嫩江人。1985年毕业于黑龙江大学中文系。1988年入哈尔滨师范大学中文系，攻读硕士。其后入陕西师范大学文学研究所就读，师从霍松林教授，1994年获文学博士学位。曾任黑龙江大学中文系教授，黑龙江大学中国文化研究所所长。现为中国社会科学院文学研究所研究员、中国社会科学院研究生院文学系教授，为中国魏晋南北朝史学会会员，中国江苏省六朝史学会会员。2001年7月—2002年5月，曾赴美国佛罗里达大学亚非语言文学系任高级访问学者。主要研究领域为中国中古文学与文化，同时关注西方现代汉学的相关研究以及计算机技术在中国传统文化研究领域的应用问题。研究项目"美国现代汉学与中国中古文化"2000年获国家教育部霍英东基金会第七届青年教师基金，专著《〈世说新语〉研究》获黑龙江省第九次社会科学优秀科研成果专著二等奖。除发表学术论文60余篇外，出版专著《六朝作家年谱辑要》(与刘跃进合作)、《〈世说新语〉研究》、《中古文人生活研究》、《世说新语精粹解读》四部。

范子烨的学术研究倾向于以文献为基础，以考立论，考论结合，具有崇尚征实、弃绝浮言之治学风格。《〈世说新语〉研究》一书是这一研究方法和学风的体现和成功实践。该书本为作者博士学位论文的一部分，因为特色鲜明，1998年列人著名学者卞孝萱教授主编的《六朝文学丛书》，由黑龙江教育出版社付梓。《六朝文学丛书》是当时国内唯一一部关于六朝文学研究的专门学术丛书，该书得以入选表

· 271 ·

明作者的《世说新语》研究从一开始就具有较高的学术起点和研究水平。

平心而论，在20世纪90年代问世的《世说新语》若干研究著作当中，范子烨的《〈世说新语〉研究》在文献考据、理论阐释方面，广泛吸收国内外学术界研究成果，高屋建瓴，确有全新的开拓。全书凡七章，对《世说新语》原名、体例、成于众手说、编纂之时间和地点及原因、传世古抄本《世说新书》残卷、敬胤及刘孝标二人之《世说注》、宋人对《世说新语》正文及孝标注的删改、《世说新语》各门之名称、语言、人物、习俗、若干故事原型重新进行了深入细致的探讨，寓新颖观点于详密材料，提出了许多独到的见解。

在《世说新语》的研究领域中，文献材料的整理一直是不可忽视的重要方面，也应该是研究得以深入的基础。范子烨之前，今人刘兆云、萧艾、王能宪、宁稼雨等人在文献学方面都做出了不俗的成绩，范子烨的专著更进一步，或增补材料，与前人相印证，使立论更加有据；或破旧立新，不为前人所囿，大胆怀疑小心求证。如对19世纪末日本所见"《世说新书》残卷"的考定，该本素来被认为是唐代抄本，范子烨却先从讳字入手，根据残卷内容不避唐代帝王名讳的事实，否定旧说；然后又从书法入手，将残卷与南北朝书法相对照，认为"唐写本残卷"的抄写时限"在梁武帝普通三年（522）至大同六年（540）之间"。与此相应，作者认为《世说新书》之名出自刘孝标，原书名为《世说》。关于尚无定论的《世说新语》成书时间，萧艾在《世说探幽》一文中将多数人支持的成书于公元424年至450年之间，缩小为元嘉九年至元嘉十六年（432—439年），范子烨则根据《世说新语》不载生人之事的惯例，对谢灵运等十人的生卒年进行考定，指出《世说》成书于元嘉十六年四月到元嘉十七年十月（439—440年）之间，对杨勇的书成于"元嘉十六年""出任江州刺史"之说进行了修正。

《世说新语》作为中古文化的百科全书，是这一时期各种文化现象的忠实记录和生动反映，以《世说新语》为中心的文化研究在90年代掀起热潮。范子烨以其学术敏感度，融入了这一学术潮流，在《〈世说新语〉研究》中对文化问题进行了一些有益的探索。比如关于《世说新语》分类体例的文化渊源,范子烨认为《世说》体例是九品文化的一个典型例证,"《世说新语》三十六门之排列,由《德行》以至《仇隙》大致遵从这样一个次序:由褒到贬,褒在前,贬居后,愈往前愈褒,越往后越贬。这实际上是与九品官人法之'九品模式'相对应的",并仿照班固《汉书·古今人表》的模式,将《世说新语》三十六门按顺序分成从"上上"至"下下"的九个品级。作者还对阮籍之啸结合故实今典,探源溯流,指出啸是华夏古国的口哨音乐,相当于今日的打口哨,而阮籍是开启两晋啸风的关键性人物,此后啸大倡于士林,成为晋代士人风尚,具有深厚的文化意蕴,从一个侧面反映了潇洒不羁的魏晋风度。这些研究生动翔实,别开生面。

范子烨的《〈世说新语〉研究》对《世说新语》的文学本体研究也有所关注。该书第六章第二节中的《语言之属》,结合《世说新语》若干有疑义的正文,从词语训解人手,结合史传材料,剖析人物性格,颇多新颖的阐发。如《德行》第三十四条提到褚裒有"四时之气",作者征引《世说新语》他处对褚公的描写,指出这一评语深刻、准确地揭示了其人性格深沉、内蕴深厚、胸襟开阔、性格豁达的个性特征,同时也传达出其人苍茫雄劲的风神。当然,实事求是地说,作者在这本专著中对《世说新语》文学特质的探讨仍稍嫌零散,但显示出了范子烨开拓研究视野的努力。作者此后发表的一些论文,对《世说新语》的比喻、用典艺术进行了剖析,表现出较强的修辞学研究意识。

范子烨所选择的学术道路,在年轻学人当中颇有代表性。由考据而及文学、文化研究,需要学者具有文学、史学、经学的根底,具有较高的学养和广博的识见,如此一来,无论是对材料的细心研索,还是对研究对象在社会文化、历史背景下的整体观照,方能创获良多。作者2001年由山东教育出版社刊行的著作《中古文人生活研究》,百尺竿头更进一步,对《〈世说新语〉研究》中有所欠缺的清谈等文化问题做了弥补,显示出了作者治学功力的增强,丰富了20世纪以来的《世说新语》研究。

范子烨六朝小说研究主要论著：

①《〈世说新语〉研究》，黑龙江教育出版社1998年版。

②《六朝作家年谱辑要》（与刘跃进合编），黑龙江教育出版社1999年版。

③《中古文人生活研究》，山东教育出版社2001年版。

④《世说新语精粹解读》，中华书局2004年版。

（梁晓萍）

宁稼雨《传神阿堵，游心太玄——六朝小说的文体与文化研究》

【引文】

六朝小说界说

中国古代的小说概念比较模糊、复杂，而不像西方小说那么明确、单一。以六朝小说为例，人们通常所说的"六朝小说"，实际上就是一个既模糊，又复杂的概念。它是文学家使用的概念，还是哲学家、史学家使用的概念；它是一种文体概念，还是图书分类的原则，抑或是随手拈来的概念术语；倘若是文体概念，它是六朝人自己定的，还是六朝以后人所定；倘若是图书分类原则，它是自始至终一成不变，还是不断演化变异；倘若是随手拈来的概念术语，它与后人所说的小说概念毫无关系，还是与古人的小说实践有所关联。这些问题，人们或者各执一隅，莫衷一是；或者以今代古，置其不顾。当然，这个问题要想得出像数理化公式定律那么科学、严谨和为世人广泛接受的结论似乎并不可能，然而，没有一个大体上能够概括研究者所面对的研究对象的范围界定，不仅要使所有谈论"六朝小说"这个话题的人缺乏对话的前提和基础，而且也会使六朝小说研究的科学性和同一性受到怀疑。因此，以今天通常文学概论意义上的小说文体为基本坐标，对中国六朝时期符合这一文体的文献进行厘定；对中国古代人观念中的"小说"文体及其演化进行缕析；并在这二者的结合上对"六朝小说"这一概念的合理内涵进行界定，这就是本文写作的初衷所在。

本文的基本思路是，中国最早的"小说"观念与现代文学理论所认定的小说文体，几乎是风马牛不相及的两种概念。然而有趣的是，这两种相距甚远的概念竟然在中国文学的发展过程中逐渐地走到了一起。也就是说，当初设计"小说"这顶帽子的人，并没有打算把它戴到具有今天小说性质的东西头上；而当初具有今天小说性质的东西，也没有打算戴上"小说"这顶帽子。"小说"先是受到哲学家从说理角度的注意而被贬斥；继而又受到史学家从史料角度的关注而被排斥。这从反面说明"小说"既不属于哲学，也不属于史学，所以最后才被文学家从文学角度加以关注。他们不仅接受了"小说"这顶帽子，而且还把它戴在更适合戴它的东西上面，因此而实现了子部小说与集部小说的合拢。① 我们所界定的"六朝小说"这一文学现象，恰好正是这二者已经自立门户，然而却还未走到一起的合拢前夜。

一、六朝以前"小说"概念的离与合

这一部分要解决两个问题，一是考察六朝以前人们观念和现实中的"小说"是一种什么东西，二是分析二者之间如何从异而逐渐趋向于同。

考察古人的小说概念，大抵要从三个方面来进行，一是看古人言论中对"小说"的理解和解释；二是从古人图书目录分类思想中看其对小说文体的理解；三是从古人所认定的小说文本中看其与今人"小说"概念的差异。对这三个方面，既要从横向的角度进行三者之间的联系比较，又要从纵向的角度对三者各自的变异进行把握。

古人言论中的"小说"一词，最早语源为《庄子·外物》：

> 任公子为大钩巨缁，五十犗以为饵，蹲乎会稽，投竿东海，旦旦而钓，期年不得鱼。已而大鱼食之，牵巨钩陷没而下，骛扬而奋鬐，白波若山，海水震荡，声侔鬼神，惮赫千里。任公子得若鱼，离而腊之，自制河以东，苍梧已北，莫不厌若鱼者。已而

---

① 本文的涉及范围完全是中国古代文言小说，不包括宋元以后兴起的白话通俗小说。为清晰说明问题，本文将文学色彩较弱的先秦时期为说理服务的遗闻故事称之为"子部小说"，它不包括文学色彩较强的志怪传奇小说；将文学色彩较强的志怪传奇小说称之为"集部小说"。

后世轻才讽说之徒,皆惊而相告也。夫揭竿累,趣灌渎,守鲵鲋,其于得大鱼难矣。饰小说以干县令,其于大达亦远矣,是以未尝闻任氏之风俗,其不可与经于世亦远矣。

庄子在这里采用的是其惯用的寓言手法。他以任公子自喻,以所得大鱼喻道家之真谛,亦即所谓"大达";以"轻才讽说之徒"及所守鲵鲋喻百家异己之说,亦即所谓"小说"。可见"小说"一词在这里是庄子用来贬低道家以外的其他学说的形容性名词,它与"大达"相对,带有较强的感情色彩。因此它与后来人们所说的"小说"文体并不是同一所指,所以鲁迅对此认为,"然案其实际,乃谓琐屑之言,非道术之所在。与后来小说固不同"。①

先秦时期典籍中使用"小说"一词的唯有《庄子》一例,他书中偶有未用"小说"一词,但意思相同者。如《荀子·正名》中说:

凡人莫不从其所可,而去其所不可,知道之莫之若也,而不从道者,无之有也……故知者论道而已矣,小家珍说之所愿皆衰矣。

荀子所说的"小家珍说"和庄子所讲的"小说"所指的具体对象虽然不同,但在用来贬低他人,以抬高自己这一点上却是一致的。他们都是以"道"的化身自居,将与自己的观点相左的理论斥之为"小说"、"小家珍说"。这样看来,先秦时期"小说"一词的使用频率很低,它还不是一个为世人广泛认同的固定性名词,而只是先秦诸子信手拈来的用来贬低异己学说的一个贬义词。

然而,先秦时期"小说"一词又的确与后来文体意义上的"小说"不无关联。像后来桓谭所说的"丛残小语",班固所说的"街谈巷语",与庄子和荀子所说的"小说"、"小家珍说"都有相通之处。它们都指以琐屑的语言,来说明小的道理这样一种文化现象;而这种现象又同样受到世人的鄙薄。正是这个共同点,使先秦时期的"小

---

① 鲁迅:《中国小说史略》第一篇。

说"一词有可能成为中国古代小说概念的最初来源。

孔子在《论语·子张》也有一段关于小说的话语：

> 子夏曰："虽小道，必有可观者焉，致远恐泥，是以君子不为也。"

尽管子夏的话没有主语，不知道"小道"是用来形容谁的。但班固在《汉书·艺文志》中引用这段话时是用来解释小说家的性质的，所以有理由相信这里"小道"的主语就是指小说和小说家。孔子在这里谈到了小说的功能地位问题。孔子没有像庄子那样把小说贬得一无是处，肯定了它在内容上的可取之处，但同时也指出对小说的染指要有节制，否则就要受到它的粘滞①。所以君子不屑为之。孔子的这种看法对后来桓谭的意见有直接影响。

先秦典籍中真正与后代小说文体有关的记载是《庄子·逍遥游》中所说的"齐谐者，志怪者也"一语。尽管这里的"齐谐"是指书名还是人名尚莫衷一是，但后人多以为理解为人名较妥②。"志怪"在这里也是一个动宾词组，而不是一个文体概念。但后来的志怪小说却正是由此发展而来。庄子这句话的意思就是说齐谐是专门记载怪异故事的人。后来的志怪小说喜欢用"齐谐"来作为书名，盖出庄子此语③。那么可见庄子这句话与后来的志怪小说文体关系甚密。齐谐所搜集的怪异故事今已不存，但先秦时期像他那样记载怪异故事的典籍却还不乏见到。如被明人胡应麟称为"古今语怪之祖"的《山海经》④和胡应麟称之为"古今纪异之祖"的《汲冢琐语》⑤等，都是当时志怪小说的佼佼者。

---

① 刘宝楠：《论语正义》引郑注："泥谓滞陷不通。"
② 成玄英疏云："姓齐名谐，人名也；亦言书名也，齐国有此俳谐之书也。志，记也……齐谐所著之书多记怪异之事。"另参见俞樾《古书疑义举例》等。
③ 南朝宋东阳无疑有《齐谐记》，清袁枚有《新齐谐》（一名《子不语》）。
④ 胡应麟：《少室山房笔丛·四部正讹下》。
⑤ 胡应麟：《少室山房笔丛·九流绪论下》。

如果把《庄子》一书中这两处与小说有关的记载作一对比，就会发现一个值得深思的问题——庄子提到的那些以琐屑之言说出的小道理与今人所说的小说文体相距甚远，却被冠以"小说"之名；而庄子所说的志怪能手齐谐一语本来与后来的小说文体关系甚密，却被认为与小说毫无瓜葛。这个现象充分说明，先秦时期的小说概念和小说写作虽然都处于萌芽状态，但二者泾渭分明，没有人将二者视为同一文化现象。它告诉我们，先秦时期的"小说"概念与现代意义上的小说文本写作，还是井水不犯河水的关系。

西汉典籍中未见"小说"一词，但东汉时"小说"一词的内涵却发生了根本性的变化。桓谭在《新论》中说：

> 若其小说家，合丛残小语，近取譬论，以作短书，治身理家，有可观之辞。①

因为桓谭《新论》一书已经亡佚，所以这句话的语境已无从所知，但它已经给我们提供了足够的关于汉代小说现象的规律性总结。上来一句"若其小说家"，就告诉了我们"小说"一词已经不再是人们信手拈来的随意性用语，而是有着共同文体特征，有专人队伍的群体性文化活动。接下来"丛残小语"一句，揭示出"小说"文体的内容特征。既然庄子这样的大思想家把琐言碎语斥之为"小说"，那么小说家干脆承认这种事实，并以此作为自己内容上的约束和规范，使之成为小说内容的共同属性。"近取譬论"说的是小说的表现手法，也就是用比喻或象征的手法来阐明那些被人斥之为"丛残小语"的小道理；而且喻体的来源还要为人所熟知，方能达到说理讽喻的目的。"短书"指的是小说的外在形式。古时常以竹简的尺寸来决定书籍的地位和价值，经传地位至尊，所以尺寸要长；琐言碎语的地位尚不能肯定，所以要用短简②。小说既然不能和老庄孔孟并驾齐驱，那当然

---

① 《文选》卷三十一江淹杂体诗《李都尉从军》"袖中有短书"句李善注。
② 王充《论衡·谢短篇》："二尺四寸，圣人文语……汉事未载于经，名为尺籍短书，比于小道，其能知，非儒者之贵也。"

要用短简。有如清代经史之书用大开本，而小说杂书多为巾箱本、袖珍本之理。"治身理家，有可观之辞"一句尤为重要。它第一次从正面肯定了小说作为一种文体的功能价值。孔子谈到小说有"可观之词"，但没有明确究竟在那些方面可观。桓谭则将其具体化，他不顾庄子等人对小说的鄙薄嘲笑，敢于将小说置于对于"治身理家，有可观之辞"的重要地位。修身、齐家、治国、平天下为儒家提倡的人生最高境界，而在桓谭眼里，小说可以起到其中与个人修养有关的基本两项。这与先秦时期人们对小说的鄙薄眼光相比，显然小说的价值认识得到了极大的增强。

在桓谭之后，班固在《汉书·艺文志》中又对"小说家"作了进一步的说明：

小说家者流，盖出于稗官，街谈巷语、道听途说者之所造也。孔子曰："虽小道，必有可观焉，致远恐泥，是以君子弗为也。"然亦弗灭也。闾里小知者之所及，亦使缀而不忘，如或一言可采，此亦刍荛狂夫之议也。

班固这段话谈到两方面的内容，一是关于小说的功能地位，他继承了孔子、桓谭对小说的肯定意见，认为小说具有"一言可采"的价值，所以才会有"弗灭"的社会现状。但同时他也在一定程度上受到前人蔑视小说意见的影响，认为它是村野匹夫的小道末技。二是关于小说和小说家起源问题，这是班固对小说史研究的杰出贡献。在此之前，人们只是谈到小说的自身特征及其社会地位，没有人涉及小说的采集和生产过程问题。班固第一次指出小说的来源是稗官所为，是他们将道听途说的街谈巷语采集起来，上达天子，使天子了解风俗民情①。至于何谓稗官，近人余嘉锡《小说家出于稗官说》一文根据

---

① 《汉书·艺文志》注引如淳语："《九章》：'细米为稗。'街谈巷说，其细碎之言也。王者欲知闾巷风俗，故立稗官使称说之。"

《左传》和贾谊《新书》所云士人传达庶人谤语的记载①,认为"小说家所出之稗官,为指天子之士"。②近年时贤有关论著皆将余说奉为圭臬,不知此说尚有疑点。今人袁行霈《〈汉书艺文志〉小说家考辨》一文根据《左传》襄公十四年、《国语·周语》及韦昭注、《国语·晋语》、《国语·楚语》、《吕氏春秋·达郁篇》、《新书·保傅篇》、《淮南子·主术训》及贾山《至言》诸书,认为士的职责均为传庶人之谤言,以谏王者之过。然《汉书·艺文志》小说十五家中无一士传谤言者③。而能够收集街谈巷语的人应为熟悉平民百姓的乡里小官。所以近人顾实认为稗官为闾胥里师④,浦江清则干脆认为稗官是乡长里长之类⑤。袁行霈则进一步认为稗官不是直接将所收集的街谈巷语送给天子,而是通过道人上奏⑥。班固这里介绍的小说采集和生产过程的渠道使人想到,在先秦时期庄子等人所鄙睨的小家珍说与当时具有后来小说意味的小说二者逐渐走近对接的过程中,稗官无疑起到了重要的作用（详后）。

班固不仅从正面直接介绍了当时小说的采集及生产过程,而且作为一部目录学著作,他还在书中著录了十五家小说的书名。这十五家小说共计一千三百八十篇,除个别书尚有零散佚文外,其余多已散佚。但班固所录书名及个别佚文对我们考察汉代小说概念,仍然大有裨益。

班固所录十五家小说中,有九家为先秦时期作品,六家为西汉人作。从内容上看,这些作品有的接近子书,如《宋子》十八篇,班固注云:"孙卿道宋子,其言黄老意。"《待诏臣安成未央术》一篇,应劭注云:"道家也,好养生事,为未央之术。"《伊尹》二十七篇又

---

① 《左传》襄公十四年:"史为书,瞽为诗,工诵箴谏,大夫规诲,士传言,庶人谤,商旅于市,百工献艺。"贾谊《新书·保傅篇》作"士传民语,无庶人谤"。
② 《余嘉锡论学杂著》,中华书局1977年版。
③ 袁文载:《文史》第七辑,中华书局1979年版。
④ 顾实:《汉书艺文志讲疏》。
⑤ 浦江清:《论小说》,载《文学遗产》增刊第六辑。
⑥ 袁行霈:《〈汉书艺文志〉小说家考辨》。

另见道家类著录（五十一篇），《鬻子》十九篇另见道家类著录（二十二篇），《师旷》六篇另见兵家阴阳类著录（八篇）；有的则接近史书，如《周考》七十六篇，班固注云："考周事也。"《青史子》五十七篇，班固注云："古史官记事也。"《师旷》一书班固注云："见《春秋》，其言浅薄，本与此同，似因托之。"这些书从内容上看似乎也可以列入子部或史部，但之所以被班固从那些神圣的殿堂中退而为小说家，主要是因为它们自身不是"浅薄"，就是"迂诞"，要么就是后人"依托"的冒牌假货①。所以胡应麟说《汉书·艺文志》所谓小说，"盖亦杂家者流，稍错以事耳"②。鲁迅也说："据班固注，则诸书大抵或托古人，或记古事。托人者似子而浅薄，记事者近史而悠谬也。"③ 这些小说的大致内容和班固对它们的评价，反映出当时人们的小说观念中的继承和更新成分，进而揭示出远古小说观与现代小说观对接的迹象。

从继承的方面来看，那些子部小说的初衷仍然是要说理，只是因为说理的水平太低，流入浅薄，所以才被退置于小说家中。这与庄子和荀子所说"小说"、"小家珍说"的情况基本相同，所以可视为对远古小说观念的继承；从更新的方面来看，从庄子到桓谭，他们提到的小说虽未明言体裁，但可以推测出当为议论文。尽管可能在其所取"譬论"中或许夹杂叙事成分，但其目的还是为了说理，文章框架仍为议论文。而班固所收书中，已经有了脱离议论文的纯粹记事文。像《青史子》一书，班固就明言其为"古史官记事也"。另外像《周考》、《黄帝说》等，或记国事，或叙人事，也明显是记事之体。尤其值得注意的是《虞初周说》。班固称其有九百四十三篇，这在《汉志》小说家中占了近四分之三。班固注云："河南人，武帝时以方士侍郎（号）黄衣使者。"《虞初周说》原书已佚，但在东汉张衡《西京赋》及三国吴薛综注中留下了蛛丝马迹，《西京赋》云：

---

① 均见《汉书·艺文志》小说家类诸书班固注语。
② 胡应麟：《少室山房笔丛·九流绪论下》。
③ 鲁迅：《中国小说史略》第一篇。

匪唯玩好，乃有秘书。小说九百，本自虞初。从容之求，实
俟实储。于是蚩尤秉钺，奋鬐被杀。禁御不若，以知神奸。螭魅
魍魉，莫能逢旃。

薛综注云："小说，医巫厌祝之术，凡有九百四十三篇，言九百，举大数也。持此秘书，储以自随，待上所求问，皆常俱也。"①。把班固、张衡和薛综的话综合起来，可以知道作为方士的虞初在陪伴汉武帝出游时将《虞初周说》这样含有大量的神话怪异传说的小说带在身边，以备武帝随时垂问。而虞初的这一职责在武帝出游的过程中具有十分重要的作用，所以张衡才将其比之于夏禹时所铸神鼎，认为可在天子出游时逢凶化吉。虞初的工作与庄子所说的齐谐的工作几乎是相同的。可见到了汉代，大量过去处于自我消长状态中的接近现代意义上的小说故事，已经取得了与先秦人所说"小说"相同的地位。原先泾渭分明的井水和河水，开始流到了一起。它既说明两种小说观念对接的现实，显示出汉代小说观念的宽泛，同时也说明小说在汉代人们社会生活中的重要作用。

二、六朝典籍中"小说"概念的变异

这一部分要来看看六朝人典籍中所使用的"小说"一词的内涵是什么，它与前代有何异同？然而在讨论正题之前，有必要澄清一下六朝时期"小说"文体的内涵外延及其类属关系。因为当今很多研究六朝小说的论著在使用"六朝小说"这个概念时，都由于错觉而导致了在两个问题上的把握错位。

第一个问题是，"六朝小说"在六朝人眼中是不是文学？众所周知，先秦时期的各种文体杂糅一炉，没有文学和非文学的文体界限。从汉魏六朝开始，文学才逐渐从各种实用性文体中分离出来，取得了独立的地位。"文"与"笔"成为区分艺术性与实用性文章界限的标志。正是由于这种分离，才形成了"盖文章经国之大业，不朽之盛事"这样的自觉认识，造就了诗歌的格律化和散文的骈俪化，产生

---

① 胡克家刻本李善注引。

了一系列文学理论著作。因而被鲁迅称之为"文学的自觉时代"①。就散文而言,由于丽藻风气的盛行,不仅使抒情写景一类文章完全骈偶化,而且除了历史、地理等有限的几种著作类型外,骈文的写作已经推进到奏议、论说、公文、信札等各种实用性文章的领域,连陆机《文赋》、刘勰《文心雕龙》这样的文学理论学术著作采用的也是骈俪之体。然而翻一下这个时期的小说作品,如《搜神记》、《世说新语》等,就会十分清楚地看到,它们使用的仍然还是传统的散体文,并未染指那风靡几代的骈偶文体。所以在六朝人的心目当中,小说仍然还是进不了文学殿堂的实用性文章。萧统《文选》中未收一篇今人所说的六朝小说,就是明证。然而近年的一些古代小说研究论著中,竟然以汉魏六朝文学的自觉为大前提,由此演绎出六朝小说也有自觉的文学意识的结论,实在是管中窥豹,隔靴搔痒之论。其错误就在于把六朝人的文学范围与今人的文学范围混为一谈,因而导致了概念的偷换。

  第二个问题是,像《搜神记》这样的志怪小说,在六朝人的心目中,究竟是不是小说?考察这个问题首先应当根据六朝人自己的目录书。尽管六朝是中国古代目录学的辉煌时期,但遗憾的是六朝时期的目录书内容,从荀勖的《晋中经簿》、王俭《七志》到阮孝绪的《七录》,至今均已荡然无存。所幸阮孝绪《七录》的分类表还得以保存,其"子兵录内篇三小说部"中收有小说书六十三卷②。这六十三卷小说究竟是哪些作品,已经不得而知。但却可以从《隋书·经籍志》中得其大概。魏徵在《隋书·经籍志》总序中称其"远观马史班书,近观王阮志录,把其风流体制,削其浮杂鄙俚。离其疏远,合其近密,约文绪史,各列本条之下",说明阮孝绪《七录》是他依据的蓝本之一。就小说部分而言,《七录》所收的六十三卷与《汉书·艺文志》小说家类所收的一千三百八十篇数量上相差太远,而且《汉志》小说至六朝时已经亡佚,所以《七录》所收的小说应当不包括《汉志》小说家的作品,而应当是《隋书·经籍志》小说

---

① 鲁迅:《魏晋风度及文章与药及酒之关系》,载《而已集》。
② 《古今书最》。

家类的前身。《隋志》小说家共收小说二十五部，一百五十五卷。在《燕丹子》条下注文中又列当时已佚小说四种，十四卷。其中除《燕丹子》的写作年代尚未确定外，其余二十八种均为六朝时人所作。按照魏徵的说法，《隋志》小说家类的一百六十九卷作品应当基本上包含了《七录》小说部的六十三卷作品。

如果这个推测能够成立，那么用《隋志》小说家的作品名目来作为分析《七录》小说家中小说观念的依据，庶几不会离事实太远。而《隋志》小说家中所收的作品大致包括的是裴启《语林》、郭澄之《郭子》、刘义庆《世说新语》这样的志人小说，邯郸淳《笑林》、阳玠松《解颐》一类的笑话和《杂书钞》、《古今艺术》、《鲁史欹器图》一类的谱录书。其中没有一种《搜神记》、《志怪》这样的志怪小说。显而易见，六朝人心目中的小说是不包括这些志怪作品的。因此，用志怪小说的材料作为探讨六朝人小说观念的根据，恐怕就要谨慎一些，至少六朝志怪小说的作者不是一种有意的、自觉的小说创作活动。不能设想还没有戴上（或许还不屑于戴上）"小说"这项帽子的志怪小说家，会自作多情地用自己的作品向世人证明其如何符合"小说"的身份。因为小说在这时的地位远不能与史学相比。这与六朝小说是不是文学是一个问题的两个方面。①

这两个问题澄清以后，再来看六朝典籍中的小说认识，似乎就简单明快了。

六朝典籍提到"小说"一词者有以下两处，其一，"建安七子"之一的徐干在《中论·务本第十五》中说：

> 人君之大患也，莫大于详于小事而略于大道，察于近物而谙于远图。故自古及今，未有如此而不乱也，未有如此而不亡也。

---

① 但近年来有很多论著大谈六朝小说的自觉意识。如胡晓晖《论六朝之有意为小说》(《武汉大学研究生学刊》，1986年第1期)，王启忠《试论六朝小说创作的自觉意识：兼议"六朝人并非有意作小说"之论》(《社会科学辑刊》，1988年第3期)，陈长义《与文学自觉同步的六朝小说理论》(《当代电大》1990年第3期)，以及部分古代小说专著中的有关部分。他们普遍将志怪小说作为六朝人自觉进行小说创作的有力根据。

> 夫详于小事而察于近物者，谓耳听乎丝竹歌谣之和，目视乎雕琢采色之章，口给乎辩慧切对之辞，心通乎短言小说之文，手习乎射御书数之巧，体鹜乎俯仰折旋之容。凡此数者，观之足以尽人之心，学之足以动人之志。

徐干是从为君之道的角度奉劝为君者不要"捡了芝麻，丢了西瓜"，为区区小事而牺牲大政方针。这与当时玄学家何晏、王弼为了同样的目的而从哲学上为理想君王人格创立理论基础，因此而提出"圣人体无"的著名玄学观点如出一辙①。徐干从耳、目、口、心、手五个方面列数种种区区小事，把"短言小说之文"作为和文体各项技能并列的雕虫小技，这反映出他对小说的看法还停留在庄子、荀子等人的程度。当然，如果用反向思维的话，可以从中看出能和"丝竹歌谣"、"雕琢采色"、"辩慧切对"、"射御书数"等同的小说，倒是应当具有相当的消遣娱乐功能。

第二例是鱼豢的《魏略》：

> 植初得淳甚喜，延入坐，不先与谈。时天暑热，植因呼常从取水，自澡讫，傅粉，遂科头拍袒，胡舞五椎锻，跳丸击剑，诵俳优小说数千言讫，谓淳曰："邯郸生何如邪？"于是乃更着衣帻，整仪容，与淳评说混元造化之端、品物区别之意……②

这段记载中有两点值得注意，一是俳优小说的数量已经相当可观。曹植之所以在邯郸淳面前扬才露己，是因为邯郸淳本人也是一个同好。《文心雕龙·谐隐》："至魏文因俳说以著笑书。"清人姚振宗据此以为邯郸淳《笑林》即奉诏而撰③。可见俳优小说是当时贵族阶层十分流行的娱乐活动。二是俳优小说与那些胡舞五椎锻、跳丸、击剑等并行，说明俳优小说在当时已经属于"百戏"之列，是地地道道的

---

① 参见何晏：《无名论》、《王弼集校注·老子指略》。
② 《三国志·魏书·王粲传》裴松之注引。
③ 姚振宗：《隋书经籍志考证》小说家类。

娱乐活动。这一点与徐干的说法颇相吻合。

除此二条之外,六朝典籍中还有一些类似的记载。如曹植曾说:"夫街谈巷说,必有可采;击辕之歌,有应风雅。"① 此说上承孔子、桓谭对小说的社会功能认识,下与六朝时人的小说娱乐说拍和。《魏书·蒋少游传》:"高祖时,青州刺史侯文和,亦以巧闻,为要舟水中立射;滑稽多智,辞说无端。尤善浅俗委巷之语,至可玩笑!"②《北史·李崇传》:"若性滑稽,善讽诵。数奉旨诗咏,并说外间世事可笑乐者,凡所话谈每多会旨,帝每狎弄之。"③《南史·始兴王传》:"衣常不卧,执烛达晓,呼召宾客,说人间细事,戏谑无所不为。"这些与前面的记载相互呼应,说明俳优小说在当时的广泛程度和娱乐作用。

还有一个非常值得参考的坐标,那就是六朝时期出现了三部直接以"小说"命名的小说,为我们考察六朝时期的"小说"概念提供了最可靠的范例。其一为刘义庆的《小说》,该书《旧唐书·经籍志》小说家类著录,十卷。已经亡佚。《太平广记》引四条《刘氏小说》佚文,似出此书。但《通志·艺文略》小说类又有刘孝孙《小说》二卷。按四条佚文均为晋及以前事,刘义庆正嗣其后,刘孝孙为隋唐间人,且其中《蔡洪》条(实为二条)又见《世说新语》。以此推测,四条佚文似属刘义庆《小说》。佚文均为魏晋间事,与《世说新语》无异,很可能就是《世说新语》的别名。其二是南北朝无名氏《小说》,《隋书·经籍志》小说家类著录佚名《小说》五卷。已佚。此与《殷芸小说》和《旧唐书·经籍志》所录刘义庆《小说》十卷似非同书。姚振宗《隋书经籍志考证》猜度或为刘氏十卷书残佚之本,亦未有据。但它是《世说新语》一类志人小说,则大致不错。其三为今有传本者《殷芸小说》,《隋书·经籍志》小说家类著录殷芸《小说》十卷。注云:"梁目三十卷。"宋人避赵匡胤父弘殷讳,称《商芸小说》。唐宋间公私书目俱载之,明以后唯见

---

① 曹植:《与杨祖德书》。
② 又见《北史·蒋少游传》。
③ 《李崇传》附《李谐传》子李若。

《绛云楼书目》收录。鲁迅《中国小说史略》谓其书"明初尚存",余嘉锡《殷芸小说辑证》以为元末犹存,疑亡于明初①。据《隋志》、刘知幾《史通·杂说》及刘敬叔《异苑》等,殷芸系受梁武帝敕命而撰此书。姚振宗《隋书经籍志考证》谓:"此殆是梁武作通史时,凡不经之说为通史所不取者,皆令殷芸别集为小说,是小说因通史而作,犹通史之外乘。"则其成书过程和取材范围,与古来所传小说特征相符。所记上起周秦,下迄宋齐,分秦汉魏晋宋诸帝、周六国前汉人、后汉人、魏世人、吴蜀人、晋江左人、宋齐人十卷,堪称亘贯千古之野史杂记式小说。其特点主要有:其一,仿借史书编年、纪传之法,将故事按时代、帝王臣子顺序排列,使人便于把握各个时代社会潮流精神。如卷二记汉武帝问伯夷、叔齐事时,东方朔以鄙夷之语,反映古之隐士精神已为汉人积极用世精神所取代。又如卷六记三国士人"腰缠十万贯,骑鹤上扬州",欲兼发财、做官、成仙三者之全,表现魏晋人享乐精神;其二,书中故事来源和题材范围更加广泛。除文人事迹外,还广收鬼怪异闻、民间传说,以及地方风物,名人遗迹等。如卷五所记阮德如和管辂不怕鬼怪故事,已将志人志怪融为一体。"贫人"以贫人瓮中梦幻变泰,瓮破幻灭故事,讽刺不劳而获的幻想,民间传说色彩较强,亦即后来一个鸡蛋家当传说的蓝本。另如记老子庙、孔子井、贾谊宅、郑玄墓等,均为名人遗迹,为前人同类书中所罕见者;第三,与扩大题材相关,书中部分怪异故事能以虚构细节表现历史人物,从而突破了志人小说真人真事的局限。如卷一取《幽明录》记汉武帝微行时奸污民女事,却又幻化出书生看天相,预知凶吉等情节,表现汉武帝之好色残暴,较为贴切。而作为史书之外录,书中还收录若干未见正史的野史遗闻,为史家所重。继《西京杂记》、《世说新语》后,本书在志人小说各个领域均有深入探索,故为当时志人小说的重要作品。余嘉锡称其"援据之博,盖不

---

① 载《余嘉锡论学杂著》。该书唐宋人类书中存有佚文,《古小说钩沉》辑一百三十五条,余嘉锡辑本一百五十四条,依原书次第编为十卷。今人周楞伽据前人诸本又增补至一百六十三条,1984年上海古籍出版社出版。

在刘孝标《世说》注以下，实六朝人所著小说中之较繁富者"①。

这三部以"小说"命名的六朝小说以其文本自身，给我们提供的六朝人小说的形象印象。从中可以感觉到六朝人与前代在小说概念上的微妙变异。一方面，在这三部小说中似乎看不出它是子部书讲道理的附庸，而是史官记事之余的产物。刘知幾《史通·杂说》："刘敬叔《异苑》称：晋武库失火，汉高祖斩蛇剑穿屋而飞。其言不经，梁武帝令殷芸编为《小说》。"姚振宗据此认为："此殆是梁武帝作通史时，凡不经之说为通史所不取者，皆令殷芸别集为《小说》，是《小说》因通史而作，犹通史之外乘。"②《殷芸小说》按朝代先后编排人物的顺序，与这种说法可以吻合。随之而来的，就是由史官记事的方法所决定，它不是"近取譬论"，而是直接以叙事为目的。另一方面，《殷芸小说》中以志人为主，兼及志怪的做法与班固《汉书·艺文志》小说家的收录原则有一定联系。《汉书·艺文志》小说家中所收诸书中记事与志怪的界限比较分明，尽管两种东西都收，但就一本书而言，要么就是记事，要么就是志怪，没有将二者共融一书的现象。而《殷芸小说》却做到了这一点，这说明它在继承中的一点变异。

如果把六朝目录书中的小说家书目、六朝典籍的"小说"一词的内涵和六朝以"小说"为书名的作品三者综合起来，便可以得出六朝小说概念的总体轮廓，从中看出它对秦汉时期小说概念的延续和变异。它承续的，是先秦时期庄子、荀子等人对小说不屑一顾的鄙视态度；而在汉代人企图将记载杂事的小说与记载怪异故事的小说共同视为小说的问题上，又表现出审慎而又有保留的拒斥。他们不同意将《博物志》、《搜神记》这样的作品视为小说，却又在某些志人小说中收入一小部分这样的怪异故事。这种漫不经心的随意性却又隐含着对志人与志怪的小说共性的模糊认识；另一方面，他们又将秦汉时期具有表演意味的俳优引入小说领域，从而极大地增强了小说的消遣娱乐功能，这是六朝人小说观念的最大进步。

---

① 余嘉锡：《殷芸小说辑证》。
② 姚振宗：《隋书经籍志考证》。

三、后人眼中的六朝小说

用今人的眼光来看,就文学价值而言,志人小说恐怕不能和志怪小说相比,可在六朝人眼里,志人小说尚可称得上"小说",却算不了文学;志怪小说既不是小说,也不是文学。这种看法说明子部小说与集部小说在六朝时仍然处于分离的状态,从而表明他们的小说观念的保守和落后。然而无可否认的事实是,六朝时期的志怪小说出现了形成了一个前所未有的高潮,成为中国早期小说的一个里程碑。那么随之而来的问题就是,这些在当时没有跻身小说行列然而本身却不乏小说和文学价值的东西是如何取得小说的资格的。对于这个过程的清理和描述将会使人们在观念中明确六朝时期子部小说与集部小说的接轨及其意义。

书目中的变化最能体现出这种对接融合的过程。请看今人所认定的部分志人和志怪小说在《隋书·经籍志》、《旧唐书·经籍志》和《新唐书·艺文志》三部书目中的入类情况:

书　名	隋书经籍志	旧唐书经籍志	新唐书艺文志
燕丹子	小说	小说	小说
笑林	小说	小说	小说
类林	小说		
博物志	杂家	小说	小说
列异传①	杂传	杂传	小说
郭子(贾泉注)	小说	小说	小说
世说	小说	小说	小说
小说(刘义庆)		小说	小说
续世说		小说	小说
小说(殷芸)	小说	小说	小说
释俗语	杂家	小说	小说

---

① 《隋书经籍志》题魏文帝撰,两《唐志》作张华撰。

续表

书　名	隋书经籍志	旧唐书经籍志	新唐书艺文志
辨林（萧贲）	小说	小说	小说
酒孝经		小说	小说
坐右方	小说	小说	小说
启颜录		小说	小说
古异传①	杂传	杂传	小说
述异记（祖冲之）	杂传	杂传	小说
近异录	杂传	杂传	小说
搜神记	杂传	杂传	小说
神录	杂传	杂传	小说
研神记	杂传	杂传	小说
志怪（祖台之）	杂传	杂传	小说
孔氏志怪	杂传	杂传	小说
荀氏灵鬼志	杂传	杂传	小说
谢氏鬼神列传	杂传	杂传	小说
幽明录	杂传	杂传	小说
齐谐记	杂传	杂传	小说
续齐谐记		杂传	小说
感应传	杂家	杂传	小说
系应验记（陆果）		杂传	小说
冥祥记	杂传	杂传	小说
补续冥祥记②	杂传	杂传	小说
因果记	杂家		小说
冤魂志	杂传	杂传	小说
集灵记	杂传	杂传	小说
徵应集			小说
旌异记③	杂传	杂传	小说

① 《旧唐书·经籍志》作《石异传》。
② 两《唐志》作《续冥祥记》。
③ 此表据程毅中《古小说简目》前言。

从这张表中可以看出，如果说魏徵等人所编《隋书·经籍志》继承了六朝人目录书的入类原则的话，那么后晋人刘昫所编《旧唐书》，又承续了《隋书·经籍志》的入类，说明从六朝到唐五代，人们对小说入类的认识是基本一致的。从宋代欧阳修修《新唐书》开始，人们才把《博物志》、《搜神记》这类志怪小说从史部杂传类退入子部小说家类。这是因为身为史学家的欧阳修，已经清楚认识到这类神仙怪异的内容显然不配取得史书的资格，所以他们的真实目的不是为了给那些志怪小说找到合适的婆家，而是因为纯洁和净化史书队伍阵营需要肃清异己。这种不得已的措施显然含有对这些小说的歧视和鄙薄，然而这种无意之举却无形之间促成了有小说之名却乏小说之实的子部小说与无小说之名却有小说之实的集部小说二者之间的接轨。因为《汉书·艺文志》小说家类诸书多已亡佚，所以班固关于将记事小说与怪异小说共熔一炉的说法还只能是一种猜测①。但欧阳修却将我们今天人人可见的志人小说和志怪小说同列小说家中，这就使过去本来具有内在联系然而却天各一方的两种东西第一次堂而皇之地在目录学分类中走到了一起。从此以后，志人志怪这一对生死冤家就再也没有分离，一直牢牢地居于历代书目的小说家类中。

如果离开目录学著作，看一下后人典籍著作的话，就会发现欧阳修的做法实际上是继承了唐代刘知幾的史学思想。刘知幾从维护史书真实性的角度，早已提出将六朝时期《搜神记》这样的志怪书与《世说新语》归入一类，他说：

> 晋世杂书，谅非一族，若《语林》、《世说》、《幽明录》、《搜神记》之徒，其所载或诙谐小辨，或神鬼怪物。其事非圣，扬雄所不观；其言乱神，宣尼所不语。皇朝新撰《晋史》，多采以为书。……虽取说于小人，终见嗤于君子。②

---

① 有人认为将《虞初新志》理解为就是写蚩尤一类志怪故事便是一种错觉。见陈洪《中国小说理论史》第一章，安徽文艺出版社1992年版。
② 刘知幾：《史通·采撰》。

这段话提供了这样几方面的信息，其一，刘知幾已经将含有"诙谐小辨"的《语林》、《世说新语》和含有"神鬼怪物"的《幽明录》、《搜神记》等量齐观，视为同类；其二，唐人撰修《晋书》时采用了大量这类志人志怪内容；其三，刘知幾对此极为不满。虽然刘知幾在这里没有对这些书直接冠以"小说"之名，但结合他在《史通·杂说》篇所说的殷芸奉敕将怪异故事编成《小说》和他在《史通·杂述》篇对小说所作的分类（详后），说他将此类书视为小说是没有问题的。而他对这些小说鄙视的角度，又使我们对历史上小说受到歧视的原因又有了新的理解。如果说庄子、荀子对小说的蔑视是思想家和哲学家对异端邪说的贬低的话，那么到了刘知幾这里，对小说的歧视已经转变为史学家维护史书真实性纯洁性的清道夫的行为。然而他对史书清理门户的工作客观上却促使处于天各一方位置的志人志怪小说走到了一起。他从史学家的角度出发，将小说视为正史的附庸，并亲自将他所认为的小说进行了总结归类，他说：

> 是知偏记小说，自成一家，而能与正史参行，其所从来尚矣。爰及近古，斯道渐烦，史氏流别，殊途并骛，榷而为论，其流有十家：一曰偏纪，二曰小录，三曰逸事，四曰琐言，五曰郡书，六曰家史，七曰别传，八曰杂记，九曰地理书，十曰都邑簿。①

从今人的眼光来看，刘知幾的分类仍然未免有些庞杂。他将史部的野史、杂史、地理书及家谱等与小说混在一起，说明他对这些书仍然抱有成见。这十家实际上是他编的一个入不了史书的"另册"。但他毕竟也看到这些书各自的特点和优点，特别是将六朝具有小说性质的书籍第一次进行了小说内部的分类。其中"逸事"、"琐言"和"杂记"三类中的作品就是后来人们认为的六朝小说。他说：

> 国史之任，记事记言，视听不该，必有遗逸。于是好奇之

---

① 刘知幾：《史通·杂述》。

士，补其所亡，若和峤《汲冢纪年》、葛洪《西京杂记》、顾协《琐语》、谢绰《拾遗》，此之谓逸事者也；街谈巷议，时有可观，小说为言，犹贤于己。故好事君子，无所弃诸，若刘义庆《世说》、裴荣期《语林》、孔思尚《语录》、阳玠松《谈薮》，此之谓琐言者也……阴阳为炭，造化为工，流形赋象，于何不育，求其怪物，有广异闻，若祖台《志怪》、干宝《搜神》、刘义庆《幽明》、刘敬叔《异苑》，此之谓杂记者也。①

这里可以看出刘知幾对小说的把握已经比较圆熟，他既能看到这些小说之间相通的共性，又能细致鉴别出各类之间的类别差异。在他看来，《世说新语》、《西京杂记》和《搜神记》是从不同的侧面表现出小说的共同精神。这种认识，比起六朝人和唐代魏徵等人，无疑是一个不小的历史进步。不仅明代胡应麟对六朝小说的认识本之于此，就是清代纪昀等人修撰《四库全书总目》时对小说家类所划分的"杂事"、"异闻"、"琐语"三类，显然也是受到刘知幾的启发。所以，今天我们对六朝小说中"志人"、"志怪"的格局认识，将此二者作为中国小说的雏形加以考察，其功绩应当归于刘知幾。

在刘知幾之后，对文言小说（包括六朝小说）的认识具有创新意义的要属明代胡应麟。他对六朝小说认识的进步性表现在两个方面，第一是在分类上，他在刘知幾"十分法"的基础上，又提出了著名的"六分法"：

  小说家一类，又自分数种：一曰志怪，《搜神》、《述异》、《宣室》、《酉阳》之类是也；一曰传奇，《飞燕》、《太真》、《崔莺》、《霍玉》之类是也；一曰杂录，《世说》、《语林》、《琐言》、《因话》之类是也；一曰丛谈，《容斋》、《梦溪》、《东谷》、《道山》之类是也；一曰辨订，《鼠璞》、《鸡肋》、《资暇》、《辨疑》之类是也；一曰箴规，《家训》、《世范》、《劝善》、《省心》之类是也。谈丛、杂录二类，最易相紊，又往往

---

① 刘知幾：《史通·杂述》。

兼有四家，而四家类多独行，不可挽入二类者。至于志怪、传奇，尤易出入，或一书之中，二事并载；一事之内，两端具存，姑举其重而已。①

他的"六分法"的贡献在于，他对小说划分的范围，比起刘知幾显然又缩小了许多。他将刘知幾所分十家中与小说相距较远的家谱、地理、都邑一类的史部书划出小说之外，而将小说特征较为明显的书籍收在一起。其中"志怪"一类大约是"志怪"一词首次用于小说的归类。他又根据唐代传奇蓬勃兴旺，它自身难以企及的文学成就及其与六朝小说的紧密关系，将其与志怪、志人并驾齐驱。这表明他对文言小说中文学因素的极大重视，也表明包括六朝小说在内的文言小说，开始在文学性质上受到人们的瞩目。

刘知幾对六朝小说进步性认识的第二方面，是他对先秦子部小说与后代集部小说之间关系的认识。他第一次十分敏锐地发现《汉书·艺文志》十五家小说中子部小说与集部小说之间的不同。一方面，他认为《汉书·艺文志》小说家诸作中唯有《虞初周说》与后世志怪小说有些渊源关系，他说："……盖《七略》（即指班固据以纂成的《汉书·艺文志》）所称小说，惟此（指《虞初周说》）当与后世同。方士务为迂怪以惑主心，《神异》、《十洲》之祖袭有自来矣！"② 这说明他充分意识到《虞初周说》由于方士的故弄玄虚而产生的虚构性文学色彩。另一方面，他又清楚地看到除《虞初周说》以外的《汉志》小说与后世小说的根本区别：

《汉艺文志》所谓小说，虽曰街谈巷语，实与后世《博物》、《志怪》等书迥别。盖亦杂家者流，稍错以事耳。如所列《伊尹》二十七篇，《黄帝》四十篇，《成汤》三篇，立义命名，动依圣哲，岂后世所谓小说乎？又《务成子》一篇，注称尧问，《宋子》十八篇，注言黄老，《臣饶》二十五篇，注言心术，《臣

---

① 胡应麟：《少室山房笔丛·九流绪论下》。
② 胡应麟：《少室山房笔丛·九流绪论下》。

成》一篇，注言养生，皆非后世所谓小说也。则今传《鬻子》为小说而非道家，尚奚疑哉！（又《青史子》五十七篇，杨用修所引数条，皆杂论治道，殊不类今小说。）①

这实在是一个惊人的重大发现。他显然不满意前人对《汉志》所录小说的非文学性与六朝以来文学型小说笼而统之，混为一谈的模糊认识，而坚决主张将二者分离开来。这个发现的重要意义，并不在于要把这些《汉志》所收录的小说排除小说家类之外，而在于要强调小说中的文学精神和文学意味。如果说庄子、荀子是站在哲学家、思想家的角度将异端贬低为小说、刘知幾是站在史学家的角度为史书清理门户，将不能入史的无稽之谈退入小说的话，那么胡应麟则第一次站在文学家的角度，为强调文言小说的文学精神而摇旗呐喊。在他看来，小说不必跟在别人后面，成为讲道理的手段，成为史书的附庸。小说为什么不能自张一军，为什么不能成为文学的一个方面军呢？这个犀利而深刻的见解是文言小说观念史上的一个重大突破和彻底解放。它为文言小说告别子书和史书的束缚，按照小说自身的规律、按照文学的形象来塑造自己，吹响了进军的号角。按照他的思路，不仅文言小说中的子部小说要向传奇小说靠拢，而且文言小说与宋元以来蓬勃兴旺的白话通俗小说也应视为同类。

然而胡应麟倡导的注重文言小说文学品味的呼声，在清代却遭到了重创。在胡应麟的"六分法"中，最具文学价值的是传奇小说一类，然而在《四库全书总目》中，却根本没有设立"传奇"一类。那些脍炙人口的传奇名篇也理所当然地被排挤在中华典籍之外，没有立足之地。这既与清代朴学质实黜虚的社会风气有关，又决定于纪昀本人的传统文学观念。就小说而言，纪昀虽然承认小说具有"寓劝戒，广见闻，资考证"的功能，但由于"唐宋而后，作者弥繁，中间诬谩失真，妖妄荧听者，固为不少"，所以他的收录原则是，"今甄录其近雅驯者，以广见闻，惟猥鄙荒诞，徒乱耳目者，则黜不载

---

① 胡应麟：《少室山房笔丛·九流绪论下》。

焉"①。显然,在纪昀眼里,唐代单篇传奇是属于"猥鄙荒诞,徒乱耳目"者,所以登不了大雅之堂。这比起胡应麟的文学认识,显然是一个很大的倒退。他本人所写的《阅微草堂笔记》,也是有意模仿六朝小说的古朴笔法,坚决摈弃《聊斋志异》那样的传奇笔法。这貌似是对六朝小说的肯定,实际上以六朝小说的准小说、准文学性质与唐传奇至《聊斋志异》的成熟文学形态相对抗。其落后的文学观是显而易见的。到了晚清时期,很多改良主义政治家将小说作为政治斗争的工具,虽然对于提高小说的地位大有益处,但却偏离了小说与文学的从属关系。而且他们所注意的,主要还是《水浒传》、《三国演义》这样的长篇章回小说,基本上不包括我们所谈论的六朝小说。

真正将胡应麟以文学角度来观照、审视六朝小说的进步观念发扬光大的人是鲁迅。作为第一部中国小说史的科学理论著作,鲁迅在《中国小说史略》中完全排除了历代对于小说的各种指责和偏见,理直气壮地赋予小说以文学大族的地位。而在全书二十八篇中,六朝小说就占了"六朝之鬼神志怪书"(上、下)、"《世说新语》与其前后"三篇。1924年7月鲁迅在西安暑期讲学时所作的《中国小说的历史的变迁》讲稿中,总共六讲,六朝小说居其中一讲,题为"六朝时之志怪与志人"。六朝小说成为和唐传奇、宋元话本、明清长篇小说并驾齐驱的小说家族成员,它的文学地位和小说性质,也从此得到确认。六朝小说成为科学的研究对象,也从此开始。

从以上的分析缕述中可以看出,中国古代文言小说经历了一个从哲学家的贬斥,到历史学家的排斥,最后终于被文学家慧眼识真,看出它与文学之间的血肉关系,欣然纳入自己领地的漫长过程。而另一方面,有些具有小说文学价值的作品尽管在当时没有被赋予小说的名称,但在历史的发展中却逐渐与有小说之名而文学价值低于自己的子部小说走到了一起,形成一个"Y"字型的走势。而六朝正是这个"Y"字型的两条端线分别形成却还没有合拢的时期。因此,对于六朝小说的范围界定,不能只要其中的某一端;既要包括六朝人自己对小说的认识及由此派生的小说作品,也要包括后人对六朝小说的认识

---

① 《四库全书总目提要》小说家类序言。

及由此派生的作品;既要包括今人习惯意义上的文学性的小说,也要包括距离今人的小说概念较远然而却曾经是正宗意义的接近哲学或历史的琐碎材料。这就是我们对六朝小说所划定的界限。

"世说体"及其文化蕴涵

"世说体"是指以《世说新语》为代表的志人小说的一种结构方式。这种方式,把书中的故事按内容分成若干门类。每一门类中以不同人物的故事,表现相同的主题。

歌德说过:"题材人人都看得见,内容意义经过努力可以把握,而形式对大多数人来说是一种秘密。"① 由于认识和反映事物的方式不同,每个民族所形成的文学样式各有自己的特点。中国白话通俗小说在表现方式上不同于西方的小说,而中国的文言小说(即文体意义上的笔记小说)则不仅不同于西方小说的表现形式,也不同于中国的白话通俗小说的表现形式。在笔记小说中,"世说体"又以自己的独特面貌区别于其它笔记小说。这就给我们提出了研究"世说体"的课题。搞清这个问题,对于认识笔记小说的艺术规律,丰富中国小说史的内容,把握民族文化的特色,都是很有益处的。

一、"世说体"的产生与发展

"世说体"的产生和发展,有着很长的历史。

按内容将书分类,这在中国早已有之。在秦汉时杂家的著作中,有很多这样的例子。如班固《白虎通义》书分四十四门,另外像《淮南鸿烈》、《吕氏春秋》、《人物志》、《风俗通义》、《论衡》等,都是采用按内容分类。而对"世说体"产生影响最大的,还要推汉代刘向的《说苑》和《新序》。

这两部书在《四库》中被列在儒家类,"其书皆录遗闻佚事足为法戒之资者"。② 凡可供人们借鉴的故事遗闻,均在它采录之列,是一部先秦轶闻故事的汇编集。它采用记叙兼议论的方法,每个故事后,是作者的议论,即是故事要说明的道理。在体例上,这两部书即

---

① 转自宗白华:《美学散步》,上海人民出版社 1981 年版。
② 《四库全书总目·子部儒家类》。中华书局 1965 年版。

采用按内容分类的方法。如《新序》分为"杂事"、"刺奢"、"节士"、"义勇"、"善谋"等十卷;《说苑》则分为"君道"、"臣术"、"建本"、"立节"、"贵德"、"复思"、"理政"、"尊贤"、"正谏"、"敬慎"、"善说"、"奉使"、"谋权"、"至公"、"指武"、"丛谈"、"杂言"、"辨物"、"修文"、"反质"等二十卷。这种分类的方法为《世说新语》开导了先路。

另外,这个时期类书的产生,也对"世说体"的产生具有一定的影响。产生于曹魏时的《皇览》,是中国第一部类书。人们编类书的目的,主要在遍览群书,节省翻检之劳。司马贞说:"宜皇王之省览,故曰《皇览》。"① 又欧阳询说:"夫九流百氏,为说不同。延阁石渠,架藏繁积。周流极源,颇难寻究。披条索贯,日用宏多。辛欲摘其菁华,采其旨要,事同游海,义等观天。……皇览遍略,直书其事,文义既殊,寻检难一,爰诏撰其事且文,弃其浮杂,删其冗长,金箱玉印,比类相从。"② 这些都说明:随着人们对社会和自然界认识层次的不断加深,其反映手段的层次也在日益加深、扩大。这无论对编纂和欣赏阅读,都是很有益的。编纂者可将庞杂的内容,以类相从,免去杂乱无章之嫌;阅读者开卷有益,可径直翻至所需门类,查找材料。这在书籍编纂的历史上,应该说是一个创举。

在这些方法影响下,魏晋志怪小说已经开始采用按内容分类的方法。今存《搜神记》为后人辑本,原书是分篇的。今本《搜神记》卷四"张璞字公直"条,见于《水经注》,按《水经注》云:"故干宝书之于《感应》焉。"③ 这说明干氏书中原有《感应》一门;《搜神记》卷一"汉王乔"条《水经注》引后云:"是以干氏书之于《神化》。"④ 说明原书有《神化》一门;又《搜神记》卷六首条云:"妖怪者,盖精气之依物者也。"《法苑珠林》引之于《妖怪》篇首,

---

① 《史记·五帝本纪》司马贞《索隐》。
② 欧阳询:《艺文类聚序》,上海古籍出版社1965年版。
③ 《水经注》卷三九《庐江水注》。巴蜀书社1985年影印新化三味书室刻本。
④ 《水经注》卷二一《汝水注》。

云:"妖怪者,干宝记云。"① 则又说明干宝书中原有《妖怪》一门,此段话为篇首之叙论,如此,等等。不过,由于《搜神记》至宋代已经散佚,而志怪书中又未见其它分类者,所以后代志怪书中再也没见到分类者。而志人则相反,《世说新语》一直流传下来,遂为后代摹仿蓝本,成为一类体裁。

魏晋时期,出现了郭颁《魏晋世语》、裴启《语林》、郭澄之《郭子》等志人小说。这些书都已亡佚,无从窥其全貌,更不得而知其体例。用这些书现存的佚文和《世说》相对照,可以发现这些书均为《世说》在内容上所依据的蓝本。清人叶德辉云:"按《世语》晋郭颁撰,见《隋志》杂史类,孝标作注时亦援引,以证异同,则临川此书或即以之为蓝本也。"② 那么在体例上它们是否也有继承的关系,也就是说,晋代志人小说是否也有按内容分类的先例呢?虽然书亡似不可考,但是一些残存的材料却可以证明我们的假设。《三国志》裴松之注在引了《魏略》中韩宣一段故事后说:"案本志宣名都不见,惟《魏略》中有此传,而《世语》列于《名臣》之流"。③ 这就是说,《魏晋世语》也记载了这段故事,而且列在《名臣》这一门类内,有《名臣》一门,就必然应有别的门类,这些门类之综合,大概就是按内容分类的体例。

在汉人杂家著作,晋人志怪、志人小说,魏时类书,尤其是刘向《说苑》、《新序》的影响下,《世说新语》开始形成一种新的按内容分类的方法。它将内容分为三十六门,计有:德行、言语、政事、文学、方正、雅量、识鉴、赏誉、品藻、规箴、捷悟、夙惠、豪爽、容止、自新、企羡、伤逝、栖逸、贤媛、术解、巧艺、宠礼、任诞、简傲、排调、轻诋、假谲、黜免、俭啬、汰侈、忿狷、谗险、尤悔、纰漏、惑溺、仇隙等。与《说苑》、《新序》相对照,《世说》有明显的摹仿之迹,如《世说》中的"德行"、"言语"、"政事"、"文学"、"汰侈",很像《说苑》、《新序》中的"贵德"、"善说"、"理政"、

---

① 《法苑珠林》卷四二《妖怪篇》。中国书店1991年影印本。
② 思贤讲舍本《世说新语》叶德辉《世说新语佚文》序言。
③ 《三国志·魏志·裴潜传》裴松之注。

"修文"、"刺奢"等。但相比之下,《世说新语》的分类更为具体、深入。它在对人物言行的分类上,已经深入到"忿狷"、"豪爽"、"惑溺"这样能够反映人物性格特征的方面。有专记儿童的"夙惠",专记妇女的"贤媛",等等。

其实三十六门已非《世说新语》原貌,历史上曾有过四十五门本、三十八门本和三十九门本的《世说新语》。四十五门本因内容与前重复,被北宋晏殊删去。南宋董棻说:"右《世说》三十六篇,世所传厘为十卷。或作四十五篇,而末卷但重出前几卷中所载。余家旧藏,盖得之王原叔家,后得晏元献公手自校本,尽去重复,其注亦小加剪截,量为善本。"① 三十八和三十九门本因另二三门皆为正史中事,且无注,被汪藻删去。汪云:"三十八篇:邵本于诸本外,别出一卷;以《直谏》为三十七,《奸佞》为三十八。唯黄本有之,它本皆不录。三十九篇:颜氏、张氏又以《邪谄》为三十八,别出《奸佞》一门为三十九。按二本于十卷后复出一卷,有《直谏》、《奸佞》、《邪谄》三门,皆正史中事,而无注。颜本只载《直谏》,而余二门亡其事。张本又升《邪谄》在《奸佞》上,文皆舛误不可读,故它本削而不取。然所载亦有与正史小异者,今亦去亡,而定以三十六篇为正。"②

《世说》出现,使"世说体"定于一尊,后代摹仿者继之而起,然因时代各异,摹仿之迹并不平衡。唐宋时期,仿"世说体"者屈指可计,唐代有刘肃《大唐新语》,其书按类分为三十门,虽仿《世说》之体,门类名称全不同《世说》,且立《记异》一门,乃志怪内容,表现了志怪与志人的合流。另外,唐张鷟《朝野佥载》今本不分门类,此书曾有过分门类的本子。据晁公武《郡斋读书志》云:"《朝野佥载》补遗三卷。右唐张鷟文成撰,分三十五门,载唐朝杂事。"③ 具体门类名称已不可考。宋代有三部"世说体"志人小说,一为王谠《唐语林》,是书为王谠"集五十家之说,分为五十二门,

---

① 董棻:《世说新语跋》。
② 汪藻:《世说新语叙录》。
③ 晁公武:《郡斋读书志》卷十三小说类。

其上三十五门出《世说》,下十七门正甫所续。"① 二为孔平仲《续世说》,此书取材史书,全袭《世说》门类。三为李垕《南北史续世说》,其书共分四十七门,前三十六门全同《世说》,余十一门为自增。② 另外,唐宋时又有阙名《大唐说纂》一部,书已失传,据陈振孙《直斋书录解题》知是书亦仿《世说》之体,陈氏云:"《大唐说纂》四卷,不著名氏,分门类事,若《世说》,止有十二门,恐非全书。"③ 明清时期,出现了数十种"世说体"志人小说。观其潮流,可分三类,一类为全仿《世说新语》,分三十六门,门类全同。此类较少,有李绍文《明世说新语》,易宗夔《新世说》。二类为门类与《世说新语》有异同者,其中一部分作品门类与《世说新语》大致相同,小有出入。如何良俊《何氏语林》共三十八门,其中三十六门全同《世说》,多《言志》、《博识》两门,梁维枢《玉剑尊闻》共分三十七门,其中三十六门全同《世说》,多《雅操》一门,而其中《捷悟》、《自新》两门有目无文。另一部分作品亦摹仿《世说》部分门类,但出入部分较大,如焦竑《玉堂丛语》,共分五十四门,其中二十一门与《世说》相同,三十三门为自立。王晫《今世说》共三十类,全同《世说》,而删去作者认为有伤人之嫌的《自新》、《黜免》、《俭啬》、《谗险》、《纰漏》、《仇隙》六类。第三类在门类上与第二类大致相同,即与《世说》有出入,但却为专记某一类人之志人小说,如专记妇女故事有李清、严蘅《女世说》各一部,专记儿童故事有阙名《儿世说》,专记和尚故事有乔从颜《僧世说》,专记汉代人故事有章抚功《汉世说》等等。

  从唐代的二种,到宋代的三种,再到明清的几十种,这个数字本身,说明"世说体"是在发展的。《世说新语》按内容分类,不再是一本书的体例方法,而是一类书的体例方法,所以我们用"世说体"

---

① 王谠:《唐语林》原目录。
② 李垕:《续世说》一书,《四库提要》云为明人俞安期伪作,俞安期序中又称李垕为唐人。二说皆非,笔者经考证证明此书为南宋人李垕所作,另有详论,此从略。
③ 陈振孙:《直斋书录解题》卷十一,上海古籍出版社1987年徐小蛮、顾美华点校本。

来称呼它们。

二、形式中的内容积淀

翻开人类文化艺术史，会发现这样一个事实：有些物体和形象，一旦被记录下来，反映出来，这种反映形式就会被定格，成为一种固定的形式，后人依此形式，不断补充新的内容。这种形式，有人称之为"有意味的形式"。比如几何形图案花纹的形成，石兴邦先生说："主要的几何形图案花纹可能是由动物图案演化而来的。有代表性的几何纹饰可分成两类：螺旋形纹饰是由鸟纹变化而来的，波浪形的曲线纹和垂障纹是由蛙纹演变而来的。"① 再如船工的号子，它本产生于船工拉纤的"吭哟"声中，时间既久，这种"吭哟"的节奏和调式被固定下来，就成为一种歌唱形式。然而几何花纹也好，号子也好，都不会脱离原来内容的痕迹。这里有两点要注意：一是这种形式本是由内容积淀而成，是内容的形象化、形式化；二是正因如此，这种形式便体现了脱胎而来的内容意义。

"世说体"正是这样一种表现形式，从《世说新语》的篇目分类中可见，它所分的门类，其思想倾向是较强的。这种体现较强思想性的分类方法一经固定化、格式化，通过历代的继承、积淀，这种形式因素便已渗透了内容因素，体现了一定的思想倾向，成为一种内容要求。开始，很多同样内容的故事被编在一起，成为一类，类目的名称反映了这类故事的共同性，这是由特殊到一般。而这种类目的名称确定以后，它对后代"世说体"小说则是内容要求，这是从一般到特殊。这样，通过篇目名称这个媒介，使各代同样门类的志人小说在内容上趋于一致。

《世说新语》所记载的故事，多发生在魏晋，这个时期，思想界冲破了汉代儒家一统天下的束缚，走上了综合儒、道、名、法的玄学道路。《世说新语》的内容，主要就是反映这种清谈和玄学。按说它的分类应反映出这种时代特色。然而事实却并非如此，被冲破的儒家思想在分类中却占了上风。这是为何？原来，它是由编纂者所处的时

---

① 石兴邦：《有关马家窑文化的一些问题》，《考古》1962年第6期。

代及其思想立场决定的①。刘义庆是宋初人,在南北朝,玄学已经走上末路,它与佛学合流,成为一种新的哲学流派。而佛教的昌盛主要在梁代。宋初统治者为了维护自己的统治,比较注重儒学。刘义庆主要生活在宋文帝时,"元嘉十五年,徵次宗至京师,开馆于鸡笼山,聚徒教授,置生百余人,会稽朱膺之、颍川皮蔚之,并以'儒学'监总诸生,时国子学未立,上留心艺术,使丹阳尹何尚之立'玄学',太子率更令何承天立'史学',司徒参军谢元立'文学'。凡四学并建,车驾数幸次宗学馆,资给甚厚。"② 四学之中,显然以儒学最为受宠。作为宋宗室和臣僚,刘义庆在组织编纂《世说》时,体会、迎合皇上的喜好,把儒家思想作为分类篇目的主要标准,也就不奇怪了。但是,由于故事本身决定,在体现儒家思想的分类篇目中,故事本身却未必全都反映这种思想,而是魏晋时代的特色。如《德行》篇中,虽然有李膺"以天下名教是非为己任"的儒家思想,但是阮籍不臧否人物,嵇康二十年中"无喜愠之色"'却体现不了儒家"兼济天下"的入世思想。《文学》篇中提到的哲学著作,既有儒家经典,也有《老》、《庄》,也有名家的《白马篇》,等等;这就说明,刘义庆等人虽然以儒家思想为标准,制定出篇目的分类,但是由于他们搜集的故事,主要是《魏晋世语》、《语林》、《郭子》等晋代志人小说,而这些书中的故事有魏晋清谈的影子,思想很复杂,所以《世说新语》的分类名称与全部故事的内容,不是完全相符的。而后代继承、摹仿的却是《世说》的分类名目。他们选择彼时故事的标准,是看是否符合《世说》为之制定的体现儒家思想的分类名目。最能说明这个问题的是《贤媛》篇。按说《贤媛》篇应是妇女执行儒家为其规范的妇德准则的故事,而《世说·贤媛》这样的故事却少得可怜,而一些违反这些妇德的女性形象,却占了很大篇幅。因为魏晋时期,儒家思想受到冲击,人们思想活跃。受此影响,广大妇女也努力冲破妇德的束缚,追求自己的解放。干宝《晋纪》云:"其妇女庄栉织纴,皆取成于婢仆,未尝知女工丝枲之业,中馈酒食之事

---

① 参见本书《〈世说新语〉类目设定的思想旨归何在?》一篇。
② 《宋书》卷九三《雷次宗传》。

也。先时而婚，任情而动，故皆不耻淫逸之过，不拘妒忌之恶。有逆于舅姑，有反易刚柔，有杀戮妾媵，有黩乱上下，父兄弗之罪也，天下莫之非也。"① 又葛洪《抱朴子》云："今俗妇女，休其蚕织之业，废其玄纮之务。不绩其麻，市也婆娑。舍中馈之事，修周旋之好。更相从诣，之适亲戚。承星举火，不己于行。多将侍从，晡晔盈路。婢使吏卒，错杂如市。寻道褻謔，可憎可恶。或宿于他门，或冒夜而反。游戏佛寺，观视渔畋。登高临水，去境庆吊。开车褰帏，周章城邑。杯觞路酌。弦歌行奏。转相高尚，习非成俗。生致因缘，无所不肯。诲淫之源，不急之甚。刑于寡妻，家邦乃正。愿诸君子，少可禁绝。"②《贤媛》篇的很多故事，都能说明这种社会风气。故事中很多妇女，不以妇德见长，却以才能、智慧见胜。故今人余嘉锡云："唯陶母能教子，为有母仪，余多以才智著，于妇德鲜可称者。题为《贤媛》，殊觉不称其名。"③ 如"周浚作安东时"条，李络秀说服自己的父兄，嫁给了周浚。塑造了一个掌握自己命运的妇女形象；又如许允的妻子阮氏，面貌丑陋，结婚后许允本想抛弃她，可聪明的阮氏却用封建道德本身去责难许允，结果使自己获胜。同是这位阮氏，当丈夫因任用乡里，被捕后，却坦然自若，"作粟粥待"，结果"顷之允至"，原来她知道丈夫用人，"皆官得其人"。表现了一个妇女的见地。另外，《贤媛》篇以外的一些妇女故事，也表现了当时妇女的这种风气。如《假谲》篇中贾充的女儿，自己作主，与韩寿结合，迫使父亲承认他们的婚姻，等等。总之，在这些妇女身上，几乎看不出什么妇德的痕迹。而唐宋以后，特别是南宋理学兴起后，在志人小说的《贤媛》篇中，就很难找到这样的妇女形象，因后代人认为《贤媛》一门，理应记载有德之妇的故事。如清王晫《今世说·贤媛》篇中，或者是"李孝贞事父，终身不嫁"的孝女，或者像杜于皇母那样，认为妇女不可让画师画像，因为男画师注目熟视，有违男女有别之礼，等等。表现了在同一门类中，因时代不同而出现的思想倾向

---

① 干宝：《晋纪·总论》，据《文选》第四十九卷引。
② 葛洪：《抱朴子外篇·疾谬篇》，《诸子集成》本。
③ 余嘉锡：《世说新语笺疏·贤媛篇》。

的差异。

  这种差异是事实,但它是特殊情况。一般地说,"世说体"志人小说篇目中体现儒家思想的一致性还是主要的。各代"世说体"小说采用门类最多者为"德行、言语、政事、文学"四科,几乎无不采用。此四科实为儒家用人标准。《论语》云:"子曰:'从我于陈、蔡者,皆不及门也。德行:颜渊、闵子骞、冉伯牛、仲弓;政事:冉有、季路;言语:宰我、子贡;文学:子游、子夏。'"① 这里为首的"德行",实际上是"仁"的观念,是儒家道德伦理观念的体现。《易·节》:"君子以制数度,议德行。"疏:"德行谓人才堪任之优劣。"决定这种优劣,主要依据人的行为,即按"仁"的观念规范人的行动。何元朗云:"夫孔门以四科裁士,首列'德行'之目,放曰:我欲载之空言,不如见之行事也。"② 所以在"德行"这一门类中,各代志人小说均要记载一些按"仁"的道德观念行事的行为。如《世说新语·德行》"荀巨伯远看友人疾"条:

  荀巨伯远看友人疾,值胡威攻郡。友人语巨伯曰:"吾今死矣,子可去。"巨伯曰,"远来相视,于今吾去,败义以求生,岂巨伯所行邪!"贼既至,谓巨伯曰:"大军至,一郡尽空,汝何男子,而敢独止?"巨伯曰:"友人有疾,不忍委之,宁以我身代友人命。"贼相谓曰:"我辈无义之人,而入有义之国"。遂班军而还,一郡并获全。

荀巨伯和胡贼所说的"义",同指一个概念,即儒家所宣扬的"仁义",在这里主要指台已为人的行为。又《何氏语林·德行》"杨铁崖避地松江"条:

  杨铁崖避地松江,尝有一贵游子,既破产,流落海上,数踵先生门。一日竟持先生所购倪云林画去。左右欲发之,先生曰:

---

① 《论语·先进》。
② 何良俊:《何氏语林·德行篇引言》。

>>> 第一部分　六朝小说重要研究论著评介 <<<

"吾哀其困，使往见一达官，以书画为介耳，非盗也。"其掩人过如此。

这里褒扬的，是"仁"的另一层意思，即要"与人为着"，甚至对别人的缺点，也要加以掩饰，不可揭人之短。又《新世说·德行》"钱纶光有潜德"条：

> 钱纶光有潜德，尝曝麦于庭，老苍头窃取以去。稚子见之，以窃取告。公曰："渠视我家物如己物，偶取饲鸡鹜耳，何云窃也？"戒勿泄。苍头闻之，感泣自陈。公以好言慰之。

这段与上面杨维桢的故事主题完全一致。其渊源，可追溯到孔子。据《孔子家语》："孔子将行，雨无盖。门人曰：'商也有焉。'孔子曰：'商之为人也啬，短于财。吾闻与人交者，推其长者，违其短者，故能久也。'"

从《世说新语》到最后一部"世说体"小说《新世说》，中间经过将近一千五百年的时间，而其中同一门类作品的主题，竟能如此一致，这是儒家思想的牢固地位在志人小说中的反映，而起到这种媒介作用的，正是"世说体"这种格式。

三、"世说体"与中国传统审美意识

作为一种表现形式，"世说体"充分体现了中国的民族特色。

第一，程式化的特点。中国的艺术，是讲究程式化的。这在中国的戏曲，尤为突出。中国的戏曲在角色分行上，有生旦净末丑之分；在表演上，有唱念做打之分；在曲牌上，也有多种形式。这些分类都是将生活中人们不同的类型，不同的表达思想感情的方式，加以概括化、类型化的结果。花脸适于表现性格爽直、体魄魁梧的人，青衣适于表现雍容典雅的中年妇女，小生则适表现血气方刚的青年人。表演上，袖口的表演，即有甩袖、抛袖、抓袖等。手的表演，则有云手、穿手、三刀等。脚的表演，也有正步、跑步、滑步、蹉步等。这些表演程式根据剧中人物思想行为的需要而被选择运用。中国的绘画也是如此。中国人画山石时讲究运用皴法，这就是一种程式化。它将自然

界中山峰和峦石加以概括化、类型化，总结出各种运笔方法，表现不同的山石。如大斧劈皴适于表现突起兀出的奇山大石；披麻皴适于表现丘陵状的山峦；折带皴适于表现经过风化了的崖石，等等。画树时，也有各种程式要领，"梅不离女、竹不离个"。画竹时"春则嫩篁而上承，夏则浓阴以下俯，秋冬须具霜雪之姿，始堪与松梅为伍"。① 画人物白描，也有"十八描"之说。

"世说体"也具有这种程式化的特点。它把生活中人物和事件分成不同的门类，这同样也是概括化和类型化。如前所述，这种概括化和类型化，是人们对社会和自然层次认识和表现不断加深的结果。《世说新语》分类名目的产生，是用归纳的方法，从特殊到一般。而以后各代"世说体"小说的分类名，则以演绎的方法，用一般规范、组织新的特殊。这样，这些分类名目，无论对作者和读者，在内容主题上都成了约定俗成的东西。如《方正》类多记有气节、有骨气人物的故事；《捷悟》类多记反映迅速、思维敏捷的人物故事；《夙惠》类多记儿童聪明的故事；《自新》类记犯了错误而又改正人物的故事；《俭啬》类多记吝啬者的故事；《汰侈》类多记荒淫腐化人的故事，等等。作者是这样组织材料、划分类别的，读者也是以此为出发点，看作品是否合乎达门类名称。如同中国的戏曲和绘画一样，戏中人物一出场，据其脸谱、服饰，便可大概知其身分、性格。看见起霸，便可知人物要出征上阵，看见站门，便知要升帐或升殿等等。在画面中，据其不同皴法，便可知其表现对象的质地。在"世说体"小说中，据其门类名称，便可大概知其人物和故事的类别。

需要指出的是，"世说体"和中国艺术中的这种程式化，是对以往生活现象的概括，也是对作品中要表现的生活现象的规定，但这种概括和规定绝不是死板的、千篇一律的。恰恰相反，它给作家和艺术家提供了再创造的可能性。如同在《忿狷》一门内，《世说新语》"王蓝田性急"这样记载：

    王蓝田性急，尝食鸡子，以箸刺之，不得，便大怒，举以掷

---

① 《芥子园画谱》。

地。鸡子于地圆转未止,仍下地以屐齿蹍之,又不得。瞋甚,复于地取内口中,啮破即吐之。

而《新世说》"胡芋庄见金陵应试"条又是这样记载：

胡芋庄见金陵应试者,披襟跣足,及隶卒搜检状,甚以为忿,曰："士不可贱,奈先自贱何！"遂弃举子业,终身不赴试。

同是记载性急的人,二人的表现形式完全不同。故毫无雷同之感。这如同舞台上同是老生,诸葛亮和蔺相如就全不相同；山水画中同用大斧劈皴,马远的《踏歌图》造境险奇,夏珪的《溪山清远图》则朴素自然；风格有同亦有异。这说明中国文学艺术中的程式化并没有造成文学艺术的雷同化,相反它说明这种程式化是在继承基础上的创造,是一种"有规则的自由活动"。①

但是任何事物都存在它的反面。"世说体"本身没有什么过失,它的出现,是反映一定时期社会内容的需要产生的。《世说新语》的确做到了内容和形式的统一。但是唐宋以后由于时代精神已经变化,并且产生了与之相适应的新的文学形式,如唐诗、宋词等。"世说体"不适于用来表现新的时代精神,它的成就超不出前代,也就是必然的了。比如同样表现唐代人的积极进取心,《隋唐嘉话》、《唐摭言》中的许多故事就没有《白雪歌》、《燕歌行》的气魄,没有"会当凌绝顶,一览众山小"的豪迈感；而宋代的"世说体"小说由于在现实生活中找不到适于自己表现的对象,则不得不从以往的史书和杂书中寻找材料。用旧形式表现新内容,总显得不是那么和谐。贺拉斯说："喜剧的主题决不能用悲剧的诗行来表达；同样,堤厄斯忒的筵席也不能用日常的适合于喜剧的诗格来叙述。每种体裁都应该遵守规定的用处。"② 法国圣·艾弗蒙说："荷马的诗永远会是杰作,但

---

① 黑格尔语。
② 贺拉斯:《诗艺》。

不能永远是模范。"① 在文学艺术的发展中，如果要使旧形式为新内容服务，就必须对旧形式加以改造。如果恪守旧形式的程式不放，那这种程式则必然成为文学艺术发展的桎梏。

第二，网状结构的特点。不同的民族，对因果关系的认识是不一样的。美国密执安大学林顺夫教授认为："因果关系，按照西方思想的特点，应该要求各种事件一个接一个很机械地包含在一条因果关系的链子里。当这种因果观念被人们接受以后，用在文学创作领域，就形成紧密的集中的情节结构。在这种直线和习惯的结构类型中，不是人物因素，就是事件的因素被单独抽出来，成为小说中贯穿各种因素的动力或主要动力。然而，传统的中国观点与这种对因果关系的解释根本不同。他们把因果关系看作是形成一个庞大的、杂乱的网状的关系或过程，而不是把各种事件安排在直线的因果关系中。事件不是按因果关系安排，而是并排的或者并列的被组织在一起，好像是同时发生似的。这样，这种因果的世俗关系就成为并列的具体'事件'的动力的模式。"② 林顺夫先生这番话，对于我们理解《世说新语》和《儒林外史》这些分散结构类型的中国小说的渊薮，有一定帮助。我们知道，西方古典哲学重视的是"数"的准确概念，是秩序的和谐。而中国人则相反，他们重视的是"气"的韵律。它是一种有节奏、有感情的运动。它所注意的，往往是事物的各个要点，而不是它们的过程。"庖丁解牛"就是如此。因为他们认为掌握了要点，也就是掌握了过程。所以当他们表现一个过程时，也只是将这些起重要作用的要点并列地表现出来，而略去了要点之间的过渡部分，使这种过渡部分成为一种空白。这样，事件就"好像是同时发生似的"。这一点，现代一些外国人已经开始认识到了，部分现代派小说就是这样的尝试。法国电影艺术家阿仑·罗勃格里叶说："在实际生活中，我们头脑的活动却比这（指直线性因果结构——引者）要快——有时或者更慢。它的风格变化是更多、更丰富，也比较更飘忽，它常跳过某些

---

① 艾弗蒙：《论对古代作家的攀仿》，转引自《西方文论选》上册第273页。

② 林顺夫：《〈儒林外史〉的礼及其叙事体结构》，《文献》第十二辑。

段落,常常鲜明地保存着某些'不重要的'细节的如实的回忆,还常常不嫌重复,不怕颠倒。而这种具有各种特点,带着它的空虚的空白,各种固执的意念以及它的模糊不清的领域的心灵上的时间,才正是我们最感兴趣的东西,因为这才真正是我们的感情和生活的节奏。"① 按一定的思想标准,把这些要点加以分类、组织、梳理,就是《世说新语》的网状结构,这种结构有下列特点:

1. "点"的处理。点就是各个网眼,各个要点,在"世说体"小说中就是各个小故事。它相当于书法中的一个字,绘画中一个独立的局部,戏曲中一个独立的场面,园林中一个独立的景致。在结构意义上说,它是形成整个网状结构的基础;从形象意义上说,它是丰满形象的一个侧面,一个层次。在志人小说中,它是以记录人物的言行为主。林顺夫说:"中国人把宇宙看作一种自持的,自生的,力学的过程,宇宙中的各部分都在一个和谐的,有机的整体里相互起作用。而人,被看成参与宇宙创造过程的一个有机部分。这样,形成了天、地、人三位一体的哲学观点。这种以人为中心的,一个未经外力创造的宇宙的独特观念,对中国文化的各个方面都有着深远的影响。"② 这种以人为主的对生活有节奏的回忆是符合人的认识和记忆规律,尤其是符合中国人的认识和记忆规律的。它舍弃了那些不重要的东西,从而使表现的这一要点对象更鲜明、更突出。如《世说新语·容止》:"魏武将见匈奴使,自以形陋,不足雄远国,使崔季珪代。帝自捉刀,立床头。既毕,令间谍问曰:'魏王何如?'匈奴使答曰:'魏王雅望非常,然床头捉刀人,此乃英雄也。'魏武闻之,追杀此使。"这是记载曹操的故事,它没有交代匈奴使是怎么来的,为什么要见他,以及杀死他后,双方的关系有无恶化、我们只能从曹操使人代已见匈奴使而自己捉刀而立,看出他的阴险狡诈和他的虚荣心,从他杀匈奴使而见到他的凶残。这正是中国传统的要点认识的表现。

2. "网"的形成。"网"是点的集合体。在"世说体"小说中就是对全书内容的组织、安排,也就是对整个结构和形象的处理。它

---

① [法]阿仑·罗勃格里叶《去年在马里昂巴德》引言。
② 林顺夫:《〈儒林外史〉的礼及其叙事体结构》。

是传统的中国宇宙观和文化观影响的结果。"在这种宇宙观的影响下，中国传统小说的作者很少选择一个人物或者一桩事件当做小说里统一的因素。通常的作法是在一本书里，一会儿以这个人物为主，一会儿又以另一个人物为主；或者一会儿以这桩事件为主，一会儿又以另一桩事件为主。传统的中国小说很少集中描写一个人物的发展，或者集中叙述一个社会现象的过程，而是交代广大凡人之间的复杂的相互关系。这与其说是固定中心，不如说是可移动的中心。"① 林顺夫先生这段话，对白话通俗小说倒未必合适，因为它不大符合实际情况，而对《世说》这样的笔记小说，却是颇为合适的。如他前面所说，中国人在处理"世说体"志人小说时，"事件不是按因果关系安排，而是并排的或者并列的被组织在一起，好像是同时发生似的"。它像是整幅的《兰亭序》，整幅的《清明上河图》，像是一出《三岔口》，或是整个的苏州园林建筑；"世说体"小说中各个小故事，看起来是互相没有什么关系的独立点，其实不然，如果我们大胆运用联想和想象，就会发现其中的联系。世人所知，《世说新语》反映的是魏晋时期士大夫的言行。然而，作品中的故事并非完全对生活的杂乱堆放，而是在一定思想标准规定下，编纂者按照自己对生活的认识和评价，来进行结构安排的。各个篇目的名称，也具有一定的评论性质。有肯定、赞美，如《德行》、《雅量》、《捷悟》、《豪爽》、《贤媛》等；有遗憾、惋惜，如《伤逝》、《尤悔》、《纰漏》、《惑溺》等；也有批评、谴责，如《任诞》、《汰侈》、《谗险》、《假谲》等。这些合起来，是作者对魏晋人生的部分认识和评价。每一门类故事之间，门类之间，都是相互补充的。如果说你看了其中的一个故事对这一内容的故事印象还不大深刻的话，那么当你看完这一门类时，印象就会比较深刻了。因为同一门类内的内容精神是一致的；如果说你看完一个门类后了解的只是生活的一个侧面的话，那么当你看完全书时，得到的就是作家对生活相对完整的看法。就如同《江山如此多娇》一样，从画面上我们可以看到各个部分的局部，可以看到黄河、长江、长城、黄山松、东海水、喜马拉雅山，但把这些合在一起，我

---

① 林顺夫：《〈儒林外史〉的礼及其叙事体结构》。

们得到的却是中国河山的印象。这是中国传统宇宙观的伟大实践和准确体现。这种网状结构,决定了在形象塑造上必然是由散而合的途径。《世说新语》采用两种形象塑造方法,一是塑造不同人物的同一方面的性格,如《豪爽》篇都记不同人们各种豪爽行为,《俭啬》篇均记吝啬鬼的故事;另一种方法是塑造同一人物在不同篇章的不同性格侧面。如果我们看了一个人的一个故事,只能得到他的形象的一个侧面,一个层次的话,那么看完全书,就可以得出这个人比较完整的形象来。如王述这个人,《方正》篇记载云:"王述转尚书令,事行便拜。文度曰:'故应让杜、许。'蓝田云:'汝谓我堪此不?'文度曰:'何为不堪?但克让自是美事,恐不可阙。'蓝田慨然曰:'既云堪,何为复让?人言胜我,定不如我。'"这里可以看到王述这个人爽直、实事求是,不讲虚伪礼节的性格特点。又云:"王文度为桓公长史,时桓为儿求王女,王许咨蓝田。既还,蓝田爱念文度,虽长大,犹抱著膝上。'文度因言桓求己女婚。蓝田大怒,排文度下膝曰:'恶见,文度已复痴,畏桓温面?兵,那可嫁女与之?'文度还报云:'下官家中先得婚处。'桓公曰:'吾知矣,此尊府君不肯耳。'"这里可以看出王述以门阀士族观念歧视寒族军人的傲慢。又《赏誉》篇云:"王蓝田为人晚成,时人谓之痴。王丞相以东海子辟为掾,常集聚。王公每发言,众人竞赞之。述于末坐曰:'主非尧舜,何得事事皆是?'丞相甚相叹赏。"这里又可以见到他不愿阿谀奉承的正直品德。又《忿狷》篇所云"王蓝田性急"事,上文已引录。综上几条,便可以看出王述的基本性格来,他直爽,急躁,是非分明,实事求是,又有几分傲慢。是一个张飞、李逵式的性格。这种形象塑造方法别具一格。它与前一种方法互相补充,互为经纬;交叉进行。每个故事,既为经线的一点,又为纬线的一端。这是一种多声部反复轮唱、合唱、重奏、合奏的和声、和弦效果。这种网状结构可大可小,小大由之。它不像绘画、书法那样,删去任何一个部分,都不是一件完美的作品。"世说体"中一两个故事的多少,一两个门类的多少,都无关大局。在这方面,作家是自由的,但正因如此,这种"网状结构"就缺乏一种有机感。

3. "空白"的作用。这里的空白,是指"世说体"小说中段与段之间，门类之间的空隙。它相当于绘画中的空白和书法中的"飞白"，它代替了长篇小说中节奏之间的过渡部分。表面上看，这些空白处似乎不存在什么实际意义，实际上它有自己的独特意义。我们知道，《世说新语》反映的内容很广泛，从时间上，它牵涉从汉末到东晋二百多年封建士大夫的事迹；从内容上，它记录政治、军事、哲学、文学、艺术，以至婚姻、家庭等社会生活的各个方面。要想事无巨细，全部反映，不仅不可能，也没有必要。必须进行选择和排列，选择和排列以后，故事之间就必然留下空白；这种空白不等于数字上绝对的"0"。空白对任何艺术实体都是需要的。没有空白，书法中字与字之间韵律的节奏就无法展示，绘画中那无垠的神境也无法表现。因此，空白是任何艺术实体显示的条件，而在中国文学艺术中，它本身还有一种独特的美学意义——神韵。它除了具有衬托艺术实体的作用外，还有一种令人对作品遐想万端的独特功能。在《世说》中，它与作品中故事相间，时有时无，时隐时现，飘忽异常，使人感到在这空白之外，似乎还蕴藏着作品中没有表现，或无法表现的无数条生活的潜流。通过它，我们可以看到时代节奏的空隙，感觉到作品中的一种神秘感——在这些空白处中，似乎还蕴藏更多美妙的故事。清人笪重光说："空本难图，实景清而空景现。神无可绘，真境逼而神境生。位置相戾，有画处多属赘扰。虚实相生，无画处皆成妙境。"①"世说体"中的空白，亦似即这种"妙境"。当然，这种空白的章法力量还嫌不足，没有达到"计白当黑"的高度。因此，它的神韵感，也要逊于绘画，书法等艺术，但它毕竟是存在的。

总之，"世说体"志人小说在长期的发展、继承中，由于受到统治思想的左右和民族审美意识的影响，使自己具备了中国式的思想倾向和表达方式。在艺术不断革新，新小说观层出不穷的今天，观照一下这种结构方式，或许会对小说写法的创新起到一定的作用。

【评介】

宁稼雨教授致力于六朝小说研究多年，《传神阿堵，游心太

---

① 笪重光：《画筌》。

玄——六朝小说的文体与文化研究》一书，对六朝小说的研究不仅有新意，有深度，而且自成体系。该专著分为上下两编。上编为"传神阿堵：六朝小说的文体研究"，"传神阿堵"是指六朝小说在文体方面的形成渊源与形式魅力。下编是"游心太玄：《世说新语》中的士人文化精神"。"游心太玄"是指以"世说新语"为代表的六朝小说中所蕴含的魏晋士人文化精神。两编既有区别，又有联系，相辅相成，相得益彰。

一、今古兼顾，实事求是研究小说的原则

由于历代对小说这一概念理解的差异及发展变化，何谓小说，并没有统一的界说，以至在小说的著录及分类上存在着相当大的混乱。完全依照今人的小说标准加以衡量，未免过于严格，不符合中国古代小说的实际情况。但全盘继承或迁就古人的小说概念，则势必会造成混乱，不利于研究对象的选择与研究工作的深入。著者本着今古兼顾、实事求是的科学研究原则，以今人的小说标准为主，辅之以古代小说概念的衍变及古代小说发展的客观实际，在充分尊重与继承古代小说目录学成就的基础上，依照今人对小说概念的理解，确定古代小说的范围。宁教授认为中国小说实际上有一个从非文学、准文学变而为文学样式的过程。这实际上存在两个视线：一是古代人自己认为而今人不一定认可的小说体裁，二是今人认为当时文章样式中符合小说文体要素的作品。而我们今天所谓"六朝小说"实际上应当是这两条线索从异到同的重合，即所谓的"Y"型走向。

二、敏锐的学术眼光和强烈的创新意识

该书力求超越以往文学研究的某些框框，从文学与历史、哲学、文化学研究的结合上来思考和研究问题。例如对六朝小说的生成原理，著者一改前人以平面的视点来看待诸子、史传、神话、诗赋等文体与小说形成的渊源关系，而是从动态的角度，分别从诸子文章的"舛驳"走向、史传散文的"凭虚"流向、神话传说的社会化走向、诗赋文章的散体化倾向等方面，从诸子、史传等文体自身演变走向轨迹的契合中寻找六朝小说乃至于中国古代小说的形成渊源，对六朝小说的起源问题重新进行挖掘和梳理。该研究深化和丰富了人们对于中国古代小说起源问题的认识，为六朝小说的研究提供了清晰的轮廓线索。该书对以前人们研究过的课题提出新的见解，对以前人们较为忽视的一些课题进行深入研究。例如，关于魏晋士人服药问题，以前的研究大多把求长生的社会风气作为士人服药的主要原因之一，专著中的《从〈世说新语〉看服药的士族精神》一文进一步探讨了这一问题，宁稼雨教授认为，魏晋士人服药的深层原因是当时由士族文人倡导并盛行的士族道教观念中的"地仙"观念的具体表现，将这一问题的研究向前推进了一大步。

三、研究角度的独特新颖、纵向的拓展和横向的延伸相结合的开阔的研究视野

以往研究《世说新语》，多在考案史实、训解文字、校勘版本和批点评注等方面着力，而对其文化内涵，特别是在中国古代文人的精神演变史上的作用研究相对不足。缺乏系统、流于驳杂、方法相对陈旧等我国古代学术的缺陷也不可避免地存在于近代以前的《世说新语》研究中。20世纪以来，随着东西方文化交流的展开与深入，文学观念和研究方法的更新，《世说新语》研究也走上了现代学术健康发展的轨道。宁稼雨教授着眼于新的角度，对东汉季年至南朝初期的士人精神风貌进行了全面、深入的分析，提出了不少独到的见解。宁稼雨教授早在1984年已率先就"世说体"小说体制的形成渊源、体制特征及其思想文化内涵以及"世说体"小说的命名等问题提出自己的看法。此后，学术界开始就"世说体"作为一个文体现象集中进行研究，并不断取得研究成果。宁教授率先提出："《世说新语》是志人小说观念成熟的标志。""《世说新语》中以单篇丛残小语的故事为基础，按内容分类的体例，就是志人小说观念外在形态的集中表现。它不仅是志人小说观念的重要组成部分，也是以记录知识分子事迹为主的志人小说区别于其他文学形式的显著标志。"专著着重探讨以《世说新语》为代表的六朝小说所蕴含的魏晋士人文化精神，也有许多创获，在原有研究基础上进行了更为深入的研究和思考。关于魏晋士人与宗教的关系问题，以前的研究主要集中在魏晋时期统治者的佞佛态度、佛学各流派人物和学说、佛学与玄学的合流对士人的影响等方面，专著中的《从〈世说新语〉看士族佛学的学术精神》、《从〈世说新语〉看维摩在家居士观念》等文则对佛学与玄学的差异及其相互关系、门阀士族利用佛教《维摩诘经》为自己的腐朽享乐生活张目等进行更为细致的研究,同样能够给人以启发。至于专著中的《〈世说新语〉看玄学"有无"之辨与士人名教自然之择》、《〈世说新语〉中的士族婚姻观念》、《〈世说新语〉中的"服妖"现象》、《从〈世说新语〉看围棋的文化内涵变异》、《〈世说新语〉中樗蒲活动的文化精神》等文,或是对以前人们研究过的课题提出新的见解,或是对以前人们较为忽视的一些课题进行研究,都反映出作者敏锐的学术眼光和强烈的创新意识。

该书选取了最能表现魏晋士人风貌的精神史的角度切入研究,以《世说新语》这部小说为文化载体,从经济、社会、宗教、艺术、习俗等方面,立体交叉地探究影响和作用于魏晋士人精神面貌的细微变化,力图创造文史哲相通的文化语境,不仅跳出了以往研究的窠臼,而且也拓宽了古典文学研究的新领域。

(夏习英)

宁稼雨《魏晋士人人格精神：〈世说新语〉的士人精神史研究》

【引文】

第四章 士族文人的社会生活与精神变迁

作为人类社会生活的主体部分，衣食住行是人类的基本需求。但衣食住行并非一成不变，而是随着人类社会的变化而变化。它的变化，不仅是人类物质生产活动的产物，也是他们精神追求的物化表现。所以，通过衣食住行，我们往往可以清晰地把握一个时代的潮流走向和精神脉搏。

士族文人是魏晋六朝这一时代舞台的主角。士族文人的衣食住行，便是魏晋时代潮流和精神脉搏的折射镜。作为士族名士的教科书，《世说新语》广泛反映了士族文人的各个生活侧面。其中包括他们不可须臾离开的衣食住行。不过《世说新语》并不是一部面面俱到、巨细无遗的流水账。它对士族文人衣食住行的反映是零散不全的，但正因为如此，我们才可以从中仔细品味和把握它何以记载了衣食住行中的这一部分？这一部分对于了解魏晋士族文人的精神变迁又有什么意义？为此，我们就《世说新语》中能够集中体现士族文人精神变迁的服饰、饮酒和娱乐活动三个方面展开论述①。

第一节 《世说新语》中的服饰新风

服饰的风俗在魏晋时期发生了很大的变化，其显著特征是：人们

---

① 魏晋士人较有代表性的生活活动还有服用寒食散一项，为叙述方便，该项内容将在关于《世说新语》与道教的章节中论述。

在穿着服饰方面尊崇礼制的色彩不断淡化,而反礼教的叛逆色彩不断增强,此其一;其二,人们在穿着服饰方面的物质层面的需求不断淡化,而精神层面的需求不断增强。对于这两点,《世说新语》都给予了充分的表现。

一、《世说新语》中的"服妖"现象与士族的精神追求

人类对于服饰的认识,经历了一个从切身的物质需求到文化因素不断增加的精神需求的过程。《释名·释衣服》:"凡服上曰衣。衣,依也。人所依以庇寒暑也。下曰裳。裳,障也。所以自障蔽也。"①《白虎通德论》:"衣者,隐也;裳者,障也。所以隐形自障闭也。"②这是人类对衣服的直接和基本的需求原因。它被赋予社会和文化的色彩,大约是从黄帝时期开始。《周易·系辞下》:"黄帝垂衣裳而天下治,盖取诸乾坤。"韩康伯注:"垂衣裳以别贵贱;乾尊坤卑之义。"③从西周时期开始,随着社会政治文化的进步发展,服饰的礼制礼仪色彩几乎被渲染到无以复加的地步。《左传·昭公九年》:"服以旌礼,礼以行事。"杜预注:"旌,表也。事,政令。"在这样的观念作用下,服饰不仅是政治统治的手段,同时不同的服饰也是人们身份地位的标志。以服冠为例,《礼记·玉藻》:"玄冠朱组缨,天子之冠也;缁布冠缋绥,诸侯之冠也。玄冠丹组缨,诸侯之齐冠也;玄冠綦组缨,士之齐冠也。"为此,统治者还制定了许多繁文缛节和清规戒律。"以帛裹布,非礼也。士不衣织。无君者不贰采。衣正色,裳间色。非列采不入公门,振絺绤不入公门,表裘不入公门。"④

这样的规定尽管在早期儒家的经典中每每可见,但偶尔破例犯礼的现象还是时有发生。不过在先秦时期,这种违规破礼的现象不仅极为罕见,因而被视为洪水猛兽和妖异征兆,而且还往往受到正统主流舆论的严厉谴责,认为它是可与天灾人祸相提并论的"服妖"行为。

---

① 《释名》卷三《释衣服第十六》,《增订汉魏丛书》本。
② 《白虎通德论》卷下,《汉魏丛书》本。
③ 据中华书局 1980 年《十三经注疏》本。按,本文所引十三经文字,均据此本,不另出注。
④ 《礼记·玉藻》。

《尚书大传》卷二:"貌之不恭,是为不肃,厥咎狂,厥罚常雨,厥极恶,时则有服妖。"从《汉书》开始,历代正史《五行志》都将"服妖"行为收入其中。班固说:"风俗狂慢,变节易度,则为剽轻奇怪之服,故有服妖。"① 从班固的话中可以看出,凡是违反了社会的一般礼仪规定和习惯风俗,其穿戴与自己的身份、地位、场合不符,或用今人话语称之为"奇装异服"者,均属"服妖"行为,均在贬斥之列。不仅如此,人们还将这种"服妖"行为视为天下兴亡、时代变迁的征兆。这反映了汉代以阴阳五行和天命学说为基础的大一统思想作用下社会对个体越轨行为的否定和歧视。

然而到了东汉后期,这种"服妖"行为在社会上不再是少数的个别行为,而是比较普遍的社会潮流,大有愈演愈烈之势。东汉王符《潜夫论·浮侈》:"今京师贵戚,衣服、饮食、车舆、文饰、庐舍,皆过王制,僭上甚矣。从奴仆妾,皆服葛子升越。筒中女布,细致绮縠,冰纨锦绣,犀象珠玉,琥珀玳瑁,石山隐饰,金银错镂,麞麂履舄,文组采褋,骄奢僭主,转相夸诧。"② 故而近人张亮采说:"可知当日衣服之好尚矣。然汉末王公名士,多委王服,以幅巾为雅。今观郑康成、韦彪、冯衍、鲍永、周磐、符融,及逸民韩康等传可知。盖轻视冠冕,以洒脱为高,不但开陶靖节角巾之一派,亦魏晋清谈清脱之雏影也。"③ 这个说法看出了东汉后期的"服妖"行为和魏晋名士以洒脱任诞为特征的服饰行为之间的联系,很有见地。

魏晋时期的社会风俗发生了极大的变化,"服妖"即为其中一端。《晋书·五行志》专列"服妖"一项,收录魏晋时期的"服妖"现象,并将其与社会衰亡之象相联系。值得注意的是,《晋书·五行志》列举的这些"服妖"行为,在《世说新语》中也每每出现。所不同的是,《世说新语》编者的态度并不像《晋书》作者那样对"服妖"行为深恶痛绝,而是不乏企羡溢美之情。其中最为突出的是服妖、裸袒和麈尾三项。

---

① 《汉书·五行志》。
② 据《汉魏丛书》本。
③ 张亮采:《中国风俗史》,上海三联书店1988年版,第62页。

《世说新语》所记述的服饰故事往往在态度上与《晋书·五行志》背道而驰，对其违反礼制的服饰行为及其内在精神寄托给予了肯定甚至是赞美。如"帢"是曹魏时出现的一种改良的帽子，它曾被作为"服妖"而受到时人及《晋书》作者的指责："魏武帝以天下凶荒，资财乏匮，始拟古皮弁，裁缣帛为白帢，以易旧服。傅玄曰：'白乃军容，非国容也。'干宝以为'缟素，凶丧之象也'。名之为帢，毁辱之言也。盖代革之后，劫杀之妖也。"然而在《世说新语》中，这种新奇的帽子却受到另外一种礼遇：

山公大儿著短帢①，车中倚。武帝欲见之，山公不敢辞，问儿，儿不肯行。时论乃云胜山公。（《世说新语·方正》）

关于文中主人公到底是山涛的哪一个儿子，史书说法不一②。但这并不影响我们的话题，故可姑且不论。这里需要注意的是文中山涛为何不敢辞，山该为何不肯行，时论又为何认为山该胜过其父？据《晋书·山涛传》及《世说新语》有关内容，可知山涛虽为"竹林七贤"之一，但在政治上却投靠司马氏政权，故为嵇康及时论所不齿。这里所谓"山公不敢辞"，正是这种政治态度的表现。至于山该不肯行的原因，程炎震云："《晋书·舆服志》：'成帝咸和九年制：听尚书八座丞郎门下三省侍官乘车，白帽低帏，出入披门。又二宫直官著乌纱

---

① "著短帢"各家注释均释为戴便帽，唯杨勇《世说新语校笺》释"短"为"未"，意为未戴帢。如按此解，"短"为副词，当在动词"著"前。故杨说似难以说通。

② 按《晋书·山涛传》，涛有五子：该、淳、允、谟、简。《世说》称为大儿，则当为山该。但《太平御览》卷三七八引臧荣绪《晋书》："山涛子淳、元尪疾不仕，世祖闻其短小而聪敏，欲见之。涛面答：'淳、元自谓形容宜绝人事，不肯受诏。'论者奇之。"元为允之误。而唐人所修《晋书》并采《世说》和臧书，云："（淳、允）并少尪病，形甚短小，而聪敏过人。武帝闻而欲见之，涛不敢辞，以问于允。允自以尪陋，不肯行。涛以为胜己。"余嘉锡认为："其文左右采获，使两书所载皆失其真，可谓大误。"

帽。'则前此者,王人虽宴居著帽,不得以见天子。故山该不肯行耳。"① 余嘉锡认为:"详其文义,该所以不肯行者,即因著帢之故,别无余事。"宋代刘辰翁也评云:"直自愧其矮耳,不足言胜。"② 从表面上看,确如程、余、刘三人所言。但联系下文,尤其是故事所在的《方正》一门,这样的解释则显然不通。如果按照这种解释,"时论乃云胜山公"的意思就成了人们赞美山该尊崇礼制,不肯著帢见天子,所以胜过了他的父亲。这种循规蹈矩的礼教奴仆形象不仅与《世说》的全书风格不符,与"方正"无缘,而且也未解《世说》作者之一片苦心。按"时论乃云胜山公"一句臧荣绪《晋书》作"论者奇之",唐修《晋书》则作"涛以为胜己"。相比之下,《世说》此句最具深意。所谓"胜山公"者,系指气节,而非礼制。即谓山该以著帢见天子不合礼制为借口,拒绝与司马昭见面。这正是时论赞美山该胜过其父的真正原因,也是作者将其列入"方正"一门的意义所在。著帢在这里不仅没有受到任何指责,反而却成了赞美的对象,成了魏晋人表达政治意识的一种工具。但颜帢这种难以为传统人士接受的新潮玩意儿在东晋某些更先锋的名士眼中竟然已经过时,毫无新鲜感可言:

> 王中郎与林公绝不相得。王谓林公诡辩,林公道王公云:"著腻颜帢,翕布单衣,挟《左传》,逐郑康成车后,问是何物尘垢囊?"(刘注引《裴子》:"林公曰:'文度著腻颜,挟《左传》,逐郑康成,自为高足弟子。笃而论之,不离尘垢囊也。'")(《世说新语·轻诋》)

表面上看,支道林也对著颜帢深为不满。但他的指责角度与传统人士及《晋书》作者截然相反。他不是指责著颜帢新潮和违反礼制,而是嫌它已经过于落伍。因为入晋以后颜帢经过改造后成为最新潮的

---

① 程炎震:《世说新语笺证》,载《国立武汉大学文哲季刊》,第七卷,1942年第2期。
② 南开大学图书馆藏明凌濛初刻四色套印八卷本《世说新语》。

"无颜帢",而且也被视为"服妖"之列。《晋书·五行志》:"初,魏造白帢,横缝其前以别后,名之曰'颜帢',传行之。至永嘉之间,稍去其缝,名无颜帢。……无颜者,愧之言也。……其缓弥甚者,言天下亡礼与义,放纵情性,及其终极,至于大耻也。永嘉之后,二帝不反,天下愧焉。"在支道林看来,有了"无颜帢"这样的最新潮的帽子你不佩戴,却还依旧戴着油腻肮脏的老式颜帢,自然是陈腐不堪了。所以李慈铭谓:"江东时以颜帢为旧制,故道林以腻颜帢诮之。"① 其实支道林真正看不惯的,还不是王文度的衣着,而是他思想观念的陈腐保守,衣着保守只是其思想保守的外包装而已。余嘉锡云:"《后汉书·襄楷传》云:'天帝遣以好女,浮屠曰:此但革囊盛血。遂不眄之。'注云:'《四十二章经》:天神献玉女于其佛,佛曰:此是革囊盛众秽耳。''尘垢囊'即'革囊盛众秽'之意,其鄙坦之至矣。然由此可知坦之独抱遗经,谨守家法,故能辟庄周之非儒道,箴谢安之好声律。名言正论,冠绝当时。夫奏箫韶于溱洧,袭冠裳于裸国,固宜为众喙之所咻,群犬之所吠矣。若支遁者,希闻至道,徒资利口,嗔痴太重,我相未除。曾不得为善知识,恶足称高逸沙门乎?"《北堂书钞》卷一三五引《语林》:"王□为诸人谈,有时或排摈高秃,以如意注林公云:'阿柱,汝忆摇橹时不?'阿柱,乃林公小名。"② 余嘉锡谓:"《书钞》所称王某,盖即王中郎。本篇又言其尝作《沙门不得为高士论》。其轻侮支遁如此,宜遁之报以恶声矣。"支遁为东晋佛教六家七宗中"即色论"的代表人物,其对《庄子·逍遥游》的新解也在历史上独领风骚。故以"不得为善知识,恶足称高逸沙门"称之,恐失允当。反之,若将余氏之言视为王坦之一类保守者的言论,则可清楚看到双方泾渭分明之处。

不穿外衣,只穿单衣单衫也被视为"服妖"行为。《晋书·五行志》:"孝怀帝永嘉中,士大夫竞服生笺单衣。识者指之曰:'此则古

---

① 王利器辑:《越缦堂读书简端记》,天津人民出版社 1980 年版,第 271 页。

② 据光绪十四年(1888)孔氏三十三万卷堂影钞本,天津古籍书店 1988 年影印。

者穗衰,诸侯所以服天子也。今无故服之,殆有应乎!'其后遂有胡贼之乱,帝遇害焉。"但只服单衣单衫的行为在魏晋君臣中都不乏见到:

> 晋孝武年十二,时冬天,昼日不著复衣,但著单练衫五六重;夜则累茵褥。谢公谏曰:"圣体宜令有常,陛下昼过冷,夜过热,恐非摄养之术。"帝曰:"昼动夜静。"(刘注:《老子》曰:"躁胜寒,静胜热。"此言夜静寒,宜重肃也①。)谢公出,叹曰:"上理不减先帝。"(《世说新语·夙惠》)

"单练衫"当为"练单衫"之误。东晋车灌《修复山陵故事》:"梓宫衣物,练单衫五领,练复衫五领,白纱衫六领,白纱縠衫五领。"②衫是无袖敞口的宽衣③,为社会上各阶层通用的便装。沈从文先生认为,南京西善桥南朝墓出土的砖刻壁画《竹林七贤图》及荣启期像中人物所著衣物即为此衫④。显然,少年司马曜在穿衣问题上不是以礼制的规定为前提,而是把先哲的哲理运用于生活实践当中,让穿衣问题充满理性和精神的色彩。至于魏明帝为了检验何晏脸上是否擦了粉而让他在酷暑之际喝热面汤,何晏以朱衣自拭的故事⑤,则表现出士族文人平日衣着的随便和自由。他们并不在意衣着是否符合礼制,而是求其自由洒脱。

《世说新语》中士族文人的很多服饰行为之所以被视为"服妖",其根本原因就是他们随心所欲,排除礼教的约束控制,将服饰行为作为抒张个性的工具和途径。如:

---

① 按唐写本作"夜静则寒,宜重茵",当据改。
② 《初学记》卷二六《器物部·衫》引,中华书局1962年排印本。
③ 刘熙《释名·释衣服》:"衫,芟也。衫末无袖端也。"《增订汉魏丛书》本。
④ 沈从文:《中国古代服饰研究》增订本,上海书店出版社1997年版,第168页。
⑤ 《世说新语·容止》。

王、刘共在杭南，酣饮于桓子野家。谢镇西往尚书墓还，葬后三日反哭。诸人欲要之，初遣一信，犹未许，然已停车，重要，便回驾。诸人门外迎之，把臂便下。裁得脱帻，著帽酣宴。半坐，乃觉未脱衰。（刘注引宋明帝《文章志》：尚性轻率，不拘细行。兄葬后往墓还。王濛、刘惔共游新亭，濛欲招尚，先以问惔曰："计仁祖正当不为异同耳？"惔曰："仁祖韵中自应来。"乃遣要之。尚初辞，然已无归意；及再请，即回轩焉。其率如此。）（《世说新语·任诞》）

据徐震堮、杨勇各自《世说新语校笺》的考定，"杭"同"航"，指朱雀航。航南指位于朱雀航南的乌衣巷，为王、谢等名族居住地①。《世说》与《文章志》所记，当为一事②。刘惔一句"仁祖韵中自应来"可谓看透了谢尚骨髓。他绝对不会因尊奉礼制而牺牲个人的自由洒脱。事情的发展完全证实了刘惔的预见。文中谢尚有两处违反礼制：晋代名士多以越名教而任自然为荣，在丧葬方面的表现就是"居丧无礼"。谢尚于其叔谢裒葬后三天便到朋友家去痛饮，即为"居丧无礼"的表现。此其一；其二，他喝酒喝到一半，才发现自己竟然是穿着丧服在喝酒。可见礼教所规定的一切，对他都没有任何约束意义。衣着只是其中之一。对于士族名士来说，作为衣着身份地位意义的礼制色彩已经淡化到趋近于无：

谢太傅为桓公司马。桓诣谢，值谢梳头，遽取衣帻。桓公云："何烦此！"因下共语至暝。既去，谓左右曰："颇曾见此人不？"（《世说新语·赏誉》）

---

① 《景定建康志》："乌衣巷在秦淮南，晋南渡，王谢诸名族居此，时谓其子弟为乌衣诸郎。今城南长干寺北有小巷，曰乌衣巷，去朱雀桥不远。"《四库全书》本。

② 据汪藻：《世说人物谱·陈国阳夏谢氏谱》，谢尚为谢鲲子，无兄。故当从《世说》，谢尚从其叔谢裒墓还。

即便是在今天,上下级之间见面时如果肢体没有遮掩,也是不大雅观的行为,何况是在礼教严格的古代。然而桓温所赞美的,也正是谢安这种不拘小节的放达之举。尤其令人惊讶的是,《世说新语》的编者竟然将这样一个细微的生活小节放在《赏誉》一门中,这就明显地表现出编者的思想观念和精神追求与魏晋名士是何等相似一致,而与《晋书》的编者又是何等大相径庭。

最能表现魏晋士族名士漠视礼教和崇尚自然的精神向往的衣着是宽衣和木屐。从前面司马曜冬日加穿练单衫的故事和南朝砖刻壁画《竹林七贤图》中已经可以看出这种宽大衣着的风采迷人之处。不过这种博大的衣裳也被视为"服妖"之举,并被认为是刘宋代晋的征兆。《晋书·五行志》:"晋末皆冠小而衣裳博大,风流相放,舆台成俗。识者曰:'上小而下大,此禅代之象也。'寻而宋受终焉。"鲁迅曾经从服药容易擦伤皮肤的角度来解释当时名士喜着宽大衣服的原因①。实际上这只是名士穿着宽衣大袖的客观原因,其主观原因还是因为宽大的衣着可以表现出名士洒脱高逸的风采:

> 孟昶未达时,家在京口。尝见王恭乘高舆,被鹤氅裘。于时微雪,昶于篱间窥之,叹曰:"此真神仙中人!"(《世说新语·企羡》)

裘原为毛皮制成的御寒服装,但至魏晋间士族多用来修饰仪表。裴启《语林》载:"谢万就安乞裘,云畏寒。答曰:'君妄语,正欲以为豪具耳!若畏寒,无复胜绵者。'以三十斤绵与谢。"② 从阎立本所画陈文帝身着皮裘,坐于榻上的形象来看③,皮裘确能给人以状貌堂堂的感觉。陈文帝所穿为白狐皮裘,毛在外,以示雍容华贵④。为进一

---

① 见鲁迅《魏晋风度及文章与药及酒的关系》,载《而已集》,人民文学出版社1976年版。
② 《太平御览》卷六九四引。
③ 《中国美术全集·绘画编(2)·隋唐五代绘画》图4,《古帝王图》。
④ 参见周锡保:《中国古代服饰史》,中国戏剧出版社1984年版,第145页。

步增强皮裘的装饰感，人们又以鸟羽制成裘衣。因所取鸟羽不同而分别称为"雉头裘"、"孔雀裘"、"鹔鹴裘"。其形制宽大者称为氅①。文中王恭所服"鹤氅裘"即以其光彩照人的效果，使得寒族士人孟昶五体投地，赞叹不已。李慈铭认为："孟昶寒人，奴颜乞相，惊其炫丽，望若无人，鄙识琐谈，何足称述！"②此语未免偏激。其实王恭被孟昶看重的，并非仅仅是其门第，其神姿风采在很大程度上要得力于他那宽大博敞的鹤氅裘。那个谢万虽然在谢安那里碰了钉子，但他还是想方设法搞到了一件鹤氅裘，并且穿着它演出了一场十分精彩的热闹剧：

  谢万与安共诣简文。万来无衣帻可前。简文曰："俱但前，不须衣帻。"即呼使入。万着白纶巾、鹤氅裘，履板而前。既见，共谈移日方出。大器重之③。

初读此文，颇不可解。既然头有巾，衣有裘，何以称无衣帻可前？经细细品思，参以文献，方悟其由。原来谢万所说的"无衣帻"，是指没有符合礼制要求谒见帝王的礼节性衣帽。这实际上是一个有意的试探。因为按照常理，既然约定与帝王见面，准备好礼服是理所当然的事情。他之所以如此，是因为他深知简文帝司马昱也是一位清谈健将，名士中人，所以未必应当以礼制之俗与其见面。所谓有意试探的潜台词是，我们是按照礼制规定的君臣之礼相见呢，还是按照潇洒名士的朋友关系相见？如果是前者，谢万实际上已经拒绝了这样的见面；倘若是后者，则需要得到你的许可。司马昱对谢万踢过来的皮球

---

① 参见朱大渭等：《魏晋南北朝社会生活史》第二章第三节《便服与戎装》。中国社会科学出版社1998年版。
② 王利器辑：《越缦堂读书简端记》，天津人民出版社1980年版，第253页。
③ 此段文字不见今本《世说新语》。《初学记》卷二六、《北堂书钞》卷一二九、《太平御览》卷六九四、八一九引作《世说》，当是《世说新语》佚文。三书互有歧异，叶德辉参酌订正，辑入《世说新语佚文》中，今据以录入。见思贤讲舍本《世说新语》。

当然心领神会，于是赶忙答应以后者的礼节相见。这里双方都把服饰衣着作为观念意识和精神家园的外化体，以衣着的雅俗传达其精神的主旋。巾本来是士庶之别的标志。刘熙《释名·释首饰》："巾，谨也。二十成人，士冠，庶人巾。"① 但从东汉开始，戴巾不仅不是地位低微的标志，反而成了高雅的象征。傅玄说："汉末王公，多委王服，以幅巾为雅，是以袁绍、（崔豹）、（崔钧）之徒，虽为将帅，皆著缣巾。"② 东汉清议领袖郭泰因途行遇雨，临时折巾遮雨。竟然为众人效仿，人称"林宗巾"③。与此同时，戴巾成为士人表示自己布衣在野的非官员身份的标志。东汉末豫章太守华歆著巾出迎孙策，表示自己已经放弃太守官职，而以士大夫身份迎接孙策④；西晋征南大将军羊祜在给从弟信中说以后"当角巾东路，归故里"，又是指致仕还乡⑤。上引《世说》佚文中谢万有意不穿礼服，而著白纶巾和鹤氅裘，就是有意强调自己的布衣身份和高雅情调。从他此举收到的满意效果中，可以推想他的这身衣着起到的作用大约着实不小。可见鹤氅裘在两个方面满足了士族文人的精神需求，其一是其宽大的形制很好地体现出士族文人飘逸潇洒的风韵，其二则是那羽光闪闪的效果又为其贵族身份增加了分量。至于它是否符合礼制，是全然不为他们所重的。这才是宽大衣服得以流行的主观原因。若单纯此服药角度考虑，尽管皮裘宽大，但皮革和羽毛质地较硬，均易划伤皮肤。恐为服药者所不取。

木屐也是名士衣着特征明显的一项。关于木屐的形状，过去一直认为它与近代的木屐相似。它以木制成，上面系带与脚连接，底部有突出的部分，称为足或齿。《释名·释衣服》："屐，搘也。为两足，搘以践泥也。"⑥《急就篇》颜师古注："屐者，以木为之，而施两

---

① 《释名》卷二，《增订汉魏丛书》本。
② 《三国志·魏志·武帝纪》裴注引《傅子》。中华书局1997年缩印标点本。
③ 事见《后汉书·郭泰传》。中华书局1997年缩印标点本。
④ 《三国志·魏志·华歆传》。中华书局1997年缩印标点本。
⑤ 《晋书·羊祜传》。中华书局1997年缩印标点本。
⑥ 《释名》卷三，《增订汉魏丛书》本。

齿，所以践泥。"① 但沈从文先生认为屐齿并非指朝下的两齿，而是指鞋前向上翘起的齿状物。理由是"在大量南北朝画刻上，还从未见有高底加齿的木屐出现"。所以沈氏认为故宫博物院所藏宋人临摹顾恺之的《斫琴图》中持杖隐士所穿高齿履就是高齿屐②。这个说法恐怕难以成立。因为没见过的东西不等于没有。八十年代安徽马鞍山东吴朱然墓中出土有木屐实物，足可为传统说法增加佐证③。

木屐也是传统和主流舆论认为是"服妖"的一项。《晋书·五行志》："初作屐者，妇人头圆，男子头方。圆者顺之义，所以别男女也。至太康初，妇人屐乃头方，与男无别。此贾后专妒之征也。……旧为屐者，齿皆达楄上，名曰露卯。太元中忽不彻，名曰阴卯。识者以为卯，谋也，必有阴谋之事。至烈宗末，骠骑参军袁悦之始揽撮内外，隆安中遂谋诈相倾，以致大乱。"其实他们真正讨厌的，倒是名士脚蹬木屐所表现出来的潇洒飘逸的气度，以及这种气度中所包含的对于传统礼教精神的鄙薄和揶揄：

> 王子敬兄弟见郗公，蹑履问讯，甚修外生礼。及嘉宾死，皆著高屐，仪容轻慢。命坐，皆云："有事，不暇坐。"既去，郗公慨然曰："使嘉宾不死，鼠辈敢尔！"（刘注：愔子超，有盛名，且获宠于桓温，故为超敬愔。）（《世说新语·简傲》）

清人姚鼐曾以郗超为人畏重在简文时，至孝武时临终前已经失势，故

---

① 《四部丛刊》续编本，上海书店 1984 年影印。
② 沈从文：《中国古代服饰研究》增订本，上海书店出版社 1997 年版，第 176~177 页。
③ 参见安徽省文物考古研究所，马鞍山市文化局：《安徽马鞍山东吴朱然墓发掘简报》，载《文物》1986 年第 3 期。按倘若按照沈氏的说法，很多文献材料将无法解释。如人所共知的谢安闻知淝水之战大捷后过门槛时将屐齿碰折，以及《南史·谢灵运传》所载著名的谢公屐的"上山则去其前齿，下山去其后齿"记载等。而且《斫琴图》中隐士所穿为四周带帮的履，而非四周无帮，只有系带连脚的屐。故本文仍从旧说。

而断定此事为子虚乌有①。姚氏并未出示任何有力证据，只是主观猜测。况且对于小说家言不必求其信信凿凿，而应玩其意蕴，品其艺味。王氏兄弟前恭后倨，固然有势利之嫌。但他们以著屐示其轻慢，倒的确是对传统礼制的亵渎。按礼制规定，正式场合必须著履。因为"履，礼也。饰足所以为礼也"②。正因为如此，魏晋六朝时期许多反礼教之士都把弃履服屐作为放达洒脱的行为而竟相追随。《颜氏家训·勉学》："梁朝全盛之时，贵游子弟……无不熏衣剃面，傅粉施朱，驾长檐车，跟高齿屐，坐棋子方褥，凭斑丝隐囊，列器玩于左右，从容出入，望若神仙。"③就跟高齿屐一项来说，魏晋六朝的情况大致如此。王献之兄弟即是一例。贵游子弟的骄奢风气，使他们视礼教为粪土，穿屐也成了自然而然的习惯：

    王子猷、子敬曾俱坐一室，上忽发火。子猷遽走避，不惶取屐；子敬神色恬然，徐唤左右，扶凭而出，不异平常。世以此定二王神宇。(《世说新语·雅量》)

"不惶取屐"说明屐是他们每天必穿之物。因为脚蹬木屐，身穿宽衣，正是标准的名士气派。与穿宽衣一样，穿屐也与服药有关。鲁迅说："吃药之后，因皮肤易于磨破，穿鞋也不方便，故不穿鞋袜而穿屐。"④ 作为魏晋时期的天师道世家，王羲之父子均醉心服食采药之事⑤。他们以穿屐

---

  ① 姚鼐《惜抱轩笔记》卷五："《晋书·郗超传》言王献之兄弟于超死后简傲于郗愔，此本《世说》，吾谓其诬也。子敬佳士，岂慢其舅若此？且超权重，为人所畏，乃简文时。及孝武时，桓温丧，超失势矣。岂存没尚足轻重于其父哉？"《四部备要》本。
  ② 《释名》卷三《释衣服》，《增订汉魏丛书》本。
  ③ 王利器：《颜氏家训集解》卷三，上海古籍出版社1980年版。
  ④ 鲁迅：《魏晋风度及文章与药及酒的关系》，载《而已集》，人民文学出版社1976年版。
  ⑤ 《晋书·王羲之传》："(羲之)与道士许迈共修服食，采药石不远千里。……王氏世事张氏五斗米道，凝之弥笃。"另参见陈寅恪《天师道与滨海地域之关系》，载《陈寅恪史学论文选集》，上海古籍出版社1992年版。

第一部分 六朝小说重要研究论著评介

为习,定然与服药有关。当然,还有些人好屐是出于一种精神的寄托:

> 祖士少好财,阮遥集好屐,并恒自经营。同是一累,而未判其得失。人有诣祖,见料视财物。客至,屏当未尽,余两小簏,著背后,倾身障之,意未能平。或有诣阮,见自吹火蜡屐,因叹曰:"未知一生当著几量屐?"神色闲畅。于是胜负始分。(《世说新语·雅量》)

这是《世说新语》及晋人故事受到后人指责较多的一篇。宋代费衮云:"晋史书事鄙陋可笑者非一端。如论阮孚好屐,祖约好财,同是累而未判得失。夫蜡屐固非雅事,然特嗜好之僻尔,岂可与贪财下俚者同日语哉?而作史者必待客见其料财物,倾身障簏,意未能平,方以分胜负,此乃市井屠沽之所不若,何足以污史笔,尚足论胜负哉!"① 金代王若虚谓:"晋史载祖约好财事,其为人猥鄙可知。阮孚蜡屐之叹,虽若差胜,然何所见之晚耶?是区区者而未能忘怀,不知二子所以得天下重名者,果何事也?""晋士以虚谈相高,自名而夸世者不可胜数。'将无同'三语有何难道?或者乃因而辟之。一生几量屐,妇人所知,而遂以决祖、阮之胜负,其风至此,天下苍生,安得不误哉?"② 甚至余嘉锡也说:"好财之为鄙俗,三尺童子知之。即好屐亦属嗜好之偏,何足令人介意,本可置之不谈。而晋人以此品量人物,甚至不能判其得失,无识甚矣。"如果单从嗜好一累的角度,好财和好屐二者的确高下难分。但魏晋品题人物重在以形微神,从人物的外在行为挖掘和体味其精神内涵和气质风度。在未得其神髓之前,其外在行为本身并没有什么高下之别,故而"未判其得失"。而一旦从精神角度,得知二者当中一方为钱财而局促尴尬,一方则投入自己的人生理想而流连忘返,自然高下自现。一句"未知一生当

---

① 费衮:《梁溪漫志》卷五"晋史书事鄙陋"条,上海古籍出版社1985年版。

② 王若虚:《滹南遗老集》卷二八,《丛书集成初编》本。

·331·

著几量屐",饱含阮孚对木屐所体现的高远境界和旷达气质的惬意和自得。费衮、王若虚乃至余嘉锡未得此意,遂未免胶柱之见。还是刘辰翁慧眼识真:"胜负本不待此,写得祖士少惭作杀人!"①

从《世说新语》与《晋书·五行志》对魏晋时期"服妖"现象的不同态度中,可以看出《世说新语》的编者对"服妖"这一反礼教现象所反映的士族文人的内在精神追求所给予的积极评价和正面肯定。而这种肯定和评价在一定意义上对于南朝时期"服妖"现象的继续蔓延乃至趋于登峰造极的走势起到了推波助澜的作用。

二、《世说新语》中的裸袒之风

世所共知,裸袒之风为魏晋士族名士放诞行为的重要方面。但人们在谈到这一现象时往往不加区分地将有关材料视为一体。这就容易使人们忽略不同的材料作者在选择使用自己的材料时所注入的个人主观好恶和观念倾向。而对于作者这种主观好恶和观念倾向的把握,恰恰是文学乃至历史研究的重要课题和切入角度。就魏晋名士的裸袒之风而言,《世说新语》的作者和当时若干礼法之士乃至《晋书》作者在观念认识上有较大的差异。

从人类文明的历史发展来看,人类以衣服告别蒙昧时期的赤身裸体,是人类进步文明的标志。从这个意义上看,文明社会中的裸袒行为无疑是一种文明的退化。但问题又并非如此简单。因为裸袒的初衷不同,所以文明社会中的裸袒行为的社会价值判断也呈现出较大的差异。

从文献记载来看,魏晋以前的裸袒行为大致有三种情况。

一是文明社会的华夏民族对仍然处于蒙昧野蛮时期没有身体羞耻意识观念的落后民族的认识。这主要指传说中的裸国裸民。如有关禹入裸国的传说。《战国策·赵策二》:"昔舜舞有苗,而禹袒入裸国,非以养欲而乐志也,欲以论德而要功也。"② 《淮南子·原道训》:

---

① 南开大学图书馆藏明凌濛初刻四色套印八卷本《世说新语》。
② 张清常,王延栋:《战国策笺注》,南开大学出版社1993年版,第468页。

"禹之裸国,解衣而入,衣带而出,因之也。"①《吕氏春秋·求人》:
"(禹)南至交阯、孙朴、续樠之国,丹粟、漆树、沸水、漂漂、九
阳之山,羽人、裸民之处,不死之乡。"高诱注:"裸民,不衣不裳
也。乡亦国也。"此外还有汉魏时期人们对蛮夷外族的认识。《后汉
书·东夷传·倭》:"自侏儒东南行船一年,至裸国。"②《述异记》
卷上引汉桓谭《新论》:"呈衣冠于裸川,海上有裸人乡。"③郦道元
《水经注·温水》:"外夷皆裸身,男以竹筒掩体,女以树叶蔽形,外
名狼荒,所谓裸国者也。"④这些记载表现出进入文明社会的华夏民
族在尚未开化的裸国民族前的自豪和骄傲。

  二是权贵阶层骄奢淫逸生活的一个侧面。如相传商纣王穷奢极
欲,"以酒为池,悬肉为林",使男女赤身裸体,追逐其间⑤。又如
汉灵帝还专门修建了供自己纵欲享乐的裸游馆。王嘉《拾遗记·后
汉》:"灵帝初平三年,游于西园,起裸游馆千间……宫人二七以上,
三六以下,皆靓妆,解其上衣,惟著内服,或共裸浴。"萧绮录云:
"酒池裸逐之丑,鸣鸡长夜之惑,事由尚乙,远仿燕丹,异代一时,
可为悲矣。"⑥三国时曹魏宗室曹洪也曾举办过裸女酒会。《三国
志·魏志·杨阜传》:"(曹)洪置酒大会,令女倡著罗縠之衣,蹋
鼓,一坐皆笑。阜厉声责洪曰:'男女之别,国之大节,何有于广坐
之中裸女人形体!虽桀、纣之乱,不甚于此。'遂奋衣辞出。洪立罢
女乐,请阜还坐,肃然惮焉。"⑦这种风气还波及地方其他官员贵族。
《典论》:"孝灵末百司酗酒,酒千文一斗。常侍张让子奉为太医令,
与人饮辄去衣露形为戏乐也。"又曰:"洛阳令郭珍家有巨亿。每暑

---

① 《诸子集成》本。
② 中华书局1997年缩印标点本。
③ 《汉魏丛书》本。
④ 光绪二十三年(1897)新化三味书屋据长沙王氏重刊本,巴蜀书社
1985年影印。
⑤ 事见《史记·殷本纪》,中华书局1997年缩印标点本。
⑥ 王嘉:《拾遗记》卷六《后汉》,中华书局1981年齐治平校注本。
⑦ 中华书局1997年缩印标点本。

召客，侍婢数十，盛装饰，罗縠披之，袒裼其中，使进酒。"① 西晋时期的贵族子弟更是将这种无聊的风气推演到无以复加的地步。《晋书·光逸传》："（光逸）属辅之与谢鲲、阮放、毕卓、羊曼、桓彝、阮孚散发裸裎，闭室酣饮已累日。逸将排户入，守者不听，逸便于户外脱衣露头于狗窦中窥之而大叫。辅之惊曰：'他人决不能尔，必我孟祖也。'遽呼入，遂与饮，不舍昼夜。时人谓之'八达'。"② 从商纣王到汉灵帝，从曹洪到洛阳令，他们喜欢裸袒行为又是少数贵族寻求感官刺激的醉生梦死之举，是人性倒退甚至异化的表现。

　　三是某些叛逆人士对抗礼教的一种方式。《楚辞·九章·涉江》："桑扈赢形。"王逸注："桑扈，隐士也。去衣裸裎，效夷狄也。……赢，一作裸。"③ 所以应劭《风俗通义·十反序》谓："桑扈徒步而裸形。"④ 对于桑扈裸形的动机和目的，刘向《说苑·修文》有过阐述："孔子曰：'可也，简。简者，易野也。易野者，无礼文也。'孔子见子桑伯子，子桑伯子不衣冠而处。弟子曰：'夫子何为见此人乎？'曰：'其质美而无文，吾欲说而文之。'孔子去，子桑伯子门人不说，曰：'何为见孔子乎？'曰：'其质美而文繁。吾欲说而去其文。'故曰文质修者谓之君子；有质而无文谓之易野。子桑伯子易野，欲同人道于牛马。"⑤ 在儒家思想代言人刘向看来，孔子和子桑伯子在"质美"这一点上没有差别，区别只在于孔子不但质美，而且还有礼教色彩极强的"文"；子桑伯子虽然质美，却摈弃儒家礼教要求的"文"。孔子和子桑伯子都想以自己的观念改变对方，但都没有达到目的。所以刘向把子桑伯子视为儒家的礼教的叛逆。然而子桑伯子以摈弃礼教为目的的裸袒行为却在后代获得了知音和回声。《风俗通义·过誉》记载了东汉时河内赵仲让曾作过许多离经叛道的事情，"后为大将军梁冀从事中郎，冬月坐庭中，向日解衣裳捕虱，

---

① 《太平御览》卷八四五引。
② 中华书局1997年缩印标点本。
③ 洪兴祖：《楚辞补注》，中华书局1983年排印本。
④ 王利器：《风俗通义校注》卷五，中华书局1981年版。
⑤ 《汉魏丛书》本。

已,因倾卧,厥形悉表露。将军夫人襄城君曰:'不洁清,当亟推问。'将军叹曰:'是赵从事,绝高士也。'他事若此者非一也。"应劭对此指责道:"仲让居有田业,加之禄赐,势可免冻馁之厄,未必须冬日之暖也,利不体皆此也。"① 诚如应劭所言,赵仲让裸袒之举并非为生计所困。但应氏没有理解的是赵仲让此举的目的在于羞辱和揶揄权倾天下的跋扈将军梁冀及其以不光彩手段得到"襄城君"封号的梁氏妻子孙寿②。这就使得他的裸袒行为不仅成为魏晋时期部分反礼教勇士裸袒之风的先声,而且也使其裸袒行为开始带有一定的政治色彩。此诚如清人俞樾所言:"此事已开魏晋竹林诸贤风气矣。然襄城君即孙寿也,赵君玩之,薄其人耳。应仲远但执礼法以议之,似未识其雅意。"③

在以上三种裸袒行为中,第一种已经成为人类生活历史的活化石,人们只能将其作为一面镜子,照出自己的过去,以确认文明进步的意义。所以它并无现实的社会意义。后二种裸袒方式的社会影响几乎是背道而驰的。然而却对后代,尤其是魏晋时期的裸袒行为产生直接的作用和影响。不过这两种水火不容的两种裸袒行为在魏晋六朝时期的许多文献中并没有得到清晰的区分和客观的评价,而几乎是众口一词地对其进行了全面的否定和谩骂。其中以葛洪和裴頠为最。葛洪说:"世故继有,礼教渐颓。……暑夏之月,露首袒体。……汉之末世,则异于兹。蓬发乱鬓,横挟不带。或裹衣以接人,或裸袒而箕踞。"④ 裴頠则"深患时俗放荡,不尊儒术。何晏、阮籍素有高名于世,口谈浮虚,不遵礼法,尸禄耽宠,仕不事事;至王衍之徒,声誉

---

① 王利器:《风俗通义校注》卷四,中华书局1981年版。王利器校注引卢文弨《群书拾捕》:"(利不体皆此也)此六字当为衍文。"又引徐友兰曰:"此盖道厥形表露之失,当从丘盖,未便刊落也。"
② 《后汉书·梁冀传》:"弘农人宰宣,素性佞邪,欲取媚于冀,乃上言:'大将军有周公之功,今既封诸子,则其妻宜封邑君。'诏遂封冀妻孙寿为襄城君,兼食阳翟,租岁入五千万,加赐赤绂,比长公主。"中华书局1997年缩印排印本。
③ 俞樾:《茶香室丛钞》卷三,《笔记小说大观》本。
④ 《诸子集成》本。

太盛,位高势重,不以物务自婴,遂相放效,风教陵迟,乃著崇有之论以释其蔽曰:……故砥砺之风,弥以陵迟。放者因斯,或悖吉凶之礼,而忽容止之表,渎弃长幼之序,混漫贵贱之级。其甚者至于裸裎,言笑忘宜,以不惜为弘,士行又亏矣"。①葛洪、裴頠二人的共同之处在于,他们一方面从维护礼教的角度来责难裸袒行为,另一方面又把何晏、阮籍的放诞行为与西晋时期王衍等贵族名士的骄奢淫逸之举相提并论。与他们的口径相一致,《晋书》等正史中对于这类裸袒行为的记载也是一种笼而统之的否定态度。如王隐《晋书》:"魏末,阮籍嗜酒荒放,露头散发,裸袒箕踞。其后贵游子弟阮瞻、王澄、谢鲲、胡毋辅之之徒,皆祖述于籍,谓得大道之本。故去巾帻,脱衣服,露丑恶,同禽兽。甚者名之为通,次者名之为达也。"②

真正将反礼教的裸袒和穷奢极欲生活方式的裸袒进行区分并以不同的态度加以表现的文献是《世说新语》。

首先,《世说新语》的编者对于王澄、胡毋辅之等人那种作为骄奢淫逸生活方式的裸袒行为也同样持否定态度:

> 王平子、胡毋彦国诸人,皆以任放为达,或有裸体者。乐广笑曰:"名教中自有乐地,何为乃尔也?"(《世说新语·德行》)

从表面上看,乐广的话也是从儒家礼教的角度来责难王澄等人的裸体行为。但实际上他的话外音是与其没有任何精神寄托和社会意义的纵欲式的裸袒,还不如回到儒家礼教的规范中来。因为这种没有意义的纵欲式裸袒上承商纣王的驱奴裸逐,下接汉灵帝和曹洪的裸游馆和裸袒酒会,完全是人性的倒退和异化,毫无肯定价值。完全不能同阮籍等人的裸袒同日而语。对此,当时以气节和人格著称的戴逵,尽管不满于清谈玄风,但他对于正始名士和元康名士的内在差异和高下之分,还是颇有灼见的。他在《竹林七贤论》中对乐广的话表示了深深的理解和共识:"是时竹林诸贤之风虽高,而礼教尚峻。迨元康

---

① 《晋书·裴頠传》,中华书局1997年缩印排印本。
② 《世说新语·德行》"王平子、胡毋彦国诸人"条刘孝标注引。

中，遂至放荡越礼。乐广讥之曰：'名教中自有乐地，何至于此？'乐令之言有旨哉！谓彼非玄心，徒利其纵恣而已。"① 所谓"彼非玄心，徒利其纵恣"可谓点到了问题的要害。这就是说，像王澄等人那样，没有阮籍那些人的遥深境界和精神寄托，只是出于感官刺激而追求裸袒时髦，是应当坚决抵制和摈弃的。他在《放达非道论》中还表达了同样的观点："竹林之为放，有疾而为颦者也；元康之为放，无德而折巾者也。"② 这种客观允当的看法是当时对于反礼教和纵欲式两种截然不同的裸袒之风的内在差异最为敏感的认识和最为明快的表述。它恐怕也是《世说新语》的编者得到启示的直接源头。

正因为如此，所以《世说新语》的编者对于桑扈和赵仲让式的具有反礼教色彩的裸袒行为给予了积极的肯定和赞美。而且对此类故事的细微差别也给予了必要的区分。一种是带有政治色彩的裸袒。如：

> 祢衡被魏武谪为鼓吏，正月半试鼓。衡扬枹为渔阳掺挝，渊渊有金石声，四坐为之改容。孔融曰："祢衡罪同胥靡，不能发明王之梦。"魏武惭而释之。（《世说新语·言语》）

作为《言语》篇的故事，编者意在表现孔融的辞令之妙。胥靡指古代服刑者，此指殷相傅说。意谓祢衡与傅说具有同样的才华和处境，但傅说被武丁慧眼相识，用为殷相；而祢衡却没有这样的幸运。编者在这里省略的正是祢衡裸袒击鼓，羞辱曹操的故事。刘孝标注所引《文士传》弥补了这一内容的细节："融数与武帝笺，称其才，帝倾心欲见。衡称疾不肯往，而数有言论。帝甚忿之，以其才名不杀，图欲辱之，乃令录为鼓吏。后至八月朝会，大阅试鼓节，作三重阁，列坐宾客。以帛绢制衣，作一岑牟，一单绞及小裈。鼓吏度者，皆当脱其故衣，著此新衣。次传衡，衡击鼓为《渔阳掺挝》，蹋地来前，蹑駟脚足，容态不常，鼓声甚悲，音节殊妙。坐客莫不忼慨，知必衡

---

① 《世说新语·任诞》"阮浑长成"条刘孝标注引。
② 《晋书·戴逵传》，中华书局1997年缩印排印本。

也。既度,不肯易衣。吏呵之曰:'鼓吏何独不易服?'衡便止。当武帝前,先脱裈,次脱余衣,裸身而立。徐徐乃著岑牟,次著单绞,后乃著裈。毕,复击鼓掺楇而去,颜色无怍。武帝笑谓四坐曰:'本欲辱衡,衡反辱孤。'至今有《渔阳掺楇》,自衡造也。"《后汉书·祢衡传》所记此事与此基本相同,范晔当取自《文士传》①。《世说新语》虽然没有正面直接表现祢衡裸袒辱曹的细节,但从故事的倾向上不难看出编者的肯定态度。这一倾向的核心,就是将祢衡的裸袒行为与其桀骜不驯和疾恶如仇的人格精神融为一体。所以这种裸袒行为不仅没有受到任何指责诋毁,反而成为以忠斥奸,大快人心的一件好事。可见裸袒行为一旦成为政治斗争的一种工具时,政治的观点好恶便成为评价裸袒事件本身是否可取的砝码。正因为如此,祢衡裸袒骂曹的故事便成为千古佳话,成为忠义之士值得骄傲的荣耀。明代著名的礼教叛逆徐渭正是以祢衡自况,写下了《狂鼓吏渔阳三弄》杂剧。剧中曹操和祢衡正是作者自己和权奸严嵩的化身。而以裸袒行为羞辱权奸这一观念的形成,《世说新语》及刘注等有关材料起了重要的传承作用。

从上文刘注引王隐《晋书》中,可以得知阮籍也曾有过裸袒行为。对此,《世说新语》虽然没有正面表现,但从前引戴逵对正始和元康放诞之风的区分上可以看出正始时阮籍等人的裸袒和元康诸贵族名士裸袒行为的差异。何况,《世说新语·任诞》所载阮籍自谓"礼岂为我辈设也"的话中,分明可以看出作为他一系列任诞放达行为的组成部分,其裸袒行为虽然不像祢衡政治色彩那么强,那么剑拔弩张,针锋相对,但反礼教的初衷却是十分鲜明的。盖因司马氏及其党羽本为阴险卑劣的窃国大盗,又穷奢极欲,挥霍无度,却大力以礼教名教相标榜,号称以孝、以礼治天下。阮籍等人所要反对的并非完全是礼教本身,而是司马氏一伙借礼教维护统治的假礼教。更为重要的

---

① 《文士传》,《隋书·经籍志》、《旧唐书·经籍志》、《新唐书·艺文志》、《宋史·艺文志》史部杂传类著录五十卷,题张隐(或作张骘)撰,其人未详。其书已佚,《三国志》裴注、《世说新语》刘孝标注引有佚文,当为晋人,故在范晔之前。

是，阮籍等人包括裸袒在内的放诞之风，有着更高层面的形而上的精神意义。

当时一礼法之士伏义曾针对阮籍的放诞行为致书予以指责教训："盖闻建功立勋者，必以圣贤为本；乐真养性者，必以荣名为主。若弃圣背贤，则不离乎狂狷；凌荣超名，则不免乎穷辱。……是使薄于实而争名者，或因饬虚以自矜；慎于礼而莫持者，或因倨待以自外。其自矜也，必关阃晻暧以示之不测之量；其自外也，必排摧礼俗以见其不羁之达。"① 对此，阮籍从玄学人生观的高度予以回敬："夫人之立节也，将舒网以笼世，岂樽樽以入罔；方开模以范俗，何暇毁质以适检。若良运未协，神机无准，则腾精抗志，逸世高超，荡精举于玄区之表，摅妙节于九垓之外而翱翔之。乘景跃躔，踔陵忽慌，从容与道化同逌，逍遥与日月并流，交名虚以齐变，及英祇以等化，上乎无下，下乎无上，居乎无室，出乎无门，齐万物之去留，随六气之虚盈，总玄网于太极，抚天一于寥廓，飘埃不能扬其波，飞尘不能垢其洁，徒寄形于斯域，何精神之可察。"② 这一思想来自他对庄子"齐物"思想的继承和发挥。阮籍在其《达庄论》中说：

> 天地生于自然，万物生于天地。自然者无外，故天地为名；天地者有内，故万物生焉。当其无外，谁谓异乎？当其有内，谁谓殊乎？地流其燥，天抗其湿。月东出，日西入，随以相从，解而后合，升谓之阳，降谓之阴。在地谓之理，在天谓之文。蒸谓之雨，散谓之风；炎谓之火，凝谓之冰；形谓之石，象谓之星；朔谓之朝，晦谓之冥；通谓之传，回谓之渊；平谓之土，积谓之山。男女同位，山泽通气，雷风不相射，水火不相薄。天地合其德，日月顺其光，自然一体，则万物经其常，入谓之幽，出谓之章，一气盛衰，变化而不伤。是以重阴雷电，非异出也；天地日

---

① 《伏义与阮籍书》，附载陈伯君《阮籍集校注》卷上，中华书局1987年版。

② 阮籍：《答伏义书》，陈伯君《阮籍集校注》卷上，中华书局1987年版。

月，非殊物也。故曰：自其异者视之，则肝胆楚越也；自其同者视之，则万物一体也。

在阮籍看来，世间万物的各种形态，不过都是自然的不同存在形式而已。它们的共同本体就是自然。从这个意义上说，人体本身也是自然的组成部分，因而具有与自然相同的属性：

> 人生天地之中，体自然之形。身者，阴阳之积气也。性者，五行之正性也；情者，游魂之变欲也；神者，天地之所以驭者也。以生言之，则物无不寿；推之以死，则物无不夭。自小视之，则万物莫不小；由大观之，则万物莫不大。殇子为寿，彭祖为夭；秋毫为大，泰山为小；故以死生为一贯，是非为一条也。

作为自然的组成部分，人体本身也没有什么生死、大小、是非可言。任何分裂人体的整体的企图都是错误和徒劳的：

> 别而言之，则须眉异名；合而说之，则体之一毛也。彼六经之言，分处之教也；庄周之云，致意之辞也。大而临之，则至极而无外；小而理之，则物有其制。夫守什伍之数，审左右之名，一曲之说也；循自然，小天地者，寥廓之谈也。凡耳目之任，名分之施，处官不易司，举奉其身，非以绝手足，裂肢体也。然后世之好异者不顾其本，各言我而已矣，何待旌彼。残生害性，还为仇敌，断割肢体，不以为痛；目视色而不顾耳之所闻，耳所闻而不待心之所思，心奔欲而不适性之所安，故疾疹萌而生意尽，祸乱作则万物残矣。①

从这个观点出发，人只有本着"循自然，小天地"的宗旨和思想观点，才能进入把握自然和人体自身的"寥廓之谈"的境界。否则，倘若拘泥和执着局部，"守什伍之数，审左右之名"，就会出现"残

---

① 阮籍：《达庄论》，陈伯君《阮籍集校注》卷上，中华书局1987年版。

生害性","断割肢体","祸乱作而万物残"的不幸结局。按照这个逻辑继续推衍下去,不仅裸袒箕踞这样的洒脱之举可以得到高妙的哲学解释,而且竹林名士所有的放诞行为都与元康名士的东施效颦之举都理所当然地拉开了距离。戴逵所说元康名士所缺少的那份"玄心",或即指此。

七贤中刘伶的裸袒之举及其裸袒宣言,可以说是阮籍这一理论的形象和具体演示:

刘伶恒纵酒放达,或脱衣裸形在屋中。人见讥之,伶曰:"我以天地为栋宇,屋室为裈衣,诸君何为入我裈中!"(刘注引邓粲《晋纪》:"客有诣伶,值其裸袒。伶笑曰:'吾以天地为宅舍,以屋宇为裈衣,诸君自不当入我裈中,又何恶乎?'其自任如此。")(《世说新语·任诞》)

刘伶的言行乍一看来似乎十分荒唐,然而只要读过阮籍的文章,了解了七贤名士的玄学要义和精神境界,就会惊叹刘伶的言行与阮籍思想的默契和一致。所谓"以天地为栋宇,屋室为裈衣",堪称气吞宇宙,概括洪荒。它是对"毁质以适检"的反动,是"从容与道化同逌,逍遥与日月并流,交名虚以齐变,及英祇以等化,上乎无下,下乎无上,居乎无室,出乎无门,齐万物之去留,随六气之虚盈,总玄网于太极,抚天一于寥廓,飘埃不能扬其波,飞尘不能垢其洁,徒寄形于斯域,何精神之可察"。它将读者的注意力从那裸形的具体形象而转移到正始名士那恢宏的气魄和博大的精神世界之中。于是,那裸袒本身造成的不雅印象不但得到了化解和超越,而且也使人们对正始名士貌似荒唐的放诞行为有了一定严肃内涵的认识和更为本体的把握。

这样,我们就可以清晰地把握住《世说新语》编者对于魏晋裸袒之风的基本态度。对于元康贵族子弟以穷奢极欲为目的的裸袒之风,刘义庆等人是持否定和消极的态度的;而对于像祢衡那样的带有以忠抗奸色彩和阮籍、刘伶那样作为玄学精神的形态表现的裸袒行为,刘义庆等人则不无彰扬和肯定之意。如果说魏晋名士的裸袒之风有什么值得肯定的因素，或者说它对士族文人的精神品格有什么正面和积极的意义的话，那么《世说新语》的慧眼之功，是不能抹杀的。

三、《世说新语》中的执麈之风

作为衣冠的附件，饰物在服饰文化中也占有重要位置。古代饰物主要分公、私两种。公者指官员朝服的附件，如绶带、笏、佩剑等。私者指普通人可以佩戴使用的饰物，如如意及女子的钏钗之类。但作为朝服的饰物往往体现出森严的礼制思想和等级差别，如汉代规定诸侯王、丞相、大将军等为金印紫绶，二千石以上官员为银印青绶，比六百石以上至比二千石的官员为铜印黑绶，比二百石以上至四百石官员为铜印黄绶①。关于佩剑，《晋书·舆服志》称："汉制，自天子至于百官，无不带剑。其后惟朝带剑。晋世始带之以木，贵者犹用玉首，贱者亦用蚌、金银、玳瑁为雕饰。"阎立本《古帝王图》中晋武帝像即有其佩玉首剑的形象②。与朝服饰物相比，私人饰物受到的限制较少，所以在使用上比较自由。从《世说新语》的记载来看，士族名士往往须臾不离的，是如意和麈尾。如意多随手用来触动正在操作关注的事物对象。如王恭用如意慰平殷仲堪送其友人所作赋，以示轻慢③；王敦每次喝完酒，就一边吟咏曹操的诗歌，一边用如意打唾壶④；石崇又用铁如意将王恺的珊瑚树打个粉碎⑤。可见如意的确为士族名士的生活增添了许多如意的内容。不过相比之下，最能体现出士族文人的精神气质和文化素养的饰物，还是作为清谈玄学代称的麈尾。

首先有必要澄清有关麈尾形状和功用的已成定说的误解。现代重要大型辞书如《辞海》、《辞源》、《汉语大词典》、《中文大辞典》等均将麈尾释为用麈及鹿驼等动物鬃毛制成的"拂尘"或"拂子"。形状如戏台上或银幕中侍女仆人手中挥动的长柄拂尘，用来拂扫灰尘。

---

① 《后汉书·舆服志》，中华书局1977年缩印排印本。
② 《中国美术全集·绘画编（19）·石刻线画》图5。
③ 《世说新语·雅量》。
④ 《世说新语·豪爽》。
⑤ 《世说新语·任诞》。

诸辞书并未交代其形制描绘的出处，只是列举几条人们使用麈尾的例句。经查将麈尾释为拂尘之说源于《释藏指归》："鹿之大者曰麈，群鹿随之，皆看麈所往，随麈所转为准。今讲僧执麈尾拂子，盖象彼有所指挥者耳。"① 这实际上是把麈尾和拂子混为一谈。类似者还有日本《倭名类聚抄》卷五"白拂"条；"按大舍寮、内藏寮式、西宫记、北山抄作蝇拂，大安寺资财帐作麈尾即是。"

翻开六朝人文献可以看到，麈尾和拂子是两种不同的东西。《太平御览》卷七〇三引《晋书》："武帝泰康四年，有司奏先帝旧物，麻绳为细拂以明俭约。"②《宋书·武帝纪下》："孝武大明中，坏上所居阴室，于其处起玉烛殿，与群臣观之。床头有土郛，壁上挂葛灯笼、麻绳拂。侍中袁颛称上俭素之德。"至于拂子的作用，后汉秦嘉妻《与嘉书》中说："今奉旄牛尾拂一枚，可拂尘垢。"③ 以上为单言拂子者，又有将麈尾和拂子二者并举者。《南史·陈显达传》："显达曰：'凡奢侈者鲜有不败，麈尾、蝇拂是王、谢家物，汝不须捉此自逐。'即取于前烧除之。"④ 此可见麈尾与拂子分明为二物。从文献记载来看，麈尾的形状是扇形，而不是马尾拂尘形。《南齐书·陈显达传》："麈尾扇是王、谢家物。"⑤ 陈徐陵《麈尾铭》说："爰有妙物，穷兹巧制。员（圆）上天形，平下地势。"⑥ 说明它是上圆下平的扇形。从文献记载麈尾的功用上看，它也应当是扇形，而不是马尾拂尘状。晋王导《麈尾铭》称它的功用是"拂秽清暑"⑦，徐陵《麈尾铭》也说它是"拂静尘暑"。可见麈尾有煽风消暑和拂尘两种功用。如果为马尾拂尘状，则只能拂尘，而不能消暑。还有一点极为重要的区别是，麈既然是鹿类的统帅，可以指挥鹿群的行向，所以执麈尾者往往为清谈中为众人服膺的大名士，有领袖群伦之义；而

---

① 《释藏指归》其书作者及时代不详，此据《格致镜源》卷五八引。
② 今本《晋书》无此文，当为王隐《晋书》佚文。
③ 《太平御览》卷七〇三引，中华书局1958年版。
④ 中华书局1977年缩印排印本。
⑤ 中华书局1977年缩印排印本。
⑥ 《艺文类聚》卷六九引，上海古籍出版社1982年版。
⑦ 《艺文类聚》卷六九引，上海古籍出版社1982年版。

"拂尘"则是侍女一类人侍候主子时拿的东西。所以这两种东西实际上标志出人物身份的不同。唐懿德太子墓壁画宫女图中宫女手持拂尘，便是证明①。

这些情况在现存文物中完全可以得到证实。先看麈尾实物。余嘉锡于其笺疏中曾引近人《日本正仓院考古记》云："麈尾有四柄，此即魏晋人清谈所挥之麈。其形如羽扇，柄之左右傅以麈尾之毫，绝不似今之马尾拂尘。此种麈尾，恒于魏、齐维摩说法造像中见之。最初者，当始于云冈石窟魏献文帝时代造营之第五洞，洞内后室中央大塔二层四面中央之维摩。厥后龙门滨阳洞中，洞正面上部右面之维摩。天龙山第三洞，东壁南端之维摩。又瑞典西伦氏《中国雕刻集》中所载，北魏正始元年、孝昌三年，北齐天保八年诸石刻维摩所持之麈尾，几无不与正仓院所陈者同形。不过依时代关系，形式略有变化。然皆作扇形也。陈品中有柿柄麈尾。柄，柿木质。牙装剥落，尾毫尚存少许。今陈黑漆函中，可想见其原形。"②傅芸子的话虽然可以支持麈尾为扇形的正确说法，但他的话比较笼统，一些细节问题还没有交代清楚。比如何以断定正仓院的四柄文物为麈尾而不是拂子或他物？又何以断定正仓院的四柄文物与后面提到的石窟维摩像所执麈尾为同一东西？这些都还有必要进一步考察清楚。对此，近人贺昌群《世说新语札记》一文多有补充③，但仍有遗漏。现以贺说为基础，再结合后来的考古发现和学者研究成果一并陈述。

有关正仓院四件文物，也有人将其误认为是拂子。北京图书馆藏日本东大寺抄《正仓院御开封宝物录》称此四物为"拂子柄"。但此说恐怕难以成立。日本官内省所印《东瀛珠光》第六辑第311图有"柿柄麈尾"一枚④，解说云："以象牙装饰，柄长二尺一分。"第

---

① 参见白化文：《麈尾与魏晋名士清谈》，载《古代礼制风俗漫谈》，中华书局1983年版。

② 余嘉锡：《世说新语·言语》"庾法畅造庾太尉"条笺疏。其作者余氏谓"今人某氏（忘其姓名）"，据贺昌群《世说新语札记》（《国立中央图书馆馆刊复刊1号》，南京，1947年)，当为傅芸子。

③ 贺文载：《国立中央图书馆馆刊复刊1号》，南京，1947年。

④ 昭和三年再版。

312 图有"漆柄麈尾"及"麈尾匣"一枚,解说云:"毫脱,柄用象牙装饰,长一尺六寸一分,黑漆,白绫衬,此图匣盖除去。"这里虽然只提到其中两枚,但顺藤摸瓜,却可以肯定那四件被称为"拂子柄"的东西就是麈尾。《正仓院御物棚别目录》南仓阶上 108 号载:"柿(柿)柄麈尾一枚,玳瑁柄麈尾一枚,漆柄麈尾一枚,金铜麈尾一枚。"该目录凡例第三条说:"诸品类之名称,概从献物帐以来袭用之称呼。"① 这里所谓"献物帐"指的是东大寺献物帐,共五卷,为正仓院所藏文物最初的文献记录②。这就是说,该目录是最初登记入账时的记录,其名称应当比较可靠。这不仅可以肯定《东瀛珠光》对二枚麈尾解释的正确,也可以纠正《正仓院御开封宝物录》称其为"拂子柄"的错误。这是现存惟一的麈尾实物记载。从现存石窟佛像及各种文物中麈尾的造型来看,正仓院所藏四柄麈尾大约为南北朝间遗物。

石窟佛像持麈尾者均为维摩。其一为傅芸子所说的大同云冈石窟第五洞后室中央大塔二层四面中央的维摩像。日本学者田中俊逸解释该佛像说:"因为文殊师利菩萨于毗利城内诣维摩居士处问疾。释尊中央跌坐,左维摩居士,右文殊菩萨。维摩坐于小床上,左手倚床,右手执麈尾扇,作对答之姿势。"③ 这是学术界对石窟佛像中持麈尾现象的最早认定。其二为傅芸子所说的洛阳龙门石窟滨阳洞正面上部右面的维摩像。该像为维摩和文殊对答造像。右为维摩隐坐于几帐之间,左为造访的文殊。维摩前后站立着侍女模样的人物。左右立有罗汉力士,上方有合掌天人。维摩穿着冠带,以示其居士身份,清长须髯,倚枕作病状。右手执一扇状物,日本学者水野清一和长广敏雄解

---

① 该目录为大正十四年帝室博物馆出版。

② 正仓院原为奈良东大寺的库藏,所藏古物多为日本天平胜宝四年(唐玄宗天宝十一年即公元 752 年)圣武天皇死后,皇后将其生前御用物品献与东大寺,作佛前供养。后来朝中重臣、命妇及比丘尼等陆续进献,使之规模不断扩大。这些物品大多是当时的遣唐使、留学生、学问僧,以及中土渡日传法的佛徒所携带。参见贺昌群《世说新语札记》一文。

③ 田中俊逸:《大同石佛写真集》第五窟(释迦佛正殿)第四十图《窟内后室入口上部》,维摩经变相之一部。

释为"羽扇"①。其实它完全同于云冈石窟中维摩所持麈尾。其三为瑞典喜龙仁《中国雕塑集》(Osvald Siren, Chinese Sculpture) 中两幅图版中的维摩像。一是该集图版96，为北魏正始元年（504）造像。该像分上下二层，为北魏雕塑所常见。其上层为维摩诘说法图，下层为一身为供养人的贵妇，手持莲花。维摩居士坐于帐下，手持麈尾。其下有一力士，握一钩形物，似为如意。喜龙仁说这是一个传说的一部分，似指维摩与释迦牟尼派来问病的文殊师利论说佛法的故事②。二是该集图版128A、B，为北魏造像二尊，其一纪年为正光二年（521）。图中二尊维摩像右手均执麈尾。只是喜龙仁将该像解释为道教石刻，并说图中维摩像为天师，则是完全错误的③。其四为北京琉璃厂澄观阁藏北魏永熙二年（533）五百余人造像。其像左上为维摩诘，坐于帐中，著冠，执望麈尾，面对文殊师利④。

与石窟中的维摩塑像相呼应的，还有大量的维摩诘壁画图像。其中主要有伯希和《敦煌图录》(P. Pellior Les, grottes de Touen-houang) 中第一洞图版11，第八洞图版15、20，第五十二洞图版87、91，第七十四洞图版132，第八十四洞图版174、175，第一百一十七洞图版203、212。另外有斯坦因《塞尔印度》(A. Stein, Serindia) 中图版95所收敦煌石室绢本一种、纸本二种维摩图像。还有龙门石刻中第十四洞左右龛和莲花洞诸龛⑤，云冈石窟第一、第二、第六、第七诸洞，山西太原天龙山第二、第三洞中均有维摩图像⑥。以上这些维摩图像

---

① 水野清一，长广敏雄：《龙门石窟之研究》第十八图，日本东方文化研究所昭和十八年再版。

② 据《维摩诘所说经》，维摩诘为毗耶离（吠舍离）城富有而文化水平极高的居士，深通大乘佛法。他以称病为由，与前来问病的文殊论说佛法，"妙语"横生。

③ 这一点已经为贺昌群所驳。参见贺文。

④ 此条材料据贺昌群文。贺文称造像铭记言此像系五百余人所造，故以为名。

⑤ 参见水野清一，长广敏雄：《龙门石窟之研究》第一编，日本东方文化研究所昭和十八年再版，第21页。

⑥ 参见关野贞《文那佛教史迹》第三册图版35。

的共同一点,就是均手持麈尾。所以日本学者松本荣一说:"倚在床上的维摩诘,无论在各样的维摩变相中,手中总持着麈尾,是很可注意的事情。"① 大略而言,应当是僧俗名士对维摩兼通佛理和玄学的肯定。而这些维摩像所持麈尾的形状,与正仓院所藏大致相同。

除佛教维摩图像外,世俗绘画中出现麈尾的画面有二幅。一是阎立本《历代帝王图》中的孙权。帝王执麈尾,此为仅见。当为名士给予孙权的特殊荣誉②。二是唐代孙位所绘《高逸图》中阮籍手中也持有麈尾③。二画中麈尾形状与各石窟中维摩所执麈尾形状完全相同。

最为学界所忽略的是建国后出土文物中的麈尾形象。沈从文先生《中国古代服饰研究》(增订本)中列举了两种出土文物中的麈尾。一是冬寿墓麈尾,二是河南邓县彩色画像砖墓麈尾。邓县砖墓为南北朝间物,共三块画像砖。一为贵族妇女和侍女砖刻画像,二为侍从砖刻画像,三为鼓吹部曲者画像④。其中侍从砖刻画像为侍从行进态状,内有一侍从手持大型麈尾。其形状与石窟维摩像及《高逸图》中阮籍所执相同,但规模足有半个身子之大,是其他所有麈尾形象中均未有过的。从画像人物关系来看,墓主人似为贵族妇女。其侍从持麈尾相随,以便主人不时之需。可知这是墓主人不可须臾离开的东西。说明至南北朝间贵族妇女也将麈尾作为时髦的饰物。冬寿墓情况未详,但据沈从文先生书中所绘图形,其形状与邓县砖墓中相同,惟尺寸为普通型⑤。这些出土文物中的麈尾对于研究麈尾具有重要的参考价

---

① 松本荣一:《敦煌画之研究》第一章第六节,第149页。
② 参见白化文《麈尾与魏晋名士清谈》,载《古代礼制风俗漫谈》,中华书局1983年版。
③ 据承名世先生考证,孙位《高逸图》实为《竹林七贤图》的残卷。
④ 参见河南省文化局文物工作队《邓县彩色画像砖墓》,文物出版社1958年版。
⑤ 见沈从文:《中国古代服饰研究》(增订本),上海书店出版社1977年版,第297页插图95。

值,但可惜至今仍未引起多数从文献角度研究麈尾的学者们的充分注意①。

从以上材料分析中可以看出,麈尾与拂尘之类的清扫用具不同,它是清谈活动中居主导地位的重要名士手中的重要清谈道具。至于它何时起源,何以为众名士清谈所喜用,在清谈活动中究竟又起了怎样的作用,还需进一步分析。

麈尾起源的具体时间尚难以断定。在六朝以前的文字中只有"麈",而没有"麈尾"的记载。进入六朝以后,《历代帝王图》中的孙权和《高逸图》中的阮籍都手持麈尾。但二画的作者阎立本和孙位都是唐代人,还不能作为三国和魏末已经出现麈尾的根据。石窟及壁画中的麈尾形象也在北朝以后。从现存文献材料来看,出现最早和频率最高的有关麈尾的记载是《世说新语》中有关魏晋士族文人清谈活动使用麈尾的内容。换句话说,《世说新语》是目前人们从文献记载角度考察麈尾使用情况及其文化精神的主要文字依据。

麈尾的实际功用虽然是消暑和拂尘,但魏晋名士之所以对它偏爱备至的原因,决不仅限于此,而是因为麈尾更具有一种增加佩戴者气质档次,使之在清谈活动中能够表现出一种清虚潇洒、高雅飘逸的风采,从而体现出魏晋士族文人注重文化精神取向的时代特征。王导《麈尾铭》说:"道无常贵,所适惟理。谁谓质卑,御于君子。拂秽清暑,虚心以俟。"② 这就是说,不要看麈尾的质地普通,重要的是看它为谁使用。因为君子是"道"和"理"的化身,所以麈尾在君子手里不仅具有拂秽清暑的功能,而且能够协助君子平心静气,去思索和探究那"道"的所在。所以陈代徐陵《麈尾铭》也附和说:"拂静尘暑,引饰妙词。谁云质贱,左右宜之。"③ 麈尾这种精神世界的作用在《世说新语》中表现得十分清晰。

---

① 如白化文:《麈尾与魏晋名士清谈》一文中说:"现在,在我国国内,只能看到图像中所绘的麈尾。"未及出土文物材料。文载《古代礼制风俗漫谈》,中华书局1983年版。

② 见《北堂书钞》卷一三四,光绪十四年(1888)孔氏三十三万卷堂影钞本,天津古籍书店1988年影印。"谁"字《艺文类聚》卷六九引作"勿"。

③ 《艺文类聚》卷六九,上海古籍出版社1982年版。

从《世说新语》的记载来看,有关麈尾的内容几乎伴随士族文人整个清谈活动的全过程。既然执麈尾有领袖群伦之义,所以清谈的领袖均把麈尾作为清谈的必要道具。如:

> 殷中军为庾公长史,下都,王丞相为之集,桓公、王长史、王蓝田、谢镇西并在。丞相自起解帐带麈尾,语殷曰:"身今日当与君共谈析理。"既共清言,遂达三更。丞相与殷共相往反,其余诸贤略无所关。(《世说新语·文学》)

因殷浩的谈锋十分锐利,所以王导十分重视,想与其一决雌雄。为此他不仅召集了当时最有名的清谈好手,而且还特地带上自己时刻挂在帐中的麈尾,以为自己壮胆打气。《世说新语》还有另一记载,说王导将自己时刻珍藏的那柄麈尾意味深长地送给了殷浩①。这可能是一事两传,但都反映出王导清谈领袖的身份和他对麈尾在清谈中作用的重视。《世说新语·赏誉》还载:"何次道往丞相许,丞相以麈尾指坐,呼何共坐曰:'来,来,此是君坐。'"这里没有交代是否要开始清谈了,但从中可见麈尾是王导随身携带的饰物。正如徐陵《麈尾铭》所说"出处随时"。清人赵翼说:"六朝人清谈必用麈尾,盖初以谈玄用之,相习成俗,遂为名流雅器,虽不谈亦常执持耳。"②

当然,麈尾的真正用途,还是在清谈活动过程中的辅助引导作用:

> 王、刘听林公讲,王语刘曰:"向高坐者,故是凶物。"更复听,王又曰:"自是钵釪后王、何人也。"(刘注引《高逸沙门传》:王濛恒寻遁,遇祇洹寺中讲,正在高坐上。每举麈尾,常领数百言,而精理俱畅,预坐百余人皆结舌注耳。濛云:"听讲众僧,向高坐者,是钵釪后王、何人也。")(《世说新语·

---

① 此文今本《世说新语》未载,《太平御览》卷七○三引作《世说》。叶德辉据以辑入《世说新语佚文》。

② 赵翼:《廿二史劄记》卷八,中华书局1984年王树民校证本。

赏誉》)

因为支遁的讲演"精理俱畅",所以使得"预坐百余人皆结舌注耳"。然而他之所以能够达到这样的效果,其中很重要的作用是用麈尾比画,也就是毛泽东在其"十大教授法"中强调的"以姿势助讲"。这是演讲学中重要的一环,也是徐陵《麈尾铭》中提到的"用动舍默"、"扬斯雅论"的作用。这种用法在清谈中使用最多,有时甚至可以起到语言难以起到的作用:

客问乐令"旨不至"者。乐亦不复剖析文句,直以麈尾柄确几曰:"至不?"客曰:"至。"乐因又举麈尾曰:"若至者,那得去?"(刘注:夫藏舟潜往,交臂恒谢。一息不留,忽焉生灭。故飞鸟之影,莫见其移;驰车之轮,曾不掩地。是以去不去矣,庸有至乎?至不至矣,庸有去乎?然则前至不异后至,至名所以生;前去不异后去,去名所以立。今天下无去矣,而去者非假哉!既为假矣,而至者岂实哉?)于是客乃悟服。乐辞约而旨达,皆此类。(《世说新语·文学》)

余嘉锡笺疏根据《公孙龙子》中有《指物论》,谓物莫非指,而指非指。又《庄子·天下》中载惠施之说曰"指不至,至不绝",认为"此客盖举《庄子》以问乐令也"。嗣又引陆德明《经典释文》引司马云:"夫指之取物,不能自至,要假物,放至也。然假物由指不绝也。一云指之取火以钳,刺鼠以锥。故假于物,指是不至也。"余氏就此论曰:"夫理涉玄门,贵乎妙悟。稍参迹象,便落言诠。司马所注,诚不如乐令之超脱。今姑录之,以存古义。其他家所释,咸无取焉。"在余嘉锡看来,像文中谈客提出的问题,语涉玄妙,只可意会,难以言传。但没有一定的语言媒介,又无法使对方得到意会的启示。这就需要一种"辞约而旨达"的高超语言艺术。乐广所使用的正是这样一种高超语言艺术。不过他的语言既不是用嘴,也不是用文字,而是他手中的清谈道具麈尾。他用麈尾触几旋即离开的形象演示,准确无误地表现出"至"与"不至"的相对性和变化性。这比任何语言的描述都要简单明了而又确切到位。这样，麈尾的功用就远远超出了拂尘和消暑，而是具有"用动舍默"、"释此繁疑"的高妙作用了①。从这个意义上说，麈尾的使用是清谈家思想的外化和延伸是他们智慧的释放和近乎艺术化的表演。

遇到棋逢对手的清谈健将，麈尾又成了他们手中思想交锋和语言格斗的工具：

> 孙安国往殷中军许共论，往反精苦，客主无间。左右进食，冷而复暖者数四。彼我奋掷麈尾，悉脱落满餐饭中。宾主遂至莫忘食。殷乃语孙曰："卿莫作强口马，我当穿卿鼻！"孙曰："卿不见决鼻牛，人当穿卿颊！"（刘注引《续晋阳秋》：孙盛善理义。时中军将军殷浩擅名一时，能与剧谈相抗者，唯盛而已。）（《世说新语·文学》）

因为实在难分高下，所以不仅麈尾跟着遭殃受损，而且二人竟然还失态相互骂起街来。故明代王世懋评曰："何至作对骂！"② 不过这种失态也未尝不能反映出清谈家追求真理的投入精神和争强好胜的竞争意识。这也正是他们继承清谈玄学"正始之音"以辞喻不相负的"理赌"为目标的精神的反映③。而那脱落在餐饭中的麈尾，恰恰是他们这种执著精神的见证。

清谈在魏晋名士的生活中占有极为重要的位置，麈尾又在其清谈活动中起到如此重要的作用，所以士族名士往往十分珍视麈尾：

> 庾法畅造庾太尉，握麈尾至佳。公曰："此至佳，那得在？"法畅曰："廉者不求，贪者不与，故得在耳。"（《世说新语·

---

① 徐陵：《麈尾铭》语。《艺文类聚》卷六九引，上海古籍出版社1982年版。

② 南开大学图书馆藏明凌濛初刻四色套印八卷本《世说新语》。

③ 参见侯外庐等《中国思想通史》第三卷《魏晋南北朝思想》第三章第一节《什么叫"正始之音"？》，人民出版社1957年版；宁稼雨《魏晋风度》第四章《士人言行与魏晋玄学》，东方出版社1992年版。

言语》)

从庾亮"此至佳,那得在"一句话中,可以看出当时一柄漂亮的麈尾是多么引人瞩目,惹人羡慕,令人追求。而庾法畅的话又活脱脱勾画出漂亮麈尾持有者沾沾自喜的炫耀之情。显然,人们看重的,并不是麈尾那拂尘和消暑的功用,而是它给持有者带来的形象和气质的极佳效果。所以人们常将麈尾视为清谈名士的化身:

  王夷甫容貌整丽,妙于谈玄,恒捉白玉柄麈尾,与手都无分别。(《世说新语·容止》)

这是从美感的角度赞美王衍清谈时手持白玉麈尾与其嫩白皮肤交相辉映,风姿绰约的神采。由于麈尾有如此动人的美感魅力,它又是清谈名士清谈活动的伴侣和见证,所以一些麈尾的酷爱者甚至将其视为自己的第二生命:

  王长史病笃,寝卧灯下,转麈尾视之,叹曰:"如此人,曾不得四十!"及亡,刘尹临殡,以犀柄麈尾著柩中,因恸绝。(《世说新语·伤逝》)

作为东晋清谈玄学俯视群贤的执牛耳者,王濛和刘惔曾经有过无数令他们难以忘怀的为探求真理而进行的类似孙盛和殷浩之间的那种论辩和争执。那些曾经或许引起双方不快或针锋相对的场面,转瞬间都将成为最痛苦然而又是最甜美的回忆。所以实际上王濛和刘惔所惋惜和伤痛的都是同一个东西,那就是二人之间那一去不返的献身真理的精神活动。而王濛自己转动的麈尾和刘惔放置在王濛灵四女柩中的麈尾,正是二人这种惋惜和伤痛的具象和载体。这就使麈尾在他们清谈活动中的作用的意义,达到了令人感动的程度。

  从《世说新语》记载的这些麈尾与士族名士清谈活动生死与共的故事中,我们可以清楚地看到,真正让魏晋士族文人和《世说新语》的作者感兴趣的,并不是麈尾那拂尘消暑的实际功用,而是它在清谈活动中极为重要的精神作用。这是它在魏晋乃至南北朝时期受到广大士族文人垂青礼赞的根本原因。难怪当时那么多的文人都以其崇仰和流畅的笔触,来赞美麈尾的内在魅力和神韵境界。许询《黑麈尾铭》:"体随手运,散飚清起。通彼玄咏,申我先子。"他的《白麈尾铭》也说:"蔚蔚秀气,伟伟奇姿,荏蔼软润,雪散云飞。君子运之,探玄理微。"① 这一点,恐怕也正是从魏晋开始的从注重政治权力和道德伦理的社会风气向注重文化和精神的社会风气转变的一个窗口,一个侧面。

【评介】

　　宁稼雨先生治中国古代小说凡二十余年,对《世说新语》这样一部持续影响中国文化近一千六百年的古代典籍用功颇勤,成果累然。自1991年第一部学术专著《中国志人小说史》问世起,1992年的《魏晋风度——中古文人生活行为的文化意蕴》、1995年的《世说新语与中古文化》、2002年的《传神阿堵,游心太玄——六朝小说的文体与文化研究》乃至2003年的《魏晋士人人格精神:〈世说新语〉的士人精神史研究》,无不显示出了新时期以来中国古代小说研究的学术脉动和一代学人的学术成长之路。

　　宁稼雨先生具有敏锐的学术眼光。其学术生涯之始,致力于《世说新语》研究,是出于填补志人小说研究空白之目的,故而侧重于文献学方面,从小说类型研究的角度着眼,对《世说新语》进行考察,明确其在中国志人小说发展过程中之"历史坐标"和典范意义。作者于这一时期打下了扎实的文献根底,此后数年的研究无不有赖于此。其后,宁氏对《世说新语》的考察分为文体学和文化学两种维度,从《魏晋风度——中古文人生活行为的文化意蕴》到《传神阿堵,游心太玄——六朝小说的文体与文化研究》,正是这一学术路径的显现,卓有建树。此阶段作者既重文献考据,又重学理思索,研究个性逐渐鲜明起来,而其博士学位论文《魏晋士人人格精神:〈世说新语〉的士人精神史研究》之由南开大学出版社付印名世,真

---

① 《全晋文》卷一三五引,中华书局1958年版。

正表明了作者在《世说新语》研究上已融会贯通,渐入佳境。

中国古代文学视阈中的《世说新语》研究热兴起二十余年,从填补空白发展到研究成果层出不穷,研究的现实难度日益增大,学者刘强先生认为《世说新语》研究包括文献、文体、美学、接受、文化及语言六个分支,其中文化分支的研究队伍最为庞大,其研究包含两个方面的内容:

> 一、对《世说新语》时代文化生态的各个层面进行社会学、历史学、民俗学的还原与再现;二、对"后《世说新语》时代"中国乃至汉字文化圈的文化结构的各个部分进行现象学、阐释学的观照与描述。这两个方面都像是以《世说新语》为端点发出的"射线",一是对"前此"的集束式的"还原研究",一是对"此后"的辐射式的"影响研究",二者共同构筑《世说新语》文化学开放性的、全息图式的文化景观和学术系统。(刘强《〈世说新语〉学引论》,复旦大学2004年博士学位论文)

而宁稼雨先生的《魏晋士人人格精神:〈世说新语〉的士人精神史研究》一书则涵盖了这两个方面的文化研究。该书通过《世说新语》文本及有关史哲材料,不仅对《世说新语》中表现出来的魏晋时期门阀制度、清谈、玄学、佛学、道教、人物品藻、服饰、饮酒、服药以及围棋、樗蒲、弹棋娱乐活动等制度文化、思想文化、宗教文化、社会生活、风俗习惯、典章名物进行了还原,而且使之为探寻魏晋士人文化的人格精神服务。

宁稼雨先生从文人精神史角度对《世说新语》士人外在活动和内心活动进行的解读,考证严谨,宛转周致,发前人及时贤之所未发,取得了相当大的突破。如本书所引之对《世说新语》魏晋服饰新风的剖析就很有见地。作者搜集了《世说新语》中与服妖、裸袒和麈尾三方面有关的故事,将其与《晋书》的记载对比,发现"《世说新语》编者的态度并不像《晋书》作者那样对'服妖'行为深恶痛绝,而是不乏企羡溢美之情","《世说新语》所记述的服饰故事往往在态度上与《晋书·五行志》背道而驰,对其违反礼制的服饰行为及其内在精神寄托给予了肯定甚至是赞美","《世说新语》中士族文人的很多服饰行为之所以被视为'服妖',其根本原因就是他们随心所欲,排除礼教的约束控制,将服饰行为作为抒张个性的工具和途径"。

宁稼雨先生不仅眼光独到、学有所思,而且以其广博的学养和尚实黜虚的学风,在学术研究上锐意进取。《世说新语》中涉及宗教的内容不少,对魏晋南北朝时期玄、佛、道杂糅的情况也有所记载和反映,如《文学》篇和刘孝标注中不少文字与佛经义理有关,名士与名僧的交往等,对研究中古宗教,特别是佛教来说是相当珍贵的鲜活材料。然而,新中国成立之后由于意识形态等原因,宗教文化的研究为人忽视,新中国成立后成长起来的中青年学者往往在这方面基础薄弱,因而《世说新语》的宗教文化研究也就付之阙如了。近年来,宁稼雨先生知难而不畏难,潜心于宗教研究,该专著中第五章到第七章《从〈世说新语〉看士族玄学人生态度》、《〈世说新语〉与士族佛学》、《〈世说新语〉与世族神仙道教》即代表了作者在这一方面的研究实绩。其中,对"士族佛学"的探讨特别引人注意。作者首先指出"一部《世说新语》,恰恰是士族文人从理论学说到人生态度受到佛教影响渗透的形象演示,是'士族佛学'的具象和范本。而《世说新语》之所以能够成为'士族佛学'的范本,主要取决于该书的编者刘义庆对于佛教的特殊兴趣和对于魏晋士族名士精神风貌的向往企羡之情这双重原因的综合",然后由此深入,将《世说新语》中所有的僧人故事当做一个整体看待,对僧人的来源、经济收入、活动范围和规模、活动形式特征、与社会各方面的联系及方式、在名士心目中的地位等进行了一一解析,以此管窥当时佛教在主流文化演变过程中的作用,得出了如下结论:"《世说新语》中的僧人故事揭示了中国古代文人精神史的一个重要嬗变环节:僧人作为独立社会群体的从无到有,不仅为玄学与社会政治事务的分离提供了可能和必要条件,而且也为中国古代士人以精神价值作为终极追求的坐标奠定了坚实的基础。"宁稼雨先生对《世说新语》宗教故事的探讨,角度独特,析理恰当,理清了一些悬而未决及模棱两可的问题,对《世说新语》的宗教文化研究具有重要的启示意义,可供后学借鉴。

在笔者看来,宁稼雨先生通过多年不懈的努力,对《世说新语》的研究已自成体系,不管是论其方法,还是言其思想,皆达到了前所未有的广度和深度,成为这一领域的领军人物。他在《世说新语》研究上所做的探索和突破,对整个古代文学研究的发展也是富有积极意义的。

(梁晓萍)

李剑国《新辑搜神记·新辑搜神后记》

【引文】

序 言

四、《搜神记》著录流传考

《晋书》卷八二《干宝传》、唐许嵩《建康实录》卷七、《册府元龟》卷五五五《国史部·采撰一》均载干宝撰《搜神记》三十卷。《隋书·经籍志》杂传类始见著录,又载《日本国见在书目录》杂传家、《旧唐书·经籍志》杂传类鬼神家、《新唐书·艺文志》小说类,均作《搜神记》三十卷。此后,宋人公私书目明确著录《搜神记》三十卷的惟有南宋郑樵《通志·艺文略》(传记类冥异属),但郑氏《艺文略》乃综合前代书目史志而成,并非其藏书目录,所著干宝撰《搜神记》三十卷必是据隋唐史志。尤袤《遂初堂书目》小说类亦有《搜神记》,则系尤氏藏书。今本《遂初堂书目》出自陶宗仪《说郛》(卷二八),撰人卷数皆为陶氏削去,无法知道这本《搜神记》究竟是不是干宝所撰三十卷本。《崇文总目》小说类著录有《搜神总记》十卷,释云:"不著撰人名氏,或题干宝撰,非也。"《中兴馆阁书目》小说家类著录此本,全引《崇文目》之说。而《宋史·艺文志》小说类著录作干宝《搜神总记》十卷,注"不知作者"。盖据《崇文目》之"或题干宝"妄加撰名,又据"不著撰人名氏"注曰"不知作者",以至于自相抵牾。《遂初堂书目》小说类又有《搜神摭记》,疑即《搜神总记》①。《搜神总记》书名

---

① 余嘉锡《四库提要辨证》卷一八《搜神记二十卷》云"不知是否一书"。第三册,中华书局1980年版,第1318页。按:"总"字又作"揔",与"摭"字形近,故疑"摭"乃"总"之讹。

卷数均与《搜神记》不合，肯定不是干宝书，《崇文总目》的释文是崇文院馆臣寓目原书所作，自然可信。有的学者认为《搜神总记》十卷本就是干宝《搜神记》①，说非。

南宋著录极富的晁公武《郡斋读书志》和陈振孙《直斋书录解题》均无《搜神记》，说明《搜神记》在南宋罕见流传。南宋初朱胜非所编《绀珠集》卷七摘录干宝《搜神记》十一条，曾慥《类说》卷七摘录《搜神记》十二条，其中"阿香推车"实出《续搜神记》②，"审雨堂"实出《妖异记》③，可见《绀珠集》、《类说》即便非转引他书，其所据《搜神记》也已不是原书，与《续记》相混，并羼入他书内容。元末陶宗仪编《说郛》，收书极多，但他没看到《搜神记》，只是在书中卷四从《类说》转录了三条。这些情况表明《搜神记》，在宋元间已经散佚，前人疑其南宋已佚④，是大体可以成立的。

明人书目，或亦可见关于《搜神记》的著录。明英宗正统六年（1436）杨士奇登记永乐十九年（1421）迁都北京后从南京移贮北京文渊阁的国家藏书为《文渊阁书目》，卷一六道书类有《搜神记》一部一册，叶盛《菉竹堂书目》卷六道书类也曾著录《搜神记》一册⑤。

---

① 张锡厚《敦煌写本〈搜神记〉考辨——兼论二十卷本、八卷本〈搜神记〉》："宋代以后已见不到三十卷本《搜神记》，《宋史·艺文志》卷二〇六只著录'干宝《搜神总记》十卷'。可惜的是，就连这个十卷本也没有流传下来。"《文学评论丛刊》第十六辑，文化艺术出版社1982年版。

② "阿香"条诸书或引作《搜神记》，或引作《续搜神记》，今本《搜神后记》卷五辑入。事在永和中，必出《续记》。

③ 此事见《太平广记》卷四七四引《穷神祕苑》，而《穷神祕苑》乃引《妖异记》，为后魏庄帝永安二年（五二九）事，远在干宝之后。

④ 清周中孚《郑堂读书记》卷六六小说家类异闻之属云："然《读书志》、《书录解题》均不载，疑其书宋时已佚。"余嘉锡《四库提要辨证》云："晁、陈书目皆不著录，则实在南宋似已不传。"第一一三八页。

⑤ 清陆心源以为今本《菉竹堂书目》非叶盛原书，而是伪本，钞撮《文渊阁书目》而成。《仪顾堂题跋》卷五《粤疋堂刻伪菉竹堂书目跋》云："盖书贾钞撮《文渊阁书目》，改头换面，以售其欺。"参见张雷《〈菉竹堂书目〉的真本和伪本》，《江苏图书馆学报》，1998年第3期。

嘉靖中高儒《百川书志》卷一一子部神仙类著录《搜神记》二卷，干宝编。嘉靖中周弘祖《古今书刻·书坊》杂书类著录《搜神记》，表明嘉靖前坊间曾刊行《搜神记》。隆庆万历中《赵定宇书目》著录《稗统续编》，中有《搜神记》一本。这几本《搜神记》，作者卷数大都未加说明，惟有《百川书志》著录为二卷，并称干宝编。但须注意的是《百川书志》与《文渊阁书目》、《菉竹堂书目》都隶于道书类或神仙类，而干宝《搜神记》并非神仙道书，可以推断所著录的不是干宝书而是同名的其他书，而在元明时期确有道书类的《搜神记》。《古今书刻》著录书坊所刻者和《稗统续编》所收者大约也都是这类书，或者即干宝书的辑本，抑或即八卷本《搜神记》亦未可知①。

从《搜神记》问世后袭用干宝书名的很多，北魏昙永《搜神论》、唐代句道兴《搜神记》、宋代流传的《搜神记》都是这样的书，宋明间冒名《搜神记》的道书也有几种，而明代还出现了一本八卷的《搜神记》，凡此都不是干宝《搜神记》，大都是有意托名《搜神记》，下边讨论这一问题。

五、《搜神记异》异本考

《续道藏》有《搜神记》一本，六卷。前有《引搜神记首》，未署名，但文中作引者自称"登"。此书即明万历富春堂刊《新刻出像增补搜神》②，引首末署"登之甫罗懋登书"，乃罗懋登所作。引云：

昔新蔡于（干）常侍著《搜神记》三十卷，刘惔见，谓曰"鬼

---

① 先前笔者曾认为干宝《搜神记》明代有残本存世，如今从新检讨感到可能性不大，见《唐前志怪小说史》，第282页。

② 载于《续修四库全书》子部小说家类。范宁《关于〈搜神记〉》（《文学评论》1964年第1期）引罗懋登刻《出像增补搜神记》序，亦即此本。罗懋登，作《三宝太监西洋记通俗演义》者也。《出像增补搜神记》有绘图，《续道藏》本删去，故但称《搜神记》。

之董狐"。夫于(干)晋人也,迄今日千百年,于斯善本已就圮,虽间①刻间有之,而存什一于千伯,不免贻漏万之讥。登不肖走衣食②。

罗引说干宝书"于斯善本已就圮,虽闽刻间有之,而存什一于千伯",证之以《古今书刻》,万历前确有刻本。如果坊间所刻确是干宝书的话,大约很可能是后人的辑本,而且很不完备;不过罗懋登所说坊间所刻也未必定是干宝书,恐怕是有其名而无其实的别路货色。六卷本《搜神记》乃罗懋登万历癸巳(二十一年,1593)得于南京,与干宝书了不相干,罗懋登自己已说得很清楚③。它实是在元刊《新编连相搜神广记》基础上增补而成。考书中有云"本朝洪武初"、"本朝洪武永乐中",则系明永乐后人所编,而在万历二十一年癸巳岁之前久已刊行流传于世,罗懋登得其本,复又刊之④。

元刊《新编连相搜神广记》分前后集,有插图。题淮海秦晋⑤,中称元为"圣朝",出于元人无疑。

毛晋《汲古阁珍藏秘本书目》子部著录有此书,著录作《元板画相搜神广记》前后二集二本,注:"凡三教圣贤及世奉众神皆有画像,各考其姓名字号爵里及封赠谥号甚详,亦奇书也。"

---

① "闽"原作"间",日本浅草文库旧藏《金陵唐氏富春堂梓刻出像增补搜神记大全》本作"闽",今改。胡从经《胡从经书话》第六辑《稗海衔微·异本(搜神记)》对此有介绍。引录《引》的全文。北京出版社1998年版,第288页。

② 尝遡燕关,探邹鲁,游齐梁,下吴楚欧越之区。……万历纪元之癸巳,来止陪京。为批阅书记,得《搜神记》于三山富春堂。读之,见其列吕卷,别以类,且绘吕像,质之不肖前日所周览者而一墨。盖不袭于(干)旧,能得于(干)意,发于(干)未明,增于(干)所未备。

③ 上海古籍出版社1990年影印《绘图三教源流搜神大全(外二种)》,收入此书,《出版锐明》称"据干宝本重新编撰",误。

④ 先前笔者认为此本可能是罗懋登所撰集,重新检讨觉得可能性不大。见《唐前志怪小说史》,第282页注①。

⑤ 上海古籍出版社《出版说明》称元秦子晋撰,与目录所题淮海秦晋不合。

明世又有一本《绘图三教源流搜神大全》，七卷。叶德辉得明刻本，于宣统元年（1909）影印重刊。叶氏谓"此书明人以《元板画像搜神广记》增益缮刻"①，少许内容取自明刊《搜神记》六卷本，但大部分系自增。

元代尚流传有另一种《搜神记》。明刊《国色天香》卷一《龙会兰池录》②中蒋世隆云：

予尝稽董狐《搜神记》，释迦乃维摩王子。观音，妙庄王女。达摩至卢能，托芦传钵六叶，卒于汉溪。佛祖则宜春县人，曰印肃。老君则楚县人，曰李耳。张真人道陵，乃汉张良后。许真人逊，晋零陵令。吴真人猛，时真人奇，皆晋时人。天王封于唐太宗征高丽间。福神蒋子（按：疑下脱"文"字）死于钟山下。唐、葛、周三将军，周宣王时人。赵玄坛名公明，秦始皇时高士。关公羽封义勇武安王，始于宋道君。茅君匡裕，庐山法祖。钟馗受享，自玄宗一梦。万回国公文（按：此字当讹，《绣谷春容》本作"又"，连下读），张家子。灶神张单，厕神何丽卿，户神彭质、彭君、彭矫，虐神颛顼三太子。厉神曰伯张，隋朝乃见。火回禄，水玄冥，备存《左氏》。

所谓董狐《搜神记》，指的是干宝《搜神记》，但也不是干宝书，假其书名而已。其中提到的观音，张道陵，吴真人猛，时真人奇，天王，匡裕，户神彭质、彭君、彭矫，虐神颛顼三太子，厉神伯张，火神回禄，水神玄冥等，均不见元刊《搜神广记》，其余相合者亦多有出入③。这些不见于元刊《搜神广记》的内容，只有一小部分在两种明刊《搜神记》所增补的条目中可以看到，但所叙事实亦有所不同④。可

---

① 叶德辉：《重刊绘图三教源流搜神大全后序》。
② 明刊《绣谷春容》卷二亦载，题《龙会阑池录》。
③ 如元刊《搜神广记》及明增补二种云许真君蜀旌阳县令，宋真宗封关羽义勇武安王，宋徽宗封崇宁至道真君，皆与此有异。
④ 如明刊二种云天王降神于唐太宗从高祖起义兵时，封于高祖即位后，庐山匡续号匡阜先生，与此不同。

见这是别一本《搜神记》。《龙会兰池录》系元无名氏作品①，因此这本《搜神记》亦可能出自元人手。

上述四种《搜神记》都是记载历代诸神，佛道杂糅，兼及民间淫祀，与干宝书风马牛不相及。可以确定，《文渊阁书目》、《菉竹堂书目》著录的道书《搜神记》就是元代所刊这类书。而《百川书志》著录的神仙书《搜神记》二卷，很可能也是元人秦晋《新编连相搜神广记》的明代刻本，此书原分前后集，而改为二卷，并妄加干宝编。

明代还流传有八卷本《搜神记》。此本原收在嘉靖中何镗所编《汉魏丛书》百种中，未刊，万历中程荣刊三十八种，今存，中未有《搜神记》。万历二十年（1592）屠隆亦据何镗稿本刊六十卷《汉魏丛书》，见《千顷堂书目》与《明史·艺文志》类书类著录，已佚。何允中曾见屠刊本，所刊《广汉魏丛书》七十六种可能就是根据屠刊本重刻的，书前有屠隆万历二十年序。至清乾隆五十六年（一七九一）王谟又据何刊本增补篇《增订汉魏丛书》八十六种②。何本、王本均有八卷本《搜神记》。另外，万历壬寅（三十年）商濬编刊《稗海》③中亦收八卷本《搜神记》，此本与《广汉魏丛书》本文字相同，大约即据《广汉魏丛书》本刊刻。民国间王文濡辑《说库》，也收入八卷本。

与元明刊四种托名《搜神记》的道书不同，八卷本《搜神记》径题晋干宝撰，而内容亦接近干宝书，所以王谟认为它是干宝书的残

---

① 参见李剑国，何长江《〈龙会兰池录〉产生时代考》，《南开学报》1996年第5期。

② 参见王谟《增订汉魏丛书·凡例》、中华书局1983年版《丛书集成初编目录·丛书百部提要》。

③ 《稗海》康熙重刊本无商濬序。程毅中《古代丛书琐谈》云："郑振铎先生旧藏的《稗海大观》，作为《稗海》的初印本，保存着万历壬寅（三十年，1602）商濬的序和陈汝元的凡例。"见《学林漫录》十四集，中华书局1999年版。

本①，其实纯系冒名干宝的赝书。关于八卷本，范宁解放前曾撰《八卷本搜神记考辨》②，考证颇详，1964年发表在《文学评论》第一期的《关于〈搜神记〉》一文，第一部分《甲八卷本》又重申前之考辨。他提出六个方面的证据力驳王谟之说，归纳起来最重要的是这样几点：一是八卷本有后代官制，如都护府、尚害员外为隋唐官制；二是有后代地名，如定州置于北魏，越州置于南朝宋，易州置于唐；三是有后世之人和事，如卷一为后魏事，京兆韦英宅见魏杨衒之《洛阳伽蓝记》卷四，卷四崔皓即后魏崔浩；四是书中多改窜唐人书，如卷六德化张令出《广记》卷三五〇引《纂异记》，卷七李楚宾、李汾事出《太平广记》卷三六九、卷四三九引《集异记》，僧志玄事改窜宋释赞宁《宋高僧传》卷二四《唐沙门志玄传》。范宁的结论是："此书不是干宝所撰，实唐宋以后人所撰集，且多处系篡改他书成文。"

这个结论是完全正确的，实际上还可举出其他一些证据，如卷八李德用事实取《太平广记》卷一二八《王安国》，出《集异记》，只不过改变了人名，并将"唐宝历三年冬夜"改为"元嘉中年元夜"，以没其迹，而其余文字基本相同。八卷本从《集异记》采事凡三，这三事都应出自晚唐陆勋的《集异记》③。前文《纂异记》，亦晚唐小说，李玫撰。又如卷五赵明甫、李进勋二事，即《广记》卷二七、卷二八引《报应录》之《范明府》、《熊慎》，改易人名，又加以敷演。《报应录》，五代王毂撰④。还有一项很重要的证据，八卷本共四十条，与历代古书所引《搜神记》来对照，只有卷一北斗南斗，卷三随侯珠、盘瓠、雍州神树，卷四燕惠王墓狐狸、陈司空、太祖亡儿七事相合，六分之一稍强，而且这七事的故事情节也有很大差异，

---

① 王谟《增订汉魏丛书·搜神记跋》："今《丛书》本只存八卷，固为残缺，毛氏《津逮祕书》乃有二十卷，当为足本。"
② 载于《天津民国日报》1947年7月18日、25日。
③ 参见拙著《唐五代志怪传奇叙录》下册，南开大学出版社1998年版，第834~837页。
④ 参见拙著《唐五代志怪传奇叙录》下册，南开大学出版社1998年版，第1080页。

更不用说文字的差别了。因此八卷本肯定是宋以后人杂采包括《搜神记》在内的诸书编纂而成的①。有的学者反对范宁的意见，认为八卷本与通行的二十卷本有密切关系，"并不一定要否定八卷本为《搜神记》残本的说法"，意思是它确实是干宝书的残本，只不过其中"杂人非干宝原书的条目"②，这种说法绝难成立，它和干宝书的关系其实就是窃用了干宝书的名字和少许内容而已。而且用八卷本和二十卷本对照也极不科学，因为二十卷本是个很不可靠的辑录本，要对照只能和经过鉴别的《搜神记》佚文来对照。下文我们将要讨论到二十卷本是如何从八卷本误辑许多条目的，若不明乎此，而用二十卷本反转来证明八卷本之不伪，那真是以伪证真，岂不乱套！

唐释道宣《续高僧传》卷六《魏洛阳释道辩传》曾云道辩弟子昙永撰《搜神论》，范宁据而认为八卷本"或即据昙永所撰的《搜神论》残卷而增补的。因出于佛徒之手，所以很多冥报的故事"。这自然只是推测，没有任何证据可以证实这一点。不过从书中卷五"李进勋"末所云"余尝览佛书，见论十千天子报恩，何异于是乎"来看，作者即非僧人，亦必为奉佛的佛教信徒，而且对干宝身世并不了解，所以书中采入大量东晋以后事而又托名干宝。佛徒之所以托干宝《搜神记》以纂此书，因为自晋以来佛徒极重《搜神记》。本来《搜神记》没有太多的佛教内容，但佛徒认为其中的许多故事都可以成为佛教教义的例证，刘宋宗炳《明佛论》③曾说："干宝、孙盛之史，无语称佛而妙化实彰。"所说干宝之史，恐怕不单指《晋纪》，

---

① 有些学者从语言角度考证八卷本的时代，如江蓝生《八卷本〈搜神记〉语言的时代》一文（载《中国语文》1987年第4期），从语言史的角度，依据一些语法和词汇现象，对八卷本《搜神记》语言的时代作了考证，认为："八卷本《搜神记》在语言上有很多反映唐五代以后特点的现象，肯定不是晋干宝所作，有可能出自晚唐五代或北宋人之手；在内容上，它跟敦煌本《搜神记》共同之处甚多，应是出自同一系统。"汪维辉《从词汇史看八卷本〈搜神记〉语言的时代》（载《汉语史研究集刊》第三、四辑）进一步补充例证，认为："八卷本的最后写定很可能是在北宋，要晚于句道兴本。"
② 张锡厚：《敦煌写本〈搜神记〉考辨》。
③ 载梁释僧祐编《弘明集》卷二。

实际也兼指《搜神记》。

唐初名僧道宣、法琳、道世等在自己著作中都多次提到干宝《搜神录》①，而道世编纂佛教类书《法苑珠林》更是大量征引《搜神记》，都是因为《搜神记》可以发挥"无语称佛而妙化实彰"的弘佛功能。佛徒看重干宝书或许还和干宝后裔慧因是名僧有关，慧因自梁入唐，年高望重，这恐怕也可以影响到唐初僧人对乃祖干宝的重视了。可以说在佛徒的文献传承体系中干宝《搜神记》是件有分量的东西，所以才有赵宋以后人托名干宝纂集别本《搜神记》，所以也才有句道兴《搜神记》的编纂并有众多写本被藏于敦煌石窟。

范宁在考证八卷本《搜神记》出于昙永《搜神论》时，又疑八卷本即《遂初堂书目》中的《搜神总计》（按：应为《搜神摭记》）及《崇文总目》中的《搜神总论》（按：应为《搜神总记》），这自然也只是猜测。他研究八卷本没有提到句道兴《搜神记》，这是个重大失误。《敦煌变文集》所辑校的句本存三十五事，有十五事见于八卷本，集中在八卷本前三卷，卷五也有二事，因此可以判定八卷本和句本有密切联系。张锡厚《敦煌写本〈搜神记〉考辨》引用日人内田

---

① 道宣《道宣律师感通录》"余昔曾见太常晋于（干）宝撰《搜神录》"，引其所述苏韶事。道宣《中天竺舍卫国祇洹寺图经序》云："然夫冥隐微显，备闻前绝。于（干）宝《搜神》之录，刘庆《幽明》之篇，祖台《志怪》之书，王琰《冥祥》之记，广张往往未若指掌。……又有《旌异》、《述异》之作，《冥报》、《显报》之书，颔叙烦摄，光问古今。"法琳《破邪论》卷下："晋中书侍郎干宝撰《搜神录》。"法琳《辩正论》卷六："干宝《搜神》，未闻其说；齐谐《异记》，不载斯灵。"又："如干宝《搜神》、临川《宣验》及《征应》、《冥祥》、《幽明录》、《感应传》等，自汉明已下，讫于齐梁，王公守牧、清信士女及比丘、比丘尼等，冥感至圣，目睹神光者，凡二百余人。"唐释彦琮《护法沙门法琳别传》卷下载法琳语曰："广如《宣验》、《冥祥》、《搜神》、《感应》等说，且善恶之分，理数皦然。传之典谟，悬诸日月。足使见不贤而内自省，弱丧知归；瞩贤者而思齐，迷途自晓。"道世《法苑珠林》卷八："古今善恶祸福征祥，广如《宣验》、《冥祥》、《报应》、《感通》、《冤魂》、《幽明》、《搜神》、《旌异》、《法苑》、《弘明》、《经律》、《异相》、《三宝》、《征应》、《圣迹》、《归心》、《西国行传》、《名僧》、《高僧》、《冥报》、《拾遗》等，卷盈敷百，不可备列，传之典谟，悬诸日月，足使目睹，当猜来惑。"

道夫《搜神记的世界》说:"八卷本中多数故事同敦煌本有着一致之处,因而,一直认为来历不明的八卷本,却是从敦煌本系统中引出来的,但又不是直接出自敦煌本。至少可以这样假定,确有和敦煌本同一系统的《搜神记》存在,故而推测八卷本是追随它们之后而产生也是可能的。"① 这个看法是有道理的。据笔者研究,句道兴是唐初下层文人②。

其《搜神记》每条故事,皆以"昔"、"昔有"开头,这同魏晋南北朝所翻译的佛教故事集如《杂譬喻经》、《旧杂譬喻经》、《众经撰杂譬喻》、《杂宝藏经》、《百喻经》③ 等完全一样,因此恐怕还和佛门有密切关系。他可能也和唐初许多僧徒一样对干宝《搜神记》心存仰慕,故而也纂集一本《搜神记》。此书以抄本流传于民间和寺院,而且流传很广,所以在敦煌文书中有多个写本④。它虽发现于敦煌,但实际并未消失,大约在宋代有佛徒对此书的某一种已经残缺的写本进行增订补缀,这便是八卷本了。

句本只有少许条目见于《搜神记》,而且文字不同⑤,正如八卷本非干宝书一样,它也和干宝书没有关系。项楚《敦煌本句道兴

---

① 《文化》1951年第17卷第3期。

② 见《唐五代志怪传奇叙录》上册,第177~178页。

③ 《杂譬喻经》,东汉支娄迦识译。《旧杂譬喻经》,吴康僧会译。《众经撰杂譬喻》,后秦鸠摩罗什译。《杂宝藏经》,北魏吉迦夜、昙曜译。《百喻经》,古印度僧迦斯那著,南齐求那昆地译。见《大正新修大藏经》。

④ 《敦煌变文集》卷八王庆菽校辑句道兴《搜神记》,凡用日本中村不折藏本、斯〇五二五、斯六〇二二、伯二六五六四本,《敦煌遗书总目索引》著录六本,又有斯二〇七二,伯五五四五,据日本金冈照光《敦煌出土文书文献分类目录》还有斯三八七七本,凡七本。然据张锡厚研究,斯二〇七二系某类书残卷,伯二六五六是《孝子传》之类作品,均非句道兴《搜神记》写本。台湾黄永武主编《敦煌宝藏》第十五册亦将斯二〇七二著录为佚类书。新文丰出版公司1984年版。

⑤ 除去二十卷本《搜神记》误辑自八卷本者,确实为干宝书所载者有郭巨、丁兰、董永、随侯珠、张嵩五事。郭巨、董永、随侯珠皆见二十卷本,丁兰见中华书局1979年版汪绍楹校注《搜神记》所辑佚文,张嵩事伯二六五六号类书残卷有引,注"事出《搜神记》也"。

〈搜神记〉本事考》说:"不过仔细探究起来,若干蛛丝马迹表明,它和《稗海》本《搜神记》存在着某种联系,而和干宝《搜神记》则并不相干。"① 张锡厚则认为"它的渊源所自,极可能是从干宝《搜神记》原书,择其所需,选编成册",意思是句本是干宝原书的选本。内田道夫也说:"可以假定八卷本的祖本和二十卷本同出于古本是可信的,那么敦煌本也是由之派生出来的民众的写本。"他们都把句本、八卷本、二十卷本看作是干宝《搜神记》的不同版本,这是绝对错误的。致误的重要原因,如前所述,就是太相信二十卷本的可靠性了。

【评介】

东晋史学家、著作郎干宝的《搜神记》三十卷是六朝志怪小说的权威和经典之作,但到南宋就已失传,而我们今天看到的二十卷本《搜神记》乃是明人的辑录本,并不是原书。今本《搜神记》的最初辑录者是明代嘉靖、万历时期大学者胡应麟(1551—1602年),同时他还辑录了与《搜神记》关系密切的陶潜《搜神后记》(又称《续搜神记》)。二书生前未刊,大约在万历三十年胡应麟死后,由海盐人胡震亨刊入《秘册汇函》。明刊"搜神二记"的辑录既有滥收他书造成的错误,也有一些阙遗。鲁迅在《中国小说的历史的变迁》中称《搜神记》是"一部半真半假的书籍"。

1979年和1981年中华书局出版汪绍楹校注的《搜神记》和《搜神后记》,对二书做了大量的考证工作,包括资料来源的稽考、注释、校勘、辨伪、辑佚等,是对"搜神二记"的第一次全面清理,但体例承袭旧本,校勘、辑佚、辨伪都未能尽善。之后岳麓书社1989年7月出版了钱振民校点本,贵州人民出版社于1991年1月推出了黄涤明注译的《搜神记全译》。2007年3月中华书局出版了李剑国重新辑校的《搜神记》和《搜神后记》,全书60万字,努力去伪存真,试图给读者和研究者提供一个比较准确完备的文本。

本书《前言》共计6万余字,共分9个部分:"干宝籍贯仕历

---

① 项楚:《敦煌文学丛考》,上海古籍出版社1991年版,第39页。

考"、"干宝著述考"等。其中,前8个部分皆为非常重要的学术问题。在前言中,作者澄清和解决了一些问题,也提出了一些新的值得参考的观点。研究《搜神记》,首先要解决两个最基本的问题,一个是作者干宝的生平事迹,一个是今存《搜神记》的版本问题。该书作者首先对这两大问题作了一番深入的考辨(见《前言》),为正文的辑校奠定了坚实的基础。李氏用了一百多页的篇幅详尽地考证了干宝的生平、创作历程、各个版本间的真伪,展示了大家的严谨和博学。对今传明刊二十卷本《搜神记》及十卷本《搜神后记》,作者逐条逐句进行认真的清理,列出"大量辑入他书内容"、"正续书误辑"等问题,并且一一举证说明。明刊二十卷本《搜神记》,鲁迅认为它是一部"半真半假的书籍",范宁则在20世纪60年代撰文考定其辑录者为胡应麟。鲁、范二人的结论已得到学术界的认可。但是,关于胡应麟辑录二十卷本的时间及辑录过程中的细节,以及胡辑本被收入《秘册汇函》的原委等问题,则在本书中得以探讨解释。作者最后总结出《搜神记》、《搜神后记》二书存在的14个问题,对于长期流行的各种说法,作者在提出充分的论据、进行充分的论证之后提出了自己的主张。这些工作对正文的辑录校勘起着清理基础、确立原则、提供研究方向等重要作用。

在正文中,作者对古书中保存的二书引文、佚文做了竭泽而渔式的搜索,并且逐条进行考证,对各种异文进行比勘,在此基础上遵从"从早"、"从众"、"从干"的原则完成了二书的新辑。作者同时对通行的胡应麟本做了全面、完整、系统的勘订,指出并纠正了很多错误,对汪绍楹的校注也多有校正。新辑《搜神记》共收录三百四十三条,与旧本相对照,新增四十六条、删除一百六十条、从旧本《搜神后记》辑入十一条;新辑《搜神后记》收录九十九条,其中新增八条、删除二十九条、从《搜神记》辑入十一条。这些篇目的确定,是有据可查的。在正文的每篇之末,都列出了该篇的出处依据。对于删除的篇目,则在"附录"中专列《旧本〈搜神记〉伪目疑目辨证》、《旧本〈搜神后记〉伪目疑目辨证》二题,将所有存疑为伪作的原文列出,并在每篇之末以"案语"的形式,详细说明将其删除的缘由。由《搜神后记》转辑入《搜神记》(或相反)的篇目也都有说明。书后附有五个附录,便于读者对旧本(通行本)《搜神记》、《搜神后记》中的疑目、伪目有所了解,并迅速地把握新辑本与通行本的异同。

《新辑搜神记·新辑搜神后记》资料翔实,态度严谨,总结了已有的成果。李剑国穷数十年之功,发思古之幽情,校订谨严,考据精审,所辑内容较之前各个旧本更加全面、更加接近原貌,其辑本学术水平与学术价值很高,可称"善本",有可能替代当前通行的胡应麟辑《搜神记》、《搜神后记》的新辑本,将对《搜神记》、《搜神后记》乃至古小说整体的研究产生很大的影响。

(任正君)

第二部分 六朝小说研究论著提要

中国小说史略

郭希汾编辑，中国书局 1921 年 5 月出版。本书系译自日本盐谷温所著《支那文学概论讲话》中之一节，分神话传说、两汉六朝小说、唐代小说、浑词小说 4 章。第二章两汉六朝小说中第二节为六朝小说，认为六朝小说主要是神异题材，其出现受到了佛教影响，介绍了《拾遗记》、《搜神记》、《搜神后记》、《隋唐志》、《异苑》、《续齐谐记》、《述异记》、《还冤志》等作品，同时指出《西京杂记》、《世说新语》、《高士传》、《神仙传》等作品中也不乏小说材料，但没有引起足够重视。

说部常识

徐敬修编辑，上海大东书局 1925 年 4 月出版。小说通史著作。共三章，第一章为总说，论述了小说的意义、起源、类别及小说与戏剧、传奇的区别联系等问题；第二章为历代小说之变迁，按时代将中国小说史分为九个部分，其中第三节为六朝时之小说，指出六朝小说不出神怪范围，又受佛教影响，文辞丰艳缛丽，具有娓娓可诵的特色，后列出《搜神记》、《搜神后记》、《世说新语》、《荆楚岁时记》等 12 部作品加以介绍；第三章为研究小说之方法，第三节列重要之小说书籍，认为《西京杂记》、《世说新语》、《异苑》、《拾遗记》等，读之可知六朝小说情形。

中国小说史

范烟桥著,苏州秋叶社1927年12月出版。小说通史著作,20万言。共六章,首章总说,介绍小说的古今定义,并追溯小说起源等问题;末章为结论,介绍古今小说分类法,及今后小说之趋势。中间四章将中国小说分为混合时期、独立时期、演进时期和全盛时期。其中六朝小说被写入第三章小说的独立时期之第二节魏及六朝,以作品介绍的形式,列举包括魏文帝《列异记》、王粲《英雄记钞》、干宝《搜神记》、刘义庆《世说新语》等在内的15部作品,介绍每部作品的卷数、作者、内容以及著录情况,大体勾勒了魏晋六朝小说的总体面貌。

中国小说研究

胡怀琛著,上海商务印书馆1929年10月出版。胡怀琛(1886—1938年),原名有忭,字季仁;后名怀琛,字寄尘,安徽泾县人。本书是一部以讲义体写成的小说史研究著作,是早期影响较大的小说史研究著作之一,分为绪论、中国小说实质上之分类及研究、中国小说形式上之分类及研究、中国小说在时代上之分类及研究四部分,对中国古代小说的定义、源流、分类及各时代的特点进行了分析和总结。其中第四章第二节晋唐小说部分对《汉魏丛书》中收录的《神仙传》等二十部六朝小说进行了评介和考证。

插图本中国文学史

郑振铎著,朴社(北平)1932年出版,是最初附入插图的中国文学史著作,一共3卷。与当时其他文学史著作不同,该书将中国文学史分为古代、中世及近代三期。中世文学开始于东晋,近代文学开始于明代嘉靖时期。该书特别注重文学史的自然进展,以一个文学运动、一个文体或一个文学流派的兴衰为主论述。该书每章本文之前提供简单要点，或用许多插图，全书后附加年表和索引，帮助读者理解。其中第十九章故事集与笑谈集提到《搜神记》等几部六朝志怪小说。

中国小说概论

胡怀琛著，上海世界书局 1934 年 11 月出版，中国文学丛书之一。本书将小说以类型为线索划分为绪论、中国古代对于小说二字的解释、古代所谓小说、唐人的传奇、宋人的平话、清人传奇平话以外的创作、西洋小说输入后的中国小说等八章，主要梳理了中国小说发展的基本脉络和主要特点。其中第三章介绍了六朝小说形成与发展的基本特点，并重点介绍了《西京杂记》、《搜神记》、《世说新语》三部主要的六朝小说的基本情况。

中国小说发达史

谭正璧著，上海光明书社 1935 年 5 月出版。谭正璧（1901—1991 年），字仲圭，我国著名小说戏曲研究家。本书以时间为断限分为七章，分别论述古代神话、汉代神仙故事、六朝鬼神志怪书、唐代传奇、宋元话本、明清通俗小说的发展源流及特点，尤其侧重于探讨某一时代某种作品之所以发生和发达的历史原因或社会背景。其中第三章六朝鬼神志怪书部分对六朝志怪小说产生的历史背景、主要作者、基本特点及其与佛教的关系进行了论述。

中国文学史大纲

杨荫深著，商务印书馆 1938 年 6 月出版。此书为作者据多年讲授中国文学史经验著成，特色是大纲式的文学史，主要介绍重要的作家、作品和文学体式，不以政治年代划分，而以各种文学演进的史迹来划分章节。全书共三十章，第九章小说的萌芽之第三节述及六朝小说，主要介绍了《搜神记》、《拾遗记》、《世说新语》三部小说，如其序所言:"小说部分多取资于鲁迅氏的《中国小说史略》。"书后仿日本学者《支那文学年表》等形式附"历代作家纪数表"、"历代作家并称表",便于读者参考。

中国文学发展史

刘大杰著,中华书局(上海)1941年1月出版。近世中国文学通史著作中重要的一部。上起殷商,下迄清朝,全面地反映了中国文学的发展历程。此书用进化论的观点著述中国文学的发展,强调文学史研究的客观性与历史性。此书以文体与文学流派的兴衰为主把握文学发展的过程。其中第八章的一部分介绍了魏晋的神怪小说,提到《列异传》、《搜神记》等15种志怪小说作品;第十章的一部分以《世说新语》文体为主论述魏晋南北朝时期的小说文体与叙事艺术,提到《世说新语》、《拾遗记》等9种小说作品。

小 说 纂 要

蒋祖怡著,正中书局(上海)1948年5月出版。本书共设五章。在将小说与戏剧、诗歌等文体进行对比的基础上,明确了小说的领域及其本质,并对中国古代小说的形态与流变进行梳理,论述了其内容与外形的演化与嬗变,介绍了中国古代小说的研究及整理情况。在《中国小说内容之演化》一章中,以《搜神记》焦湖庙祝枕故事为例,论述中国古代小说题材因袭的特点,并指出魏晋南北朝小说有较强宗教意识之特色;在《中国小说外形之嬗变》一章中,特别设置《短制与长篇》一节,对《搜神后记》等六朝小说进行了论述。

汉魏六朝小说选

徐震堮选注,上海古典文学出版社1955年11月出版。《汉魏六朝小说选》是六朝小说的优秀选本,此书精选汉魏六朝15部小说中的100余篇,汉代部分仅2篇,其余均为六朝小说,以选《世说新语》为最多，占49篇，次之《幽冥录》9篇，《搜神记》7篇。选文上注重故事性、艺术性，兼及反映六朝小说的概貌，各种类型的小说均有一定数量入选。体例上，每部作品下有提要，介绍该书的作者、卷数、著录及版本情况，选文有简明的注释，便于理解和通读。

世说新语索引

高桥清（日本）著，本书为日本广岛大学中文研究丛刊第六种，日本广岛大学文学部中国文学研究室1959年出版。本书参照斯波六郎《文选索引》体例，以四部丛刊本《世说新语》为底本，将《世说新语》中所有人名、地名、官职、器物，以及各种熟语作为索引单位，为《世说新语》各方面研究的必备之书。

古典小说笔记论丛

刘叶秋著，古典文学出版社1959年出版。此书前一部分收录关于魏晋南北朝的志怪小说和轶事小说、唐传奇、宋评话、明拟话本以及晚清谴责小说等论文，后一部分是谈到以笔记为主的文章，其中收录了关于六朝小说的《魏晋南北朝志怪小说简论》、《试论世说新语》、《邺下风流在晋多》、《读世说新语注》四篇文章。《魏晋南北朝志怪小说简论》从政治经济基础、思想潮流、宗教影响等方面，论述魏晋南北朝志怪小说产生和兴盛的原因，并举出《列异传》、《博物志》、《搜神记》等几部作品，具体分析了这一时期不同类型的志怪小说的内容与其发展演变的情况。《试论世说新语》论述《世说新语》所反映的魏晋士大夫思想和生活。《邺下风流在晋多》谈《世说新语》的所谓名士风流，是《试论世说新语》的续篇。《读世说新语注》分析了刘孝标注的作用及宋人校语。

古典小说论丛

刘叶秋著，中华书局上海编辑所编辑，中华书局1959年5月出版。此书收刘叶秋先生作于 1956 年夏到 1958 年春的 9 篇谈古典小说的文章，其中《魏晋南北朝志怪小说简论》和《试论〈世说新语〉》两篇涉及六朝小说，前者从政治经济基础以及思想潮流、宗教影响等方面，探索魏晋南北朝志怪小说产生和兴盛的原因，并举出《列异传》、《搜神记》等 8 部作品，分析了这一时期不同类型志怪小说的内容与其发展的情况；后者论述《世说新语》反映的魏晋士大夫的思想和生活面貌，指出其影响、价值，并指出作者的写作倾向和此书的缺点。

搜神记

晋干宝撰，汪绍楹校注，中华书局 1979 年 9 月出版。中国古典文学基本丛书。此书整理六朝志怪小说的代表作《搜神记》，以《学津讨源》本为底本，广征博引，重在考源钩沉，便于对《搜神记》真伪作进一步的考订。该书包括四个部分，第一部分为干宝的《搜神记序》、《进搜神记表》；第二部分为《搜神记》目录、正文，每条正文后有出处，对字词有注解；第三部分为《搜神记》轶文 34 条，第四部分附录沈世龙、胡震亨的《搜神记引》、毛晋的《搜神记跋》和余嘉锡《四库提要辨证》。

历代笔记概述

刘叶秋著，中华书局 1980 年出版。全书共八章，第一章介绍笔记的含义、类型、渊源等，第八章介绍笔记的作用与缺点。第二章至第七章介绍魏晋南北朝至清代的主要笔记及其发展演变过程。第二章把魏晋南北朝笔记分为小说故事类和历史琐闻类、考据辨证类几种。小说故事类又分志怪笔记和佚事笔记两种，前者包括《博物志》、《搜神记》等，后者以《世说新语》为代表。历史琐闻类和考据辨证类有《西京杂记》、《荆楚岁时记》、《古今注》等。

小说见闻录

戴不凡著,浙江人民出版社 1980 年出版。此书是关于古典小说的笔记性文字,共收文章 14 篇,20 余万言。书中对有关嫦娥奔月、牛郎织女、梁祝等民间故事的情况作了相当详细的叙述,其中很多材料属于首发。对一些古典小说,尤其是很多珍贵罕见之本作了简要的介绍与考证,并对施耐庵等小说家的身份提出了自己的看法,在学界引起了较大反响。在《小说见闻录》一篇中,钩稽出《冤魂志》佚文以及鲁迅先生《古小说钩沉》中未收的《郭子语林》佚文二则,并将鲁迅《古小说钩沉》与明王圻《稗史汇编》对校,列举了《列异记》、《述异记》等多处异文,对于六朝小说的校补工作大有裨益。

古小说简目

程毅中著,中华书局 1981 年 4 月出版。此书是古小说书目的检编,收录汉至五代见于著录的古体笔记小说 300 多种,编排上以类相从,不严格按年代先后为序,一般不涉及版本源流、作者生平,其中魏晋南北朝小说 50 余种。正文附有存目辩证和《异闻集》考,可见作者考证之功,并附有书名和作者索引,便于翻检。

中国文言小说书目

袁行霈、侯忠义编,北京大学出版社 1981 年 11 月出版。这是关于中国文言小说的第一部全史式的书目,以审慎、完备为目标,以传统目录学所谓小说家类为依据,收录文言小说 2000 余种,按时代先后排列,分为先秦至隋、唐五代、宋辽金元、明、清五编。其中第一编收录见于正史艺文、经籍志,官、私修目录,以及主要地方艺文志的六朝小说 70 余部,先列书名、卷数、存佚,再列时代、撰者、著录情况、版本,并附以必要的考证说明。阅此书,可见六朝小说之总貌。书后附有书名索引,便于翻检。

魏晋南北朝小说选注

刘世德选注，上海古籍出版社 1984 年出版。中国古典文学作品选读系列。精选 22 部魏晋南北朝小说中的 70 篇优秀作品，先对书名、作者作简略介绍，然后列所选篇目。每篇正文后有说明和解释，前者为简略的赏析性文字，便于对故事内容和艺术手法的理解；后者为注释，以扫除阅读上的障碍。部分篇目附有插图。选文以出自《搜神记》最多，15 篇。此外，在书的前言部分，作者对古今小说概念、志怪志人小说以及该书的体例作了简要介绍，指出《世说新语》已经单独出选注本，故此书只选三条。

历代笔记小说选

罗宗阳选注，江西人民出版社 1984 年出版。全书选取汉魏至清末的 71 种笔记和小说著作，共选出 241 篇作品，包括重要的笔记小说专著。为了反映笔记小说前后的发展线索和照顾内容的多样性，也收入了一些不为一般读者所熟知的作品。六朝的作品包括《列异传》、《笑林》、《博物志》、《搜神记》、《灵鬼志》等。每部作品前有题解，介绍作者、卷数、版本等信息。作品后有注释和解读。

古 小 说 选

蒲戟选注，长江文艺出版社 1984 年出版。该书选上起汉晋、下迄明清的小说近 60 篇，均为文言短篇小说。每篇作品之后有注释，白话译文及出处介绍。六朝时期的作品主要选自《西京杂记》、《搜神记》、《世说新语》、《述异记》、《续齐谐记》等。

殷 芸 小 说

殷芸编撰，周楞伽辑注，上海古籍出版社 1984 年出版。南朝梁殷芸作，共分 10 卷，附录《梁书·殷芸传》、历代著录，以及引用、参考书目。作者在前言部分对小说这种文体进行了溯源，指出《殷芸小说》是最早以小说为书名的作品，并对作者、著录以及流传情况进行了介绍，对《殷芸小说》的价值，特别是在保存珍贵的历史文献资料方面给予高度评价，同时，介绍了《殷芸小说》的辑录历程，对鲁迅、余嘉锡辑本的优劣一一进行分说。该书的基本体例：每则材料后加"按语"与"注释·校勘"，"按语"介绍条目的出处来源。与鲁迅、余嘉锡辑本相比，该书特色在于校勘详细，不但列出校记，更对书中历史人物、山川地理、典章制度作了注释。

中国古代小说论集

郭豫适著，华东师范大学出版社 1985 年出版。该书收录作者关于古代小说的论文 23 篇，涉及中国古代各个时期的各种体式的小说，既包括小说作品的思想艺术分析，又包括小说研究历史和小说理论的论述。与六朝小说相关的论文有两篇：《〈世说新语〉散论》和《〈世说新语〉门数小考》。

中国文言小说参考资料

侯忠义编，北京大学出版社 1985 年 4 月出版。本书选编了 196 种文言小说及作家的资料，分上、下两编。上编为总论，收集文言小说概念、分类和发展的论述文字和相关资料；下编为分著，收集具体作家和作品的有关资料，包括小说题跋、评论、考辨和作家的生平等。书后附有 1949—1983 年的部分文言小说论文索引。在分著部分里，本书根据所收小说的名称标目并按年代分六个部分，其中的魏晋南北朝部分收录了《列异传》、《笑林》等 18 部六朝小说的相关资料。

小 说 概 说

刘世剑著，东北师范大学出版社 1986 年 11 月出版。此书为研究小说创作理论、总结小说创作经验的专著。作者运用文艺学、写作学、美学、比较文学等学科领域的知识，结合古今中外小说史，对小说的人物、环境、情节、结构、视点、叙述人语言等要素，以及小说体裁的嬗变、分类、小说的创作过程、小说的欣赏等问题作了系统辩证的研究。在第二章中外小说大观中涉及中国小说发展概况，提及魏晋南北朝的笔记体小说，该章基本参考《中国小说史略》和《魏晋南北朝小说》。

汉魏六朝小说选译（上）

滕云选译，上海古籍出版社1986年出版。此书是比较优秀的汉魏六朝小说选本。选择小说作品的时限自先秦至魏晋，是中国古代小说从起源、萌芽到雏形阶段的作品。选取篇章的标准，除有较高思想和艺术价值外，还要能代表中国小说童年期的面貌。对于所选作品，不做校勘工作，直接采用较好的小说校本。体例上，首先是作家作品介绍、篇目说明，然后是原文，最后是注释和译文。注释主要针对人名、地名、典章、名物以及词义的特殊用法等。共收录小说27部，其中六朝小说14部。选译篇目最多的作品是《搜神记》，共选译35篇。

搜 神 记 选

郭光伟、郭杰编，福建教育出版社1987年3月出版。该书为中国古典文学作品选读丛书，该丛书由福建师范大学中文系古典文学教研室负责选编，均为普及读物。此书前言中，对《搜神记》的作者、内容概貌及其在文学史上的地位、影响，作了简要介绍，并指明该书的精华与糟粕。正文从汪绍楹校注《搜神记》本464篇中，以兼顾思想性和艺术性为原则，选译66篇，入选的作品，每篇含有原文、注释、译文三部分，并配有部分插图，便于阅读、赏析。

中国古代小说艺术论

鲁德才著，百花文艺出版社 1987 年 10 月出版。该书在研讨小说技法问题的基础上，着力探索中国古代小说艺术发展规律中的某些理论问题，并从小说美学角度加以辨析。该书共设八章，分别探讨了说书戏曲，中国古优与小说之关系，并论述中国古代小说的叙事观点、处理空间的艺术、情节特色、小说家的典型观念等问题。其中，《现实情节与非现实情节的结合》一章论及六朝小说，认为魏晋志怪小说之后，小说作品中的人性的动物才逐渐演进到动物性的人，同时指出六朝小说着重记事，虚幻情节与现实情节的结合常有不协调感。

汉魏六朝小说选译（下）

李继芬、韩海明选译，上海古籍出版社 1988 年出版。该书为滕云选译的《汉魏六朝小说选译》（上）的下册，共收录六朝小说 15 部，其中，《幽冥录》选译 33 篇，《世说新语》选译 13 篇。

列异传等五种

曹丕等撰，郑学弢校注，文化艺术出版社 1988 年出版。该书校注了鲁迅先生《古小说钩沉》中的五种志怪小说：曹丕的《列异传》、祖台之的《志怪》、荀氏的《灵鬼志》、戴祚的《甄异传》、祖冲之的《述异记》。对于其中六朝常用语词以及与史实、制度相关的名物，都作了注释，并对每部书的作者和历代著录情况分别作了简介。该书在材料来源方面主要以鲁迅先生的《古小说钩沉》为底本，同时参考《艺文类聚》等类书。该书体例如下：首先介绍作家作品及版本情况，然后引正文，最后作注。其中，《列异传》收录 50 则，《志怪》收录 15 则，《灵鬼志》收录 23 则，《甄异传》收录 17 则，《述异记》收录 91 则。

裴启语林

周楞伽辑注,文化艺术出版社1988年12月出版,中国历代笔记小说丛书之一。《语林》是裴启所作的一部较早的志人小说作品,为后来的志人小说创作提供了参考,刘义庆的《世说新语》即采用了许多《语林》中的条目。《语林》原书已佚,本书是作者在马国翰、鲁迅等人的研究基础上辑佚而成,以时间为断限分为五卷,除注释外,每条加按语说明辑录根据或附相关资料。书末附有本书与鲁迅所辑《语林》出入条目及考证。

幽冥录

刘义庆撰,郑晚晴辑注,文化艺术出版社1988年12月出版。南朝宋刘义庆编集的志怪小说,分六卷及附录,卷一40篇,卷二33篇,卷三57篇,卷四64篇,卷五50篇,卷六29篇,附录11篇。《幽冥录》记载了山精物魅、鬼神祸福、占卜梦兆、吉凶前征、巫术道教、佛法果报种种怪诞之言。该书以鲁迅先生的《古小说钩沉》为底本,补充若干条作为附录,按内容是否相近排列,并加标题。同一故事有几种类书引述而繁简不同者,选用情节比较完整的收录。凡《晋书》、《宋书》中与《幽冥录》记载相同的,在注释中标出。

世说新语选译

李自修译注,河北教育出版社1989年出版。该书为六朝志人小说《世说新语》的选译本,选《世说新语》故事300余条,每条标题目、列正文、加注释、做译文。在注释中,除传统的注音、释义、疏通文意之外,对相关历史故事、风俗习尚也做了一定介绍,古今地名注释上,一律依《辞海》。该书未标明所用底本和选文标准,前言部分对《世说新语》内容和价值有简要评介。

世说新语选译

刘义庆著,柳士镇、钱南秀译注,巴蜀书社1989年出版。本书是章培恒、安平秋、马樟根主编的古代文史选译丛书之一,国家教委古籍整理"七五"规划重点项目,读者对象主要为大众读者。该书按照《世说新语》原书的顺序,选取230余条文本进行译释。《世说新语》原书各门类按条记录,为了检索、称引方便,本书给各门每条分别加了小标题。

世说新语译注

许绍早主编,吉林教育出版社1989年7月出版。六朝志人小说代表作《世说新语》的译注本。前言中介绍《世说新语》的基本情况,正文以王先谦重雕纷欣阁本为底本,参考刘注、余嘉锡《世说新语笺疏》和徐震堮《世说新语校笺》等古今研究成果,主要对历史事件、人物、言行背景等进行注释,译文基本采用直译方式,浅显通俗。这是新中国成立后国内第一部全部译注本,筚路蓝缕,对于《世说新语》的普及功不可没。

六朝志怪小说考论

王国良著,文史哲出版社1989年11月出版,文史哲学集成系列。此书为作者十年来在六朝志怪小说研究方面的论文集,由11篇论文组成,即《六朝志怪小说简论》、《列异传研究》、《神异经考辨》、《搜神后记研究》、《幽冥录初探》、《续齐谐记研究》、《东王公传说考述》、《韩凭夫妇故事源流考》、《古典文献中的螺精传说试析》、《简论王敬伯故事之流传》、《汪氏校注本搜神记评介》。该书既有文献考索、作品研究,又有源流演变、文化分析,深入扎实。

中国文言小说史稿

侯忠义编，北京大学出版社1990年3月出版。小说史类著作。本书以史为线索，理论论述与作品分析并重，系统论述了中国文言小说从汉代到清代的发展脉络及其特点。该书分上、下两编，按朝代分章节，每章先概括该时期小说总貌及兴盛原因等相关问题，然后分析该时期小说的内容种类，按种类具体分析有代表性的作品，最后总结其思想艺术特点及对后世的影响。魏晋与南北朝两部分按照记怪、博物、神仙、笑话、琐言、轶事六类概括介绍了25本小说集，在南北朝时期格外加入了一类受佛教影响明显的7本志怪小说集。

中国古代小说演变史

齐裕焜著，敦煌文艺出版社1990年9月出版。本书以小说的题材体例为纲目分为志怪传奇小说、白话短篇小说、历史演义小说、英雄传奇小说、神魔小说、人情小说、讽刺小说、公案侠义小说共八章，其中第一章志怪传奇小说中介绍了魏晋南北朝志怪小说的繁荣原因、主要作家作品、思想内容和艺术成就，重点介绍了《搜神记》等四部志怪小说集。

中国古代短篇小说史

杜贵晨著，中州古籍出版社1991年出版。小说史专著，30万字。全书以古代短篇小说为考察对象，分九章，第一章为绪论，第二章追溯中国古代短篇小说的起源，以后七章分别论述秦汉、魏晋、南北朝、唐五代、宋元和明清时代的短篇小说，其中第四、五章涉及六朝小说。在这两章首节中，指出魏晋是短篇小说的兴盛期，到南北朝又有新发展，分析了其兴盛发展的原因；后三节中把短篇小说分为志怪、志轶和传奇三类分别论述，每节对这一时期的小说有较细的分类，并逐一介绍其代表作品，勾画了魏晋南北朝短篇小说的全貌。

历代文言小说鉴赏辞典

谈凤梁编，江苏文艺出版社1991年出版。全书共170余万字，收志怪、传奇、杂录、笔记、丛谈、箴规等文言小说380篇，按历史顺序和作者生年先后编排，每篇之后有附录，主要辑录该作品的流变及后世影响的资料。书中对162位文言小说作家的生平作了扼要介绍。其中收录魏晋南北朝时期作家19位，作品70篇。

中国古代的小说

张国风著，商务印书馆1991年出版。该书为文史知识普及性作品，共分五部分，按照时代顺序梳理了中国古代小说的主要发展脉络，对唐人传奇、宋元话本、明清章回体小说及以《聊斋志异》为代表的文言小说进行了介绍。该书论述角度比较全面，从作者情况到作品主要内容、艺术特色等全方位观照古代小说。其中，第一部分论及魏晋南北朝志人小说与志怪小说，并将其定位为小说的雏形阶段，特别介绍了志怪小说思想的复杂性，以及《世说新语》名士风流的意蕴。

中国古典小说艺术鉴赏辞典

段启明主编，北京师范大学出版社1991年4月出版。此书从先秦至清末浩若烟海的古典小说中，精选出较为常见、较有代表性的近300部（篇）小说，进行艺术赏析，让读者能通观中国古典小说艺术发展的全景。此书大致按作品产生的朝代编排入选作品的总条目，对部分入选作品只节录原文。整部小说的总条目，主要分析评价全书的艺术成就，论述其特色与得失，以便于当今读者欣赏与借鉴。在这些作品中节录二百多处较为精彩、较为生动，又能独立成篇的片断，分析其描写技巧与写作特点。其中收录并论述《笑林》、《神仙传》、《博物志》、《搜神记》、《世说新语》、《齐谐记》等六朝小说大约

38种。

中国古代微型小说鉴赏辞典

　　乐牛著,中国妇女出版社1991年6月出版。该书是一部大型的古代微型小说选评之作,从上自先秦,下迄清末的170余部典籍中精选460余篇。按照先秦汉魏南北朝、隋唐五代、宋代、元明、清代顺序排列目录。收录的作品篇幅俱在400字左右。该书将魏晋南北朝时期定位为微观小说创作的第一个高峰期。体例上,为节省篇幅与字数,每篇作品先排原文,后设赏析,没有单独作注,注释纳入赏析文章之中。共收录魏晋南北朝小说近60篇,收《世说新语》16篇,《搜神记》6篇,《拾遗记》6篇,《搜神后记》6篇。

古典短篇小说艺术新探

　　陈炳熙著,华东师范大学出版社1991年9月出版。21万字。此书所收均为探讨中国古典短篇小说艺术性的文章,共12篇,分别设"文人性"、"笔记性"、"史传性"等12个专题,对小说的艺术方面,如性格塑造、写景与意境、对话艺术、细节描写等也有论述。该书特点有二:一是注重宏观研究与微观研究的结合,二是注重观点与材料的结合,评论与赏析的结合。其中,多篇文章涉及六朝小说,对六朝小说的文人性、笔记性特点进行了比较充分的论述。

中国小说史

　　徐君慧著,广西教育出版社1991年12月出版。中国古代小说史专著,系统讲述中国古代小说的起源和演进、发展、繁荣的历史,内容面广,包括上自先秦神话传说,下迄清代《红楼梦》之后的显示学问小说、武侠小说、谴责小说等。此书共十六章,其中第二章小说的雏形,以六节的篇幅论述六朝的志怪、志人小说,分析其产生原因,介绍作品状况及对后世的影响,生动地勾勒了六朝小说的大体轮廓。

世说探幽

萧艾著，湖南出版社 1992 年出版。《世说新语》研究专著，38 万余字。全书分上、中、下三篇，上篇 8 节，探讨《世说新语》的书名、作者、著作年代、流传过程、刘孝标注等问题；中篇 11 节，深入研究《世说新语》的内容，从政治、道德、文学、艺术、宗教、科技、妇女问题等角度研究《世说新语》；下篇为人物论，分 10 节，分别论述了《世说新语》中王弼、谢安、殷浩、王羲之、桓温等人物形象，与他书记载进行对比研究。书末附有魏晋时期人物系年简表。

古代小说百科大辞典

白维国、朱世滋著，学苑出版社 1992 年出版。该书以中国古代小说为研究对象，分为 10 个部分，按作家作品类、研究类、知识类、赏析类、语言文化类依次排列。其中，研究类分设国内研究与海外研究两部分，每部分专设细目。作家作品类主要按照作家生活时代、小说产生先后顺序排列目录次序，研究类、知识类等按相关内容分类。书后附有按笔画次序的条目索引。该书收录魏晋南北朝时期小说家约 20 位，志人志怪小说 20 余部。

古典小说鉴赏

周先慎著，北京大学出版社 1992 年出版。30 余万字。共分三部分，分别是短篇小说鉴赏、长篇片断鉴赏、小说鉴赏随笔。该书是对中国古典小说进行艺术鉴赏的著作，既有一定学术性，又注重通俗性，兼顾到广泛的读者面。在作品篇目选择方面，主要选取古代优秀小说的代表作，尤其是题材内容相近而意趣风格不同的作品，既注重揭示每篇作品的特点，又适当地兼顾中国古典小说发展史，力求勾勒出中国小说的发展脉络。共收短篇小说及长篇（片断）38 篇，其中六朝小说 9 篇，《世说新语》6 篇，《搜神记》3 篇。

中国小说史漫稿

李悔吾著，湖北教育出版社 1992 年 7 月出版。全书 40 余万字，共分 15 章。宋前小说史按照时代顺序，分别论述了中国古代小说的萌芽期、童年期与成熟期的特点。宋元明清时期的小说则按文言、话本、长篇章回体的次序加以论述。《西游记》、《金瓶梅》、《红楼梦》等都设单章。该书将六朝小说定位为中国小说的童年期，分别论述了志人小说及志怪小说的内容与艺术特色，指出六朝小说的两个基本特点：一是"实"，这决定了唐前小说的文史不分；而小说概念的不清，则造成了六朝小说的第二个特点"杂"。

仙·鬼·妖·人：志怪传奇新论

俞汝捷著，中国工人出版社 1992 年 9 月出版。该书为专论志怪传奇的专著，共分五章，16 万言。该书主要从文体角度探索志怪与传奇的审美特征，勾勒出了一条从志怪到传奇文体演进的脉络，并探讨了其兴衰嬗递的过程与原因，对文体嬗变的各个环节都进行了比较详细的阐释。《传奇：小说的新世纪》一章，结合唐代的政治经济背景、唐人的精神需求与审美心理，分析了传奇取代志怪成为小说领域之主流的必然性；《志怪：逆向运动》一章，探讨了志怪小说如何弥补神话的不足，揭示了六朝志怪小说的特点及兴盛的原因。

中国古代短篇小说欣赏辞典

孙逊主编，汉语大词典出版社 1992 年 10 月出版。本书是对所选经典文言和白话短篇小说的注释和赏析，所选文言小说分为原文、注释、译文和赏析四个部分，所选白话小说则分为原文、注释和赏析三个部分。原文部分不做版本校勘，注释部分主要侧重于典章、制度、职官和人名典故的解释,书末附有作者小传。共收战国至清代短篇小说107篇,篇目以作家所处时代为序排列,其中三国至南北朝部分收录六朝小说40篇。

中国古代十大轶事小说赏析

叶桂刚、王贵元主编,北京广播学院出版社1992年12月出版。该书为一部轶事小说选集。按时代顺序,从魏晋南北朝时期到清代,收录有代表性的10部轶事小说作品:《笑林》、《世说新语》、《隋唐佳话》、《明皇杂录》、《大唐新语》、《归田录》、《涑水纪闻》、《唐语林》、《语林》、《今世说》。每个作品的原文下面附加注释和译文,每个作品后面又做了赏析,简单地说明其作品的流传过程、版本情况、作家及其在文学史上的地位,比较具体地评价其艺术价值。其中的《笑林》与《世说新语》是六朝时期具有代表性的轶事小说作品。

中国讽刺小说史

齐裕焜、陈惠琴著,辽宁人民出版社1993年5月出版。该书阐述了中国讽刺小说的发展史。共分十章,第一章按照时间的顺序介绍了讽刺小说从萌芽到成熟的发展过程。第二至十章详细论述了明清、近代、现代及民国的讽刺小说。第一章第二节专门分析了魏晋南北朝时期小说中的讽刺因素,认为中国讽刺小说的很多特点此时已经具备,中国讽刺小说雏形诞生于此时。

中国古代小说艺术史

刘上生著,湖南师范大学出版社1993年6月出版。该书主要探讨中国小说艺术的形成和发展的历史。共分八章,前两章梳理中国古代小说的发展过程,从第三章到第七章分别从古代小说的人物艺术、幻想艺术、传奇艺术、讽刺艺术、语言艺术五个方面来论述,第八章以具体作品《红楼梦》为例具体分析。书中肯定魏晋南北朝小说是中国小说艺术发展过程中不可缺少的一环，对上述各种艺术的发展起到了重要的推动作用。

中国的神话传说与古小说

［日］小南一郎著，孙昌武译，中华书局1993年6月出版。本书由四章构成，主要为西王母与七夕文化传承、《西京杂记》的传承者、《神仙传》——新神仙思想、《汉武帝内传》的形成，作者运用传承学的观点分析了中国古代神话到六朝隋唐时期小说形成过程中的各种现象。其中在第三、四两章中，作者论述了两部重要的六朝小说《神仙传》和《汉武帝内传》的形成与神仙道教思想的发展之间相互关联的情况。

武侠小说辞典

童志刚、夏武全、晏银忠编著，长江文艺出版社1994年1月出版。42万字。该书为武侠专题文学辞典，收录秦汉以来有关武侠小说的各类辞目约1200条，分为名词术语、作家、作品、人物形象和武侠史论5个部分。其中作家和作品部分涉及六朝小说，作家有干宝和刘义庆2条，介绍作家生平、创作成就和作品要目；作品有5条，分别选自《搜神记》和《世说新语》，前者选3条，为《汤应除鬼》、《李寄斩蛇》、《眉间尺复仇》，认为这是六朝时期武侠文学的代表作品，后者选描述侠士事迹的《周处》、《戴渊》2条，作品条目概述了作品基本情节，有简单品评，并录有版本情况。

武侠小说鉴赏大典

温子建主编，漓江出版社1994年1月出版。工具书，110万余字。内含三个部分，为武侠文学源流卷、武侠文化探幽卷、武侠小说语辞卷，其中武侠文学源流卷和武侠文化探幽卷涉及六朝小说。武侠文学源流卷概论部分的"武侠小说与志怪小说"、"剑侠小说"、"武侠小说与笔记小说"等辞条介绍六朝志怪小说的发展及其对后世武侠小说的影响,作品部分有《三王墓》、《李寄》、《周处》3条;武侠文化探幽卷之"武侠的文化积淀"中有"侠与魏晋世风"条,指出《世说新语》在很大程度上描写和展示了魏晋世风,将侠、魏晋世风与《世说新语》串联起来考察,这对于小说《世说新语》的研究,不失为一个有启示意义的角度。

神怪情侠的艺术世界:中国古代小说流派漫话

程毅中编,中共中央党校出版社1994年1月出版。该书分成若干流派,对中国古代小说作品进行综合性探讨。引言部分由程毅中先生整体梳理中国小说流派概况,主体部分则由国内小说界学者按小说流派分别论述。包括志怪小说(刘叶秋),志人小说(宁稼雨),唐代传奇(程毅中),宋元话本(宁宗一),讲史平话(周兆新),神魔小说(刘世德),世情小说(张俊),拟古派小说(林骅、李厚基),讽刺派小说(李汉秋、周林生),人情小说(卢兴基)和侠义小说(刘荫柏)。志怪小说与志人小说两部分具体分析了各自的艺术风格等,指出志怪与志人小说已经成为中国古代小说的两种重要文体,具有独特的艺术风貌和历史传统。

中国小说源流论

石昌渝著,生活·读书·新知三联书店1994年2月出版,哈佛燕京学术丛书之一。本书分为小说与小说文体诸要素、小说文体的孕育、史传与小说之间、传奇小说、话本小说、章回小说共六章,前两章介绍小说发展的源流,后四章介绍不同时代和体裁的小说演变的特点,其中第三章史传与小说之间论述了六朝小说介于杂史杂传之间、志人小说与志怪小说的形成以及由野史笔记小说向传奇小说演进的特点等问题。

中国侠文化史

曹正文著,上海文艺出版社 1994 年 4 月出版。该书全面梳理了中国武侠小说的发展史。共分八章,前四章按时间顺序分别论述了旧派武侠小说发展的四个时期。第五、六章分别论述了新派武侠小说的两个高潮(港台)。第七章概括了大陆武侠小说及评论。第八章是古今武侠人物谱。第二章武侠小说的成熟期(从魏晋到明代)认为魏晋时期的社会风气尤其是士人放浪形骸的作风是侠气形成的重要因素,《搜神记》及《世说新语》中的怪异行为是后世怪侠形象的主要来源。

中国小说大辞典

李水海主编,陕西人民出版社 1994 年出版。《中国小说大辞典》是一部大型小说工具书,主要以中国小说创作者、欣赏者、研究者为服务对象。收词时限上自先秦,下至当代(1988 年),共收词条一万余条。按知识系统分为 16 卷,并附有《中国小说书目》,收词范围仅限中国古今小说。在小说家卷收录魏晋南北朝时期小说家 20 余人,小说 60 余部。除介绍小说产生时代、主要性质外,对已佚的六朝小说辑佚情况也作了交代。

世说新语考释

吴金华著,安徽教育出版社 1994 年出版。该书以余嘉锡《世说新语笺疏》为底本,对刘义庆《世说新语》及刘孝标《世说新语注》的一部分内容进行考释。所考释条目,按《世说新语》的篇章次序排列,书末附有条目索引两种。书中从古籍整理、汉语史研究、辞书编纂等角度入手,考释内容包括版本校勘、语词训释、名物考辨等。校勘方面侧重以下两点,一、考异,对有些注家尚未引录的有参考价值的异文,引而论之。二、献疑,对有些文字有疑义,但没有版本依据之处，作推理性校勘。

中国古典小说的文体独立

董乃斌著，中国社会科学出版社 1994 年出版。本书为国家"七五"社科规划重点项目之一，共八章，按照时间顺序紧贴文学的内部规律，围绕叙事观念与方式的种种演变，考察中国古典小说在文体上渐次独立的前因后果。第四章第五节具体分析野史笔记与志人、志怪小说在整个小说发展史上的地位及影响，认为魏晋六朝小说是中国小说孕育阶段不可缺少的一环。

中国文言小说史

吴志达著，武汉大学出版社 1994 年出版。本书以时间为断限分为先秦至南北朝、隋唐五代、宋金元、明清四编，每编独立安排章节。其中第一编"先秦至南北朝"部分第 2 至 7 章为六朝小说史内容，以时间为脉络介绍并梳理了六朝小说由"杂记体"向志怪小说和志人小说演化的过程，并重点介绍了《搜神记》、《世说新语》等 30 余部较为有代表性的六朝小说或小说集。

中国小说大辞典：先秦至南北朝卷

李水海主编，陕西人民出版社 1994 年出版。该书是一部大型小说工具书。本卷按照时间顺序收入先秦至南北朝辞目 1826 条，内容包括作品名称、撰者、著录书或出处、版本、中心思想和影响等。

《世说新语》与中古文化

宁稼雨著，河北教育出版社 1994 年出版。该书为研究《世说新语》的第一部专著。全书分为十一章，分别从门第、南北文化异同、人物品藻、魏晋玄学、佛学、文化艺术、文人个性、魏晋风俗等角度切入，分析《世说新语》故事中蕴含的文化意蕴；后两章提出"世说体"的概念，以及《世说新语》的出现，是志人小说观念成熟的标志"这一论断，已经广为学界接受。此书是学者第一次从文化史角度研究《世说新语》，筚路蓝缕，不乏开创之功。

中国古典小说史论

杨义著，中国社会科学出版社 1995 年 1 月出版。本书以文化原我、文化生态、文化通观的"三文原则"为指导，侧重于现代意识和世界视阈，以小说和历史文化的专题为线索分为二十章，其中第三章《汉魏六朝杂史小说的形态》、第四章《汉魏六朝志怪书的神秘主义幻想》和第五章《汉魏六朝"世说体"小说的流变》探讨了六朝小说的文体特点、发展脉络以及志人、志怪小说与当时社会思想的关系。

历代志怪大观

卢润详、沈伟麟编，上海三联书店 1996 年出版。本书从上至汉魏两晋南北朝，下至清末笔记小说、传奇作品中选录四五百篇志怪作品，加以注释、点评，大抵反映了我国志怪小说的状况和流变。选本按照时间先后顺序分为汉魏晋南北朝、隋唐五代、宋元明和清四个部分，汉魏晋南北朝时期包括刘向、郭宪、东方朔、曹丕、张华、干宝等人的作品。

中国小说发展史概论

王恒展著，山东教育出版社 1996 年 5 月出版。此书在讲稿基础上修改而成，立意全面系统地描绘中国小说的发展历史，总结中国小说的发展规律。在分期上，以小说自身的发展阶段为标准，将中国小说史分为 7 个时期，即孕育期、产生暨雏形期、笔记成熟和史传的发展期、文言的全面成熟和通俗的产生期、通俗化期、雅化期和变革期。作者以"笔记小说的成熟和史传小说的发展时期"来定位六朝小说,于志怪、志人小说之外,另分一类为史传小说,并作为传奇的先驱加以介绍,认为《汉武帝内传》、《赵飞燕外传》、《神仙记》、《拾遗记》是其优秀作品;第四节归纳了六朝小说史的特质,即小说创作中表现的"文学的自觉"。

中国古代小说史话

张国风著,商务印书馆 1996 年出版。该书 8 万余字,共分五部分。按时代顺序介绍了唐前、唐代、宋元、明代、清代小说的发展状况,简明扼要地勾勒了中国古代小说的发展史。每一部分都是先介绍此时期小说创作的概况、特点、历史背景,然后分析具有代表性的优秀作品。其中,第一部分论及六朝小说,指出六朝志怪小说的特点是证明"神道之不诬",六朝志人小说则充分体现了名士风流。该书除论及《世说新语》外,重点分析了《搜神记》5 篇,《幽冥录》3 篇。

搜 神 记

贾二强校点,辽宁教育出版社 1997 年出版,属新世纪万有文库之传统文化书系。此书以《搜神记》传世最早的二十卷本《津逮秘书》本为底本,以《学津讨源》本对校,参用汪绍楹校勘成果,只收原文,无注释,校勘记附于篇末。《津逮秘书》本《搜神记》无序、无目录,此处据《晋书·干宝传》补充干宝序,据《学津讨源》本补编目录。

中国笔记小说史

吴礼权著,商务印书馆国际有限公司 1997 年出版。此书共分七章。在界定笔记小说概念的基础上,按照时代发展顺序对汉代、魏晋南北朝、唐代、宋代、元明、清代的笔记小说创作情况进行了论述,分析了笔记小说在每个历史时期的特点、兴衰状况及其原因。其中，第三章专论六朝时期的笔记小说，指出动荡不安的历史背景对这一时期小说创作的影响，总结了志怪小说与轶事小说的特点。志怪小说主要论及《搜神记》、《搜神后记》等8部，轶事小说主要论及《世说新语》、《语林》等7部。

魏晋南北朝文学史料述略（增订本）

穆克宏著，中华书局1997年出版。文学史史料学著作。20余万字。该书按时代顺序，共分八编。材料主要参考正史记载，涉及魏晋南北朝时期诗歌、散文、小说、文学理论批评等。全书体例如下：每节分两大部分，首先是关于作家的史料，第二部分是关于作品的史料。其中第七编为魏晋南北朝小说史料，将魏晋南北朝小说分为志怪、志人两部分，收入《搜神记》等志怪小说15部，《世说新语》等志人小说8部。该书对志人志怪小说的版本介绍比较详细，列举《搜神记》19个辑本，《世说新语》18个版本。

中国神怪小说通史

欧阳健著，江苏教育出版社1997年8月出版，中国小说通史系列丛书之一。本书以历代神怪小说为研究对象，按照时间为断限分为神怪溯源、两汉时期、魏晋时期、南北朝时期、隋唐五代时期、宋金元时期、明代和清代共8章，系统论述了神怪小说的发展脉络。其中第三章《魏晋时期的神怪小说》和第四章《南北朝时期的神怪小说》分析了六朝神怪小说的发展源流，并重点介绍了《列异传》等16部影响较大的六朝神怪小说。

魏晋南北朝文学史论

管雄著，南京大学出版社1998年出版。此书收作者关于魏晋南北朝文学的论文17篇，以诗文研究为主，有《魏晋南北朝文学序说》之类的总论，亦有对建安、正始、太康、东晋、北朝文学的论述，同时涉及作家论以及民间文学研究。小说研究仅论文《魏晋南北朝小说》一篇，分小说溯源、晋代小说和南北小说三部分，介绍魏晋南北朝小说的发展概况，推介作家作品，对六朝小说作品评价不高。

中国英雄侠义小说通史

陈颖著，江苏教育出版社 1998 年出版。全书共十章，从英雄侠义小说的滥觞开始，到当代港台和大陆武侠小说结束，系统梳理了中国英雄侠义小说的发展演变历程。第二章第一节中介绍了汉魏六朝小说中的传奇英雄，包括《燕丹子》中的荆轲，《搜神记》中的干将之子赤、李寄，《世说新语》中的周处等。该书认为汉魏六朝的杂史杂传和笔记小说中以英雄侠义为题材的作品，数量虽少，却影响广泛。

名士风度众生相——《世说新语》

胡友鸣编著，中国文联出版公司 1998 年出版。该书前半部分有《名士风度众生相——谈〈世说新语〉》一文，认为《世说新语》集中、充分地表现了名士风度，向人们展示了一幅魏晋时期士族文人的风俗画，生动描绘了名士风度的众生相，并从名士的概念、名士风尚、人物品题与名士、清谈与名士等方面分析了名士的特点及社会文化背景。后半部分选择了《世说新语》中的一些重要条目，进行注释、译文和题解。

《世说新语》发微

王守华著，上海文艺出版社 1998 年出版。文化散步丛书系列，12 余万字。该书为小品文式的学术著作，收作者关于《世说新语》的文化随笔 30 篇，各篇皆以原书故事为依归，或写为小传，或作专题评论，内容涉及小说中所叙述的社会政治、历史人物、民族关系、民俗风情、宗教哲学、文学艺术等方面,行文简洁,有理趣。

世说新语译注

岳希仁、赵运仕、黄林涛编著,广西师范大学出版社1998年出版。古代笔记整理与普及丛书系列。六朝志人小说《世说新语》的译注本,共两册,90余万字。前言简略介绍了该书的书名、作者、内容、价值以及版本和研究状况;正文对36门、1130条故事作注释、翻译,并对原文进行了随感式的评点;篇末附录有人物小传,便于读者了解更多的历史和人物背景。

中国人情小说通史

陈节著,江苏教育出版社1998年出版。该书以时代发展为序,介绍了魏晋南北朝、唐、宋元、明清直至近现代的人情小说创作情况,准确、清晰地勾勒了中国人情小说的演进历史。在阐释人情小说发展轨迹的同时,较为合理地划分各个历史发展阶段,并注重打通古今界限,探索中国人情小说之发展规律。该书的一大特点是既是通史,又是题材演变史,侧重于某一题材进入小说创作领域的次第,梳理某一题材的兴衰及演变线索。该书将汉魏六朝时期定位为"人情小说的滥觞"时期,通过对《郭子》等轶事小说的分析,指出记述人间之事是人情小说最主要的特征。

中国古典小说史论

杨义著,人民出版社1998年10月出版。《杨义文存》第六卷,小说通史专著。该书不以政治年代划分中国小说史的时代,以文体类型或重要作品划分章节,共22章,导言为中国古典小说的本体阐释和问题发生发展论,末章结论,中间20章探讨了《山海经》、《穆天子传》、唐人传奇、《金瓶梅》、《儒林外史》、《红楼梦》等小说的重要作品及类型。其中关于六朝小说的章节有三章,分别为:汉魏六朝杂史小说的形态、汉魏六朝志怪书的神秘主义幻想、汉魏六朝"世说体"小说的流变。从问题出发，深入探讨了六朝小说中的三个类型，即杂史小说、志怪小说和志人小说，客观深入，影响很大。

搜神记、唐宋传奇集

曹光甫校点，上海古籍出版社1998年11月出版。此书收《搜神记》和《唐宋传奇集》两种，前言中，校点者对二书的内容、影响以及版本状况加以介绍，后收录二书正文。其中《搜神记》以《津逮秘书》本为底本，与汪绍楹校注的《搜神记》参照，遇文字歧异，斟酌异同，择善而从，未另出校记；《搜神记》序据《晋书·干宝传》录入；正文收故事20卷，464篇，每篇有题名。

中国古代小说通论综解

王增斌、田同旭著，中国文联出版公司1998年12月出版。本书主要以时间为线索分为23章，对各个历史时期的各类小说概貌、名篇名著加以评介，侧重于作品主题、人物和艺术风格的分析鉴赏。其中第三、四两章分别介绍了六朝志怪小说和志人小说的发展状况，以及六朝小说发展与当时社会思想和历史环境之间的关系。

笔记小说史

苗壮著，浙江古籍出版社1998年12月出版，中国小说史丛书之一。文学史类著作。该书共八章，按照时间的顺序系统勾勒了笔记小说产生发展的轨迹，探讨总结其成败得失，发展规律，评价论述其历史地位、作用影响等。该书认为魏晋南北朝的创作是笔记小说发展的第一个高峰，唐宋和清代踵其后分别为第二和第三个高峰。第二章分别从志怪小说与志人小说两方面论述，认为作者阵容强大、作品众多并形成志怪与志人两大类别、艺术水平的提高是这个时期小说繁荣的标志。

文言小说：文士的释怀与写心

赵明政著，广西师范大学出版社1999年出版。全书分上、下两编。上编"本体论"五章，综论文言小说的基本风貌、美学理想和文体特质。下编"流变论"五章，阐述文言小说体制流变递嬗的线索和发展规律。"流变论"中第一章分析了《搜神记》与志怪小说的演变，认为《搜神记》是志怪类小说的代表，既是志怪类故事的传承和总结，又对后世志怪小说产生了重大影响；第二章分析了《世说新语》与志人小说的发展，认为《世说新语》是魏晋文士的风习图，标志着"世说体"的形成。

汉魏六朝笔记小说大观

王根林等校点，上海古籍出版社1999年出版。收入汉魏六朝小说21部，六朝小说包括《搜神记》、《搜神后记》、《拾遗记》、《裴子语林》、《异苑》、《幽明录》、《世说新语》等。每部作品前有校点说明，介绍作品的卷数、作者、成书时代、版本等相关信息。正文部分有简单的文字注释。

中国历代笔记小说鉴赏辞典

傅开沛、贾玉民、李景林、李维新主编，中州古籍出版社1999年9月出版。此书选录上自战国，下至民国初年的笔记小说约500篇，其中魏晋南北朝小说分别选自《笑林》、《列异传》、《高士传》、《博物志》、《搜神记》、《西京杂记》、《世说新语》、《搜神后记》、《述异记》、《冤魂志》等35部作品，每书少则选1篇，多则不超过5篇，共71篇，如《宗定伯》、《三王墓》、《紫玉》、《白水素女》、《刘晨阮肇》等，均为六朝小说的名篇。在体例上，此书先简要介绍作者及作品，然后列原文，次列白话译文，最后有赏析。此书提供笔记小说的鉴赏入门知识，可供一般爱好者阅读，对于弘扬民族文化、普及笔记小说有重要意义。

魏晋南北朝志怪小说通论

张庆民著,首都师范大学出版社 2000 年 10 月出版。此书为综合论述魏晋南北朝志怪小说的专著,将这一时期的志怪小说按宗教信仰倾向,分作古代宗教志怪、道教志怪和佛教志怪三类,分别考察、论述。先介绍宗教兴盛状况,次谈志怪书创作与传播,再论志怪之幻相,最后揭明志怪故事之范型,论述从宗教信仰内容逐次转到小说文本上来。全书共五章,首章定位魏晋南北朝小说,以为其处于中国小说的蜕变期,并为其分类,以后三章按类分别论述,末章为余论,书后附有"魏晋南北朝志怪书书录"。

传统文化与古典小说

杜贵晨著,河北大学出版社 2001 年 7 月出版。此书是中国古典小说的论文选集,收论文 45 篇,代表了作者近 20 年来在古典小说与传统文化关系领域的研究成绩。全书分上、下两编,上编为"流水篇",所收论文侧重传统文化影响于古典小说纵向的若干线索的探讨;下编称"落花辑",文章主要是从经史诗文入手的作家、作品散点的考论。涉及六朝小说的论文有 3 篇,分别为《汉魏晋南北朝佛教与小说》、《经典与小说三则》、《胡粉与绣鞋——一个故事情节演变的考察》。《汉魏晋南北朝佛教与小说》论述了佛教对于魏晋小说在内容和艺术上的影响以及对南北朝志怪小说创作的影响等,对六朝小说与宗教的关系研究有推动作用。

中国分体文学史:小说卷

李修生、赵义山主编,上海古籍出版社 2001 年 12 月出版,系《中国分体文学史》中的《小说卷》。本书分上编:文言小说,中编:话本小说,下编:章回小说共三编,分别由石育良、王立言、刘烈茂等人撰写,侧重通过史实和文化背景的分析阐释小说的内容,揭示了中国小说的形成、发展和演进的历史轨迹。其中上编第二章《文言小说的发轫——六朝志怪与志人小说》系统论述了六朝志怪小说、志人小说的发展情况及其与当时社会环境的关系。

志怪小说与人文宗教

王连儒著,山东大学出版社2002年出版。此书为作者对志怪小说做全方位综合性研究的学术成果,书中对志怪的内涵,尤其是对其中的宗教与人文精神做了深入细致的探讨。全书分为六章,首章为《志怪小说之宗教性质与源流考辨》,指出汉魏六朝既是志怪小说创作的肇始期,又是兴盛期,同时又是对后世志怪小说创作产生重要影响的时期。后五章以时间为序,分别分析了汉魏六朝志怪、唐宋志怪、明代神魔志怪和清代志怪的宗教与人文内涵。其中对六朝志怪的分析,占两章的篇幅,分别从道教养生和佛教惩劝的角度展开,文后附有"汉魏晋南北朝部分志怪小说题材内容分类一览表",可见作者对魏晋南北朝志怪小说的重视和研究用力之深。

世说新语注译评

郭孝儒注译评,经济日报出版社2002年出版。该书为面向大众读者的普及读物。全书分前言、正文、主要参考书目、后记四部分,正文部分按原书顺序排列。该书吸收了学术界有关《世说新语》的研究成果,对原文文字及语句进行了系统的整理,并将全文译成了白话文,书中重要人物附有小传。《世说新语》原书各门类按条记录,为了检索、称引方便,本书给各门每条分别加了小标题。

《世说》新探

吴代芳著,中国文联出版社2002年出版。中国教师文丛第二辑。《世说新语》研究专著。全书分《世说新探》和《精品导读》两篇,上篇为专题研究,下篇选世说故事约100篇,注释、翻译和简析。上篇包括总论、世说与文史之关系两章共八节,第一章第一节论《世说新语》的思想和艺术,第二节论《世说新语》的语言特色,第三节论个体意识的崛起和社会诸矛盾之演变;第二章为《世说新语》与文史的关系,第一节讨论《世说新语》是否为历史实录,第二节论《世说新语》与正史区别及其历史价值,第三节论《世说新语》开始有意为小说,第四节论历史的曹操与文艺的曹操,第五节论《世说新语》刻画的曹操形象及其发展。全书结构颇为新颖,且视野开阔,从文史哲兼顾的角度研究《世说新语》。

文言小说审美发展史

陈文新著,武汉大学出版社2002年出版。古典文学论著四部之一。该书按时代顺序,从《山海经》到清代志怪、轶事小说,以作品为中心,论述志怪小说、轶事小说及传奇的发展情况,综合中国文言小说的发展史与审美意识。绪论提供笔记小说与传奇小说的类型划分、旧题汉人小说文献及部分六朝小说的史料。从第二章到第六章论述魏晋南北朝志怪小说与轶事小说的兴盛原因、类型及各类型小说的审美追求倾向。著者将魏晋南北朝志怪小说分为"博物体"、"搜神体"、"拾遗体"及"释氏辅教之书"四类,论述《博物志》、《搜神记》、《拾遗记》等24种志怪小说,还将轶事小说分为"世说体"、"笑林体"及"杂记体"的三类,收录了《世说新语》、《语林》等9种轶事小说作品。

魏晋文化与文学论考

刘志伟著,甘肃人民出版社2002年出版。该书30余万言,分为上、中、下三编。该书追求以论为本,注重考信的旨趣。上编考论魏晋文化研究中五个方面的问题,勾勒出从英雄崇拜到追寻审美化生活方式的演进特征;中编是人物论,论及曹操、嵇康等魏晋文化与文学的代表人物;下编专论与魏晋文化联系紧密的文学创作现象,主要论述了魏晋时期的诗歌与赋体文学。该书对魏晋南北朝小说也多有涉及，从《世说新语》的相关记载中，发掘魏晋时期崇友意识与家族观念的演变；《"痴"与魏晋文化》一篇，也以《世说新语》为例论述"痴"的审美及文化价值意义。另外，对《列异传》、《搜神后记》作者问题也有涉及。

世说新语汇校集注

朱铸禹编著，上海古籍出版社2002年12月出版，中华要籍集释丛书之一。朱铸禹（1904—1981年），生前曾供职于南开大学历史系明清史研究室、南开大学图书馆。此书乃朱铸禹集十年之功力，在汇集20余部《世说新语》版本及音释笺注的基础上编著而成的，其特点有三：第一，以现存最早最完整的宋绍兴刊本为底本，将影宋本和袁氏嘉趣堂本细致对校；第二，校注范围扩及刘孝标的注，对人物异称注本名，采集宋、明、清众多评家的评点，为今后《世说新语》的汇评工作导路；第三，广泛采集古今中外名家校注，同时不乏个人见解，是《世说新语》校注的集大成之作。此书也有一些缺点，如个别地方未将前人的一些重要评点收入，校注中引用观点未能一一标出等。

中国小说简史（古代部分）

李献芳著，山东大学出版社2003年10月出版。本书依小说发展过程列为三编：文言小说、白话小说、明清长篇章回小说，一方面从纵的发展方向梳理小说发展的源流；另一方面注重小说从题材上发生的横的影响。其第一章第二节《魏晋南北朝小说》重点介绍了六朝小说的发展情况及其艺术上的成就。

巫文化视野中的中国古代小说

万晴川著，中国社会科学出版社2003年11月出版。该书主要探讨了巫文化与中国古代小说之关系，共分六章，20 余万字。以中国古代小说中涉及巫文化的描写为主要研究对象，深入解读了古代小说的巫术内容，运用人类学、民俗学、主题学以及原型分析的方法，论证了巫术思维对古代小说创作的影响。论据充分，颇多原创。其中，对六朝小说的分析主要集中在《搜神记》、《搜神后记》等志怪小说中，指出《搜神记·刀劳鬼》中鬼神不死宗教观念与人物随意互化的巫术思想，对魏晋志怪小说的形成产生了重大作用。

神怪小说简史

胡胜著，山西人民出版社 2005 年 6 月出版，古代小说分类简史丛书之一。本书以神怪小说为对象，以时代为断限分为唐前、唐宋元和明清的神怪小说共三章。作为简史类的小说史著作，本书的写作目的在于探求和说明神怪小说发展演化的踪迹。本书第一章第四节《魏晋南北朝的神怪小说》介绍了六朝神怪小说的发展状况和基本特点。

历史小说简史

段启明、张平仁著，山西人民出版社 2005 年 6 月出版，古代小说分类简史丛书之一。本书以历史小说为对象，依时间顺序共分为七章，书后附有"已佚历史小说辑录"。本书重点介绍了文言历史小说、讲史平话及章回体历史小说的发展状况。其中第一章第一节《汉魏六朝文言历史小说》介绍了六朝历史小说的发展状况和基本特点。

中古小说校释集稿

范崇高著，巴蜀书社 2006 年出版。该书对汉末到宋初这一历史时期有代表性的 17 部小说和 1 部类书进行校释，包括《搜神记》、《搜神后记》、《西京杂记》、《拾遗记》、《世说新语》、《异苑》等。

校释的具体工作主要包括辨明各种异文的是非、匡正今人校释的失误、考释容易误解的词句、弥补现代辞书的不足。

西域文化影响下的中古小说

王青著,中国社会科学出版社 2006 年出版。全书共八章,首先考察了中西文化交往的动机与途径,然后将文学创作分为作者与作品两大因素。作者方面,重点考察西域文化如何影响作家的思维方式(重点在于想象力)和观念模式(包括小说本体观、生命观、时空观和世界观);作品方面,分别从题材内容、情节与形式三大部分考察外来文化所产生的影响。

中国古代小说史叙论

刘勇强著,北京大学出版社 2007 年出版。本书分上、下两编,每编单独安排章节。上编《从肇始到成熟:两种体式及其演进》着眼于小说文体的成熟过程,下编《文人独立创作普遍化时代的小说世界》突出小说文体成熟后以小说家为中心的小说创作特点。其中第一编第二章《小说的原初形态》重点介绍了六朝志怪小说及志人小说的文体样式、产生的社会背景、历史价值以及对后世的影响等问题。

中国小说通史

李剑国、陈洪主编,高等教育出版社 2007 年出版。本书包括先唐、唐宋元、明代、清代四卷。在钩稽、分析演变之史迹时注重环节的完整性,力求对小说史有比较全面、准确的描述;在具体论述上则追求有自己的独到见解。全书文言、白话并重,作品和史料并重,文献考据和理论分析并重。本书力求反映最新学术成果,包容不同学术见解。

第三部分 六朝小说研究年表（1919—2009）

第三部分 六朝小说研究年表（1919—2009）

1919

郑学弢出生
李毓芙出生
中华书局出版，解涛著《小说话》
民权出版部出版，冥飞著《古今小说评林》

1920

5月，上海泰东书局出版，张静庐著《中国小说史大纲》

1921

6月，上海中国书局出版，郭绍虞著《中国小说史略》

1922

吴小如出生
上海进步书局再版，曹绣君著《古今情海》

1923

《晨报》副刊《文学旬刊》，庐隐《中国小说史略》

北京大学第一院新潮社出版，鲁迅著《小说史大略》

1924

胡念贻出生
中华书局再版，解涛著《小说话》

1925

北新书局出版，鲁迅著《小说史大略》
上海大东书局出版，徐敬修著《说部常识》
上海寻源中学出版，汤济沧编《小说文选》
上海扫叶山房书局出版，袁韬壶标点《搜神记》

1926

上海泰东书局出版，陈景新著《小说学》
上海扫叶山房出版，石印本《百子全书》
上海扫叶山房出版，石印本《五朝小说大观》

1927

叶庆炳出生
苏州秋叶社出版，范烟桥著《中国小说史》

1928

曹道衡出生
上海扫叶山房书局再版，袁韬壶标点《搜神记》
长沙商务印书馆出版，崔朝庆选著《世说新语》
《国学论丛》第一卷，刘盼遂《世说新语校笺》

1929

商务印书馆出版,胡怀琛著《中国小说研究》
上海扫叶山房出版,石印本《世说新语补》二十卷

1930

程毅中出生
白化文出生
商务印书馆出版,刘永济著《小说概论讲义》
暨南大学出版社出版,沈从文著《中国小说史》
暨南大学出版社出版,孙俍工著《中国小说史十讲》

1931

上海广益书局出版,戴桢清著《古今笔记菁华》
上海商务印书馆出版,胡怀琛标点《搜神记》
上海商务印书馆出版,崔朝庆选著《世说新语》
《国学丛刊》,余嘉锡《"西京杂记提要"辨证》

1932

中华书局第三版,解涛著《小说话》

1933

哈佛燕京学社引得编纂处出版,《世说新语引得》
上海新文化书社出版,刘孝标注《世说新语》

1934

正中书局出版,胡怀琛著《中国小说的起源及其演变》
世界书局出版,胡怀琛著《中国小说概论》
上海北新书局出版,姜亮夫编《中国历代小说选》
上海商务印书馆再版,胡怀琛标点《搜神记》
上海新文化书社再版,刘孝标注《世说新语》

1935

光明书局出版,谭正璧著《中国小说发达史》
商务印书馆出版,吴曾祺著《旧小说》
上海新民书局出版,戴桢清著《古今笔记菁华》
上海大达图书供应社出版,周梦蝶标点,胡协寅校阅《世说新语》
上海商务印书馆出版,刘孝标注《世说新语》

1936

鲁迅逝世
侯忠义出生
中华书局出版,曹鹄雏编《汉魏六朝小说选》
上海新文化书社出版,鲍赓生标点《搜神记》

1937

上海中央书局出版,马俊良编《晋唐小说畅观》
上海商务印书馆出版,崔朝庆选著《世说新语》

1938

长沙商务印书馆出版,崔朝庆选著《世说新语》

1939

5月,商务印书馆出版,郭箴一著《中国小说史》
上海商务印书馆再版,刘孝标注《世说新语》
7月,李祥著《世说笺释》,收入《李审言文集》

1941

中华书局再版,曹鹄雏编《汉魏六朝小说选》

1942

余嘉锡《殷芸小说辑证》编写完成,后收入《余嘉锡论学杂著》
《国立武汉大学文哲季刊》第7卷第2期,程炎震《〈世说新语〉笺证》

1943

李剑国出生
罗国威出生
《国立武汉大学文哲季刊》第7卷第3期,程炎震《〈世说新语〉笺证》

1946

3月,永祥印书馆出版,赵景深著《中国小说论集》

善秉仁著《中国小说甄评》，文艺批评丛书之一

1947

日新出版社出版，赵景深著《小说论丛》

1948

王国良出生
正中书局出版，蒋祖怡著《小说纂要》

1949 年

傅增湘逝世

1951 年

人民文学出版社出版，鲁迅著《古小说钩沉》

1952 年

人民文学出版社出版，鲁迅著《中国小说史略》

1955 年

商务印书馆出版，徐震堮选注《汉魏六朝小说选》
上海出版公司出版，吴小如著《中国小说讲话及其他》

1956 年

2月，余嘉锡逝世

上海文化出版社出版，杜浩铭译《搜神记故事选》
古籍刊行社出版，刘义庆著《世说新语》（精装上下册）

1957 年

商务印书馆出版，吴曾祺辑《旧小说》
商务印书馆出版，干宝著《搜神记》
上海文艺出版社出版，谭永祥选注《汉魏六朝故事选》
台北中华文化出版事业委员会出版，葛贤宁等著《中国小说史》

1959 年

中华书局出版，刘叶秋著《古典小说论丛》
日本广岛大学中国文学研究室出版，（日）高桥清著《世说新语索引》

1960 年

人民教育出版社出版，唐德、刘毓忱选注《中国古典小说选注》
香港世界书局出版，秦孟潇著《中国小说史初稿》

1961 年

香港泰兴书局出版，郭箴一著《中国小说史》

1962 年

3 月，胡小石逝世
中华书局出版，刘叶秋著《古典小说论丛》（收入其《魏晋南北朝小说简论》）
中华书局出版，刘叶秋著《魏晋南北朝小说》

中华书局出版，刘义庆著《世说新语》（线装一至五册）
日本岩波书店出版，鲁迅著，（日）增田涉译《中国小说史》

1966 年

3 月，汪辟疆逝世
刘永济、刘盼遂逝世

1968 年

日本岩波书店出版，（日）小川环树著《中国小说史的研究》

1969 年

香港大众书局出版，杨勇著《〈世说新语〉校笺》

1970 年

香港亚东书局出版，李辉英著《中国小说史》
台北传记文学出版社出版，孟瑶著《中国小说史》
日本明德出版社出版，（日）八木泽元译《世说新语》

1972 年

许世瑛逝世

1973 年

人民文学出版社出版，北京大学中文系文学专业 1955 级编《中国小说史稿》

1974 年

商务印书馆出版，江畲经选注《汉魏六朝笔记小说选》
淡江大学中文系出版，郭模著《王子年〈拾遗记〉校释》

1975 年

沈剑知逝世
艺文印书馆出版，王叔岷著《〈世说新语〉补正》
长歌出版社出版，孟之微著《古小说搜残》
日本秋山书店出版，（日）前野直彬等著《中国小说史考》

1976 年

河洛出版社出版，叶庆炳著《汉魏六朝鬼怪小说》
皇冠杂志社出版，叶庆炳著《说小说鬼——魏晋南北朝的小说鬼》

1977 年

11月，刘大杰逝世
日月出版社出版，周次吉著《〈神异经〉研究》

1978 年

12月，陆侃如逝世
人民文学出版社出版，北京大学编《中国小说史》
文史哲出版社出版，王国良著《〈搜神后记〉研究》

1979

胡士莹逝世
5月，人民文学出版社出版，宁宗一、郝世峰编《中国小说史简编》
9月，中华书局出版，晋干宝撰，汪绍楹校注《搜神记》

1980

浙江人民出版社出版，戴不凡著《小说见闻录》

1981

戴不凡逝世
4月，中华书局出版，程毅中著《古小说简目》
11月，北京大学出版社出版，袁行霈、侯忠义编《中国文言小说书目》

1984

4月，中国首届古小说学术研讨会在天津南开大学召开
11月5—10日，中国魏晋南北朝史学会成立大会暨首届学术讨论会在四川成都召开
《中国魏晋南北朝史学会成立大会暨首届学术讨论会论文集》出版
上海古籍出版社出版，殷芸编撰，周楞伽辑注《殷芸小说》

1985

南开大学出版社出版，刘叶秋著《古典小说笔记论丛》

1986

6月23日,孙楷第逝世
11月,东北师范大学出版社出版,刘世剑著《小说概说》
徐震堮逝世
9月21—26日,中国魏晋南北朝史学会第二届学术讨论会在山东烟台召开
《中国魏晋南北朝史学会第二届学术讨论会论文集》出版
上海古籍出版社出版,滕云选译《汉魏六朝小说选译》
上海文艺出版社出版,黄霖著《古小说论概观》

1987

3月,福建教育出版社出版,郭光伟、郭杰编《搜神记选》
10月,百花文艺出版社出版,鲁德才著《中国古代小说艺术论》

1988

2月,上海古籍出版社出版,李继芬、韩海明选译《汉魏六朝小说选译》
6月,刘叶秋逝世
12月,文化艺术出版社出版,刘义庆撰,郑晚晴辑注《幽冥录》
12月,文化艺术出版社出版,周楞伽辑注《裴启语林》
文化艺术出版社出版,曹丕等撰,郑学弢校注《列异传等五种》
江苏教育出版社出版,谈凤梁编著《中国古代小说简史》

1989

陈汝衡逝世
7月,吉林教育出版社出版,许绍早主编《世说新语译注》

11月，文史哲出版社出版，王国良著《六朝志怪小说考论》
11月7—12日，中国魏晋南北朝史学会第三届学术讨论会在广西桂林召开

1990

3月，北京大学出版社出版，侯忠义主编《中国文言小说史稿》
9月，敦煌文艺出版社出版，齐裕焜著《中国古代小说演变史》
10月15日，俞平伯逝世
11月9日，台静农逝世

1991

6月，北京师范大学出版社出版，段启明主编《中国古典小说艺术鉴赏辞典》
6月，中国妇女出版社出版，乐牛著《中国古代微型小说鉴赏辞典》
7月，江苏文艺出版社出版，谈凤梁主编《历代文言小说鉴赏辞典》
9月，华东师范大学出版社出版，陈炳熙著《古典短篇小说艺术新探》
10月，辽宁人民出版社出版，宁稼雨著《中国志人小说史》
11月，商务印书馆出版，张国风《中国古代的小说》
12月，作家出版社出版，侯健著《中国小说大辞典》
12月，广西教育出版社出版，徐君慧著《中国小说史》

1992

6月，江苏古籍出版社出版，王能宪著《〈世说新语〉研究》
7月，四川人民出版社出版，张永言主编《〈世说新语〉辞典》
7月，湖北教育出版社出版，李悔吾著《中国小说史漫稿》
9月，中国工人出版社出版，俞汝捷著《仙·鬼·妖·人：志怪传奇新论》

10月，汉语大词典出版社出版，孙逊主编《中国古代短篇小说欣赏辞典》

12月，北京广播学院出版社出版，叶桂刚、王贵元主编《中国古代十大志怪小说赏析》

12月，北京广播学院出版社出版，叶桂刚、王贵元主编《中国古代十大轶事小说赏析》

周楞伽逝世

9月18—24日，中国魏晋南北朝史学会第四届学术讨论会在陕西西安召开

学苑出版社出版，白维国、朱世滋著《古代小说百科大辞典》

北京大学出版社出版，周先慎著《古典小说鉴赏》

1993

5月，辽宁人民出版社出版，齐裕焜、陈惠琴著《中国讽刺小说史》

6月，中华书局出版，（日）小南一郎著，孙昌武译《中国的神话传说与古小说》

9月，武汉大学出版社出版，陈文新著《中国文言小说流派研究》

12月，山东文艺出版社出版，杜贵晨著《中国古代小说散论》

首届中国古代小说国际研讨会在北京举行

《93中国古代小说国际研讨会论文集》出版（馆藏）

1994

1月，中共中央党校出版社出版，程毅中主编《神怪情侠的艺术世界：中国古代小说流派漫话》

1月，长江文艺出版社出版，童志刚、夏武全、晏银忠编著《武侠小说辞典》

1月，漓江出版社出版，温子建主编《武侠小说鉴赏大典》

2月，生活·读书·新知三联书店出版，石昌渝著《中国小说源流论》，哈佛燕京学术丛书之一

4月,上海文艺出版社出版,曹正文著《中国侠文化史》
8月,安徽教育出版社出版,吴金华著《世说新语考释》
9月,武汉大学出版社出版,吴志达著《中国文言小说史》
10月,陕西人民出版社出版,李水海主编《中国小说大辞典:先秦至南北朝卷》
11月,河北教育出版社出版,宁稼雨著《〈世说新语〉与中古文化》
中国社会科学出版社出版,董乃斌著《中国古典小说的文体独立》
巴蜀书社出版,刘义庆著,柳士镇、钱南秀译注《〈世说新语〉选译》

1995

1月,中国社会科学出版社出版,杨义著《中国古典小说史论》
9月1—4日,中国魏晋南北朝史学会第五届年会暨国际学术研讨会在湖北省襄樊市召开

1996

5月,山东教育出版社出版,王恒展著《中国小说发展史概论》
   商务印书馆出版,张国风著《中国古代小说史话》

1997

1月,中华书局出版,穆克宏著《魏晋南北朝文学史料述略》(增订本)
   商务印书馆国际有限公司出版,吴礼权著《中国笔记小说史》
3月,辽宁教育出版社出版,贾二强校点《搜神记》
8月,江苏教育出版社出版,欧阳健著《中国神怪小说通史》

1998

3月,南京大学出版社出版,管雄著《魏晋南北朝文学史论》

3月,江苏教育出版社出版,陈节主编《中国人情小说通史》
4月,黑龙江教育出版社出版,范子烨著《〈世说新语〉研究》
5月,广西师范大学出版社出版,岳希仁、赵运仕、黄林涛编著《〈世说新语〉译注》
5月20日,文化的馈赠——汉学研究国际会议,由传统文化研究中心主办在北京香山饭店召开
8月8—12日,北朝史国际学术研讨会暨中国魏晋南北朝史学会第七届年会在山西大同召开
10月,人民出版社出版,杨义著《中国古典小说史论》
11月,上海古籍出版社出版,曹光甫校点《搜神记·唐宋传奇集》
12月,浙江古籍出版社出版,苗壮著《笔记小说史》,中国小说史丛书之一
12月,中国文联出版公司出版,王增斌、田同旭著《中国古代小说通论综解》

1999

1月,春风文艺出版社出版,宁稼雨著《刘义庆与〈世说新语〉》
9月,中州古籍出版社出版,傅开沛、贾玉民、李景林、李维新主编《中国历代笔记小说鉴赏辞典》

2000

4月,兰州大学出版社出版,谢明仁著《刘向〈说苑〉研究》
10月,首都师范大学出版社出版,张庆民著《魏晋南北朝志怪小说通论》

2001

7月5日,袁珂逝世
7月,河北大学出版社出版,杜贵晨著《传统文化与古典小说》

8月,河北大学出版社出版,詹福瑞著《汉魏六朝文学论集》
12月,上海古籍出版社出版,李修生、赵义山主编《中国分体文学史:小说卷》

2002

1月,山东大学出版社出版,王连儒著《志怪小说与人文宗教》
5月,甘肃人民出版社出版,刘志伟著《魏晋文化与文学论考》
10月,经济日报出版社出版,郭孝儒注译评《世说新语注译评》
10月,武汉大学出版社出版,陈文新著《文言小说审美发展史》
11月,中国文联出版社出版,吴代芳著《〈世说〉新探》
11月15—17日,第二届中国古代小说国际研讨会在上海师范大学召开
12月,上海古籍出版社出版,朱铸禹编著《世说新语汇校集注》
江苏省六朝史研究会年会暨江南历史文化研讨会在南京举行
《江苏省六朝史研究会年会暨江南历史文化研讨会论文集》出版

2003

10月,山东大学出版社出版,李献芳著《中国小说简史》(古代部分)
11月,中国社会科学出版社出版,万晴川著《巫文化视野中的中国古代小说》

2004

4月25—27日,中国文学古今演变学术研讨会在上海复旦大学召开
7月21—23日,中国魏晋南北朝史学会第八届年会暨缪钺先生百年诞辰国际学术研讨会在四川成都召开,由中国魏晋南北朝史学会与四川大学、西南民族大学联合主办。
8月1—21日,中国古文学研究——中国中古(汉—唐)文学国际学

术研讨会在首都师范大学中国诗歌研究中心召开
11月,岳麓书社出版,李天华著《〈世说新语〉新校》
12月,河北人民出版社出版,李自修注译《〈世说新语〉今注今译》
12月9—11日,叙事学的中国之路——全国首届叙事学学术研讨会在福建漳州师范学院召开

2005

6月,山西人民出版社出版,段启明、张平仁著《历史小说简史》
6月,山西人民出版社出版,胡胜著《神怪小说简史》
山西人民出版社出版,侯忠义主编《汉魏六朝小说简史/唐代小说简史》
7月11—13日,第二届中国文论国际研讨会在上海复旦大学召开

2006

4月,巴蜀书社出版,《中国魏晋南北朝史学会第八届年会论文集》
8月,第三届中国古代小说国际研讨会由哈尔滨师范大学人文学院中文系和中国社会科学院中国古代小说研究中心联合举办
12月,巴蜀书社出版,周俊勋著《魏晋南北朝志怪小说词汇研究》
海峡两岸古典文献学国际学术会议召开
上海古籍出版社出版,《古代文献的考证与诠释——海峡两岸古典文献学国际学术会议论文集》(精)

2007

1月,北京大学出版社出版,刘勇强著《中国古代小说史叙论》
8月13—15日,第六届中国古代小说文献暨数字化国际学术研讨会、第一届中国古籍数字化国际学术研讨会在北京紫玉饭店召开
徐朔方逝世

2009

8月,柳存仁逝世

8月17日,第八届中国古代小说、戏曲文献暨数字化国际研讨会在北京首都师范大学召开

8月21—23日,第四届中国古代小说国际研讨会在浙江杭州金华召开

11月1日,海峡两岸夏敬渠与中国古代才学小说学术研讨会在江苏无锡召开

第四部分 六朝小说研究论著索引(1919—2009)

第四部分 六朝小说研究论著索引（1919—2009）

[1] 胡寄尘. 中国小说考源. 小说世界, 1923(3).
[2] 庐隐. 中国小说史略. 晨报附刊, 1923(6).
[3] 刘盼遂. 唐写本《世说新书》跋尾. 清华学报, 1925(12).
[4] 蒋家骧. 陶渊明与郭璞. 金陵光, 1925.
[5] （日）盐谷温著, 君左译. 中国小说概论. 小说月报, 1927(6).
[6] 胡怀琛. 中国小说研究. 小说世界, 1927(9).
[7] 刘盼遂. 《〈世说新语〉校笺》叙. 文学同盟, 1927(11).
[8] 刘盼遂. 《〈世说新语〉校笺》凡例. 文学同盟, 1928(4).
[9] 刘盼遂. 《世说新语》校笺. 国学论丛, 1928(10).
[10] 傅增湘. 《世说新语》三卷——日本帝室图书寮观书记. 北平图书馆月刊, 1930(2).
[11] 余嘉锡. 《〈西京杂记〉提要》辨证. 国学丛编, 1931(5).
[12] 朱悱初. 中国小说研究. 金陵女子文理学院年刊, 1932(6).
[13] 恨水. 中国小说之起源. 天津益世报语林, 1932(10).
[14] 胡寄尘. 中国小说的起源及其演变. 珊瑚, 1933(2).
[15] 胡怀琛. 标点《搜神记》序. 新时代月刊, 1933(8).
[16] 赵景深. 汉魏六朝小说. 中国文学月刊, 1934(2).
[17] 鲁迅. 六朝小说和唐代传奇文有怎样的区别. 文学百题, 1935(7).
[18] 微青. 《西京杂记》作者版本杂考. 时代青年, 1936(9).
[19] 郭维新. 干宝著述考. 北平图书馆馆刊, 1936(12).
[20] 余嘉锡. 小说家出于稗官说. 辅仁学志, 1937(6).
[21] （日）重松俊章. 关于敦煌本《还冤记》残卷. 史渊, 1937.
[22] 饶喜. 读节本《世说新语》(书评). 宇宙风, 1938(7).

[23] 赵景深. 评介鲁迅的《古小说钩沉》, 1938.

[24] 李审言.《世说》笺释. 制言, 1939（5）.

[25] 严懋垣. 魏晋南北朝志怪小说书录附考证. 文学年报, 1940（11）.

[26] 左海.《述异记》. 齐鲁学报, 1941（2）.

[27] 左海.《博物志》. 齐鲁学报, 1941（2）.

[28] 左海.《拾遗记》. 齐鲁学报, 1941（2）.

[29] 宗白华. 论《世说新语》和晋人的美. 星期评论, 1941.

[30] （日）丰田穰著, 颐安译.《搜神记》《搜神后记》源流考. 中和, 1942（5, 6）.

[31] 朱建新.《世说新语》之研究. 真知学报, 1942（8）.

[32] 程笃原.《世说新语》笺证. 文哲季刊, 1942（10）.

[33] 余嘉锡.《殷芸小说辑证》, 1942.

[34] 华忱之.（日）斯文. 关于《世说新语》. 汇报, 1942.

[35] 徐文麎译.《世说新语》八则——管宁割席, 阮裕焚车, 床头捉刀, 家无长物, 雪夜访戴, 新亭对泣, 佳物得在, 祖财阮屐. 国文杂志, 1943（5）.

[36] H. M. 著. 贝锦玉节译. 绘图《列女传》的源起及其宋前的流传. 中德学志, 1943（5）.

[37] 文载道. 魏晋人物志. 古今, 1944（1）.

[38] 文载道. 魏晋人物续志. 古今, 1944（2）.

[39] 沈剑知.《世说新语》校笺. 学海, 1944（7）—1945（1）.

[40] 傅惜华. 六朝志怪小说之存逸. 汉学, 1944（9）.

[41] 静生. 中国古小说叙录. 中华月报, 1944.

[42] 许世瑛. 卫玠与王濛（读《世说新语》之一）. 艺文杂志, 1945（1）.

[43] 许世瑛. 周𫖮与王敦（读《世说新语》之二）. 艺文杂志, 1945（3）.

[44] 王利器. 跋唐写本《世说新书》残卷. 图书季刊, 1945（6）.

[45] 赵景深. 读鲁迅《古小说钩沉》. 文艺春秋, 1946（1）.

[46] 贺昌群.《世说新语》札记（附图）. 国立中央图书馆馆刊

（复刊），1947（3）.

[47] 王季思. 中国笔记小说略述. 新学生，1947（12）—1948（1）.

[48] 台静农.《古小说钩沉》解题. 台湾文化. 1948（1）.

[49] 任继愈. 魏晋人的风度与品格. 经世日报读书周刊，1948（2）.

[50] 纪庸.《世说新语》之文章. 国文月刊，1948（2）.

[51] 王瑶. 魏晋小说与方术. 学原，1948（7）.

[52] 徐震堮.《世说新语》札记. 浙江学报，1948.

[53] 许世瑛. 释"阿奴". 国文月刊，1949（1）.

[54] 赵冈.《世说新语》刘注义例考. 国文月刊，1949（8）.

[55] （日）小泉弘.《灵异记》及《冥报记》：中国说话集与我国说话文学的关系. 学艺，1949（1）.

[56] 鲁迅编.《古小说钩沉》，人民文学出版社，1951.

[57] （日）西谷登七郎.《五行志》与廿卷本《搜神记》. 广岛大学文学部纪要，1951（1）.

[58] （日）内田道夫.《搜神记》的世界. 文化，1951（3）.

[59] 鲁迅.《中国小说史略》，人民文学出版社，1952.

[60] （日）西野贞志.《搜神记》考. 人文研究，1953（8）.

[61] （日）清水荣吉.《搜神记》私记. 天理大学学报，1954（2）.

[62] 徐震堮选注.《汉魏六朝小说选》. 商务印书馆，1955.

[63] 吴小如.《中国小说讲话及其他》. 上海出版公司，1955.

[64] 吴小如. 古小说和唐传奇（中国小说讲话之一）. 文艺学习，1955（4）.

[65] （日）志村良志.《冥报记》的传本. 文化，1955（1）.

[66] 杜浩铭译.《搜神记》故事选，上海文化出版社，1956.

[67] 刘义庆.《世说新语》. 文学古籍刊行社，1956.

[68] （日）内田道夫.《冥报记》的性格. 文化，1956（1）.

[69] 陈寅恪. 书《世说新语》文学类钟会撰《四本论》始毕条后. 中山大学学报，1956（3）.

[70] 易艺五. 对《世说新语》中《范巨伯》《管宁》《周处》三篇

的思想内容的分析.中学教育,1956(12).

[71] 刘叶秋.略谈《搜神记》.语文学习,1956(12).

[72] 朱一玄.中国的小说何时发生？小说,传奇是否一回事？宋元平话小说与明清小说传奇有无关系.历史教学,1956(6).

[73] 谭永祥.汉魏六朝故事选.上海文艺出版社,1957.

[74] 干宝.《搜神记》.商务印书馆,1957.

[75] 吴曾祺辑.旧小说,商务印书馆,1957.

[76] 葛贤宁等.中国小说史,中华文化出版事业委员会,1957.

[77] (日)西野贞治.敦煌本《搜神记》.神田博士还历纪念书志学论集,1957.

[78] (日)西野贞治.关于敦煌本《搜神记》.神田博士还历纪念书志学论集,1957.

[79] 刘叶秋.读《搜神记》札记.读书月报,1957.

[80] (日)西野贞志.关于敦煌本《搜神记》的说话.人文研究,1957(4).

[81] 刘叶秋.试论《世说新语》.语文学习,1957(6).

[82] 范宁.论魏晋志怪小说的传播和知识分子思想分化的关系.北京大学学报,1957(2).

[83] 刘叶秋.魏晋南北朝志怪小说简论.新建设,1958(4).

[84] 南樱子.魏晋时代的文学.园艺,第6期第2卷.

[85] 刘叶秋.古典小说论丛.中华书局,1959.

[86] (日)高桥清.世说新语索引.广岛大学中国文学研究室油印,1959.

[87] 陈中凡.论《吴越春秋》为汉晋间说部及其艺术上的成就.文学遗产增刊,1959(12).

[88] 秦孟潇.中国小说史初稿.世界书局,1960.

[89] 唐德,刘毓忱选注.中国古典小说选注.人民教育出版社,1960.

[90] (日)森野繁夫.任昉《述异记》.中国文学报,1960(13).

[91] (日)森野繁夫.祖冲之《述异记》.支那学研究,1960(25).

[92] 杨明照. 葛洪的文学主张. 光明日报, 1960 (6).

[93] 郭箴一. 中国小说史. 泰兴书局, 1961.

[94] (日) 森野繁夫. 异苑的通行本. 中国中世文化研究, 1961 (1).

[95] 杨向奎. 论葛洪. 文史哲, 1961 (1).

[96] 易笑侬. 《世说新语》中之文章建设. 1961 (10).

[97] (日) 大矢根文次郎. 关于《世说新语》的原据及其截取修改. 东洋文学研究, 1961 (9).

[98] 周法高. 颜之推《还冤记》考证. 大陆杂志, 1961.

[99] 德年. 魏晋南北朝的志怪小说. 新民晚报, 1961.

[100] 何歌. 李寄斩蛇. 光明日报, 1961-3-2.

[101] 苏丰. 志怪小说家王嘉. 甘肃日报, 1961-5-2.

[102] (日) 前野直彬. 冥界游行. 中国文学报, 1961 (14~15).

[103] 苏丰, 江夏. 志怪小说家王嘉. 甘肃日报, 1961-5-27.

[104] 刘叶秋. 魏晋南北朝小说简论. 《古典小说论丛》. 中华书局, 1962.

[105] 刘叶秋. 魏晋南北朝小说. 中华书局, 1962.

[106] 刘义庆. 《世说新语》. 中华书局, 1962.

[107] 鲁迅著, (日) 增田涉译. 中国小说史. 岩波书店, 1962.

[108] (日) 中国中世文学研究会. 读《世说新语》札记(文学篇一). 中国中世文学研究, 1962 (2).

[109] 劳干. 论《西京杂记》之作者及成书年代. 史语所集刊, 1962 (33).

[110] 乃正. 《世说新语》译释. 文汇报, 1962-3-1.

[111] 杜而未. 神仙传中的仙者. 恒毅, 1962 (7).

[112] 杜而未. 抱朴子论仙资料选释. 恒毅, 1962 (8).

[113] 周一良. 《世说新语》札记. 《魏晋南北朝史论集》. 中华书局, 1963.

[114] 许世瑛. 《世说新语》中第一身称代词研究. 淡江学报, 1963 (2).

[115] (日) 小尾郊一. 关于"馨"字: 据《世说新语》解. 中国

中世文学研究，1963（3）.

[116] 许世瑛. 谈谈《世说新语》中"相"字的特殊用法. 大陆杂志，1963（9）.

[117] 许世瑛.《世说新语》中第二身称代词研究."中央研究院"历史语言研究所集刊，1963（36）.

[118]（日）青山宏. 评魏晋南北朝小说. 汉学研究复刊，1963（1）.

[119] 陆侃如等. 葛洪的文学观. 山东大学学报，1963（1）.

[120] 洪业. 再说《西京杂记》. 史语所集刊（下），1963（34）.

[121] 董作宾.《西京杂记》作者辨.《平庐文存》. 艺文印书馆，1963.

[122]（日）森野繁夫.《世说新语》考异的价值. 中国中世文学研究，1963（3）.

[123] 杨勇.《世说新语》校释序例. 新亚生活，1964（16）.

[124]（日）福井康顺. 关于《周氏冥通记》. 内野博士还历纪念东洋学论文集，1964（1）.

[125] 范宁. 关于《搜神记》. 文学评论，1964（1）.

[126] 陈直. 读《世说新语》札记. 中华文史论丛，1964（5）.

[127]（日）竹田晃. 干宝试论：《晋记》与《搜神记》之间. 东京支那学报，1965（11）.

[128]（日）森野繁夫.《搜神记》篇目. 广岛大学文学部纪要（文学），1965（3）.

[129]（日）松田克之佑. 关于《世说新语·德行》篇的〈德行一〉考察迹见. 学园国语科纪要，1965（13）.

[130] 吕景州等.《〈世说新语〉注》人名索引. 新亚书院中国文学系年刊，1966（4）.

[131]（日）小南一郎.《搜神记》文体. 中国文学报，1966（21）.

[132] 世说轮讲会.《世说新语》译解. 东洋文学研究，1966（1）.

[133]（日）竹田晃. 从六朝志怪到唐传奇：看志怪"口语化"的可能性. 人文科学科纪要，1966（39）.

[134]（日）前野直彬. 鲁迅《古小说钩沉》的问题点：关于六朝小说资料. 东洋文化（东京大学文化研究所），1966（41）.

[135]（日）小川环树.《中国小说史的研究》, 岩波书店, 1968.

[136]（日）大矢根文次朗. 关于《世说新语》的《言语篇》. 学术研究（人文科学·社会科学）, 1968（17）.

[137]（日）伏见冲敬. 唐写本《世说新语》. 书品, 1968（193）.

[138] 马小梅. 两汉魏晋南北朝的小说. 文海, 1968（12）.

[139] 余嘉锡.《西京杂记》茸正. 文史哲学报, 1968（17）.

[140] 杨勇.《世说新语》校笺. 香港大众书局, 1969.

[141]（日）大矢根文次郎.《世说新语》的《文学》《艺》《术》篇. 东洋文学研究, 1969（17）.

[142]（日）庄司格一. 关于《冥祥记》. 集刊东洋学, 1969（22）.

[143] 孟瑶. 中国小说史. 台北传记文学出版社, 1970.

[144] 李辉英. 中国小说史. 香港亚东书局, 1970.

[145]（日）八木泽元. 世说新语. 明德出版社, 1970.

[146]（日）中国中世文学研究会. 读《世说新语》札记（文学篇二）. 支那学研究, 1970（35）.

[147]（日）川胜义雄. 论《世说新语》的编纂: 元嘉之治的一面. 东方学报（京都）, 1970（41）.

[148] 杨勇.《世说新语》"书名""卷帙""版本"考. 东方文化, 1970（2）.

[149] 车柱环评.《世说新语》校笺. 亚细亚研究, 1970（3）.

[150] 杨勇.《世说新语》刘孝标注释例. 寿罗香林教授论文集. 万有图书公司, 1970.

[151]（日）竹田晃. 谈六朝志怪中的"人间". 人文科学学科纪要（日本东洋大学·国文学·汉文学15）, 1970（51）.

[152] 宗白华. 论《世说新语》和晋人的美. 现代语言文学论文选读. 东亚书局, 1971（165）.

[153]（日）粕谷兴纪.《搜神记》所容纳的内容: 关于佚文部分. 万叶, 1971（77）.

[154]（日）森野繁夫.《世说新语》的用语（1）. 中国中世文学研究, 1971（8）.

[155]（日）森野繁夫. 对《世说新语》及注的评语: "简"与

"率". 东方学, 1971 (8).

[156] 村上嘉实. 关于魏晋时期德之多样性：《世说新语》的思想. 铃木博士古稀纪念东洋学论丛, 1972.

[157] 罗根泽. 《新序》《说苑》《列女传》不作始于刘向考. 中国书籍考论集, 中山图书公司, 1972.

[158] （日）八木泽元. 从《世说》到新书·新语的发展：《世说新语》传本考. 鸟居久靖先生华甲纪念论集. （中国语言与文学）, 1972.

[159] （日）小南一郎. 《西京杂记》的传承者. 日本中国学会报, 1972 (24).

[160] 北京大学中文系. 中国小说史稿. 人民文学出版社, 1973.

[161] 杨勇. 读静观先生评拙著《世说新语》校笺后. 明报, 1973 (1).

[162] （日）今树二郎. 《搜神记》四库提要译注. 中国古典研究, 1973 (19).

[163] （日）入部正纯. 《灵异记》与《冥报记》. 文艺论丛, 1973 (1).

[164] 江畲经. 汉魏六朝笔记小说选. 商务印书馆, 1974.

[165] 郭模. 王子年《拾遗记》校释. 淡江大学中文系, 1974.

[166] （日）鸟羽田重直. 六朝小说一考察（1）：《述异记》. 汉文学会会报（国学院大学）, 1974 (19).

[167] 孟之微. 古小说搜残. 长歌出版社, 1975.

[168] （日）前野直彬等. 中国小说史考. 秋山书店, 1975.

[169] 许建新. 《搜神记》校注. "国立"台湾师范大学国文研究所集刊, 1975 (19).

[170] （日）今滨通隆. 剧谈与默识：观《世说新语》的"言语"之一考察. 中国古典研究, 1975 (20).

[171] 王叔岷. 《世说新语》文学篇补笺. 南洋大学学报（人文科学）, 1975 (8、9).

[172] （日）竹田晃. 六朝志怪中所见的再生故事. 人文科学纪要, 1975 (60).

[173] 叶庆炳. 汉魏六朝鬼怪小说. 河洛出版社, 1976.

[174] 叶庆炳. 说小说鬼——魏晋南北朝的小说鬼. 皇冠杂志社, 1976.

[175] （日）渡部武. 论《世说新语》以前的《世说》传本问题. 研究纪要（安天学园）, 1976 (17).

[176] （日）丰福健二.《世说·贤媛篇》与《晋书·列女传》. 小尾博士退休纪念中国文学论集, 1976.

[177] （日）鸟羽田重直. 关于古小说钩沉本《述异记》. 汉文学会会报（国学院大学）, 1976 (22).

[178] （日）富永一登. 六朝"小说"考：论殷芸"小说". 中国中世文学研究, 1976 (11).

[179] （日）吉田隆英. 关于《感应传》：佛教说话集及其周边集刊. 东洋学, 1976 (35).

[180] （日）秋田成明. 六朝志怪小说所表现的灵异观念. 甲南大学纪要（文学篇·笠井清教授还职纪念论文集）, 1976 (25).

[181] 叶庆炳. 魏晋南北朝的鬼小说与小说鬼. 中国古典文学论丛 (3). 中外文学月刊社, 1976.

[182] 李则芬. 王昭君与毛延寿. 东方杂志复刊, 1976 (2).

[183] （苏）戈雷金娜.《搜神后记》：中国早期短篇小说. 远东文学研究的理论问题（俄）, 1976.

[184] 周次吉.《神异经》研究. 日月出版社, 1977.

[185] （日）森野繁夫.《世说新语》里的评语：关于"朗". 广岛大学文学部纪要, 1977 (37).

[186] 黎波. 魏晋南北朝的小说. 中国语（日）, 1977 (211).

[187] 王国良.《搜神后记》研究. 文史哲出版社, 1978.

[188] 北京大学. 中国小说史. 人民文学出版社, 1978.

[189] （日）冈松荣志. 天监年间的刘峻：《世说》注的成立与注者的立场. 中哲文学会报, 1978 (3).

[190] 张忱石."阿大中郎"考. 文史, 1978 (5).

[191] 李梅吾. 中国小说的童年——"古代小说漫话"之二. 奔流, 1979.

［192］（日）森野繁夫等．六朝古小说语汇集．广岛大学文学部纪要，1977（39）．

［193］白化文等．《世说新语》的日本注本．文史，1979（6）．

［194］刘兆云．《世说》探源．新疆大学学报，1979．

［195］徐震堮．《世说新语》简论．中华文史论丛，1979．

［196］汪绍楹校注．搜神记．中华书局，1979．

［197］宁宗一，郝世峰．中国小说史简编．人民文学，1979．

［198］刘叶秋．历代笔记概述．中华书局，1980．

［199］赵景深．中国小说丛考．齐鲁书社，1980．

［200］戴不凡．小说见闻录．浙江人民出版社，1980．

［201］林祥征．西王母的变迁及其启示．山东师院学报，1980．

［202］吴志达．史传·志怪·传奇（唐人传奇溯源）．武汉大学学报，1980．

［203］乃黎．浅谈中国的小说起源．宁夏日报，1980（3）．

［204］蔡国梁．狐狸精从志怪闯入《志异》．群众论丛，1980．

［205］晓雨．我国第一部笔记小说——《世说新语》．吉林日报，1980．

［206］马积高．中国古代文学史话：魏晋南北朝的小说和地理杂记．语文教学，1980（1）．

［207］张宝坤．《抱朴子》的文学思想简论．社会科学辑刊，1980（1）．

［208］韩锡铎．孤本宋版《抱朴子内篇》．理论与实践，1980（3）．

［209］颜延亮，王嘉．甘肃文艺，1980（5）．

［210］郑学弢．释"妪"：《世说新语》释词之一．徐州师范学院学报，1980．

［211］庄正容．《世说新语》中的称数法．中国语文，1980．

［212］陈翔华．魏晋南北朝时期的诸葛亮故事传说．河北大学学报，1981（2）．

［213］赵克尧，许道勋．《桃花源记与诗》与历史实际．复旦学报，1981（4）．

［214］（苏）戈雷金娜著，李少雍译．六朝小说中娶仙女为妻的情节

及其结构特点. 文学研究动态, 1981 (12).

[215] 孙一珍. 《聊斋志异》与《搜神记》. 山西师范学院学报, 1981 (2).

[216] 段熙仲. 《搜神记》与《世说新语》. 南京师范学院学报, 1981 (3).

[217] 李丰懋. 洞仙传之著成及其内容. 中国古典小说研究专集. 联经事业出版公司, 1981.

[218] 刘兆云. 小说、笔记小说与《世说》. 新疆大学学报, 1981.

[219] 周纪彬. 读《世说新语》札记. 北京师范大学学报, 1981.

[220] 王运熙. 汉魏六朝唐代文学论丛. 上海古籍出版社, 1981.

[221] 程毅中. 古小说简目. 中华书局, 1981.

[222] 袁行霈, 侯忠义. 中国文言小说总目. 北京大学出版社, 1981.

[223] 孔另境. 中国小说史料. 上海古籍出版社, 1982.

[224] 黄霖, 韩同文选注. 中国历代小说论著选（上）. 江西人民出版社, 1982.

[225] 曾祖荫等选注. 中国历代小说序跋选注. 长江文艺出版社, 1982.

[226] 贾文昭, 徐召勋. 中国古典小说艺术欣赏. 安徽人民出版社, 1982.

[227] 吴小如. 古典小说漫稿. 上海古籍出版社, 1982.

[228] 郑学弢. 读《世说新语·文学篇》札记. 徐州师范学院学报, 1982 (2).

[229] 曹道衡. 谈谈魏晋南北朝文学. 文史知识, 1982 (7).

[230] 程毅中. 略谈汉魏六朝的小说. 文史知识, 1982 (7).

[231] 魏同贤. 杂话古典"微型小说". 小说界, 1982 (2).

[232] 傅淑芳. 试论《世说新语》思想内容的进步性. 青海社会科学, 1982 (4).

[233] 何权衡. 中国文学史讲座第十讲：魏晋南北朝小说. 百花园, 1982 (10).

[234] （日）小南一郎. 六朝隋唐小说史的展开与佛教信仰. 中国中

世宗教与文化，1982.

[235]（日）高桥稔. 关于六朝志怪中所见说话传承的痕迹. 东京学艺大学纪要，1982.

[236] 李丰懋. 啸的传说及其对文学的影响. 中国古典小说研究专集（5）. 联经出版事业公司，1982.

[237] 李剑国. 志怪叙略. 古典小说戏曲探艺录. 天津人民出版社，1982.

[238] 吴小如. 关于王昭君故事的札记. 古典小说漫稿. 上海古籍出版社，1982.

[239] 屈育德. 谈谈《搜神记》中的民间创作. 民间文学，1982（6）.

[240]（日）原田种成. 搜神记语汇索引（2）. 大东文化大学纪要，1982.

[241] 王梦鸥. 谈《搜神记》中一篇唐人小说. 东方杂志，1982.

[242]（日）近泽敬一. 灵异记与冥报记. 福冈大学人文论丛，1982.

[243] 萧红.《世说新语》作者问题商榷：附刘义庆年谱. "国立中央"图书馆馆刊，1982.

[244] 钱南秀. 论《世说新语》审美观. 江海学刊，1982.

[245] 殷国海.《世说新语》概谈. 今昔谈，1982.

[246]（日）夏木福寿.《世说新语》的手法. 佛教大学研究纪要，1982.

[247] 李栖.《世说新语》中为何不见陶渊明. 东方杂志，1982.

[248] 刘凯鸣.《世说新语》里"都"字的用法. 中国语文，1982.

[249] 王雨生. 对《桃花源诗并记》中"衣裳无新制"的理解. 文学评论，1983（1）.

[250] 李剑国. 六朝志怪中的洞窟传说. 天津师范大学学报，1982（6）.

[251] 黄霖. 魏晋志怪谈. 书林，1982（2）.

[252] 查洪德. 从陶诗看《桃花源记》. 安阳师范专科学报，1982（4）.

[253] 余嘉锡撰，周祖谟、余淑宜整理.《世说新语》笺疏. 中华书

局，1983.

[254] 刘叶秋. 邺下风流在晋多——读《世说新语》散记. 文史知识，1983（1）.

[255] 管汀. 干宝和志怪小说. 光明日报，1983（4）.

[256] 苏礼. 人才的厄运时期——读《汉魏六朝小说选》断想. 郑州师专学报，1983（4）.

[257] 孙自强. 干宝的有神论思想和他的某些无神论作品. 郑州师专学报，1983（4）.

[258] 杨明照. 《抱朴子内篇校释》补正（上）. 文史 16 辑.

[259] 杨知勇. 论龙女神话与故事. 山茶，1983（3）.

[260] 哲笙. 《陨盗》是否"最短小说". 文汇报，1983（7）.

[261] 孙续思. 关于"牛郎织女"神话故事的几个问题. 孝感师专学报，1983（2）.

[262] 蒋天枢. 旧校本《世说新语》跋. 学林漫路 7 集.

[263] 董文成. 雨后春笋般的文学新芽：漫话魏晋南北朝小说. 春风，1983（2）.

[264] 曲沐. 寓真实于荒诞，寄人情于鬼神：略谈六朝志怪小说的幻想形式. 1983（5）.

[265] 唐九宠. 范宁《博物志校正》评论. 中国古典小说研究专集（6）. 联经出版事业公司，1983.

[266] 秋禾. 东晋文学家干宝和他的《搜神记》. 中州古今，1983.

[267] 马宝丰等. 《西厢》故事溯源小议：谈《世说新语》札记. 山西师范学院学报，1983.

[268] 周舸岷. 从《世说新语》看魏晋清谈家的言语修养. 浙江师范学院学报，1983.

[269] 吴代芳. 浅论《世说新语》的思想和艺术. 贵州文史丛刊，1983（2）.

[270] 郑学弢. 读《世说新语·文学篇》札记[二]. 徐州师范学院学报，1983（4）.

[271] 马宝丰，郭孝儒. 《世说新语》中的"何扬州"究竟是谁：读《世说新语》札记. 山西大学学报，1984（1）.

[272] 孔恩阳. 西王母传说的起源及其演变. 青海师范学院学报, 1984.

[273] 柳士镇. 《世说新语》中副词"初"、"定"、"脱"的用法. 镇江师专教学与进修: 语言文学版, 1984 (1).

[274] 周楞伽. 中州名家殷芸的《小说》. 中州学刊, 1984 (1).

[275] 无为. 古代数学家的文学著作: 祖冲之和《述异记》. 文学报, 1984 (5).

[276] 刘文忠. 《汉武故事》写作时代新考. 中华文史论丛. 上海古籍出版社, 1984 (2).

[277] 钱耀东, 孙白诚. 也谈《桃花源记》的原型. 九江师专学报, 1984 (1).

[278] 刘自齐. 《桃花源记》与湘西苗族. 学术月刊, 1984 (7).

[279] 袁济喜. 《人物志》与汉魏之际美学思想的嬗变. 沈阳师范学院社会科学学报, 1984 (3).

[280] 钱振新. 谈《桃花源记》的创作基础. 湖南师院学报, 1984 (5).

[281] 龙海清. 盘瓠神话的始作者. 民间文学论坛, 1984 (4).

[282] 赵中忧. 微型小说的荟萃——《世说新语》. 文论报, 1984 (10).

[283] 李剑国. 地理博物体志怪小说的产生和发展. 南开学报, 1984.

[284] 陆家桂. 略谈《兰亭集序》的思想和文风. 齐鲁学刊, 1984 (2).

[285] 殷绍基. 散论《世说新语》与魏晋风度. 朝阳师专学报, 1984 (2).

[286] 侯正文. 城市文学史话: 魏晋南北朝的志怪小说和轶事小说. 城市文学, 1984 (11).

[287] 鲁德才. 现实情节与非现实情节的结合. 南开学报, 1984 (5).

[288] 何满子. 《唐前志怪小说辑释》小引. 南开学报, 1984 (1).

[289] 郑学弢. 《世说新语》的思想倾向和成书年代. 徐州师院学

报，1984（4）.

[290] 周凤岗.《画工弃市》的虚构及其发展. 艺谭，1984（4）.

[291] 李素桢. 探《西京杂记》的史料. 松辽学刊，1984（4）.

[292] 蒋方. 关于干宝：读《干宝事迹材料辑录》后. 湘潭大学社会科学，1984（3）.

[293] 吴开俊. 试探《世说新语》的语言特色. 淮阴师专学报，1984（4）.

[294] 黄镇伟. 谈玄·隐逸·山水：读《世说新语》一得. 艺谭，1984（4）.

[295] 李剑国. 唐前志怪小说史. 南开大学出版社，1984.

[296] 罗宗阳. 历代笔记小说选. 江西人民出版社，1984.

[297] 蒲戟选注. 古小说选. 长江文艺出版社，1984.

[298] 徐震堮.《世说新语》校笺（上，下）. 中华书局，1984.

[299] 殷芸编撰，周楞伽辑注. 殷芸《小说》. 上海古籍出版社，1984.

[300] 刘世德选注. 魏晋南北朝小说选注. 上海古籍出版社，1984.

[301] 黄霖，韩同文选注. 中国历代小说论著选（下）. 江西人民出版社，1985.

[302] 侯忠义. 中国文言小说参考资料. 北京大学出版社，1985.

[303] 吴士余. 古典小说艺术琐谈. 长江文艺出版社，1985.

[304] 刘叶秋. 古典小说笔记论丛. 南开大学出版社，1985.

[305] 干宝著，顾希佳选译. 搜神记. 浙江古籍出版社，1985.

[306] 无名氏撰，程毅中点校. 燕丹子/西京杂记. 中华书局，1985.

[307] 郭豫适. 中国古典小说论集. 华东师范大学出版社，1985.

[308] 宁稼雨. 六朝笔记小说拾遗. 中华文史论丛，1985（4）.

[309]《桃花源记》并非凭空虚拟. 文荟，1985（1）.

[310] 马宝丰，郭孝儒.《世说新语》艺术成就管窥. 山西师范大学学报，1985（1）.

[311] 殷正林.《世说新语》中所反映的魏晋时期的新词和新义. 语言学论丛. 商务印书馆，1984.

[312] 段熙仲. 从街谈巷语诸子附庸到大雅登堂文坛立帜——中国古小说的初起及发展. 南京师范大学学报, 1984 (4).

[313] 彭秀枢. 《桃花源记》是武陵源生活的缩影. 吉首大学学报, 1985 (1).

[314] 刘叶秋. 魏晋南北朝小说：名士的速写——志人小说. 中国青年报, 1985-6-23.

[315] 程毅中. 志怪小说的代表作《搜神记》. 文史知识, 1985 (6).

[316] 刘上生. 《世说新语》志人记事分类的文学意义. 湖南教育学院学报, 1985 (1).

[317] 孙续恩. 关于"牛郎织女"神话故事的几个问题. 武汉大学学报, 1985 (3).

[318] 余敏. 中国古代小说的两大系统. 文学知识, 1985 (6).

[319] 刘叶秋. 魏晋南北朝小说（对庸愚鄙吝的嘲讽——笑话集）. 中国青年报, 1985-9-1.

[320] 刘兆云. 《世说》中的文学观点. 新疆大学学报, 1985 (3).

[321] 姚宝瑄. "牛郎织女"传说源于昆仑神话考. 民间文学论坛, 1985 (4).

[322] 孙续恩. "牛郎织女"神话故事三题. 民间文学论坛, 1985 (4).

[323] 乔力. 社会人类的演进痕迹, 理想恋境的执着追求：《搜神记·女化蚕》与《昨日之歌·蚕马》对读. 名作欣赏, 1985 (5).

[324] 黄庆发. 《世说新语》概说. 中学语文教学, 1985 (10).

[325] 刘叶秋. 魏晋南北朝小说：想象的驰骋——志怪小说. 中国青年报, 1985-4-7.

[326] 李剑国. 地理博物体志怪小说的产生和发展. 全国高等学校文科学报文摘, 1985 (1).

[327] 雷群明. 《搜神记》异闻辑录. 博物, 1985 (1).

[328] 钱耀东, 孙自诚. "桃花源"原型在庐山康王谷. 晋阳学刊, 1985 (3).

[329] 吴学芹.《世说新语》品评人物的尺度. 毕节师专学报, 1985 (2).

[330] 马宝丰, 郭孝儒. 实中有虚, 以虚衬实——浅谈《世说新语》人物塑造问题. 武汉大学学报, 1985 (2).

[331] 胡雷大. 汉魏六朝时代对小说观赏性质的认识. 文学评论, 1985 (1).

[332] 宋尚斋. 魏晋南北朝小说兴盛的原因. 中文自学指导, 1985 (1).

[333] 侯兰生.《世说新语》中的方位词. 西北师范学院学报, 1985 (1).

[334] 郭豫适.《世说新语》门数小考. 中国古代小说论集. 华东师范大学出版社, 1985.

[335] 刘叶秋. 读《世说新语注》. 古典小说笔记论丛. 南开大学出版社, 1985.

[336] 信应举.《世说新语》反映的魏晋清谈风貌. 郑州大学学报, 1985.

[337] 郭豫适.《世说新语》散论. 中国古代小说论集. 华东师范大学出版社, 1985.

[338] 郭豫适.《世说新语》思想艺术散论. 中国古典小说戏曲论集. 上海古籍出版社, 1985.

[339] 牟世金. 漫说《世说新语》的人物描写及其史料价值. 中国古典文学论丛 (3). 人民文学出版社, 1985.

[340] 刘叶秋. 邺下风流在晋多: 读《世说新语》散记. 古典小说笔记论丛. 南开大学出版社, 1985.

[341] 王枝忠. 志怪传奇志异: 文言小说流变述略. 宁夏教育学院学报, 1986 (1).

[342] 方一新.《世说新语校笺》校点拾遗. 温州师专学报, 1986 (3).

[343] 胡晓晖. 论六朝之始有意为小说. 武汉大学研究生学刊, 1986 (1).

[344] 初旭. 淡墨写幽意, 千古诵华章:《桃花源记》艺术探微. 语

文学习与研究，1986（1）．

[345] 郭广伟，郭杰．谈《搜神记》的撰集，思想和艺术．绥化师专学报，1985（3）．

[346] 吴开俊．谈《世说新语》的景物描写．淮阴师专学报，1985（2）．

[347] 安维翰，吕发成．试论魏晋南北朝志怪小说的人民性．社会科学，1985（6）．

[348] 周楞伽．第一部志人小说——裴启《语林》．文史知识，1986（1）．

[349] 徐传武．《世说新语》刘注浅探．文献，1986（1）．

[350] 郑学弢．《世说新语·文学篇》札记（三）：余嘉锡先生《世说新语笺疏》拾遗．徐州师范学院学报，1985（4）．

[351] 李丰懋．六朝隋唐仙道类小说研究．学生书局，1986．

[352] 周次吉．六朝志怪小说研究．文津出版社，1986．

[353] 李孝堂．《搜神记》初探．齐齐哈尔师范学院学报，1986（4）．

[354] 刘盼遂．《世说新语》选注．文献，1986（1）．

[355] 周舸岷．《世说新语》的语言特征及其影响．浙江师范大学学报，1986（1）．

[356] 范子烨．《世说新语》的语言美．求是学刊，1986（3）．

[357] 钱南秀．传神阿堵：《世说新语》塑造人物形象的艺术手法．文学评论，1986．

[358] 侯忠义．《搜神记》简论．黑龙江教育学院学报，1986（3）．

[359] 方土．谈志怪小说的审美形态．内蒙古社会科学，1986（6）．

[360] 包涵．两个民族，两个时代的理想世界"桃花源"与"乌托邦"之比较．九江师专学报，1986（3）．

[361] 徐声扬．也论《桃花源记》与系诗的关系．九江师专学报，1986（3）．

[362] 黄霖．古小说论概观．上海文艺出版社，1986（6）．

[363] 胡邦炜，吴红．中国古典小说艺术的思考．重庆出版社，1986．

[364] 李剑国. 唐前志怪小说辑释. 上海古籍出版社, 1986.

[365] 侯忠义主编. 中国历代小说辞典（第一卷先秦至唐五代）. 云南人民出版社, 1987.

[366] 刘义庆著, 张㧑之、刘德重选注. 世说新语选注. 上海古籍出版社, 1987.

[367] 刘义庆著, 陈涛译注. 世说新语选粹. 天津教育出版社, 1987.

[368] 郭光伟, 郭杰注译. 搜神记选. 福州教育出版社, 1987 (3).

[369] 陶潜撰, 顾希佳选译. 搜神后记. 浙江古籍出版社, 1987.

[370] 宁稼雨. "世说体"初探. 中国古典文学论丛第六辑. 人民文学出版社, 1987.

[371] 李剑国. 《稽神异苑》与《穷神秘苑》. 中华文史论丛. 上海古籍出版社, 1987.

[372] 李伟国. 元明异本《搜神记》三种渊源异同论. 中华文史论丛. 上海古籍出版社, 1987.

[373] 沈端民. 闭关自守的"桃源"模式. 江汉论坛, 1987 (2).

[374] 黄怀信. 《孔丛子》的时代与作者. 西北大学学报, 1987 (1).

[375] 张宝坤. 思想的解放与人性的裸露: 志人小说的美学风貌. 学习与探索, 1987 (2).

[376] 吴代芳. 论《世说新语》的语言艺术. 长沙水电师院学报, 1987 (1).

[377] 王元明. 陶渊明与桃花源. 韶关大学学报, 1987 (2).

[378] 侯忠义. 《世说新语》思想艺术论. 北京大学学报, 1987 (4).

[379] 王公民. 《桃花源记》断句辨误: 与李圃先生商榷. 淮北煤学院学报, 1987 (2).

[380] 陈多. "梁祝"传说的审美窥视. 广西师院学报, 1987 (3).

[381] 吴开俊. 《世说新语》人物对话的艺术. 淮阴师专学报, 1987 (2).

[382] 梁建邦. 《世说新语》编例谈. 渭南师专学报, 1987 (2).

[383] 李金坤. 从《庞阿》和《离魂记》看六朝志怪到唐传奇的演进之迹. 辽宁广播电视大学学报, 1987 (4).

[384] 绽玉霞等. 刘勰对小说的认知和态度: 读《文心雕龙·辨骚·诸子·谐隐》篇. 青海民族学院学报, 1987 (4).

[385] 江蓝生. 八卷本《搜神记》语言的时代. 中国语文, 1987 (4).

[386] 钟扬.《干将莫邪》的艺术虚构. 艺谭, 1987 (5).

[387] 公略. 说品藻: 读《世说新语》札记. 古籍研究, 1987.

[388] 王子兰. 从《世说新语》看两晋妇女之风貌. 湘潭大学学报（增刊）, 1987.

[389] 熊国华. 试论《世说新语》品藻人物的审美特征. 湘潭大学学报（增刊）, 1987.

[390] 蒋述卓. 论佛教文学对志怪小说虚构意识的影响. 比较文学研究, 1987 (2).

[391] 王增文. 从《世说新语》看"魏晋风流". 大学文科园地, 1988 (2).

[392] 周建忠. 读谢疑考. 南都学坛, 1988 (2).

[393] 周五纯.《世说新语》中的小说因素. 盐城师专学报, 1988 (2).

[394] 王启忠. 试论六朝小说创作的自觉意识——兼议"六朝人并非有意作小说"之说. 社会科学辑刊, 1988 (3).

[395] 卢洪昭. 论陶渊明《桃花源记》的创作基础. 抚州师专学报, 1988 (2).

[396] 张文生.《桃花源记》和《五柳先生传》作时初探. 九江师专学报, 1988 (2).

[397] 康戎. 读《搜神记》札记. 黔东南民族师专学报, 1988, 30 (1).

[398] 李祥年. 试论魏晋南北朝新传记的崛起. 学术月刊, 1988 (7).

[399] 孟昭连. 魏晋小说观之再认识. 许昌师专学报, 1988 (4).

[400] 马宝丰, 郭孝儒.《世说新语》的几个问题. 山西师大学报,

1988（4）.

[401] 曹道衡.《风俗通义》和魏晋六朝小说. 文学遗产，1988（3）.

[402] 陈作林. 漫议华佗形象种种. 绥化师专学报，1988（2）.

[403] 毕桂发. 魏晋南北朝小说理论简论. 河南大学学报，1988（2）.

[404] 罗毅. 试论《世说新语》中的少儿形象. 湘潭大学学报（增刊），1988.

[405] 萧艾. 中国文化史上第三次大转折时期上流社会的真实写照：《世说新语》研究代序. 湘潭大学学报，1988.

[406] 啸马. 晋人风韵之美. 东岳论丛，1988.

[407] 周俐. 六朝志怪小说的爱情模式与观念. 淮阴师专学报，1988（2）.

[408] 宁稼雨.《世说新语》是志人小说观念成熟的标志. 天津师大学报，1988（5）.

[409] 杨思民. 中日民间"羽毛衣"故事异同及其文化根源. 南风，1989（1）.

[410] 高永清，章义和. 吴越文化与《世说新语》. 民间文艺季刊，1988（4）.

[411] 张继红. 从《世说新语》谈志人小说的特点. 山东社会科学，1988（6）.

[412] 程章灿. 从《世说新语》看晋宋文学观念与魏晋美学新风. 南京大学学报，1989（1）.

[413] 徐传武. 漫谈古籍中的银河牛女. 枣庄师专学报，1988（3）.

[414] 袁荻涌. 六朝志怪小说与佛教. 文史杂志，1989（2）.

[415] 罗永麟. 梁祝故事构成的文化因素. 阜阳师范学院学报，1989（1）.

[416] 曹文心. 建安小说考辨. 淮北煤师院学报，1988（4）.

[417] 黄俊英编选. 小说研究史料选. 四川教育出版社，1988.

[418] 陈平原. 中国小说叙事模式的转变. 上海人民出版社，1988.

[419] 鲁德才. 中国古代小说艺术论. 百花文艺出版社，1988.

[420] 谈凤梁编著. 中国古代小说简史. 江苏教育出版社, 1988.
[421] 刘峻著, 罗国威校注. 刘孝标集校注. 上海古籍出版社, 1988.
[422] 李继芬, 韩海明选译. 汉魏六朝小说选译. 上海古籍出版社, 1988.
[423] 曹丕等撰, 郑学弢校注. 列异传等五种. 文化艺术出版社, 1988.
[424] 刘义庆撰, 郑晚晴辑注. 幽冥录. 文化艺术出版社, 1988.
[425] 裴启撰, 周楞伽辑注. 裴启语林. 文化艺术出版社, 1988.
[426] 侯忠义. 汉魏六朝小说史. 春风文艺出版社, 1989.
[427] 马兰选注. 古代志怪小说选. 湖南文艺出版社, 1989.
[428] 刘义庆著, 徐绍早主编. 世说新语译注. 吉林教育出版社, 1989.
[429] 刘义庆著, 柳士镇, 钱南秀译注. 世说新语选译. 巴蜀书社, 1989.
[430] 刘义庆著, 李自修译注. 世说新语选译. 河北教育出版社, 1989.
[431] 刘义庆著, 李毓芙注. 世说新语新注. 山东教育出版社, 1989.
[432] 王嘉撰, 孟庆祥等译注. 拾遗记译注. 黑龙江人民出版社, 1989.
[433] 干宝著, 钱振民点校. 搜神记. 岳麓书社, 1989.
[434] 刘义庆著, 钱振民点校. 世说新语. 岳麓书社, 1989.
[435] 王国良. 六朝志怪小说考论. 文史哲出版社, 1989.
[436] 张涛. 刘向《列女传》的版本问题. 文献, 1989 (3).
[437] 蒋述卓. 中古志怪小说与佛教故事. 文学遗产, 1989 (1).
[438] 马兴国.《世说新语》在日本的流传及影响. 东北师大学报, 1989 (3).
[439] 曹林娣.《启颜录》及其遗文. 苏州大学学报, 1989 (2).
[440] 杜贵晨. 汉魏晋南北朝佛教与小说：中国佛教与小说论. 齐鲁学刊, 1989.

[441] 赵伯英等.《文心雕龙》小说理论蠡测.盐城师专学报,1989(3).

[442] 修晓春.论《搜神记》的思想意义和艺术特色.莱阳农学院学报,1989(2).

[443] 方一新.《〈世说新语〉校笺》标点失误举例.古籍整理研究学刊,1989(4).

[444] 松冈荣志.《世说新语》原名重考.思想战线,1988(5).

[445] 张永昊.《世说新语》的审美观.文史哲,1989.

[446] 王巍.浅谈《桃花源记并诗》的艺术美.锦州师院学报,1989(3).

[447] 陈炳熙.论古代文言小说的动物形象.东岳论丛,1989(6).

[448] 江兴祐.从《世说新语》看魏晋士人的生命意识.社会科学,1989(6).

[449] 杨棣.略论魏晋志怪小说的创作动因及其审美倾向.德州师专学报,1989(3).

[450] 徐传武.漫话牛女神话的起源和演变.文学遗产,1989(6).

[451] 吴维中.试论志怪演化的宗教背景.兰州大学学报,1989(4).

[452] 江兴祐.论《世说新语》对人的审视及其依据.杭州大学学报,1990(1).

[453] 熊国华.论《世说新语》对个体人格的审美.广东教育学院学报,1989(4).

[454] 方一新.《世说新语》词语札记.古汉语研究,1990(1).

[455] 吴维中.志怪与魏晋南北朝宗教.兰州大学学报,1990(2).

[456] 徐守宽,裴彦贵.从《世说新语》看魏晋南北朝志人小说的几个特点.黄海学坛,1990(1).

[457] 李新建.《搜神记》复合词研究:就语义看《搜神记》中偏正式复合词的构成.郑州大学学报,1990(3).

[458] 袁传璋.《桃花源记》"悉如外人"疑义解析.安庆师院学报,1990(2).

[459] 李希跃.鬼神是人创造的——魏晋南北朝志怪小说鬼神世界

初探. 广西大学学报, 1990 (2).

[460] 唐富龄. 文言小说人物性格刻画的历史进程. 武汉大学学报, 1990 (4).

[461] 张继红. 论《世说新语》独特的文学价值. 东岳论丛, 1990 (3).

[462] 陈长义. 与文学自觉同步的六朝小说理论. 当代电大, 1990 (3).

[463] 陈彤.《西京杂记》作者之考定. 唐山师专、唐山教育学院学报, 1990 (2).

[464] 郭润伟. 郭璞的文化成就及其悲剧结局. 晋阳学刊, 1990 (2).

[465] 徐传武.《世说新语》漫谈. 临沂师专学报, 1990.

[466] 华星白. 试论《世说新语》的思想内容和表达艺术. 教学研究, 1990.

[467] 董晋骞. 论《世说新语》的人物没思想. 社会科学辑刊, 1990.

[468] 董志广. 汉魏六朝小说观念的不确定性. 古典文学知识, 1990 (6).

[469] 陈洪. "解体还形"小说与佛经故事. 徐州师范学院学报, 1990 (3).

[470] 侯忠义. 中国文言小说史稿(上). 北京大学出版社, 1990.

[471] 齐裕焜. 中国古代小说演变史. 敦煌文艺出版社, 1990.

[472] 何琼崖. 中国小说家与小说. 南京出版社, 1990.

[473] 黄霖, 韩同文. 中国历代小说论著选. 江西人民出版社, 1990.

[474] 杜贵晨. 中国古代短篇小说史. 中州古籍出版社, 1991.

[475] 宁稼雨. 中国志人小说史. 辽宁人民出版社, 1991.

[476] 谈凤梁. 历代文言小说鉴赏辞典. 江苏文艺出版社, 1991.

[477] 侯健. 中国小说大辞典. 作家出版社, 1991.

[478] 徐君慧. 中国小说史. 广西教育出版社, 1991.

[479] 张国风. 中国古代的小说. 商务印书馆, 1991.

[480] 乐牛. 中国古代微型小说鉴赏辞典. 中国妇女出版社, 1991.

[481] 段启明. 中国古典小说艺术鉴赏辞典. 北京师范大学出版社, 1991.

[482] 孙逊, 孙菊园. 中国古典小说美学资料汇粹. 上海古籍出版社, 1991.

[483] 白维国, 朱世滋. 古代小说百科大辞典. 学苑出版社, 1991.

[484] 陈炳熙. 古典短篇小说艺术新探. 华东师范大学出版社, 1991.

[485] 王能宪. 世说新语研究. 江苏古籍出版社, 1991.

[486] 张清华. "仙女尘夫"模式: 一个古老而幻美的主题原型. 山东社会科学, 1991 (1).

[487] 王能宪. 魏晋时代的画卷:《世说新语》. 古典文学知识, 1991 (1).

[488] 马宝丰, 郭孝儒. 对《世说》两条注疏之管见. 山西师大学报, 1991 (1).

[489] 吴金华.《世说新语》词语考释(续). 南京师大学报, 1991 (1).

[490] 张芠. 略论古代小说中的人神恋故事. 西南师范大学学报, 1991 (1).

[491] 汪玢玲. 梁祝爱情故事的社会意义. 东北师大学报, 1991 (2).

[492] 王永生. 孟姜女故事人民性辨析. 临沂师专学报, 1991 (1).

[493] 谢伯良. 也谈《桃花源记》中的"外人". 北京师范大学学报, 1991 (3).

[494] 杨义. 汉魏六朝"世说体"小说的流变. 中国社会科学, 1991 (4).

[495] 吴代芳.《世说新语》就是历史的实录吗. 信阳师范学院学报, 1991 (1).

[496] 忘机.《世说新语》三十六门简论. 北京大学研究生学刊, 1991 (2).

[497] 李建新.《搜神记》复合词研究: 就词性看联合式、偏正式复

合词的构成. 郑州大学学报, 1991 (4).

[498] 熊国华. 论《世说新语》品评人物的美学思想. 湘潭大学学报, 1991 (2).

[499] 杨义. 汉魏六朝杂志小说的形态. 文学遗产, 1991 (4).

[500] 杨义. 汉魏六朝志怪书的神秘主义幻想. 齐鲁学刊, 1991 (5).

[501] 王启忠. 论六朝小说的文化价值. 北方论丛, 1991 (6).

[502] 谈荣开. 宗教与魏晋南北朝志怪小说. 咸宁师专学报, 1991 (11).

[503] 沈海波. 郭璞行年考. 四川师范学院学报, 1991 (4).

[504] (苏) 叶马克. 谈王琰的《冥祥记》和佛教短篇小说. 世界宗教研究, 1991 (3).

[505] 方一新. 《世说新语》词语校读札记. 杭州大学学报, 1991 (4).

[506] 李索. 《世说新语》中的述补结构. 河北师范学院学报, 1991 (4).

[507] 廖化津. 《招魂》刍议: 与熊任望先生商榷. 河北大学学报, 1991 (3).

[508] 周俐. "冢上生木"和"埋骨报恩": 中国古代小说情节模式二例. 淮阴师专学报, 1991 (3).

[509] 李生龙. 魏晋南北朝文学与道教. 中国文学研究, 1991 (3).

[510] 蔡翔. 救世与厌世: 中国文学中的"归位"模式. 文艺评论, 1991 (4).

[511] 王立. 相思梦与游仙枕: 梦与中国古典文学二题. 山西师大学报, 1991 (4).

[512] 何缔山. 中国古代小说的发展及民族特色. 百科知识, 1991 (11).

[513] 何楠. 概论魏晋南北朝文学. 辽宁大学学报, 1991 (6).

[514] 林继富. "蚁穿九曲明珠"故事源流探析. 西藏民族学院学报, 1991 (4).

[515] 郭延明. 古代笔记简论. 重庆教育学院学报, 1991 (4).

[516] 周书文. 论中国古典小说的艺术思维特点. 中国文学研究, 1991（1）.

[517] 王瑞功. 古典小说发展速度三题. 聊城师范学院学报, 1991（4）.

[518] 吴组缃. 中国古代小说的发展及其规律. 文史知识, 1992（1）.

[519] 陈炳熙. 论古代文言小说的文人性. 南开学报, 1992（1）.

[520] 于兴汉. 传统教化思想与古代小说艺术的矛盾. 山西师大学报, 1992（1）.

[521] 米万锁. 鲁褒《钱神论》校注. 山西财经学院学报, 1992（1）.

[522] 姜东赋. 中国小说观的历史演进. 天津师大学报, 1992（1）.

[523] 陈炳熙. 论古代文言小说中的性格塑造. 东岳论丛, 1992（2）.

[524] 马卉欣, 朱阁林. 盘古盘瓠关系辨（论盘古神话的根）. 民间文学论坛, 1992（4）.

[525] 周俐. 古代小说中的人虎互化. 明清小说研究, 1992（2）.

[526] 周锡山. 论中国古典小说在世界文学史上的地位和意义. 辽宁师范大学学报, 1992（4）.

[527] 王平. 汉魏六朝小说的文化心理特征及影响. 文史哲, 1992（1）.

[528] 郑欣. 魏晋南北朝时期的宣佛小说. 文史哲, 1992（2）.

[529] 卢红.《博物志校正》札记. 南京师范大学学报, 1992（1）.

[530] 跃进. 倪豪士论《西京杂记》作者为萧贲. 文学遗产, 1992（2）.

[531] 王能宪.《世说新语》在日本的流传与研究. 文学遗产, 1992（2）.

[532] 王立. 恩报观念与中国古代复仇文学. 贵州大学学报, 1992（4）.

[533] 周俐. 中国古代冥婚小说里的复活母题. 徐州师范学院学报, 1992（3）.

[534] 杜志军. 史传文学与中国小说传统之关系简论. 淮北煤师院学报, 1992（3）.

[535] 蓝海. 中国古代小说人物形象的虚构模式. 海南师院学报, 1992（3）.

[536] 玉弩. 中国狐小说发展轨迹. 东疆学刊, 1992（4）.

[537] 吴新生. 论六朝人的宗史小说观. 天津师大学报, 1992（5）.

[538] 胡学常. 一部富有学术个性的拓荒专著：读《中国志人小说史》. 天津社会科学, 1992（5）.

[539] 石育良. 上古神话与六朝志怪. 学术交流, 1992（5）.

[540] 罗国威. 《〈世说新语〉词典》序. 四川大学学报, 1992（3）.

[541] 孙昌武. 关于王琰《冥祥记》的补充意见. 文学遗产, 1992（5）.

[542] 张衺. 中国古代小说中人与异类恋爱故事探踪. 阴山学刊, 1992（4）.

[543] 杨明扬. "白脖"趣话. 人民日报, 1993（1）.

[544] 陈文新. "才子之笔"与"著书者之笔"：论中国文言小说的叙事规范. 青海社会科学, 1992（6）.

[545] 陈文新. 魏晋南北朝中的仙鬼形象及其悲剧意蕴. 武汉大学学报, 1992（3）.

[546] 邱紫华. 永恒旋律的无穷变奏：中国文学的"痴—负"原型研究. 华中师范大学学报, 1992（6）.

[547] 顾汉松. 魏晋士大夫的言谈艺术：读《世说新语》笔记. 修辞学习, 1992（6）.

[548] 王立. 三论中国古代文学中的侠女复仇主题（剑的母题, 传奇性及卓绝武功表现）. 泰安师专学报, 1992（4）.

[549] 王立. 鬼灵文化与中国古代复仇文学主题. 齐鲁学刊, 1992（6）.

[550] （日）内田道夫编, 李庆译. 中国小说世界. 上海古籍出版社, 1992.

[551] 李梅吾. 中国小说史漫稿. 湖北教育出版社, 1992.

[552] 叶桂刚，王贵元主编．中国古代十大志怪小说赏析．北京广播学院出版社，1992．

[553] 叶桂刚，王贵元主编．中国古代十大轶事小说赏析．北京广播学院出版社，1992．

[554] 孙逊主编．中国古代短篇小说欣赏辞典．汉语大词典出版社，1992．

[555] 萧艾．世说探幽．湖南出版社，1992．

[556] 王能宪．世说新语研究．江苏古籍出版社，1992．

[557] 张永言．世说新语辞典．四川人民出版社，1992．

[558] 俞汝捷．仙·鬼·妖·人：志怪传奇新论．中国工人出版社，1992．

[559] 周先慎．古典小说鉴赏．北京大学出版社，1992．

[560] 董乃斌．中国古典小说的文体独立．中国社会科学出版社，1992．

[561] 张万起．世说新语词典．商务印书馆，1993．

[562] 陈文新．中国文言小说流派研究．武汉大学出版社，1993．

[563] 刘上生．中国古代小说艺术史．湖南师范大学出版社，1993．

[564] 杜贵晨．中国古代小说散论．山东文艺出版社，1993．

[565] 齐裕焜，陈惠琴．中国讽刺小说史．辽宁人民出版社，1993．

[566] 吴志达．中国文言小说史．武汉大学出版社，1993．

[567] 倪斯霆．中国武侠小说源头辨．文史知识，1993（1）．

[568] 顾冠华．论中国古代小说中的谋略描写．齐鲁学刊，1992（6）．

[569] 钟仕伦．读《金楼子》书后．四川师范大学学报，1992（4）．

[570] 韩云波．论侠与侠文学的豪雄特征：中国侠文化形态论之二．天府新论，1993（1）．

[571] 莫伟．中国古典文学中的"红颜祸水"现象．暨南学报，1993（1）．

[572] 陈文华．"桃花源情节"和"浮士德精神"．文艺理论家，1992（4）．

[573] 蔡明．知识分子与江湖文化：中国文学中的"任侠"问题

（续）. 上海文论, 1992（5）.

[574] 朱邦国. 中国古代文学中的孤独主题及形象. 淮阳教育学院学报, 1992（3）.

[575] 陈辽. 世界小说林中的奇葩（谈我国的写狐小说）. 南京社会科学, 1993（2）.

[576] 刘书成. 中国古代表意小说形态演进轨迹. 西北师大学报, 1993（2）.

[577] 任晓润. 侠义之气与骑士道德：跨越中西时空撞合的文学母题. 南京大学学报, 1993（2）.

[578] 周书文. 中国古典小说的多元协同思维. 徐州教育学院学报, 1993（1）.

[579] 王成军. 史传文学与古典小说关系研究综述. 文史知识, 1993（5）.

[580] 周俐. 仙境的通道：古代遇仙小说一个因子的分析. 淮阳师专学报, 1992（4）.

[581] 张涛. 《列女传》在北宋中期以前的流传. 殷都学刊（安阳）, 1993（2）.

[582] 汪龙麟. 《搜神记》异类婚恋故事文化心理透视. 山西大学学报, 1993（2）.

[583] 吴志达. 关于中国文言小说史的几个问题. 武汉大学学报, 1993（3）.

[584] 李元秀. 关于中国古代小说叙事模式的商兑. 重庆教育学院学报, 1993（1）.

[585] 余树声. 《搜神记四种》序. 宝鸡师院学报, 1993（1）.

[586] 魏福惠. 笔记文学的特点及社会价值. 社会科学辑刊, 1993（3）.

[587] 吴绍釚. 文言梦小说的发展轨迹. 延边大学学报, 1993（2）.

[588] 徐振辉. 我国古典小说的死亡意识. 盐城师专学报, 1993（2）.

[589] 李建中. 魏晋人的"哭"：读《世说新语·伤逝》. 名作欣赏, 1993（3）.

[590] 杨春忠. 试论中国古典小说及其理论的转化. 聊城师范学院学报, 1993 (2).

[591] 王立, 卫言. 悲剧效应与主题扩散机制: 中国古代文学忠奸复仇主题片论. 贵州社会科学, 1993 (4).

[592] 周书文. 论小说的心态刻划艺术传统. 南都学坛（南阳师专学报）, 1993 (3).

[593] 袁明光. 论中国小说写作雏形构建. 学术论坛, 1993 (4).

[594] 姜葆夫. 玄学与《世说新语》索微. 济宁师专学报, 1993 (2).

[595] 王国健. 略论"实录"理论对古代小说创作和小说批评的影响. 华南师范大学学报, 1993 (3).

[596] 刘晔原. 中国俗文学中的女神模式. 民间文学论坛, 1993 (3).

[597] 段美华. 白娘子嬗变的历史价值. 古典文学知识, 1993 (4).

[598] 朱迪光. 狐精故事的演变与佛教文化的影响. 衡阳师专学报, 1993 (3).

[599] 张丹飞. 论贤媛之"贤": 从贤媛门看《世说新语》品评妇女的标准. 新疆大学学报, 1993 (3).

[600] 薛克翘. 读《幽明录》杂谈. 南亚研究, 1993 (2).

[601] 曹道衡. 论任昉在文学史上的地位. 齐鲁学刊, 1993 (4).

[602] 陈桂声. 论中国神怪小说. 苏州大学学报, 1993 (4).

[603] 周俐. 仙境一日, 上世千年: 古代遇仙小说的分析. 苏州大学学报, 1993 (4).

[604] 周俐. 古代遇仙小说仙境通道的特征. 淮阳师专学报, 1993 (3).

[605] 陈美林, 李忠明. 中国古代小说中的情感宣泄. 南京师大学报, 1993 (1).

[606] 姚凤林. 论古典小说中的群体描写. 学习与探索, 1993 (6).

[607] 万君宝. 中国古代小说中的纨绔子弟与悲剧意识. 荆州师专学报, 1993 (1).

[608] 纪文. 第二届魏晋南北朝文学与思想艺术研讨会概述. 社会

科学战线，1993（5）．

[609] 罗宗强．台湾召开魏晋南北朝文学与思想研讨会．文学遗产，1993（5）．

[610] 方正已．从"人鹅同笼"的横向比照到"多圆一心"的纵向包容：破译六朝小说《阳羡书生》的千古之谜．名作欣赏，1993（5）．

[611] 王立．士不遇文化的特殊心灵产物：中国古代文学恩仇观试探．毕节师专学报，1993（3）．

[612] 蒋述卓．香港"魏晋南北朝文学国际研讨会"综述．文学遗产，1993（6）．

[613] 程章灿．商榷旧学，开拓新知：记首届魏晋南北朝文学国际研讨会．古典文学知识，1993（6）．

[614] 邝健行．魏晋南北朝文学国际研讨会综述．中国典籍与文化，1993（4）．

[615] 闻君．魏晋南北朝时期鲁南文学家综论．临沂教育学院学报，1993（2）．

[616] 刘城淮．《嫦娥奔月》源流．湖南教育学院学报，1993（6）．

[617] 吉科文．第二届魏晋南北朝文学与思想学术研究会论述．九江师专学报，1993（4）．

[618] 宁稼雨．世说新语审美距离二题．固原市专学报，1994（3）．

[619] 祝鸿杰．《博物志校证》补校．文献，1994（1）．

[620] 刘书成．中国古代小说类型理论的演进之迹．社科纵横，1994（1）．

[621] 李忠明．中国古代小说中的悲剧意识．南京师大学报，1994（2）．

[622] 贾越．中国古典小说的叙事特点．浙江学刊，1994（3）．

[623] 田永都，刘月钦．中国古典小说美丑对立描写刍议．内蒙古电大学刊，1994（3）．

[624] 李正民，曹凌燕．中国古典小说的狐意象．山西大学学报，1994（3）．

[625] 周俐．仙境之光：古代遇仙小说的再生隐喻．明清小说研究，

1994（1）.

[626] 黄仁生．论《吴越春秋》是我国现存最早的文言长篇历史小说．湖南师范大学社会科学学报，1994（3）．

[627] 史实．《钱神论》到《钱本草》（谈古代文学的金钱描写）．河南大学学报，1994（3）．

[628] 王立．丧悼文化与中国古代复仇文学主题．社会科学战线，1994（3）．

[629] 王立．魏晋六朝"年少慕侠"与侠义建功主题：复仇心态史与中国古代诗歌．新疆师范大学学报，1994（2）．

[630] 姜光斗．论魏晋志怪小说与佛教．南通师专学报，1994（2）．

[631] 许尚枢．试论济公小说的演变．东南文化，1994（2）．

[632] 墨白．谈谈《李寄斩蛇》结尾的作用．宁波师院学报，1994（2）．

[633] 赵振兴．《〈桃花源〉又一新说》质疑与考辨．中国文学研究，1993（4）．

[634] 林向民．神女生涯原是梦：古代文学作品中的人神之恋现象．历史大观园，1994（3）．

[635] 刘明华．桃源望断无寻处——论"桃花源"及其变体．殷都学刊，1994（1）．

[636] 袁传璋．《桃花源记并诗》疑义管窥．安庆师院社会科学学报，1994（1）．

[637] 张洵．从《世说新语》看魏晋时期的清谈之风．内蒙古电大学刊，1994（2）．

[638] 和清．魏晋南北朝时期艺术形象的发展．复旦学报，1994（2）．

[639] 郑训佐．死神与酒神：魏晋南北朝名士生存意识剖析．东岳论丛，1994（3）．

[640] 陈文新．"世说"体的审美规范——论《世说新语》．学术论坛，1994（4）．

[641] 黄泊伦．牛郎织女故事杂谈．民间文学论坛，1994（3）．

[642] 孙秀荣．魏晋南北朝志怪小说的情爱描写．河北学刊，1994（6）．

[643] 马旷源. 狰狞的月神——中国民间传说中月神崇拜异说. 云南师大哲学社会科学学报, 1994 (6) (76 (8) 0).

[644] 车锡伦, 孙苏瀛. 中国的精怪信仰和精怪故事: 兼谈神、仙、鬼、怪故事系列. 扬州师院学报, 1994 (3).

[645] 金文学. 中国、日本、韩国天鹅处女传说谱系比较研究. 社会科学辑刊, 1994 (6).

[646] 陈建宪. 论中国天鹅仙女故事的类型. 中国民间文化, 1994 (3).

[647] 车锡伦, 孙苏瀛. 中国精怪故事与神、仙、鬼、怪故事系列. 中国民间文化, 1994.

[648] 朱迪光. 动物精怪故事的演变与佛教文化的影响. 中国文学研究, 1994 (4).

[649] 李水海主编. 中国小说大辞典: 先秦至南北朝卷. 陕西人民出版社, 1994.

[650] 吴志达. 中国文言小说史. 齐鲁书社, 1994.

[651] 石昌渝. 中国小说源流论. 三联书店, 1994.

[652] 曹正文. 中国侠文化史. 上海文艺出版社, 1994.

[653] 童志刚等. 武侠小说辞典. 长江文艺出版社, 1994.

[654] 温子键. 武侠小说鉴赏大典. 漓江出版社, 1994.

[655] 宁稼雨. 《世说新语》与中古文化. 河北教育出版社, 1994.

[656] 程毅中编. 神怪情侠的艺术世界: 中国古代小说流派漫话. 中共中央党校出版社, 1994.

[657] 吴金华. 《世说新语》考释. 安徽教育出版社, 1994.

[658] 乔默主编. 中国二十世纪文学研究论著提要. 北京大学出版社, 1994.

[659] 陈宏. 狐狸精原型的文化阐释. 北方论丛, 1995 (2).

[660] 陈文新. 论轶事小说之"轶". 贵州社会科学, 1995 (1).

[661] 杨旭辉. 牛郎织女故事中鹊桥、蜘蛛意象探析. 镇江师专学报, 1995 (2).

[662] 吕洪年. 孟姜女故事在江南落根的社会原因. 电大教学 (杭州), 1995 (1).

[663] 张虹. 钟馗小说与钟馗形象漫议. 明清小说研究, 1995 (1).

[664] 杨艳梅. 中国古典小说中的鬼狐现象透视. 松辽学刊, 1995 (1).

[665] 墨白. 试论魏晋南北朝志怪小说的民间文学特征. 辽宁师范大学学报, 1995 (3).

[666] 萧艾. 读《世说新语》札记. 湘潭大学学报, 1995 (2).

[667] 罗国威.《世说新语》唐鸿学批注辑录. 古籍整理研究学刊, 1995 (1).

[668] 杨义. 中国古典小说的本体论和文体发生发展论. 社会科学战线, 1995 (4).

[669] 萧东海. 论《桃花源记》体裁是小说. 吉安师专学报, 1995 (1).

[670] 范子烨.《世说新语》新探. 学习与探索, 1995 (4).

[671] 王连儒. 汉魏六朝志怪中的道教养生. 齐鲁学刊, 1995 (4).

[672] 刘晓春. 多民族文化的结晶：中国灰姑娘故事研究. 民族文学研究, 1995 (3).

[673] 肖远平. 生命底蕴的拓展："鱼姑娘"型故事初探. 贵州民族学院学报, 1995 (3).

[674] 方一新. 读《世说新语》杂识. 杭州大学学报, 1995 (3).

[675] 陈文新. 论志怪三体. 学术论坛, 1995 (6).

[676] 孙秀荣. 魏晋南北朝志怪小说的情节特征. 晋阳学刊, 1995 (5).

[677] 温孟孚.《世说新语》和魏晋士人心态. 学术交流, 1995 (5).

[678] 集杰. 古代爱情故事中化蝶结局的由来. 中国典籍与文化, 1995 (3).

[679] 杨德聚. 论泰山神话故事的道德观. 山东农业大学学报, 1995 (1).

[680] 王枝忠. 刘义庆与怪异小说. 古典文学知识, 1995 (6).

[681] 赵宗福. 中国月虎神话演化新解：以月亮为主体的考证. 民间文学论坛, 1995 (4).

[682] 顾希佳. 龙蚕故事的比较研究. 民间文学论坛, 1995 (4).

[683] 周俐. 动物伙伴的助力：论仙话小说中的乘动物飞升. 民间文学论坛, 1995 (4).

[684] 韩云波. 灵剑灵物：越女故事与武侠幻想. 名作欣赏, 1995 (6).

[685] 范子烨.《世说新语》研究. 文献, 1995 (4).

[686] 蒋宗许.《〈世说新语〉校笺》札记. 古籍整理研究学刊, 1995 (4).

[687] 范子烨.《世说新语·文学》"刘真长与殷渊源谈"条辨释. 古籍整理研究学刊, 1995 (4).

[688] 江巨荣, 徐震堮.《世说新语校笺》读后. 上海大学学报, 1995 (5).

[689] 赵献春. 浅谈西王母神话演变的三个阶段. 张家口师专学报, 1995 (2).

[690] 周俐. 隐化：仙话小说的重大母题. 淮阳师专学报, 1995 (4).

[691] 杨润英. 魏晋人物的人格美：论《世说新语》的魅力. 宜春师专学报, 1995 (6).

[692]（美）Richard. B-Mather 著. 范子烨译.《世说新语》的世界. 学术交流（哈尔滨）, 1996 (1).

[693] 徐迪南."动物报恩型"童话原型解码. 西南师范大学学报, 1996 (1).

[694] 陈晨. 中国古小说作品的一次大检阅：略评《中国小说大辞典》(先秦至南北朝卷). 无锡教育学院学报, 1995 (4).

[695] 宁稼雨. 中国隐士文化的产生与源流. 社会科学战线, 1995 (2).

[696] 宁稼雨. 志人小说界限之我见. 中国语文论丛, 总第八辑.

[697] 王国良. 颜之推冤魂志研究. 台湾文史哲出版社, 1995.

[698] 宁宗一主编. 中国小说学通论. 安徽教育出版社, 1995.

[699] 吴怀修. 论中国古代小说的言神志怪传统. 安徽教育学院学报, 1996 (1).

[700] 宁稼雨. 中国文言小说研究评述. 文史知识, 1996 (2).

[701] 刘守华.《搜神记》中的魏晋民间故事. 华中师范大学学报, 1996（1）.

[702] 徐虎. 试论《世说新语》对《三国志通俗演义》的影响. 明清小说研究, 1996（1）.

[703] 傅江.《世说新语·贤媛》面面观. 江苏教育学院学报, 1996（1）.

[704] 陈溢源. 长牙, 成精, 睡醒模: 民间荤故事的三种类型及其性教育功能. 民间文学论坛, 1996.

[705] 佘敏. 中国古代小说的两大系统. 淮海文汇, 1996（1）.

[706] 白广明.《搜神后记》的作者是陶潜吗. 晋阳学刊, 1996（2）.

[707] 张英基. 从《世说新语》看魏晋名士风度及其心态. 淄博师专学报, 1996（1）.

[708] 熊国华.《世说新语》品评人物的审美特征及影响. 广东教育学院学报, 1996（1）.

[709] 周健自.《世说新语》与我国传统文化精神. 黔南民族师专学报, 1996（1）.

[710] 陈婉婉.《桃花源记》的题材与写作手法. 台州师专学报, 1996（1）.

[711] 周静弗. 梁祝"化蝶"成因及其文化意义. 宁波师院学报, 1996（2）.

[712] 周莉. 家内遇仙——凡人遇仙的主干. 淮阴师专学报, 1996（2）.

[713] 王枝忠. 关于汉魏六朝小说的几个问题. 福州大学学报, 1996（3）.

[714] 韩鑫. 从《世说新语》看魏晋文人的审美心理. 学海, 1996（3）.

[715] 周振甫. 论《世说新语》:《〈世说新语〉今译》前言. 阴山学刊, 1996（2）.

[716] 王枝忠. 关于两部《搜神记》. 固原师专学报, 1996（4）.

[717] 陈致远. 新探《桃花源记》原型. 求索, 1996（4）.

[718] 傅江. 瑶林琼树, 啸傲风尘: 评《世说新语》中的"竹林七贤". 江苏教育学院学报, 1996 (3).

[719] 王同书. 动荡时代的治乱文鉴:《世说》中的从政. 淮海文汇, 1996 (7).

[720] 王守雪. 美和情欲: 梦会神女原型题旨的内核. 殷都学刊, 1996 (3).

[721] 唐明霞.《世说新语》: 个性意识的第一次大张扬. 宜宾师专学报, 1996 (3).

[722] 吴晓东. 盘瓠: 王爷, 盘古: 老爷. 比较文学研究, 1996 (4).

[723] 刘晓春. 英雄与考验故事的人类学阐释. 民族文学研究, 1996 (4).

[724] 陈玉平. 孤儿角色与成年仪式. 民族文学研究, 1996 (4).

[725] 詹丹. 简论魏晋南北朝小说中的情僧形象. 上海教育学院学报, 1996 (4).

[726] 姜淙伦. "桃花源"中何以有"桑""竹""酒". 云南师大哲学社会科学学报, 1996 (5).

[727] 孙秀彬, 赵百成.《世说新语》中魏晋风度浅说. 佳木斯师专学报, 1996 (3).

[728] 张海明. 魏晋清谈与《世说新语》的体例. 佳木斯师专学报, 1996 (2).

[729] 李雁.《世说新语》叙事艺术个案分析. 山东大学学报, 1996 (4).

[730] 李寅生. 论陶渊明"桃花源"理想的生命力. 河池师专学报, 1996 (1).

[731] 陈立旭. 葛洪思想对《桃花源记》的影响. 齐鲁学刊, 1996 (6).

[732] 张海明.《世说》的文体特征及与清谈之关系. 文学遗产, 1997 (1).

[733] 王连儒. 志怪小说题材来源中的神话, 历史及诗歌意象. 聊城师范学院学报, 1996 (4).

[734] 周俐. 市井遇仙——仙话小说的另一形式. 淮阴师专学报, 1996（4）.

[735] 卢润祥，沈伟麟主编. 历代志怪大观. 三联书店, 1996.

[736] 刘长桂，钱振民译注. 世说新语. 东方出版中心, 1996.

[737] 柳士镇，刘开华译. 《世说新语》全译. 贵州人民出版社, 1996.

[738] 曲建文，陈桦译注. 《世说新语》译注. 北京燕山出版社, 1996.

[739] 范宁校点. 异苑. 中华书局, 1996.

[740] 程毅中，程有庆辑校. 谈薮. 中华书局, 1996.

[741] 欧阳健. 古小说研究论. 巴蜀书社, 1997.

[742] 王枝忠. 汉魏六朝小说史. 浙江古籍出版社, 1997.

[743] 欧阳健. 中国神怪小说通史. 江苏教育出版社, 1997.

[744] 王建设编著. 魏晋士人的丰姿神韵：《世说新语》导读. 四川教育出版社, 1997.

[745] 穆克宏. 魏晋南北朝文学史料述略. 中华书局, 1997.

[746] 张艳云校点. 世说新语. 辽宁教育出版社, 1997.

[747] 姚宝元，刘福琪译著. 世说新语：文白对照全本. 天津人民出版社, 1997.

[748] 贾二强校点. 搜神记. 辽宁教育出版社, 1997.

[749] 刘琦，梁国辅注译. 《搜神记》、《搜神后记》译注. 吉林文史出版社, 1997.

[750] 宁稼雨. 中国古代文人群体人格的变异. 南开学报, 1997（2）.

[751] 宁稼雨. 从《世说新语》到《儒林外史》. 明清小说研究, 1997（2）.

[752] 叶枫宇. 《俗说》作者考辨及与《世说新语》之比较. 福建论坛, 1997（1）.

[753] 高玉海. 魏晋小说中的儿童故事管窥. 辽宁大学学报, 1997（2）.

[754] 段振良. 从《世说新语》看魏晋士人的风度观. 贵阳师专学

报，1997（1）.

[755] 方一新. 读《〈世说新语〉考释》. 古籍整理研究学刊，1997（2）.

[756] 陈昱.《世说新语》中的女性形象. 烟台师范学院学报，1997（1）.

[757]（日）田中和夫著，李寅生译.《列女传》引《诗》考. 河北师范学院学报，1997（2）.

[758] 袁传彰.《桃花源记并诗》疑义斠论. 安徽师范大学学报，1997（2）.

[759] 王枝忠. 颜之推与《冤魂志》. 古典文学知识，1997（3）.

[760] 钟林斌. 论魏晋六朝志怪中的人鬼之恋小说. 社会科学辑刊，1997（3）.

[761] 王青. 魏晋时期的西王母传说以及产生背景. 南京师范大学学报，1997（3）.

[762] 李正春. 从《世说新语》看魏晋士人的生命意识. 殷都学刊，1997（2）.

[763] 王玫，钱保文. 理想男性主义的光华：《世说新语》新论. 青海社会科学，1996（2）.

[764] 杨合林.《世说新语》新诂（二则）. 吉首大学学报，1997（2）.

[765] 孙生. 鬼道，谈风，女鬼：魏晋六朝志怪小说女鬼形象独秀原因探析. 西北民族学院学报，1997（2）.

[766] 袁达.《桃花源记》的结构伸缩及其风格基调. 南都学坛，1997（2）.

[767] 陈建裕. 也谈《世说新语》中的"复"尾. 南都学坛，1997（4）.

[768] 吴怀连.《桃花源诗并记》与中国农业社会理想主义. 百科知识，1997（9）.

[769] 杜贵晨. 中国古代小说"三复情节"的流变及其美学意义. 齐鲁学刊，1997（5）.

[770] 朱迪光. 中国古代精怪故事中的精怪人化. 衡阳师专学报，1997（4）.

[771] （日）中田妙叶. 论白娘子形象及其流变. 辽宁大学学报, 1997（6）.

[772] 齐效斌. 寓言还是历史：阅读视野嬗变中的《伯夷列传》. 海南师院学报, 1997（3）.

[773] 杨福俊.《世说新语》与魏晋风度. 山东师大学报, 1997.

[774] 于德山. 中国古代小说叙述者简析. 江海学刊, 1997（5）.

[775] 王立. 魏晋六朝侠的功业意识及其对后世的影响：人才价值观与古代侠文学主题. 农垦师专学报, 1997（3）.

[776] 刘仁树. 论《世说新语》的艺术成就. 中国社会科学院研究生院学报, 1997（6）.

[777] 欧阳健. 东晋时期的志怪小说家群考论. 龙岩师专学报, 1997（2）.

[778] 高思嘉. 孟姜女故事探索. 四川师范大学学报, 1997（4）.

[779] 刘仁树. 浅谈中国古代的笔记作品. 内蒙古电大学刊, 1997（4）.

[780] 李桂奎. 论中国古代小说情节构建的"三环"模式. 语文函授, 1997（5）.

[781] 毛忠贤. 道教的术教, 符咒及其在小说中的应用：《神魔小说论稿》上篇《神怪论》之三. 宜春师专学报, 1997（6）.

[782] 王平. 古代小说与宗教文化. 古典文学知识, 1998（1）.

[783] 薛洪勋, 王汝梅. 两种小说观念和对唐前小说作品的再思考. 明清小说研究, 1997（4）.

[784] 王青.《汉武帝内传》研究. 文献, 1998（1）.

[785] 郭丹. 史传文学与中国古代小说. 明清小说研究, 1997（4）.

[786] 刘上生. 古代小说人物艺术的起点：对小说史研究一个问题的回顾和回答. 明清小说研究, 1997（4）.

[787] 闵宽东. 在韩国中国古典小说的传入与研究. 明清小说研究, 1997（4）.

[788] 胡邦炜. 中国古典小说在韩国. 文史杂志, 1998（1）.

[789] 闵中闻. 97武夷山中国小说史研讨会纪要. 明清小说研究, 1997（4）.

[790] 刘桂莉.《世说新语》浅论. 四川师范学院学报, 1998 (1).

[791] 曹庆鸿, 尹琳. 春来偏是桃花水: 试论《桃花源记》的幻灭意识. 牡丹江师范学院学报, 1997 (4).

[792] 郑筱筠. 观音救难故事与六朝志怪小说. 社会科学, 1998 (2).

[793] 韩春萌.《桃花源记》与小说源流. 九江师专学报, 1998 (1).

[794] 薛敬敏. 永远的憧憬:《老实人》中的"黄金国"与《桃花源记》中的"桃花源"比较. 思茅师专学报, 1997 (2).

[795] 刘明琪. 志怪小说: 遥远的呼应与承接（论中国小说观念的觉醒和中国小说的真正成立）. 北京师范大学学报, 1998 (2).

[796] 周俐. 方术与方士小说. 淮阴师范学院学报, 1998 (2).

[797] 王冉冉. 古代小说观念的若干文化透视. 北京大学研究生学刊, 1998 (1).

[798] 子衿.《世说》中的友谊（一）. 盐城师专学报, 1997 (1).

[799] 子衿. 唯有此花开不厌:《世说》中的友谊（二）. 盐城师专学报, 1998 (2).

[800] 郭学琴. 浅析《桃花源记》的艺术特色. 内蒙古民族师院学报, 1998 (1).

[801] 钟扬. 朱一玄与中国小说史料学. 文献, 1998 (2).

[802] 李剑国. 文言小说的理论研究与基础研究: 关于文言小说研究的几点看法. 文学遗产, 1998 (2).

[803] 萧相恺. 从错位到逐渐重合: 宋前小说及其观念的历史变迁. 明清小说研究, 1998 (1).

[804] 闵虹. 中国古典小说的情节设置. 信阳师范学院学报, 1998 (2).

[805] 周建江.《洛阳伽蓝记》的小说史地位. 黄淮学刊, 1998 (1).

[806] 魏子云. 中国小说史的认知. 明清小说研究, 1998 (1).

[807] 王立. 古代悼妓姬文学的情感指向试探: 悼祭主题角色人伦

关怀片论. 河池师专学报, 1998 (1).

[808] 马紫晨. 梁祝中原说：梁祝故事本末、影响、价值及其发生地. 中州今古, 1998 (3).

[809] 卞孝萱, 程国赋. 资料翔实, 考辨得当：评《中国文言小说总目提要》. 中国典籍与文化, 1998 (2).

[810] 林铁民. 论中国古典小说典型人物的艺术风貌. 厦门大学学报, 1998 (2).

[811] 毛忠贤. 道教的气法、金丹及其在小说中的运用：《神魔小说论稿》上篇《神变论》之四. 宜春师专学报, 1998 (1).

[812] 王定璋. 论中国小说的演进特征. 西南师范大学学报, 1998 (3).

[813] 于长敏. 日本牛郎织女传说与中国原型的比较. 民间文学论坛, 1998 (2).

[814] 张鸿勋. 新发现的英藏"孟姜女变文"之意义. 北京图书馆馆刊, 1998 (2).

[815] 梁建邦. 两晋南朝小说野史的贬曹倾向. 渭南师专学报, 1998 (3).

[816] 尹建新. 《世说新语》：魏晋风度的写照. 华夏文化, 1998 (2).

[817] 高建新. 审美意识觉醒与自然美的全面呈现：读《世说新语》札记. 广播电视大学学报, 1998 (2).

[818] 赵辉. 中国古代神怪小说的地域特征及成因. 中南民族学院学报, 1998 (3).

[819] 柳岳梅. 魏晋南北朝志怪和古代鬼神崇拜. 北方论丛, 1998 (4).

[820] 段春旭. 神话故事与古典小说中的九天玄女. 福建论坛, 1998 (3).

[821] 吴学先. 《牛郎织女》与《灰姑娘》之比较. 名作欣赏, 1998 (4).

[822] 李日星. 中国古代小说的概念, 范围及其研究分歧. 中国文学研究, 1998 (3).

[823] 毛忠贤. 佛教"芥子纳须弥"命题及小说表现:《神魔小说论稿》上篇《神变论》之五. 宜春师专学报, 1998 (3).

[824] 欧阳健. 从《观世音应验记》到《西游记》:从一个方面看神怪小说与宗教的关系. 漳州师院学报, 1998 (2).

[825] 李绍华.《游侠列传》新议. 学术论坛, 1998 (4).

[826] 范子烨. 马瑞志的英文译注本《世说新语》. 文献, 1998 (3).

[827] 卞岐. 略论《世说新语》志人特质及其影响. 苏州大学学报, 1998 (3).

[828] 何美荣. 略谈《搜神记》的人民性及其艺术表现. 益阳师专学报, 1998 (3).

[829] 宁稼雨. 诸子文章流变与六朝小说的生成. 南开学报, 1998 (4).

[830] 王德华. 论魏晋六朝志怪小说的潜意识蕴含. 浙江师大学报, 1998 (4).

[831] 赵春宁. 论《世说新语》人物品评的两极思维模式. 内蒙古大学学报, 1998 (5).

[832] 姜武福, 张俊杰. 盛弘之《荆州记》校考. 古籍整理研究学刊, 1998 (4).

[833] 范子烨. "小说书袋子":《世说新语》的用典艺术. 求是学刊, 1998 (5).

[834] 肖兵. 猿猴抢婚型故事的世界性传承——兼论其与"巨怪吃人"型故事的递嬗关系. 淮阴师范学院学报, 1998 (4).

[835] 舒燕. 论猿猴抢婚故事的演变. 中国文化研究, 1998 (4).

[836] 王莉. 试论《白蛇传》的衍变. 温州师范学院学报, 1998 (4).

[837] 王连儒. 汉魏六朝志怪中的佛教惩劝. 聊城师范学院学报, 1998 (4).

[838] 赵振祥. 论巫师的活动与早期志怪小说. 上海师范大学学报, 1998 (4).

[839] 宁稼雨. 神话传说的社会化趋向与六朝小说的生成. 东方丛

刊，1998（4）.

[840] 宁稼雨. 文言小说界限与分类之我见. 明清小说研究，1998（4）.

[841] 宁稼雨. 六朝小说界说. 中国语文论译丛刊，总第二号.

[842] （韩）姜宗妊. 关于《搜神记》作为世界认识方式的评析. 明清小说研究，1998（4）.

[843] 欧阳健. 观天人之际，察变化之兆：从《广异记》看神怪小说的文学价值. 宁德师专学报，1998（6）.

[844] 苗壮. 笔记小说史. 浙江古籍出版社，1998.

[845] 顾柏承. 中国古代小说漫话. 中国少年儿童出版社，1998.

[846] 杨义. 中国小说史论. 人民出版社，1998.

[847] 陈节. 中国人情小说通史. 江苏教育出版社，1998.

[848] 胡从经. 中国小说史学史长编. 上海文艺出版社，1998.

[849] 陈颖. 中国英雄侠义小说通史. 江苏教育出版社，1998.

[850] 王守华.《世说新语》发微. 上海文艺出版社，1998.

[851] 范子烨.《世说新语》研究. 黑龙江教育出版社，1998.

[852] 蒋凡.《世说新语》研究. 学林出版社，1998.

[853] 管雄.《魏晋南北朝文学史》论. 南京大学出版社，1998.

[854] 胡友鸣编著. 名士风度众生相：《世说新语》. 中国文联出版公司，1998.

[855] 张万起，刘尚慈译注. 世说新语今译. 中华书局，1998.

[856] 岳希仁等编著.《世说新语》译注. 广西师范大学出版社，1998.

[857] 曹广甫校点. 搜神记·唐宋传奇集. 上海古籍出版社，1998.

[858] 刘叶秋，等. 中国古典小说大辞典. 河北人民出版社，1998.

[859] 汤君. 六朝志怪小说与神话：兼评广义神话学. 贵州社会科学，1999（1）.

[860] 赵明政. 文言小说：文士的释怀与写心. 广西师范大学出版社，1999.

[861] 王增斌，田同旭. 中国古代小说通论综解. 中国文联出版公司，1999.

[862] 王枝忠. 搜神记·搜神后记. 春风文艺出版社, 1999.

[863] 齐裕焜主编. 中国古代小说演变史. 汉语大词典出版社, 1999.

[864] 傅开沛等. 中国历代笔记小说鉴赏辞典. 中州古籍出版社, 1999.

[865] 徐公持编著. 魏晋文学史. 人民文学出版社, 1999.

[866] 王国良.《冥祥记》研究. 台湾文史哲出版社, 1999.

[867] 马成生. 充实·鲜明·清晰：读王枝忠教授的《汉魏六朝小说史》. 福州大学学报, 1999（1）.

[868] 范子烨."芝兰玉树"《世说新语》中的男孩群像. 文史知识, 1999（2）.

[869] 李剑国.《神女传》《杜兰香传》《曹著传》考论. 明清小说研究, 1998（4）.

[870] 刘明华. 理想性, 神秘性, 历史真实：对《桃花源诗并记》的多重解读. 文学遗产, 1999（1）.

[871] 陈建宪.《白水素女》"偷窥"母题发微. 华中师范大学学报, 1999（2）.

[872] 纪永贵. 蚕女故事与中国式"原罪"原型. 南都学坛（南阳师专学报）, 1999（2）.

[873] 杨胜利. 另一个世界将因调和适当而令人欣赏：魏晋南北朝文学中人鬼相恋故事初探. 山东教育学院学报, 1999（1）.

[874] 何忠东.《世说新语》中儿童话语艺术. 武陵学刊（常德师范学院学报）, 1999（1）.

[875] 陈建宪.《白水素女》：性禁忌与偷窥心理. 民间文化, 1999（1）.

[876] 崔涛. 西王母与东王公原型关系考：兼论神农、黄帝诸神格的演变. 长沙电力学院学报, 1999（1）.

[877] 李立. 从牛女神话, 董女传说到天女故事：试论汉代牛神话的变异式发展. 孝感师专学报, 1999（2）.

[878] 李希运. 论魏晋南北朝士族宗室的宣佛志怪小说创作. 青岛大学学报, 1999（1）.

[879] 马钰玶. 变形与解脱：《搜神记》母题变异现象的审美透视. 山东大学学报, 1999 (2).

[880] 孙正国. 中国化身型虎故事的母题阐释：中国虎故事类型研究之二. 湖北民族学院学报, 1999.

[881] 屈慧青. 《搜神记》和神人相恋范式的定型. 中国文学研究, 1999 (2).

[882] 范子烨. 六朝古卷："唐写本《世说新语》"残卷揭秘. 文献, 1999 (2).

[883] 宁稼雨. 诗赋散体化对六朝小说生成的作用. 天津大学学报, 1999 (2).

[884] 李琳. 漫说《世说新语》中的阮籍形象. 中州今古, 1999 (2).

[885] 刘宁华. 中国螺女故事的形态演变. 华中师范大学学报, 1999 (2).

[886] 孙逊, 柳岳梅. 中国古代遇仙小说的历史演变. 文学评论, 1999 (2).

[887] 宁稼雨. 论史书的"凭虚"流向对六朝小说生成的刺激作用. 天津师范大学学报, 1999 (3).

[888] 宁稼雨. 《世说新语》的蓝本演变与魏晋文人精神的认识过程. 呼兰师专学报, 1999 (2).

[889] 裘锡圭. 汉简中所见韩朋故事的新资料. 复旦学报, 1999 (3).

[890] （韩）全星逑. 《世说新语》：历史向文学的蜕变. 社会科学战线, 1999 (3).

[891] 钟来茵. 论《汉武内传》中的人神之恋. 东南大学学报, 1999 (3).

[892] 陈洪. 佛教八关斋与中古小说. 江海学刊, 1999 (4).

[893] 梅焕军. 从《世说新语》看魏晋清谈. 湖南商学院学报, 1999 (4).

[894] 周克庸. 月神原型为玄冥说. 吉林大学社会科学学报, 1999 (4).

[895] 李希运. 论六朝道教志怪小说的创作. 泰安师专学报, 1999 (4).

[896] 程润淑. 《洛阳伽蓝记》的小说艺术研究. 文史哲, 1999 (4).

[897] 黄大宏. 仙凡之爱及其磨难:关于题材发展演变及规律的探讨. 汉中师范学院学报, 1999 (3).

[898] 李希运. 论魏晋南北朝志怪小说的宣佛倾向. 东方论坛(青岛大学学报), 1999 (3).

[899] 民玛拉姆. 平凡:新的虚构点:评《世说新语》. 西藏大学学报, 1999 (4).

[900] 刘正国. 论《世说新语》的"志人"特点. 武汉教育学院学报, 1999 (4).

[901] 李希运. 论魏晋道教神仙世界的拓展及在志怪小说中的反映. 临沂师专学报, 1999 (4).

[902] 刘正国. 给魏晋清谈以公正的评价:《世说》解读之一. 江汉大学学报, 1999 (4).

[903] 朱迪光. 《搜神记》的宗教信仰及其文学价值. 衡阳师范学院学报, 1999 (4).

[904] 齐慧源. 谈《世说新语》与《陶庵梦忆》. 徐州教育学院学报, 1999 (4).

[905] 邱福庆. 中国爱情文学中的牛郎织女模式. 龙岩师专学报, 1999 (4).

[906] 鲁锦寰. 魏晋清谈的变化与政治势力的消长:读《世说新语》札记. 华侨大学学报, 1999 (4).

[907] 李鹏飞. 汉译佛典与六朝小说. 中国文学研究, 1999 (4).

[908] 张跃生. 佛教文化与唐前小说. 语言研究, 1999.

[909] 徐正英, 常佩雨. 从《世说》看魏晋士人的生命意识. 郑大学报, 1999 (6).

[910] 张蕾. 《史记》与《燕丹子》荆轲形象塑造之比较. 河北学刊, 1999 (6).

[911] 陈迎辉. 《世说新语》的形而上品格. 内蒙古大学学报, 1999 (6).

[912] 上海古籍出版社编. 汉魏六朝笔记小说大观, 1999.

[913] 宁稼雨.《世说新语》中雩蒲的文化精神. 盐城师范学院学报, 2000（1）.

[914] 宁稼雨.《世说新语》中的围棋文化. 人民政协报·学术家园版, 2000（1）.

[915] 宁稼雨. 妙笔生花的神仙世界——读道教小说《十洲记》. 文史知识, 2000（2）.

[916] 宁稼雨. 从《世说新语》看士族的社会地位和精神归宿. 文学与文化, 2000（3）.

[917] 宁稼雨.《世说新语》成书的社会氛围. 东方丛刊, 2000（2）.

[918] 宁稼雨. 周穆王与西王母是恋人关系吗. 文史知识, 2000（7）.

[919] 宁稼雨.《世说新语》成于众手说详证. 中华文史论丛, 上海古籍出版社, 2000.

[920] 宁稼雨.《世说新语》中的士族婚姻观念. 中国典籍与文化论丛, 中华书局, 2000.

[921] 何颖. 盘瓠神话与"社会崇拜"文化现象. 广西师院学报, 2000（1）.

[922] 刘耘. 中国古典小说"人仙妖鬼婚恋"母题初探. 北京教育学院学报, 2000（1）.

[923] 王立. 古代动物悼亡殉死传说的文化内蕴. 苏州师院学报, 2000（1）.

[924] 方一新. 魏晋南北朝小说语词校释札记. 杭州师范学院学报, 2000（1）.

[925] 宁稼雨. 刘义庆的身世境遇与《世说新语》的编纂动因. 湖北大学学报, 2000（1）.

[926] 宁稼雨.《世说新语》中的流品意识. 呼兰师专学报, 2000（1）.

[927] 范子烨. 林下风气：《世说新语》塑造的新女性. 文史知识, 2000（2）.

[928] 汪玠玲. 织女传说与中国情人节考释. 广西梧州师范高等专

科学校学报，2000（1）．

[929]（日）高木立子．中国"分手的夫妻再逢"型故事研究（3）．池州师专学报，2000（1）．

[930] 谢真元．人妖恋模式及其文化意蕴．重庆师院学报，2000（1）．

[931] 程毅中．古代小说中的龙女形象．中国文化报，2000（2）．

[932] 张庆民．论汉代神学思想对魏晋南北朝志怪的影响．齐鲁学刊，2000（2）．

[933] 宁稼雨．时代风气的印迹与思考：三部《世说新语》研究著作评述．社会科学，2000（2）．

[934] 宁稼雨．《世说新语》类目设定的思想旨归何在．天津社会科学，2000（2）．

[935] 王华宝．《搜神记》校勘札记．古籍整理研究学刊，2000（2）．

[936] 傅刚．汉魏六朝文体辨析的学术渊源．中国社会科学，2000（2）．

[937] 吴新江．古小说《异苑》校理献疑．南京师大学报，2000（2）．

[938] 徐声扬．论"桃花源"的构建基础．九江师专学报，2000（2）．

[939] 王立．古代侠义复仇故事流变及其三种倾向．阴山学刊，2000（2）．

[940] 宁稼雨．《世说新语》何以不收陶渊明．天中学刊，2000（3）

[941] 曾良．南北朝笔记小说零札．古籍整理学刊，2000（3）．

[942] 袁世硕．《魏晋南北朝志怪小说通论》序．山东科技大学学报，2000（2）．

[943] 刘军．《世说新语》非小说论．哈尔滨工业大学学报，2000（2）．

[944] 李桂奎．谈中国古代两大语体短篇小说的双向渗透．青海师范大学学报，2000（3）．

[945] 刘正国．《世说新语》的语言艺术．钦州师范高等专科学校学

报，2000（3）.

[946] 谭爱娟. 从《世说新语》看魏晋人文精神. 长沙大学学报，2000（3）.

[947] 齐慧源. 神貌绰约，青蓝并辉：谈《世说新语》与《浮生六记》. 徐州师范大学学报，2000（3）.

[948] 王文晖. 汪校本《搜神记》拾遗五则. 文教资料，2000（4）.

[949] 李剑国. 二十卷本《搜神记》考. 文献，2000（4）.

[950] 谢明仁. 刘向《谢苑》研究. 兰州大学出版社，2000.

[951] 刘强. 20世纪《世说新语》研究综述. 文史知识，2000（4）.

[952] 刘强. 对历史真实的冲淡与对艺术真实的强化：论《世说新语》的叙事原则. 上海师范大学学报，2000（4）.

[953] 张智华. 中国文学中精灵形象的演变与发展. 中国社会科学，2000（4）.

[954] 宁稼雨. 从《世说新语》看维摩在家居士观念的影响. 南开学报，2000（4）.

[955] 朱玉麒. 小说前史时期的叙事因素：以《桃花源记》为中心. 江苏社会科学，2000（4）.

[956] 周凤月. 孟姜女传说的流变与思考. 许昌师专学报，2000（4）.

[957] 纪永贵. 董永遇仙故事的产生与演变. 民族艺术，2000（4）.

[958] 潘承玉. 浊秽厕神与窈窕女仙：紫姑神话文化意蕴发微. 绍兴文理学院学报，2000（4）.

[959] 洪鹭梅. 人鬼婚恋故事的文化思考. 中国比较文学，2000（4）.

[960] 张勇. 《世说新语》人物品评的唯美倾向. 阜阳师范学院学报，2000（4）.

[961] 顾农. 中国最早的小说家——邯郸淳. 古典文学知识，2000（4）.

[962] 王能宪，曹金川注释. 世说新语：注释本. 华夏出版社，2000.

[963] 杨芳.《世说新语》语言的模糊美. 郴州师范高等专科学校学报, 2000 (5).

[964] 高玉海. 鬼蜮世界的名士风流：谈魏晋风度在志怪小说中的折射. 辽宁大学学报, 2000 (5).

[965] 熊明. 论六朝杂传对史传叙事传统的突破与超越. 辽宁大学学报, 2000 (6).

[966] 龙兴武.《桃花源记》与武陵苗族. 学术月刊, 2000 (6).

[967] 李文初.《汉魏六朝文学研究》. 广东人民出版社, 2000.

[968] 纪永贵. 蚕女故事的文学——文化解读. 民间文化, 2000 (7).

[969] 曹国庆, 胡长春. 麻姑的传说及其信仰民俗. 江西社会科学, 2000 (7).

[970] 黄霖, 韩同文选注. 中国历代小说论著选. 江西人民出版社, 2000.

[971] 沈光海.《世说新语》三词考补. 湖州师范学院学报, 2000 (4).

[972] 王冉冉. 唐前小说中的韵文. 文史知识, 2000 (11).

[973] 张庆民. 魏晋南北朝志怪小说通论. 首都师范大学出版社, 2000 (12).

[974] 景圣琪. 从《世说新语》看魏晋南北朝志人小说的特点. 南通师范学院学报. 2000 (4)

[975] 鲁统彦. 试论《世说新语》的史料价值. 东岳论丛, 2001 (1).

[976] 江帆. 民间故事中的善恶观念释例："断手姑娘"解析. 辽宁大学学报, 2001 (1).

[977] 周福岩. 民众社会伦理意识试析：以耿村故事文本为对象. 辽宁大学学报, 2001 (1).

[978] 徐小平."桃花源"与"黄金国". 江淮论坛, 2001 (6).

[979] 鲁德才. 历史中的侠与小说中的侠——论古代文化观念中武侠性格的变迁. 南开学报, 2001 (1).

[980] 李永平. 西王母流变史的文化阐释. 西安石油学院学报, 2000 (4).

[981] 赵廷光. 盘古传说真谛探索. 云南社会科学, 2001 (1).

[982] 胡安莲. 牛郎织女神话传说的流变及其文化意义. 许昌师专学报, 2001 (1).

[983] 傅修延. 羽衣仙女与赣文化. 江西师范大学学报, 2000 (3).

[984] 刘守华. "离经叛道"的奇女子:"仙女救夫"型故事的内涵及其渊源. 思想线(云南大学人文社会科学学报), 2001 (1).

[985] 李桂奎. 论中国古代两大语体短片小说叙事模式的差异及其成因. 复旦学报, 2001 (1).

[986] 李桂奎. 论中国古代两大语体短篇小说创作动机的差异. 河南师范大学学报, 2001 (1).

[987] 高淑清. 《晋书》取材《世说新语》之管见. 社会科学战线, 2001 (1).

[988] 陈文新. 近百年来唐前志怪小说综合研究述评. 学术论坛, 2001 (2).

[989] 刘守华. 兄弟分家与"狗耕田":一个中国民间流行故事类型的文化解析. 商丘师范学院学报, 2001 (1).

[990] 李桂奎. 山野与水域:士林小说与市井小说构建的不同空间. 云南师范大学学报, 2001 (2).

[991] 朱迪光. 史家的"实录"与小说叙事. 衡阳师范学院学报, 2001 (1).

[992] 普慧, 张进. 佛教故事:中国五朝志怪小说的一个叙事源头. 中国文化研究, 2001.

[993] 李剑国. 干宝考. 文学遗产, 2001 (2).

[994] 刘玉红. "秋胡戏妻"故事的演变及其文化背景. 江苏广播电视大学学报, 2001 (1).

[995] 刘守华. 从《白水素女》到《田螺姑娘》:一个著名故事类型的解析. 古典文学知识, 2001 (3).

[996] 周福岩. 民间故事中的尚"义"思想初探:以耿村故事文本为对象. 辽宁广播电视大学学报, 2001 (1).

[997] 陈庆纪. 佛教生存观与古代小说梦幻主题. 潍坊高等专科学

校学报, 2001 (1).

[998] 凤录生. 道教与志怪传奇小说的渊源关系. 唐都学刊, 2001 (2).

[999] 刘强. 从《世说新语》看魏晋孝悌之风. 阴山学刊, 2001 (1).

[1000] 闫秀平. 论《世说新语》与《红楼梦》的人物塑造. 石油大学学报, 2001 (2).

[1001] 钟怡音.《世说新语》中的女性意识. 龙岩师专学报, 2001 (1).

[1002] 朱恒夫. 六朝佛教徒对志怪小说兴起的作用. 明清小说研究, 2001 (1).

[1003] 周南翼. 中国文化中帝王原型的嬗变. 西南师范大学学报, 2001 (3).

[1004] 王立. 兵马、老马、慢马意象与佛经故事: 文学意象家族与文人心态史探佚. 社会科学研究, 2001 (3).

[1005] 蒋清风. "女色祸水"中"荡妇"的非真实镜像. 衡阳师范学院学报, 2001 (2).

[1006] 林继富. 欲盖弥彰, 遭遇灭亡: "头上长角"型故事试析. 西北民族研究, 2001 (2).

[1007] 刘守华. 人与动物, 同舟共济: "感恩的动物忘恩的人"解析. 西北民族研究, 2001 (2).

[1008] 林继富. "黑马张三哥"论析. 华中师范大学学报, 2001 (3).

[1009] 姚立江, 邵非. 解读龙母故事的断尾母题. 宁夏大学学报, 2001 (3).

[1010] 秦川. 中国古代文言小说总集的类型特征. 南昌大学学报, 2001 (2).

[1011] 徐国荣. 从《世说新语》看玄言诗的世俗底蕴. 暨南学报, 2001 (3).

[1012] 龚浩群, 熊和平. 娶得龙女, 事事如愿: "龙女"故事解析. 湖北民族学院学报, 2001 (1).

[1013] 顾希佳. 多行不义必自毙:"夺妻败露型"故事解析. 湖北民族学院学报, 2001 (1).

[1014] 顾希佳. 虞舜传说与吴越文化. 杭州师范学院学报, 2001 (3).

[1015] 刘相雨. 《搜神记》和宋代话本小说中女神、女鬼、女妖形象的文化解读. 江西师范大学学报, 2001 (2).

[1016] 何悦玲. 共生与和谐:人类家园的古典理想境界:《桃花源诗并记》的生态美学解读. 陕西师范大学学报, 2001 (2).

[1017] 顾希佳. 疾风知劲草,烈火炼真金:"神仙考验"型故事解析. 民俗研究, 2001 (2).

[1018] 顾希佳. 世代寻宝梦:"石门开"型故事解析. 中南民族学院学报, 2001 (3).

[1019] 李道和. 女鸟故事的民俗文化渊源. 文学遗产, 2001 (4).

[1020] 姜桂芳. 《世说新语》受贬斥原因解析. 文史杂志, 2001 (4).

[1021] 宁稼雨. 《世说新语》与士族佛学. 人民政协报, 2001-8-14

[1022] 宁稼雨. 从《世说新语》看士族佛学的学术精神. 南开大学古籍所《文史论集》二集, 2001 (9).

[1023] 宁稼雨. 玄学"有无"之辨与士人名教自然之择. 国学研究, 2001 (10).

[1024] 党芳莉. 吕洞宾传说的早期形态及其在宋元之际的拓展. 上海财经大学学报, 2001 (4).

[1025] 吴代芳. 论《世说新语》刻画的曹操形象及其发展. 郴州师范高等专科学校学报, 2001 (4).

[1026] 陈劲,吴光跃,梁英. 由对立走向友善:《搜神记》与《聊斋志异》《阅微草堂笔记》中人怪关系的探析. 攀枝花大学学报, 2001 (3).

[1027] 谭帆. "小说学"论纲——兼谈20世纪中国古代小说理论批评研究. 中国社会科学, 2001 (4).

[1028] 李剑国. 小说的起源与小说独立文体的形成. 锦州师范学报, 2001 (3)

[1029] 梁小萍．韩凭夫妇故事流变中的文人旨趣．盐城师范学报，2001（3）．

[1030] 肖远平．田螺姑娘形象的社会美：兼与龙女形象比较．西南民族学院学报，2001（1）．

[1031] 刘湘兰．从《世说新语》看魏晋名士的隐逸思想．湘潭师范学院学报，2001（6）．

[1032] 李剑国．早期小说观与小说概念的科学界定．武汉大学学报，2001（5）．

[1033] 罗国威．《冤魂志》校注．巴蜀书社，2001．

[1034] 苗壮．稗海览珍：中国历代小说．河北大学出版社，2001．

[1035] 杜贵晨．传统文化与古典小说．河北大学出版社，2001．

[1036] 范子烨．中古文人生活研究．山东教育出版社，2001．

[1037] 詹福瑞．汉魏六朝文学论集．河北大学出版社，2001．

[1038] 郭志强，董国炎．论钟馗形象的演变．山西大学学报，2001（6）．

[1039] 蔡群．六朝志怪与唐传奇中的人与神仙鬼怪恋爱作品比论．湖北师范学院学报，2001（4）．

[1040] 刘湘兰．从《世说新语》看魏晋风度的多层面性．湖南商学院学报，2001（5）．

[1041] 江帆．民间叙事中的交友范例：俗语故事"路遥知马力"解析．山西师大学报，2001（4）．

[1042] 漆凌云．仙女原型与恋母心理：对"仙女凡夫"故事的原型批评．新余高专学报，2001（4）．

[1043] 林继富．山中方七日，世上已千年："烂柯山"故事论析．中南民族学院学报，2002（1）．

[1044] 王立．男性智慧的戏剧性运用：变羊惩妒妇故事的跨文化误读．东南文化，2002（1）．

[1045] 张叔宁．今本《世说新语》版本之源流．河海大学学报，2001（2）．

[1046] 孙正国．中国义虎型故事的文化传承．西南民族学院学报，2002（1）．

[1047] 孙海洋，刘龙洲．从《世说新语》看魏晋时期审美风尚的变迁．湘潭工学院学报，2001（4）．

[1048] 王连儒．志怪小说与人文宗教．山东大学出版社，2002．

[1049] 李剑国．先唐古小说的分类．古典文学知识，2002（2）．

[1050] 赵慧君，柳理．解析魏晋风度的精神本源．广西师范学报，2002（1）．

[1051] 李建中．神女与寡妇：对魏晋文学中两类女性形象的文化审视．中南民族大学学报，2002（2）．

[1052] 孙永娟．《世说》中的文人风情．绥化师专学报，2002（1）．

[1053] 萧放．六朝民间著述的兴起．中国典籍与文化．江苏古籍出版社，2002．

[1054] 马瑞志．《世说》法译本审查报告．读书，2002（4）．

[1055] 张钧，开心．《桃花源记并诗》在中国小说史上的地位．九江师专学报，2002（1）．

[1056] 夏哲尧．两汉魏晋南北朝文学的任侠主题．宁夏大学学报，2002（2）．

[1057] 王天婵．魏晋六朝志怪小说情爱作品中的女性形象．福州师专学报，2002（1）．

[1058] 谭坤．论《世说》的生命意识及其哲学生成．山西师大学报，2002（2）．

[1059] 夏哲尧．两汉魏晋南北朝文学的任侠主题．宁夏大学学报，2002（2）．

[1060] 孙正国．主体的确认：《峡口道士》的叙事解读：中国虎故事类型研究之四．湖北民族学院学报，2002（1）．

[1061] 魏世民．两晋三部小说成书年代考．昭通师专高等专科学校学报，2002（4）．

[1062] 赵振祥．论干宝《搜神记》的社会新闻性质．厦门大学学报，2002（4）．

[1063] 魏世民．南北朝时期三部小说成书年代考．青海师专学报，2002（4）．

[1064] 李海燕．论《世说》中的少儿形象．淮北煤师院学报，2002（4）．

[1065] 张震英．论《世说新语》豫晋人之豪爽美．郴州师范高等专科学校学报，2002（4）．

[1066] 王运熙．汉魏六朝唐代文学论丛（增订本）．复旦大学出版社，2002．

[1067] 刘志伟．魏晋文化与文学论考．甘肃人民出版社，2002．

[1068] 高卫红评注．世说新语．新疆青少年出版社，2002．

[1069] 高勇，潘山译注．搜神记．新疆青少年出版社，2002．

[1070] 宁稼雨．从《世说新语》看服药的士族精神．南开学报，2002（1）．

[1071] 宁稼雨．正史与《世说新语》：士族文人政治心态对比论．魏晋南北朝文学与文化论文集，2002（8）．

[1072] 宁稼雨．《世说新语》中的"服妖"现象．中国社会历史评论．商务印书馆，2002．

[1073] 刘强．试论《世说新语》文体的戏剧性特征．上海师范大学学报，2002（5）．

[1074] 马雅琴．论《搜神记》诗歌谣谚应用艺术价值．西安电子科技大学学报，2002（3）．

[1075] 王平．论文言小说叙事角度的特征及演变．山西师大学报，2002（4）．

[1076] 马衍．谈刘敬叔的志怪小说集《异苑》．徐州教育学院学报，2002（3）．

[1077] 倪美玲．《世说新语》的以形写神论．船山学刊，2002（3）．

[1078] 魏世民．《世说新语》及《注》成书年代考．常州师专学报，2002（3）．

[1079] 蔡彦峰．《搜神记》作者考．九江师专学报，2002（3）．

[1080] 李荣明．《世说新语》的德性观念．中山大学学报，2002（6）．

[1081] 庄战燕．男性视野中的异类女子：《搜神记》婚恋小说中神女鬼女妖女形象文化透析．语文学刊，2002（6）．

[1082] 董希平．六朝"隶事"传统．文史知识，2002（12）．

[1083] 李世忠．从《世说新语》看魏晋时代的官场腐败．河西学院

学报，2002（6）．

[1084] 吴志达．野火春风话崛起：评吴代芳教授著《世说新探》．武汉大学学报，2002（6）．

[1085] 熊国华．从《世说新语》看魏晋风度及其文化意蕴．广东教育学院学报，2002（4）．

[1086] 李湛渠．《世说新语》刘孝标注诗话拾沉．淮阴师范学院学报，2002（6）．

[1087] 齐裕焜主编．中国古代小说演变史．敦煌文艺出版社，2002．

[1088] 宁稼雨．传神阿堵．游心太玄：六朝小说的文体及文化研究．百花文艺出版社，2002．

[1089] 耿朝辉译注．世说新语．青海人民出版社，2002．

[1090] 陈文新．文言小说审美发展史．武汉大学出版社，2002．

[1091] 郭孝儒注译评．世说新语注译评．经济日报出版社，2002．

[1092] 吴代芳．"世说"新探．中国文联出版社，2002．

[1093] 朱铸禹集注．《世说新语》汇校集注．上海古籍出版社，2002．

[1094] 陈大康注评．短篇小说中国古典文学精品选注汇评文库．广东人民出版社，2003．

[1095] 张玲，康风琴编．世说新语．新疆人民出版社，2003．

[1096] 宁稼雨．《世说新语》中的僧人故事与佛教士族化．文学与文化．南开大学出版社，2003．

[1097] 陈文新．六朝轶事小说综合研究述评．齐鲁学刊，2003（1）．

[1098] 魏世民．南朝梁七部小说成书年代考．衡阳师范学院学报，2003（1）．

[1099] 丁宏武，解光穆．黄石公故事献疑．甘肃社会科学，2003（2）．

[1100] 马连湘．《世说新语》人物言语交际的联想方式．社会科学战线，2003（2）．

[1101] 张庆民．中古小说中的谶谣研究．济南大学学报，2003（3）．

[1102] 陈玲. 汉魏六朝小说观观照下的笑话. 浙江教育学院学报, 2003（2）.

[1103] 楼淑君. 审美思维的一朵奇葩：论魏晋南北朝志怪小说的审美思想. 唐山学院学报, 2003（1）.

[1104] 苑汝杰, 张金桐. 《搜神记》中的女仙文化. 固原师专学报, 2003（2）.

[1105] 周俊勋. 二十卷本《搜神记》的构成及整理. 西南师范大学学报, 2003（3）.

[1106] 倪美玲. 《世说新语》描容止以现神明论. 青海社会科学, 2003（3）.

[1107] 陈道贵. 对待文献应持客观审慎态度——以《世说新语》的引用为例. 学术界, 2003（4）.

[1108] 罗宁. 论《殷芸小说》及其反映的六朝小说观念. 明清小说研究, 2003（1）.

[1109] 范妍南. 魏晋六朝时期小说中的判断句. 陕西教育学院学报, 2003（3）.

[1110] 张承鹄. 魏晋南北朝志怪小说鬼神世界别论. 武汉理工大学学报, 2003（4）.

[1111] 武波. 浅析《搜神记》看志怪小说之"怪". 青海师专学报, 2003（4）.

[1112] 刘雄, 刘静松. 从《世说新语·任诞》看魏晋风度. 渝西学院学报, 2003（3）.

[1113] 闵泽平. 昭君故事的流传与演变. 中南民族大学学报, 2003（5）.

[1114] 丁峰山. 中国古代小说概念及类型辨析. 福州大学学报, 2003（4）.

[1115] 吴代芳. 秉承师教，老不废学，与时俱进，不断创新：漫谈拙著《〈世说〉新探》的出版, 兼论治学之道. 郴州师范高等专科学校学报, 2003（4）.

[1116] 李瑄. 论《世说新语》叙事的新变与传承. 社会科学研究, 2003（6）.

[1117] 向云驹. "梁祝"传说与民间文学的变异性. 民族文学研究, 2003 (4).

[1118] 王立. 变羊惩妒妇的佛道文化溯源. 华南师范大学学报, 2003 (5).

[1119] 向柏松. "浴女"母题的传承与文化内涵的演变. 中南民族大学学报, 2003 (6).

[1120] 崔永红. 西王母考. 青海民族学院学报, 2003 (4).

[1121] 黄大宏. 中国古代小说重写结构性本事的四种基本模式. 海南大学学报, 2003 (4).

[1122] 侯兴祥, 汪晓梅. 从《世说新语·贤媛》看魏晋士人理想中的女性. 龙岩师专学报, 2003 (5).

[1123] 李文洁. 《世说新语·文学》的文学观. 学术界, 2003 (6).

[1124] 王青. 早期狐怪故事：文人偏见下的胡人形象. 西域研究, 2003 (4).

[1125] 漆凌云. 试论中国天鹅处女型故事的起源. 齐齐哈尔大学学报, 2003 (5).

[1126] 周俊勋. 魏晋南北朝志怪小说中有关疾病的动词. 华中科技大学学报, 2003 (6).

[1127] 杨桂青. "奇"：中国古代小说中的重要概念. 上海交通大学学报, 2003 (6).

[1128] 李福清. 古典小说与传说：李福清汉学论集. 中华书局, 2003.

[1129] 陈平原. 中国小说叙事模式的转变. 北京大学出版社, 2003.

[1130] 漆绪邦, 张凡注评. 搜神记. 中国少年儿童出版社, 2003.

[1131] 韩晶, 任晓彤译注. 世说新语. 中国社会科学出版社, 2003.

[1132] 曹道衡. 中古文史丛稿. 河北大学出版社, 2003.

[1133] 李献芳. 中国小说简史（古代部分）. 山东大学出版社, 2003.

[1134] 万晴川. 巫文化视野中的中国古代小说. 中国社会科学出版

社，2003．

[1135] 刘叶秋．历代笔记概述．北京出版社，2003．

[1136] 谢明勋．六朝小说本事考索．里仁书局，2003．

[1137] 宁稼雨．从《世说新语》看围棋的文化内涵变异．文学与文化．南开大学出版社，2004．

[1138] 王正．文人的书香情结："神仙考验"母题与"红袖添香"意象别解．浙江学刊，2004（1）．

[1139] 陈志伟．言性小说：对部分古代小说的重新正名归类．图书馆建设，2004（1）．

[1140] 李剑国．"传奇之首"《赵飞燕外传》．古典文学知识，2004（1）．

[1141] 王尧美．《世说新语》写阮籍．蒲松龄研究，2003（4）．

[1142] 李正学，王建萍．《李寄》主题刍议：兼论六朝文学中的女英雄形象．蒲松龄研究，2003（4）．

[1143] 陆静卿．《世说新语·贤媛篇》中所见的古代"高明妇人"．韩山师范学院学报，2003（4）．

[1144] 刘强．"《世说》学"论纲．学术月刊，2003（11），

[1145] 蔡堂根．人神恋模式的演变与人文觉醒．广西社会科学，2004（1）．

[1146] 纪永贵．董永的原型与衍变．南京师大学报，2004（1）．

[1147] 张天景．论志怪小说的前承后继．南阳师范学院学报，2003（11）．

[1148] （韩）安正熏．佛教传入后志怪叙事性格的变化．复旦学报，2004（1）．

[1149] 张庆民．魏晋南北朝幽婚故事研究．首都师范大学学报，2004（1）．

[1150] 凌宏发．从"支遁传"的成书看传奇体制在唐前的确立．上海师范大学学报，2004（1）．

[1151] 张叔宁．刘孝标《〈世说新语〉注》体例探析．商丘师范学院学报，2004（1）．

[1152] 张叔宁．"纂缉旧文"与"自造"新文：试论《世说新语》

的编撰方式. 明清小说研究, 2003 (4).

[1153] 武丽霞, 罗宁. 《殷芸小说》考论. 华中科技大学学报, 2004 (1).

[1154] 贾奋然. 六朝文体批评视域中的小说. 中国文学研究, 2004 (1).

[1155] 黄勇. 方士小说向道士小说的嬗变: 以古小说中汉武帝形象的演变为例. 新疆大学学报, 2004 (1).

[1156] 王红. 魏晋南北朝志怪小说作家的创作心态. 湖南文理学院学报, 2004 (1).

[1157] 程蔷. 《搜神记》与民间自发宗教. 民族艺术, 2004 (1).

[1158] 马宝记. 王筠创作简论. 许昌学院学报, 2004 (1).

[1159] 蒋凡. 《世说新语》中驸马与公主的婚姻悲剧（上）. 文史知识, 2004 (1).

[1160] 蒋凡. 《世说新语》中驸马与公主的婚姻悲剧（下）. 文史知识, 2004 (2).

[1161] 李然. 清淡之乐与山水之美: 从《世说新语》看魏晋士人的文化休闲活动. 中文自学指导, 2004 (2).

[1162] 杨瑞. 从《世说新语》看魏晋士风对女性生活的影响. 钦州师范高等专科学校学报, 2004 (1).

[1163] 张勤. 西王母的原型: 生与死的统一. 贵州文史丛刊, 2004 (2).

[1164] 郎净. 董永故事的发展. 文史知识, 2004 (4).

[1165] 吴光正. 从何仙姑传说看宗教传说与民间传说的互动. 海南大学学报, 2004 (1).

[1166] 何红艳. 佛经故事与汉魏六朝仙道小说. 巢湖学院学报, 2004 (2).

[1167] 邓绍基. 关于"离魂型"、"还魂型"和纯一人鬼相恋型文学故事. 江苏行政学院学报, 2004 (1).

[1168] 吕逸新, 徐文明. 美在深情: 《世说新语》自然审美的意蕴. 山东理工大学学报, 2004 (2).

[1169] 丁宏武. 《抱朴子外篇》的成书及思想倾向. 甘肃社会科学, 2004 (2).

[1170] 袁书会. 追寻桃花源：也谈陶渊明的《桃花源记并诗》. 北京工业大学学报, 2004（1）.

[1171] 顾希佳. 从梁祝传说看民间故事与俗文艺的互动. 杭州师范学院学报, 2004（2）.

[1172] 王立, 孟丽娟. 染及俗气难为仙：毛女传说的历史演变及其性别文化内蕴. 聊城大学学报, 2004（1）.

[1173] 盛况. 中国蛇女母题的起源与演变. 南阳师范学院学报, 2004（2）.

[1174] 江中云. 人猿之缘在古小说中的嬗变. 南阳师范学院学报, 2004（2）.

[1175] 刘相雨. 古代小说中骊山老母形象的演化及文化阐释. 阜阳师范学院学报, 2004（2）.

[1176] 李冬梅. 论道教对魏晋志怪小说的影响. 青海社会科学, 2004（3）.

[1177] 杨军. 魏晋六朝志怪中人鬼婚恋故事的文化解读. 西北农林科技大学学报, 2004（3）.

[1178] 夏广义. 试论六朝隋唐的应验小说. 上海师范大学学报, 2004（3）.

[1179] 张蕾. 说吴均的"游侠情结" 河北大学学报, 2004（3）.

[1180] 康粟丰. 自由与禁锢：从《世说新语》看魏晋南北朝文学的女性意识. 河北理工学院学报, 2004（2）.

[1181] 闵爽.《兰亭集序》解读. 名作欣赏, 2004（6）.

[1182] 韩国良. 陶渊明六十三岁说补正. 信阳师范学院学报, 2004（3）.

[1183] 王伟. "志怪"与"志怪小说". 山东理工大学学报, 2004（3）.

[1184] 李桂奎. 论中国古代小说男性躯体描写的"动物化"倾向. 商丘师范学院学报, 2004（3）.

[1185] 顾农.《异苑》的文学价值与史料价值. 文史知识, 2004（7）.

[1186] 李艳婷. 从《殷芸小说》看小说文体和地位的意义生成及变化. 张家口师专学报, 2004（1）.

[1187] 崔达送. 从三种《搜神记》的语言比较看敦煌本的语料价值. 敦煌研究, 2004 (4).

[1188] 刘介民. 东方民间故事和鬼小说. 东方丛刊, 2004 (3).

[1189] 李春辉. 魏晋六朝至唐仙道小说的文化阐释. 广播电视大学学报, 2004 (3).

[1190] 魏世民.《列异传》《笑林》《神异传》成书年代考. 求索, 2004 (7).

[1191] 巫瑞书.《桃花源记》与民间故事. 寻根, 2004 (4).

[1192] 刘欣.《〈桃花源记〉旁证》的旁证: 兼论陶渊明的创作意识. 牡丹江师范学院学报, 2004 (4).

[1193] 黄炳泽. 从杞梁妻到孟姜女: 孟姜女哭倒长城故事的起源和嬗变. 宁波职业技术学院学报, 2004 (4).

[1194] 沈丽梅. 古代小说中龙王形象类型化浅析. 厦门教育学院学报, 2004 (3).

[1195] 邵毅平. 魏晋南北朝文学对于商人的表现. 上海大学学报, 2004 (5).

[1196] 赵振祥. 魏晋"志怪"的社会新闻文体论证. 厦门大学学报, 2004 (5).

[1197] 张沈安, 高云.《世说新语》对偶句艺术特色探析. 沈阳教育学院学报, 2004 (3).

[1198] 周俊勋.《搜神记》语料构成及价值. 北京科技大学学报, 2004 (3).

[1199] 张晨.《世说新语·文学》之"文学"辨析. 东南大学学报, 2004 (4).

[1200] 刘志伟.《语林》与《世说新语》"捉刀"条考论. 文学遗产, 2004 (5).

[1201] 侯文学. 巫儿—神女—上仙: 道教女仙瑶姬形象的生成与演变. 哈尔滨工业大学学报, 2004 (5).

[1202] 高峰. 论盘古与盘瓠. 榆林学院学报, 2004 (2).

[1203] 包丽虹, 蔡堂根. 大禹娶亲传说新解. 西南交通大学学报, 2004 (6).

[1204] 朱道卫. 宗教情绪与人伦精神：中西蛇女故事比较. 西南民族大学学报, 2004（9）.

[1205] 裴香玉. 白蛇故事试探. 重庆师范大学学报, 2004（5）.

[1206] 吴晓. 论《搜神记》的民间文学特性. 兰州学刊, 2004（5）.

[1207] 周昌梅. 在虚实之间：以《搜神记》为例谈六朝志怪小说的文体特征. 孝感学院学报, 2004（5）.

[1208] 余群. 试论《论语》对《世说新语》的影响. 学术交流, 2004（10）.

[1209] 谭帆. 小说学的萌兴——先唐时期小说学发覆. 文学评论, 2004（6）.

[1210] 刘瑞明. "蛊"的多元文化研究——志怪文学的解读模式. 四川大学学报, 2004（6）.

[1211] 张启成, 梁葆莉. 论西王母及其历史嬗变. 贵州大学学报, 2004（6）.

[1212] 毛雨先. 试论牛郎织女神话. 江西教育学院学报, 2004（5）.

[1213] 李志梅. 秋香故事溯源及考证. 云梦学刊, 2004（6）.

[1214] 杨晓勤. 略论剑川木匠故事中的木匠形象. 民族艺术研究, 2004（5）.

[1215] 葛永梅. 古代志怪小说本体价值观的演变. 浙江师范大学学报, 2004（5）.

[1216] 李传江. 魏晋南北朝志怪小说中龙文化探析. 重庆工商大学学报, 2004（5）.

[1217] 陈丽丽. 《世说新语》的文论价值及其影响. 南阳师范学院学报, 2004（11）.

[1218] 索绍武. 对梁祝故事堪称"中国第一爱情传说"的质疑. 西北民族大学学报, 2004（5）.

[1219] 黄洽. 人生如梦悟道成仙：谈古代文言小说中悟道成仙故事的发展流变. 社会科学家, 2004（6）.

[1220] 段庸生. 古小说中"溺鬼待替"母题. 西南民族大学学报, 2004（11）.

[1221] 倪美玲.《世说新语》"以言语传神明"的美的追求. 衡阳师范学院学报, 2004 (5).

[1222] 刘伟生. 生孝死孝与有情无情：《世说》撷谈之一. 语文学刊, 2004 (6).

[1223] 王平. 古代小说与宗教文化. 佛教文化, 2004 (6).

[1224] 黄洽. 宗教·人性·伦理：谈古代文言小说神仙考验型作品的流变. 齐鲁学刊, 2005 (1).

[1225] 李传江. "全人型"阶段蛇意象在唐前志怪小说中的再现. 连云港师范高等专科学校学报, 2004 (4).

[1226] 刘志利.《世说新语》对艺术创作的评论. 鞍山师范学院学报, 2004 (5).

[1227] 齐慧源. 芝兰玉树生街亭：《世说新语》中神童现象与魏晋家庭教育论略. 徐州师范大学学报, 2004 (6).

[1228] 钟其鹏. 试论《世说新语》中谢安对家族子弟的教育. 贵州民族学院学报, 2004 (6).

[1229] 黄飚整理. 搜神记. 山东画报出版社, 2004.

[1230] 里望译注. 世说新语. 山西古籍出版社, 2004.

[1231] 李自修注译.《世说新语》今注今译. 河北人民出版社, 2004.

[1232] 耿朝晖译注. 世说新语. 青海人民出版社, 2004.

[1233] 黄钧整理. 世说新语. 山东画报出版社, 2004.

[1234] 李天华.《世说新语》新校. 岳麓书社, 2004.

[1235] 梅家玲.《世说新语》的语言与叙事. 里仁书局, 2004.

[1236] 王建设译注.《世说新语》选译新注. 社会科学文献出版社, 2004.

[1237] 李伟昉. 英国哥特小说与中国六朝志怪小说比较研究. 中国社会科学出版社, 2004.

[1238] 桑林佳选注. 汉魏六朝小说选. 太白文艺出版社, 2004.

[1239] 熊明. 杂传与小说：汉魏六朝杂传研究. 辽海出版社, 2004.

[1240] 李道和. 岁时民俗与古小说研究. 天津古籍出版社, 2004.

[1241] 张松辉.《世说新语》不是小说. 湖南文理学院学报，2005（1）.

[1242] 李剑锋. 谈陶渊明创作《搜神后记》的三种可能性. 九江学院学报，2004（4）.

[1243] 龙钢华. 志怪志人小说与微篇小说. 邵阳学院学报，2004（5）.

[1244] 周一良.《世说新语》批校. 中国典籍与文化论丛第8辑. 北京大学出版社，2005（1）.

[1245] 陈洪，孟稚. 论汉魏六朝俳优小说. 徐州师范大学学报，2005（1）.

[1246] 范崇高.《殷芸小说》校注琐议. 重庆师范大学学报，2005（1）.

[1247] 凌云志.《神仙传》校读札记. 古籍整理研究学刊，2005（1）.

[1248] 张勇.《世说新语》中的"清"范畴. 东疆学刊，2005（1）.

[1249] 王建国.《世说新语》何以不收陶渊明：兼与宁稼雨先生商榷. 康定民族师范高等专科学校学报，2005（1）.

[1250] 张桂琴，王立. 近二十年文言梦幻小说及相关研究综述. 齐鲁学刊，2005（2）.

[1251] 洪树花. 魏晋南北朝志怪小说的"洞穴仙境"意象. 山东大学学报，2005（2）.

[1252] 陈耀东，陈思群. 干宝籍贯考. 嘉兴学院学报，2005（2）.

[1253] 何正兵.《世说新语》：史传的孳生和演化. 宜宾学院学报，2005（3）.

[1254] 鲁统彦.《世说新语》：史学与艺术的交融. 学习与探索，2005（2）.

[1255] 樊露露. 论《世说新语》的笑话因素. 河南教育学院学报，2005（1）.

[1256] 李忠明. 中国古代小说概念的演变与小说文体的形成. 明清小说研究，2005（1）.

[1257] 段庸生. 信: 文言小说的观念. 江西社会科学, 2005 (4).

[1258] 应锦襄. 中国鬼神文化与小说. 福建商业高等专科学校学报, 2005 (2).

[1259] 蒋宸. 唐前狐怪小说源流考略. 安徽农业大学学报, 2005 (1).

[1260] 刘艺. 试论中国古典小说中镜的神异性. 广西大学学报, 2005 (2).

[1261] 张勇. 论《世说新语》的生态文艺思想. 阜阳师范学院学报, 2005 (2).

[1262] 倪美玲. 论《世说新语》的以形写神贵神明: 借景物以衬神明. 长沙大学学报, 2005 (1).

[1263] 刘强, 吴寅. 《世说新语》文体考辨. 复旦学报, 2005 (2).

[1264] 鲁统彦. 论《世说新语》的史学特征. 首都师范大学学报, 2005 (2).

[1265] 庞金殿. 魏晋志人小说艺术特点新论. 运城学院学报, 2005 (1).

[1266] 王青. 句道兴《搜神记》与天鹅处女型故事. 敦煌研究, 2005 (2).

[1267] 魏世民. 《列异传》《笑林》《神异传》成书年代考. 明清小说研究, 2005 (1).

[1268] 黄湘金. "虞初体"小说集的绝响——《虞初近志》. 乐山师范学院学报, 2005 (4).

[1269] 王青. 《列仙传》成书时代考. 滨州学院学报, 2005 (1).

[1270] 王齐洲. 魏晋南北朝的志怪与志人小说. 高等函授学报, 2005 (1).

[1271] 张二平. 佛经叙事对中古志怪小说问题特征的渗入与冲击. 天水师范学院学报, 2005 (3).

[1272] 宁稼雨. 《世说新语》与古代文学的精神史研究. 中南民族大学学报, 2005 (3).

[1273] 宁稼雨. 先秦两汉人物品藻活动的内涵嬗变. 文学与文化. 南开大学出版社, 2005.

[1274] 宁稼雨. 从"物我两冥"到"不二法门"——从《世说新语》看魏晋士人思维方式和处世态度的嬗变. 佛学研究 (2005年卷). 中国佛教文化研究所.

[1275] 高长山. 汉魏人物品鉴的审美取向：蔡邕所撰碑文与刘邵《人物志》的比较. 古籍整理研究学刊, 2005 (2).

[1276] 李军.《桃花源记并诗》别解. 苏州科技学院学报, 2005 (2).

[1277] 李剑国. 汪绍楹《搜神记》佚文辨正. 古典文学知识, 2005 (4).

[1278] 向冲. 试论笔记体小说的叙事方式. 重庆师范大学学报, 2005 (3).

[1279] 陈才训. 中国古典小说第一人称叙事缺席的文化思考. 天津社会科学, 2005 (4).

[1280] 李桂奎. 中国古代小说关于坐立姿态描写的修辞阐释. 烟台大学学报, 2005 (3).

[1281] 胡育来. 魏晋"仙窟"模式小说探源及发展. 宜春学院学报, 2005 (3).

[1282] 孟稚. 魏晋南北朝洞窟小说成因探究. 平原大学学报, 2005 (3)

[1283] 李明.《搜神记》研究札记. 天中学刊, 2005 (4).

[1284] 楼淑君. 魏晋南北朝小说女性形象解读. 广西社会科学, 2005 (7).

[1285] 宁稼雨.《世说新语》中的裸袒之风. 中华文化论坛, 2005 (3).

[1286] 赵耀. 百字小说的情节设置和人物刻画. 成都大学学报, 2005 (2).

[1287] 陈瑜.《世说新语》的成书与叙事. 洛阳师范学院学报, 2005 (3).

[1288] 张建伟.《桃花源记》与东晋无为而治. 山西师大学报, 2005 (4).

[1289] 王平. 论中国古代小说的审美类型. 文艺研究, 2005 (10).

[1290] 欧阳健. 古代小说的文本与版本. 内江师范学院学报, 2005 (5).

[1291] 宋巍, 董惠芳. 神话叙事与武侠小说渊源初探. 社会科学家, 2005 (5).

[1292] 欧阳健. 伯夷与历史小说:"伯夷文化论"之四. 厦门教育学院学报, 2005 (2).

[1293] 任明华.《中国古代小说总目》(文言卷)补正. 明清小说研究, 2005 (3).

[1294] 高原. 器范自然的"魏晋风度":以《世说新语》为例. 甘肃联合大学学报, 2005 (4).

[1295] 王旭川. 明代《世说新语》的研究及影响. 上海师范大学学报, 2005 (3).

[1296] 姜广振. 论裴启《语林》的叙事艺术. 胜利油田师范专科学校学报, 2005 (3).

[1297] 宁稼雨. 从《世说新语》看人物品藻活动的内涵变异. 盐城师范学院学报, 2005 (3).

[1298] 兰小云. 中国古典小说人物造型与形神美学. 遵义师范学院学报, 2005 (4).

[1299] 段庸生. "采"与文言小说. 重庆工商大学学报, 2005 (2).

[1300] 段庸生. 文言小说的观念: "采". 信阳师范学院学报, 2005 (3).

[1301] 徐青林. 先秦汉魏六朝女性抗争意识在文学作品中的显现. 曲靖师范学院学报, 2005 (5).

[1302] 于宏武.《西京杂记》非葛洪伪托考辨. 图书馆杂志, 2005 (11).

[1303] 宁稼雨.《世说新语》与人物品藻的范畴演变. 文艺理论研究, 2005 (6).

[1304] 轩蕾. 论昭君故事的三重叙述模式与审美体系. 临沂师范学院学报, 2005 (4).

[1305] 李伟昉. 西方叙事理论观照下的中国六朝志怪小说. 河南社会科学, 2005 (5).

[1306] 王秀红.《世说新语》叙事对时间的模糊处理. 太原师范学

院学报, 2005 (7).

[1307] 李柏. 浅谈《世说新语》中的女性群体. 长春师范学院学报, 2005 (6).

[1308] 陈君. 张衡《西京赋》与《思玄赋》中的小说因素. 文学遗产, 2005 (5).

[1309] 刘湘兰. 从古代目录学看中国文言小说观念的演变. 江淮论坛, 2006 (1).

[1310] 杨再喜. 论古代小说对史学尺度的突破及其成因. 湖南科技学院学报, 2005 (12).

[1311] 刘相雨. 儒学与古代小说中武将形象的塑造. 文艺报, 2005 (12).

[1312] 李育红. 从新历史主义看史传与中国古典小说的亲和性. 渤海大学学报, 2005 (6).

[1313] 江中云. 明以前文言小说中人猿之缘的蜕变. 蒲松龄研究, 2005 (4).

[1314] 曾小霞. 论《世说新语》中的支道林形象. 沧州师范专科学校学报, 2005 (4).

[1315] 欧阳孙琳. 论《世说新语.贤媛》之："贤". 武汉理工大学学报, 2005 (5).

[1316] 周勇. 从《世说新语》中的王氏看魏晋士风流变. 天中学刊, 2005 (6).

[1317] 杨敏. 从《世说新语.容止》看六朝士人的仪表审美. 中共成都市委党校学报, 2005 (6).

[1318] 姜广振. 论裴启《语林》一书亡佚的原因. 焦作师范高等专科学校学报, 2005 (2).

[1319] 龚舒, 曾绍皇. 从《搜神记》看魏晋神怪题材的世情化倾向. 怀化学院学报, 2005 (4).

[1320] 张小夫. 从《世说.文学》晋宋文学的流变. 兰州学刊, 2005 (5).

[1321] 侯忠义. 汉魏六朝小说简史、唐代小说简史. 山西人民出版社, 2005.

[1322] 刘希龙,李建玲改写. 世说新语. 国际文化出版社,2005.

[1323] 王进祥述疏.《世说新语》粹讲. 顶渊文化事业出版公司,2005.

[1324] 齐裕焜,王子宽编著. 中国古代小说研究. 福建人民出版社,2005.

[1325] 燕世超. 中国古代生态美学的物性与神性:从《世说新语》看古人的生态智慧. 重庆社会科学,2006(1).

[1326] 李鹏飞. 中国古典小说中的骗局. 北京大学学报,2006(1).

[1327] 王帝. 牛郎织女神话传说及其演变. 贵州文史丛刊,2006(1).

[1328] 倪美玲.《世说新语》以形写神论. 名作欣赏,2006(3).

[1329] 张永刚.《搜神记》之"杂传"论. 兰州学刊,2005(5).

[1330] 严明. 文言小说人鬼恋故事基本模式的成因探索. 文艺研究,2006(2).

[1331] 周一良. 关于《世说新语》的作者问题. 清华大学学报,2006(1).

[1332] 俞香顺. 主题学与心态史:评王立《文人审美心态与中国文学十大主题》. 中国韵文学刊,2006(1).

[1333] 刘强.《世说新语》与《后汉书》比较研究. 天中学刊,2006(1).

[1334] 王颖. 论唐前爱情故事对才子佳人小说的艺术滋养. 社会科学辑刊,2006(2).

[1335] 黄炎军. 走向文学的本体:魏晋六朝小说观念解析. 信阳师范学院学报,2006(2).

[1336] 陈卫星,杜菁锋.《世说新语》书名考论. 天中学刊,2006(1).

[1337] 韦凤娟. 另类的"修炼":六朝狐精故事与魏晋神仙道教. 文学遗产,2006(1).

[1338] 潘承书. 六朝志怪和唐代传奇. 重庆职业技术学院学报,2006(1).

[1339] 王莉. 汉魏小说中东方朔故事的演变轨迹. 济宁师范专科学校学报, 2006（2）.

[1340] 刘强. 从《晋书》看唐代的《世说新语》接受. 上海师范大学学报, 2006（2）.

[1341] 尹雪华. 也谈《世说新语》的文体. 西华大学学报, 2006（2）.

[1342] 刘庆华. 从《金谷诗序》《兰亭集序》看两晋文人的生存选择与文人选择. 广州大学学报, 2006（3）.

[1343] 刘伟生. 一往情深, 质性自然: 从《世说新语·伤逝》看魏晋士人的情感价值与表达. 中北大学学报, 2006（2）.

[1344] 胡继琼. 从汉魏笔记小说的"实录"到唐代传奇小说的"作意"、"幻设"看小说家的创作心态的变化. 贵州大学学报, 2006（3）.

[1345] 陈晓清. 试论"世说新语"风情. 阜阳师范学院学报, 2006（3）.

[1346] 高小慧. 浅论魏晋南北朝女性意识的觉醒:《世说新语》札记. 河南教育学院学报, 2006（3）.

[1347] 刘正平. 亦庄亦怪: 志怪传奇小说创作主体的双重人格特征. 中国文学研究, 2006（3）.

[1348] 刘永红. 象征·仪式·传说: 魏晋洞窟神仙传说叙事特点与文化功能探讨. 青海师范大学学报, 2006（2）.

[1349] 张华艳. 论魏晋六朝志怪小说中的鬼神世界及其现实基础. 现代语文, 2006（2）.

[1350] 刘惠卿. 佛经文学与六朝小说支解复形母题. 求索, 2006（4）.

[1351] 陈兰娟. 从牛郎和织女到丘比特（Cupid）和普塞克（Psyche）. 太原城市职业技术学院学报, 2006（1）.

[1352] 余霞. 略论《西京杂记》的主要内容及其文学价值. 乐山师范学院学报, 2006（7）.

[1353] 胡春润. 东方朔研究综述. 名作欣赏, 2006（9）.

[1354] 何散芬. 魏晋南北朝志怪小说的叙事结构初探. 湖北经济学院学报, 2006（6）.

[1355] 张振云. 古代"小说"浅论. 理论学刊, 2006 (12).

[1356] 阎步克. 阮咸何曾与猪同饮. 文史知识, 2007 (1).

[1357] 于民雄. 神仙说与中国古代小说. 文史丛刊, 2007 (1).

[1358] 李桂奎. 中国古代小说身势描写的性别诗学. 云梦学刊, 2006 (6).

[1359] 张同胜. 关于中国小说起源的思考. 汕头大学学报, 2006 (6).

[1360] 黄震云, 潘震鑫. 《列仙传》的神话与小说家观念. 北京科技大学学报, 2006 (2).

[1361] 马得禹. 《搜神记》产生的思想文化背景. 联合大学学报, 2006 (6).

[1362] 王媛. 《博物志》的成熟、体例与流传. 典籍与文化, 2006 (4).

[1363] 宁稼雨. 从"得意忘言"到"语默齐致"——从《世说新语·文学》"三语掾"故事看维摩名言观的影响. 文史知识, 2006 (6).

[1364] 杨勇. 《洛阳伽蓝记》校笺. 中华书局, 2006.

[1365] 杨勇. 《世说新语》校笺（修订本）. 中华书局, 2006.

[1366] 范崇高. 中国古小说校释集稿. 巴蜀书社, 2006.

[1367] 王青. 西域文化影响下的中古小说. 中国社会科学出版社, 2006.

[1368] 钱振民点校. 搜神记·世说新语. 岳麓书社, 2006.

[1369] 赵西陆手校. 《世说新语》校释. 北京图书馆出版社, 2006.

[1370] 周俊勋. 魏晋南北朝志怪小说词汇研究. 巴蜀书社, 2006.

[1371] 韩格平主编. 魏晋全书. 吉林文史出版社, 2006.

[1372] 陈洪. 《列仙传》成书时代考. 文献, 2007 (1).

[1373] 范正群. 魏晋文人的病态审美观对古代小说的影响: 兼论侠义小说中的"脂粉之谈". 许昌学院学报, 2007 (1).

[1374] 何剑平. 葛洪《神仙传》创作理论考源: 以《左慈传》为考察中心. 四川大学学报, 2007 (1).

[1375] 于淑娟. 汉初经学与早期道教生命理念的异同——《韩诗外

传》、《神仙传》生死考验故事研究. 河南师范大学学报，2007（1）.

[1376] 陈松青. 论汉赋的小说化叙事. 天中学刊，2007（1）.

[1377] 张华艳. 论魏晋南北朝鬼故事中的生命意识. 太原师范学院学报，2007（2）.

[1378] 李修建.《世说新语》与魏晋士人形象. 保定师范专科学校学报，2007（1）.

[1379] 阳清. 汉魏六朝变异语境与《搜神记》中的怪胎记录. 延安大学学报，2007（1）.

[1380] 刘惠卿. 佛经文学与六朝"世说体"小说创作. 求索，2007（3）.

[1381] 朱占青. 论神秘感影响下神怪小说的创作心理和接受心理. 江西社会科学，2007（4）.

[1382] 耿淑艳. 圣谕宣讲小说：一种被湮没的小说类型. 学术研究，2007（4）.

[1383] 闫立飞. 历史与小说的互文：中国小说文体观念的变迁. 明清小说研究，2007（1）.

[1384] 何清清. 佛教因果观与六朝至初唐志怪小说. 西南农业大学学报，2007（2）.

[1385] 宁稼雨. 从《世说新语》看魏晋士族婚姻观念变化. 广州大学学报，2007（3）.

[1386] 宁稼雨. 从《世说新语》看围棋的文化内涵变异. 大连大学学报，2007（2）.

[1387] 宁稼雨. 从《世说新语》看魏晋士人思维方式和处世态度的嬗变. 盐城师院学报，2007（2）.

[1388] 宁稼雨，牛景丽. 人境·仙境·心境——桃源故事的流变及其文化意蕴. 宁夏师院学报，2007（2）.

[1389] 宁稼雨.《世说新语》中士族的经济生活与精神归宿. 上海财经大学学报，2007（2）.

[1390] 宁稼雨. 从《世说新语》看玄学"才性异同"向"无累于情"的过渡. 人文论丛，2007.

[1391] 彭昊.《世说新语》中士人仪容审美标准探析. 怀化学院学报, 2007 (4).

[1392] 肖向明, 杨林夕. 古代文学"鬼"文化之流变. 学术界, 2007 (2).

[1393] 李道和. 晋唐小说螺女故事考论. 文学遗产, 2007 (3).

[1394] 刘惠卿. 佛经文学与六朝小说感应征验母题: 以《观世音经》的盛行为考察中心. 湛江师范学院学报, 2007 (2).

[1395] 刘丽文. 复仇文化与中国悲剧特点. 沈阳师范大学学报, 2007 (3).

[1396] 宁稼雨. 六朝小说概念的"Y"走势. 山西大学学报, 2007 (3).

[1397] 郑琳. 中国古代小说叙事学研究述评. 语文学刊, 2007 (5).

[1398] 蒲日材. 也谈《世说新语》何以不收陶渊明. 天中学刊, 2007 (3).

[1399] 柏俊才. 论净土思想对《桃花源记并诗》之影响. 武汉科技大学学报, 2007 (3).

[1400] 周先慎. 中国古典小说人物描写对形神关系的处理. 文艺研究, 2007 (7).

[1401] 雷勇. 中国小说史学术研究会综述. 明清小说研究, 2007 (2).

[1402] 徐春燕. 原始性情感对魏晋南北朝志怪小说审美思维的影响. 辽宁经济职业技术学院、辽宁经济管理干部学院学报, 2007 (2).

[1403] 彭昊. 论《世说新语》人物品评中的"神人"形象. 湖南科技学院学报, 2007 (7).

[1404] 杨健. 从《世说新语》看东晋琅邪王氏文人心态. 牡丹江师范学院学报, 2007 (3).

[1405] 王宝琴. 昭君形象的类型及其文化内涵. 西北师大学报, 2007 (4).

[1406] 侯咏梅, 侯杰, 李钊. 解读不同版本的古籍文献洞悉中国社

会性别的隐喻：以牛郎织女的传说为中心．广东社会科学，2007（4）．

[1407] 郑炜华．志怪小说与"鬼"．甘肃高师学报，2007（4）．

[1408] 柯玲．天道人情、和谐辉映：中国神怪小说的科学解读．中文自学指导，2007（4）．

[1409] 何坤翁．中国古典小说研究的重要收获：评陈文新《传统小说与小说传统》．蒲松龄研究，2007（2）．

[1410] 宫为菊．"复调小说"理论与中国古典小说研究．安徽农业大学学报，2007（4）．

[1411] 康锦屏．论中国古典小说语言的美感魅力．北京教育学院学报，2007（2）．

[1412] 付善明．小说在正史中的地位、评价及相关情况．常熟理工学院学报．2007（5）．

[1413] 杜聪校点．世说新语．齐鲁书社，2007．

[1414] 沈海波注评．世说新语：插图本．中华书局，2007．

[1415] 于童蒙编译．世说新语．蓝天出版社，2007．

[1416] 张扬之译注．世说新语译注：图文本．上海古籍出版社，2007．

[1417] 刘强会评辑校．《世说新语》会评．凤凰出版社，2007．

[1418] 李伟，阳璐译注．《世说新语》：魏晋玄学与不朽的汉风：白话插图本．重庆出版社，2007．

[1419] 邵士梅，蒋筱波译．世说新语：精美插图本．三秦出版社，2007．

[1420] 余嘉锡笺疏，周祖谟、余淑宜、周士琦整理．《世说新语》笺疏．中华书局，2007．

[1421] 墨阳．《世说新语》100名言．香港中华书局有限公司，2007．

[1422] 王叔岷．慕庐论学集·二．中华书局，2007．

[1423] 骆玉明．《世说新语》精读．复旦大学出版社，2007．

[1424] 文心工作室编著．世说新语．中央编译出版社，2007．

[1425] 周生亚．《搜神记》语言研究．中国人民大学出版社，2007．

[1426] 蒋筱波注译. 搜神记. 三秦出版社, 2007.

[1427] 李剑国辑校. 新辑《搜神记》、《新辑搜神后记》. 中华书局, 2007.

[1428] 叶庆炳选译. 汉魏六朝鬼怪小说. 台湾"国家"出版社, 2007.

[1429] 徐明编著. 魏晋南北朝小说. 泰山出版社, 2007.

[1430] 金荣华编. 六朝志怪小说情节单元分类索引甲编. 台湾"中国口传文学学会", 2007.

[1431] 金荣华编. 六朝志怪小说情节单元分类索引乙编. 台湾"中国口传文学学会", 2008.

[1432] 李笑野. 《世说新语》董弅刻本近真面貌的文献价值再认识. 社会科学辑刊, 2008 (3).

[1433] 宁稼雨. 《世说新语》与《晋书》中"服妖"现象解析. 山西大学学报, 2008 (5).

[1434] 刘赛, 盛弘之. 《荆州记》与《幽明录》成书关系之考察. 中国典籍与文化. 江苏古籍出版社, 2008.

[1435] 魏建华. 《世说新语》中的词缀. 沧州师范专科学校学报, 2008 (3).

[1436] 方梅. 浅论《高僧传》之论赞. 名作欣赏, 2008 (10).

[1437] 张庆民. 《搜神记》研究二题. 文学遗产, 2008 (4).

[1438] 孙芳芳. 魏晋六朝中的人神恋、人鬼恋悲剧模式比论. 现代语文, 2008 (31).

[1439] 林宪亮. 《世说新语》文体研究综述. 中国海洋大学学报, 2008 (6).

[1440] 徐敏, 史为恒. 虽以志怪, 却以补史: 论《搜神记》的史料价值. 井冈山学院学报, 2008 (9).

[1441] 王齐洲, 姚娟. 小说观、小说史观与六朝小说史研究——兼论鲁迅《中国小说史略》的有关论述. 湖北大学学报, 2008 (6).

[1442] 张明. 论刘孝标《世说新语》注的整体观. 兰州学刊, 2008 (11).

[1443] 王玲. 卓文君故事原型的文学演绎和嬗变探析. 成都大学学报, 2008 (10).

[1444] 姚娟. 从《说苑》看《汉志》"小说家"命名. 殷都学刊, 2008 (3).

[1445] 史常力. 《列女传》篇题的文化特征. 古籍整理研究学刊, 2008 (5).

[1446] 沈星怡. 近十年《搜神记》研究综析. 盐城师范学院学报, 2008 (5).

[1447] 夏继光. 于细微处见精神: 《世说新语》人物刻画特色分析. 沧桑, 2008 (6).

[1448] 张利群. 《世说新语》中魏晋人物品藻的审美价值取向研究. 惠州学院学报, 2009 (1).

[1449] 刘钊. 《世说新语》所描绘之魏晋女性风流质疑. 襄樊学院学报, 2008 (9).

[1450] 万桂花. 螺女型故事的文化阐释. 湖北第二师范学院学报, 2008 (6).

[1451] 夏云. 论魏晋南北朝志怪小说的怪诞之美. 南昌高专学报, 2008 (6).

[1452] 肖菲. 汉魏六朝求仙故事的演变及成因探析. 吉林省社会主义学院学报, 2008 (4).

[1453] 马得禹. 《搜神记》巫术灵物的文化意蕴. 甘肃联合大学学报, 2008 (6).

[1454] 汤力伟, 毛百花. 论《世说新语》"女才男貌"意识. 湖南科技大学学报, 2008 (6).

[1455] 齐慧源. 妙趣横生, 诗意盎然: 论《世说新语》的诗与诗话. 名作欣赏, 2008 (12).

[1456] 曾维加. 汉魏六朝道教与民间信仰的关系: 以志怪小说为中心. 西南民族大学学报, 2008 (10).

[1457] 毛德富, 段书伟等译. 世说新语. 中州古籍出版社, 2008.

[1458] 马瑞志英译, 张万起、刘尚慈今译. 世说新语: A new account of tales of the world. 中华书局, 2008.

[1459] 柳士镇,刘开骅译注.《世说新语》全译.贵州人民出版社,2008.

[1460] 里望译注.世说新语.三晋出版社,2008.

[1461] 刘伟生.《世说新语》艺术研究.湖南大学出版社,2008.

[1462] 董志翘选注.世说新语(精选本).高等教育出版社,2008.

[1463] 蒋凡.《世说新语》英雄谱.人民大学出版社,2008.

[1464] 蒋凡.《世说新语》的读法.人民大学出版社,2008.

[1465] 蔡言胜.《世说新语》方位词研究.南开大学出版社,2008.

[1466] 魏风华.绝版魏晋:《世说新语》另类解读.山东画报出版社,2008.

[1467] 黄涤明译注.《搜神记》全译.贵州人民出版社,2008.

[1468] 江傲霜.六朝笔记小说词汇研究.中央民族大学出版社,2008.

[1469] 周翊雯.时空下的身体展演:《世说新语》之研究.花木兰出版社,2009.

[1470] 陈慧玲.由《世说新语》探讨:魏晋清谈与隽语之关系.花木兰出版社,2009.

[1471] 刘惠卿.佛教唱导与六朝宣佛小说的产生.浙江社会科学,2009(1).

[1472] 蔡莹.魏晋志怪小说的身体观.郑州大学学报,2009(1).

[1473] 林宪亮.《世说新语》问题辨析.北方论丛,2009(1).

[1474] 李大伟,薛莹.魏晋南北朝时期的蓬莱鲜花与佛教志怪.东岳论丛,2009(2).

[1475] 董喜宁.《世说新语》札记三则.湖南大学学报,2009(1).

[1476] 刘强.《世说新语》条目发微(上).古典文学知识,2009(1).

[1477] 魏荣.论六朝志怪小说婚恋故事的分离原则.贵州大学学报,2009(1).

[1478] 袁宪泼.小说可以"观":魏晋南北朝志怪小说观念考.北方论丛,2009(2).

[1479] 吴福秀.论唱导文的发展演进:兼论六朝唱导文是话本产生

的来源之一. 华中师范大学学报, 2009 (2).

[1480] 许军. 裴启《语林》亡佚原因考. 东南大学学报, 2009 (2).

[1481] 王彦红. 论《搜神记》的史书性质. 襄樊职业技术学院学报, 2009 (1).

[1482] 谭玉. 从《世说新语. 容止》看魏晋时期的男色审美. 井冈山学院学报, 2008 (11).

[1483] 郭荣也. 试论《世说新语》人权思想的主要表现. 牡丹江大学学报, 2009 (2).

[1484] 祁凌军. 从《世说新语. 德行》首篇看东汉末年士风变化. 南昌高专学报, 2009 (1).

[1485] 赵建成. 从《世说新语》看魏晋妇女的名士风神. 齐齐哈尔大学学报, 2009 (2).

[1486] 邓福舜.《桃花源记》与道教岩穴崇拜. 大庆师范学院学报, 2009 (2).

[1487] 刘宁. 论《西京杂记》的史学史料价值. 求索, 2009 (3).

[1488] 朱福生. 论魏晋志怪小说产生发展的社会文化背景. 呼伦贝尔学院学报, 2009 (1).

[1489] 王兴芬. 杂史杂传为他, 地理博物为用: 论《拾遗记》的文体特征. 西北师范大学学报, 2009 (3).

[1490] 刘伟生.《世说新语》的叙事态度. 社会科学辑刊, 2009 (2).

[1491] 盛莉. 论道教在《世说新语》中的隐退. 沂州师范学院学报, 2009 (1).

[1492] 张明.《世说新语》刘注引《诗经》类文献考. 求索, 2009 (3).

[1493] 林宪亮. 论刘义庆、刘孝标对《世说新语》认识之差异. 船山学刊, 2009 (2).

[1494] 梁文娟.《世说新语》中的女性美. 沧桑, 2009 (2).

[1495] 段乐川. 论刘义庆《世说新语》的编辑思想. 中州大学学报, 2009 (1).

[1496] 蒲日材. 从《世说新语》的人才价值观谈魏晋风度. 百色学院学报, 2009 (1).

[1497] 王维玉. 魏晋风流欲《世说新语》的门类设置. 宜宾学院学报, 2009 (2).

[1498] 夏习英, 宁稼雨. 绿珠故事的演变及其文化内涵. 厦门教育学院学报, 2009 (2).

[1499] 金会霞. 浅谈《世说新语》中的文学创作活动. 学习月刊, 2009 (3).

[1500] 赵章超, 况立秋. 六朝及唐五代文言小说辑佚的回顾与前瞻. 西南大学学报, 2009 (3).

[1501] 袁武. 魏晋南北朝小说中的盗墓者. 西南大学学报, 2009 (3).

[1502] 陈文新. 论汉魏六朝笔记小说的叙事风范. 社会科学研究, 2009 (3).

[1503] 李朝阳. 从《世说新语》看魏晋人的和谐追求. 现代语文, 2009 (1).

[1504] 李彦华. 论《世说新语》与魏晋士人的美. 辽宁师专学报, 2009 (2).

[1505] 左攀峰. 从《世说新语》中王徽之的形象看魏晋风度. 商丘职业技术学院学报, 2009 (1).

[1506] 刘伟生. 世说体研究的文体学意义. 学术界, 2009 (3).

[1507] 姚圣良. 史传体例, 寓言笔法:《列仙传》《神仙传》叙事模式探析. 阜阳师范学院学报, 2009 (2).

[1508] 王锐.《桃花源记》文体特征探微. 现代语文, 2009 (13).

[1509] 蒋凡.《世说新语》里的英雄. 文史知识, 2009 (7).

[1510] 严耀中. 关于《搜神记》中佛教内容的质疑. 中华文史论丛, 2009 (3).

[1511] 陈鹏.《搜神记》中异类女子形象解读. 徐州师范大学学报, 2009 (4).

[1512] 张黎明, 李艳. 六朝志怪小说中"祈祷"情节之文化考察. 太原理工大学学报, 2009 (2).

[1513] 李雪莲.《世说新语》中的爱情观.井冈山学院学报,2009(5).
[1514] 徐漪平.《桃花源记》的语言特色.文学教育,2009(9).
[1515] 蒋凡,李笑野,白振奎注评.全评新注《世说新语》.人民文学出版社,2009.
[1516] 沈海波注译.世说新语.中华书局,2009.
[1517] 陈才俊主编,杨美华注译.《世说新语》精粹.海潮出版社,2009.
[1518] 黄东阳.六朝志人小说考论.花木兰文化出版社,2009.

后 记

承蒙陈文新先生和武汉大学出版社的美意,要我主持编纂一部《六朝小说学术档案》,作为《中国学术档案大系》丛书的一种。这给了我一个把多年了解掌握的六朝小说研究信息加以综合整理的机会。六朝小说也是我长期从事的学术研究领域,而且对学术发展和推动是件好事,所以乐于承命。

有关本书的编纂过程和个别问题向读者交代如下:

1. 本书的编纂采用由主编和编纂者合作的方式,具体分工如下:

主编:宁稼雨(负责全书框架、体例构想,前言、后记,以及全书的审稿、修改、调整等工作);

第一部分:梁晓萍、任正君、夏习英(重要学术著作的引文和评介撰写);

第二部分:刘杰、李春燕、孙国江、韩林、刘莉、李悠罗(重要学术著作提要);

第三部分:吴志蕊、陈婷、李振晶、魏波、王立民、詹凌菲、陈少敏(六朝小说研究年表);

第四部分:吴志蕊、陈婷、李振晶、魏波、王立民、詹凌菲、陈少敏(六朝小说研究论著索引)。

对以上合作者的辛勤工作,主编表示由衷的谢意!

该书由主编在通读全书初稿的基础上,对全书进行了增补、修改和调整。责任由主编承担。

2. 本书第一部分重要学术著作评介中原文的援引需要得到原作者的版权授予。除了超过版权期的著作外,其余作者凡是能联系上并得到版权授予的,我们在本书引用了其著作部分原文。我们谨向这些原文作者的无私胸怀和奉献精神表示谢意和敬意!

其余联系不上或者未能得到版权授予的，其原文征引部分空缺，本书只对其论著本身进行评介。

3. 六朝小说研究在断代文学研究和文体研究领域，均属相对比较冷僻的状况。而与六朝小说相关的学术信息渠道广泛，杂而无序。我们希望能通过本书的资料信息作用，对六朝小说研究的进一步深化产生推动作用。但由于能力和条件所限，本书收录范围虽然大致明确，但有些却没有能够完全实现初衷（尤其是海外相关论著）。为此我们谨向读者表示深深的歉意！同时也欢迎广大读者如果发现遗漏，请随时向我们提供信息，以便在本书修订时能予以增补。

武汉大学陈文新教授和本书责任编辑为本书的问世付出很多心血，谨在此一并致谢！

宁稼雨
2010 年岁末